新课标全国语文高考古诗文夯基必读

一诗一法一情感与"廿四史"选粹

蔡理秦 主编

吉林大学出版社
·长春·

图书在版编目（CIP）数据

一诗一法一情感与"廿四史"选粹/蔡理秦主编.—长春：吉林大学出版社，2020.6
　　ISBN 978-7-5692-6558-3

Ⅰ.①一… Ⅱ.①蔡… Ⅲ.①古典诗歌-诗歌欣赏-中国②文言文-鉴赏 Ⅳ.①I206.2

中国版本图书馆 CIP 数据核字(2020) 第 091940 号

书　　名	一诗一法一情感与"廿四史"选粹
	YI SHI YI FA YI QINGGAN YU "NIANSI SHI" XUANCUI

作　　者	蔡理秦　主编
策划编辑	张宏亮
责任编辑	张宏亮
责任校对	代景丽
装帧设计	朱　军
出版发行	吉林大学出版社
社　　址	长春市人民大街 4059 号
邮政编码	130021
发行电话	0431-89580028/29/21
网　　址	http://www.jlup.com.cn
电子邮箱	jdcbs@jlu.edu.cn
印　　刷	北京厚诚则铭印刷科技有限公司
开　　本	787mm×1092mm　1/16
印　　张	20
字　　数	450 千字
版　　次	2020 年 6 月　第 1 版
印　　次	2020 年 6 月　第 1 次
书　　号	ISBN 978-7-5692-6558-3
定　　价	78.90 元

★版权所有　翻印必究

编者的话

中华优秀传统文化是中华民族的"根"和"魂",是中华民族文化自信的重要来源。而我国古代诗文是中华优秀传统文化的重要载体。引导学生多读优秀古诗文,深入学习、理解和传承中华民族优秀传统文化,从中汲取智慧,并运用中华优秀传统文化来阐述问题,启迪思维,贯通古今,为实现中华民族伟大复兴注入强大精神力量,可以有力彰显中华民族的"文化自信"。

基于以上认识,我们编写了《一诗一法一情感与"廿四史"选粹》一书。这是一本专门为高中生夯实古诗鉴赏和古文阅读基本能力的书,也是一本可以无师自通的书。书中精选了古典诗词曲150余首,"二十四史"人物故事150余则,选材力求经典,兼顾思想性、知识性和趣味性。

本书采用左右分栏的编排体例。左边是主体,主要是选文和相关问题;右边是补充,主要是编写些与左边选文相关的知识。如诗歌板块,左边是"诗作"和"问题与探究",右边为"诗人小传""诗法小常识";"廿四史"板块,左栏是"原文"和"积累与运用",右栏是"文化常识""文言知识""词语精解"。这样分栏编排,纲举目张,条理清楚,一目了然。

古代诗歌板块,在设计"问题与探究"时,重点关注诗歌的思想情感和创作手法,学生通过阅读这些诗歌,思考相关问题,可以积累我国古代诗歌的相关知识,丰富思想情感,提高古代诗歌的鉴赏能力。"二十四史"板块,既关注了古代文化知识,也关注了文言词汇的积累和文言句子的翻译,学生通过阅读这些短文,可以大致了解历代史料的语言风格,可以丰富文言知识,积累文言词汇,了解常见的古代文化知识,具备较好的文言语感,达到能阅读浅易文言文的能力。从而提升学生综合素质,发展语文核心素养。

为了让读者学习时能达到事半功倍的目的,本书从选文到体例安排,从问题设计到内容斟酌,曾听取诸多行家建议,几易其稿,才最后成书。因水平有限,疏漏与错误在所难免,恳请行家批评指正。

目 录

◇ 一诗一法一情感 ◇

□ 诗

赋得自君之出矣 …… 1	夜上受降城闻笛 …… 13
洛中访袁拾遗不遇 …… 1	城东早春 …… 14
辛夷坞 …… 2	雨过山村 …… 14
送崔九 …… 2	春雪 …… 15
送灵澈上人 …… 3	村夜 …… 15
古别离 …… 3	渡桑乾 …… 16
秋风引 …… 4	陇西行 …… 16
夜雪 …… 4	兰溪棹歌 …… 17
春怨 …… 5	溪居即事 …… 17
哥舒歌 …… 5	宿甘露寺 …… 18
栖禅暮归书所见 …… 6	画眉鸟 …… 18
田园乐（其六）…… 6	淮中晚泊犊头 …… 19
送杜十四之江南 …… 7	乡思 …… 20
闺怨 …… 7	题春晚 …… 20
送沈子福之江东 …… 8	西楼 …… 21
除夜作 …… 8	客中初夏 …… 21
桃花溪 …… 9	夜发分宁寄杜涧叟 …… 22
山中留客 …… 9	题画 …… 22
从军行 …… 10	武昌阻风 …… 23
山房春事二首（其二）…… 10	春游湖 …… 23
春思 …… 11	三衢道中 …… 24
暮春回故山草堂 …… 11	襄邑道中 …… 24
酬李穆见寄 …… 12	碧瓦 …… 25
移家别湖上亭 …… 13	题龙阳县青草湖 …… 25

1

杳杳寒山道 ································ 26
和晋陵陆丞早春游望 ···················· 26
留别王维 ································· 27
宿桐庐江寄广陵旧游 ···················· 27
待储光羲不至 ··························· 28
渭川田家 ································· 29
送友人 ···································· 29
日暮 ······································· 30
余干旅舍 ································· 30
寻陆鸿渐不遇 ··························· 31
淮上喜会梁州故人 ······················ 32
喜见外弟又言别 ························· 32
夜到渔家 ································· 33
秋 字 ······································ 33
秋日赴阙题潼关驿楼 ···················· 34
楚江怀古 ································· 35
灞上秋居 ································· 35
送人东归 ································· 36
春宫怨 ···································· 37
春山夜月 ································· 37
秋 怀 ······································ 38
即 事 ······································ 38
新晴山月 ································· 39
春 归 ······································ 40
和友人鸳鸯之什（其一） ·············· 40
独不见 ···································· 41
送魏万之京 ······························· 41
南 邻 ······································ 42
杜侍御送贡物戏赠 ······················ 42
望蓟门 ···································· 43
登余干古县城 ··························· 44
自巩洛舟行入黄河即事寄府县僚友 ··· 44
寄李儋元锡 ······························· 45
晚次鄂州 ································· 46
夏夜宿表兄话旧 ························· 46

西塞山怀古 ······························· 47
始闻秋风 ································· 48
欲与元八卜邻，先有是赠 ·············· 48
春题湖上 ································· 49
九日齐山登高 ··························· 50
和道溪君别业 ··························· 50
绵谷回寄蔡氏昆仲 ······················ 51
陪金陵府相中堂夜宴 ···················· 52
春 尽 ······································ 52
夏日题老将林亭 ························· 53
无 题 ······································ 54
古 松 ······································ 54
戏答元珍 ································· 55
暑旱苦热 ································· 56
次韵柳通叟寄王文通 ···················· 56
幽居初夏 ································· 57
夏夜不寐有赋 ··························· 58

□ 词

忆秦娥（箫声咽） ······················ 59
菩萨蛮（小山重叠金明灭） ··········· 60
醉花间（晴雪小园春未到） ··········· 60
浣溪沙（菡萏香销翠叶残） ··········· 61
相见欢（林花谢了春红） ·············· 62
浪淘沙（帘外雨潺潺） ················· 62
点绛唇（金谷年年） ···················· 63
御街行·秋日怀旧 ························ 64
千秋岁（数声鶗鴂） ···················· 64
天仙子（水调数声持酒听） ··········· 65
蝶恋花（槛菊愁烟兰泣露） ··········· 65
玉楼春·春景 ······························ 66
苏幕遮（露堤平） ······················ 67
浣溪沙（堤上游人逐画船） ··········· 67
踏莎行（候馆梅残） ···················· 68
玉楼春（尊前拟把归期说） ··········· 68

桂枝香（登临送目）	69	[双调]雁儿落过得胜令·送别	81
蝶恋花（醉别西楼醒不记）	70	[越调]小桃红·客船晚烟	82
临江仙（夜饮东坡醒复醉）	70		
浣溪沙（簌簌衣巾落枣花）	71	☐ **古体诗**	
青玉案（凌波不过横塘路）	72	风 雨	83
关河令（秋阴时晴渐向暝）	72	黍 离	84
渔家傲（天接云涛连晓雾）	73	战城南	84
鹧鸪天·桂花	73	怨歌行	85
临江仙·夜登小阁，忆洛中旧游	74	东门行	86
临江仙·李辅之在齐州，予客济源，		上山采蘼芜	86
辅之有和	75	行行重行行	87
		野田黄雀行	88
☐ **曲**		咏怀（林中有奇鸟）	88
[双调]沉醉东风·送别	76	咏怀（朝阳不再盛）	89
[双调]沉醉东风·渔夫	77	咏怀（夜中不能寐）	90
[双调]沉醉东风·对酒	77	杂诗（人生无根蒂）	90
[双调]水仙子·咏江南	78	杂诗（白日沦西阿）	91
[双调]折桂令·村庵即事	78	读山海经（其十）	92
[中吕]朝天子·秋夜客怀	79	答庞参军（相知何必旧）	92
[双调]水仙子·夜雨	79	古 风（倚剑登高台）	93
[双调]折桂令·荆溪即事	80	春 思	94
[双调]水仙子·游越福王府	81	渔 翁	94

◇ "廿四史" 选粹 ◇

☐ **《史记》**

缇萦救父	97	孙武演兵	103
田忌赛马	98	"五羖大夫"百里奚	105
李离过听自刑	99	白圭经商有道	106
鲍叔牙荐管仲	100	韩安国论"和亲"	107
公叔痤荐商鞅	101	晏子御者之妻	108
刘邦封雍齿	102	萧何追韩信	109
		司马穰苴治军	111

□ 《汉书》
陈万年教子谄媚……………… 113
张释之执法…………………… 114
东海孝妇……………………… 115
疏广论遗产…………………… 116
李夫人不欲见帝……………… 117
晁错之死……………………… 118
龚遂治渤海…………………… 120

□ 《后汉书》
闵仲叔辞司徒侯霸…………… 122
朱晖重情义…………………… 123
鲍宣贤妻桓少君……………… 124
范式言而有信………………… 125
杨震拒绝馈赠………………… 125
董宣搏击豪强………………… 126
苏章公私分明………………… 128
刘宽宽厚仁慈………………… 129

□ 《三国志》
曹冲救库吏…………………… 131
诸葛亮巧设"空城计"………… 132
华佗治病……………………… 133
王粲有异才…………………… 134
司马朗传……………………… 135

□ 《晋书》
陆云巧断命案………………… 138
刘寔不尚华丽………………… 139
阮籍外坦而内淳……………… 139
王羲之轶事…………………… 140
郗鉴传………………………… 141

□ 《宋书》
刘凝之归隐…………………… 143
清廉之士朱修之……………… 144
刘休祐刻薄至极……………… 144
刘德愿、羊志善哭得官……… 145
羊欣传………………………… 146

□ 《南齐书》
傅琰断案……………………… 148
袁彖微言忤世祖……………… 149
廉吏刘怀慰…………………… 149
"烈伯"刘善明………………… 150
裴昭明终身不治产业………… 151
虞愿传………………………… 152

□ 《梁书》
萧伟多恩惠…………………… 154
萧统理政……………………… 155
冯道根口不论勋……………… 156
顾宪之传……………………… 156
"居士"阮孝绪………………… 157

□ 《陈书》
畏影避迹，吾弗为…………… 160
拗令褚玠……………………… 161
姚察清廉好学………………… 162
孔奂耿介……………………… 163
毛喜传………………………… 164

□ 《魏书》
"圣小儿"祖莹………………… 166
司马悦察狱…………………… 167
苻承祖"痴姨"………………… 167
奸臣公孙轨…………………… 168
高允直谏……………………… 169

□ 《北齐书》
高欢试子……………………… 172
孙搴之事……………………… 173
高洋好吏事…………………… 174
刑狱参军苏琼………………… 174
颜之推传……………………… 176

《周书》
- 人君之身百姓之表 …… 178
- 善官人者必先省其官 …… 179
- 治民之本先在治心 …… 179
- 柳庆断案 …… 180
- 名医姚僧垣 …… 181

《南史》
- 萧统判案 …… 183
- 范元琰为人善良 …… 184
- 衡阳王受训 …… 184
- 吕僧珍公私分明 …… 185
- 何远惠民 …… 186

《北史》
- 李惠杖击羊皮断案 …… 188
- 长孙道生毁宅 …… 189
- 长孙平谏君不听诽谤 …… 189
- 于仲文断案神明 …… 190
- 魏收传 …… 191

《隋书》
- 苏威直陈君过 …… 193
- 赵轨清廉若水 …… 194
- 文帝不记旧怨 …… 194
- 薛胄慧眼识伪官 …… 195
- 李安卖亲不求荣 …… 196
- "慈母"辛公义 …… 197

《旧唐书》
- 尉迟敬德辞隐太子 …… 199
- 柳公权刚毅进言 …… 120
- 魏徵谏正国法 …… 120
- 戴玄胤犯颜执法 …… 201
- 张允济传 …… 202

《新唐书》
- 王及善有大臣节 …… 204
- 书法家欧阳询 …… 205
- 陆象先为政仁恕 …… 205
- 少年才子王勃 …… 206
- 颜真卿大义凛然 …… 207
- 王珪巧答君问 …… 208
- 秦叔宝勇武过人 …… 209

《旧五代史》
- 和凝救贺瑰 …… 211
- 阎宝劝庄宗乘势决胜 …… 212
- 王瑜"钓鱼执法" …… 212
- 文学天才李琪 …… 213
- 张全义善抚军民 …… 214
- 李愚清贫廉洁 …… 215

《新五代史》
- 杨行密计诛叛臣 …… 217
- 逍遥先生郑遨 …… 218
- 李重美仁厚 …… 219
- 皇后吝啬惜物失民心 …… 220
- 伶人敬新磨智谏 …… 220

《宋史》
- 吕蒙正轶事 …… 222
- 包拯廉洁奉公 …… 223
- 赵普其人 …… 223
- 杯酒释兵权 …… 224
- "殿上虎"刘安世 …… 225
- 鲁宗道不欺君 …… 226
- 岳飞传 …… 227
- 苏轼传 …… 228

《辽史》
- 罗衣轻巧谏兴宗 …… 231
- 耶律韩留性不苟合 …… 232
- 耶律铎鲁斡不苟货利 …… 232

5

此社稷计，何憾之有…………………… 233
马人望传………………………………… 234

□《金史》
张汝霖引君奢侈……………………… 236
挖堑御敌不可行……………………… 237
金世宗不举亲………………………… 237
上行下效营私………………………… 238
王若虚拒写碑文……………………… 239

□《元史》
阿鲁浑萨理破谣言…………………… 241
伯颜平宋遭构陷……………………… 242
纯只海不杀无辜……………………… 242
虞槃英明除邪巫……………………… 243
张文谦传……………………………… 244

□《明史》
"大声秀才"陈谔……………………… 246

宋濂不隐真情………………………… 247
宫婢谋弑嘉靖………………………… 247
"鲁铁面"鲁穆………………………… 248
诚意伯刘基…………………………… 249

附：《资治通鉴》
富贵者不可骄人……………………… 252
齐威王理政…………………………… 253
赵奢收租税…………………………… 253
刘邦善于用人………………………… 254
朱云折槛……………………………… 254
光武帝选太子傅……………………… 256
刘睦明哲保身………………………… 257
陶侃二三事…………………………… 258
祖逖北伐……………………………… 259
石勒不计前嫌………………………… 260
崔仁师治狱…………………………… 260
羊祜二三事…………………………… 261
救时之相姚崇………………………… 263

◇ 参考答案 ◇

一诗一法一情感……………………… 265
"廿四史"选粹………………………… 285

一诗一法一情感

○ 诗

◆诗作

赋得自君之出矣
〔唐〕张九龄

自君之出矣,不复理残机。
思君如满月,夜夜减清辉。

[注释] 赋得:凡摘取古人成句为题之诗,题首多冠以赋得二字。"自君之出矣"是乐府诗杂曲歌辞名。君之出矣:即夫君离家了。清辉:指皎洁的月光。

[问题与探究]

(1)这首诗塑造了一个怎样的人物形象?

(2)诗的三、四句描写很有特点,请加以赏析。

诗人小传

张九龄(678—740),韶州曲江(今广东韶关)人,世称"张曲江"或"文献公"。唐朝开元年间名相,诗人。他忠耿尽职,秉公守则,直言敢谏,选贤任能,不徇私枉法,不趋炎附势,敢与恶势力作斗争,为"开元之治"做出了积极贡献。他的五言古诗,诗风清淡,以素练质朴的语言,寄托深远的人生慨望,对扫除唐初所沿袭的六朝绮靡诗风,贡献尤大。被誉为"岭南第一人"。

诗法小常识

赋得体:凡摘取古人成句为诗题,题首多冠以"赋得"二字。如南朝梁元帝有《赋得兰泽多芳草》一诗。科举时代的试帖诗,因试题多取成句,故题前均有"赋得"二字。亦应用于应制之作及诗人集会分题。后遂将"赋得"视为一种诗体。即景赋诗者也往往以"赋得"为题。

◆诗作

洛中访袁拾遗不遇
〔唐〕孟浩然

洛阳访才子,江岭作流人。
闻说梅花早,何如此地春?

[注释] 江岭:即大庾岭,过此即是岭南地区,唐代罪人往往流放于此。

诗人小传

孟浩然(689—740),襄州襄阳(今湖北襄阳)人,世称"孟襄阳",唐代著名的山水田园派诗人。他生当盛唐,早年有志用世,在仕途困顿、痛苦失望后,尚能自重,不媚俗世。曾隐居鹿门山。孟诗以五言短篇为主,多写山水田园和隐居的逸兴,以及羁旅行役的心情。其中虽不无愤世嫉俗之词,但多为诗人的自我表现。

[问题与探究]

(1)这首诗表达了作者哪些思想情感？请简要分析。

(2)这首诗在写作上主要运用了什么手法？有怎样的表达效果？请简要分析。

诗法小常识

对比：就是把具有明显差异、矛盾和对立的双方安排在一起，进行对照比较的修辞手法。运用这种手法，有利于充分显示事物的矛盾，突出被表现事物的本质特征，加强文章的艺术效果和感染力。如本诗四句，贯穿着两个对比。前二句用人对比，即洛阳才子与岭南流人对比，显示诗人心中的不平；后二句用地对比，即梅花早放的南方虽美，但还是不如春天的北国，显示诗人内心的伤感。

◆诗作

辛夷坞

[唐] 王 维

木末芙蓉花，山中发红萼。
涧户寂无人，纷纷开且落。

[注释] 辛夷：指芙蓉花。

[问题与探究]

(1)本诗的"诗眼"是哪个字？为什么？

(2)禅趣一般是指在静思中感悟到的人生的某种意趣和玄理。试分析上面这首诗中的禅趣。

诗人小传

王维（约699—761），字摩诘，河东蒲州（今山西运城）人，祖籍山西祁县，唐朝著名诗人、画家。开元九年（721），王维中进士第。曾任尚书右丞，世称"王右丞"。王维参禅悟理，精通诗、书、画、音乐等，其尤长五言，多咏山水田园，有"诗佛"之称。其书画特臻其妙，后人推其为南宗山水画之祖。苏轼评价其："味摩诘之诗，诗中有画；观摩诘之画，画中有诗。"

诗法小常识

诗眼：指的是作品中点睛传神之笔。它有两种表现形式。一种是诗词句中最精炼传神的某个字，以一字为工。一种是全篇最精彩和关键性的诗词句子，是一篇诗词的主旨所在。由于有了这个字词或句子，而使形象鲜活，神情飞动，意味深长，引人深思，富于艺术魅力，称为一篇诗词的眼目。如王安石的名句"春风又绿江南岸"的"绿"字，李清照《如梦令》的末句"应是绿肥红瘦"。

◆诗作

送崔九

[唐] 裴 迪

归山深浅去，须尽丘壑美。
莫学武陵人，暂游桃源里。

诗人小传

裴迪（716—？），河东（今山西）人，唐代诗人。他官蜀州刺史及尚书省郎。其一生以诗文见称，是盛唐著名的山水田园诗人之一。他早年与"诗佛"王维过从甚密，晚年居辋川、终南山，两人来往更为频繁，故

[注释] 崔九：即崔兴宗，尝与王维、裴迪同居辋川。南山：即辋川南边的终南山，故诗中说他"归山"。武陵人：指陶潜《桃花源记》中的武陵渔人。

[问题与探究]

(1)这是一首劝勉诗，从诗歌一、二句看，是要劝勉崔九干什么？

(2)三、四句运用了什么典故，其目的是什么？

其诗多是与王维唱和应酬之作。受王维影响，其诗大多为五绝，大抵和王维山水诗相近。

诗法小常识

用典：即用事。就是诗人引用古籍中的故事，或词句，含蓄地表达有关的内容和思想。刘勰在《文心雕龙》里诠释"用典"，说是"据事以类义，援古以证今"，即是用来以古比今，以古证今，借古抒怀。用典既要师其意，尚须能于故中求新，更须能令如己出，而不露痕迹，所谓"水中着盐，饮水乃知盐味"，方为佳作。

◆诗作

送灵澈上人
[唐] 刘长卿

苍苍竹林寺，杳杳钟声晚。
荷笠带斜阳，青山独归远。

[问题与探究]

(1)本诗点题的是哪一句？透过这一诗句，可以看出抒发了诗人怎样的思想感情？

(2)本诗极工绘画技巧，构图中心突出，背景极富意蕴，试做简要分析。

诗人小传

刘长卿（？—约789），字文房，宣城（今属安徽）人。唐玄宗天宝年间进士。肃宗至德年间任监察御史，后为长洲县尉，因事得罪，贬南巴尉。代宗大历年间任转运使判官，知淮西、鄂岳转运留后，又被诬再贬睦州司马。德宗建中年间，官终随州刺史，世称"刘随州"。刘长卿工于诗，长于五言，自称"五言长城"。

诗法小常识

禅诗：大体可分为两部分。一部分是禅理诗，内有一般的佛理诗，还有中国佛教禅宗特有的示法诗、开悟诗和倾古诗等。其特色是富于哲理和智慧，有深刻的辩证思维。另一部分是反映僧人和文人修行悟道生活的诗，如山居诗、佛寺诗和游方诗等。这些诗多写佛寺山居，多描写幽深峭曲、洁净无尘、超凡脱俗的山林风光胜景，多表现僧人或文人空诸所有、万虑全消、淡泊宁静的心境。其特色是表现空澄静寂圣洁的禅境和心境。

◆诗作

古别离
[唐] 孟 郊

欲别牵郎衣，郎今到何处？
不恨归来迟，莫向临邛去！

诗人小传

孟郊（751—814），字东野，湖州武康（今浙江德清）人，唐代著名诗人，有"诗囚"之称，又与贾岛齐名，人称"郊寒岛瘦"。孟郊46岁时才中进士，曾任溧阳尉。由于不能舒展他的抱负，遂放迹林泉间，徘徊赋诗。后因

[注释] 临邛：即今四川省邛崃，也就是汉代司马相如在客游中，与卓文君相识相恋之处。

[问题与探究]

(1)诗中最能体现主人公对送别之人的深厚情意的字是哪个？并做简要分析。

(2)"不恨归来迟，莫向临邛去"两句流露出女主人公怎样的情感？试做简要分析。

河南尹郑余庆之荐，定居洛阳，晚年生活多在洛阳度过。孟郊仕历简单，清寒终生，为人耿介倔强，故其诗也多写世态炎凉，民间苦难。其代表作有《游子吟》。

诗法小常识

用典：诗的第四句中诗人引用司马相如和卓文君的典故，隐含着女子痛苦的真情，怕男主人公去觅新欢。可见"不恨归来迟"，"不恨"，不是反语，也不是矫情，而是真情，是愿以两地相思的痛苦赢得彼此永远相爱的真情，她先如此真诚地让一步，献上一颗深情诚挚的心，最后再道出希望和请求："莫向临邛去"。其用心之良苦，可谓"诗从肺腑出，出则愁肺腑"（苏轼《读孟东野诗》）。

◆诗作

秋风引
[唐] 刘禹锡

何处秋风至，萧萧送雁群。
朝来入庭树，孤客最先闻。

[注释] 刘禹锡曾在偏远的南方过了一段长时期的贬谪生活。

[问题与探究]

(1)本诗一、二两句写出了秋风哪些特征？后人说"孤客最先闻"中"最"字用得好，为什么？

(2)前人在评论这首诗时说，"秋风"是理解本诗的关键。你同意这种说法吗？为什么？

诗人小传

刘禹锡（772—842），字梦得，洛阳人，进士及第。唐代诗人，有"诗豪"之称。贞元末，他与柳宗元等结交于王叔文，参与"永贞革新"失败。后历任朗州司马、连州刺史、夔州刺史、和州刺史、主客郎中、礼部郎中、苏州刺史等职。会昌时，加检校礼部尚书。卒年七十，赠户部尚书。

诗法小常识

曲笔：一种写作技巧，又叫"绕笔"。由于某种原因，作者不便直接道出本意，于是用委婉的语言，使读者通过思索，来了解作者本来的意旨。

这首诗要表达的是羁旅之情和思归之心，但妙在不从正面着笔，始终只就秋风做文章，在篇末虽然推出了"孤客"，也只写到他"闻"秋风而止。至于他的旅情归思是以"最先"两字来暗示的。这一结句曲折见意，含蓄不尽，以曲说而妙，为读者留有可寻味的深度。

◆诗作

夜 雪
[唐] 白居易

已讶衾枕冷，复见窗户明。
夜深知雪重，时闻折竹声。

诗人小传

白居易（772—846），字乐天，号香山居士，唐代现实主义诗人。他祖籍太原，到其曾祖父时迁居下邽（今陕西渭南），生于河南新郑。白居易与元稹共同倡导新乐府运动，世称"元白"。

[注释] 这首诗是诗人谪居江州时所作。衾：被子。

[问题与探究]

(1) 这首诗抒发了诗人什么样的情感？试做简要分析。

(2) 诗人写夜雪，写法独特。请就本诗的写作手法简要分析。

其诗题材广泛，形式多样，语言平易通俗，有"诗魔"和"诗王"之称。代表诗作有《长恨歌》《卖炭翁》《琵琶行》等。

诗法小常识

侧面描写：又叫间接描写，是指在文学创作中，作者通过对周围人物或环境的描绘来表现所要描写的对象，以使其鲜明突出，即间接地对描写对象进行刻画描绘。通常情况下，形象的刻画多采用正面描写的手法，但有时恰当地借助一些侧面描写，常常可以起到正面描写无法替代或者很难达到的艺术效果。

◆诗作

春　怨

［唐］金昌绪

打起黄莺儿，莫教枝上啼。
啼时惊妾梦，不得到辽西。

[问题与探究]

(1) 这首诗在构思上有什么特点？请简要分析。

(2) "以小见大"就是以小景传大境界，以平凡细微的事情反映重大的主题。请结合诗句谈谈本诗是如何运用这种手法来表现主旨的。

诗法小常识

倒叙式：为突出先发生的事情，有意把后发生的事情放在前面，把先发生的事情放在后面。如金昌绪的《春怨》，若依次序而论，应该是黄莺先惊了妾梦，让妾不能到辽西和爱人相会，然后才打黄莺的。这首诗采用层层倒叙的手法，章法与众不同。通篇词意连属，句句相承，环环相扣，句句设疑，层层剥笋，四句诗形成了一个不可分割的整体，极尽曲折之妙。

以小见大：这是我国古代诗歌尤其是绝句常用的表现手法。它以平凡细微的景物、事情（包括细节）来反映重大的主题，所谓"一滴水能折射出太阳的光辉"。以小见大中的"小"，是描写的焦点，它既是写作创意的浓缩和生发，也是写作者匠心独具的安排，因为它已不是一般意义的"小"，而是小中寓大，以小胜大的高度提炼的产物，是简洁的刻意追求。

◆诗作

哥舒歌

［唐］西鄙人

北斗七星高，哥舒夜带刀。
至今窥牧马，不敢过临洮。

诗法小常识

赋、比、兴：《诗经》中的三种主要表现手法。

赋："敷陈其事而直言之"。即直接铺陈叙述。如《诗经·秦风·无衣》就是一首赋体诗。诗歌句式大同小异，在铺陈复唱中

[注释] 哥舒：指唐朝名将哥舒翰。 临洮：今甘肃岷县，秦筑长城西起于此。

[问题与探究]

(1)一、二句运用了我国传统诗歌手法赋、比、兴中的哪一种？其目的是什么？

(2)沈德潜说："与《敕勒歌》同是天籁，不可以工拙求之。"试简述之。

直接表现战士们共同对敌、奔赴战场的高昂情绪，诗意层进中表现战士崇高的内心世界。

比："以彼物比此物"，即比喻。如《氓》用桑树从繁茂到凋落的变化来比喻爱情的盛衰，《鹤鸣》用"他山之石，可以攻玉"来比喻治国要用贤人，都是《诗经》中用"比"的佳例。

兴："先言他物以引起所咏之词"，又称起兴。如《孔雀东南飞》中的"孔雀东南飞，五里一徘徊"。这一手法能激发读者联想，增强意蕴，产生形象鲜明、诗意盎然的艺术效果。起兴，从特征上讲，有直接起兴和兴中含比两种情况；从使用上讲，有篇头起兴和兴起兴结两种形式。

◆诗作

栖禅暮归书所见

[宋] 唐 庚

雨在时时黑，春归处处青。
山深失小寺，湖尽得孤亭。

[注释] 栖禅：惠州山名。

[问题与探究]

(1)此诗在炼字方面颇为人称道，请从第三句中找出最为传神的一个字，并结合诗境分析其妙处。

(2)"好诗全凭结句高"，请结合全诗，分析结尾句与前三句在写法上和内容上的关系。

◆诗作

田园乐（其六）

[唐] 王 维

桃红复含宿雨，柳绿更带朝烟。
花落家童未扫，莺啼山客犹眠。

诗人小传

唐庚(1070—1120)，字子西，眉州丹棱(今属四川)人。北宋诗人，宋哲宗绍圣(1094)进士，宋徽宗大观中为宗子博士。经宰相张商英推荐，授提举京畿常平。张商英罢相，唐庚亦被贬，谪居惠州。后遇赦北归，复官承议郎，提举上清太平宫。后于返蜀道中病逝。

诗法小常识

炼字：又称"炼词"。为了表达的需要，在用字遣词时进行精细地锤炼推敲和创造性地搭配，使所用的字词获得简练精美、形象生动、含蓄深刻的表达效果。这种对字词进行艺术化加工的方法，叫作炼字。炼字的目的在于以最恰当的字词，贴切生动地表现人或事物。据说宋代王安石《泊船瓜州》中"春风又绿江南岸"的"绿"，初作"到"，又改为"过""入""满"等十余字，最后才定稿。古人作诗，常常"吟安一个字，捻断数茎须"（卢延让《苦吟》）。

诗法小常识

诗中有画：语出苏轼《东坡题跋》："味摩诘之诗，诗中有画；观摩诘之画，画中有诗。"形容长于描写景物的诗，使读者如置身图画当中。也形容诗的意境非常优美。如"大漠孤烟直，长河落日圆""明月松间照，清泉石上流"，等等。

[问题与探究]

(1)王维的诗"诗中有画",请简要分析诗歌的一、二句是如何体现这一特点的?

(2)诗的三、四两句营造了一种怎样的意境?表达了作者怎样的感情?

王维既是诗人,又是画家,他不仅仅能诗善画,还把艺术中的诗与画,通过他的创作,予以融化。《宣和画谱》中提到王维的诗句,如"落花寂寂啼山鸟,杨柳青青渡水人""行到水穷处,坐看云起时""白云回望合,青霭入看无"之类,说是"皆所画也"。

意境: 就是指文艺作品中描绘的生活图景与所表现的思想情感融为一体而形成的艺术境界。凡能感动读者的艺术,总是在反映对象"境"的同时,相应表现作者的"意",即作者能借形象表现心境,寓心境于形象之中。

◆诗作

送杜十四之江南
[唐]孟浩然

荆吴相接水为乡,君去春江正渺茫。
日暮征帆何处泊?天涯一望断人肠。

[注释] 荆:今湖北省。吴:今江浙一带。

[问题与探究]

(1)这首诗以谁的口吻,表达了怎样的思想感情?

(2)情景交融是古诗词写作上的特色。请联系诗中"春江正渺茫"做简要分析。

【诗法小常识】

送别诗: 抒发诗人离别之情的诗歌。古人因交通不便,亲朋之间往往一别数载难以相见,所以他们特别看重离别。离别之际,人们往往设酒饯别,折柳相送,有时还要吟诗话别,因此离别情绪就成为古代文人吟咏的一个永恒的主题。他们或激励劝勉,或抒发友情,或寄托诗人自己的理想抱负。另外,唐朝的一些送别诗往往洋溢着积极向上的青春气息,充满希望和梦想,反映盛唐的精神风貌。所用手法或直抒胸臆,或借景抒情。其艺术特点,有的格调豪放旷达,有的委婉含蓄,有的词浅情深。

情景交融: 指将感情融会在特定的自然景物或生活场景中,借对自然景物或场面的描摹刻画来抒发感情,是一种间接的含蓄的抒情方式。"情景交融",明写景,即字面都是景语;暗含情,即"一切景语皆情语"。如杜甫《春夜喜雨》中的春夜雨景,就包含了诗人的喜悦心情。

◆诗作

闺 怨
[唐]王昌龄

闺中少妇不曾愁,春日凝妆上翠楼。
忽见陌头杨柳色,悔教夫婿觅封侯。

诗人小传

王昌龄(698—756),字少伯,京兆长安(今陕西西安)人,盛唐边塞诗人。他早年贫寒,困于农耕,年近不惑,始中进士。初任秘书省校书郎,又应博学宏词科登第,授汜水尉,因事贬岭南。开元末返长安,改授江宁丞。被谤谪龙标尉。安史乱起,为刺史闾丘所杀。其诗以七绝见长,被誉为"七绝圣手",尤以登第之前赴西北边塞所作边塞诗最著。

[问题与探究]

(1)本诗标题为"闺怨",一开头却写"闺中少妇不曾愁",是否违反了题意?

(2)诗中如何描写少妇的心理变化?为什么"陌头杨柳色"会勾起少妇幽怨的情怀?

诗法小常识

闺怨诗:即以抒写女子悲怨愁情为主要内容的诗歌。它包括两大类:一种是宫怨诗,专写帝王宫中失宠宫妃孤寂生活和悲怨心情;一种是闺怨诗,写民间弃妇和思妇(如征妇、商妇、游子妇等)别离苦情。宫怨诗历代都有佳作,司马相如的《长门赋》是中国文学史上最早出现的宫怨诗之一。班婕妤的《怨歌行》等,都抒写了后宫女子孤寂、哀怨、悲伤的情绪。王昌龄曾以写宫怨诗著称之一。这些宫怨诗都充分体现了被深禁的后宫女子的寂寞冷清和幽怨不平之情。闺怨诗主要抒写古代民间弃妇和思妇的忧伤,或者少女怀春、思念情人的感情。闺怨诗在《诗经》里就有,如《卫风·氓》。唐代闺怨诗比较发达,且名作迭出。这种诗,有的是女子自己写的,还有一些是男子模拟女子的口气写的。

◆诗作

送沈子福之江东
[唐]王 维

杨柳渡头行客稀,罟师荡桨向临圻。
惟有相思似春色,江南江北送君归。

[注释] 江东:指长江下游以东地区。 罟师:这里指船夫。 临圻:今江苏省南京市东北。

[问题与探究]

(1)本诗首句写了哪些意象?这些意象有何作用?它们与题目有什么关系?

(2)前人评论这首诗的三、四句说:"工于比喻,善于言情。"试结合全诗赏析。

诗法小常识

意象:客观物象经过创作主体独特的情感活动而创造出来的一种艺术形象。就古典诗词而言,诗人所写之"景",所咏之"物",即为客观之"象";而借景所抒之"情",咏物所言之"志",即为主观之"意","象"与"意"的完美结合,就是"意象"。以诗歌的意象为突破口,对之进行多维解读,是鉴赏诗歌的钥匙之一。

以幻象、幻境抒写离别:诗中"唯有相思似春色,江南江北送君归"二句,诗人借助想象以春色作比,将江南江北的春色写得有情有意,把抽象无形的相思之情变得生动具体,使人可见可触可感。明人钟惺《唐诗归》评说:"相送之情,随春色所至,何其浓至!末两语情中生景,幻甚。"可谓深得其妙。

这种以情中所生出之幻象、幻境抒写离别的手法,如李白的"我寄愁心与明月,随君直到夜郎西"(《闻王昌龄左迁龙标遥有此寄》),北宋郑文宝的"不管烟波与风雨,载将离恨过江南"(《柳枝词》),都明显地受到王维这首诗的启发。

◆诗作

除夜作
[唐]高 适

旅馆寒灯独不眠,客心何事转凄然?
故乡今夜思千里,霜鬓明朝又一年。

诗人小传

高适(约700—765),字达夫,渤海蓨(今河北景县)人,盛唐边塞诗人,世称"高常侍"。其诗作笔力雄健,气势奔放,洋溢着盛唐时期所特有的奋发进取、蓬勃向上的时代精神。

[问题与探究]

(1)作者心情"转凄然"的原因有哪些？请结合全诗，用自己的话回答。

(2)对"故乡今夜思千里"句，沈德潜说："作故乡亲友思千里外人，愈有意味。"为什么"愈有意味"？请做简要分析。

诗法小常识

对写法：即从对面写来，也叫对面落笔，或主客移位。古人思乡怀人，不直抒胸臆，倾诉衷情，而是落笔对方，将作者自己深挚的思念之情委婉含蓄地表达出来。如"故乡今夜思千里"，意思是说："故乡的亲人在这个除夕之夜定是在想念着千里之外的我。"其实，这也正是"千里思故乡"的一种表现。在古典诗歌中，对写法也是一种常见的表现手法，如杜甫的"今夜鄜州月，闺中只独看"（《月夜》），诗中写的是妻子思念丈夫，其实恰恰是诗人自己感情的折射。

◆诗作

桃花溪
［唐］张　旭

隐隐飞桥隔野烟，石矶西畔问渔船。
桃花尽日随流水，洞在清溪何处边？

[问题与探究]

(1)桃花源本是虚构的，诗人也知道渔人无可奉答，却明知故问，表达了怎样的心情？

(2)请赏析"隐隐飞桥隔野烟"一句。

诗人小传

张旭（675—约750），字伯高，吴郡（今江苏苏州）人，唐代书法家、诗人。他善草书，性好酒，世称"张颠"，也是"饮中八仙"之一。唐文宗曾下诏，以李白诗歌、裴旻剑舞、张旭草书为"三绝"。其传世书迹有《肚痛帖》《古诗四帖》等。其诗存世六首，均为写景绝句，以意境幽深、构思精巧见长。

诗法小常识

动静结合："隐隐飞桥隔野烟"句，写深山野谷，云烟缭绕；透过云烟望去，那横跨山溪的长桥，忽隐忽现，似有似无，恍若在虚空里飞腾。这里，静止的桥和浮动的野烟相映成趣：野烟使桥化静为动，虚无缥缈，临空而飞；桥使野烟化动为静，宛如垂挂一道轻纱帷幔。隔着这帷幔看桥，使人格外感到一种朦胧美。"隔"字，使这两种景物交相映衬，融成一个艺术整体。

◆诗作

山中留客
［唐］张　旭

山光物态弄春晖，莫为轻阴便拟归。
纵使晴明无雨色，入云深处亦沾衣。

[问题与探究]

(1)这首诗表达了作者怎样的感情？诗句

诗法小常识

欲擒故纵：其实是欲扬先抑的形象说法，也就是我们诗歌里常见的反衬手法。如诗中"纵使晴明无雨色，入云深处亦沾衣"二句，诗人采取以退为进、欲擒故纵的笔法，进一步劝慰客人既来之，则安之，不要错过美好春光。因为客人怕"轻阴"致雨、淋湿衣服，诗人就婉曲地假设了一个晴天游春的问题——

9

"莫为轻阴便拟归"蕴含了什么哲理？

(2)首句"山光物态弄春晖"中用一"弄"字，有何表达作用？三、四句说"纵使晴明无雨色，入云深处亦沾衣"，为什么会"沾衣"？诗人如此写来有何意义？

在晴天中，因为春季雨水充足，云深雾锁的山中也会水汽蒙蒙，行走在草木掩映的山径上，衣服和鞋子同样会被露水和雾气打湿的。

为了强调某种意思，而从反面入手，如李白的《塞下曲》："五月天山雪，无花只有寒。笛中闻折柳，春色未曾看。晓战随金鼓，宵眠抱玉鞍。愿将腰下剑，直为斩楼兰。"诗的前四句极力写战争生活之苦，而后两句则写出了此境之下的雄心，而艰难的环境就将这种雄心反衬出来了。

◆诗作

从军行
[唐] 李 白

百战沙场碎铁衣，城南已合数重围。
突营射杀呼延将，独领残兵千骑归。

[注释] 呼延：当时匈奴贵族四姓之一。这里是敌军的一员悍将。

[问题与探究]

(1)这首诗是如何表现战事的严酷的？请结合全诗简要分析。

(2)有人说这首诗是"败中见豪气"，请结合全诗简要分析。

诗人小传

李白（701—762），字太白，号青莲居士，唐代浪漫主义诗人，被后人誉为"诗仙"。据说他祖籍陇西成纪（今甘肃秦安），出生于西域碎叶城（今吉尔吉斯斯坦托克马克城），四岁随父迁至剑南道绵州（今四川）。

诗法小常识

边塞诗：以边塞军旅生活为主要内容，或描写奇异的塞外风光，或反映将士戍边的艰辛。其思想内容丰富：有抒发渴望建功立业、报效国家的豪情；有状写戍边将士的乡愁、家中思妇的离恨；有表现塞外戍边生活的单调艰辛、连年征战的残酷；有宣泄对黩武开边的不满、对将军贪功起衅的怨情；有惊叹描摹边地绝域的奇异风光和民风民俗。而诗中流露的也可能是矛盾的复杂的情感：慷慨从军与久戍思乡的无奈，卫国激情与艰苦生活的冲突，献身为国与痛恨庸将无能的悲慨。代表诗人有高适、岑参、王昌龄等。

◆诗作

山房春事二首（其二）
[唐] 岑 参

梁园日暮乱飞鸦，极目萧条三两家。
庭树不知人去尽，春来还发旧时花。

[注释] 梁园：又名兔园，俗名竹园，西汉梁孝王刘武所建，故址在今河南省商丘东，周围三百多里。

诗人小传

岑参（约715—770），唐代边塞诗人。太宗时功臣岑文本重孙，后徙居江陵。岑参早岁孤贫，从兄就读，遍览史籍。唐玄宗天宝三年（744）进士，初为右内率府兵曹参军。后两次从军边塞，先在安西节度使高仙芝幕府掌书记；天宝末年，封常清为安西、北庭节度使时，

[问题与探究]

(1)这首诗抒发的是一种什么样的情感？请结合诗歌做简要分析。

(2)诗的后两句颇受世人推崇，请从表现手法角度加以赏析。

为其幕府判官。代宗时，曾官嘉州刺史（今四川乐山），世称"岑嘉州"。大历五年（770）卒于成都。

诗法小常识

拟人：把物当作人来写。运用拟人可以使色彩鲜明，描绘形象，表意生动。如李白的"雁引愁心去，山衔好月来"（《与夏十二登岳阳楼》），大雁有意为诗人带走愁心，君山有情为诗人衔来好月，写出了诗人流放遇赦的高兴心情。苏轼的"只恐夜深花睡去，故烧高烛照红妆"（《海棠》），诗人怕花睡去，所以点燃蜡烛来照，以花比人，极富雅趣。

◆诗作

春 思
[唐] 贾 至

草色青青柳色黄，桃花历乱李花香。
东风不为吹愁去，春日偏能惹恨长。

[注释] 贾至在唐肃宗朝曾因事贬为岳州司马。这首诗大概是他在贬谪期间所写。诗中表达的愁恨，看来不是一般的闲愁闲恨，而是由他当时的身份和处境产生的流人之愁、逐客之恨。

[问题与探究]

(1)这首诗表达了诗人怎样的情感？诗的前二句写了怎样的春景？对下文写情有什么作用？

(2)有人说这首诗的后两句"无理而妙"，请结合相关诗句加以赏析。

诗人小传

贾至（718—772），字幼邻，唐代洛阳人，以文著称当时。其父贾曾和他都曾为朝廷掌执文笔。玄宗受命册文为贾曾所撰，而传位册文则是贾至手笔。玄宗赞叹"两朝盛典出卿家父子手，可谓继美"（《新唐书·贾至传》）。他与李白、王维、杜甫、岑参等著名诗人都有过交往，并有诗酬唱。其诗风格如其文。杜甫曾称其诗"雄笔映千古"。

诗法小常识

无理而妙：古典诗歌中常见的一种艺术手法。这种写法别具一格，诗人往往把本无关联的景物人事与情理联系起来，虽有悖常理，却别开生面，更巧妙曲折地表现着复杂的感情。如李白《春思》："春风不相识，何事入罗帏？"诗人捕捉了思妇在春风吹入闺房，掀动罗帐时一霎那的心理活动，表现了她对行役屯戍未归的丈夫的殷殷思念之情。从艺术上说，这两句让多情的思妇对着无情的春风发话，仿佛是无理的，但用来表现独守春闺的思妇的情态，又令人感到真实可信。春风撩人，春思缠绵，申斥春风，是为了表达孤眠独宿的少妇对丈夫的思念之情。以此作结，恰到好处。

◆诗作

暮春回故山草堂
[唐] 钱 起

谷口春残黄鸟稀，辛夷花尽杏花飞。

诗人小传

钱起（约722—约780），字仲文，吴兴（今浙江湖州）人，唐代诗人。早年数次赴试落第，唐天宝十年（751）进士，大书法家怀素和尚之叔。他是"大历十才子"之一。

11

始怜幽竹山窗下，不改清阴待我归。

[问题与探究]

(1)诗的前两句，重在表现什么内容？并简要分析运用了什么表现手法。

(2)诗人笔下的"幽竹"是个怎样的形象？诗人运用什么手法刻画它？这一形象寄托了诗人怎样的思想情感？

◆诗作

酬李穆见寄
[唐] 刘长卿

孤舟相访至天涯，万转云山路更赊。
欲扫柴门迎远客，青苔黄叶满贫家。

[注释] 李穆是刘长卿的女婿，颇有清才。《全唐诗》载其《寄妻父刘长卿》，全诗："处处云山无尽时，桐庐南望转参差。舟人莫道新安近，欲上潺溪行自迟。"它就是刘长卿这首和诗的原唱。赊：远。

[问题与探究]

(1)诗的前两句描绘了一幅怎样的图景？表达了作者怎样的心情？

(2)诗的三、四两句蕴含了怎样的感情？请简要分析。

诗法小常识

形象：又称艺术形象，在诗歌中也称意象。它是指诗歌作品创造出来的生动具体的、寄寓作者的生活理想和思想感情的艺术形象。形象包括以下三种：(1)人物形象。①诗中塑造的人物形象；②诗中的诗人形象"我"，一般指抒情主人公，即诗人自己，有别于小说中的"我"。(2)自然景象。诗中的景物形象是情中景，即染上了诗人主观感情的客观景象（山川草木等），也就是含有"意"的形象，即"意象"。(3)事物形象。诗人借助具有某种特定内涵的事物（花鸟虫鱼等）来表明自己的心迹或某种情感。如咏物诗的"物"和送别诗中的"动作细节"。

诗法小常识

和诗：指唱和，和答。和就是附和的意思。在传统诗歌学里，和诗是由两首以上的诗组成，第一首是原唱，接下去的是附和。平仄的运用以及节奏的安排上，不同的体裁有不同的要求。讲究步韵，依韵，用韵。(1)步韵，亦称次韵，即用其原韵原字，且先后次序须相同；(2)依韵，亦称同韵，和诗与被和诗同属一韵，但不必用其原字；(3)用韵，即用原诗韵的字而不必顺其次序。

双关：在一定的语言环境中，利用词的多义及同音（或音近）条件，有意使语句具有双重意义，言在此而意在彼，这种修辞手法叫作双关。双关可使语言表达得含蓄、幽默，而且能加深寓意，给人以深刻印象。双关可分为两种：

(1)意义双关。例如《红楼梦》中"将那三春看破，桃红柳绿待如何？把这韶华打灭，觅那清淡天和"。

"三春"表面指暮春，内含元春、迎春、探春三人的境遇。

(2)谐音双关。例如刘禹锡的《竹枝词》："杨柳青青江水平，闻郎江上唱歌声。东边日出西边雨，道是无晴还有晴。"

其中"晴"字，表面上是说晴雨的"晴"，暗中却又是在说情感的"情"，一语双关。

◆诗作

移家别湖上亭
〔唐〕戎　昱

好是春风湖上亭，柳条藤蔓系离情。
黄莺久住浑相识，欲别频啼四五声。

[问题与探究]

(1)作者采用了什么艺术手法来表达他对湖上亭依恋难舍的深厚感情？请结合诗句具体分析。

(2)古人写诗很讲究炼字，诗中的"系"和"啼"两个动词就用得准确传神，请分别予以简要分析。

诗人小传

戎昱（744—800），唐代诗人，荆州（今湖北江陵）人。他少年举进士落第，游名都山川，后中进士。他是中唐前期比较注重反映现实的诗人之一。

诗法小常识

拟人：诗的后三句，诗人用拟人手法，赋予柳条、藤蔓、黄莺以人的情感，巧妙而含蓄地表达了诗人对湖上亭的依恋之情。"系"字写出柳条藤蔓牵衣拉裾的动作，表现它们依恋主人不忍主人离去的深情。"啼"字写出了黄莺殷殷挽留、凄凄惜别，也让人联想到离别的眼泪。这种拟人化的写法被后人广泛采用。宋人周邦彦"长条故惹行客，似牵衣待话，别情无极"，王实甫《西厢记》"柳丝长，玉骢难系""柳丝长，咫尺情牵惹"等以柳条写离情，都是与这首诗的写法一脉相承的。

◆诗作

夜上受降城闻笛
〔唐〕李　益

回乐烽前沙似雪，受降城外月如霜。
不知何处吹芦管，一夜征人尽望乡。

[注释] 回乐：今宁夏灵武西南处。　烽：烽火台。芦管：用芦苇、竹子做成的乐器。　征人：出征在外的将士。

[问题与探究]

(1)诗歌的前两句描绘了什么样的画面？运用了怎样的艺术技巧？

(2)这首诗被推崇为中唐边塞诗的绝唱。结合全诗内容，简要分析作者抒发了怎样的思想感情？

诗人小传

李益（约750—约830），字君虞，唐代诗人。凉州姑臧（今甘肃武威）人，后迁河南郑州。大历四年（769）进士，因仕途失意，后弃官在燕赵一带漫游。以边塞诗作名世，擅长绝句，尤其工于七绝。

诗法小常识

铺垫：是为主要人物出场或主要事件发生创造条件而着重描述渲染，进行陪衬衬托的一种表现手法。

铺垫的种类：

①按情节发展的方向来分，有正铺（与情节发展的方向完全一致）和反铺（与情节发展的方向完全相反，出乎意料）。

②按铺垫的手法来分，有伏笔铺垫、悬念铺垫（又叫垫衬）、铺陈铺垫（用铺陈事物的方法，渲染气氛，制造声势）等。如宝玉挨打是伏笔铺垫，红楼梦序曲是悬念铺垫。

◆诗作

城东早春
[唐] 杨巨源

诗家清景在新春,绿柳才黄半未匀。
若待上林花似锦,出门俱是看花人。

[注释] 题中的"城"当指唐代京城长安。上林:上林苑,故址在今陕西西安市西,这里代指京城长安。

[问题与探究]

(1)这是一首蕴涵着丰富而高雅理趣的写景诗。你觉得这首诗有什么样的理趣?

(2)这首诗主要运用了什么表现手法?请结合诗歌内容简要说明。

诗人小传

杨巨源(755—?),唐代诗人。字景山,后改名巨济。河中(今山西永济)人。贞元五年(789)进士。初为张弘靖从事,由秘书郎擢太常博士,迁虞部员外郎。出为凤翔少尹,复召授国子司业。长庆四年(824),辞官退休,执政请以为河中少尹,食其禄终身。

诗法小常识

虚实结合(1): 把抽象的述说与具体的描写结合起来,或者是把眼前现实生活的描写与回忆、想象结合起来的表现手法。虚与实是相对的,如书上所言,有者为实,无者为虚;有据为实,假托为虚;客观为实,主观为虚;具体为实,隐者为虚;有行为实,徒言为虚;当前为实,未来是虚;已知为实,未知为虚,等等。如《城东早春》一、二句是实写,描绘出美丽的初春之景;三、四句想象,是虚写,春色秾艳至极,游人如云,喧嚷若市,突显作者对早春清新之景的喜爱之情。

◆诗作

雨过山村
[唐] 王 建

雨里鸡鸣一两家,竹溪村路板桥斜。
妇姑相唤浴蚕去,闲看中庭栀子花。

[注释] 妇姑:婆媳。浴蚕:用盐水浸泡蚕卵,下沉的选作蚕种。中庭:院子当中。栀子:常绿灌木,白色,浓香;果实黄色,可作染料。

[问题与探究]

(1)诗的前两句,作者用了哪些意象?写出了雨后山村怎样的景物特点?

(2)诗的后两句,诗人是怎样表现农忙气氛的?请简要分析。

诗人小传

王建(约767—约830),字仲初,生于颍川(今河南许昌),唐朝大历进士。其家贫,"从军走马十三年",居乡"终日忧衣食",四十岁以后,"白发初为吏",任县丞、司马等职。他写了大量的乐府诗,同情百姓疾苦,与张籍齐名。

诗法小常识

山水田园诗: 这类诗以描写自然风光、农村景物以及安逸恬淡的隐居生活见长。其诗境隽永优美,风格恬静淡雅,语言清丽洗练,多用白描手法。山水田园诗源于南北朝的谢灵运和晋代陶渊明,唐代以王维、孟浩然为代表。陶渊明等诗人形成东晋田园诗派,谢灵运、谢朓等诗人形成南朝山水诗派,王维、孟浩然等诗人形成盛唐山水田园诗派。他们以山水田园为审美对象,将细腻的笔触投向静谧的山林、悠闲的田野,创造出一种田园牧歌式的生活,借以表达对现实的不满,对宁静平和生活的向往。

◆诗作

春　雪
[唐] 韩　愈

新年都未有芳华，二月初惊见草芽。
白雪却嫌春色晚，故穿庭树作飞花。

[问题与探究]

(1) 这首诗第二句中哪个字用得最为传神？请做简要分析。

(2) 本诗三、四句运用什么手法表达了诗人对春雪飞花的感受？这两句诗于常景中翻出新意，巧妙奇警，试做赏析。

诗人小传

韩愈（768—824），字退之，河南河阳（今河南孟县）人，世称"韩昌黎""昌黎先生"，谥号"文"，故称"韩文公"。韩愈是唐代古文运动的倡导者，其散文被列为"唐宋八大家"之首，与柳宗元并称"韩柳"。后人将其与柳宗元、欧阳修和苏轼合称"千古文章四大家"。他提出的"文道合一""气盛言宜""务去陈言""文从字顺"等散文的写作理论，对后人很有指导意义。

诗法小常识

翻因为果：故意把结果当成原因，颠倒了因果关系的写法。也叫倒果为因，或颠倒因果。一般来说，因果倒置是错误的，但在古诗里，翻因为果是为了增添诗的意趣，所以有其合理性和艺术价值。翻因为果的技巧，可使诗歌环环相扣，句句相承，极尽曲折之妙，形成特殊的艺术效果。

◆诗作

村　夜
[唐] 白居易

霜草苍苍虫切切，村南村北行人绝。
独出门前望野田，月明荞麦花如雪。

[问题与探究]

(1) 这首诗前后诗句所描绘的景色有什么不同？诗人的心情发生了怎样的变化？这首诗是怎样表达这个变化的？

(2) "独出门前望野田"这一句在全诗中起着什么样的作用？试做简要分析。

诗法小常识

白描：原本是中国画技法名，指单用墨色线条勾描形象而不施彩色的画法。白描作为诗歌的一种表现手法，就是用朴素简练的文字描摹形象，不重辞藻修饰与渲染烘托，通过朴实的语言表现事物的本质，具有一种自然美。运用白描手法写作的诗词"看似平常却奇崛"，"其淡语皆有味，浅语皆有致"。如马致远《天净沙·秋思》："枯藤老树昏鸦，小桥流水人家，古道西风瘦马。夕阳西下，断肠人在天涯。"全曲仅有28个字，而作者用白描手法，描绘了一幅秋郊黄昏萧瑟凄凉的行旅图景，刻画了一个骑着瘦马在西风残照的古道上艰难跋涉的游子形象，表现了这位天涯游子悲秋怀乡的愁苦情怀。

◆诗作

渡桑乾

[唐]刘皂

客舍并州已十霜,归心日夜忆咸阳。
无端更渡桑乾水,却望并州是故乡。

[注释] 无端:没来由。 更渡:再渡。

[问题与探究]

(1)结合全诗看,诗中的"霜"有几种含义?请简要说明。

(2)对诗中的"无端更渡桑乾水"历来有两种不同的理解:一种理解是回故乡咸阳;另一种理解是迁徙到离家更远的地方去。你赞成哪一种?请说明理由。

诗人小传

刘皂:咸阳(今属陕西)人,唐代诗人。贞元间(785—805)在世,身世无可考。

诗法小常识

羁旅行役诗:又叫思乡怀人诗。在古代,有些诗人长期客居在外,滞留他乡,或漂泊异地,或谋求仕途,或被贬赴任途中,或游历名山大川,或探亲访友。所谓"羁旅",即因上述种种原因,长久寄居他乡之意。他们眼中有所见,耳中有所闻,心中有所感,由此触发灵感,写下诗篇。这类诗多抒发绵绵的乡愁,漂泊不定的艰辛,郁郁不得志的苦闷,对家乡亲人的思念,以及对安定幸福生活的期盼与向往,凝聚了诗人的人生感叹。如温庭筠《商山早行》,其名句"鸡声茅店月,人迹板桥霜",历来被人传诵,它塑造了旅客闻鸡而起赶路的特有情景和特定气氛,从而进一步勾起诗人思乡之情。

◆诗作

陇西行

[唐]陈陶

誓扫匈奴不顾身,五千貂锦丧胡尘。
可怜无定河边骨,犹是春闺梦里人!

[问题与探究]

(1)这首诗是如何运用虚实相生的写法来表现全诗主旨的?试做简要分析。

(2)明朝王世贞赞赏此诗后二句"用意工妙",但指责前二句"筋骨毕露",后二句为其所累。你认同前人的评论吗?请做简要说明。

诗人小传

陈陶,字嵩伯,生平不详。工诗,以平淡见称。他屡举进士不第,遂隐居不仕,自称三教布衣。

诗法小常识

虚实结(2):这种笔法有以下四种。

(1)用字之虚实。古人看法有二:一种认为虚字易用,实义少,灵活婉转而有弹性,容易把诗写活;另一种认为虚字实义少,用不好时诗句软弱无力,诗意空洞。而实字可使诗句刚劲挺拔、奇气纵横。古代的诗词名家,都善于驾驭虚实结合。

(2)置景之虚实。诗词有实景与虚景,有虚实相间之景。写实要注意"实中透虚",能触发联想,写实才不枯燥、不呆板。写虚景要能落到实处,有凭借依托,有云蒸霞蔚的气象境界。

(3)置议论之虚实。写诗强调形象思维,但也不排斥抽象思维,即诗中的议论。这议论不是泛泛而谈,它要求有哲理性,有形象性,有强烈的感情色彩。换句话说，就是要善于运用虚笔。

(4)情境之虚实。这里有两种情况：一种是以回想过去的情境为虚，以目前具体情景为实；一种是虚拟或想象的情景为虚，以真实具体情景为实。情境实写容易而虚写难。

诗人小传

戴叔伦（732—789），唐代诗人，字幼公，润州金坛（今江苏镇江）人。年轻时师事从颖士。曾任新城令、东阳令、抚州刺史、容管经略使。晚年上表自请为道士。其诗多表现隐逸生活和闲适情调。

诗法小常识

以动衬静：古诗词中的动词，不是简单的动词，它同时可以用来起到衬托、烘托、渲染的效果。如：

王维的《鸟鸣涧》："人闲桂花落，夜静春山空。月出惊山鸟，时鸣春涧中。"诗主要写春山的月夜之静，但"花落""月出""鸟鸣"却都是动的，这里作者用以动衬静的手法，起到了很好的艺术效果。

贾岛的《题李凝幽居》："鸟宿池边树，僧敲月下门。"韩愈建议选择"敲"，用"敲"声来突出月夜的宁静，渲染诗人所描绘的"幽静"的意境。

王籍的《入若耶溪》："蝉噪林逾静，鸟鸣山更幽。"诗人写山林的幽静，以"蝉噪"衬托林静，用"鸟鸣"显现山幽，动中写静，充满生气。

诗人小传

崔道融（生卒年不详），自号东瓯散人，荆州（今湖北江陵）人，唐代诗人。乾宁二年（895）前后，任永嘉（今浙江温州）县令，后入朝为右补阙，不久因避战乱入闽。与司空图、方干为诗友。

诗法小常识

情趣：情趣有高雅、低俗之分。高雅情趣体现一个人对美好生活的追求、乐观的生活态度和健康的心理。

朱光潜说："我以为诗的要素有三种：就骨子里说，它要表现一种情趣；就表面说，它有意象，有声音。我们可以说，诗以情趣为主，

◆诗作

兰溪棹歌

[唐]戴叔伦

凉月如眉挂柳湾，越中山色镜中看。
兰溪三日桃花雨，半夜鲤鱼来上滩。

[注释] 兰溪：在今浙江兰溪西南。 棹歌：渔民的歌。 越中：今浙江中部。 桃花雨：桃花开时下的雨，指春雨。

[问题与探究]

(1)这首棹歌模仿民歌的情韵，画面清新而情趣淳朴。描写有动有静，情景相谐，请就此做简要赏析。

（2）试从表达手法的角度，赏析"凉月如眉挂柳湾，越中山色镜中看"两句。

◆诗作

溪居即事

[唐]崔道融

篱外谁家不系船，春风吹入钓鱼湾。
小童疑是有村客，急向柴门去却关。

[注释] 系：绑。 疑是：以为。 去却关：抽出门闩。

[问题与探究]

(1)这首诗给读者展现一幅素淡的水乡风景图，富有诗意。请描述诗的意境（画面），概述诗的主旨。

(2)请指出"小童疑是有村客,急向柴门去却关"两句中用得巧妙的两个字,并简要分析其妙处。

情趣见于声音,寓于意象。"可见,诗歌往往不宜单纯地抒情,每一种情感的表达,都需要借助一定的物质外壳加以外化才得以完成。而这种物质外壳就是我们常说的"意象"。

唐诗多情趣,如崔道融的这首《溪居即事》,所写虽日常生活小事,却能给人以美的熏陶。这首诗勾画了一幅恬静、平和的水乡春景图,特别是那个小孩儿的无限童趣,给读者极深的印象。

◆诗作

宿甘露寺
[宋] 曾公亮

枕中云气千峰近,床底松声万壑哀。
要看银山拍天浪,开窗放入大江来。

[注释] 甘露寺:在现在江苏省镇江市北固山上,位于长江南岸。

[问题与探究]

(1)前人评价这首诗中"放入"一词最显气魄,你同意吗?请做简要分析。

(2)这首诗在表达技巧的运用上很有特色,请就感受最深的一点做出评价。

诗人小传

曾公亮(998—1078),字明仲,号乐正,泉州晋江人。北宋著名政治家、军事家、军火家、思想家。仁宗天圣二年进士,仕仁宗、英宗、神宗三朝,历官知县、知州、知府、知制诰、翰林学士、端明殿学士,参知政事,枢密使和同中书门下平章事等。曾公亮与丁度承旨编纂《武经总要》,为中国古代第一部官方编纂的军事科学百科全书。

诗法小常识

反客为主:意思是客人反过来成为主人,比喻变被动为主动。即诗人利用事物相关和参照的关系,通过对相关事物动态的描写来衬写事物主体的写法。

这首诗通篇用反客为主却不露痕迹。本是诗人向往长江景色,到了诗人笔下却成了长江招引诗人去欣赏。原来长江想要冲进房间,好让诗人欣赏自己的奇伟,便先以枕云相示,后以骇浪相呼,不停地邀请着诗人,召唤着诗人,诗人便再也无心睡眠,欣然开窗,与长江陶醉在了一起。这一写作及炼字方法,与杜甫《绝句》"窗含西岭千秋雪"相仿,但杜诗写的是静态,曾诗写的是动态,更具魄力,只有稍后的王安石绝句"两山排闼送青来"可与之媲美。

◆诗作

画眉鸟
[宋] 欧阳修

百啭千声随意移,山花红紫树高低。
始知锁向金笼听,不及林间自在啼。

诗人小传

欧阳修(1007—1072),字永叔,号醉翁,晚号六一居士,庐陵吉水(今属江西)人。他是北宋古文运动的倡导者和领袖,著名的散文家,散文说理畅达,抒情委婉,是"唐宋八大家"之一。其诗风与其散文近似,语言

[注释] 百啭千声：形容鸟鸣悦耳动听。 金笼：指华贵的鸟笼。

[问题与探究]

(1)这首诗写了几种画眉鸟？是怎样写画眉鸟的？

(2)作者写画眉鸟，表达了怎样的思想感情？

流畅自然。其词婉丽，承袭南唐余风。欧阳修曾与宋祁合修《新唐书》，并独撰《新五代史》。

诗法小常识

理趣：诗歌的主要任务是抒情，但是说理也是诗歌的功能之一，有些抒情诗中往往也有说理的成分。

南宋包恢认为："古人于诗不苟作，不多作。而或一诗之出，必极天下之至精，状理则理趣浑然，状事则事情昭然，状物则物态宛然。"清人沈德潜也说："诗不能离理，然贵有理趣，不贵下理语。"钱锺书也认为"若夫理趣，则理寓物中，物包理内，物秉理成，理因物显"（《谈艺录》）；"理之在诗，如水中盐、蜜中花（当为花中蜜），体匿性存，无痕有味，现相无相，立说无说，所谓冥合圆显者也。"可见，诗的理趣就是通过诗的形象来表现哲理的艺术趣味。诗的理趣多见之于山水诗、咏物诗和咏史诗。如苏轼的《题西林壁》："横看成岭侧成峰，远近高低各不同。不识庐山真面目，只缘身在此山中。"诗的前两句似说明人们的观点会因为条件的不同而有差异，后两句则说明了旁观者清、当局者迷的道理。

◆诗作

淮中晚泊犊头

[宋] 苏舜钦

春阴垂野草青青，时有幽花一树明。
晚泊孤舟古祠下，满川风雨看潮生。

[注释] 犊头：淮河边上一个地名。 幽花：野花。 古祠：古庙。

[问题与探究]

(1)本诗运用动静结合，远景近景结合，写景很有层次感，请结合诗句做简要分析。

(2)说说你对诗人"满川风雨看潮生"心情的理解。

诗人小传

苏舜钦(1008—1048)，北宋诗人，字子美，河南开封人，曾祖父由梓州铜山（今四川中江）迁至开封。曾任县令、大理评事、集贤殿校理，监进奏院等职。因支持范仲淹庆历新政，为守旧派所恨。御史中丞王拱辰让其属官劾奏苏舜钦，劾其在进奏院祭神时，用卖废纸之钱宴请宾客，罢职闲居苏州。后复起为湖州长史，不久病故。

诗法小常识

动静结合：这首绝句，抒情主人公和景物之间的动静关系是变化的。日间船行水上，人在动态之中，岸边的野草幽花是静止的；夜里船泊犊头，人是静止的，风雨潮水却是动荡不息的。这种动中观静，静中观动的艺术构思，使诗人与外界景物始终保持相当的距离，从而显示了一种悠闲、从容、超然物外的心境和风度。

一诗一法一情感与「廿四史」选粹

◆诗作

乡 思
[宋] 李 觏

人言落日是天涯，望极天涯不见家。
已恨碧山相阻隔，碧山还被暮云遮。

[注释] 落日：太阳落山的极远之地。 望极天涯：极目天涯。 碧山：这里泛指青山。

[问题与探究]

(1)钱锺书说，诗歌里有三种写法，其一是"天涯虽远，而想望中的人更远"。请结合本诗，简要谈谈诗人是如何着眼空间距离来抒写思乡之情的。

(2)诗的三、四两句中，哪两个字前后呼应？在表达上有何作用？

◆诗作

题春晚
[宋] 周敦颐

花落柴门掩夕晖，昏鸦数点傍林飞。
吟余小立阑干外，遥见樵渔一路归。

[问题与探究]

(1)本诗的题目为《题春晚》，诗人是怎样紧扣"春晚"两字写景的？

(2)该诗描绘的是暮春之景，表现诗人怎样的情感？试简要分析。

诗人小传

李觏(1009—1059)，字泰伯，号盱江先生，建昌军南城(今江西资溪)人，北宋哲学家、思想家、教育家、改革家。他出身寒微，但能刻苦自励、奋发向学、勤于著述，以求安国济民。他善辩能文，举茂才不中，讲学自给，来学者常数十百人。李觏博学通识，尤长于礼。他不拘泥于汉、唐诸儒的旧说，敢于抒发己见，推理经义，成为"一时儒宗"。

诗法小常识

透过一层加一倍写法：中国古代诗词写法之一。这种写法，有用在一联中的，如杜甫《夜闻觱篥》云："君知天地干戈满，不见江湖行路难。"本意写行路难，再加写遍地战争，行路就更难了。又如李商隐《无题》："刘郎已恨蓬山远，更隔蓬山一万重。"也是如此。更多的是用若干句透过一层，如宋徽宗《宴山亭·北行见杏花》词："天遥地远，万水千山，知他故宫何处。怎不思量，除梦里有时曾去。无据，和梦也新来不做。"写思念故宫，故宫不见，转而梦见，最后连梦中也见不到，把感情的波浪重重推向高涨。李觏的这首诗，也采用了这一手法。

诗人小传

周敦颐(1017—1073)，字茂叔，世称濂溪先生，北宋道州营道(今湖南道县)人，文学家、哲学家。他少时喜爱读书，志趣高远，博学力行，后研究《易经》，在亲友助下，谋了些小官，不久辞官而去，在庐山筑堂定居，创办濂溪书院，开始设堂讲学。周敦颐是中国理学的开山祖，他的理学思想在中国哲学史上起到了承前启后的作用。但是他生前官位不高，学术地位也不显赫，在他死后，弟子程颢、程颐成名，他的才识才被认可，后经朱熹的推崇，学术地位最终确定，被人称为程朱理学的开山祖。

诗法小常识

静而不寂：这首诗一、二、四三句写景，落花、昏鸦、归来的渔樵在日落时分融汇成一幅和谐、静谧的图画，而"落""飞""归"三个动词的运用又化寂为动，为这静谧的环境增添了活泼的气息，使诗歌富有了生机。所以全诗充满着静而不寂的闲适之情。

◆诗作

西 楼
[宋] 曾 巩

海浪如云去却回,北风吹起数声雷。
朱楼四面钩疏箔,卧看千山急雨来。

[注释] 去却回:去了又来。钩疏箔:把帘子挂起。

[问题与探究]

(1)诗的前两句描写了怎样的画面?各从什么角度描写的?

(2)这首诗表达了诗人怎样的情感?请结合诗句做简要赏析。

诗人小传

曾巩(1019—1083),字子固,建昌军南丰(今江西南丰)人,北宋散文家、史学家、政治家。曾巩出身儒学世家,祖父曾致尧、父亲曾易占皆为北宋名臣。嘉祐二年(1057),进士及第,任太平州司法参军,以习用律令,量刑适当而闻名。他为政廉洁奉公,勤于政事,关心民生疾苦,为"南丰七曾"之一。其文学成就突出,其文"古雅、平正、冲和",位列"唐宋八大家"。

诗法小常识

无理而妙:诗中"朱楼四面钩疏箔"句,将帘子挂起这一动作颇出人意料,似乎觉得逆情悖理,在"山雨欲来风满楼"之时,只有垂帘,哪有挂帘呢?但这恰恰是真情的流露,诗人想"卧看千山急雨来",已经到了痴情的地步,因而能够使人思而生奇趣。这和李益的"早知潮有信,嫁与弄潮儿",张先的"不如桃杏,犹解嫁东风",李白的"划却君山好,平铺湘水流"等一样,"愈无理而愈妙"(《词筌》)。

◆诗作

客中初夏
[宋] 司马光

四月清和雨乍晴,南山当户转分明。
更无柳絮因风起,惟有葵花向日倾。

[注释] 熙宁二年王安石实行变法,诗人和他政见不同,竭力反对,然而宋神宗支持王安石。因而当神宗欲任诗人为枢密副使时,他坚辞不就,并于熙宁三年以端明殿学士知永兴军,又于四年退居洛阳,直到元丰八年哲宗即位,方归京任职,其间居洛阳共十五年。

[问题与探究]

(1)这首诗表现了诗人怎样的心境?请简要概括。

(2)这首诗运用了多种表现方法,请任选两种简要赏析。

诗人小传

司马光(1019—1086),字君实,号迂叟,陕州夏县(今属山西)涑水乡人,世称涑水先生。北宋史学家、文学家。他历仕仁宗、英宗、神宗、哲宗四朝,卒赠太师、温国公,谥文正。主持编纂中国第一部编年体通史《资治通鉴》。其为人温良谦恭,刚正不阿;其人格堪称儒学的典范,历来受人景仰。

诗法小常识

托物言志:古典诗词中常见的一种表现手法,也称寄意于物。诗人常用比喻、拟人、对比、象征、起兴等手法,通过描绘某一物品来表达作者某种精神、品格、思想、感情或揭示作品的主旨。用托物言志法创作,要掌握好"物品"与"志向","物品"与"感情"的内在联系。首先是物品的主要特点要与自己的志向和意愿有某种相同点和相似点。其次,描述时,自己的志向要以物品的特点为核心。物品要能表达自己的意愿。就是诗人把自己的某种理想、人格或感情融于某种具体事物,就是物与志的结合。

◆诗作

夜发分宁寄杜涧叟
[宋]黄庭坚

阳关一曲水东流,灯火涪阳一钓舟。
我自只如常日醉,满川风月替人愁。

[注释]分宁:今江西修水,山谷故乡。杜涧叟:杜槃,号涧叟。时居于庐山。阳关:《阳关曲》,又名《阳关三叠》,古代离别的乐曲。涪阳:山名。在分宁东。

[问题与探究]

(1)首句"水东流"三字在本诗中有哪些作用?请结合全诗简要赏析。

(2)有人认为"满川风月替人愁"写得好,那么好在哪些地方呢?请你说说。

诗人小传

黄庭坚(1045—1105),字鲁直,号山谷道人,晚号涪翁,洪州分宁(今江西修水)人,北宋文学家、书法家,江西诗派开山之祖。其诗宗法杜甫,与杜甫、陈师道和陈与义素有"一祖三宗"(黄庭坚为其中一宗)之称。与张耒、晁补之、秦观都游学于苏轼门下,合称为"苏门四学士"。与苏轼齐名,世称"苏黄"。黄庭坚书法亦能独树一帜,擅长行、草书,为"宋四家"之一。

诗法小常识

拟人: 修辞方式之一。把事物人格化,即赋予人以外的他物以人的特征,使之具有人的思想、感情和行为。拟人可以通过形容词、动词或名词表现出来。如诗中"我自只如常日醉,满川风月替人愁"二句运用拟人手法,明明是自己愁,却说不愁,说是满川的风月替他发愁。这种将无情之物说成有情,而把有情的人,偏说成是无情,就形成了更为曲折也更耐人寻思的情景关系,在艺术表现上是颇为新奇的。

◆诗作

题 画
[宋]李 唐

云里烟村雨里滩,看之容易作之难。
早知不入时人眼,多买燕脂画牡丹。

[注释]据《书画题跋记》载,钱唐人宋杞云:李唐,擅长淡墨山水,初到杭州,无人赏识,靠卖纸画糊口,生活十分艰苦。燕脂:即胭脂,一种红色颜料。

[问题与探究]

(1)请用自己的语言描摹李唐画作的内容,试品评画作的技法与效果。

(2)诗的最后两句表达了诗人怎样的感慨?请结合诗句具体分析。

诗人小传

李唐(1066—1150),字晞古,河阳三城(今河南孟州)人,南宋画家。初以卖画为生,宋徽宗赵佶时入画院。南渡后以成忠郎衔任画院待诏。他擅长山水、人物,并以画牛著称。与刘松年、马远、夏圭并称"南宋四大家"。

诗法小常识

题画诗: 广义上指一切题咏画作的诗歌。题画诗有抒写怀抱、持赠他人和艺术评论等内容,它往往会起到诗情画意相得益彰的效果。这种题画诗的创作,是诗人参透了画家之画的神韵情思,从而与画家共鸣,诗画融通,于是以诗应之,其素材其情思,均与画同,使鉴赏达到一种至高的境界。诗的内容或抒发作者的感情,或谈论艺术见地,或咏叹画面的意境。如王冕的《墨梅》:"我家洗砚池头树,朵朵花开淡墨痕。不要人夸好颜色,只留清气满乾坤。"诗人赞美墨梅不求人夸,只愿给人间留下清香的美德,实际上是借梅自喻,表达自己对人生的态度以及不向世俗献媚的高尚情操。

◆诗作

武昌阻风
[宋]方　泽

江上春风留客舟，无穷归思满东流。
与君尽日闲临水，贪看飞花忘却愁。

[问题与探究]

(1)本诗用了什么艺术手法？表达了诗人什么样的思想感情？

(2)有人说诗的后两句与前两句所要表达的情感有些相悖，你是否同意这种观点？试简要分析。

诗人小传

方泽（生卒不详），字公悦，福建莆田人。

诗法小常识

正话反说：或称以乐写哀、欲抑先扬、欲擒故纵。这首绝句抒情委婉曲折，耐人寻味。明明是为风所阻，不得不停泊武昌，颇有迁怨于风之意，诗人却说"江上春风留客舟"，如同春风有意，殷勤劝留。明明是因被风所阻，无端惹了一怀愁绪，心烦意乱，他却说"与君尽日闲临水"。明明是心中有无穷归思，有无尽乡愁，根本无心欣赏柳絮飞花，他却说"贪看飞花忘却愁"。一波三折，委曲尽情，意味深长。大凡故作宽解之语的人，都缘于不解之故。这首诗正是因不解而故作宽解语。从心理学的角度看，这种故作解语式的委婉曲折的表现手法，是很合乎心理逻辑的，因而产生较强的艺术魅力。

◆诗作

春游湖
[宋]徐　俯

双飞燕子几时回？夹岸桃花蘸水开。
春雨断桥人不度，小舟撑出柳阴来。

[注释] 夹岸：水的两岸。 蘸水开：湖中水满，岸边桃树枝条弯下来碰到水面，桃花好像是蘸着水开放。 断桥：被水淹没的桥。

[问题与探究]

(1)从语言或写法的角度简要赏析这首诗。

(2)富有理趣是宋诗的一大特色，请简要分析"春雨断桥人不度，小舟撑出柳阴来"中蕴含的理趣。

诗人小传

徐俯（1075—1141），字师川，号东湖居士，洪州分宁（今江西修水）人，黄庭坚的外甥。他因父死于国事，授通直郎，累官右谏议大夫。绍兴二年（1132），赐进士出身。三年，迁翰林学士，擢端明殿学士，签书枢密院事，官至参知政事。工诗词。

诗法小常识

动静结合：这首诗的后两句"春雨断桥人不度，小舟撑出柳阴来"，"人不度"之静景与"小舟撑出"之动景相结合，意趣横生，生动地表现出小船从柳荫中间撑出带给游人的喜悦。

理趣：这首诗的后两句"春雨断桥人不度，小舟撑出柳阴来"。春水上涨，没过桥面，正当游人无法"度"过之际，一只小船从柳荫深处撑过来。诗句告诉人们，困境中仍然蕴含着希望，也道出了世间事物消长变化的哲理，体现了宋诗特有的理趣。

◆诗作

三衢道中
[宋]曾 几

梅子黄时日日晴,小溪泛尽却山行。
绿阴不减来时路,添得黄鹂四五声。

[注释] 这首诗是作者游浙江衢州三衢山时所写。

[问题与探究]

(1)这首绝句抒发了诗人怎样的心情?诗人是怎样来表现这种心情的?

(2)有人评价此诗后两句"在构思和剪裁上都颇见匠心",结合诗句谈谈你的理解。

◆诗作

襄邑道中
[宋]陈与义

飞花两岸照船红,百里榆堤半日风。
卧看满天云不动,不知云与我俱东。

[注释] 此诗作于诗人升迁后赴职途中。

[问题与探究]

(1)这首诗表达了诗人怎样的心情?诗中哪个字最能传达出这种心情?试简要分析。

(2)此诗为诗人在行舟上所作,请结合诗句简要分析诗人是如何表现"舟行江上"的?

诗人小传

曾几(1084—1166),北宋诗人,字吉甫,号茶山居士,赣州(今江西赣州)人,他是一位旅游爱好者。

诗法小常识

纪行诗:又称记游诗、行旅诗。这类诗离不开山水景物描写,所以又称"山水记行诗"。纪行诗"以诗抒情"为主,这与纯粹的山水诗略有区别。如杜甫的《旅夜抒怀》、马致远的《秋思》,便不可视作山水诗。描写途中所见所闻成了古代纪行诗最先下笔之处。抒发诗人途中之感也是古代纪行诗的一个重要的着墨点。纪行诗会写到山川风物,但往往不单纯写优美的景色,而是写景中传出诗人在特定时空背景下的心境。这种由景物与心境契合神会所构成的风调美,才是纪行诗具有艺术魅力的奥秘。

对比:这首诗通过对比融入感情。诗将往年阴雨连绵的黄梅天与眼下的晴朗对比;将来时的绿树及山林的幽静,与眼前的绿树与黄莺叫声对比,于是产生了起伏,引出了新意。全诗又全用景语,浑然天成,描绘了浙西山区初夏的秀丽景色;虽然没有铺写自己的感情,却在景物的描绘中楔入了自己愉快欢悦的心情。

诗人小传

陈与义(1090—1138),字去非,号简斋,其先祖居京兆,自曾祖陈希亮迁居洛阳,故为河南洛阳人。南北宋之交的杰出诗人,同时也工于填词。其词存于今者虽仅十余首,却别具风格,尤近于苏东坡,语意超绝,笔力横空,疏朗明快,自然浑成。

诗法小常识

化静为动,化动为静,动静结合:诗中"飞花两岸照船红,百里榆堤半日风"二句化静为动,以两岸的花与树来表现舟行之快;"卧看满天云不动,不知云与我俱东"二句则化动为静,以江上行舟上的"我"去"卧看"天上流动的云,物与我俱静。诗人静卧船舱,仰看蓝天白云。天上的云和小船上的帆,本来是一道乘风前进的。船舱的诗人,看到白云在空中处于静止状态,但仔细一想:船行百里,白云一直在头顶上,足见它并没有静止不动,而是和自己所乘的帆船一样,正在向前行驶。这两句动中见静,似静实动。诗人的观察和感受,不但很有情趣,而且含有智慧和哲理,给人以有益的启示。

◆诗作

碧 瓦
[宋]范成大

碧瓦楼前绣幕遮,赤栏桥外绿溪斜。
无风杨柳漫天絮,不雨棠梨满地花。

[注释] 范成大,南宋著名的爱国诗人,他反对和议,力主抗金,收复失地。

[问题与探究]

(1)这首诗写景层次分明,请结合诗句简要分析。

(2)这首诗表面写景,实则别有兴寄,请结合全诗简要说明。

诗人小传

范成大(1126—1193),字致能,号称石湖居士,平江吴县(今江苏苏州)人。南宋诗人。他从江西派入手,并学习和继承了白居易、王建、张籍等中晚唐诗人新乐府的现实主义精神,终于自成一家。其风格平易浅显、清新妩媚。诗题材广泛,以反映农村社会生活内容的作品成就最高。他与杨万里、陆游、尤袤合称南宋"四大家"。

诗法小常识

春秋笔法: 孔子首创的写作手法。相传孔子修《春秋》,一字含褒贬。后来称文章用笔曲折而意含褒贬的写作手法为春秋笔法,也叫"微言大义"。此诗前两句,作者以"碧瓦楼""绣幕"暗喻偏安一隅的南宋王朝统治者沉醉歌舞,纵情声色,寻欢作乐。朝廷如此腐败,国事何须再问!讽刺的意味十分浓厚,后两句表面看是景语,实际上是情语,阳春烟景,行将逝矣,一番风雨过后,匆匆春归去,以此暗喻南宋偏安局面的岌岌可危。对当权者是绵里藏针的冷刺。

◆诗作

题龙阳县青草湖
[元]唐温如

西风吹老洞庭波,一夜湘君白发多。
醉后不知天在水,满船清梦压星河。

[注释] 青草湖:即今洞庭湖的东南部,因湖的南面有青草山而得名。诗题中说"青草湖",而诗中又写"洞庭",是因为两水相连相通的缘故。 湘君:传说舜南巡死后为湘水男神,称湘神。 天在水:天上的银河映在水中。

[问题与探究]

(1)这首诗极有"太白遗风",请具体说明。

(2)诗的前半部写景萧瑟,后半部记梦美好,是否矛盾?为什么?

诗人小传

唐珙(生平不详),字温如,元末明初诗人,会稽山阴(今浙江绍兴)人。其父南宋义士、词人唐珏在至元年间与林景熙收拾宋陵遗骨,重新安葬,并植冬青为识。在乡里以诗知名,但所作传世不多。

诗法小常识

"太白遗风": 李白的诗歌豪迈奔放,善于运用丰富奇特的想象、大胆的夸张、新奇的比喻以及拟人等手法,语言清新飘逸,意境奇妙,具有强烈的主观色彩与浪漫主义情调。他善于借助梦境仙界,捕捉超现实的意象,创造出美丽的理想世界,抒写自己鄙弃黑暗、追求光明的思想感情。如《梦游天姥吟留别》。

这首诗开头一句用一"老"字,赋予洞庭湖的水波以人的情感,由眼前的水波联想到人生易老,并想象到美丽的湘君竟一夜间愁成了满头白发。后两句用了夸张的手法,醉酒后仿佛觉得自己不是在洞庭湖中泊舟,而是在银河之上荡桨,自己所做的梦,也有了体积压在船上,也压在星河之上。所以有太白遗风。

一诗一法一情感与"廿四史"选粹

◆诗作

杳杳寒山道
〔唐〕寒　山

杳杳寒山道，落落冷涧滨。
啾啾常有鸟，寂寂更无人。
淅淅风吹面，纷纷雪积身。
朝朝不见日，岁岁不知春。

[注释]　寒山是贞观时代的诗僧，长期住在天台山寒岩。　杳杳：言山路深暗幽远。　落落：言涧边寂寥冷落。

[问题与探究]

(1)人们认为寒山这首诗在叠词的使用上，变化多姿。请简要分析。

(2)这首诗表达了诗人怎样的思想感情？请简要分析。

诗人小传

寒山（生卒年不详），长安人，唐代诗人、隐士。他出身于官宦人家，多次投考不第，被迫出家，30岁后隐居于浙东天台山，享年100多岁。这位富有神话色彩的诗人，曾经一度被世人冷落，20世纪以后，其诗才越来越多地被世人接受并广泛流传。正如其诗所写："有人笑我诗，我诗合典雅。不烦郑氏笺，岂用毛公解。"

诗法小常识

叠音词：这首诗通篇句首都用叠字，使用叠字是它的特点。"杳杳"具有幽暗的色彩感；"落落"具有空旷的空间感；"啾啾"言有声；"寂寂"言无声；"淅淅"写风的动态感；"纷纷"写雪的飞舞状；"朝朝""岁岁"虽同指时间，又有长短的区别。八组叠字，各具情状。就词性看，这些叠字有形容词、副词、象声词、名词，也各不相同。就描摹对象看，或山或水，或鸟或人，或风或雪，或境或情，也不一样。这样就显得变化多姿，字虽重复而不会使人厌烦，繁赜而井然不乱。像使用对偶、排比一样，使用叠字能获得整齐的形式美，增进感情的强度。

◆诗作

和晋陵陆丞早春游望
〔唐〕杜审言

独有宦游人，偏惊物候新。
云霞出海曙，梅柳渡江春。
淑气催黄鸟，晴光转绿蘋。
忽闻歌古调，归思欲沾襟。

[注释]　晋陵：即今江苏常州。　黄鸟：即黄莺。　绿蘋：指水中浮萍。　古调：在这里指陆丞作的《早春游望》。

[问题与探究]

(1)本诗中最能揭示主题的词是什么？作者在本诗中表达出来什么思想情感？

诗人小传

杜审言（约645—708），唐代诗人，字必简，襄州襄阳（今湖北襄阳）人，是大诗人杜甫的祖父。唐高宗咸亨进士，唐中宗时，因与张易之兄弟交往，被流放峰州。曾任隰城尉、洛阳丞等小官，累官修文馆直学士，少与李峤、崔融、苏味道齐名，称"文章四友"，是唐代"近体诗"的奠基人之一，作品多朴素自然。其五言律诗，格律谨严。

诗法小常识

以乐景写哀情：这首诗的中间两联句句"惊新"而处处怀乡。这四句依次描写了"云霞""梅柳""黄鸟""绿蘋"，突出江南早春物候变化的特点，表现出江南春光明媚、鸟语花香的水乡景色。诗人以乐景写哀情，衬托出诗人思乡的伤感之情。

格律诗的押韵：韵律美是诗歌文学最重要的美学特质。在诗歌的源头，诗和歌是一体的，诗是要用来唱的，押韵是为了唱起来更好听。

(2)中间两联描写了一幅什么样的图景？这样写有什么好处？体会"出""渡""催"的妙处。

到后来，诗不再用来歌唱了，但还可以用来吟咏，押韵的诗吟咏起来更有韵味。中国古诗都押韵，作为诗歌形式的经典代表，格律诗更是押韵了。所谓韵，就是汉语拼音中的韵母。现行的拼音中普通话韵的分类共35种，不过在拼音中，a、o、e 的前面可以加 i、u、ü，如 ia, ua, uai 等，这种 i, u, ü 叫作韵头，不同的韵头的字也算同韵字，可以通押。凡是同韵的字都可以押韵。

◆诗作

留别王维

[唐] 孟浩然

寂寂竟何待，朝朝空自归。
欲寻芳草去，惜与故人违。
当路谁相假，知音世所稀。
只应守寂寞，还掩故园扉。

[注释] 此诗是孟浩然四十岁时到长安参加进士考试不第，还襄阳之际，留别王维之作。

[问题与探究]

(1)首句中"寂寂"二字，含义丰富，试加以分析。

(2)"当路谁相假，知音世所稀"两句，被认为是全诗的重点。试分析这两句表达的内容和感情，并联系全诗，分析其在结构上的作用。

◆诗作

宿桐庐江寄广陵旧游

[唐] 孟浩然

山暝听猿愁，沧江急夜流。
风鸣两岸叶，月照一孤舟。
建德非吾土，维扬忆旧游。
还将两行泪，遥寄海西头。

诗人小传

孟浩然（689—740），唐代诗人，襄州襄阳（今湖北襄阳）人。浩然，少好节义，喜济人患难，工于诗。年四十游京师，唐玄宗诏咏其诗，至"不才明主弃"之语，玄宗谓："卿自不求仕，朕未尝弃卿，奈何诬我？"因放还未仕，后隐居鹿门山。孟浩然与另一位山水田园诗人王维合称为"王孟"。

诗法小常识

格律诗的押韵要求：

(1)押韵的位置。律诗押韵的位置在每一个偶数句的最后一个字。句子的最后一个字称脚，故韵又可以称为韵脚。律诗的首句可押韵也可以不押韵，首句押韵与否一般与对仗有关，首联不对仗，首句常押韵；首联对仗，首句常不押韵。

(2)押平声韵。在律诗形成的过程中，逐渐抛弃了仄声韵，只押平声韵，而且不分阴平阳平。

(3)一韵到底。律诗是不能中途换韵的，一首律诗只能押一个韵。

(4)不能使用同一个字押韵。

(5)不可大量连续使用同音的字做韵，少量使用，间隔使用是可以的。（未完待续）

诗法小常识

视听结合："风鸣两岸叶，月照一孤舟"二句，写风不是徐吹轻拂，而是吹得树叶发出鸣声，其急也应该是如同江水的。有月，照说也还是一种慰藉，但月光所照，惟沧江中之一叶孤舟，诗人的孤寂感，就更加要深深触动了。如果将后两句和前两句联系起来，则可以进一步想象风声伴着猿声是作用于听觉的，

[注释] 本诗是作者长安求仕不第后漫游吴越时所作。桐庐江即桐江，在今浙江省桐庐县境内，诗中的建德也指桐庐江。广陵即扬州，诗中的维扬、海西头均指扬州。

[问题与探究]

(1)指出这首诗前两联与后两联在情感表达上采用的不同手法。其中颔联写景有何特色？请简要赏析。

(2)结合全诗，简要概括诗歌表达的情感内涵。请对历来受到好评的颔联简要赏析。

◆诗作

待储光羲不至

[唐] 王 维

重门朝已启，起坐听车声。
要欲闻清佩，方将出户迎。
晚钟鸣上苑，疏雨过春城。
了自不相顾，临堂空复情。

[注释] 要欲：好像。了自：已经明了。空复情：自作多情。

[问题与探究]

(1)作者根据什么判断友人储光羲不会再来看望自己？请结合作品简要分析。

(2)全诗表达了一种什么样的感情？作者是通过哪些具体细节来表达这种感情的？

月涌江流不仅作用于视觉，同时还有置身于舟上的动荡不定之感。这就构成了一个深远清峭的意境，其孤独感和情绪的动荡不宁，都蕴含其中。

格律诗的押韵要求（续）：

(6)不可撞韵，律诗中第三句、第五句和第七句规定是不能押韵的（第一句可押可不押），如果这三句也押了韵，叫撞韵，这在律诗中是不允许的。

押韵的目的是声韵和谐，同类的乐音在同一个位置上重复，产生了声音回荡的音乐美感，使人感到舒畅、踏实和圆满。

需要注意的是，很多以前的律诗我们现在读起来不押韵，那是因为时代不同，语音发生变化，在当时，它们读起来是押韵的。还要注意的是，古人没有拼音字母，他们押韵是按照韵书来押的，古人所谓的"官韵"，就是朝廷颁布的韵书。我们现在写律诗，没有必要按照以前的韵书来写，就按我们现在汉语拼音的韵来写即可。

诗人小传

王维，盛唐诗人的代表，他精通佛学，受禅宗影响很大，有"诗佛"之称。佛教有一部《维摩诘经》，是王维名和字的由来。王维诗、书、画都很有名，非常多才多艺，音乐也很精通。苏轼评价他："味摩诘之诗，诗中有画；观摩诘之画，画中有诗。"

诗法小常识

细节描写： 细节指人物、景物、事件等表现对象富有特色的细枝末节。细节描写指文学作品中具体、细腻地描写人物的语言、动作、外貌、神态、心理以及景物、事件发展、场面氛围等细小环节或情节的一种写作方法。

这首诗的前两联通过细节描写表现诗人渴望和友人见面的心情。首联写主人一大早就打开重门户准备迎接友人，这样还不够，还要坐着，想听听载着友人到来的马车发出的声音，这一个细节，写活了抽象的友情。颔联写诗人好像听到友人身上玉佩的清脆响声，正要出门去迎接，哪知却原来是自己弄错了。从这些动作中可见诗人内心的渴望，和渴望中些微的焦急。

◆诗作

渭川田家
〔唐〕王 维

斜光照墟落，穷巷牛羊归。
野老念牧童，倚杖候荆扉。
雉雊麦苗秀，蚕眠桑叶稀。
田夫荷锄至，相见语依依。
即此羡闲逸，怅然吟《式微》。

[注释] 式微：《诗经·邶风》中的一篇，诗中反复咏叹："式微，式微，胡不归？"诗人借以抒发自己急欲归隐田园的心情。

[问题与探究]

(1)这首诗首联中的"归"字是关键字，全诗围绕"归"描绘了哪几幅画面？表达了怎样的思想感情？

(2)这首诗主要运用了什么表现手法，请举例分析。

诗法小常识

衬托：为了突出主要事物，用类似的事物或反面的、有差别的事物做陪衬，这种"烘云托月"的修辞手法叫衬托。运用衬托手法，能突出主体或渲染主体，使之形象鲜明，给人以深刻的感受。衬托可分为正衬和反衬。

正衬是用与主体事物性质相似的衬体作背景来突出主体。以乐景衬乐情和以哀景衬哀情都属于正衬，以哀景衬哀情在古诗中较为常见，如"残星几点雁横塞，长笛一声人倚楼"（赵嘏《长安秋望》），诗人借秋夜将晓时星光寥落、归雁避寒、笛声哀婉和人倚危楼的凄清景象抒发了孤寂怅惘情怀。

反衬是用与主体事物性质相反的衬体作背景来突出主体。以乐景衬哀情和以哀景衬乐情都属于反衬，以乐景衬哀情在古诗中较为常见，如"感时花溅泪，恨别鸟惊心"（杜甫《春望》），诗人因"感时""恨别"见了鲜花、鸟儿之美景却反而落泪惊心。

◆诗作

送友人
〔唐〕李 白

青山横北郭，白水绕东城。
此地一为别，孤蓬万里征。
浮云游子意，落日故人情。
挥手自兹去，萧萧班马鸣。

[注释] 萧萧班马：出自《诗经》。班马：离群之马。

[问题与探究]

(1)首联用什么词语勾勒出怎样的送别环境？

诗法小常识

比喻：这首诗的颔联写情，诗人借孤蓬来比喻友人的漂泊生涯：此地一别，离人就要像那随风飞舞的蓬草，飘到万里之外去了。古人常以飞蓬、转蓬、飘蓬喻漂泊生涯，因为有屈从大自然、不由自主的特征。这两句诗表达了诗人对友人的深切关心，写得流畅自然，感情真挚。

颈联写景，也巧妙地用"浮云"来比喻友人：就像天边的浮云，行踪不定，任意东西，谁知道会漂泊到何处呢？无限关切之意自然溢出，而那一轮西沉的红日落得徐缓，把最后的光线投向青山白水，仿佛不忍遽然离开。而这正是诗人此刻心情的象征。

关于"诗家语"：
据《诗人玉屑》卷六载，"诗家语"这个

(2)颈联用怎样的艺术手法表达出作者什么样的思想感情?

◆诗作

日 暮
[唐]杜 甫

牛羊下来久，各已闭柴门。
风月自清夜，江山非故园。
石泉流暗壁，草露滴秋根。
头白灯明里，何须花烬繁。

[注释] 大历二年（767）秋，杜甫流寓夔州（重庆奉节），写下了这首诗。 花烬：灯芯结花，民俗中有"预报喜兆"之意。

[问题与探究]

(1)诗题为"日暮"，请结合前三联简要赏析此诗从哪些方面写"暮"？

(2)前人称"情语能以转折为含蓄者，唯杜陵居胜"，请结合诗的尾联简要赏析诗的情感。

◆诗作

余干旅舍
[唐]刘长卿

摇落暮天迥，青枫霜叶稀。
孤城向水闭，独鸟背人飞。

概念是王安石提出的。"诗家语"就是"诗性语言"。它是诗家用凝练、含蓄、委婉、曲折以及音乐性的语言来表达自己主观情志的"诗性语言"。因为诗词有韵律的限制，不能像散文那样表达。其用语有时在句式的衔接上有跳跃，有省略，不严格遵守语法和表述上的连贯性。诗家语是诗的特别语言。

诗人小传

杜甫（712—770），唐代现实主义诗人，被世人尊为"诗圣"，其诗被称为"诗史"。他忧国忧民，人格高尚。他诗艺精湛，备受推崇，影响深远。现存其诗1400余首。

诗法小常识
"诗家语"之倒装

诗是一种特殊的文体，它要受到格律的制约，如字数、平仄、押韵等。为了符合平仄与押韵的要求，诗人将符合语法要求的词、成分或句子进行后语前置，这就是倒装。如诗中"石泉流暗壁，草露滴秋根"二句，其词序就有意错置了，原句顺序应为："暗泉流石壁，秋露滴草根。"意思是清冷的月色照满山川，幽深的泉水在石壁上潺潺而流，秋叶的露珠凝聚在草根上，晶莹欲滴。意境是多么凄清而洁净！给人以悲凉之感。词序的错置，不仅使声调更为铿锵和谐，而且突出了"石泉"与"草露"，使"流暗壁"和"滴草根"所表现的诗意更加奇逸、浓郁。从凄寂幽邃的夜景中，隐隐地流露出一种迟暮之感。

倒装主要有：词的倒装，成分倒装，句子倒装。

词的倒装。有些词，根据平仄和押韵的需要，对其前后顺序进行颠倒。如：天地、东西、千万、斗牛、古今、往来等，这样的颠倒并不会影响意思的表达。如杜甫的"还往莫辞遥"，其中"还往"是为了平仄的要求倒装；贾岛《戏赠友人》"书赠同怀人，词中多苦辛"，其中"苦辛"倒装，既是平仄的要求，也是押韵的要求。

诗法小常识
"诗家语"之倒装（续）

成分倒装。即把句子成分按语法应在后面的，放到前面了。

其一，主谓倒装。如魏徵《述怀》"古木鸣寒鸟，空山啼夜猿"，应为"古木寒鸟鸣，空山夜猿啼"。

渡口月初上，邻家渔未归。
乡心正欲绝，何处捣寒衣？

[注释] 本诗是刘长卿寄寓在余干（今属江西）旅舍时，写下的风调凄清的思乡之作。

[问题与探究]

(1)这首诗的主旨是什么？请具体分析。

(2)试分析作者的抒情思路。

◆诗作

寻陆鸿渐不遇

[唐] 皎 然

移家虽带郭，野径入桑麻。
近种篱边菊，秋来未著花。
扣门无犬吠，欲去问西家。
报道山中去，归时每日斜。

[注释] 带郭：意思是靠近外城。

[问题与探究]

(1)诗中的陆鸿渐是一个怎样的人物形象？作品从哪两个方面刻画这一形象？

(2)"欲去问西家"一句中诗人"欲去"还"问"，表现了诗人什么样的情感？

其二，主宾倒装。即宾语前置。如祖咏《望蓟门》"万里寒光生积雪，三边曙色动危旌"，第一句应为"积雪生万里寒光"。

其三，补语提前。如："绿垂风折笋，红绽雨肥梅"，按正常的语序，应是"风折笋绿垂，雨肥梅红绽"，这里的"绿垂"与"红绽"都是补语。

炼字：颔联"孤城向水闭，独鸟背人飞"写出了诗人的无限孤苦。诗人独立旅社，远望冥思，希望能有所慰藉，一个"闭"字冷酷地将诗人的希望浇灭。余干城门一闭，这孤城更显孤单。此时，一只鸟儿飞翔，本给空寂的环境带来一丝生机，可是独鸟也不愿久留，背人远去，那况味更是难堪。"背"字表现了诗人内心的落寂和萧条。独鸟背人飞，含蕴着宦途坎坷的深沉感慨。此联句头为一孤一独，暗示了诗人孤苦背时，宦途坎坷的凄凉境遇。

诗人小传

皎然（约720—？），俗姓谢，字清昼，湖州（今浙江吴兴）人，是中国山水诗流派创始人谢灵运的十世孙，唐代著名诗人、茶僧，在文学、佛学、茶学等方面颇有造诣。现存皎然诗作470首，多为送别酬答之作，情调闲适，语言简淡。

诗法小常识

"诗家语"之倒装（再续）

句子倒装。或半句倒装，或整句倒装。如张仲素《春闺思》"提笼忘采叶，昨夜梦渔阳"，应是"昨夜梦渔阳，提笼忘采叶"，因为昨夜梦到了渔阳，以至于在今晨仍然在想着梦中的情景，而忘了采叶。再如孔仲平《寄内诗》"试说途中景，方知别后心。行人日暮少，风雪乱山深"，按一般的顺序应是"行人日暮少，风雪乱山深。试说途中景，方知别后心"。虽然这样写诗意上也流畅，但显得过于平直，没有韵味，而将两联转过来，意味就大不相同。

侧面烘托：诗的前四句描写陆鸿渐新居的景物：离城不远，但很幽静，沿着野外小径，直走到桑麻丛中才能见到。住宅外种有菊花，虽到了秋天，还未曾开花。最后两句写西邻叙述陆鸿渐行踪：他到山里去了，回来时总要西山映着斜阳。这样写侧面烘托了陆鸿渐这个寄情山水、不以尘事为念的高人逸士形象。

一诗一法一情感与"廿四史"选粹

◆诗作

淮上喜会梁州故人
〔唐〕韦应物

江汉曾为客，相逢每醉还。
浮云一别后，流水十年间。
欢笑情如旧，萧疏鬓已斑。
何因不归去？淮上有秋山。

[问题与探究]

(1)颔联中"浮云""流水"两词用得极为贴切，请简要赏析。

(2)诗的标题点明"喜会"，除了相逢的喜悦，全诗还包含了哪几方面的感情？

◆诗作

喜见外弟又言别
〔唐〕李　益

十年离乱后，长大一相逢。
问姓惊初见，称名忆旧容。
别来沧海事，语罢暮天钟。
明日巴陵道，秋山又几重。

[注释]　外弟：表弟。沧海：比喻世事的巨大变化。巴陵：现湖南省岳阳市，即诗中外弟将去的地方。

[问题与探究]

(1)这首诗表达了作者哪些情感？请简要回答。

诗人小传

韦应物（737—791），字义博，京兆杜陵（今陕西西安）人。唐代著名诗人，因为他曾经任出任过苏州刺史，因此世称"韦苏州"。他的诗风恬淡高远，以善于写景和描写隐逸生活著称。

诗法小常识

以景结情：这是借景抒情的方式之一。以景结情指诗歌在议论或抒情的过程中，戛然而止，转为写景，以景代情作结，结束诗句。它可以给读者留下广阔的想象空间，含不尽之意于言外，使读者从景物描写中，驰骋想象，体味诗的意境，产生韵味无穷的艺术效果。南宋沈义父在其词学理论专著《乐府指迷》中说："结句须要放开，含有余不尽之意，以景结情最好。"如《淮上喜会梁州故人》尾联以景色作结，为何不归去，原因是"淮上有秋山"。诗人韦应物《登楼》诗云："坐厌淮南守，秋山红树多。"秋光中的满山红树，正是诗人沉迷留恋之处。这个结尾给人留下了回味的余地。李白《夜泊牛渚怀古》："牛渚西江夜，青天无片云。登舟望秋月，空忆谢将军。余亦能高咏，斯人不可闻。明朝挂帆席，枫叶落纷纷。"此诗首联写景，中间二联借怀古而抒发作者怀才不遇的感慨和寂寞凄凉的孤苦情怀，尾联宕开一笔，写想象之景，是全诗的妙处，将诗人不可名状的惆怅之情在景物描写中烘托了出来。

诗法小常识

细节描写：就是文学作品中最有情趣、最耐人寻味、最能引起人们想象的片刻。或写人物的一句话，一个动作，一颦一笑；或写平常生活场景中的一瞬。成功的细节描写，对于渲染气氛，烘托人物，抒发感情，充实作品内容，表现主题，都有重要作用。如元稹《闻乐天左降江州司马》："残灯无焰影幢幢，此夕闻君谪九江。垂死病中惊坐起，暗风吹雨入寒窗。"作者自己被贬他乡，且在"垂死病中"，当听到挚友遭贬消息时，竟"惊坐起"。一个极富表现力的细节，惟妙惟肖地摹写出作者当时陡然一惊的神态，表达了对朋友命运的深切关怀，道尽了友情的真谛，情深意浓，诗味隽永，耐人咀嚼。元、白二人友谊之深，于此清晰可见。

32

(2)李益是河西历史上著名的诗人,本诗是他的代表作之一,你认为它在艺术上有何特色?

再如李益这首诗抓住了典型的细节,从"问"到"称",从"惊"到"忆",层次清晰地写出了由初见不识到接谈相认的神情变化,绘声绘色,细腻传神。而至亲重逢的深挚情谊,也自然地从描述中流露出来。

◆诗作

夜到渔家

[唐] 张 籍

渔家在江口,潮水入柴扉。
行客欲投宿,主人犹未归。
竹深村路远,月出钓船稀。
遥见寻沙岸,春风动草衣。

[问题与探究]

(1)诗的前两联运用侧面描写的方法,反映出了渔人怎样的生活状况?试加以分析。

(2)诗的后两联如何写"行客"盼渔人归来的心情?试结合全诗进行分析。

诗人小传

张籍(约767—约830),唐代诗人。苏州吴(今属江苏苏州)人,世称"张水部""张司业"。张籍为韩门(韩愈)大弟子,其乐府诗与王建齐名,并称"张王乐府"。著名诗篇有《塞下曲》《征妇怨》《采莲曲》《江南曲》。

诗法小常识

侧面描写:这是一首反映渔民生活的诗。诗人通过侧面描写,表现了渔家家境贫寒,劳作辛苦。诗的首联写渔民的家就安在江口,江潮上涨时水会进入柴门。诗人一开头就展示渔家住所的典型特征:茅舍简陋,靠近僻远江口,便于出江捕鱼。时值潮涨,江潮浸湿了柴门。诗的颔联写过往的客人想在此投宿,屋主人还没有回来。"行客欲投宿",暗示时已临晚,而"主人犹未归",则透露出主人在江上打鱼时间之长,其劳动之辛苦不言而喻。

◆诗作

秋 字

[唐] 韩 愈

淮南悲木落,而我亦伤秋。
况与故人别,那堪羁宦愁。
荣华今异路,风雨昔同忧。
莫以宜春远,江山多胜游。

[注释] ①元和初,王涯因其甥皇甫湜触犯宰相而受牵连被贬,韩愈与王涯是同年进士,兼有与皇甫湜之谊,因而写诗二首相赠,此其一。 ②宜春:地名,今属江西袁水流域。

诗法小常识

虚词妙用:诗中颔联"况与故人别,那堪羁宦愁"虚词用得好;"况与"与"那堪"相搭配,至少有两点妙处:一是几层意思相递进,一层更比一层深入;二是这种"流水对",转折轻灵,语气如行云流水,使人觉得似乎未用对仗,而实际上却是十分工稳的对偶。

用典:颈联"荣华今异路,风雨昔同忧",其中,上句暗用《淮南子·说林》篇中"有荣华者,必有憔悴"之意,下句用《诗经·风雨》篇中"风雨如晦,鸡鸣不已"之语,表示天时不利,忧思君子之情。两句意思是说,当年同科进士,本望同有荣华之乐;而今已成

33

[问题与探究]

(1)中国古典诗词往往以虚字传神。请简要分析第二联以"况与"与"那堪"相呼应，表达了诗人内心哪些复杂的感情。

(2)"莫以宜春远，江山多胜游"与王勃的名句"海内存知己，天涯若比邻"一样，都表达了对友人的深情。根据你的理解，结合诗人所表达的情感，说说你更喜欢哪一句。

异路之人，愿与君子风雨同忧。此联用典自然贴切，读之不觉是在用典，而是出自肺腑之言。并且这种"不能同乐，便来同忧"的感情，更体现出友人间的关怀。

流水对：流水对不同于一般对仗出句与对句相互映衬的原则，其出句与对句在意义上和语法结构上不是相对，而是上下相承，且具有一定的前后秩序。如"行到水穷处，坐看云起时。"（王维《终南别业》）这两句之间有前后承接关系，必须是先到水穷之处，然后才能坐下来，看云起云落。这两句的先后次序不能倒置，下句承接上句，两者构成一个顺承复句，而这两句使用的词语却构成对仗。这种对仗有如流水从上游流到下游，故称之为"流水对"。

诗中颔联"况与故人别，那堪羁宦愁"也是一对十分工稳的"流水对"。意思是说：有情人见秋叶落本来就伤悲，更何况是在这愁心的季节要与好友相别呢？故人相别，已是痛苦难耐，更何况再加上羁宦之愁呢？

◆诗作

秋日赴阙题潼关驿楼

[唐] 许浑

红叶晚萧萧，长亭酒一瓢。
残云归太华，疏雨过中条。
树色随山迥，河声入海遥。
帝乡明日到，犹自梦渔樵。

[注释] 阙：指长安。此诗作于作者奔赴长安应试途中。 太华，陕西的华山；中条，山西的中条山。两山分别耸立在潼关南北。

[问题与探究]

(1)"残云归太华，疏雨过中条"两句中运用的动词历来被人称道，请结合诗句简要赏析。

(2)简要分析"帝乡明日到，犹自梦渔樵"一联表达了诗人怎样的感情。

诗人小传

许浑（约791—约858），晚唐重要诗人，祖籍安州安陆（今湖北安陆），寓居润州（今江苏镇江）。武后朝宰相许圉师六世孙。文宗大和六年（832）进士及第，先后任当涂、太平令，因病免。大中年间入为监察御史，因病乞归，后复出仕，任润州司马。历虞部员外郎，转睦、郢二州刺史。晚年归润州丁卯桥村舍闲居。其诗皆近体，五七律尤多，讲究整炼意工，属对精切的诗格，有些作品过分追求工整对称的美感，反而失之板滞。然时用拗体，形成"丁卯句法"，能救过于圆熟工稳之弊。

诗法小常识

动静结合，视听结合：这首诗的中间二联写景。其中颔联写残云归岫，意味着天将放晴；疏雨乍过，给人一种清新之感。从写景看，诗人拿"残云"再加"归"字来点染华山，又拿"疏雨"再加"过"字来烘托中条山，这样，太华和中条就不是死景而是活景，因为其中有动势——在浩茫无际的沉静中显出了一抹飞动的意趣。颈联，诗人把目光略收回来，看见苍苍树色，随关城一路远去。关外便是黄河，它从北面奔涌而来，在潼关外头猛地一转，翻滚的河水咆哮着流入渤海。

◆诗作

楚江怀古
〔唐〕马 戴

露气寒光集，微阳下楚丘。
猿啼洞庭树，人在木兰舟。
广泽生明月，苍山夹乱流。
云中君不见，竟夕自悲秋。

［注释］唐宣宗大中初年，诗人因直言，由山西太原幕府掌书记贬为龙阳（今湖南汉寿）县尉，写下了《楚江怀古》三首，这是其中的第一首。 云中君：云神。云中君为《楚辞·九歌》篇名，此处指代诗人屈原。

[问题与探究]

(1)"广泽生明月，苍山夹乱流"是晚唐诗中的名句，除对仗外，本句还运用了什么表现手法？表达效果如何？请结合诗句加以赏析。

(2)全诗抒发了作者怎样的情感？请结合诗作简要分析。

◆诗作

灞上秋居
〔唐〕马 戴

灞原风雨定，晚见雁行频。
落叶他乡树，寒灯独夜人。
空园白露滴，孤壁野僧邻。
寄卧郊扉久，何年致此身？

［注释］灞上：地名，位于长安东，为作者来京城后的寄居之所。

"河声"后续一"遥"字，传出诗人站在高处远望倾听的神情。诗人眼见树色苍苍，耳听河水汹汹，把场景描写得绘声绘色，使读者有耳闻目睹的真实感觉。

诗人小传

马戴（799—869），字虞臣，海州东海（今江苏连云港）人。晚唐时期著名诗人。

诗法小常识

视听结合，动静结合：诗中颔联"猿啼洞庭树，人在木兰舟"是晚唐诗中的名句，一句写听觉，一句写视觉；一句写物，一句写己；上句静中有动，下句动中有静。诗人伤秋怀远之情并没有直接说明，只是点染了一张淡彩的画，气象清远，婉而不露，让人思而得之。黄昏已尽，夜幕降临，一轮明月从广阔的洞庭湖上升起，深苍的山峦间夹泻着汩汩而下的乱流。

颈联"广泽生明月"，广泽即广阔的洞庭湖面，是静的，明月本来也是静的，但一个"生"字，赋予了明月以活泼的生命，将其冉冉升起的动感写了出来，该句以动写静，描绘出了洞庭湖的阔大与静；"苍山夹乱流"，苍山是静的，乱流是动的，该句动静结合，写出了青山的苍茫，江流的喧闹。两句动静结合，描绘出了一幅阔大的楚江月夜山水图，给人以无限的遐想。

诗法小常识

律诗对仗知识㈠

㈠对仗的种类。词的分类是对仗的基础。依照律诗的对仗概括起来，词大约可以分为九类：(1)名词；(2)形容词；(3)数词（数目字）；(4)颜色词；(5)方位词；(6)动词；(7)副词；(8)虚词；(9)代词。

同类的词相为对仗。应特别注意四点：

①数目自成一类，孤、半等字也算是数目。

②颜色自成一类。

③方位自成一类，主要是东、西、南、北等字。这三类词很少跟别的词相对。

35

[问题与探究]

(1)诗的颈联上、下两句写景各用了什么表现技巧？描绘出怎样的意境？

(2)这首诗哪两个字最能抒发诗人的情感？请结合诗句加以分析。

④不及物动词常常跟形容词相对。

连绵字只能跟连绵字相对。连绵字当中又再分为名词连绵字（鸳鸯、鹦鹉等）。不同词性的连绵字一般不能相对。

专有名词只能与专有名词相对，最好是人名对人名，地名对地名。

名词还可以细分为一些小类：

①天文；②时令；③地理；④宫室；⑤服饰；⑥器用；⑦植物；⑧动物；⑨人伦；⑩人事；⑪形体。

◆诗作

送人东归

[唐] 温庭筠

荒戍落黄叶，浩然离故关。
高风汉阳渡，初日郢门山。
江上几人在，天涯孤棹还。
何当重相见，尊酒慰离颜。

[注释] 荒戍：荒废的防地营垒。 浩然：豪迈坚定的样子。

[问题与探究]

(1)清人沈德潜认为这首诗首联"起调最高"，那么，首联"起调"高在哪里？请指出来并简要赏析。

(2)诗的后两联表达了作者什么样的思想感情？请简要赏析。

诗人小传

温庭筠（约812—866），字飞卿，唐初宰相温彦博后裔，唐代诗人、词人。他文思敏捷，每入试，押官韵，八叉手而成八韵，故有"温八叉"之称。然其恃才不羁，又好讥刺权贵，多犯忌讳，取憎于时，故屡举进士不第，长被贬抑，终生不得志。他精通音律，工诗，其诗辞藻华丽，秾艳精致，内容多写闺情。其词艺术成就在晚唐诸词人之上，为"花间派"首要词人，对词的发展影响较大。

诗法小常识

律诗对仗知识(二)

(二)对仗的常规——中间两联对仗。律诗的第一、二两句叫作首联，第三、四两句叫作颔联，第五、六两句叫作颈联，第七、八两句叫作尾联。对仗一般用在颔联和颈联，即第三、四句和第五、六句。

(三)首联对仗。首联的对仗是可用可不用的。首联用了对仗，并不因此减少中两联的对仗。凡是首联用对仗的律诗，实际上常常是用了总共三联的对仗。

五律首联用对仗的较多，七律首联用对仗的较少。主要原因是五律首句不入韵的较多，七律首句不入韵的较少。但不是绝对的；首句入韵，首联用对仗是可能的。

◆诗作

春宫怨
[唐] 杜荀鹤

早被婵娟误,欲妆临镜慵。
承恩不在貌,教妾若为容?
风暖鸟声碎,日高花影重。
年年越溪女,相忆采芙蓉。

[问题与探究]

(1)诗的标题是"春宫怨",诗中哪几句写的是"春"?哪几句写的是"怨"?抒情主人公又因何而怨?

(2)这首诗的颈联尤为人称道,试做简要赏析。

诗人小传
杜荀鹤(846—904),字彦之,号九华山人,池州石埭(今安徽石台)人。唐大顺进士,以诗名,自成一家,尤长于宫词。大顺二年,第一人擢第,复还旧山。宣州田頵器重,辟为从事。后朱全忠表荐,授翰林学士、主客员外郎、知制诰。天祐初卒。

诗法小常识
律诗对仗知识(三)

(四)尾联对仗。尾联一般是不用对仗的。到了尾联,一首诗要结束了,对仗是不大适宜用作结束语的。但是,也有少数的例外。

(五)少于两联的对仗。律诗固然以中间两联对仗为原则,但特殊情况下,对仗可以少于两联。这样,就只剩下一联对仗了。这种单联对仗,比较常见的是用于颈联。

(六)长律的对仗。长律的对仗和律诗同,只有尾联不用对仗,首联可用可不用,其余各联一律用对仗。

◆诗作

春山夜月
[唐] 于良史

春山多胜事,赏玩夜忘归。
掬水月在手,弄花香满衣。
兴来无远近,欲去惜芳菲。
南望鸣钟处,楼台深翠微。

[问题与探究]

(1)诗歌主要表现了诗人哪些情感?结合诗句简要分析。

(2)请结合全诗,简要赏析颔联的妙处。

诗人小传
于良史(生卒年不详),唐代诗人,肃宗至德年间曾任侍御史,德宗贞元年间,徐州节度使张建封辟为从事。其五言诗词语清丽超逸,讲究对仗,十分工整。

诗法小常识

名句赏析:"掬水月在手,弄花香满衣。"这两句乃诗之精髓所在,令人叹为观止。首先,从结构上看,"月"字紧承"赏玩夜忘归"中的"夜","花"则紧承首句"春山多胜事"中的"春",运笔如环,自然圆合。其次,这两句诗写山中胜事,物我交融,神完气足;人物情态,栩栩如生。既见出水清夜静与月白花香,又从"掬水""弄花"的动作中显出诗人的童心未泯与逸兴悠长。所写"胜事"虽只两件,却是点到为止,以一当十。再次,"掬水月在手",写泉水清澄明澈照见月影,将明月与泉水合而为一;"弄花香满衣"写山花馥郁之气染上衣襟,将花香一分为二。一合一分,上下对举,从字句到意境无不使人倍觉诗意盎然,妙趣横生。最后,精于炼字。"掬""弄"二字,既写景又写人,既写照又传神,可谓是神来之笔。

一诗一法一情感与「廿四史」选粹

◆诗作

秋 怀
[宋]欧阳修

节物岂不好,秋怀何黯然。
西风酒旗市,细雨菊花天。
感事悲双鬓,包羞食万钱。
鹿车何日驾,归去颍东田。

[注释] 包羞:指所作所为于心不安,只感到耻辱。
鹿车:原为佛家语,此处比喻归隐山林。 颍东:据传欧阳修曾居颍东。

[问题与探究]

(1)"悲"是这首诗的感情基调,从全诗来看,作者所"悲"包括哪些具体内容?

(2)赏析颔联"西风酒旗市,细雨菊花天"在表达上的特点和作用。

诗人小传

欧阳修(1007—1072),字永叔,号醉翁,晚号六一居士,吉州永丰(今江西省永丰)人。因谥号文忠,世称欧阳文忠公。北宋政治家、文学家、史学家,"唐宋八大家"之一。后人又将其与韩愈、柳宗元和苏轼合称"千古文章四大家"。

六一居士:《乐府纪闻》云:"欧阳永叔中岁居颍日,自以集古一千卷,藏书一万卷,琴一张,棋一局,酒一壶,一老翁于五物间,称六一居士。"

诗法小常识

列锦:就是将几个名词或名词性短语排列起来构成句子的一种修辞手法。谭永祥先生在《修辞新格》中说:"古典诗歌作品里面,有一种颇为奇特的句式,即以名词或以名词为中心的定名结构组成,里面没有形容词谓语,却能写景抒情;没有动词谓语,却能叙事述怀",这种语言现象我们把它叫作列锦。

如这首诗的颔联将"西风""酒旗""市""细雨""菊花""天"等名词连缀在一起,不着一个动词,却写出了西风里酒旗招展、细雨中菊花盛开的动态景象,从反面衬托突出了诗人心情的"黯然"。

◆诗作

即 事
[宋]王安石

径暖草如积,山晴花更繁。
纵横一川水,高下数家村。
静憩鸡鸣午,荒寻犬吠昏。
归来向人说,疑是武陵源。

[问题与探究]

(1)尾联写诗人的感受时运用了什么典故?表达了作者怎样的思想感情?

诗人小传

王安石(1021—1086),字介甫,号半山,江西临川(今江西抚州)人,北宋著名的政治家、思想家和文学家。据史料记载,王安石熙宁二年(1069)开始推行新法,数年后,因新旧党争十分激烈,宋神宗终于下令罢新法,王安石也被迫辞官。晚年在钟山过着隐居生活。

诗法小常识

工对:凡同类的词相对,叫作工对。名词既然分为若干小类,同一小类的词相对,便是工对。有些名词虽不同小类,但是在语言中经常平列,如天地、诗酒、花鸟等,也算工对。反义词也算工对。在一个对联中,只要多数字对得工整,就是工对。如毛主席《送瘟神》(其二):"红雨随心翻作浪,青山着意化为桥。天连五岭银锄落,地动三河铁臂摇。"

(2)从意境与炼字角度赏析作品的颔联和颈联。

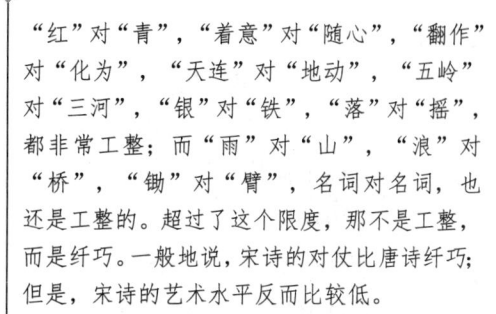

"红"对"青","着意"对"随心","翻作"对"化为","天连"对"地动","五岭"对"三河","银"对"铁","落"对"摇",都非常工整;而"雨"对"山","浪"对"桥","锄"对"臂",名词对名词,也还是工整的。超过了这个限度,那不是工整,而是纤巧。一般地说,宋诗的对仗比唐诗纤巧;但是,宋诗的艺术水平反而比较低。

同义词相对,似工而实拙。如杜甫《客至》:"花径不曾缘客扫,蓬门今始为君开","缘"与"为"就是同义词。因为它们是虚词(介词),不是实词,所以不算缺点。再说,在一首诗中,偶然用一对同义词也不要紧,多用就不妥当了。出句与对句完全同义(或基本上同义),叫作"合掌",更是诗家的大忌。

◆ 诗作

新晴山月

[宋] 文 同

高松漏疏月,落影如画地。
徘徊爱其下,及久不能寐。
怯风池荷卷,病雨山果坠。
谁伴予苦吟,满林啼络纬。

[注释] 文同:北宋著名画家,擅长画竹,画中充满清气。 络纬:昆虫名,即纺织娘,善鸣。

[问题与探究]

(1)请简要赏析颈联"怯风池荷卷,病雨山果坠"。

(2)这首诗歌表达了诗人怎样的感情?请简要分析。

诗人小传

文同(1018—1079),字与可,人称石室先生,北宋著名画家、诗人,苏轼表哥。宋仁宗皇祐元年(1049)进士。他以学名世,擅诗文书画,深为文彦博、司马光等人赞许,尤受苏轼敬重。

诗法小常识

诗情画意:我国古代诗人写景之作很讲究诗情画意。文同是画家兼诗人,所以他擅长"在诗中描绘天然风景,常跟绘画联结起来,为中国的写景文学添了一种手法"。本篇即以诗人兼画家的双重眼光,观察和体会月夜美景而吟成的富于画意的好诗。首联第一句就点出"月"字:从高大的松树枝叶的间隙中,漏出几丝稀疏的月光,"漏"字用得极细。因为巨松的枝叶十分苍壮繁茂,所以月光大部被遮住,只能透出淡淡的几丝,故曰"疏"。第二句申述第一句的余意,那些没有透到地上,而照在松树上的月光呢,将婆娑的树影投落到地上,像一幅斑驳的水墨青松图。两句都是写月,第一句写月光的形,第二句写月光的神。第一句有很强的立体感,株株高耸入云的青松,瑟瑟作响的层层针叶,丝丝闪烁的月光,层次分明,动静结合。第二句则呈平面,松影摇曳朦胧一片。两句仅十个字,但境界却很优美。

一诗一法一情感与"廿四史"选粹

◆诗作

春 归
[宋]唐 庚
东风定何物？所至辄苍然。
小市花间合，孤城柳外圆。
禽声犯寒食，江色带新年。
无计驱愁得，还推到酒边。

[注释] 孤城：指诗人被贬之地惠州城，当时商业繁盛之地。小市：指当地经营鱼、盐、酒、茶的集市。寒食：即寒食节，在清明节前一二日。

[问题与探究]

(1)本诗颔联中的"合""圆"二字，与孟浩然《过故人庄》中的名句"绿树村边合，青山郭外斜"的"合""斜"二字有异曲同工之妙，请简要分析"合""圆"二字的妙处。

(2)全诗在整体上运用了什么手法，表达了作者怎样的情感。

◆诗作

和友人鸳鸯之什（其一）
[唐]崔 珏
翠鬣红毛舞夕晖，水禽情似此禽稀。
暂分烟岛犹回首，只渡寒塘亦并飞。
映雾尽迷珠殿瓦，逐梭齐上玉人机。
采莲无限兰桡女，笑指中流羡尔归。

[注释] 一俯一仰成对组合的瓦叫鸳鸯瓦，是人们根据鸳鸯比翼双飞的形状制作、排列的，覆盖于珠殿之上，绚丽美观。

[问题与探究]

(1)诗歌的前两联写出了鸳鸯的哪些特点？请简要分析。

诗法小常识

以乐景写哀情：即用美好之景反衬愁苦之情。本诗用春归丽景反衬无限愁情。前面写东风骀荡，遍地皆绿，花繁叶茂，春光烂漫；结尾急转直下，极写愁情之重，难以排遣。

诗词中为了突出人的痛苦、哀愁，有时也用令人愉悦的情景来做衬托，借助情景的不协调形成鲜明的反差，达到强化人的愁苦之情的意图，以欢悦之景写愁苦之情更加凸显人之愁苦。如李煜的《望江南》："多少恨，昨夜梦魂中。还似旧时游上苑，车如流水马如龙，花月正春风。"这是南唐后主亡国入宋后所作。字面上写了往昔的繁华：游上苑时的浩大声势，和煦的春风，皎洁的月光，鲜艳的花朵。作者不对当前处境做正面描写，而是通过过去繁华生活的梦境来反衬，梦境越是繁华、热闹，越能反衬出梦醒后浓重的悲哀；对旧时繁华的眷念越深，就越能反衬出亡国后的凄凉。

诗人小传

崔珏（585—649），字梦之，初唐诗人。尝寄家荆州，登大中进士第，由幕府拜秘书省校书郎，为淇县令，有惠政，官至侍御史。其诗语言如鸾羽凤尾，华美异常；笔意酣畅，仿佛行云流水，无丝毫牵强佶屈之弊；修辞手法丰富，以比喻为最多。其诗作构思奇巧，想象丰富，文采飞扬。

诗法小常识

象征：是根据事物之间的某种联系，借助某人某物的具体形象（象征体），以表现某种抽象的概念、思想和情感。它可以使文章立意高远，含蓄深刻。恰当地运用象征手法，可以将某些比较抽象的精神品质化为具体的可以感知的形象，给读者留下深刻的印象，

40

(2)本诗咏鸳鸯,而尾联却写了采莲女。这样写有何作用?

赋予文章以深意,给读者留下咀嚼回味的余地。如屈原的《离骚》,他把有才德和有作为的人比作"美人","恐美人之迟暮",描写他"扈江离与辟芷兮,纫秋兰以为佩""朝搴阰之木兰兮,夕揽洲之宿莽"的举动,又赞美古圣先王。这些芳草香木,都有象征意义:一是表明屈原追求美好事物的高洁品格,屈原佩戴它们,就是象征他的品德高尚;二是用以比喻贤臣。这种"美人芳草"式的象征手法,对后世文学创作具有深远的影响。

诗人小传

沈佺期(约656—713),字云卿,唐代诗人,相州内黄(今属河南)人。善属文,尤长七言之作。

诗法小常识

通感:又叫"移觉"。它是在描述客观事物时,用形象的语言使感觉转移,将人的听觉、视觉、嗅觉、味觉、触觉等不同感觉互相沟通、交错,彼此挪移转换,将本来表示甲感觉的词语移用来表示乙感觉,从而使意象更为活泼、新奇。用钱锺书的说法就是"在日常经验里,视觉、听觉、触觉、嗅觉、味觉往往可以彼此打通或交通,眼、耳、舌、鼻、身各个官能的领域,可以不分界线……"。如"摇曳的音调""表情冷漠""一弯寒月"等词语中,视觉、听觉、触觉构成了通感。人们常用"甜美"形容歌声,"甜"本属于味觉印象,"美"属于视觉印象,"歌声"则属于听觉感受。人的五种感官,"通"得最普遍的,是视觉与听觉。运用通感,可突破人的思维定式,深化艺术。通感技巧的运用,能突破语言的局限,丰富表情达意的审美情趣,起到增强文采的艺术效果。

诗人小传

李颀(690—751),唐代诗人。少年时曾寓居河南登封。开元十三年进士,做过新乡县尉,其诗以写边塞题材为主,风格豪放,慷慨悲凉,七言歌行尤具特色。

诗法小常识

直抒胸臆:就是在诗中直接表达喜怒哀乐和理想愿望等情感。如陈子昂的《登幽州台歌》:"前不见古人,后不见来者,念天

◆**诗作**

独不见
[唐] 沈佺期

卢家少妇郁金堂,海燕双栖玳瑁梁。
九月寒砧催木叶,十年征戍忆辽阳。
白狼河北音书断,丹凤城南秋夜长。
谁谓含愁独不见,更教明月照流黄!

[注释] 白狼河:即今辽宁省境内的大凌河。 丹凤城:指京城长安。 流黄:古时女子居室的帏帐。

[问题与探究]

(1)这首诗描写了怎样的情景?寄寓了诗人怎样的情感?

(2)简要分析这首诗的写作手法及其作用。

◆**诗作**

送魏万之京
[唐] 李 颀

朝闻游子唱离歌,昨夜微霜初渡河。
鸿雁不堪愁里听,云山况是客中过。
关城树色催寒近,御苑砧声向晚多。
莫见长安行乐处,空令岁月易蹉跎。

[问题与探究]

(1)首联、颔联哪两个词表达了季节怎样的特征？从中又表达出诗人送别时的什么情绪？

(2)尾联用什么艺术手法表达出怎样的思想内容？

地之悠悠，独怆然而涕下。"直接抒情，表达了一种旷世的孤独感。还有如"人生在世不称意，明朝散发弄扁舟"（李白《宣州谢朓楼饯别校书叔云》），"谁言寸草心，报得三春晖"（孟郊《游子吟》），"人生自古谁无死，留取丹心照汗青"（文天祥《过零丁洋》）等，都是直抒胸臆，真切感人。

◆诗作

南 邻
[唐]杜 甫

锦里先生乌角巾，园收芋栗未全贫。
惯看宾客儿童喜，得食阶除鸟雀驯。
秋水才深四五尺，野航恰受两三人。
白沙翠竹江村暮，相送柴门月色新。

[问题与探究]

(1)这首诗的前半篇和后半篇各描绘了一幅画，请简要概述。其中颔联营造了一种怎样的氛围？

(2)从全诗看，诗人的邻居锦里先生是个怎样的人？试做简要的分析。

诗法小常识

诗中有画：这首诗由两幅画面组成。

前半篇展现出来的是一幅山庄访隐图。杜甫到山人家中做客，主人是位头戴"乌角巾"的山人；进门是个园子，园里种了不少的芋头；栗子也都熟了。"未全贫"说明这家境况并不富裕。进了庭院，儿童笑语相迎。原来这家时常有人来往，连孩子们都很好客。阶除上啄食的鸟雀，看人来也不惊飞，因为平时并没有人去惊扰它们。气氛和谐宁静。三、四两句是具体的画图，是一幅形神兼备的绝妙的写意画，连主人耿介而不孤僻，诚恳而又热情的性格都给画出来了。

后半篇是一幅江村送别图。"白沙""翠竹"，明净无尘，在新月掩映下，意境显得特别清幽。这就是这家人家的外景。由于是"江村"，所以河港纵横，"柴门"外便是一条小河。杜甫在主人的"相送"下登上了这"野航"；来时，他也是从这儿摆渡的。

从"惯看宾客儿童喜"到"相送柴门月色新"，不难想象，主人是殷勤接待，客人是竟日淹留。中间"具鸡黍""话桑麻"这类事情，都略而不写。这是诗人的剪裁，也是画家的选景。

诗人小传

张谓(？—777年)字正言，怀州河内（今河南沁阳）人，唐代诗人。天宝二年登进士第，乾元中为尚书郎，大历年间潭州刺史，后官至礼部侍郎，三典贡举。其诗辞精意深，讲究格律，诗风清正，多饮宴送别之作。

◆诗作

杜侍御送贡物戏赠
[唐]张 谓

铜柱朱崖道路难，伏波横海旧登坛。
越人自贡珊瑚树，汉使何劳獬豸冠。

疲马山中愁日晚，孤舟江上畏春寒。
由来此货称难得，多恐君王不忍看。

[注释] 铜柱朱崖："铜柱"指汉代伏波将军征讨交趾时所立，"朱崖"指海南岛一带；二者泛指穷荒僻壤、道路艰险而遥远的南方。 伏波横海：伏波，指伏波将军马援；横海，指横海将军韩说。二人当年都为了国家安定征讨过南方。 獬豸冠：御史戴的帽子。传说獬豸（神羊）能辨别是非。

[问题与探究]

(1)诗歌的前两联主要使用了什么写作手法？结合诗句简要分析。

(2)诗歌的颈联表现了描写对象怎样的特点？

◆诗作

望蓟门

[唐]祖　咏

燕台一去客心惊，笳鼓喧喧汉将营。
万里寒光生积雪，三边曙色动危旌。
沙场烽火连胡月，海畔云山拥蓟城。
少小虽非投笔吏，论功还欲请长缨。

[问题与探究]

(1)首联"客心惊"中的"惊"字如何理解？结合前两联简析。

其中以《早梅》为最著名，"不知近水花先发，疑是经冬雪未销"，疑白梅作雪，写得很有新意，趣味盎然。

诗法小常识

借代：也叫"换名"。就是不直接说某人或某事物的名称，借和它密切相关的名称去代替。借代可以引人联想，起到形象突出、特点鲜明、具体生动的效果。其具体方式有：

(一)以特征代本体。如"朱门酒肉臭，路有冻死骨"（杜甫），用"朱门"代替显贵之家。

(二)以部分代整体。如"孤帆远影碧空尽，唯见长江天际流"（李白），以"帆"代整个船。

(三)以具体代抽象。如"举酒欲饮无管弦"（白居易），以"管""弦"代表管乐器、弦乐器，这里代表音乐。

(四)以专名代通名。如"迁客骚人多会于此"（范仲淹）"骚"本指《离骚》，此处作"诗"的通称。

(五)以官职代人。如"江州司马青衫湿"（白居易），以"司马"代白居易，因白居易曾任九江郡司马。

(六)以作者、产地代本体。如"何以解忧，唯有杜康"（曹操），以传说中发明酒的人"杜康"代表酒。

诗人小传

祖咏（生卒年不详），洛阳人，唐代诗人。开元十二年（724）进士。后移居汝水以北，渔樵终老。诗多状景咏物，宣扬隐逸生活。他的山水诗具有语言简洁、含蕴深厚的特点。他的诗以赠答酬和、羁旅行役、山水田园之作为主，一般都写得工稳妥帖，但缺乏较深刻的思想和较鲜明的艺术特色。

诗法小常识

用典：这首诗的尾联"少小虽非投笔吏，论功还欲请长缨"连用了两个典故。其一是"投笔从戎"：东汉班超原在官府抄公文，一日，感叹说，大丈夫应该"立功异域"，后来在处理边事上立了大功。其二是"终军请缨"：终军向皇帝请求出使南越说服归附，为表现自己有足够的信心，他请皇帝赐给长带子，说是在捆南越王时要用它。诗人用这两个典故抒发自己从军之志，更有豪气顿生之感。

(2)赏析诗歌尾联在写法上的特色,以及在整首诗中的作用。

◆诗作

登余干古县城
[唐]刘长卿

孤城上与白云齐,万古荒凉楚水西。
官舍已空秋草没,女墙犹在夜乌啼。
平沙渺渺迷人远,落日亭亭向客低。
飞鸟不知陵谷变,朝来暮去弋阳溪。

[注释]陵谷变:出自《诗经·小雅·十月之交》"高岸为谷,深谷为陵。哀今之人,胡憯莫惩。",该诗强烈谴责周幽王荒淫昏庸,误国害民,造成陵谷灾变。

[问题与探究]

(1)这首诗的前两联对全诗的感情抒发起了什么作用?请结合内容分析。

(2)诗的尾联表达了诗人怎样的思想感情?又是如何表现的?请简要分析。

诗人小传

刘长卿(?—约789),唐代诗人,玄宗天宝年间进士。肃宗至德中官监察御史,后为长洲县尉,因事下狱,贬南巴(今广东茂名南)尉。此诗作于公元761年,诗人此时从岭南潘州南巴贬所北归,途经余干。

诗法小常识

用典:诗的尾联运用典故,借古讽今。"陵谷变"这一典故,暗示了余干古县城由盛到衰的沧桑巨变,含蓄表达了对唐王朝国运的忧心,寄寓了诗人对国家衰弱、人民困苦这一情状的感慨之情。作者借古讽今,通过周幽王昏庸误国,造成陵谷灾变,暗讽唐王朝统治者昏庸误国,造成余干古城由盛而衰。

拟人:尾联运用拟人,表达作者深沉的慨叹。飞鸟不知道古城的变迁,依然飞到这里觅食,朝来暮去。飞鸟非人,本来无情,自然不会知道古城的变迁;然而人是有感情的,人能够感受到古城由盛到衰的历史变迁,人也能从中思考为什么会有这种变迁。

以景结情:尾联以景结情,寄予作者深沉的历史慨叹。古城早已荒芜,只剩下无知的飞鸟朝朝暮暮在弋阳溪边的秋草中觅食,作者就是通过这荒凉的古城飞鸟图寄予深沉的历史慨叹。

◆诗作

自巩洛舟行入黄河即事寄府县僚友
[唐]韦应物

夹水苍山路向东,东南山豁大河通。
寒树依微远天外,夕阳明灭乱流中。
孤村几岁临伊岸,一雁初晴下朔风。
为报洛桥游宦侣,扁舟不系与心同。

[注释]唐德宗建中四年(783),韦应物由尚书比部员外郎出为滁州刺史。这首诗便是由洛水入黄河之

诗人小传

韦应物(737—792),唐代诗人。长安(今陕西西安)人。因出任过苏州刺史,世称"韦苏州"。诗风恬淡高远,以善于写田园风物著称。

诗法小常识

移情入景:这首诗的颈联写景,诗人将意中之景与眼前之景绾合起来:在伊水岸边,坐落着一个孤零零的村庄。几度春秋,几度兵燹,想来它已更加残破萧条。这一意中之景

际的即景抒怀之作，寄给他从前任洛阳县丞时的僚友。

[问题与探究]

(1)诗歌的颔联是怎样写景的？请简要说明。

(2)本诗蕴含了作者哪些复杂的思想感情？请结合全诗简要分析。

◆诗作

寄李儋元锡
［唐］韦应物

去年花里逢君别，今日花开又一年。
世事茫茫难自料，春愁黯黯独成眠。
身多疾病思田里，邑有流亡愧俸钱。
闻道欲来相问讯，西楼望月几回圆。

[注释] 李儋，字元锡，是韦应物的诗交好友，当时任殿中御史。

[问题与探究]

(1)有人说此诗前两句情景交融，对其颇为推崇赞美。但有人认为这种评论并不切实。请结合具体诗句，谈谈你的看法，并简要分析。

(2)这首诗的颔联和颈联表达了作者怎样的情感？请结合诗句简要分析。

显然是对安史之乱以后日趋凋敝的农村生活的隐曲而又形象的反映。从结构上看，它的楔入似乎有些生硬和突兀，而实际上，作者由今日舟行黄河之所睹忆及当年舟次伊水之所见，乃是"联类生发"，既具横逸之妙，又见深远之思。与这一意中之景相映衬，另一番景象则于此际跃入作者眼帘：雨后初霁，朔风劲吹，一只孤雁在晴空中奋力南飞——这既是状物写景，也是传神写意：如果说前一句中几经劫难的"孤村"是动乱、衰败的社会现实的缩影的话，那么，这一句中奋力南飞的"孤雁"则是只身赴任、志在济世的作者自己的象征。作者之所以不畏风霜、不辞劳苦地奔赴远州，岂不正是因为始终心系"孤村"、欲图救济的缘故？所谓"移情入景"，指的便是这一种笔法。

诗法小常识

以景作结：诗的末句以景结情（以景作结）。"西楼望月"，望月怀人，借月光来传递相互关照之情，盼望对方来访；"几回"，说明盼友为时之久，心情之切；"几回圆"，用月轮的缺而复圆寄托盼望朋友团圆的拳拳之心。

四声与平仄：

四声，是指汉语中的四种声调。

古代汉语有四个声调：平、上、去、入。平声即诗歌中的平声，上声、去声、入声就是诗歌中的仄声。仄，不平的意思。

现代普通话里，已经没有入声了，在一些方言里，还保留着入声和古音。因为粤语跟古代汉语比较接近，保留了很多入声字，所以我们会觉得用粤语读古诗特别好听，很多我们现在读起来不押韵的诗用粤语读起来就押韵了。

现在汉语的四声是：阴平、阳平、上声、去声。阴平、阳平合起来就是古代的平声，上声和去声古今汉语一样。古代汉语的入声在普通话里被划入了阴平、阳平、上声、去声中。所以现代汉语的平仄为：

平——阴平、阳平。仄——上声、去声。

我们现在写格律诗，按照普通话四声的平仄来写即可，没有必要去按古代汉语的四声和平仄写。不过学习一下古代汉语的四声和平仄，可以让我们在欣赏以前的律诗时更加能感受到诗的美感。

◆ 诗作

晚次鄂州
［唐］卢　纶

云开远见汉阳城，犹是孤帆一日程。
估客昼眠知浪静，舟人夜语觉潮生。
三湘衰鬓逢秋色，万里归心对月明。
旧业已随征战尽，更堪江上鼓鼙声！

[注释] 估客：贩货的行商。 三湘：泛指今洞庭湖及湘江流域一带，漓湘、潇湘、蒸湘的总称。在今湖南境内。由鄂州上去即三湘地。

[问题与探究]

(1)严羽认为："唐人好诗，多是征戍、迁谪、行旅、离别之作。"试分析这首行旅诗中的颔联"估客昼眠知浪静，舟人夜语觉潮生"好在哪里？

(2)这首诗主要抒发了诗人哪些思想感情？请简要分析。

◆ 诗作

夏夜宿表兄话旧
［唐］窦叔向

夜合花开香满庭，夜深微雨醉初醒。
远书珍重何曾达，旧事凄凉不可听。
去日儿童皆长大，昔年亲友半凋零。
明朝又是孤舟别，愁见河桥酒幔青。

[问题与探究]

(1)本诗在景物描写方面有什么特点？请结合诗句具体分析。

诗人小传

卢纶（748—约799），字允言，唐代诗人，"大历十才子"之一，河中蒲（今山西永济）人。他屡试不第，大历六年，宰相元载举荐，授阌乡尉；后由王缙荐为集贤学士，秘书省校书郎，升监察御史。出为陕府户曹、河南密县令。后元载被杀，王缙获贬，遭到牵连。德宗朝复为昭应县令，又任河中浑瑊元帅府判官，官至检校户部郎中。

诗法小常识

格律诗的平仄声律四大原则：

1. 句内平仄相间：句内平仄相间，并非要一个字一个字地平仄相间，而是以一定的单位相间，这决定于诗的意义结构和节奏结构。七言句内平仄相间，前四个字，每两个字为一个单位；后三个字可分为五与六、七平仄相间或五、六与七平仄相间。五言律句可以看成七言截掉前两个字。

根据句内平仄相间的规则，可以得出七言的四个标准律句：

(1)平平仄仄平平仄；(2)仄仄平平仄仄平；
(3)仄仄平平平仄仄；(4)平平仄仄仄平平。

读起来是不是很有韵律感和节奏感，汉语的美妙就在这里面。

七言截掉前二字，则为五言的四个标准律句：

(1)仄仄平平仄；(2)平平仄仄平；
(3)平平平仄仄；(4)仄仄仄平平。

诗人小传

窦叔向（生卒年均不详，约769年前后在世），字遗直，京兆金城人（《旧唐书》作扶风平陵人）。大历初，登进士第。少与常衮同灯火，及衮为相，引擢左拾遗，内供奉。及坐贬，亦出为溧水令。卒，赠工部尚书。叔向工五言，名冠时辈。

诗法小常识

格律诗的平仄声律四大原则（续）：

2. 联内平仄相对：律诗一共八句，每两句被称为一联。第一、二句叫首联，第三、四句叫颔联，第五、六句叫颈联，第七、八句叫尾联。每联里面的第一句叫出句，第二句叫对句。联内平仄相对就是律诗中每一联的出句和对句的平仄是相反的，但实际上，七言

(2)本诗表达了作者怎样复杂的情感？请分点回答。

◆诗作

西塞山怀古
［唐］刘禹锡

王濬楼船下益州，金陵王气黯然收。
千寻铁锁沉江底，一片降幡出石头。
人世几回伤往事，山形依旧枕寒流。
今逢四海为家日，故垒萧萧芦荻秋。

［注释］西塞山：三国时吴国的西部要塞。　王濬：西晋龙骧将军，建造大型战船以伐吴。　往事：这里指东吴和六朝破亡的历史。　四海为家：指国家统一。

[问题与探究]

(1)这首诗开头四句叙述"王濬伐吴"这一史实，运用了什么手法？试简要分析。

(2)这首诗结尾一句写景起到了怎样的作用？请简要赏析。

只要出句和对句中的第二、四、六字的平仄相反就行，五言只要第二、四字的平仄相反就行。例如：
出句：平平仄仄平平仄，
对句：仄仄平平仄仄平。
联内平仄不相对，叫失对，是律诗的大忌之一。

诗法小常识

借古讽今：这是一首吊古抚今的诗，诗人借用典故，运用对比，抒发了山河依旧、人事不同的情感。诗的前四句，写西晋东下灭吴的历史事实，表现国家统一是历史之必然，阐发了"兴废由人事"的思想。后四句写西塞山，点出它之所以闻名，是因为曾是军事要塞。而今山形依旧，可是人事全非，拓开了诗的主题。最后写今日四海为家，江山统一，像六朝那样的分裂，已经一去不复返了。

格律诗的平仄声律四大原则（再续）：

3. 联间平仄相粘：格律诗平仄声律第三大原则是联间平仄相粘。也就是说，律诗中相邻的两联之间，上联的对句和下联的出句平仄相同。实际应用中，七言只需这两句的二、四、六字平仄相同即可。同理，五言只需二、四字平仄相同。

联内平仄不相粘，叫失粘，也是律诗的一大忌。

4. 脚分明：脚，就是指律诗中每一句的最后一个字。押韵的脚叫韵脚；不押韵的脚叫白脚。脚分明，就是韵脚与白脚的平仄相反。由于格律诗都是押平声韵，所以，律诗的韵脚都是平声，而白脚都是仄声。韵脚和白脚平仄相同，叫踩脚，这在律诗中是不允许的。

5. 上面的例子中，出句：平平仄仄平平仄，如果只要求联内平仄相对，那么也可以对：仄仄平平仄仄仄。这两个律句的二、四、六字也是相粘的，但由于要求脚分明，出句的脚是仄声，那么对句的脚只能是平声，那么就只能对：仄仄平平仄仄平。

格律诗中的对句都押韵，所以出句最后一个字都是仄声（有些律诗首联也押韵，这时首联出句最后一个字也是韵脚，平声，这种情况除外），对句最后一个字都是平声。后来对联要求仄起平收应该就是从律诗脚分明而来。

一诗一法一情感与「廿四史」选粹

◆诗作

始闻秋风
［唐］刘禹锡

昔看黄菊与君别，今听玄蝉我却回。
五夜飕飗枕前觉，一年颜状镜中来。
马思边草拳毛动，雕眄青云睡眼开。
天地肃清堪四望，为君扶病上高台。

[问题与探究]

(1)此诗"构思独特"，请从首联说明"构思独特"是如何体现的？

(2)此诗颈联堪为"诗骨"，表现了诗人自强不息的豪情、心如砥石的精神和跌宕雄健的风格。这一主旨颈联是如何加以表现的？

◆诗作

欲与元八卜邻，先有是赠
［唐］白居易

平生心迹最相亲，欲隐墙东不为身。
明月好同三径夜，绿杨宜作两家春。
每因暂出犹思伴，岂得安居不择邻。
可独终身数相见，子孙长作隔墙人。

[注释] 元八，名宗简，字居敬，排行第八。卜邻，即选择作邻居。宪宗元和十年（815）春，诗人和宗简都在朝廷供职，宗简在长安购置了一所新宅，诗人很想与他结邻而居，于是作这首七律相赠。《南史·陆慧晓传》："慧晓与张融并宅，其间有池，池上有二株杨柳。"

[问题与探究]

(1)白居易很想和元八结邻而居，乃作这首七律相赠，他讲了哪些理由呢？试简要列举。

🎋 诗法小常识

拟人：首联"昔看黄菊与君别，今听玄蝉我却回。"，诗人采取拟人手法，别出心裁地创造了一个有知有情的形象——"我"，即诗题中的"秋风"，亦即"秋"的象征。当她重返人间，就去寻找久别的"君"——也就是诗人。她深情地回忆起去年观赏黄菊的时刻与诗人分别，而此刻一听到秋蝉的鸣叫，便又回到诗人的身边共话别情。诗人从对方着墨，生动地创造了一个奇妙的而又情韵浓郁的意境。

比兴：颈联用了比兴手法，以"马思边草""雕眄青云"起兴，为下文抒情蓄势，写诗人豪情不减，扶病上高台，表达了诗人对秋的喜爱，更反映了诗人自强不息的意志。

🎋 诗法小常识

用典：这首诗的前四句写两家结邻之宜行，共用了"墙东""三径""绿杨"三个有关隐居的典故。尽管用典非常多，但并不矫揉造作，非常自然适宜。诗人未曾陈述卜邻的愿望，先借古代隐士的典故，对墙东林下之思做了一番渲染，说明二人心迹相亲，志趣相同，都是希望隐居而不求功名利禄的人，一定会成为理想的好邻居。诗人想象两家结邻之后的情景，"明月"和"绿杨"使人备感温馨，两人在优美的环境中惬意地散步畅谈，反映了诗人对结邻的美好憧憬。

七律平仄格式的推导法：
由上面格律诗的平仄声律四大原则，就可以确定律诗的标准形式。第一个原则用来确定律句的标准形式，第二、三、四原则确定律诗平仄声律的标准格式。
律句上面已经列出，下面我们看看怎样用第二、三、四原则推出律诗的平仄标准格式。

(2)颔联"明月好同三径夜，绿杨宜作两家春"，是脍炙人口的名句，请简要鉴赏其妙。

◆诗作

春题湖上
［唐］白居易

湖上春来似画图，乱峰围绕水平铺。
松排山面千重翠，月点波心一颗珠。
碧毯线头抽早稻，青罗裙带展新蒲。
未能抛得杭州去，一半勾留是此湖。

［注释］ 湖，即杭州西湖。此诗作于作者杭州刺史卸任前夕。据说在孩童时代，白居易曾立志要到杭州做官，心愿得酬，自然为之欣喜。

[问题与探究]

(1)这首诗表达了诗人怎样的思想感情？诗词中常把月亮比作"明镜""玉璧"，白居易为何把月亮比作"一颗珠"？

我们先选取一个律句作为第一句：平平仄仄仄平平。第二句和第一句是一联，首联，联内平仄相对，七言四个标准律句中，有两句符合：仄仄平平平仄仄，仄仄平平仄仄平。但第一句脚是平声，说明第一句是押韵的，律诗的偶数字都是押韵的，所以第二句脚也应该是平声，故第二句：仄仄平平仄仄平。第三句是颈联的出句，要跟首联的对句相粘，有两句符合：仄仄平平仄仄平（这跟首联对句完全相同，自然粘），仄仄平平平仄仄。

但是，律诗的三、五、七句不能押韵，脚是仄脚，须仄声，所以，第三句：仄仄平平平仄仄。同理，第四句：平平仄仄仄平平。这样，我们就推出了一个七言律诗的平仄标准格式：平起入韵式。

平平仄仄仄平平，仄仄平平仄仄平。
仄仄平平平仄仄，平平仄仄仄平平。
平平仄仄平平仄，仄仄平平仄仄平。
仄仄平平平仄仄，平平仄仄仄平平。

格律诗的平仄格式并不需要背，只要我们记住了它的原则，一旦首句的平仄确定了，后面都可以由这些原则推出来，而且是固定的。七言截掉前两个字，就变成了五言的四个标准律句。

诗法小常识

比喻：诗中多处运用比喻。首句"湖上春来似画图"说西湖的春天，像一幅醉人的风景画；第四句"月点波心一颗珠"说一轮圆月映入水中，好像一颗明珠，晶莹透亮。第五、六句"碧毯线头抽早稻，青罗裙带展新蒲"说早稻初生，似一块巨大的绿色地毯，上面铺满厚厚的丝绒线头；蒲叶披风，像少女身上飘曳的裙带。这些比喻生动形象地描绘出西湖和湖畔农田的清新美丽，表现了作者对乡村生活的喜爱。

(2)赏析"碧毯线头抽早稻,青罗裙带展新蒲"两句的妙处。

◆诗作

九日齐山登高
[唐]杜 牧

江涵秋影雁初飞,与客携壶上翠微。
尘世难逢开口笑,菊花须插满头归。
但将酩酊酬佳节,不用登临恨落晖。
古往今来只如此,牛山何必独沾衣?

[注释] 翠微:指山腰青翠幽深处。泛指青山。酩酊:饮酒大醉。酬:报谢。牛山句:用典,春秋时齐景公与晏婴等游牛山,北望其国,想到人都要死而流涕,从者也跟着流涕,此处反其意而用之。

[问题与探究]

(1)"江涵秋影雁初飞"句中"涵"字用得极好,请加以赏析。

(2)有人评价这首诗将"抑郁之思以旷达出之",请结合颔联简要分析。

诗法小常识

白描:诗的首联用白描的手法写雁过江上南飞,与客提壶上青山的一幅美景。仅用七字,把江南的秋色描写得淋漓尽致。诗人用"涵"来形容江水仿佛把秋景包容在自己的怀抱里,"江涵秋影"四字精妙地传达出江水之清,"秋影"包容甚广,不独指雁影。"与客携壶"是置酒会友,"翠微"来代替秋山,有山有水,是人生乐事,这些都流露出对于眼前景物的愉悦感受。

夹叙夹议:这首诗的颈联与颔联手法相同,都采用了夹叙夹议的手法,颔联写出了诗人矛盾的心情。"难逢""须插"的言外之意是应把握当前及时行乐,不要无益地痛惜流光,表现了通达的生活态度。颔联表达了诗人只管用酩酊大醉来酬答这良辰佳节,无须在节日登临时为夕阳西下、为人生迟暮而感慨、怨恨的思想感情,同时也表达了及时行乐之意。

对比:颔联和颈联都用了对比,一是尘世不乐与佳节尽情快乐的对比,一是大醉无忧与怨恨忧愁的对比。两联也多次提到重阳。节日的一个重要功能,就是使人们暂时摆脱日常生活的束缚,抛开日常生活的烦恼,让自己的心情放松片刻。杜牧在这里所表现的正是趁着重阳节抛开世事、尽情放纵快乐的思想。

◆诗作

和道溪君别业
[唐]温庭筠

积润初销碧草新,凤阳晴日带雕轮。
风飘弱柳平桥晚,雪点寒梅小苑春。
屏上楼台陈后主,镜中金翠李夫人。
花房透露红珠落,蛱蝶双飞护粉尘。

诗法小常识

名句赏析:"风飘弱柳平桥晚,雪点寒梅小苑春。"

颔联写平桥、小苑之景。暮色苍茫,平桥两岸,寒风吹拂,杨柳依依。着一"弱"字,赋予人格化形象,这早春的柳恰似一位不胜寒风的娇羞的弱女子,惹人怜爱。小苑周围,寒梅著花,星星点点,灿若冰雪。着一"点"字,是言早梅在料峭春寒中开放的弱不禁风

[注释] 积润：雨后所积的湿润之气。 凤阳：朝阳。 雕轮：指车。 陈后主：即南北朝时陈朝的皇帝陈叔宝。陈后主有华美飘香的楼台，此句借指。 金翠：泛指金玉翡翠之类的饰物。 李夫人：即汉武帝宠姬李夫人。

[问题与探究]

(1)诗人在这首诗里营造了一个怎样的意境？寄寓了怎样的情感？请简要概述。

(2)俞陛云《诗境浅析》说："此诗弱柳寒梅句，不事锤炼，而风致如画，为写景之秀句。"请你结合全诗语境试予简析。

的纤小的形象，体物工妙。这两句写早春风景，清新明艳，煞是可爱；而且对仗极工，"风飘""雪点"这两个词语化静为动态，妥帖地表现出早春时节气候乍暖还寒的特点。

用典：颈联由景及人，用典侧写。这两句写居室内部的陈设：屏风、妆镜。上句所说的陈后主，即"陈叔宝"，南朝陈皇帝，在位期间奢侈荒淫，不理国政。国亡被俘，后病死洛阳，曾作《玉树后庭花》等艳体诗。下句所说的李夫人，是指汉李延年之妹，妙丽善舞，得幸于汉武帝。早卒，帝乃图其形，挂于甘泉宫，思念不已。这两句寄寓了诗人对人生短促、青春易逝、荣华难留的感慨。

◆ 诗作

绵谷回寄蔡氏昆仲
[唐] 罗 隐

一年两度锦江游，前值东风后值秋。
芳草有情皆碍马，好云无处不遮楼。
山牵别恨和肠断，水带离声入梦流。
今日因君试回首，淡烟乔木隔绵州。

[注释] 诗题一作《魏城逢故人》。诗中提到的锦江（今四川成都市的南面）、绵州（今四川绵阳）、绵谷（今四川广元）是三个地名。诗题中的"蔡氏昆仲"，是罗隐游锦江时认识的两兄弟。

[问题与探究]

(1)这首诗依次表现了诗人怎样不同的感情？请具体分析。

(2)诗的中间两联主要运用了什么表现手法？请简要分析。

诗人小传

罗隐（833—910），字昭谏，杭州新城（今浙江富阳）人，唐代著名的道家诗人。罗隐大中十三年底至京师，应进士试，历七年不第。咸通八年（867）乃自编其文为《谗书》，益为统治阶级所憎恶，后来又断断续续考了几年，总共考了十多次，自称"十二三年就试期"，最终还是铩羽而归，史称"十上不第"。

诗法小常识

名句赏析："芳草有情皆碍马，好云无处不遮楼。"

这两句写出诗人对锦江风物人情的留恋。上句写春景，下句写秋景。明明是诗人多情，沉醉于大自然的迷人景色，却偏将人的感情赋予碧草白云。春游锦城时，锦江畔春草芊绵，诗人为之流连忘返，诗中却说连绵不尽的芳草，好像友人一样，对自己依依有情，似乎有意绊着马蹄，不让离去。秋游锦城时，秋云舒卷，为了殷勤地挽留自己，有意把楼台层层遮掩。"碍马""遮楼"，不说有人，而自见人在。用笔简练含蓄，给人以丰富的想象余地。"碍""遮"二字用笔迂回，有从对面将人写出之妙，而且很带了几分俏皮的味道。就像把"可爱"说成"可憎"或"讨厌"

一诗一法一情感与"廿四史"选粹

◆诗作

陪金陵府相中堂夜宴
〔唐〕韦 庄

满耳笙歌满眼花,满楼珠翠胜吴娃。
因知海上神仙窟,只似人间富贵家。
绣户夜攒红烛市,舞衣晴曳碧天霞。
却愁宴罢青娥散,扬子江头月半斜。

[注释]韦庄(约836—910),五代前蜀诗人。韦庄曾经家陷黄巢兵乱,身困重围,又为病困,写作此诗时正值黄巢兵乱。吴娃:吴俗谓好女为娃。 青娥:指年轻貌美的女子。

[问题与探究]

(1)试用几个词概括尾联中"愁"的具体内容。这首诗主要采用了什么手法?请结合诗句简要分析。

(2)人们常说人间富贵似天上,本文作者却说因知"因知海上神仙窟,只似人间富贵家",请赏析颔联这样安排顺序的妙处。

◆诗作

春 尽
〔唐〕韩 偓

惜春连日醉昏昏,醒后衣裳见酒痕。
细水浮花归别涧,断云含雨入孤村。
人闲易有芳时恨,地迥难招自古魂。
惭愧流莺相厚意,清晨犹为到西园。

一样,这里用了"碍"与"遮"描述使人神往不已的开心事,正话反说,显得别有滋味。这两句诗,诗人以情取景,以景写情,物我交融,意态潇洒娴雅,达到了神而化之的地步。

诗人小传

韦庄(约836—910),诗人韦应物的四世孙,字端己,唐末五代花间派词人,词风清丽,有《浣花集》流传。后任蜀,官至吏部侍郎同平章事。

诗法小常识

七律的四种平仄标准格式:

(一)平起入韵式:
平平仄仄仄平平,仄仄平平仄仄平。
仄仄平平平仄仄,平平仄仄仄平平。
平平仄仄平平仄,仄仄平平仄仄平。
仄仄平平平仄仄,平平仄仄仄平平。

(二)平起不入韵式:
平平仄仄平平仄,仄仄平平仄仄平。
(除第一句不同,以下各句同(一))

(三)仄起入韵式:
仄仄平平仄仄平,平平仄仄仄平平。
平平仄仄平平仄,仄仄平平仄仄平。
仄仄平平平仄仄,平平仄仄仄平平。
平平仄仄平平仄,仄仄平平仄仄平。

(四)仄起不入韵式:
仄仄平平平仄仄,平平仄仄仄平平。
(除第一句不同,以下各句同(三))

把以上七律的四种平仄标准格式每句截去前两字,就成了五律的四种平仄标准格式。

诗人小传

韩偓(842—923),京兆万年(今陕西西安)人,唐代诗人。他自幼聪明好学,10岁时,曾即席赋诗送其姨夫李商隐,令满座皆惊,李商隐称赞其诗是"雏凤清于老凤声"。龙纪元年(889),韩偓中进士,初在河中镇节度使幕府任职,后入朝历任左拾遗、左谏议大夫、度支副使、翰林学士。

[注释] 韩偓，晚唐时曾任翰林学士，后被贬出朝，唐亡后流寓各地，此诗即作于寓居南安时。断云：片片云朵。

[问题与探究]

(1)诗中的哪些景物描写能体现出"春尽"？请简要分析。

(2)颈联中有一个字是理解全诗情感的关键，请找出这个字，并结合诗的内容简要分析。

◆诗作

夏日题老将林亭

[唐] 张 蠙

百战功成翻爱静，侯门渐欲似仙家。
墙头雨细垂纤草，水面风回聚落花。
井放辘轳闲浸酒，笼开鹦鹉报煎茶。
几人图在凌烟阁，曾不交锋向塞沙？

[注释] 老将林亭：老将，指朝廷功臣，当时朝廷对这些老臣采取弃而不用的政策。林亭，指老将的住所。凌烟阁：贞观十七年二月，唐太宗李世民为表彰功臣，在凌烟阁内描绘了二十四位功臣的图像。

[问题与探究]

(1)这首诗的中间两联从哪些方面表现老将生活之"静"的？请简要分析。

(2)这首诗的主旨句是哪一联？请简要赏析。

诗法小常识

融情入景：这首诗的颔联写景。涓细的水流载着落花漂浮而去，片断的云彩随风吹洒下一阵雨点。这正是南方暮春时节具有典型特征的景象，作者把它细致地描画出来，逼真地传达了那种春天正在逝去的气氛。不仅如此，在这一幅景物画面中，诗人还自然地融入了自己的身世之感。那漂浮于水面的落花，那随风带雨的片云，漂泊无定，无所归依，不正是诗人自身沦落无告的象征吗？扩大开来看，流水落花，天上人间，一片大好春光就此断送，不也可以看作诗人深心眷念的唐王朝终于被埋葬的表征？诗句中接连使用"细""浮""别""断""孤"这类字眼，更增添了景物的凄清色彩，烘托了诗人的悲凉情绪。这种把物境、心境与身境三者结合起来抒写，达到融和一体、情味隽永的效果，正是韩偓诗歌写景抒情的显著特色。

诗人小传

张蠙（生平不详），字象文，池州（今属安徽）人。其生而颖秀，幼能为诗，有"白日地中出，黄河天外来"名句，由是知名。家贫下第，留滞长安。乾宁二年（895）登进士第。唐懿宗咸通（860—874）年间，与许棠、张乔、郑谷等合称"咸通十哲"。

诗法小常识

反问：尾联"几人图在凌烟阁，曾不交锋向塞沙？"这两句是说：在凌烟阁画像留名的人，又有谁不曾在战场上立过功呢？功劳是不可抹煞的，感到寂寞与萧条是大可不必的。诗人用"凌烟阁"的典故和反诘的句式对老将进行规劝与宽慰，从而揭出诗的主旨。

格律诗平仄的避忌：

孤平：简单来说，就是两仄夹一平，例如仄平仄仄平。在格律诗的平仄中，最忌讳出现孤平。

孤平的句子读起来拗口，在讲究韵律美的格律诗中是大忌。不过犯孤平指的是平脚的句子，也就是押韵的句子，仄脚的句子即使只有一个平声字，也不算犯孤平，在特殊的律句中，就有两仄夹一平的情况，但因为是仄脚的句子，不算犯孤平。

◆诗作

无 题

[宋]晏 殊

油壁香车不再逢,峡云无迹任西东。
梨花院落溶溶月,柳絮池塘淡淡风。
几日寂寥伤酒后,一番萧索禁烟中。
鱼书欲寄何由达?水远山长处处同。

[注释] 油壁香车:古代女子坐的装饰精美的车子。这里指代女子。 峡云:暗用楚襄王和巫山神女梦中相会的传说。 禁烟中:即寒食节中。古代风俗,清明节前两天禁止烧火,叫作寒食。

[问题与探究]

(1)这首诗的颔联历来被人称道,请你结合诗句,分析其被人称道的原因。

(2)"怨别"是这首诗的主旨,但通篇却不着一个"怨"字,请结合全诗简要分析这一特色。

诗法小常识

无题诗:在我国诗歌中,诗人常常以"无题"为题作诗篇。无题胜有题,之所以用"无题"作题目,是因为作者不便于或不想直接用题目来显露诗歌的主旨。这样的诗,往往寄托着作者难言的隐痛,莫名的情思,苦涩的情怀,执着的追求等。无题诗有五言无题诗、七言无题诗等。李商隐是古代无题诗代表人物。

格律诗的变通方法之一:

使用特殊的平仄格式:在五言"平平平仄仄"这种格式中,还可以使用"平平仄平仄"这个变体,就是将标准格式"平平平仄仄"中的三、四字的平仄换了一个位置。同样,在七言"仄仄平平平仄仄"这种格式中,也可以使用"仄仄平平仄平仄"这种格式。

当我们写律诗时遇到"平平平仄仄"和"仄仄平平平仄仄"这种句式时,在相应位置的平仄难以调成标准格式,就可以使用这种特殊的平仄格式。这种特殊的平仄格式在律诗中很普遍,跟标准的律句格式一样常见。

但要注意的是,在两个特殊的平仄格式中,五言的第一字、七言的第三字须用平声。这种位置的调换也只能用在这个标准格式上,并不能类推其他三个标准格式也能进行类似的位置调换。

◆诗作

古 松

[宋]石延年

直气森森耻屈盘,铁衣生涩紫鳞干。
影摇千尺龙蛇动,声撼半天风雨寒。
苍藓静缘离石上,丝萝高附入云端。
报言帝座抢才者,便作明堂一柱看。

[注释] 铁衣:指古松的树皮。 丝萝:蔓生植物,缠绕于树木上。 抢才:指选拔人才。 明堂:泛指朝廷。

[问题与探究]

(1)颔联是怎样表现古松的?颈联写苍藓和绿萝,对表现古松有什么作用?

诗人小传

石延年(994—1041),字曼卿,宋城(今河南商丘)人,北宋文学家、书法家。石延年早年屡试不中,后以右班殿直,改太常寺太祝,累迁大理寺丞,官至秘阁校理、太子中允。 北宋文学家石介把他的诗和欧阳修之文,杜默之歌称为"三豪"。

诗法小常识

格律诗的变通方法之二:

"一三五不论,二四六分明":说的是每一句诗中的平仄位置(以七绝为例),在一、三、五三个位置上的字可平可仄,而二、四、六位置上的发音是固定的,当然第七个字是句尾要用来合韵,平仄也是固定的,肯定不能变化。其实,这句话是不准确的。例如,在五言

(2)诗末两句寄寓诗人怎样的思想情怀?

◆诗作

戏答元珍

[宋] 欧阳修

春风疑不到天涯,二月山城未见花。
残雪压枝犹有橘,冻雷惊笋欲抽芽。
夜闻归雁生乡思,病入新年感物华。
曾是洛阳花下客,野芳虽晚不须嗟。

[注释] 这是作者被贬夷陵任县令时所作。元珍,诗人的朋友,曾遭谗受谤而致沦落。 物华:对自然景物的赞美。

[问题与探究]

(1)前两联描写了怎样的情景?

(2)这首诗表达了作者怎样的思想感情?请结合三、四联简要赏析。

"平平仄仄平"这个格式中,第一字不能不论,在七言"仄仄平平仄仄平"中,第三字也不能不论,不然就会犯律诗的大忌——孤平。而在上面所讲的特殊格式中,五言第一字、七言第三字也不能不论,五言第四字、七言的第六字也不分明。

不过,这句话对初学律诗的人还是很有用的,一般来说,五言第二字、七言第二字第四字是要分明的,而五言第四字、七言第六字只在上面的特殊格式中和拗句才不分明。五言第一字、七言第一字第三字一般可以不论,但不能造成孤平,五言第三字、七言第五字不论只在拗句中使用。

诗法小常识

以小蕴大,怨而不怒:此诗之妙,就妙在它既以小蕴大,又怨而不怒。它借"春风"与"花"的关系来寄喻君臣、君民关系,是历代以来以"香草美人"来比喻君臣关系的进一步拓展,在他的内心中,他是深信明君不会抛弃智臣的,故在另一首《戏赠丁判官》七绝中说"须信春风无远近,维舟处处有花开",而此诗却反其意而用之,表达了他的怀疑,也不失为一种清醒。但在封建王朝中,君臣更多的是一种人身依附、政治依附的关系,臣民要做到真正的人生自主与自择是非常艰难的,所以他也只能以"戏赠""戏答"的方式表达一下他的怨刺而已,他所秉承的也是中国古典诗歌的"怨而不怒"的风雅传统。据说欧阳修很得意这首诗,原因恐怕也就在这里。

格律诗的变通方法之三:

拗救:在律诗中,不依平仄标准格式的句子叫作拗句。出现了拗句,前面一字拗,后面还必须有救。所谓"救",就是补偿。一般来说前面该用平声的地方用了仄声,后面必须在适当的位置补偿一个平声。上面所谈的平仄的特殊格式,也可以认为是拗句的一种,但因为它们使用得太频繁了,也就不须救了。(后见"拗救的三种情况")

◆ 诗作

暑旱苦热

[宋] 王 令

清风无力屠得热,落日着翅飞上山。
人固已惧江海竭,天岂不惜河汉干?
昆仑之高有积雪,蓬莱之远常遗寒。
不能手提天下往,何忍身去游其间!

[注释] 屠得:消除。 着翅:装上翅膀,指太阳不下山。 遗寒:保留着寒气。

[问题与探究]

(1)指出诗中运用的两种主要表达技巧,并分别说明其表达效果。

(2)刘克庄在其《后村诗话前集》中盛赞此诗"识度高远"。请你结合本诗内容,对刘克庄的这一说法简要阐述。

◆ 诗作

次韵柳通叟寄王文通

[宋] 黄庭坚

故人昔有凌云赋,何意陆沉黄绶间?
头白眼花行作吏,儿婚女嫁望还山。
心犹未死杯中物,春不能朱镜里颜。
寄语诸公肯湔祓,割鸡令得近乡关。

[注释] 凌云:据《史记》记载,司马相如所作《大人赋》"飘飘有凌云之气"。 黄绶:黄色的印绶,低级官吏的标志。 湔祓:即荐拔。 割鸡:语出《论语·阳货》,用作治理一县的代称。孔子到了子由做县宰的武城,"闻弦歌之声。夫子莞尔而笑曰:'割鸡焉用牛刀?'"

诗人小传

王令(1032—1059)北宋诗人。初字钟美,后改字逢原。原籍元城(今河北大名)。5岁丧父母,随其叔祖王乙居广陵(今江苏扬州)。长大后在天长、高邮等地以教学为生,有治国安民之志。王安石对其文章和为人皆甚推重。

诗法小常识

拗救的三种情况:

(1)在该使用"平平仄仄平"的地方,第一字用了仄声,第三字补偿了一个平声,以免犯孤平,就变成了"仄平平仄平"。这种情况其实可以看成是一、三同时不论。扩展到七言,就是从"仄仄平平仄仄平"变成了"仄仄仄平平仄平",可以看成是三、五不论。这种情况叫本句自救。

(2)在该用"仄仄平平仄"的地方,第四字用了仄声,就在对句中的第三字改成平声来补偿。这样,就变成了"仄仄平平仄,平平平仄平"。七言则变成了"平平仄仄平平仄仄,仄仄平平平仄平"。这是对句相救。

(3)在该用"仄仄平平仄"的地方,第三字用了仄声,七言则第五字用了仄声。这是半拗,可救可不救。

我们所说的变通,是指由四种标准格式出发的变通,不是随便拿一个平仄格式来说这是变通。

诗法小常识

次韵:古人"和韵"的一种格式,又叫"步韵"。它要求作者用所和的诗的原韵原字,其先后次序也与被和的诗相同,是和诗中限制最严格的一种,就是依次用原韵、原字按原次序相和。世传次韵始于白居易、元稹,称"元和体"。

用典:这首诗多处用典。首联"故人昔有凌云赋"一句,借司马相如的故事来写老友的才华横溢。但接下来笔锋一转:如此才士,为何沉沦下僚呢?这一句以疑问形式出之,更能表现愤懑之情,它是慨叹,但更是责问,是对执政者的谴责。"陆沉"一词出于《庄子·则阳》:"方且与世违,而心不屑与之俱,是陆沉者也。"意思是说:虽在陆地,却如沉于水中一般,比喻生活在人世间而实际过着避世的生活。故后人常用来称所谓"市隐"

[问题与探究]

(1)首联运用了哪些表现手法？请简要分析。

(2)诗人在尾联向执政"诸公"发出"寄语"，其中蕴含了哪些情感？请结合全诗简要分析。

◆诗作

幽居初夏

[宋]陆 游

湖山胜处放翁家，槐柳阴中野径斜。
水满有时观下鹭，草深无处不鸣蛙。
箨龙已过头番笋，木笔犹开第一花。
叹息老来交旧尽，睡来谁共午瓯茶。

[注释] 这首诗是诗人晚年居山阴三山时所作。箨龙，就是笋；木笔，又名辛夷花。两者都是初夏常见之物。

[问题与探究]

(1)诗人写景是从哪几方面突出表现一个"幽"字的？试简要分析。

(2)这首诗抒发了诗人哪些复杂的思想感情？

"吏隐"之类的处世态度，也兼含沉晦埋没之意。

颔联"头白眼花"本是儿孙绕膝、安度余年之时，他却还在奔走仕途。待到"儿婚女嫁"之后，才可望挂冠归去，终老家山。"儿婚女嫁"用《后汉书·逸民列传》中向子平的典故，写友人的为官，实是迫于生计，非其本愿，表现他不慕荣利的品格。

尾联则为友人向执政诸公吁请，希望他们从中斡旋，让他能在近乡之处做一个地方官。"割鸡"用作治理一县的代称，语出《论语·阳货》。孔子到了子游做县宰的武城，"闻弦歌之声。夫子莞尔而笑曰：'割鸡焉用牛刀？'"这里，"割鸡"呼应首联的才高位卑，表现出诗人组织的绵密。

诗人小传

陆游（1125—1210），字务观，号放翁，越州山阴（今浙江绍兴）人。南宋著名诗人。少时受家庭爱国思想熏陶，高宗时应礼部试，为秦桧所黜。孝宗时赐进士出身。中年入蜀，投身军旅生活，官至宝章阁待制。晚年退居家乡。创作诗歌今存九千多首，内容极为丰富。

诗法小常识

以动衬"幽"，以声衬"幽"：颔联上句"下鹭"以动衬"幽"，白鹭不时自蓝天缓缓下翔，落到湖边觅食，白鹭悠然，安详不惊，衬出了环境的清幽，使这幅纵横开阔的画面充满了宁静的气氛，下一"观"字，更显得诗人静观自得，心境闲适。景之清幽，物之安详，人之闲适，三者交融，构成了恬静深远的意境。下句"蛙鸣"以声衬"幽"，绿草丛中，蛙鸣处处，一片热闹喧腾，表面上似与上句清幽景色相对立，其实是以有声衬无声，是渲染幽静的侧笔。而且，这蛙鸣声中，透出一派生机，又暗暗过渡到颈联"箨龙""木笔"，着意表现自然界的蓬勃生意，细针密线，又不露痕迹。

◆诗作

夏夜不寐有赋

［宋］陆　游

急雨初过天宇湿，大星磊落才数十。
饥鹘掠檐飞磔磔，冷萤堕水光熠熠。
丈夫无成忽老大，箭羽凋零剑锋涩。
徘徊欲睡还复行，三更犹凭阑干立。

［注释］鹘：一种猛禽，善于高飞搏击。

[问题与探究]

(1)简述诗中作者的形象和诗歌的主旨。

(2)评析本诗在抒发感情方面的特点。

诗法小常识

渲染与烘托：

渲染，指对环境、景物等做多方面的正面描写形容，以突出形象，营造意境。如赵师秀《约客》诗云："黄梅时节家家雨，青草池塘处处蛙。有约不来过夜半，闲敲棋子落灯花。"其中以"家家雨""处处蛙"渲染一种气氛衬托夜的深和夜的静。

烘托，指从侧面着意描写，作为陪衬，使所需要的事物鲜明突出。也就是不说本意，只说与此有关的其他事物，达到突出本意的目的。清人刘熙载《艺概》说："山之精神写不出，以烟霞写之；春之精神写不出，以草木写之。"此法引入诗歌创作中，指从侧面用笔，对事物进行描述、铺排，使被"托"之物更加突出。齐己有《早梅》一诗："万木冻欲折，孤根暖独回。前村深雪里，昨夜一枝开。风递幽香出，禽窥素艳来。明年如应律，先发望春台。"此诗以"禽窥素艳来"一句便用烘托之法，表现出早梅之素艳。

◯ 词

又称曲子词、长短句、诗余，是配合宴乐乐曲而填写的歌诗。诗和词都属于韵文的范围，但诗只供吟咏，词则入乐而歌唱。词在形式上有以下特点：

(1)每首词都有一个表示音乐性的词调（词牌）。一般说，词调并不是词的题目，仅只能把它当作词谱看待。到了宋代，有些词人为了表明词意，常在词调下面另加题目，或者还写上一段小序。

(2)词一般都分两段（叫作上下片或上下阕），不分段或分段较多的是极少数。

(3)一般词调的字数和句子的长短都是固定的，有一定的格式。

(4)词的句式参差不齐，基本上是长短句。

(5)词中声韵的规定特别严格，用字要分平仄，每个词调的平仄都有所规定，各不相同。

◆ 诗作

忆秦娥（箫声咽）
［唐］李　白

箫声咽，秦娥梦断秦楼月。秦楼月，年年柳色，灞陵伤别。　　乐游原上清秋节，咸阳古道音尘绝。音尘绝，西风残照，汉家陵阙。

［注释］灞陵：在今陕西省西安市东，是汉文帝的陵墓所在地。当地有一座桥，"汉人送客至此桥，折柳送别"。　乐游原：汉宣帝乐游苑的故址。　清秋节：指农历九月九日重阳节。　咸阳古道：唐人常以咸阳代指长安，"咸阳古道"就是长安道。　音尘：一般指消息，这里是指车行走时发出的声音和扬起的尘土。　汉家陵阙：即汉朝皇帝的坟墓和宫殿。

[问题与探究]

(1)这首词表现了诗人什么样的感情？请简要分析。

(2)这首词情景交融，给人以丰富的想象。请结合"年年柳色，灞陵伤别"和"西风残照，汉家陵阙"两处诗文加以简要说明。

诗法小常识

婉约词与豪放词：

婉约与豪放是我国古代词的两大流派。

婉约词，形成于晚唐。这一类词修辞婉转、表现细腻。其题材比较狭窄，多写儿女之情、离别之绪；也抒写感时伤世之情，作者往往把家国之情、身世之感，或融入艳情，或寄于咏物。在表现手法上，多用含蓄蕴藉的方法表现情绪，风格绮丽。代表词人有柳永、李清照等。

豪放词，题材广泛，内容丰富，创作视野较为广阔，多写边塞、军营和狩猎生活，抒写杀敌报国、建功立业的鸿鹄之志，理想难以实现的悲愤之情。表现方法以铺叙直抒为主，风格恢宏沉雄，气势豪迈，喜用诗文的手法、句法和字法写词，语词宏博，用事较多，不拘守音律，然而有时失于粗疏平直。代表词人有苏轼、辛弃疾等。

南宋俞文豹《吹剑续录》载："东坡在玉堂日，有幕士善歌，因问：'我词何如柳七？'对曰：'柳郎中词，只合十七八女郎，执红牙板，歌杨柳外晓风残月。学士词，须关西大汉，执铜琵琶，铁绰板，唱大江东去。'公为之绝倒。"这则故事，表明了婉约与豪放两种不同的词风。

◆诗作

菩萨蛮（小山重叠金明灭）
[唐]温庭筠

小山重叠金明灭，鬓云欲度香腮雪。懒起画蛾眉，弄妆梳洗迟。　照花前后镜，花面交相映。新帖绣罗襦，双双金鹧鸪。

[注释] 小山：指美人发髻。金：即额黄，又称鹅黄、贴黄，是唐代妇女的眉际妆，因为以黄色颜料染画于额间，故得名。鬓云：形容鬓发蓬松，像云朵一样。金鹧鸪：指用金线绣上去的鹧鸪鸟。

[问题与探究]

(1) 这首词中，作者塑造了一个怎样的人物形象？在塑造形象时作者运用了哪些表现手法？请简要分析。

(2) "懒起画蛾眉，弄妆梳洗迟"一句中的"懒""弄""迟"几字在塑造女主人公形象和揭示女主人公内心世界方面起到了什么作用？

诗法小常识

反衬：结拍"新帖绣罗襦，双双金鹧鸪"两句写她穿上短袄，看着一双双用金线绣成的鹧鸪出神。鹧鸪尚懂得成双成对，而人呢？作者运用反衬的笔法，通过容貌服饰的描写，反衬人物内心的寂寞空虚；"双双"二字反写这女子的孤独，看见衣服上的"金鹧鸪"都是双双对对的，就使她触景生情，自怜孤独。

细节描写：这首词描写的是一个独处闺中的妇女，从起床、梳妆到穿衣的一系列动态细节，体现出她的处境及孤独苦闷的心情。开头两句是写她褪了色、走了样的眉晕、额黄和乱发，是隔夜残妆。三、四两句写刚起床时"弄妆"，用一"懒"字、一"迟"字由外表进入人物内心的描写。下阕开头两句写妆成之后的明艳，极写其人之美。最后两句写穿衣时忽然看见衣服上有新贴的"双双金鹧鸪"，到此，全词戛然而止。

词作通过描写闺中女子懒起后梳洗、画眉、簪花、照镜、穿衣、看着用金线绣成的鹧鸪出神等一系列动作，塑造了一个娇美又满怀幽怨的女子形象。

◆诗作

醉花间（晴雪小园春未到）
[五代]冯延巳

晴雪小园春未到，池边梅自早。高树鹊衔巢，斜月明寒草。　山川风景好，自古金陵道。少年看却老。相逢莫厌醉金杯，别离多，欢会少。

诗人小传

冯延巳（903—960）又名延嗣，字正中，五代广陵（今江苏扬州）人。在南唐做过宰相，生活过得很优裕、舒适。他的词多写闲情逸致，文人的气息很浓，对北宋初期的词人有比较大的影响。

诗法小常识

移步换景：词的上片四句纯属写景，从"小园晴雪"开始，写到"池边早梅"，再写到"高树鹊巢"，最后到"斜月寒草"收住。这四句上下连贯，紧凑而又层次井然。随着作者的移步换景，虽在小园，却能一句一个景、一步一个境地引人入胜。尽管春尚未到，嫩寒犹甚，读来仍令人目不暇接。

[问题与探究]

(1)词的上片描绘了哪几幅画面？突出了景物的什么特点？"高树雀衔巢，斜月明寒草"一句，运用了何种手法，请简要分析。

动静结合：词的三、四两句，使用动静结合的手法，描写出鸟雀营巢（动），月映碧草（静）的景致，呈现出一派生机盎然的景象。构思精巧，意境深邃而造语自然，堪称佳作。

(2)本词蕴藏着作者丰富的感情，请结合诗句简要分析。

◆诗作

浣溪沙（菡萏香销翠叶残）

[五代] 李 璟

菡萏香销翠叶残，西风愁起绿波间。还与韶光共憔悴，不堪看。　细雨梦回鸡塞远，小楼吹彻玉笙寒。多少泪珠何限恨，倚阑干。

[注释] 菡萏：荷花的别名。　共憔悴：指菡萏败再加上秋意萧条，含有自己"与秋俱老"的感叹。　鸡塞：即鸡鹿塞，汉时边塞名，故址在今内蒙古。这里泛指边塞。　吹彻：吹到最后一曲。彻，大曲中的最后一遍。

[问题与探究]

(1)这首词上片写了什么景？创造了怎样的意境？

(2)"细雨梦回鸡塞远，小楼吹彻玉笙寒"采用了什么艺术手法？

诗人小传

李璟（916—961），五代十国时期南唐第二位皇帝。后因受到后周威胁，削去帝号，改称国主，史称南唐中主。即位后开始大规模对外用兵，消灭楚、闽二国。他在位时，南唐疆土最大。不过李璟奢侈无度，导致政治腐败，国力下降。李璟好读书，多才艺。常与宠臣韩熙载、冯延巳等饮宴赋诗。他的词，感情真挚，风格清新，语言不事雕琢，"小楼吹彻玉笙寒"是流芳千古的名句。

诗法小常识

直抒胸臆：词的最后两句"多少泪珠何限恨，倚阑干"直抒胸臆。环境如此凄清，人事如此悲凉，使人潸然泪下，满怀怨恨。"多少"，"何限"，数不清，说不尽。流不完的泪，诉不尽的恨；泪因恨洒，恨依泪倾。语虽平淡，但很能打动人心。结语"倚阑干"一句，写物写人更写情，脉脉深长，语已尽而意无穷，给人以联想和想象的空间。"倚阑干"，是为了望远，望远是为了期待远方的征人，所以"倚阑干"充满了无限的期待，无限的惆怅，无限的怨恨。

一诗一法一情感·词

61

一诗一法一情感与"廿四史"选粹

◆诗作
相见欢（林花谢了春红）
〔五代〕李　煜

林花谢了春红，太匆匆。无奈朝来寒雨晚来风。　胭脂泪，相留醉，几时重。自是人生长恨水长东。

[注释]　无奈朝来寒雨：一作"常恨朝来寒重"。胭脂泪：原指女子的眼泪，这里指林花着雨的鲜艳颜色，代指美好的花。相留醉：一本作"留人醉"。　几时重：何时再度相会。

[问题与探究]

(1)词的上片借景抒写了词人怎样的思想感情？请简要分析。

(2)词的下片"胭脂泪，相留醉，几时重？"一句是词人的直抒胸臆吗？试从修辞手法的运用角度进行分析阐述。

◆诗作
浪淘沙（帘外雨潺潺）
〔五代〕李　煜

帘外雨潺潺，春意阑珊。罗衾不耐五更寒。梦里不知身是客，一晌贪欢。　独自莫凭栏，无限江山，别时容易见时难。流水落花春去也，天上人间。

[注释]　此词写于作者去世前不久，幽囚于汴京。阑珊：衰残。一作"将阑"。　身是客：指被拘汴京，形同囚徒。　贪欢：指贪恋梦境中的欢乐。

[问题与探究]

诗人小传

李煜（937—978），字重光，彭城（今江苏徐州）人。五代十国时南唐国君，南唐中主李璟第六子，史称李后主。开宝八年，宋军破南唐都城，李煜降宋，被俘至汴京，封为右千牛卫上将军、违命侯。后因作感怀故国的名词《虞美人》而被宋太宗毒死。李煜虽不通政治，但其艺术才华非凡。精书法，善绘画，通音律，诗和文均有一定造诣，尤以词的成就最高，被称为"千古词帝"。

诗法小常识

叠字衔联法：词作的末句与上片歇拍长句，都运用了叠字衔联法："朝来""晚来"、"长恨""长东"，前后呼应更增其异曲而同工之妙，即具有加倍强烈的感染力量。顾随先生论后主，以为"问君能有几多愁，恰似一江春水向东流"，其美中不足在"恰似"，盖明喻不如暗喻，一语道破"如""似"，意味便浅。按这种说法，则"自是人生长恨水长东"，恰好免去此一微疵，使尽泯"比喻"之迹，而笔致转高一层矣。学文者于此，宜自寻味，美意不留，芳华难驻，此恨无穷，而无情东逝之水，不舍昼夜，"淘尽"之悲，苏轼亦云，只是表现之风格手法不同，非真有异也。

诗法小常识

倒叙：词的上片用倒叙，先写梦醒再写梦中。起首说五更梦回，薄薄的罗衾挡不住晨寒的侵袭。帘外，是潺潺不断的春雨，是寂寞零落的残春；这种境地使他倍增凄苦之感。"梦里"两句，回过来追忆梦中情事，睡梦里好像忘记自己身为俘虏，似乎还在故国华美的宫殿里，贪恋着片刻的欢娱，可是梦醒以后，"想得玉楼瑶殿影，空照秦淮"（《浪淘沙》），却加倍地感到痛苦。

(1)词的上片主要运用了什么表现手法？表达出词人什么样的情感？

(2)词人在下片为什么说"独自莫凭栏"？

◆诗作

点绛唇（金谷年年）

[宋] 林　逋

金谷年年，乱生春色谁为主？余花落处，满地和烟雨。　　又是离歌，一阕长亭暮。王孙去，萋萋无数，南北东西路。

[注释] 金谷：即金谷园，指西晋富豪石崇在洛阳建造的一座奢华的别墅，后荒芜。王孙：本是古代对贵族公子的尊称，后代指出门远游之人。

[问题与探究]

(1)王国维在《人间词话》中赞这首词为"咏春草绝调"，词中借咏春草表达了怎样的情感？请结合具体诗句简要赏析。

(2)这首词用了丰富的艺术表现手法，请选择其中两种结合具体诗句进行赏析。

诗人小传

林逋（967—1028），字君复，有"梅妻鹤子"之称的隐逸诗人，卒谥和靖先生。其幼时刻苦好学，通晓经史百家。书载性孤高自好，喜恬淡，勿趋荣利。长大后，曾漫游江淮间，后隐居杭州西湖，结庐孤山。常驾小舟遍游西湖诸寺庙，与高僧诗友相往还。每逢客至，叫门童子纵鹤放飞，林逋见鹤必棹舟归来。其作诗随就随弃，从不留存。

诗法小常识

"咏春草绝调"：

宋词中的咏物词甚多，其中咏草词佳作也不少。不过，在众多咏春草词中，王国维认为，只有三阕词称得上"咏春草绝调"：即林逋的《点绛唇》，梅尧臣的《苏幕遮》，欧阳修的《少年游》。

梅尧臣的《苏幕遮》："露堤平，烟墅杳，乱碧萋萋，雨后江天晓。独有庾郎年最少。窣地春袍，嫩色宜相照。　　接长亭，迷远道。堪怨王孙，不记归期早。落尽梨花春又了。满地残阳，翠色和烟老。"

词中"落尽梨花春又了。满地残阳，翠色和烟老。"乃是咏草名句。春草由"嫩"变"老"，表达了伤春嗟老的心情，草的形与色以及赋予草的神与情，可见其摄魂之妙。

欧阳修的《少年游》："栏干十二独凭春，晴碧远连云。千里万里，二月三月，行色苦愁人。　　谢家池上，江淹浦畔，吟魄与离魂。那堪疏雨滴黄昏，更特地、忆王孙。"

这首词也是写离愁别恨的，但在表现手法上重在揭示人的感情涟漪，既见"情真"，又见"思深"。思妇独自凭栏远眺，青草绵延无垠，"千里万里，二月三月，行色苦愁人"表现了对远行恋人的魂牵梦萦。全词无一字言草，然而处处与草关联，堪称咏草写人的佳作。

◆诗作

御街行·秋日怀旧
[宋]范仲淹

纷纷坠叶飘香砌。夜寂静，寒声碎。真珠帘卷玉楼空，天淡银河垂地。年年今夜，月华如练，长是人千里。　　愁肠已断无由醉。酒未到，先成泪。残灯明灭枕头敧，谙尽孤眠滋味。都来此事，眉间心上，无计相回避。

[注释] 香砌：指花坛。真珠：即珍珠。都来：算来。

[问题与探究]

(1)上阕是从哪些角度来描写秋夜景象的？请简要分析。

(2)请从情和景交融的角度对这首词简要赏析。

诗人小传

范仲淹（989—1052），字希文，北宋著名的政治家、思想家、军事家和文学家，苏州吴县（今属江苏）人。他为政清廉，体恤民情，刚直不阿，力主改革，屡遭奸佞诬谤，数度被贬。1052年病逝于青州，谥文正，世称范文正公。

诗法小常识

夸张："愁肠已断无由醉，酒未到，先成泪。"肠已愁断，酒无由入，虽未到愁肠，已先化泪。运用夸张手法，比"酒入愁肠，化作相思泪"更进一层，愁情更是难堪凄切。

情态描写（细节描写）：下片先以一个"愁"字尽写酌酒垂泪的愁意，"枕头敧"，作者以极为简练的语言生动地写出了词人倚枕对灯寂然凝思的愁苦神态。

直抒胸臆："谙尽孤眠滋味"句，以独白式的语言直接表述了孤枕难眠的难言愁情。"都来此事，眉间心上，无计相回避。"，算来这怀旧之事，是无法回避的，不是在心头萦绕，就是在眉头攒聚。作者的内心独白形象地写出了无法排遣的愁情。

◆诗作

千秋岁（数声鶗鴂）
[宋]张　先

数声鶗鴂，又报芳菲歇。惜春更把残红折，雨轻风色暴，梅子青时节。永丰柳，无人尽日花飞雪。　　莫把幺弦拨，怨极弦能说。天不老，情难绝。心似双丝网，中有千千结。夜过也，东窗未白凝残月。

[注释] 鶗鴂（tí jué）：即子规、杜鹃。幺弦：琵琶的第四弦，各弦中最细，故称。亦泛指短弦、小弦。

[问题与探究]

(1)上阕描绘了一幅怎样的画面？请简要分析。

诗人小传

张先（990—1078），字子野，乌程（今浙江湖州）人。北宋著名词人。天圣八年（1030）进士，官至尚书都官郎中。晚年退居湖杭之间。曾与梅尧臣、欧阳修、苏轼等游。善作慢词，与柳永齐名，造语工巧，曾因三处善用"影"字，世称"张三影"。

诗法小常识

比喻："心似双丝网，中有千千结"句，把心比作那双丝编制的网，中间有千万个连心结。表现了爱情受到抑制时抑郁不舒的心境和对爱情坚贞不移的信念。

烘托：上片完全运用景物描写来烘托、暗示美好爱情惨遭阻抑的沉痛之情。起句把鸣声悲切的鶗鴂提出来，说明美好的春光又过去了。从"又"字看，他们相爱已经不止一年，可是由于遭到阻力，这感情却和春天一样，来去匆匆。惜春之情油然而生，故有"惜春

(2)简要赏析下阕最后两句的表达效果。

更把残红折"之举动。所谓"残红",象征着被破坏而犹坚持的爱情。一个"折"字更能表达出对于经过风雨摧残的爱情无比珍惜。紧接着"雨轻风色暴,梅子青时节。"是上片最为重要的两句:表面上是写时令,写景物,但用的是语意双关,说的是爱情遭受破坏。

诗人小传
"张三影"的来历:

张先创作很喜欢用"影"字。他提炼出许多关于"影"的佳句。宋朝《古今诗话》记载了一个故事:

有客人对张先说:"大家都称先生您为张三中,因为您的作品里有'心中事、眼中泪、意中人'三句。"张先说:"为什么不叫我张三影呢?"客人不解。张先说:"'云破月来花弄影''娇柔懒起,帘幕卷花影''柳径无人,堕絮飞无影',这三句才是我最得意的句子呀。"

以上"三影"分别来自张先的三首词。第一首是《天仙子》,其中有"云破月来花弄影"句。第二首是《剪牡丹·舟中闻双琵琶》,其中有"柳径无人,堕絮飞无影"句。第三首是《归朝欢》,其中有"娇柔懒起,帘压卷花影"句。

张先还有一"影"写得非常好,甚至被人称为可以与"三影"合称"四影"。那就是他《木兰花·乙卯吴兴寒食》中的"中庭月色正清明,无数杨花过无影"句。

◆诗作
天仙子（水调数声持酒听）
[宋] 张　先

时为嘉禾小倅,以病眠,不赴府会。

水调数声持酒听,午醉醒来愁未醒。送春春去几时回?临晚镜,伤流景,往事后期空记省。沙上并禽池上暝,云破月来花弄影。重重帘幕密遮灯,风不定,人初静,明日落红应满径。

[注释] 水调:曲调名,相传隋炀帝开凿汴河时自制此曲《水调歌》,唐代称《水调歌头》。　临晚镜:就镜自照而感伤衰老。　并禽:成对的鸟儿。这里指鸳鸯。

[问题与探究]

(1)上阕作者心中之"愁",表现在哪些方面?

(2)结合全词,赏析"云破月来花弄影"一句的妙处。

◆诗作
蝶恋花（槛菊愁烟兰泣露）
[宋] 晏　殊

槛菊愁烟兰泣露,罗幕轻寒,燕子双飞去。明月不谙离恨苦,斜光到晓穿朱户。　昨夜西风凋碧树,独上高楼,望尽天涯路。欲寄彩笺兼尺素,山长水阔知何处!

诗人小传
晏殊(991—1055),字同叔,北宋著名词人、诗人、散文家,抚州临川(今江西抚州)人。晏殊与其幼子晏几道在北宋词坛被称为"大晏"和"小晏"。

诗法小常识
治学之"三境界"(一):

王国维在《人间词话》中说:

古今之成大事业、大学问者,必经过三种之境界:"昨夜西风凋碧树,独上高楼,

65

[注释] 槛：古建筑常于轩斋四面房基之上围以木栏，上承屋角，下临阶砌，谓之槛。离恨：一作"离别"。彩笺兼尺素：彩笺，彩色的信笺。尺素，书信的代称。古人写信用素绢，通常长约一尺，故称尺素。兼，一作"无"。

[问题与探究]

(1)"昨夜西风凋碧树"一句"景中含情"历来为人称道，请简要赏析。

(2)词中刻画了一位什么样的主人公形象？请简要分析。

望尽天涯路。"此第一境也。"衣带渐宽终不悔，为伊消得人憔悴。"此第二境也。"众里寻他千百度，蓦然回首，那人却在，灯火阑珊处。"此第三境也。

王国维认为治学的第一境界："昨夜西风凋碧树。独上高楼，望尽天涯路。"这词句出晏殊的《蝶恋花》，原意是说，"我"上高楼眺望所见的更为萧飒的秋景，西风黄叶，山阔水长，案书何达？在王国维此句中解成，做学问成大事业者，首先要有执着的追求，登高望远，瞰察路径，明确目标与方向，了解事物的概貌。这自然是借题发挥，以小见大。那如果按原词解，这几句是情感堆积，是酝酿，是对下文"望尽天涯路"的一种铺垫。

◆诗作

玉楼春·春景
[宋] 宋 祁

东城渐觉风光好，縠皱波纹迎客棹。绿杨烟外晓寒轻，红杏枝头春意闹。　浮生长恨欢娱少，肯爱千金轻一笑。为君持酒劝斜阳，且向花间留晚照。

[注释] 縠皱：即绉纱，喻水的波纹。浮生：人生短暂若泡沫浮生于水面。此指飘浮无定的短暂人生。肯爱：怎肯吝啬。

[问题与探究]

(1)"为君持酒劝斜阳，且向花间留晚照。"这两句诗，表现了怎样的情趣？

(2)"红杏枝头春意闹"一句中的"闹"能否改为"浓"或"盛"字？为什么？请运用在《咬文嚼字》一文中学到的方法，谈谈你的理解。

诗人小传

宋祁（998—1061），字子京，北宋文学家，安州安陆（今湖属北）人，后徙居开封雍丘（今河南杞县）。天圣二年进士，官翰林学士、史馆修撰。与欧阳修等合修《新唐书》，书成，进工部尚书，拜翰林学士承旨。卒谥景文，与兄宋庠并有文名，时称"二宋"。诗词语言工丽，因《玉楼春》词中有"红杏枝头春意闹"句，世称"红杏尚书"。

诗法小常识

无理而妙：词的下片从词人主观情感上对春光美好做进一步的烘托。"浮生长恨欢娱少，肯爱千金轻一笑。"二句，是从功名利禄这两个方面来衬托春天的可爱与可贵。词人身居要职，官务缠身，很少有时间或机会从春天里寻取人生的乐趣，故引以为"浮生"之"长恨"。于是，"为君持酒劝斜阳，且向花间留晚照。"就有了宁弃"千金"而不愿放过从春光中获取短暂"一笑"的感慨。既然春天如此可贵可爱，词人禁不住"为君持酒劝斜阳"，明确提出"且向花间留晚照"的强烈主观要求。这要求是"无理"的，因此也是不可能的，却能够充分地表现出词人对春天的珍视，对光阴的爱惜。

◆ 诗作

苏幕遮（露堤平）
[宋] 梅尧臣

露堤平，烟墅杳。乱碧萋萋，雨后江天晓。独有庾郎年最少。窣地春袍，嫩色宜相照。

接长亭，迷远道。堪怨王孙，不记归期早。落尽梨花春又了。满地残阳，翠色和烟老。

[注释] 庾郎：即庾信，南朝梁代文士，他得名甚早，"年十五，侍梁东宫讲读"。窣地春袍：窣地，拂地；春袍，即青袍，刚释褐入仕的年轻官员一般都是穿青袍。王孙：贵族公子。这里指草。多年生，产于深山。

[问题与探究]

(1)这首词表达了词人哪些情感？请简要分析。

(2)这首词突出运用了哪些表现手法？请结合具体诗句简要分析。

◆ 诗作

浣溪沙（堤上游人逐画船）
[宋] 欧阳修

堤上游人逐画船，拍堤春水四垂天。绿杨楼外出秋千。　白发戴花君莫笑，六幺催拍盏频传。人生何处似尊前！

[注释] 欧阳修早年被贬颍州，晚年又隐居于此，州城西北，有一天然水泊，人称西湖，风景优美，是当时的名胜之地。欧阳修常来此游览。六幺：为唐代琵琶曲名。尊：同"樽"，古代的盛酒器具。

[问题与探究]

(1)"绿杨楼外出秋千"一句中"出"字用得极妙，前人评价说："只一'出'字，自是后人道不到处。"请结合诗句简要赏析。

诗人小传

梅尧臣（1002—1060）字圣俞，宣州宣城（今属安徽）人。北宋著名现实主义诗人。他经历坎坷，屡试不中，仕途极不得意，以荫补河南主簿。50岁后，于皇祐三年（1051）始得宋仁宗召试，赐同进士出身，为太常博士。以欧阳修荐，为国子监直讲，累迁尚书都官员外郎，故世称"梅直讲""梅都官"。曾参与编撰《新唐书》，并为《孙子兵法》作注。其词存二首。

诗法小常识

"状难写之景如在目前，含不尽之意见于言外"：

此言出自欧阳修《六一诗话》，意思是诗作描写得十分精到，即使是很难描绘其状的事物也能让读者觉得仿佛此景就在眼前；语句隽永，除了见于诗中直抒的感情以外，诗中还暗藏别的情感。

这首词用"平""烟""萋萋"，状草之形；用"碧""嫩""翠"，状草之色；又用映衬手法传写出草之神与情，或实或虚，都鲜明如画，历历在目。词中抒写了作者初仕的得意情态和后来倦于宦游、春末思归的苦闷心绪，但都非常含蓄，只是在精心描绘的意境中微微透出，让读者于言外得之，因此这是一首较好地体现了作者自己的艺术主张的佳作。

诗法小常识

炼字：词中"逐""拍""出"等字都用得极好。

"逐"字生动地写出了游人如织、喧嚣热闹的场面，表现了堤上游人对水上画船的喜爱之情。

"拍"字写出了春水不断拍打着堤岸的情形，表现了春水的生命力。

"出"字既符合秋千在围墙之上时隐时现的情状，又给人丰富的想象空间，暗中写出了秋千女的形象，使人们好像隐约听到了绿杨成荫的临水人家传出的笑语喧闹之声，仿佛看到了秋千上娇美的身影，这样就在幽美的景色中，平添出一种盎然的生意。

治学之"三境界"（二）：

王国维认为治学的第二境界："衣带渐

(2)这首词的下片刻画了词人怎样的形象特征？抒发了词人怎样的思想感情？

◆诗作

踏莎行（候馆梅残）
〔宋〕欧阳修

候馆梅残，溪桥柳细，草薰风暖摇征辔。离愁渐远渐无穷，迢迢不断如春水。　寸寸柔肠，盈盈粉泪，楼高莫近危阑倚。平芜尽处是春山，行人更在春山外。

〔注释〕候馆：指旅舍。征辔：行人坐骑的缰绳。

〔问题与探究〕

(1)请赏析上片诗句"离愁渐远渐无穷，迢迢不断如春水。"

(2)近代俞陛云曾言："唐宋人诗词中，送别怀人者，或从居者着想，或从行者着想，能言情婉挚，便称佳构。"请从这一角度结合全诗具体赏析。

◆诗作

玉楼春（尊前拟把归期说）
〔宋〕欧阳修

尊前拟把归期说，欲语春容先惨咽。人生自是有情痴，此恨不关风与月。　离歌且莫

宽终不悔，为伊消得人憔悴。"这引用柳永《凤栖梧》又名《蝶恋花》最后两句词，原词表达了爱情的艰辛和对爱的无悔。若把"伊"字理解为词人所追求的理想和毕生从事的事业，亦无不可。王国维则别有用心，以此两句来比喻成大事业、大学问者，不是轻而易举、随便可得的，必须坚定不移，经过一番辛勤劳动，废寝忘食，孜孜以求，直至人瘦带宽也不后悔。这当然又是王国维的高明之处。

诗法小常识

透过一层，从对面写来： 金圣叹称欧公此词："前半是自叙，后半是代家里叙，章法极奇。"此词上、下片的关系不是并列，而是递进。上片结尾已经讲到自己的离愁迢迢不断，无穷无尽，于是这位深情的主人公便不由得想象对方此刻也正在凭高远望，思念旅途中的自己。从"迢迢春水"到"寸寸肠""盈盈泪"，其间又有一种自然的联系。这正是所谓透过一层，从对面写来的手法。

治学之"三境界"（三）：

王国维认为治学的第三境界："众里寻他千百度，蓦然回首，那人却在，灯火阑珊处。"这是辛弃疾《青玉案·元夕》词最后四句。王国维以此为"境界"之第三，即最高境界。这虽不是辛弃疾的原意，但也可以引出悠悠的远意，做学问、成大事业者，要达到第三境界，必须有专注的精神，反复追寻、研究，下足功夫，自然会豁然贯通，有所发现，有所发明，就能够从必然王国进入自由王国。能引申到这个方面来，王国维的高明自不必说。

诗法小常识

"有我之境"与"无我之境"：

王国维在《人间词话》中说："有有我之境，有无我之境。'泪眼问花花不语，乱红飞过秋千去'，'可堪孤馆闭春寒，杜鹃声里斜阳暮'，有我之境也。……有我之境，以我观物，

翻新阕，一曲能教肠寸结。直须看尽洛城花，始共春风容易别。

[注释] 尊前：即樽前，饯行的酒席前。 春容：如春风妩媚的颜容。此指别离的佳人。 翻新阕：按旧曲填新词。 洛阳花：洛阳盛产牡丹，欧阳修有《洛阳牡丹记》。

[问题与探究]

(1)简要概括这首词抒情主人公的形象特点。联系词作指出本词所表达的思想感情。

(2)前人评论"直须看尽洛城花，始共春风容易别"，认为"于豪放之中有沉着之致"，请结合诗句简析。

故物皆著我之色彩。"南朝梁刘勰在《文心雕龙·神思》中所说的"登山则情满于山，观海则意溢于海"。

"人生自是有情痴，此恨不关风与月"。"风与月"即清风与明月，指惹人惆怅的自然美景。什么是情痴？迷恋爱情的人，多情的人。这样的人，痴迷于爱与情，一旦万物的变化，触景生情，都可以肝肠寸断，伤心欲绝。上片是词人对情恨的一种理性的思考。风和月本来是没有感情的。无论是来去无踪影的风，抑或是圆亏有规律的月，它们的变化本与人事无关。所以，风和月哪里懂得人间的情和爱？人有情，则风月也变得多情，人无情，风月亦冷漠。

◆诗作

桂枝香（登临送目）

[宋]王安石

登临送目，正故国晚秋，天气初肃。千里澄江似练，翠峰如簇。征帆去棹残阳里，背西风酒旗斜矗。彩舟云淡，星河鹭起，画图难足。

念往昔，繁华竞逐，叹门外楼头，悲恨相续。千古凭高对此，谩嗟荣辱。六朝旧事随流水，但寒烟衰草凝绿。至今商女，时时犹唱，《后庭》遗曲。

[注释] 此词大约写于作者再次罢相、出知江宁府之时。 门外楼头：指南朝陈亡国惨剧。语出杜牧《台城曲》：门外韩擒虎，楼头张丽华。韩擒虎是隋朝开国大将，他已带兵来到金陵朱雀门（南门）外，陈后主尚与他的宠妃张丽华于结绮阁上寻欢作乐，演唱《玉树后庭花》。

[问题与探究]

(1)词的上片，作者"登临送目"，看到了哪些景象？在写景方面有何特点？

诗人小传

王安石（1021—1086），字介甫，号半山，谥文，封荆国公，世人又称王荆公。北宋抚州临川人（今江西抚州）人，北宋著名政治家、思想家、文学家、改革家，"唐宋八大家"之一。欧阳修称赞王安石："翰林风月三千首，吏部文章二百年。老去自怜心尚在，后来谁与子争先。"其诗文各体兼擅，词虽不多，但亦擅长，且有名作《桂枝香》等。王荆公最广为流传的诗句为"春风又绿江南岸，明月何时照我还"（《泊船瓜洲》）。

诗法小常识

白描：词的上片全是白描，作者"登临送目"，看到了澄澈的长江、苍翠的山峰、来来往往的船只、残阳、斜插着的酒旗、彩舟、白鹭。全片由远而近，描绘了一幅肃爽的金陵晚秋图景。

比喻："千里澄江似练，翠峰如簇"，一个"似练"，一个"如簇"，运用比喻手法，"彩舟云淡，星河鹭起"，彩舟、星河，色彩对比鲜明；云淡、鹭起，动静相生。

用典：词的结语用典，化用杜牧"商女不知亡国恨，隔江犹唱《后庭花》"诗句，更为奇妙，词人写道：时至今日，六朝已远，但其遗曲，往往犹似可闻。

(2)这首词采用借古讽今的手法，表达了作者什么样的思想感情？

◆**诗作**

蝶恋花（醉别西楼醒不记）
〔宋〕晏幾道

醉别西楼醒不记，春梦秋云，聚散真容易。斜月半窗还少睡，画屏闲展吴山翠。　衣上酒痕诗里字，点点行行，总是凄凉意。红烛自怜无好计，夜寒空替人垂泪。

【**注释**】　吴山：画屏上的江南山水。

[问题与探究]

(1)赏析"斜月半窗还少睡，画屏闲展吴山翠"两句的表达特色？

诗人小传

晏幾道（1038—1110），晏殊幼子，字叔原，号小山，北宋著名词人，抚州临川（今江西抚州）人。历任颍昌府许田镇监、乾宁军通判、开封府判官等。性孤傲，晚年家境中落。词风哀感缠绵、清壮顿挫。一般讲到北宋词人时，称晏殊为"大晏"，称晏幾道为"小晏"。

诗法小常识

拟人："红烛自怜无好计，夜寒空替人垂泪"，作者用拟人化的手法，从红烛无法留人、为惜别而流泪，反映出自己别后的凄凉心境，结构新颖，词情感人，很能代表小山词的风格。

(2)本词最后作者为什么要提到"红烛"？请结合诗句简要分析。

◆**诗作**

临江仙（夜饮东坡醒复醉）
〔宋〕苏　轼

夜饮东坡醒复醉，归来仿佛三更。家童鼻息已雷鸣。敲门都不应，倚杖听江声。　长恨此身非我有，何时忘却营营？夜阑风静縠纹平。小舟从此逝，江海寄余生。

诗人小传

苏轼（1037—1101），字子瞻，号东坡居士，眉州眉山（今属四川）人。北宋文学家、书画家。他一生仕途坎坷，学识渊博，天资极高，诗文书画皆精。其文汪洋恣肆，明白畅达，与欧阳修并称"欧苏"，为"唐宋八大家"之一。诗清新豪健，善用夸张、比喻，艺术表现独具风格，与黄庭坚并称"苏黄"。词开豪放一派，

[注释] 东坡：在湖北黄冈东。苏轼谪贬黄州时，友人马正卿助其垦辟的游息之所，筑雪堂五间。 听江声：苏轼寓居临皋，在湖北黄县南长江边，故能听长江涛声。 营营：周旋、忙碌，内心躁急之状，形容为利禄竞逐钻营。 夜阑：夜尽。 縠纹：比喻水波细纹。縠，绉纱。

[问题与探究]

(1)请从炼字的角度分析作者是怎样表现自己纵饮的醉意的，并回答怎样理解作者这份醉饮的豪兴？

(2)清代王夫之说："情景名为二，而实不可离"，认为在诗歌创作里，任何客观景物的描写，都包括了诗人的主观感受，都有诗人的主观色彩，这首词上、下阕中都有这样的词句，请指出并简要分析。

对后世有巨大影响，与辛弃疾并称"苏辛"。书法擅长行书、楷书，能自创新意，用笔丰腴跌宕，有天真烂漫之趣，与黄庭坚、米芾、蔡襄并称"宋四家"。画学文同，论画主张神似，提倡"士人画"。

诗法小常识

以动衬静，以有声衬无声：词的上片以动衬静，以有声衬无声，通过写家童鼻息如雷和作者谛听江声，衬托出夜静人寂的境界，从而烘托出历尽宦海浮沉的词人心事之浩茫和心情之孤寂，使人遐思联翩，从而为下片当中作者的人生反思做好了铺垫。

豪放而飘逸：诗人要趁此良辰美景，驾一叶扁舟，随波流逝，任意东西，他要将自己的有限生命融化在无限的大自然之中。苏东坡政治上受到沉重打击之后，思想几度变化，由入世转向出世，追求一种精神自由、合乎自然的人生理想。表达出词人潇洒如仙的旷达襟怀，是他不满世俗、向往自由的心声。

◆诗作

浣溪沙（簌簌衣巾落枣花）
［宋］苏　轼

簌簌衣巾落枣花，村南村北响缫车。牛衣古柳卖黄瓜。　　酒困路长惟欲睡，日高人渴漫思茶。敲门试问野人家。

[注释] 缫车：缫丝所用的器具。 牛衣：蓑衣，这里泛指用粗麻织成的衣服。

[问题与探究]

(1)词的上片景色描写特点如何？营造了怎样的氛围？

诗人小传

元丰元年（1078）春天，徐州发生了严重旱灾，作为地方官的苏轼曾率众到城东二十里的石潭求雨。得雨后，他又与百姓同赴石潭谢雨。苏轼在赴徐门石潭谢雨路上写成组词《浣溪沙》，共五首，这是第四首。

诗法小常识

移步换景，一句一景：词的上片写景，写的是农村生产劳动的繁忙景象。诗人移步换景，一句一景，三句话，三个画面，用谢雨的路上这条线串起来，就让人感到这幅连环画具有很强的立体感。这一组画面，不仅有视觉上的色彩美，而且有听觉上的音乐美。无论是簌簌的落花声，嗡嗡的缫车声，还是瓜农的叫卖声，都富有浓郁的生活气息，生动地展现出农村一派欣欣向荣的景象。

71

(2)这首小令清新朴实,明白如话,仅"试问"已让词人形象栩栩传神。请结合末句的内容,分析词人形象。

◆诗作

青玉案(凌波不过横塘路)
[宋] 贺 铸

凌波不过横塘路,但目送、芳尘去。锦瑟华年谁与度?月桥花院,琐窗朱户,只有春知处。

飞云冉冉蘅皋暮,彩笔新题断肠句。若问闲愁都几许?一川烟草,满城风絮,梅子黄时雨!

[注释] 凌波:形容女子轻盈的步态。 蘅皋:长满杜衡的沼泽地。

[问题与探究]

(1)这首词表达了作者怎样的情感?请结合全诗简要分析。

(2)词的下阕"试问闲愁都几许?",却用"一川烟草,满城风絮,梅子黄时雨。"来作答,这是运用了什么手法?请简要赏析。

诗人小传

贺铸(1052—1125),字方回,卫州(今河南卫辉)人,北宋词人。宋太祖贺皇后族孙,所娶宗室之女。自称远祖本居山阴,是唐贺知章后裔,以知章居庆湖(镜湖),故自号庆湖遗老。贺铸,为人耿直,才兼文武,可惜官职低微。此词作于晚年退居苏州时。

诗法小常识

名句赏析:"一川烟草,满城风絮,梅子黄时雨。"

这三句运用了渲染的表现手法,词人紧扣季节,用满地的青草、满城的柳絮、满天的梅雨来渲染这闲愁之浓、之深。

作者用博喻将无形变有形,将抽象变形象,变无可捉摸为有形有质,显示了超人的艺术才华和高超的艺术表现力。宋·罗大经云:"以三者比愁之多,尤为新奇,兼兴中有比,意味更长。"清王闿运说:"一句一月,非一时也。"都是赞叹末句之妙。

贺铸的美称"贺梅子"就是由这首词的末句引来的。据周紫芝《竹坡诗话》载:"贺方回尝作《青玉案》词,有'梅子黄时雨'之句,人皆服其工,士大夫谓之贺梅子。"可见这首词影响之大。

◆诗作

关河令(秋阴时晴渐向暝)
[宋] 周邦彦

秋阴时晴渐向暝,变一庭凄冷。伫听寒声,云深无雁影。 更深人去寂静,但照壁孤灯相映。酒已都醒,如何消夜永!

诗人小传

周邦彦(1056—1121),北宋著名词人。字美成,号清真居士,钱塘(今浙江杭州)人。官历太学正、庐州教授、知溧水县等。周邦彦精通音律,曾创作不少新词调。作品多写闺情、羁旅,也有咏物之作。格律谨严,语言曲丽精雅,长调尤善铺叙。为后来格律派词人所宗。作品在婉约词人中长期被尊为"正宗"。旧时词论称他为"词家之冠"或"词中

[问题与探究]

(1)从上、下两阕的首句看，这首词是以什么为线索来写的？请简要说明。

(2)简要分析作者在这首词中所表现的心情。

"老杜"，是公认"负一代词名"的词人，在宋代影响甚大。

诗法小常识

情景交融：词作用了情景交融的手法，上阕寓情于景，写秋雨、秋云、无雁影，渲染凄寒的氛围；下阕以照壁孤灯、夜永之景衬情，把旅居之人酒后的孤独、冷清刻画得很清晰。全诗表达了羁旅孤栖、难熬寒夜、思念亲朋的思想感情。

◆诗作

渔家傲（天接云涛连晓雾）
〔宋〕李清照

天接云涛连晓雾，星河欲转千帆舞。仿佛梦魂归帝所。闻天语，殷勤问我归何处？ 我报路长嗟日暮，学诗谩有惊人句。九万里风鹏正举。风休住，蓬舟吹取三山去！

[问题与探究]

(1)这首词，《花庵词选》题作"记梦"，词人着力描写梦境的作用是什么？

(2)"我报路长嗟日暮，学诗谩有惊人句"中"嗟""谩"二字值得品味，请根据这两个字的意蕴，说说这两句表达了词人怎样的思想感情。

诗人小传

李清照（1084—1155），号易安居士，山东济南章丘人。宋代女词人，婉约词派代表，有"千古第一才女"之称。其词继承婉约派风格，南迁前以造语新丽见称，南迁后以情调悲凉为主。形式上善用白描手法，自辟途径，语言清丽。论词强调协律，崇尚典雅，提出词"别是一家"之说，反对以作诗文之法作词。能诗，留存不多，部分篇章感时咏史，情辞慷慨，与其词风不同。

诗法小常识

婉约词人的豪放之作：这首词气势磅礴、音调豪迈，是婉约派词宗李清照的另类作品，具有明显的豪放派风格，是李词中仅见的浪漫主义名篇。

上阕开头两句写"天""云涛""晓雾""星河""千帆"，景象极为壮丽；"接""连"二字把四垂的天幕、汹涌的云涛、弥漫的大雾自然地组合在一起，展现出一幅辽阔、壮美的海天相接的图画，描绘出瑰奇雄伟的境界。下阕"九万里风鹏正举"三句虚实结合，形象愈益壮伟，境界愈益恢宏。词作中对于开阔壮美的境界富于浪漫主义的想象，表现出作者内心刚健昂扬的气概，词风豪放。

诗法小常识

以议论入词：这首词风格独特，颇得宋诗之风，即以议论入词。除了第一、二个句子外，其余的句子全部是议论，作者分为三层进行议论。第一层，"何须浅碧轻红色，自是花中第一流"，作者认为，只要味香性柔，

◆诗作

鹧鸪天·桂花
〔宋〕李清照

暗淡轻黄体性柔，情疏迹远只香留。何须浅碧深红色，自是花中第一流。 梅定妒，菊

应羞。画栏开处冠中秋。骚人可煞无情思，何事当年不见收。

【注释】 北宋党争期间，诗人和丈夫赵明诚屏居乡里十年之久，这首词写于这段时间。 画栏开处用唐人李贺"画栏桂树悬秋香"诗意。 骚人可煞无情思，何事当年不见收：屈原当年作《离骚》，遍收名花珍卉，以喻君子之美德，唯独桂花不在其列。

[问题与探究]

(1)这是一首咏物词。请简要概括桂花的特点，然后结合诗歌内容说说它的象征意义。

(2)这首词以议论为主，作者借助议论表现了怎样的情怀？试简要概括。

何必需要浅绿色或轻红色这些外在的华美东西呢？内在美比外在美更重要，因而作者肯定了色淡香浓、迹远品高的桂花。第二层，"梅定妒，菊应羞，画栏开处冠中秋。"梅和菊兼具内外美，但在桂花面前都自叹不如，产生羞愧和妒忌的心理，所以作者定论：桂花是众多秋季名花之冠。第三层，"骚人可煞无情思，何事当年不见收。"作者抱怨屈原在《离骚》中没有提到桂花，可说是太没有情致了，对屈原的抱怨，更突出作者对桂花的珍重。

咏物词一般以咏物抒情为主，绝少议论。但这首词一反传统，以议论入词，又托物抒怀。咏物不乏形象，议论也充满诗意，堪称别开生面。其间或以群花作比，或以梅、菊陪衬，或者评论古人，从多层面的议论中，形象地展现了她超尘脱俗的美学观点和对桂花由衷地赞美和崇敬。

◆诗作

临江仙·夜登小阁，忆洛中旧游
[宋] 陈与义

忆昔午桥桥上饮，坐中多是豪英。长沟流月去无声。杏花疏影里，吹笛到天明。 二十余年如一梦，此身虽在堪惊。闲登小阁看新晴。古今多少事，渔唱起三更。

[注释] 这首词大概是在南宋高宗绍兴五年（公元1135年）陈与义退居浙江湖州青墩镇寿圣院僧舍时所作，追忆了二十多年前（北宋亡国之前）宋徽宗政和年间在洛中与好友们乐游的往事。 午桥：在洛阳南，唐朝裴度有别墅在此。

[问题与探究]

(1)请赏析这首词的思路。

诗人小传

陈与义（1090—1138），字去非，号简斋，其先祖居京兆，自曾祖陈希亮迁居洛阳（今属河南）。北宋末南宋初年的杰出诗人，同时也工于填词。其词存于今者虽仅十余首，却别具风格，尤近于苏东坡，语意超绝，笔力横空，疏朗明快，自然浑成。

诗法小常识

动静结合：词中"杏花疏影里，吹笛到天明"二句运用了动静结合的表现手法。借杏花疏影、景色幽香的静景和伴着清韵悠远的笛声欢歌到天明的动景，描写了作者当年在良辰美景中与朋友一起借着酒兴尽情戏闹的游乐情形。

(2)全词围绕"闲"的心绪,作者发出了怎样的感慨?

◆诗作

临江仙·李辅之在齐州,予客济源,辅之有和

[金]元好问

荷叶荷花何处好?大明湖上新秋。红妆翠盖木兰舟。江山如画里,人物更风流。 千里故人千里月,三年孤负欢游。一尊白酒寄离愁。殷勤桥下水,几日到东州!

[注释]李辅之是元好问的朋友。齐州即东州,今山东济南。济源,今河南济源。作者写此诗前三年曾与李辅之两次畅游济南大明湖。

[问题与探究]

(1)"红妆翠盖木兰舟"在句法上有怎样的特点?简要分析这样写的艺术效果。

(2)词人是怎样表达自己"离愁"的?请结合全词简要分析。

诗人小传

元好问(1190—1257),字裕之,号遗山,太原秀容(今山西忻州)人;系出北魏鲜卑族拓跋氏。他七岁能诗,十四岁从学郝天挺,六载而业成;兴定五年(1221)进士,不就选;正大元年(1224),中博学宏词科,授儒林郎,充国史院编修,历镇平、南阳、内乡县令。八年(1231)秋,受诏入都,除尚书省掾、左司都事,转员外郎;金亡不仕,元宪宗七年卒于获鹿寓舍;工诗文,在金、元之际颇负重望;诗词风格沉郁,并多伤时感事之作。其《论诗绝句三十首》在中国文学批评史上颇有地位。

诗法小常识

名句赏析:"殷勤桥下水,几日到东州!""殷勤"即情意深厚之意。"东州"也许就是现在朋友羁旅之处。借酒消愁不够,词人又借流水抒发离愁别绪。我们知道,在古代诗歌中,以水喻情,已经成为常规。李白有"桃花潭水深千尺,不及汪伦送我情",苏轼《江城子·别徐州》中"欲寄相思千点泪,流不到,楚江东",等等。这里,词人以流水寄情作结,不但能体现感情纯真和思念深厚,而且更形象含蓄,给人以想象余地,让人回味无穷。

○ 曲

元曲，原本来自所谓的"蕃曲""胡乐"，首先在民间流传，被称为"街市小令"或"村坊小调"。随着元灭宋入主中原，它先后在大都（今北京）和临安（今杭州）为中心的南北广袤地区流传开来。元曲有严密的格律定式，每一曲牌的句式、字数、平仄等都有固定的格式要求。虽有定格，但并不死板，允许在定格中加衬字，部分曲牌还可增句，押韵上允许平仄通押，与律诗绝句和宋词相比，有较大的灵活性。因此读者会发现，同一首"曲牌"的两首有时字数不一样，就是这个缘故（同一曲牌中，字数最少的一首为标准定格。）

元代是元曲的鼎盛时期。一般来说，元杂剧和散曲合称为元曲，杂剧是戏曲，散曲是诗歌，属于不同的文学体裁。但也有相同之处。两者都采用北曲为演唱形式。因此，散曲，剧曲又称之为乐府。散曲是元代文学主体。不过，元杂剧的成就和影响远远超过散曲，因此也有人以"元曲"单指杂剧，元曲也即"元代戏曲"。

◆诗作

[双调]沉醉东风·送别
[元] 关汉卿

咫尺的天南地北，霎时间月缺花飞。手执着饯行杯，眼阁着别离泪。刚道得声"保重将息"，痛煞煞教人舍不得。"好去者前程万里！"

[注释] ①阁着：噙着，含着，阁，同"搁"。

[问题与探究]

(1)开头两句是怎样表现送别时的气氛和心情的？

(2)送行女子是一个怎样的形象？她的临别赠言表现了怎样的心理活动？

诗人小传

关汉卿，号已斋叟，元代杂剧作家，被誉"曲家圣人"。钟嗣成《录鬼簿》中贾仲明吊词称他为"驱梨园领袖，总编修师首，捻杂剧班头"，可见他在元代剧坛上的地位。他自称："我是个普天下郎君领袖，盖世界浪子班头。"在《南吕·一枝花·不伏老》结尾一段，狂傲倔强地表示："我是个蒸不烂、煮不熟、捶不匾、炒不爆、响珰珰一粒铜豌豆"。据各种文献资料记载，关汉卿编有杂剧67部，现存18部。其中代表作有《窦娥冤》《救风尘》《望江亭》等。

诗法小常识

曲牌： 曲牌是传统填词制谱用的曲调调名的统称。俗称"牌子"。古代词曲创作，原是"选词配乐"，后来逐渐将其中动听的曲调筛选保留，依照原词及曲调的格律填制新词，这些被保留的曲仍多沿用原曲名称。明代以前所形成的戏曲声腔，如昆山腔、弋阳腔，以及由明清俗曲发展成的戏曲剧种，大多以曲牌为唱腔的组成单位，通称作"曲牌体"唱腔。

◆诗作

[双调]沉醉东风·渔夫
[元]白 朴

黄芦岸白蘋渡口,绿杨堤红蓼滩头。虽无刎颈交,却有忘机友。点秋江白鹭沙鸥。傲杀人间万户侯,不识字烟波钓叟。

[注释] 白朴一生悠游不仕。

[问题与探究]

(1)开头两句的景物描写有什么作用?

(2)本诗描写了一个怎样的渔夫形象?寄寓了作者怎样的情感?请简要分析。

诗人小传

白朴(1226—约1306),原名恒,字仁甫,后改名朴,字太素,号兰谷。祖籍隩州(今山西河曲),生于汴梁(今河南开封),后徙居真定(今河北正定),晚岁寓居金陵(今江苏南京),终身未仕。他是元代著名的杂剧作家,与关汉卿、马致远、郑光祖并称为"元曲四大家"。

诗法小常识

伏笔与照应:即先设伏笔,后予以交代照应,是指诗歌对将要出现的人物或事件做出某种暗示性的铺排,当人物或事件发展到一定的时候,再予以"响应"的写作技巧。戏剧、曲艺创作称为"抖包袱"。伏笔,是文章峰回路转、达到情节高潮的精彩揭示。好的伏笔能起到暗示、点题、沟通文章内部联系、逆转人物关系等作用,使文理通顺、合情合理,往往能让人产生会心一笑、心灵共鸣或意外感悟等阅读惊喜;同时能使文章出色生辉,具有独特魅力。这样使诗歌结构前呼后应,起承转合浑然一体。

◆诗作

[双调]沉醉东风·对酒
[元]卢 挚

对酒问人生几何,被无情日月消磨。炼成腹内丹,泼煞心头火。葫芦提醉中闲过。万里云山入浩歌,一任旁人笑我。

[注释] 腹内丹:即"内丹"。宋元之际的道教主张以体内的"精""气"为药物,以"神"去炼,认为这样人就会忘却人间是非和私心杂念。这里借指修养性情。 泼煞:扑灭。 葫芦提:当时的俗语,指稀里糊涂。

[问题与探究]

(1)与曹操的《短歌行》相比,虽然都有"人生几何"的提问,本曲表达的情感有何不同?请简要分析。

诗人小传

卢挚(1242—1314),字处道,一字莘老,号疏斋,又号嵩翁,元代涿郡(今河北涿州)人。至元五年(1268)进士,任过廉访使、翰林学士。诗文与刘因、姚燧齐名,世称"刘卢""姚卢"。与白朴、马致远、珠帘秀均有交往。传世小令120首,或写山林逸趣,或写诗酒生活,而较多的是"怀古",抒发对故国的怀念。

诗法小常识

伏笔与照应(续):

如韦应物《赋得暮雨送李胄》:"楚江微雨里,建业暮钟时。漠漠帆来重,冥冥鸟去迟。"首联两句写黄昏时分诗人伫立在细雨蒙蒙的江边,这里点明了诗题中的"暮雨",又照应了诗题中的"送"字。

再如陆游《诉衷情》:"当年万里觅封侯,匹马戍梁州。关河梦断何处,尘暗旧貂裘。胡未灭,鬓先秋,泪空流。此生谁料,心在天山,身老沧州。"此词共分两阕,上阕为下阕做伏笔,下阕照应上阕。"心在天山"与"当年"句照应,反过来"当年"

(2)这首散曲的最后两句"万里云山入浩歌，一任旁人笑我。"表达了作者什么样的人生态度？对全曲的情感抒发又起到怎样的作用？

句为"心在天山"埋下伏笔，"身老沧州"与"关河梦"句照应；同时"关河梦"为"身老沧州"设下伏笔，这一结构的安排目的在于构成对照，抒发了词人心酸遗恨的苍凉心情。

◆诗作

[双调] 水仙子·咏江南

[元] 张养浩

一江烟水照晴岚，两岸人家接画檐，芰荷丛一段秋光淡，看沙鸥舞再三，卷香风十里珠帘。画船儿天边至，酒旗儿风外飐，爱杀江南。

[注释] 芰：菱角。 飐：因风而颤动、飘扬。

[问题与探究]

(1)这首元曲的前五句描写了哪些意象？表达了诗人怎样的情感？

(2)这首元曲的景物描写很有层次，请结合诗句简要赏析。

❀ 诗人小传

张养浩（1269—1329），字希孟，号云庄，山东济南人，元代著名散曲家。诗、文兼擅，而以散曲著称。代表作有《山坡羊·潼关怀古》等。

诗 法 小 常 识

白描：这是一首写景曲，全曲八句，七句写景。作者紧紧抓住江南清秋时节几个富有特征意义的景物与情事，寥寥几笔，勾勒出一幅江南秋色图，这就使这支散曲有了个性。另外，在描写江南美好风光时，作者不仅描写了珠帘漫卷、香风四溢、画檐鳞次栉比的大江两岸的人家，还描写了江水拍天、烟岚缥缈、芰荷满塘的淡雅秋光，使自然景色与社会景色融为一体，浑然天成，富有诗情画意。全曲纯作客观描写，情寓景中，形象生动，感情真挚，处处蕴含着对江南的热爱，表达了作者闲适自得的心态和对江南美景的赞美之情。

◆诗作

[双调] 折桂令·村庵即事

[元] 张可久

掩柴门啸傲烟霞，隐隐林峦，小小仙家。楼外白云，窗前翠竹，井底朱砂。五亩宅无人种瓜，一村庵有客分茶。春色无多，开到蔷薇，落尽梨花。

[问题与探究]

(1)曲的第一句中的"啸傲烟霞"有什么特殊的含义？

❀ 诗人小传

张可久（约1270—约1350），字伯远，号小山，名可久，今浙江宁波鄞州人，元代著名散曲家、剧作家。现存小令800余首，为元曲作家最多者，数量之冠。他仕途失意，诗酒消磨，徜徉山水，作品大多记游怀古、赠答唱和。擅长写景状物，刻意于炼字断句。讲求对仗协律，使他的作品形成了一种清丽典雅的风格。可以说，元曲到张可久，已经完成了文人化的历程。

诗 法 小 常 识

对仗：这支小令的最大特征是对仗工整。"隐隐林峦"与"小小仙家"，"五亩宅无人种瓜"与"一村庵有客分茶"，"开到蔷薇"

(2)这首曲刻画了一位怎样的人物？请结合诗歌内容简要分析。

与"落尽梨花"，都是合璧对；"楼外白云""窗前翠竹"与"井底朱砂"三句是鼎足对。这些句子，词类或句法结构都相同，显得精巧圆润。

◆诗作

[中吕]朝天子·秋夜客怀
　　　[元]周德清

月光，桂香，趁着风飘荡。砧声催动一天霜，过雁声嘹亮。叫起离情，敲残愁况，梦家山身异乡。夜凉，枕凉，不许离人强。

[问题与探究]

(1)本曲描写了哪些意象？表达了什么样的感情？请简要分析。

(2)试分析"过雁声嘹亮。叫起离情，敲残愁况"的妙处。

诗人小传

周德清（1277—1365），号挺斋，元代散曲作家，高安（今属江西）人。终身不仕。工乐府，善音律。著有音韵学名著《中原音韵》，为中国古代有名的音韵学家。《录鬼簿续篇》对他的散曲创作评价很高，"德清三词，不惟江南，实天下之独步也。"《全元散曲》录存其小令31首，套数3套。

诗法小常识

寓情于景：这首小令寓情于景，通过色、香、声、感，将"秋夜"与"客怀"有机地结合在一起，从而具有强烈的艺术感染力。"月光"三句作者化静为动，写秋夜的色、香，"砧声"两句转入更为触目惊心的"声"上。这里着重写了两种秋声，一是砧声，二是雁声。秋日捣衣通常是妇女为外出的游子准备冬衣，对于离家的旅人来说自然是不堪卒听；而秋雁本身属"过雁"，夜空的雁鸣最易引起游子天涯漂泊的羁旅感与悲秋感。前者"催动一天霜"，见其声繁；后者仅用"嘹亮"二字形容，又使人感觉刺耳。"叫起离情"应雁声，"敲残愁况"应砧声，"起"字见离情之不可已，"残"字见愁况之不可耐，各为句眼。这"离情"与"愁况"就构成了"客怀"的内容，具体说来，就是使作者意识到愿望（"梦家山"）与现实（"身异乡"）的巨大反差。这种心态，便自然而然地带出了结尾三句的主观感受。"夜凉，枕凉"，两个"凉"字，与其说是生理感觉，毋宁说是心理感受。

◆诗作

[双调]水仙子·夜雨
　　　[元]徐再思

一声梧叶一声秋。一点芭蕉一点愁。三更归梦三更后。落灯花棋未收，叹新丰逆旅淹留。枕上十年事，江南二老忧，都到心头。

诗人小传

徐再思，字德可，浙江嘉兴人，元代散曲作家。其生卒年不详，与贯云石（1286—1324）为同时代人，曾任嘉兴路吏。因其喜食甘饴，故号甜斋。今存所作散曲小令约100首。

79

[注释] 叹新丰逆旅淹留：化用马周困新丰的典故。据《新唐书·马周传》唐初中书令马周贫贱时，曾住在新丰的旅舍，店主人不理睬他，备受冷落。

[问题与探究]

(1)"落灯花棋未收"一句描写了什么情境？表现了作者什么情怀？

(2)本曲开头两个诗句的数量词叠用有什么妙处？请结合诗句内容进行赏析。

诗法小常识

重词叠字：此曲采用作者惯用的重词叠字手法，善用数词入曲，如"一声""一点""三更""十""二"等，给人以回环复沓，一咏三叹之感。曲作一开始就用鼎足对形式："一声梧叶一声秋。一点芭蕉一点愁。三更归梦三更后。"既点明了时间、环境，更交代了此曲的感情基调。梧桐叶落，飒飒声响，表明是深秋时节；以雨打芭蕉叙出气候，芭蕉叶大而较硬，声音清晰而杂乱，与寂寥的旅人的愁绪自然和谐地共鸣起来，仿佛打在心上，千愁万苦，如雨点密集而下，创造了无限凄凉的环境。梧桐滴雨，雨打芭蕉，古代的文人骚客常以此描写人生的愁苦，加之深秋夜雨，孤身一人，客居他乡，半夜"归梦"，引起人无限的愁思和惆怅。因此，作者以一个"愁"字，点出全曲的感情基调。

◆诗作

[双调] 折桂令·荆溪即事
[元] 乔 吉

问荆溪溪上人家：为甚人家，不种梅花？老树支门，荒蒲绕岸，苦竹圈笆。寺无僧狐狸样瓦，官无事乌鼠当衙，白水黄沙，倚遍阑干，数尽啼鸦。

[注释] 样瓦，弄瓦。

[问题与探究]

(1)"老树支门，荒蒲绕岸，苦竹圈笆"三句描绘了一种怎样的景象？曲子为什么开篇劈头就问"为甚人家，不种梅花？"这支曲子，表达了诗人怎样的思想感情？

(2)这首元曲运用了怎样的表现手法？请简要分析。

诗人小传

乔吉（约1280—1345），一称乔吉甫，字梦符，号笙鹤翁，又号惺惺道人。元代杂剧家、散曲作家。太原（今属山西）人，流寓杭州。《录鬼簿》说他"美姿容，善辞章，以威严自饬，人敬畏之"，又作吊词云："平生湖海少知音，几曲宫商大用心。百年光景还争甚？空赢得，雪鬓侵，跨仙禽，路绕云深。"从中大略可见他的为人。

诗法小常识

设问："为甚人家，不种梅花？"曲一开始，作者不直写荒凉景象。却巧设问句，问荆溪溪上人家为何不种梅花。梅花盛开于冬日，故知作者至荆溪边乃在寒冬时节。更重要的是，梅花花枝俏丽，笑傲霜雪，是美好的化身，是品格高洁的象征。因此，这一问，既表现了作者的情感，也说明他对现实的不满。表面上看，作者的责问仿佛是针对荆溪溪上人家的，其实不然。那言外之意仿佛是荆溪溪上的人家在说：不是我们不种，而是顾不上，请看我们是生活在什么样的环境之中。就这样，它很自然地起到了为下面写荒凉景象的引导作用。表达了作者对为官者不治而造成百姓贫苦现象的愤慨，为全曲定下悲凉深沉的基调，同时也引发读者的思考。

◆诗作

[双调]水仙子·游越福王府
[元]乔吉

笙歌梦断蒺藜沙，罗绮香余野菜花。乱云老树夕阳下，燕休寻王谢家。恨兴亡怒煞些鸣蛙。铺锦池埋荒甃，流杯亭堆破瓦，何处也繁华？

[注释] 福王：南宋理宗赵昀的弟弟赵与芮。蒺藜：喜生长在沙地中的一种野草。王谢家：指东晋时王导、谢安等高门望族、富贵豪门。荒甃（zhòu）：坍塌的砖块。

[问题与探究]

(1)这首曲子在景物描写上最突出的特点是什么？请结合曲中的句子加以分析。

(2)此曲似乎全在写景，作者想通过这些景物描写抒发怎样的思想感情？请联系曲子的内容作答。

诗法小常识

蒙太奇（特写）：写会稽越福王府遗址的衰败，作者运用了三组镜头的特写。

第一组特写是起首两句，为府邸的总体印象。一目了然的是遍地沙砾，蒺藜丛生，间杂着开花的野菜。这一组特写用句内对比的手法，繁华豪奢的昔景使残败荒芜的现状显得更为触目惊心。

第二组特写是中间三句，铺叙了王府园内乱云、老树、夕阳、燕、蛙等现存的景物。诗人在述及时一一注入主观感情色彩，或通过刻意的组合，让景物所具有的苍凉共性在互相映衬中得以凸现，或通过化用典故来实现，达到借景抒情的目的。

第三组特写为六、七两句，着笔于福王府建筑物的遗迹。作品选取"铺锦池""流杯亭"为代表。此两处当为王府旧日的游赏胜所，但其名也有渊源。这一组特写，更带有"本地风光"的性征。

诗人将"游越福王府"的所见不厌其详地分成三组表现，可以解释为他惆怅、伤感、愤懑的步步深化。这一切印象的叠加与感情的郁积，便结出了末句的呐喊："何处也繁华？"这一句既似发问也似断答，盛衰无常、荒淫失国的感慨俱在其中。

◆诗作

[双调]雁儿落过得胜令·送别
[元]刘时中

和风闹燕莺，丽日明桃杏。长江一线平，暮雨千山静。载酒送君行，折柳系离情。梦里思梁苑，花时别渭城。长亭，咫尺人孤另；愁听，阳关第四声。

[注释] 这是一首带过曲（元曲的一种），这首带过曲按其内容和结构可分为两部分，前四句是[雁儿落]，后面的是[得胜令]。梁苑：亦称梁园、兔园，汉梁孝王刘武所建园林，园内聚集着一班著名文士。

[问题与探究]

(1)从送别角度看，这首元散曲写了三个层次，请概括每一层次的内容。

诗人小传

刘时中（生卒年不详），古洪（今江西南昌）人，元代散曲家。官学士，工作曲，今存小令60余支，套数三四首。

诗法小常识

带过曲：元曲制作中，用两三个同一宫调的小令连缀在一起以表达一个共同的内容，这种格式称为"带过曲"。带过曲是同一宫调的曲牌带过另一个曲牌，如乔吉的《雁儿落过得胜令·忆别》："殷勤红叶诗，冷淡黄花市。清水天一笺，白雁云烟字。（以上《雁儿落》）游子去何之？无处寄新词。酒醒灯昏夜，窗寒梦觉时。寻思，谈笑十年事；嗟咨，风流两鬓丝。（以上《得胜令》）"

带过曲的作用主要是补充词意表达上的不足。带过曲往往形成习惯性的兼带关系。某一曲牌常带某一曲牌，它们一般押同一个韵部的字。带过曲与重头或么篇不同，后者是同一曲牌的重复。带过曲之间通常空一格。

(2)这首曲词在抒发离人去后送别者凄凉惆怅的情感时运用了虚实结合与以景写情的手法,请结合曲句,就其中一种手法谈谈你的理解。

◆诗作

[越调]小桃红·客船晚烟

[元]盍西村

绿云冉冉锁清湾,香彻东西岸。官课今年九分办;厮追攀,渡头买得新鱼雁。杯盘不干,欢欣无限,忘了大家难。

[注释] 官课:指上缴官家的租税。 九分办:免去一分赋税,按九成征收。

[问题与探究]

(1)开篇"绿云冉冉锁清湾"一句历来为人所称道,请结合全曲加以赏析。

(2)结尾"欢欣无限,忘了大家难"语调轻松却带有深意,请加以分析。

诗人小传

盍西村,生平不详。盱眙(今属江苏省)人。他的散曲多为写景之作,歌颂隐逸生活,风格清新自然。其散曲作品现存小令17首,套数1套。

诗法小常识

铺垫:开篇"绿云冉冉锁清湾"一句,这句描绘了一幅优美恬静的日暮绿树江湾图。"绿云"指高大繁茂的绿树。"冉冉"是形容树叶纷披的样子。"锁"指"环绕",树叶纷披的绿树环抱着一湾清水,突显了这江湾一角的美好别致。交代了人们活动的环境。通过江湾优雅而静谧的景象与气氛为下文的轻松欢欣做了铺垫。

古体诗

古体诗是与"近体诗"相对而言的诗体。近体诗形成以前,除楚辞体外的各种诗歌体裁,也称古诗、古风。古体诗格律比较自由,不拘对仗、平仄。押韵宽,除七言的柏梁体句句押韵外,一般都是隔句押韵,韵脚可平可仄,亦可换韵。篇幅长短不限。

古体诗有五言古诗、七言古诗、杂言古诗。五言就是五个字一句,七言就是七个字一句。五言古诗简称五古,七言古诗简称七古;五言律诗简称五律,七言律诗简称七律;五言绝句简称五绝,七言绝句简称七绝。杂言古诗指每句字数不为五、七言(如四言、六言等)的古体诗。杂言古诗除包括每句字数一致的古体诗外,还包含句中字数不一致的古体诗。

◆诗作

风 雨
《诗经》

风雨凄凄,鸡鸣喈喈。既见君子,云胡不夷?
风雨潇潇,鸡鸣胶胶。既见君子,云胡不瘳?
风雨如晦,鸡鸣不已。既见君子,云胡不喜?

[注释] 喈喈:鸡叫声。下文"胶胶"义同。云:语气助词,无实义。夷:通"怡",喜悦。瘳:病愈。晦:昏暗。

[问题与探究]

(1)这首诗主要运用了什么表现手法?有何表达作用?

(2)诗人在三章中是如何表现主人公情感变化的?

《诗经》简介

《诗经》是我国第一部诗歌总集。它收集了自西周初年至春秋中叶五百多年的诗歌305篇。先秦称《诗经》为《诗》,或"诗三百",西汉时被尊为儒家经典,才称为《诗经》并沿用至今。《诗经》内容上分为风、雅、颂三部分,其中"风"是地方民歌,有十五国风,共160首;"雅"主要是朝廷乐歌,分大雅和小雅,共105篇;"颂"主要是宗庙乐歌,有40首。表现手法主要是赋、比、兴。"赋"就是铺陈(敷陈其事而直言之),"比"就是类比(以彼物比此物),"兴"就是启发(先言它物以引起所咏之词)。后人合称其为《诗经》的"六义"。

诗法小常识

哀景写乐,倍增其乐:这首诗每章首二句,都以风雨、鸡鸣起兴,这些兼有赋景意味的兴句,描绘出一幅寒冷阴暗、鸡声四起的背景。当此之时,最易勾起离情别绪。赋景之句,也成写情之语。风雨交加和夜不能寐之无聊;群鸡阵啼和怀人动荡之思;鸡守时而鸣与所期之人盼而不至,可谓契合无间,层层映衬。然而,正在这几乎绝望的凄风苦雨之时,怀人的女子竟意外地"既见"了久别的情郎;骤见之喜,欢欣之情,自可想见。而此时凄风苦雨中的群鸡乱鸣,也似成了煦风春雨时的群鸡欢唱了。这种情景反衬之法,恰如王夫之所说,"以乐景写哀,以哀景写乐,一倍增其哀乐"。

一 诗法—情感与"廿四史"选粹

◆诗作

黍 离
《诗经》

彼黍离离,彼稷之苗。行迈靡靡,中心摇摇。知我者,谓我心忧;不知我者,谓我何求。悠悠苍天,此何人哉?

彼黍离离,彼稷之穗。行迈靡靡,中心如醉。知我者,谓我心忧;不知我者,谓我何求。悠悠苍天,此何人哉?

彼黍离离,彼稷之实。行迈靡靡,中心如噎。知我者,谓我心忧;不知我者,谓我何求。悠悠苍天,此何人哉?

[注释] 离离:行列貌。 行迈:远行。迈,行,走。 靡靡:迟迟、缓慢的样子。 中心:心中。 摇摇:心神不定的样子。 悠悠:遥远的样子。 此何人哉:这(指故国沦亡的凄凉景象)是谁造成的呢? 噎:堵塞。此处以食物卡在食管比喻忧深气逆难以呼吸。

[问题与探究]

(1)联系全诗看,作者为什么要写"彼稷之苗/彼稷之穗/彼稷之实"?

(2)本诗三章多反复,请问有怎样的表达作用?

◆诗作

战城南
《乐府诗集》

战城南,死郭北,野死不葬乌可食。为我谓乌:"且为客豪!野死谅不葬,腐肉安能去子逃!"水深激激,蒲苇冥冥。枭骑战斗死,驽马徘徊鸣。梁筑室,何以南梁何北!禾黍不获君何食?愿为忠臣安可得!思子良臣,良臣诚可思:朝行出攻,暮不夜归。

◆诗人小传

黍离:本为《诗·王风》中的篇名。《毛诗序》说周大夫行役经京城地区,宗庙公室变为黍稷,他不禁悲悯周的颠覆,彷徨不忍离开而创作此诗。黍:北方的一种农作物,形似小米,有黏性。稷:古代一种粮食作物,指粟或黍属。后遂用作感慨亡国之词。

◆诗法小常识

重章叠句:诗歌的一种常见手法,即上下句或者上下段用相同的结构形式反复咏唱的一种表情达意的方法。这种手法具有回环反复的表达效果,蕴含音韵美、意境美、含蓄美。这首诗共三章,每章十句。三章间结构相同,取同一物象不同时间的表现形式完成时间流逝、情景转换、心绪压抑三个方面的发展,在迂回往复之间表现出主人公不胜忧郁之状,"三章只换六字,而一往情深,低回无限"(方玉润《诗经原始》)。

一切景语皆情语:诗首章写诗人行役至宗周,过访故宗庙宫室时,所见一片葱绿,当年的繁盛不见了,昔日的奢华也不见了,就连刚刚经历的战火也难觅印痕了,看哪,那绿油油的一片是黍在盛长,还有那稷苗凄凄。"一切景语皆情语也"(王国维《人间词话》),黍稷之苗本无情意,但在诗人眼中,却是勾起无限愁思的引子,于是他缓步行走在荒凉的小路上,不禁心旌摇摇,充满怅惘。怅惘尚能承受,令人不堪者是这种忧思不能被理解,"知我者谓我心忧,不知我者谓我何求"。这是众人皆醉我独醒的尴尬,这是心智高于常人者的悲哀。这种大悲哀诉诸人间是难得回应的,只能质之于天:"悠悠苍天,此何人哉?"苍天自然也无回应,此时诗人郁懑和忧思便又加深一层。

◆诗法小常识

互文见义:古汉语中的一种特殊的修辞手法,其意思是:A有B,C有D。如果是互文,那么A和C都有B和D。如《木兰诗》中的诗句:

(1)"开我东阁门,坐我西阁床。"其上句省去了"坐我东阁床",下句省去了"开我西阁门"。两句要表述的意思是:打开东阁门在床上坐坐,又打开西阁门在床上坐坐。表达了木兰回到久别的家中的欢喜之情。

(2)"当窗理云鬓,对镜贴花黄。"其中"当窗"与"对镜"为互文。当窗以取亮,对镜以整容。

[问题与探究]

(1)"战城南,死郭北,野死不葬乌可食"描写了一个什么样的场面?

(2)"为我谓乌"几句表达了作者什么样的心境?

全句是说对着窗户照着镜子梳理云鬓并贴上黄花,并非"理云鬓"只当窗而不对镜,亦并非"贴花黄"只对镜而不当窗。

(3)"将军百战死,壮士十年归。"其中"将军"和"壮士"为互文。将士们经过无数次出生入死的战斗,有些牺牲了,有的十年之后得胜而归。

"战城南,死郭北,野死不葬乌可食。"城南、郭北,互文见义,是说城南城北,到处都在进行战争,到处都有流血和死亡,抒写了一场激烈的战事。

浪漫主义表现手法:这是一首反映社会现实的诗歌,但诗中运用了浪漫主义表现手法。歌中死人居然说话了"为我谓乌:'且为客豪!野死谅不葬,腐肉安能去子逃!'"这可以理解为是诗人请求乌鸦在啄食之前,先为这些惨死的战士大声恸哭;也可以理解为死去的战士为自己请求乌鸦在啄食之前,先为他们悲鸣几声。

◆诗作

怨歌行

[汉] 班婕妤

新裂齐纨素,鲜洁如霜雪。
裁为合欢扇,团团似明月。
出入君怀袖,动摇微风发。
常恐秋节至,凉飙夺炎热。
弃捐箧笥中,恩情中道绝。

[注释] 新裂:是说刚从织机上扯下来。 飙:急风。 箧笥:箱子。

[问题与探究]

(1)"出入君怀袖,动摇微风发"这一句诗有何寓意?表达了作者怎样的情感?

(2)"常恐秋节至,凉飙夺炎热"是怎样抒情的?请简要赏析。

诗人小传

班婕妤(前48—2),西汉女辞赋家,是中国文学史上以辞赋见长的女作家之一。她是汉成帝的妃子,善诗赋,有美德。初为少使,立为婕妤。《汉书·外戚传》中有她的传记。她的作品很多,但多佚失,现存仅三篇。

诗法小常识

比喻:这首诗通首比体,借秋扇见捐喻嫔妃受帝王玩弄终遭遗弃的不幸命运。借扇拟人,巧言宫怨之情;设喻取象,物我双关,贴切生动,似人似物,浑然难分。而以秋扇见捐以喻女子似玩物遭弃,尤为新奇而警策,是前无古人的创造。正因为如此,其形象就大于思想,超越了宫怨范围而具有更典型更普遍的意义,即反映了封建社会中妇女被玩弄被遗弃的普遍悲剧命运。这正是本诗最突出的艺术成就。在后代诗词中,团扇几乎成为红颜薄命、佳人失时的象征,就是明证。

"秋节"隐含韶华已衰,"凉飙"象征另有新欢;"炎热"比爱恋炽热;"箧笥"喻冷宫幽闭,也都是语义双关。封建帝王充陈后宫的佳丽常是成千上万,皇帝对她们只是以貌取人,满足淫乐,对谁都不可能有专一持久的爱情;所以,即使最受宠幸的嫔妃,最终也难逃色衰爱弛的悲剧命运。

◆诗作

东门行
汉乐府

出东门，不顾归。来入门，怅欲悲。盎中无斗米储，还视架上无悬衣。拔剑东门去，舍中儿母牵衣啼："他家但愿富贵，贱妾与君共铺糜。上用仓浪天故，下当用此黄口儿。今非！""咄！行！吾去为迟！白发时下难久居！"

[注释] 盎：大腹小口的陶器。 哺糜：吃粥。 用：为了。 仓浪天：即苍天、青天。仓浪，青色。 黄口儿：指幼儿。 咄：拒绝妻子的劝告而发出的呵叱声。

[问题与探究]

(1)请你概括这首诗的意思。

(2)诗中哪些句子表现这家人的悲苦生活？主人公悲愤之下，采取了什么行动？他的妻子是如何劝阻丈夫的？

◆诗作

上山采蘼芜
《玉台新咏》

上山采蘼芜，下山逢故夫。
长跪问故夫："新人复何如？"
"新人虽言好，未若故人姝。
颜色类相似，手爪不相如。"
"新人从门入，旧人从阁去。"
"新人工织缣，故人工织素。
织缣日一匹，织素五丈余。
将缣来比素，新人不如故。"

[注释] 蘼芜：香草名，叶子可做香料。 手爪：指女子的针线手艺。 缣：黄绢。 素：白绢，价值比缣高。

诗法小常识

叙事诗：诗歌体裁的一种。它用诗的形式刻画人物，通过写人叙事来抒发情感。叙事诗往往篇幅较长，其题材大多以写人物的爱情、家庭、命运等现实生活内容为主。最初的叙事诗，大多是民间诗人的口头创作并流传的，并广泛见于《诗经》与《乐府》。

这是一首杂言的小型叙事诗。主人公走出家门，不想回家，可是妻子儿女又难以割舍。一进屋门，家徒四壁，生活无望，又拔剑出门，妻子生怕出事，一边哭泣一边劝阻，但主人公仍感到无路可走，终于挥衣而去。

它选取了封建社会矛盾比较集中、尖锐的生活片段来表现主题，使诗歌从一个侧面触及当时社会的本质。它反映的思想内容是比较深刻的，在艺术上也很有特色。特别是通过"对话手法"巧妙地展示了主人公的思想矛盾及心态的波动，从而增加了作品故事性和戏剧性。这不但加强了诗歌的生动性，其主题思想的开掘也更深了，整首诗呈现了民歌固有的刚健质朴的艺术特色。

诗人小传

《玉台新咏》：它是一部汉代至南梁的诗歌总集。其编纂的宗旨是"选录艳歌"，即主要收录男女闺情之作。诗主要反映女性的生活，表现女性的情思，描绘女性的柔美，吐露女性的心声，同时也表现了男性对女性的欣赏、爱慕，刻画了男女之间的爱恋与相思。《玉台新咏》虽是情诗，但却有反封建礼教、争取婚姻自由的积极的思想意义。表现出真挚爱情和妇女痛苦的作品也不少。如《上山采蘼芜》《陌上桑》《羽林郎》等作品，都反映了一定的社会现实。《孔雀东南飞》详尽地写出一个封建家庭悲剧的全部过程。

[问题与探究]

(1)这是一首有名的弃妇诗。请对诗中的弃妇——"故人"的形象简要分析。

(2)结合全诗，谈谈该诗在写作上有哪些主要特色。

诗法小常识

叙事：此诗，是通过人物对话来表现思想内容的叙事短诗。诗中出现了故夫、故人和新人三个人物。虽然新人没有出场，但从故夫和故人的对话里，可以明显地从故夫和故人久别后再会的互倾衷肠中感受到他们的内心痛苦。

对比：全诗通过"故夫"的口将"故人"与"新人"进行了对比，使弃妇的形象渐趋鲜明，也暗示了"新人"将来的命运。

◆诗作

行行重行行
《古诗十九首》

行行重行行，与君生别离。
相去万余里，各在天一涯。
道路阻且长，会面安可知？
胡马依北风，越鸟巢南枝。
相去日已远，衣带日已缓。
浮云蔽白日，游子不顾返。
思君令人老，岁月忽已晚。
弃捐勿复道，努力加餐饭。

[注释] 生别离：活生生地分离。 胡马：泛指北方的马，古时称北方少数民族为胡。越鸟：指南方的鸟，越指南方百越。 浮云蔽白日：想象游子在外被人所惑。浮云，喻邪，白日，喻正。 努力加餐饭：一说，希望游子在外多加保重。另一说，思妇自我安慰，好好保养身体，也许将来还有相见的机会。

[问题与探究]

(1)这首诗的开头，连叠四个"行"字，仅以一个"重"字绾结。这样写有什么好处？

(2)古人在批评诗歌时常有"诗眼"之说，所谓的"诗眼"，是指一句诗中最精练传神的一个字。

《古诗十九首》简介

《古诗十九首》：是中国古代文人五言诗选辑，由南朝萧统从传世无名氏古诗中选录十九首编入《文选》而成。这十九首诗习惯上以句首标题。

《古诗十九首》是乐府古诗文人化的显著标志，深刻地再现了文人在汉末社会思想大转变时期，追求的幻灭与沉沦、心灵的觉醒与痛苦，抒发了人生最基本、最普遍的几种情感和思绪。全诗语言朴素自然，描写生动真切，具有浑然天成的艺术风格，处处表现了道家与儒家的哲学意境，被刘勰称为"五言之冠冕"（《文心雕龙》）。

诗法小常识

比兴：诗人在极度思念中展开了丰富的联想，凡物都有眷恋乡土的本性："胡马依北风，越鸟巢南枝。"飞禽走兽尚且如此，何况人呢？这两句用比兴手法，突如其来，效果远比直说更强烈感人。表面上喻远行君子，说明物尚有情，人岂无思的道理，同时兼暗喻思妇对远行君子深婉的恋情和热烈的相思——胡马在北风中嘶鸣了，越鸟在朝南的枝头上筑巢了，游子啊，你还不归来啊！"相去日已远，衣带日已缓"，自别后，我容颜憔悴，首如飞蓬，自别后，我日渐消瘦，衣带宽松，游子啊，你还不归来啊！正是这种心灵上无声的呼唤，才越过千百年，赢得了人们的旷世同情和深深的惋叹。

请指出"思君令人老,岁月忽已晚"两句中的"诗眼"各是什么,并简要解说。

◆诗作

野田黄雀行
[三国·魏] 曹 植

高树多悲风,海水扬其波。
利剑不在掌,结友何须多?
不见篱间雀,见鹞自投罗。
罗家得雀喜,少年见雀悲。
拔剑捎罗网,黄雀得飞飞。
飞飞摩苍天,来下谢少年。

[注释] 建安二十五年曹丕继位掌权,对曹植心存疑忌,本诗作于曹植的至交丁仪、丁廙被杀之时。 捎:挥击,削破。 摩:接近、迫近。

[问题与探究]

(1) "高树多悲风,海水扬其波"有什么作用?请简要分析。

(2) 诗歌是怎样以对比手法来塑造少年形象的?请简要分析。

诗人小传

曹植(192—232),字子建,是曹操与武宣卞皇后所生第三子,生前曾为陈王,去世后谥号"思",因此又称陈思王。曹植是三国时期著名文学家,建安文学的代表人物之一,其代表作有《洛神赋》《白马篇》《七哀诗》等。南朝宋文学家谢灵运有"天下才有一石,曹子建独占八斗"的评价。文学批评家钟嵘在《诗品》中把他列为品第最高的诗人。王士禛尝论汉魏以来二千年间诗家堪称"仙才"者,曹植、李白、苏轼三人耳。

诗法小常识

托物起兴(比兴):"高树多悲风,海水扬其波"两句托物起兴,出语惊人。"树大招风"则高树之风,其摧折破坏之力可想而知。"风"前又着一"悲"字,更加强了这自然景观所具的主观感情色彩。大海无边,波涛山立,风吹浪涌,樯摧楫倾,它和首句所描绘的恶劣的自然环境,实际是现实政治气候的象征,开篇两句以树大招风、海阔生波曲折地反映了宦海的险恶风涛和政治上的挫折所引起的作者内心的悲愤与忧惧。正是在这样一种政治环境里,在这样一种心情支配下,作者痛定思痛,在百转千回之后,满怀悲愤喊出了"利剑不在掌,结友何须多?"这一自身痛苦经历所得出的结论。

◆诗作

咏怀(林中有奇鸟)
[三国·魏] 阮 籍

林中有奇鸟,自言是凤凰。
清朝饮醴泉,日夕栖山冈。
高鸣彻九州,延颈望八荒。
适逢商风起,羽翼自摧藏。

诗人小传

阮籍(210—263),三国魏诗人,"正始之音"的代表。他与嵇康齐名为竹林七贤之一。其父亲阮瑀是建安七子之一。他的《咏怀》82首是十分有名的抒情组诗。其《咏怀》诗以"忧思独伤心"为主要基调,具有强烈的抒情色彩。艺术上多采用比兴、寄托、象征等手法,因而形成了一种"悲愤哀怨,隐晦曲折"的诗风。

一去昆仑西，何时复回翔？
但恨处非位，怆恨使心伤。

[注释] 商风：秋风。 怆恨：悲伤。

[问题与探究]

(1)诗中"清朝饮醴泉，日夕栖山冈。高鸣彻九州，延颈望八荒"四句体现了"凤凰"怎样的品性？

(2)这首诗整体上运用了什么表现手法，表达了怎样的情感？请简要分析。

◆诗作

咏怀（朝阳不再盛）

[三国·魏] 阮 籍

朝阳不再盛，白日忽西幽。
去此若俯仰，如何似九秋。
人生若尘露，天道邈悠悠。
齐景升牛山，涕泗纷交流。
孔圣临长川，惜逝忽若浮。
去者余不及，来者吾不留。
愿登太华山，上与松子游。
渔父知世患，乘流泛轻舟。

[注释] 齐景升牛山，涕泗纷交流：春秋时期的齐景公晚年登上临淄城外的牛山，见山川之美，感叹自身生命短暂而痛哭。 松子：赤松子，是古代传说中的仙人。

[问题与探究]

(1)"朝阳不再盛，白日忽西幽"象征着什么？表现了诗人什么样的思想感情？

诗法小常识

托物言志（象征）：本诗诗人以凤凰自喻，抒发了诗人孤独无奈的苦闷心情和壮志难酬（或"报国无门"）的悲伤情怀。根据凤凰"饮醴泉""栖山冈""彻九州""望八荒"的举动，可以判断出凤凰志向远大、高洁。显然作者以凤凰自比（自况），根据它的心情"怆藏""恨""心伤"几个词及伤心的原因的描写"高鸣彻九州，延颈望八荒"和"一去昆仑西，何时复回翔？但恨处非位，怆恨使心伤"可以推知，作者孤独苦闷、壮志难酬。

诗人小传

阮籍：竹林七贤之一，与嵇康齐名，好老庄哲学，蔑视礼教，政治上则采谨慎避祸的态度，对司马氏集团怀有不满，但又感到世事已不可为，于是采取不涉是非、明哲保身的态度，得以保卒余年。

诗法小常识

象征："朝阳不再盛，白日忽西幽"二句从象征时光流逝的白日写起，运用比兴的手法，表现出光景西驰，白驹过隙，盛年流水，一去不再的忧伤感情。且有喻指曹魏政权由显赫繁盛趋于衰亡，一去不返，终归寂灭的深层寓意。在这里，诗人把人生短促的挽歌与曹魏国运式微的感叹交融在一起，双重寓意互相交叉、互相生发，置于诗端而笼罩全篇。

对比："人生若尘露，天道邈悠悠"二句，以"人生""天道"的强烈对比，写人生与国运的短促。在"悠悠"天道和永恒的宇宙中，曹魏政权都去若俯仰，何况区区一介寒士，不过如尘似露，顷刻消亡罢了。

用典："齐景升牛山，涕泗纷交流。孔圣临长川，惜逝忽若浮。"四句，用齐景公惜命，孔子伤逝的典故，极写人生与国运的短促。《韩诗外传》记载，齐景公登牛山，见山川之美，

(2)本诗主要运用了哪些艺术手法？请简要分析。

◆诗作

咏怀（夜中不能寐）

[三国·魏] 阮 籍

夜中不能寐，起坐弹鸣琴。
薄帷鉴明月，清风吹我襟。
孤鸿号外野，翔鸟鸣北林。
徘徊将何见？忧思独伤心。

[问题与探究]

(1)这首诗歌塑造了一个怎样的人物形象？表现了作者怎样的思想情感？

(2)"薄帷鉴明月，清风吹我襟。孤鸿号外野，翔鸟鸣北林"四句运用了什么表现手法？请简要分析。

◆诗作

杂诗（人生无根蒂）

[东晋] 陶渊明

人生无根蒂，飘如陌上尘。
分散逐风转，此已非常身。
落地为兄弟，何必骨肉亲！
得欢当作乐，斗酒聚比邻。
盛年不重来，一日难再晨。
及时当勉励，岁月不待人。

感叹自身不永痛哭。《论语·子罕》记载，孔子对一去不返的流水说："逝者如斯夫！不舍昼夜。"诗人对个人命运和对国运的双重忧虑，比先前的比喻和对比更深了一层。

诗法小常识

以动衬静： 这首诗采用动静相形的手法，取得了独特的艺术效果。"起坐弹鸣琴"是动；清风吹拂，月光徜徉，也是动。前者是人的动，后者是物的动，都示意着诗人内心的焦躁。然而，这里的动是以夜色为背景的。动，更衬出了夜的死寂，夜的深重。茫茫夜色笼罩着一切，象征着政治形势的险恶和诗人心灵上承受着的重压。言近旨远，寄托幽深，耐人寻味。"孤鸿号野外，翔鸟鸣北林"写孤鸿在野外哀号，而盘旋的飞鸟在北林上悲鸣。如果说，上两句是写诗人的所见，这两句就是写诗人的所闻。所见者"清风""明月"，所闻者"鸿号""鸟鸣"，皆以动写静，写出寂静凄清的环境，以映衬诗人孤独苦闷的心情。景中有情，情景交融。

诗人小传

陶渊明（365—427），字元亮，别号五柳先生，晚年更名潜。浔阳柴桑（今江西九江）人。东晋大诗人、辞赋家、散文家。曾著《五柳先生传》以自况，卒后朋友私谥"靖节"，故后人称"靖节先生"。陶渊明出身于贵族世家，受儒、道思想影响很深。年轻时曾怀有"大济于苍生"的壮志，又因家境贫寒，29岁时走上仕途。几度出仕，使他逐渐认清了当时官场的污浊与黑暗，41岁还家归隐，过起了自由闲适的田园生活。他是田园诗派创始人，被称为"古今隐逸诗人之宗"。他的

[注释] 陌：东西的路，这里泛指路。 非常身：不是经久不变的身，即不再是盛年壮年之身。 落地：刚生下来。 及时：趁盛年之时。

[问题与探究]

(1)诗歌前四句用了什么修辞手法？表达了诗人怎样的情感？请简要分析。

(2)诗歌最后四句流传很广，大多数人认为其是励志惜时之意，而诗人却是在提醒人们要及时行乐。请结合全诗简要分析。

诗充满了田园气息，他的名士风范和对生活简朴的热爱，影响了一代又一代的中国文人。

诗法小常识

比喻：此诗的前四句运用比喻，表达了诗人对人生无常、生命短暂的慨叹之情。蒂，即花果与枝茎相连接的部分。人生在世即如无根之木、无蒂之花，没有着落，没有根蒂，又好比是大路上随风飘转的尘土。由于命运变幻莫测，人生漂泊不定，种种遭遇和变故不断地改变着人，每一个人都已不再是最初的自我了。这四句诗，语虽寻常，却寓奇崛，将人生比作无根之木、无蒂之花，是为一喻，再比作陌上尘，又是一喻，比中之比，象外之象，直把诗人深刻的人生体验写了出来，透露出至为沉痛的悲怆。

◆ 诗作

杂诗（白日沦西阿）

[东晋] 陶渊明

白日沦西阿，素月出东岭。
遥遥万里辉，荡荡空中景。
风来入房户，夜中枕席冷。
气变悟时易，不眠知夕永。
欲言无予和，挥杯劝孤影。
日月掷人去，有志不获骋。
念此怀悲凄，终晓不能静。

[注释] 西阿：西山。 景：同"影"，指月轮。 时易：季节变化。 无予和：没有人和我对答。 日月：光阴。 骋：尽量施展，发挥。 终晓：彻夜，直到天明。

[问题与探究]

(1)让作者"悲凄"的原因有哪些？请用自己的话加以概括。

诗法小常识

铺垫：诗的前六句写太阳落西山，清冷的月亮升到空中，寒风吹入房内，枕席分外冰冷，渲染出一派凄凉、悲愁的氛围；为下文抒发有志难酬、孤独愁闷的情怀做了充分的铺垫。

"白日沦西阿，素月出东岭。遥遥万里辉，荡荡空中景。"起笔四句，展现开一幅无限廓大光明之境界。日落月出，昼去夜来，正是光阴流逝。西阿东岭，万里空中，极写四方上下。往古来今谓之宙，四方上下谓之宇。此一幅境界，即为一宇宙。而荡荡辉景，光明澄澈，此幅廓大光明之境界，实为陶渊明襟怀之体现。由此四句诗，亦可见陶渊明笔力之巨。日落月出，并为下文"日月掷人去"之悲慨，设下一伏笔。西阿不曰西山，素月不曰明月，取其古朴素淡。"风来入房户，夜中枕席冷。气变悟时易，不眠知夕永。"上四句，乃是从昼去夜来之一特定时分，来暗示"日月掷人去"之意，此四句，则是从夏去秋来之一特定时节，暗示此意，深化此意。夜半凉风吹进窗户，枕席已是寒意可感。因气候之变易，遂领悟到季节之改移。以不能够成眠，才体认到黑夜之漫长。种种敏锐感觉，皆暗示着诗人之一种深深悲怀。"欲言无予和，挥杯劝孤影。"和念去声，此指交谈。挥杯，

(2)请结合全诗,分析前六句的作用。

摇动酒杯。孤影,即月光下自己之身影。欲将悲怀倾诉出来,可是无人与我交谈。只有挥杯劝影,自劝进酒而已。借酒浇愁,孤独寂寞,皆意在言外。

◆诗作

读山海经(其十)
〔东晋〕陶渊明

精卫衔微木,将以填沧海。
刑天舞干戚,猛志固常在。
同物既无虑,化去不复悔。
徒设在昔心,良辰讵可待!

[问题与探究]

(1)这首诗写法曲折,意义较为隐晦,诗人所采用的主要表现手法是什么?诗的开篇两句"精卫衔微木,将以填沧海"表现了诗人的什么思想感情?

(2)"刑天舞干戚,猛志固常在"中的"固"字用法有什么妙处?请简要赏析。

诗法小常识

托物寄兴:诗中所写的"精卫"和"刑天"是《山海经》中的两个动人的故事。诗人歌颂精卫和刑天的顽强斗争精神,寄托着诗人慷慨不平的心情和意愿。

诗的前半部分,歌颂了精卫和刑天。"精卫衔微木,将以填沧海。刑天舞干戚,猛志固常在。"精卫是炎帝之少女死后化为的精灵,虽然身小力薄,却常衔西山之木以填于东海。"微木"与"沧海"差别多么悬殊,对比多么强烈,以微木填海何时方可填平?就如愚公一担一担之移山。但诗人歌颂的是这种锲而不舍的精神与矢志不移的决心,只要有这种精神与决心终有成功的一天!"刑天舞干戚"讲的是刑天操斧执盾不甘失败的故事。刑天被天帝断首,仍然挥舞斧盾,刚毅的精神常留不衰。"猛志固常在"中的这个"固"字点明刑天的"猛志"本为其生来所固有而永不衰竭,无论失败还是死亡终不能使其消减。诗人在精卫与刑天身上看到他们共有的这种百折不挠的坚强意志,从而加以赞颂讴歌,隐含着诗人自身时时以这种精神自策自励。

◆诗作

答庞参军(相知何必旧)
〔东晋〕陶渊明

相知何必旧,倾盖定前言。
有客赏我趣,每每顾林园。
谈谐无俗调,所说圣人篇。
或有数斗酒,闲饮自欢然。
我实幽居士,无复东西缘。
物新人惟旧,弱毫多所宣。
情通万里外,形迹滞江山。
君其爱体素,来会在何年!

诗法小常识

"陶渊明式"的生活情趣和交友方式:诗的前八句,追忆与庞参军真挚深厚的友情。"相知何必旧,倾盖定前言"两句,说明两人不是旧交,而是新知。以下六句,追忆旧游。"有客赏我趣,每每顾林园"两句,则是总述。"赏我趣"当然是谦虚的说法,反过来说,也是陶渊明所处的林园环境的情趣,陶渊明独立的人格力量、高雅的生活方式,吸引、感染了包括庞参军在内的客人,因此使他们经常造访,时时登门,终于成为"相知"。下面四句,从两个方面来谈"趣",实际是从两个方面来说明两人交游的内容和感情的基础。

一是谈圣之趣，"谈谐无俗调，所说圣人篇"，说明谈话内容的格调、境界之高，不是一般碌碌之辈汲汲于名利的庸俗之谈所能企及的。二是饮酒之趣，"或有数斗酒，闲饮固欢然"，若能以酒助谈，则兴致更高，说明了交友方式的高雅、闲适，感情交流的自然、融洽。当然，这也是"陶渊明式"的生活情趣和交友方式。

[问题与探究]

(1)诗的最后两句"君其爱体素，来会在何年！"反映了诗人的什么思想感情？请对此略以分析。

(2)元好问评价这首诗说："一语天然万古新，豪华落尽见真淳"，你认为这样评价有没有道理？试简要分析。

诗法小常识

古风，即古体诗。《诗经》中有十五国风，后人引申把诗歌也称为"风"。唐代以后诗人们作古体诗，与格律诗相对，往往称之为"古风"，或在题目上标明"古风"。例如李白作有《古风》五十九首。古风分为五古、七古，这只是大致的分法。

比喻（象征）和对比：中间六句写登高游目所见之景。这是眼前所见的实景，更是心中所幻的虚景。"苍榛蔽层丘，琼草隐深谷"，杂草恶木淹没了层层丘台，香草佳木却深深地长在谷底。小人无能，高高居上；君子怀才，却沉为下僚。"凤鸟鸣西海，欲集无珍木。鹭斯得所居，蒿下盈万族"，凤鸟鸣叫于西海之上，意在采集珍异之木；鹭斯蛰居蒿下，只知呼朋引类。庙堂之上，君子空有用世之心，却身无立锥之地；小人唯求一己之私利，却是呼朋引伴，相与为奸。一言以蔽之，君子道消，小人道长，诗人的登高远望抒发了这种情感。六句全用比体，看似在写登高所见之草木虫鸟，其实是以"琼草""凤鸟"喻君子，"苍榛""鹭斯"比小人，反复申述"世胄蹑高位，英俊沉下僚"（左思《咏史》）之意。

◆诗作

古　风（倚剑登高台）

[唐]李　白

倚剑登高台，悠悠送春目。
苍榛蔽层丘，琼草隐深谷。
凤鸟鸣西海，欲集无珍木。
鹭斯得所居，蒿下盈万族。
晋风日已颓，穷途方恸哭。

[注释]　苍榛：丛杂的草木。　集：鸟栖树上。　鹭斯：乌鸦。　盈万族：指数量极多。　晋风，借指诗人当时所处的社会环境。

[问题与探究]

(1)分析比较开头两句与结尾两句所寄寓的不同情感。

(2)中间六句主要运用了哪些表现手法？有什么作用？

◆诗作

春 思

[唐]李 白

燕草如碧丝，秦桑低绿枝。
当君怀归日，是妾断肠时。
春风不相识，何事入罗帏？

[注释] 燕：唐代边防要地，在今河北一带，诗中征人所在地。 秦：今陕西一带。

[问题与探究]

(1)作者采用民歌的特殊手法，表达出一种委婉含蓄的情感。试结合全诗分析"燕草碧如丝，秦桑低绿枝"运用了哪两种民歌手法。

(2)"无理而妙"是古典诗歌中一个常见的艺术特征，试简述最后两句看似无理的话妙在何处。

诗法小常识

起兴：开头两句"燕草如碧丝，秦桑低绿枝"，借燕草、秦桑起兴，（见春草而思归）写远隔燕、秦的男女之间的思慕爱恋，抒写思妇的怀归之愿、离散之恨。诗中的兴句一般是就眼前所见，信手拈起，这两句却以相隔遥远的燕、秦两地的春天景物起兴，颇为别致。"燕草如碧丝"，当是出于思妇的悬想；"秦桑低绿枝"，才是思妇所目睹。把目力达不到的远景和眼前近景配置在一幅画面上，并且都从思妇一边写出，从逻辑上说，似乎有点怪，但从"写情"的角度来看，却是可通的。试想：仲春时节，桑叶繁茂，独处秦地的思妇触景生情，终日盼望在燕地行役屯戍的丈夫早日归来；她根据自己平素与丈夫的恩爱相处和对丈夫的深切了解，料想远在燕地的丈夫此刻见到碧丝般的春草，必然会萌生思归的念头。诗人巧妙地把握了思妇复杂的感情活动，用两处春光，兴两地相思，把想象与怀忆同眼前真景融合起来，据实构虚，形成诗的妙境。

无理而妙："春风不相识，何事入罗帏？"诗人捕捉了思妇在春风吹入闺房，掀动罗帐的一刹那的心理活动，表现了她忠于所爱、坚贞不二的高尚情操。从艺术上说，这两句让多情的思妇对着无情的春风发话，又仿佛是无理的，但用来表现独守春闺的特定环境中的思妇的情态，又令人感到真实可信。春风撩人，春思缠绵，申斥春风，正所以明志自警。以此作结，恰到好处。

无理而妙是古典诗歌中一个常见的艺术特征。从李白的这首诗中不难看出，所谓无理而妙，就是指在看似违背常理、常情的描写中，反而更深刻地表现了各种复杂的感情。

◆诗作

渔 翁

[唐]柳宗元

渔翁夜傍西岩宿，晓汲清湘燃楚竹。
烟销日出不见人，欸乃一声山水绿。
回看天际下中流，岩上无心云相逐。

[注释] 西岩：湖南永州西山。 欸乃：摇橹的声音。 无心：指云自由自在飘动。

诗法小常识

名句赏析："烟销日出不见人，欸乃一声山水绿。"

这是最见诗人功力的妙句，也是全诗的精华所在。苏东坡论此诗道："诗以奇趣为宗，反常合道为趣，熟味此诗，有奇趣。"三、四句写到"烟销日出"。按理此时人物该与读者见面，可是反而"不见人"，这也"反常"。然而随"烟销日出"，绿水青山顿现原貌忽闻橹桨"欸乃一声"，原来人虽不见，却只在山水

[问题与探究]

(1)"欸乃一声山水绿"一句写法反常,但颇有奇趣,请简要赏析。

(2)诗中的"渔翁"有诗人自况的意味,这一形象寄托了诗人怎样的情怀?请结合诗句具体分析。

之中。这又"合道"。这里的造语亦甚奇:"烟销日出"与"山水绿"互为因果,与"不见人"则无干;而"山水绿"与"欸乃一声"更不相干。诗句偏作"烟销日出不见人,欸乃一声山水绿",尤为"反常"。"烟销日出不见人"传达一种惊异感;而于青山绿水中闻橹桨欸乃之声尤为悦耳怡情,山水似乎也为之绿得更可爱了。作者通过这样的奇趣,写出了一个清寥得有几分神秘的境界,隐隐传达出他那既孤高又不免孤寂的心境。所以不是为奇趣而奇趣。

"廿四史"选粹

《史记》

《史记》，原名《太史公书》，是我国第一部纪传体通史。司马迁用了13年时间写成。《史记》全书共130卷，有10表、8书、12本纪、30世家、70列传，约52.6万字。《史记》记载了上起中国上古传说中的黄帝时代（约公元前3000年），下至汉武帝元狩元年（前122）共三千多年的历史。它与后来的《汉书》《后汉书》《三国志》合称"前四史"。

《史记》对后世史学和文学的发展都产生了深远影响。其首创的纪传体（以人物传记为中心来反映历史内容的一种体例）编史方法为后来历代"正史"所传承。从东汉班固的《汉书》到民国初期的《清史稿》，近两千年间历代所修正史，尽管在个别名目上有某些增改，但都绝无例外地沿袭了《史记》的本纪和列传两部分，而成为传统。同时，《史记》还被认为是一部优秀的文学著作，在中国文学史上有重要地位，被鲁迅誉为"史家之绝唱，无韵之《离骚》"，有很高的文学价值。

《史记》编写体例有以下五种：㈠本纪，记历代帝王生平、政绩；㈡世家，记诸侯国和汉代诸侯、勋贵兴亡；㈢列传，记重要人物的言行事迹，主要叙人臣；㈣书，记各种典章制度；㈤表，大事年表。

缇萦救父

【原文】

文帝四年中，人上书言意①，以刑罪当传西之长安。意有五女，随而泣。意怒，骂曰："生子不生男，缓急无可使者！"于是少女缇萦②伤父之言，乃随父西。上书曰："妾父为吏，齐中称其廉平，今坐法当刑。妾切痛死者不可复生，而刑者不可复续，虽欲改过自新，其道莫由，终不可得。妾愿入身为官婢，以赎父刑罪，使得改行自新也。"书闻，上悲其意，此岁中亦除肉刑法。（节选自《史记·扁鹊仓公列传》）

[注释] ①意：即淳于意，西汉初临淄人。他从前当过官，后来弃官行医。淳于意精于医术，救死扶伤，深受民间尊敬。②缇萦：人名。

文化常识

(1)妾：旧时女子自称的谦辞。旧时男子在妻以外娶的女子，也叫妾。

(2)官婢：指古时因罪没入官府作奴婢的女子。

(3)传（zhuàn）：古代驿站所备的车。

文言知识

生子不生男，缓急无可使者！

缓急，偏义复词，只有"急"字表示意义，"缓"字只作陪衬。

相关链接：复词偏义现象

复词偏义是指两个意义相关或相反的词连起来，当作一个词使用，在特定语境中，实际只取其中一个词的意义，另一个作陪衬。如：

【积累与运用】

◆解释加点词语

(1)缓急　　　　(2)西

(3)称　　　　　(4)坐

◆翻译划线句子

(一)人上书言意，以刑罪当传西之长安。

(二)书闻，上悲其意，此岁中亦除肉刑法。

◆简答题

从文中可看出缇萦是怎样的一个人？原文中最能体现缇萦孝心的一句话是什么？

田忌赛马

【原文】

忌数与齐诸公子驰逐①重射②。孙子见其马足不甚相远，马有上、中、下辈③。于是孙子谓田忌曰："君弟重射，臣能令君胜。"田忌信然之，与王及诸公子逐射千金。及临质，孙子曰："今以君之下驷与彼上驷，取君上驷与彼中驷，取君中驷与彼下驷。"既驰三辈毕，而田忌一不胜而再胜，卒得王千金。于是忌进孙子于威王，威王问兵法，遂以为师。（节选自《史记·孙子吴起列传》）

[注释]①驰逐：赛马。驰，使劲赶马；逐，竞争。②射：打赌，比赛。③辈：等级。

【积累与运用】

◆解释加点词语

(1)弟　　　　(2)质

(3)进　　　　(4)以为

---

(1)契阔谈䜩，心念旧恩（《诗经》）

"契阔"中的"契"是投合，"阔"是疏远，在这里是偏义复词，偏用"契"的意义。"契阔谈䜩"就是说两情契合，在一处谈心宴饮。

(2)昼夜勤作息（《孔雀东南飞》）

"作息"在这里也只有"作"的意思，强调的是刘兰芝勤劳的一面，而没有"息"的意思。

(3)备他盗之出入与非常也（《鸿门宴》）

"出入"是反义词，此处只取"入"的意思。

文化常识

(1)孙子：即孙膑，孙武的后人，战国时期军事家，因遭受膑刑，故名孙膑。"子"是古代对男子的敬称。孙膑因受同学庞涓迫害遭受膑刑，身体残疾，后在齐国使者的帮助下投奔齐国，被齐威王任命为军师，辅佐齐国大将田忌两次击败庞涓，取得了桂陵之战和马陵之战的胜利，奠定了齐国的霸业。

(2)千金：极言钱财多。也用于称他人的女儿，有尊贵之意。

(3)驷：古代同驾一辆车的四匹马；或套着四匹马的车。

词语精解

质：

①抵押品，指作为保证的人或物。如：必以长安君为质，兵乃出。（《触龙说赵太后》）

②本质，资质。如：

◆ 翻译划线句子

(一) 田忌信然之，与王及诸公子逐射千金。

(二) 既驰三辈毕，而田忌一不胜而再胜，卒得王千金。

◆ 简答题

田忌战况如何？孙子是怎么让田忌赢得这场比赛的？

李离过听自刑

【原文】

李离者，晋文公之理①也。过听杀人，自拘当死。文公曰："官有贵贱，罚有轻重。下吏有过，非子之罪也。"李离曰："臣居官为长，不与吏让位；受禄为多，不与下分利。今过听杀人，傅②其罪下吏，非所闻也。"辞不受令。文公曰："子则自以为有罪，寡人亦有罪邪？"李离曰："理有法，失刑则刑，失死则死。公以臣能听微决疑，故使为理。今过听杀人，罪当死。"遂不受令，伏剑而死。（节选自《史记·循吏列传》）

[注释] ①理：古代指狱官、法官。 ②傅：通"附"，附着，转嫁。

【积累与运用】

◆ 解释加点词语

(1) 拘　　　　　(2) 下

(3) 则　　　　　(4) 失

◆ 翻译划线句子

(一) 李离者，晋文公之理也。

③质地，底子。如：

永州之野产异蛇，黑质而白章。（《捕蛇者说》）

④通"贽"，古时初次拜见尊长时所送的礼物。如：

乃令张仪佯去秦，厚币委质事楚。（《屈原列传》）

⑤通"锧"，刑具，杀人时作垫用的砧板。如：

君不如肉袒伏斧质请罪，则幸得脱矣。（《廉颇蔺相如列传》）

⑥抵押，作抵押品。如：

于是为长安君约车百乘，质于齐。（《触龙说赵太后》）

⑦询问。如：

余立侍左右，援疑质理。（《送东阳马生序》）

文化常识

官、吏：通过国家选拔后由吏部任命的官员称为官，无论是科举还是察举，或者九品中正中的定品。官有品级，除了中央以外，地方上的"官"较少，大多数为吏。

词语精解

过

①走过，经过。如：

雷霆乍惊，宫车过也。（《阿房宫赋》）

②胜过，超过。如：

一出门，裘马过世家焉。（《促织》）

③拜访，探望。如：

臣有客在市屠中，愿枉车骑过之。（《信陵君窃符救赵》）

④到，来到。如：

一日，大母过余。（《项脊轩志》）

⑤犯有过错。如：

过而能改，善莫大焉。（《左传》）

⑥责备。如：

闻大王有意督过之。（《鸿门宴》）

⑦过时。如：

花过而采，则根色黯恶。（《采草药》）

⑧名词，过失，过错。如：

则知明而行无过矣 （《劝学》）

(二)公以臣能听微决疑，故使为理。

◆简答题

你是怎样看待李离"伏剑而死"这件事的？

⑨副词，过分，过于。如：

以其境过清，不可久居，乃记之而去。（《小石潭记》）

鲍叔牙荐管仲

【原文】

　　管仲夷吾者，颍上人也。少时常与鲍叔牙游，鲍叔知其贤。管仲贫困，常欺鲍叔，鲍叔终善遇之，不以为言。已而鲍叔事齐公子小白，管仲事公子纠。及小白立，为桓公，公子纠死，管仲囚焉。鲍叔遂进管仲。管仲既用，任政于齐，齐桓公以霸，九合诸侯，一匡天下，管仲之谋也。

　　管仲曰："吾始困时，尝与鲍叔贾，分财利多自与，鲍叔不以我为贪，知我贫也。吾尝为鲍叔谋事，而更穷困，鲍叔不以我为愚，知时有利不利也。吾尝三仕三见逐于君，鲍叔不以我为不肖，知我不遭时也。吾尝三战三走，鲍叔不以我为怯，知我有老母也。公子纠败，召忽死之，吾幽囚受辱，鲍叔不以我为无耻，知我不羞小节而耻功名不显于天下也。生我者父母，知我者鲍子也！"

　　鲍叔既进管仲，以身下之。子孙世禄于齐，有封邑者十余世，常为名大夫。天下不多管仲之贤，而多鲍叔能知人也。（节选自《史记·管晏列传》）

【积累与运用】

◆解释加点词语

(1)游　　　　(2)贾

(3)穷困　　　(4)走

(5)死　　　　(6)多

文化常识

(1)管仲夷吾：管仲，名夷吾，字仲，中国古代著名的哲学家、政治家、军事家，春秋时期法家代表人物。齐桓公时管仲任齐相，他在任内大兴改革，富国强兵，齐国因此取得霸主地位。

(2)鲍叔牙：即鲍叔，名叔牙，春秋时期齐国大夫。早年辅助公子小白（即后来的齐桓公），协助他夺得国君之位，并推荐管仲为相。

(3)管鲍之交：指春秋时期的政治家管仲和鲍叔牙，他们俩是好朋友。管仲比较穷，鲍叔牙比较富有，但是他们之间彼此了解、相互信任。管仲和鲍叔牙之间深厚的友情，已成为中国代代流传的佳话。在中国，人们常常用"管鲍之交"，来形容自己与好朋友之间亲密无间、彼此信任的关系。

文言知识

(1)吾尝三仕三见逐于君。（见本文）

(2)吾尝三战三走。（见本文）

(3)九合诸侯，一匡天下。（见本文）

以上句中的"三""九"均为虚数，并非确数。

链接：虚数表示法

虚数是指不实的数字，一般用来突出数量的"少"或"多"，与实际数目关系不大，有的甚至全无关系。

(1)用"三、九、十二、百、千、万"及其倍数作虚数，一般表示"多"。如：

◆ 翻译划线句子

(一) 吾尝三仕三见逐于君,鲍叔不以我为不肖,知我不遭时也。

(二) 鲍叔不以我为无耻,知我不羞小节而耻功名不显于天下也。

◆ 简答题

管仲说"知我者鲍子也",文中列举了哪些事实来阐述这个观点?

① 绕树三匝,何枝可依?(《短歌行》)
② 公输盘九设攻城之机变,子墨子九距之。(《墨子·公输》)
③ 策勋十二卷,赏赐百千强。(《木兰诗》)

(2) 用数词"一"表示"少"。如:若九牛亡一毛。(《报任少卿书》)"一",极言其少。

公叔痤荐商鞅

【原文】

鞅少好刑名之学,事魏相公叔痤为中庶子。公叔痤知其贤,未及进。会痤病,魏惠王亲往问病,曰:"公叔病有如不可讳,将奈社稷何?"公叔曰:"痤之中庶子公孙鞅,年虽少,有奇才,愿王举国而听之。"王嘿然。王且去,痤屏人言曰:"王即不听用鞅,必杀之,无令出境。"王许诺而去。公叔痤召鞅谢曰:"今者王问可以为相者,我言若,王色不许我。我方先君后臣,因谓王即弗用鞅,当杀之。王许我。汝可疾去矣,且见禽。"鞅曰:"彼王不能用君之言任臣,又安能用君之言杀臣乎?"卒不去。惠王既去,而谓左右曰:"公叔病甚,悲乎,欲令寡人以国听公孙鞅也,岂不悖哉!"(节选自《史记·商君列传》)

文化常识

(1) 公叔痤:战国时魏国大臣,官至相国。公叔痤有知人之明,但他过分关注个人得失,从而忽略了国家利益。为了保全自己的相位,他排挤名将吴起,临终前才荐举公孙鞅。司马迁在文中特著一笔,"公叔痤知其贤,未及进",很有深意。若从人才流失的角度来论魏国的成败,公叔痤应负一定责任。

(2) 商鞅:原名卫鞅、公孙鞅,战国时期政治家、改革家、思想家,法家代表人物,卫国国君后代。商鞅辅佐秦孝公,积极实行变法,使秦国成为富裕强大的国家,史称"商鞅变法"。政治上,改革了秦国户籍、军功爵位、土地制度、行政区划、税收、度量衡以及民风民俗,并制定了严酷的法律;经济上,主张重农抑商、奖励耕战;军事上,统率秦军收复了河西之地。他因功被赐予商十五邑,号为商君,史称为商鞅。

(3) 中庶子:官名。战国时国君、太子、相国的侍从之臣。秦、汉为太子侍从官。

【积累与运用】

◆ 解释加点词语
(1) 事　　(2) 问
(3) 屏　　(4) 谢
(5) 卒　　(6) 悖

◆ 翻译划线句子

(一) 公叔病有如不可讳，将奈社稷何？

(二) 汝可疾去矣，且见禽。

◆ 简答题

文中说"公叔痤知其（商鞅）贤，未及进"，这句话颇有深意，请谈谈你的理解。

刘邦封雍齿

【原文】

上已封大功臣二十余人，其余日夜争功不决，未得行封。上在洛阳南宫，从复道望见诸将往往相与坐沙中语。上曰："此何语？"留侯曰："陛下不知乎？此谋反耳！"上曰："天下属安定，何故反乎？"留侯曰："陛下起布衣，以此属取天下。今陛下为天子，而所封皆萧、曹故人所亲爱，而所诛者皆平生所仇怨。今军吏计功，以天下不足遍封；此属畏陛下不能尽封，恐又见疑平生过失及诛，故即相聚谋反耳。"上乃忧曰："为之奈何？"留侯曰："上平生所憎，群臣所共知，谁最甚者？"上曰："雍齿与我有故怨，数尝窘

文言知识

汝可疾去矣，且见禽。（见本文）
句中"见"字表被动，译为"被"。

链接：被动句

(1) 用"见""见……于……"表被动。如：
① 秦城恐不可得，徒见欺。（《史记·廉颇蔺相如列传》）
② 臣恐见欺于王而负赵。（《史记·廉颇蔺相如列传》）

(2) 用介词"于"表被动。如：
① 不拘于时，学于余。（《师说》）
② 此非孟德之困于周郎者乎？（《赤壁赋》）

(3) 用"为""为……所……"表示被动。如：
① 吴广素爱人，士卒多为用者。（《史记·陈涉世家》）
② 茅屋为秋风所破歌（《茅屋为秋风所破歌》）
③ 不者，若属皆且为所虏。（《鸿门宴》）

(4) 用"受""被""受……于"表示被动关系。如：
① 吾不能举全吴之地……受制于人。（《赤壁之战》）
② 仍更被驱遣，何言复来还？（《孔雀东南飞》）

(5) 没有标志，根据上下文的语义来判别。如：
① 王之蔽甚矣。（《邹忌讽齐王纳谏》）
② 荆州之民附操者，逼兵势耳。（《赤壁之战》）
③ 洎牧以谗诛。（《六国论》）

文化常识

(1) 雍齿：刘邦同乡，沛县世族。秦二世元年，随刘邦起兵反秦，被委以重任，秦军围攻刘邦于丰邑（今丰县）。刘邦打败秦军后，命雍齿驻守丰邑。翌年，雍齿被魏国策反，献出丰邑并投靠魏国。刘邦大怒，二次攻打丰邑而不下，只好到薛（今山东滕州）投奔项梁，项梁随后借兵给刘邦，才得以打败雍齿。刘邦因此对雍齿非常痛恨。后雍齿属赵，再降刘邦。

(2) 丞相、御史：古代官名。丞相、御史大夫、太尉合称三公。秦朝创立，汉朝沿用。其职责是：丞相，百官之首，负责处理政务；御史大夫，监察百官；太尉，协助皇帝掌管军务。

辱我；我欲杀之，为其功多，故不忍。"留侯曰："今急先封雍齿以示群臣，群臣见雍齿封，则人人自坚矣。"于是上乃置酒，封雍齿为什方侯；而急趋丞相、御史定功行封。群臣罢酒，皆喜曰："雍齿尚为侯，我属无患矣！"（节选自《史记·留侯世家》）

【积累与运用】

◆解释加点词语

(1) 属　　　　(2) 此属

(3) 为　　　　(4) 示

(5) 趋　　　　(6) 罢

◆翻译划线句子

㈠ 今陛下为天子，而所封皆萧、曹故人所亲爱，而所诛者皆平生所仇怨。

㈡ 雍齿与我有故怨，数尝窘辱我。

◆简答题

留侯（张良）为什么建议刘邦"先封雍齿以示群臣"？

孙武演兵

【原文】

孙子武者，齐人也。以兵法见于吴王阖庐。阖庐曰："子之十三篇，吾尽观之矣，可以小试勒兵乎？"对曰："可。"阖庐曰："可试以妇人乎？"曰："可。"于是许之，出宫中美女，得百八十人，孙子分为二队；以王之宠姬二人各为队长，皆令持戟。令之曰："汝知而心与左右手、

文言知识

链接："所"字结构

文言文中，"所"用在动词或者"介词+动词"之前，组成名词性词组，相当于"……的事（物）""……的地方""……的人"等。例如：

①渔人……为具言所闻。（《桃花源记》）

②衣食所安，弗敢专也，必以分人。（《曹刿论战》）

③道之所存，师之所存也。（《师说》）

④荆轲有所待，欲与俱。（《荆轲刺秦王》）

⑤此疾之所由生也。（《教战守策》）

词语精解

属(1)：

读 shǔ

①种类，类。如：

有良田美池桑竹之属。（陶渊明《桃花源记》）

②侪辈。指同一类人。如：

若属皆且为所虏。（《史记·项羽本纪》）

有宁越、徐尚、苏秦、杜赫之属为之谋。（贾谊《过秦论》）

③归属；隶属；属于。如：

十三学得琵琶成，名属教坊第一部。（《琵琶行》）

小孤属舒州宿松县。（陆游《过小孤山大孤山》）

文化常识

(1) 孙武：春秋时期著名的军事家、政治家。后人尊称其为孙子、孙武子、百世兵家之师、东方兵学的鼻祖、兵圣。他著《孙子兵法》十三篇，为后世兵法家所推崇，被誉为"兵学圣典"，置于"武经七书"之首。

(2) 戟：中国古代独有的兵器。实际上戟是戈和矛的合成体，它既有直刃又有横刃，

背乎？"妇人曰："知之。"孙子曰："前，则视心；左，视左手；右，视右手；后，即视背。"妇人曰："诺。"约束既布，乃设鈇钺，即三令五申之。于是鼓之右。妇人大笑。孙子曰："<u>约束不明，申令不熟，将之罪也。</u>"复三令五申而鼓之左，妇人复大笑。孙子曰："约束不明，申令不熟，将之罪也；既已明而不如法者，吏士之罪也。"乃欲斩左、右队长。吴王从台上观，见且斩爱姬，大骇，趣使使下令曰："寡人已知将军能用兵矣。寡人非此二姬，食不甘味，愿勿斩也！"孙子曰："臣既已受命为将，将在军，君命有所不受。"遂斩队长二人以徇。用其次为队长，于是复鼓之。妇人左右、前后、跪起皆中规矩绳墨，无敢出声。于是孙子使使报王曰："兵既整齐，王可试下观之，唯王所欲用之，虽赴水火犹可也。"吴王曰："将军罢休就舍，寡人不愿下观。"孙子曰："<u>王徒好其言，不能用其实。</u>"于是阖庐知孙子能用兵，卒以为将。西破强楚，入郢；北威齐、晋，显名诸侯。孙子与有力焉。（节选自《史记·孙子吴起列传》）

【积累与运用】

◆解释加点词语

(1) 见　　(2) 而
(3) 布　　(4) 趣
(5) 愿　　(6) 徇
(7) 其次　(8) 北

◆翻译划线句子

(一) 子之十三篇，吾尽观之矣，可以小试勒兵乎？

(二) 约束不明，申令不熟，将之罪也。

呈"十"字或"卜"字形，因此戟具有钩、啄、刺、割等多种用途，其杀伤能力胜过戈和矛。

文言知识

(1) 约束既布。（见本文）
布：名词用作动词，宣告。
(2) 于是鼓之右。（见本文）
鼓：名词用作动词，击鼓。
(3) 趣使使下令曰。（见本文）
使：名词用作动词，派遣。

链接：名词活用做动词（上）

(一) 两个名词连用，句中又无用作谓语的动词，则其中可能有一个名词活用作动词。例如：
① 愿为市（买）鞍马。（《木兰诗》）
② 若士必怒，伏尸二人，流血五步，天下缟（穿）素，今日是也。（《唐雎不辱使命》）。
③ 一无所持，而腰（腰缠）多白金。（《大铁椎传》）

(二) 名词带状语，则这个名词用作动词。例如：
① 不蔓（生藤蔓）不枝（长旁枝）。（《爱莲说》）
② 以事秦之心礼（礼遇）天下之奇才。（《过秦论》）
③ 范增数目（使眼色）项王。（《鸿门宴》）

(三) 名词带补语，则这个名词用作动词。例如：
① 宰严限追比，旬余，杖（用棍杖打）至百。（《促织》）
② 唐浮图慧褒始舍（建舍定居）于其址。（《游褒禅山记》）
③ 率九嫔蚕（养蚕）于郊，桑（种桑）于公田。（《吕氏春秋·上农》）
（名词活用做动词（下）见135页）

词语精解

属(2)：
读 zhǔ
① 继续；连接（侧重于互相衔接）。如：
亡国破家相随属。（《史记·屈原贾生列传》）

(三)王徒好其言,不能用其实。

◆简答题

孙武是怎么练兵的?这个故事告诉了我们什么道理?

"五羖大夫"百里奚

【原文】

五年,晋献公灭虞、虢,虏虞君与其大夫百里奚,以璧马赂于虞故也。既虏百里奚,以为秦穆公夫人媵①于秦。<u>百里奚亡秦走宛,楚鄙人执之。</u>穆公闻百里奚贤,欲重赎之,恐楚人不与,乃使人谓楚曰:"吾媵臣百里奚在焉,请以五羖羊②皮赎之。"楚人遂许与之。当是时,百里奚年已七十余。穆公释其囚,与语国事。谢曰:"臣亡国之臣,何足问!"穆公曰:"虞君不用子,故亡,非子罪也。"固问,语三日,穆公大说,授之国政,号曰"五羖大夫"。百里奚让曰:"臣不及臣友蹇叔,蹇叔贤而世莫知。臣常游困于齐而乞食铚③人,蹇叔收臣。臣因而欲事齐君无知,蹇叔止臣,臣得脱齐难,遂之周。周王子颓好牛,臣以养牛干之。及颓欲用臣,蹇叔止臣,臣去,得不诛。事虞君,蹇叔止臣。臣知虞君不用臣,臣诚私利禄爵,且留。<u>再用其言,得脱;一不用,及虞君难。</u>是以知其贤。"于是穆公使人厚币迎蹇叔,以为上大夫。(节选自《史记·秦本纪》)

[注释] ①媵(yìng):古代诸侯女儿出嫁时随嫁或陪嫁的人。 ②羖(gǔ)羊:黑色的公羊。 ③铚(zhì),地名,在沛县。

【积累与运用】

◆解释加点词语

(1)焉　　　　　(2)许

冠盖相属。(《史记·魏公子列传》)
②缀辑;撰写。如:
屈平属草稿未定。(《史记·屈原贾生列传》)
衡少善属文。(《后汉书·张衡传》)
③通"嘱"。托付;委托。如:
属予作文以记之。(范仲淹《岳阳楼记》)
④倾注,引申为劝酒。如:
举酒属客。(苏轼《赤壁赋》)
⑤恰好。如:
天下属安定,何故反乎?(见上文)

文化常识

(1)百里奚:春秋时虞国大夫,后入秦做大夫。为秦穆公时贤臣,著名的政治家、思想家,又称"五羖大夫",是秦穆公用五张黑羊皮换回的一代名相。

(2)蹇叔:春秋时著名的政治家和军事家。他原本是个隐士,淡泊名利,隐居村野。但他知人识势,当虞人百里奚落魄时流落到宋国,蹇叔收留了他。两人宏论崇议,惺惺相惜,结为知己。他是因友入仕的第一人。百里奚在秦国做了高官,他深识蹇叔的才干,于是向秦穆公举荐了蹇叔。蹇叔本不愿出山,为了成全百里奚想成就一番大业的宏愿,他还是来到秦国。后来他们成了秦穆公创立霸业的左膀右臂。

文言知识

穆公大说。(见本文)
句中"说"是通假字,通"悦",高兴之意。

链接:通假现象

通假字有其规律,通假字和本字之间有一定关系。

(1)"声旁字"代替"形声字"。如:
故患有所不辟也。(《鱼我所欲也》)
"辟"代替"避"。
(2)"形声字"代替"声旁字"。如:
食之不能尽其才。(《马说》)
"材"代替"才",才能。
(3)同声旁的"形声字"相互代替。如:
为长者折枝。(《齐桓晋文之事》)
"枝"代替"肢"。

105

(3) 谢　　　　(4) 让
(5) 干　　　　(6) 币

◆ 翻译划线句子

(一) 百里奚亡秦走宛，楚鄙人执之。

(二) 再用其言，得脱；一不用，及虞君难。是以知其贤。

◆ 简答题

百里奚为什么被称为"五羖大夫"？百里奚向秦穆公推荐蹇叔，他是怎么知道蹇叔贤能的？

(4) 音同或音近的字相互通假。如：
旦日不可不蚤自来谢项王。(《鸿门宴》)
"蚤"代替"早"。

白圭经商有道

【原文】

白圭，周人也。当魏文侯时，李悝务尽地力，而白圭乐观时变，故人弃我取，人取我与。夫岁孰取谷，予之丝漆；茧出取帛絮，予之食。……积著率岁倍。欲长钱，取下谷；长石斗，取上种。能薄饮食，忍嗜欲，节衣服，与用事僮仆同苦乐，趋时若猛兽挚鸟之发。故曰："吾治生产，犹伊尹、吕尚之谋，孙吴用兵，商鞅行法是也。是故其智不足与权变，勇不足以决断，仁不能以取予，强不能有所守，虽欲学吾术，终不告之矣。"盖天下言治生祖白圭。白圭其有所试矣，能试有所长，非苟而已也。(节选自《史记·货殖列传》)

【积累与运用】

◆ 解释加点词语

(1) 务　　　　(2) 乐观
(3) 趋时　　　(4) 是

文化常识

伊尹、吕尚：伊尹，名挚，夏末商初人，是古代著名的贤相。吕尚，即姜子牙，因其在周初做过太师，尊称"师尚父"，因而得名"吕尚"。伊尹辅商，吕尚辅周，都是开国元勋，位极人臣，功业卓著，所以后世把他们并称"伊吕"。

文言知识

①乐观：古义，喜欢观测。今义，精神愉快，对事物的发展充满信心。与"悲观"相对。

②趋时：古义，抓紧时机；及时。今义，迎合潮流；迎合时尚。引申指时髦；赶时髦。

③生产：古义，生计。今义，生育，或特指人们使用工具创造生产、生活资料的活动。

链接：古今异义词

(1) 词义扩大。如"江"和"河"古时专指长江与黄河，现在泛指江河。

(2) 词义缩小。如"妻子"古代指的是妻子和儿女，现在专指男子的配偶。

(5) 权变　　　　(6) 苟

◆翻译划线句子

(一) 能薄饮食，忍嗜欲，节衣服，与用事僮仆同苦乐。

(二) 盖天下言治生祖白圭。

◆简答题

白圭经商有道，他是怎么做生意的？请结合文段简要概述。

(3)词义转移。如"先帝不以臣卑鄙"中的"卑鄙"，古义指地位低、见识浅，今义是品德恶劣。

(4)词义的褒贬色彩不同。如：

①将军者，国之爪牙也。（《汉书·李广传》）

"爪牙"：古义，指武将、猛士，是个褒义词。今义，指帮凶、走狗，成为贬义词了。

②厉王虐，国人谤王。（《国语·周语上》）

"谤"：古义，指公开指责别人的过失，是个中性词。今义，指诽谤、造谣中伤，是贬义词。

韩安国论"和亲"

【原文】

匈奴来请和亲，天子下议。大行王恢，燕人也，数为边吏，习知胡事，议曰："汉与匈奴和亲，率不过数岁即复倍约。不如勿许，兴兵击之。"安国曰："千里而战，兵不获利。今匈奴负戎马之足，怀禽兽之心，迁徙鸟举，难得而制也。得其地不足以为广，有其众不足以为强，自上古不属为人。汉数千里争利，则人马罢，虏以全制其敝。且强弩之极，矢不能穿鲁缟①；冲风之末，力不能漂鸿毛。非初不劲，末力衰也。击之不便，不如和亲。"群臣议者多附安国，于是上许和亲。（节选自《史记·韩长孺列传》）

[注释]①鲁缟：缟，是一种白色的薄绢，以古时鲁国所产为最薄最细，故称鲁缟。

【积累与运用】

◆解释加点词语

(1) 数　　　　(2) 习

(3) 兴　　　　(4) 负

文化常识

(1)匈奴：中国古代北方游牧民族，兴起于今内蒙古阴山山麓，秦末汉初称雄中原以北地区。一些历史学家一般认为中原以北的匈奴人，是一些喜欢以马征战与结盟的混合游牧民族，但只是民族集团而非同种族群。

(2)和亲：指中原王朝统治者与周边少数民族或各少数民族首领之间出于某种目的而达成的一种政治联姻。宽泛意义上的和亲可以追溯到春秋战国时期，而严格意义上的和亲始于汉代。自汉以后一直到清代，几乎所有的朝代都有次数不等、缘由各异的和亲。

词语精解

请：

①请求。请人做某事。如：

匈奴来请和亲。（见本文）

②请人允许自己做某事。如：

老妪力虽衰，请从吏夜归。（《石壕吏》）

③谒见，问候。如：

◆翻译划线句子

(一)汉与匈奴和亲,率不过数岁即复倍约。

(二)汉数千里争利,则人马罢,虏以全制其敝。

◆简答题

韩安国为什么主张"和亲",结合上文简要概述。

公子闻之,往请。(《信陵君窃符救赵》)

④邀请,约请。如:

乃请宾客,约车骑百余乘……(同上)

⑤请教,请示。如:

既而以吴民之乱请于朝。(《五人墓碑记》)

⑥副词,表示尊敬,不翻译。如:

相如请得以颈血溅大王矣。(《史记·廉颇蔺相如列传》)

晏子御者之妻

【原文】

晏子为齐相,出,其御之妻从门闲而窥其夫。其夫为相御,拥大盖,策驷马,意气扬扬,甚自得也。既而归,其妻请去。夫问其故。妻曰:"晏子长不满六尺,身相齐国,名显诸侯。今者妾观其出,志念深矣,常有以自下者。今子长八尺,乃为人仆御,然子之意自以为足,妾是以求去也。"其后夫自抑损。晏子怪而问之,御以实对。晏子荐以为大夫。(节选自《史记·管晏列传》)

【积累与运用】

◆解释加点词语

(1) 为　　　(2) 策

(3) 相　　　(4) 是以

◆翻译划线句子

(一)既而归,其妻请去。夫问其故。

文化常识

(1)晏子:原名晏婴,字平仲。他是春秋后期齐国重要的政治家、思想家、外交家。传说晏子五短身材,貌不出众,但足智多谋,刚正不阿,为齐国昌盛立下了汗马功劳。

(2)大夫:古职官名。周代在国君之下有卿、大夫、士三等;各等中又分上、中、下三级。秦汉以后,中央要职有御史大夫,备顾问者有谏大夫、中大夫、光禄大夫等。唐宋尚存御史大夫及谏议大夫,明改御使大夫为都御史,自此其官遂废。

文言知识

补出括号中省略的介词

身相( )齐国,名显( )诸侯。

(省略的介词都是"于")

链接:文言文中介词"于"的省略

当谓语动词的后面有表示处所的名词或名词短语(有的含有方位名词)紧跟时,动词和处所名词不具有支配和被支配的关系,动词后常常省略介词"于",翻译时要补出。例如:

①坎坎伐檀兮,置之( )河之侧兮。(《伐檀》)

(二) 其后夫自抑损。晏子怪而问之，御以实对。

②居（ ）庙堂之高则忧其民，处（ ）江湖之远则忧其君。（《岳阳楼记》）

③至则无可用，放之（ ）山下。（《黔之驴》）

④因出己虫，纳（ ）比笼中。（《促织》）

◆简答题

"御之妻"为什么要离婚？请简要分析。

萧何追韩信

【原文】

及项梁渡淮，信仗剑从之，居麾下，无所知名。项梁败，又属项羽，羽以为郎中。数以策干项羽，羽不用。汉王之入蜀，信亡楚归汉，未得知名，为连敖。坐法当斩，其辈十三人皆已斩，次至信，信乃仰视，适见滕公，曰："上不欲就天下乎？何为斩壮士？"滕公奇其言，壮其貌，释而不斩。与语，大说之。言于上，上拜以为治粟都尉，上未之奇也。

信数与萧何语，何奇之。至南郑，诸将行道亡者数十人，信度何等已数言上，上不我用，即亡。何闻信亡，不及以闻，自追之。人有言上曰："丞相何亡。"上大怒，如失左右手。

居一二日，何来谒上，上且怒且喜，骂何曰："若亡，何也？"何曰："臣不敢亡也，臣追亡者。"上曰："若所追者谁何？"曰："韩信也。"上复骂曰："诸将亡者以十数，公无所追，追信，诈也。"何曰："诸将易得耳。至如信者，国士无双。王必欲长王汉中，无所事信；必欲争天下，非信无所与计事者。顾王策安所决耳。"王曰："吾亦欲东耳，安能郁郁久居此乎？"何曰："王计必欲东，能用信，信即留；不能用，信终亡耳。"王曰："吾为公以为将。"何曰："虽为将，信必不留。"王曰："以为大将。"何曰："幸甚。"

文化常识

(1) 连敖：官名。据《左传》，楚国有连尹、莫敖，后合并为一官号，称连敖。

(2) 都尉：武官名。秦与汉初，每郡有郡尉，辅助太守主管军事。景帝改名为都尉。西汉有掌管人员也入京畿的关都尉，掌管边郡与田的农都尉，管理归附各族的属国都尉，及与武事无关，掌皇帝所乘车辆的奉车都尉，掌副车之马者称驸马都尉，掌乐府的协律都尉等。

文言知识

滕公奇其言，壮其貌，释而不斩。

"奇""壮"是形容词活用作动词，意动用法，译为"以……为奇""以……为壮"。

链接：形容词意动用法

意动用法，是指谓语动词具有"以之为何"的意思，即认为宾语怎样或把宾语当作怎样。一般可译为"认为……""以……为……"等。

意动用法只限于形容词和名词的活用，动词本身没有意动用法。而形容词用作意动，是主观上认为后面的宾语所代表的人或事物具有这个形容词所代表的性质或状态。例如：

①渔人甚异之。（《桃花源记》）

异：原为形容词，这里用作意动词。"异之"，即"以之为异"（认为这件事奇怪）。

②邑人奇之，稍稍宾客其父。（《伤仲永》）

于是王欲召信拜之。何曰："王素慢无礼，今拜大将如呼小儿耳，此乃信所以去也。王必欲拜之，择良日，斋戒，设坛场，具礼，乃可耳。"王许之。诸将皆喜，人人各自以为得大将，乃韩信也，一军皆惊。（节选自《史记·淮阴侯列传》）

【积累与运用】

◆解释加点词语

(1) 属　　　(2) 次

(3) 说　　　(4) 谒

(5) 诈　　　(6) 为公

(7) 以为　　(8) 拜

◆翻译划线句子

㈠何闻信亡，不及以闻，自追之。

㈡王必欲长王汉中，无所事信；必欲争天下，非信无所与计事者。

㈢王素慢无礼，今拜大将如呼小儿耳，此乃信所以去也。

◆简答题

用文中一句话概括萧何为什么只追韩信？并简述概述刘邦拜将经过。

奇：原为形容词，这里用作意动词。"奇之"，即"以之为奇"（认为他才能非凡）。

③且庸人尚羞之，况将相乎？（《史记·廉颇蔺相如列传》）

羞：原为形容词，这里用作意动词。"羞之"，即"以之为羞"（觉得这件事让人感到羞耻）。

④世果群怪聚骂。（《答韦中立论师道书》）

怪：原为形容词，这里用作意动词。"怪"后省略"韩愈"，即"以韩愈为怪"（认为韩愈这个人很怪异）。

词语精解

居：

①处在，处于。如：

信仗剑从之，居麾下。（见本文）

②停止；休息；止息。如：

居一二日。（见本文）

③居住。如：

自吾氏三世居是乡。（《捕蛇者说》）

④坐。如：

令女居其上。（褚少孙《西门豹治邺》）

⑤积储。如：

居为奇货。（《聊斋志异·促织》）

⑥住所，住宅。如：

其居仅仅足。（《治平篇》）

⑦治理，安置。如：

居天下之人，使安其业。（柳宗元《梓人传》）

⑧当；担任。如：

（袁可立）居朝仅十二载。（董其昌《节寰袁公行状》）

⑨通"倨"，傲慢。如：

莫肯下遗，式居娄骄。（《韩非子·诡使》）

司马穰苴治军

【原文】

司马穰苴者，田完之苗裔也。齐景公时，晋伐阿、甄，而燕侵河上，齐师败绩。景公患之。晏婴乃荐田穰苴曰："穰苴虽田氏庶孽，然其人文能附众，武能威敌，愿君试之。"景公召穰苴，与语兵事，大说之，以为将军，将兵捍燕晋之师。穰苴曰："臣素卑贱，君擢之闾伍之中，加之大夫之上，士卒未附，百姓不信，人微权轻。愿得君之宠臣，国之所尊，以监军，乃可。"于是景公许之，使庄贾往。穰苴既辞，与庄贾约曰："旦日日中会于军门。"穰苴先驰至军，立表下漏，待贾。

贾素骄贵，以为将己之军而己为监，不甚急；亲戚左右送之，留饮。日中而贾不至。穰苴则仆表决漏，入行军勒兵，申明约束。约束既定，夕时，庄贾乃至。穰苴曰："何后期为？"贾谢曰："不佞大夫亲戚送之，故留。"穰苴曰："将受命之日则忘其家，临军约束则忘其亲，援枹鼓之急则忘其身。今敌国深侵，邦内骚动，士卒暴露于境，君寝不安席，食不甘味，百姓之命皆悬于君，何谓相送乎！"召军正问曰："军法期而后至者云何？"对曰："当斩。"庄贾惧，使人驰报景公，请救。既往，未及反，于是遂斩庄贾以徇三军。三军之士皆振栗。

久之，景公遣使者持节赦贾，驰入军中。穰苴曰："将在军，君令有所不受。"问军正曰："驰三军法何？"正曰："当斩。"使者大惧。穰苴曰："君之使不可杀之。"乃斩其仆，车之左驸，马之左骖，以徇三军。遣使者还报，然后行。士卒次舍、井灶饮食、问疾医药，身自拊循之。悉取将军之资粮享士卒，身与士卒平分粮食，最比其羸弱者。三日而后勒兵。病者皆求行，争奋出为之赴战。晋师闻之，为罢去。燕师闻之，度水而解。于是追击之，遂取所亡封内故境而引兵归。（节选自《史记·司马穰苴列传》）

文化常识

（1）闾伍：闾、伍均为古代民户编次的单位，以"闾伍"指平民所居，也借指平民。

（2）亲戚：与自己有血缘或婚姻关系的人。

（3）持节：节，符节。古代使臣奉命出行，必执符节以为凭证。

（4）军正：古代军中执法官名称，掌军事刑法。自春秋时期起到汉代，先后都曾设置此官，汉又有军正丞。这是我国最早的专职军事法官。

（5）三军：与现代陆、海、空三军的实质意义不同，古代所说的三军起源于春秋时期骑马打仗的前、中、后三军。前军一般是先锋营，负责开路（架桥、修路）、侦察、应付小规模的战斗，带部分军需物资。中军就是统帅所处的大军，有当时作战的大部分作战兵种（骑兵、步兵）。后军主要就是全军的主要军用物资、工匠，以及大量的民工等。

文言知识

穰苴则仆表决漏。（见本文）

仆：使……仆；决：使……决。

链接：动词使动用法

使动用法，即谓语动词具有"使之怎么样"的意思，即此时谓语动词表示的动作不是主语发出的，而是由宾语发出的。实际上，它是以动宾的结构方式表达了兼语式的内容。动词使动用法，即动词和它的宾语不是一般的支配与被支配的关系，而是使宾语所代表的人或事产生这个动词所表示的动作行为。例如：

①河曲智叟笑而止之曰。（《愚公移山》）

止：使……止。

②必先苦其心志，劳其筋骨。（《孟子》）

劳：使……劳累。

操军方连船舰，首尾相接，可烧而走也。（《赤壁之战》）

走：使（操军）逃跑。

③直可惊天地，泣鬼神。（《〈黄花冈七十二烈士事略〉序》）

惊：使……震惊。泣：使……悲泣。

【积累与运用】

◆ 解释加点词语

(1) 庶孽　　(2) 附
(3) 卑贱　　(4) 将
(5) 驰　　　(6) 拊循
(7) 比　　　(8) 罢

◆ 翻译划线句子

㈠ 景公召穰苴，与语兵事，大说之，以为将军，将兵捍燕晋之师。

㈡ 日中而贾不至。穰苴则仆表决漏，入行军勒兵，申明约束。

㈢ 既往，未及反，于是遂斩庄贾以徇三军。

◆ 简答题

穰苴治军给了我们什么启示？请简要概述。

词语精解

兵：
① 兵器。如：
收天下之兵，聚之咸阳。（《过秦论》）
② 士兵。如：
未几，敌兵果舁炮至。（《清稗类钞·冯婉贞》）
③ 军队。如：
欲勿予，即患秦兵之来。（《史记·廉颇蔺相如列传》）
④ 战争。如：
兵旱相乘，天下大屈。（《论积贮疏》）
⑤ 战略战术，用兵策略。如：
故上兵伐谋。（《孙子·谋攻》）

《汉书》

《汉书》是我国第一部纪传体断代史，由东汉史学家班固编撰。全书主要记述了上起西汉的汉高祖元年（前206），下至新朝王莽地皇四年（23）共230年的史事。《汉书》体例上承袭《史记》，只是改"书"为"志"，把"世家"并入"列传"，全书有本纪12篇、表8篇、志10篇，列传70篇，共100篇，后人分为120卷，共80余万言。

《汉书》开创了我国"包举一代"的断代史体例，奠定了修正史的编例，在史学史上有重要的价值和地位。

陈万年教子谄媚

【原文】

（陈万年乃朝中重臣也。）万年尝病，召咸教戒于床下，语至夜半。咸睡，头触屏风。万年大怒，欲杖之，曰："乃公教戒汝，汝反睡，不听吾言，何也？"咸叩头谢曰："具晓所言，大要教咸谄也。"万年乃不复言。（节选自《汉书·陈咸》）

【积累与运用】

◆ 解释加点词语

(1) 乃　　　(2) 杖

(3) 乃　　　(4) 乃

◆ 翻译划线句子

(一) 尝病，召咸教戒于床下，语至夜半。

(二) 咸叩头谢曰："具晓所言，大要教咸谄也。"

◆ 简答题

"万年乃不敢复言"的原因是什么？你从陈万年家教中得到什么启示？

词语精解

病：

① 泛指疾病。如：

君之病在肌肤，不治将益深。（《扁鹊见蔡桓公》）

② 生病，有病。如：

相如每朝时，常称病。（《廉颇蔺相如列传》）

③ 疲劳，困苦。如：

今日病矣，予助苗长矣。（《揠苗助长》）

④ 弊病，毛病。如：

人皆嗤吾固陋，吾不以为病。（《训俭示康》）

⑤ 担忧，忧虑。如：

君子病无能也，不病人之不知己。（《论语·卫灵公》）

⑥ 羞辱，伤害。如：

非独见病，亦以病吾子。（《答韦中立论师道书》）

⑦ 重病，病重。如：

子疾病，子路请祷。（《论语·述而》）

张释之执法

【原文】

　　顷之，上（指汉文帝）行出中渭桥，有一人从桥下走，乘舆马惊。于是使骑捕之，属廷尉。释之治问。曰："县人来，闻跸①，匿桥下。久，以为行过，即出，见车骑，即走耳。"释之奏当，此人犯跸，当罚金。上怒曰："此人亲惊吾马，马赖和柔，令它马，固不败伤我乎？而廷尉乃当之罚金！"释之曰："法者，天子所与天下公共也。今法如是，更重之，是法不信于民也。且方其时，上使立诛之则已。今已下廷尉，廷尉，天下之平也，一倾，天下用法皆为之轻重，民安所措其手足？唯陛下察之！"上良久曰："廷尉当是也。"（节选自《汉书·张释之冯唐列传》）

　　[注释] ①跸：帝王出行时开路清道，禁止他人同行。

【积累与运用】

◆解释加点词语

(1) 使　　　(2) 治

(3) 令　　　(4) 则已

(5) 倾　　　(6) 措

◆翻译划线句子

(一) 法者，天子所与天下公共也。今法如是，更重之，是法不信于民也。

(二) 上良久曰："廷尉当是也。"

◆简答题

　　张释之是怎么处置"县人"的？张释之为什么没有按皇上的要求重判"县人"？

文化常识

　　廷尉：官名，秦置，为九卿之一，掌刑狱，即主管司法的最高官吏。汉时曾多次改名为大理。魏黄初元年（221）改称廷尉，后代沿袭未改。北齐以大理寺为官署名，大理寺卿为官名，历代遵行。

文言知识

①有一人从桥下走。（见本文）
②一倾，天下用法皆为之轻重。（见本文）

①句中"一"为数量词，译作"一个"；
②句中"一"为副词，译作"一旦"。

链接："一"的特殊用法

　　"一"在文言文中用法灵活，且具有多种意义，常用义项有"相同""统一""全""都""整体""专一""竟""乃"等。

①一体、整体之义。如：
先是，庭中通南北为一。（《项脊轩志》）

②全、满。如：
而或长烟一空。（《岳阳楼记》）
上下天光，一碧万顷。（《岳阳楼记》）

③专一。如：
用心一也。（《劝学》）

④统一。如：
六王毕，四海一。（《阿房宫赋》）

⑤竟、乃。如：
靖郭君之于寡人，一至此乎。（《战国策·靖郭君善齐貌辨章》）

东海孝妇

【原文】

于定国字曼倩,东海郯人也。

……

东海有孝妇,少寡,亡子,养姑甚谨,姑欲嫁之,终不肯。姑谓邻人曰:"孝妇事我勤苦,哀其亡子守寡。我老,久累丁壮,奈何?"其后姑自经死,姑女告吏:"妇杀我母。"吏捕孝妇,孝妇辞不杀姑。吏验治,孝妇自诬服。具狱①上府,于公以为此妇养姑十余年,以孝闻,必不杀也。太守不听,于公争之,弗能得,乃抱其具狱,哭于府上,因辞疾去。太守竟论杀孝妇。郡中枯旱三年。后太守至,卜筮其故,于公曰:"孝妇不当死,前太守强断之,咎党在是乎?"于是太守杀牛自祭孝妇冢,因表其墓,天立大雨,岁孰。郡中以此大敬重于公。(节选自《汉书·于定国》)

[注释] ①具狱:颜师古注:"具狱者,狱案已成,其文备具也。"即备文定案,或据以定罪的全部案卷。具,有"具有""完备"的意思。狱,监禁罪犯的地方,引申为"罪案"。此处由"罪案"引申为"案件的案卷文书"。

【积累与运用】

◆解释加点词语

(1)自经　　　　(2)自诬

(3)竟　　　　　(4)咎

(5)表　　　　　(6)岁孰

◆翻译划线句子

(一)孝妇事我勤苦,哀其亡子守寡。

(二)于公以为此妇养姑十余年,以孝闻,必不杀也。

◆简答题

造成"孝妇"悲剧的原因是什么?结合上文简要概述。

文化常识

(1)姑:人物称谓,旧时妻子称丈夫的母亲为姑,丈夫的父母合称翁姑、舅姑、姑嫜。

(2)太守:又称郡守。战国始置郡守,秦至汉初仍称郡守,汉景帝更名为太守,为一郡的最高行政长官,除治民、进贤、决讼、检奸外,还可以自行任免所属掾史。历代沿袭不变。南北朝时,新增州渐多,郡之辖境缩小,郡守权为州刺史所夺。隋初存州废郡,以州刺史代郡守之任。此后太守不再是正式官名,仅用作刺史或知府的别称。

(3)卜筮:古时预测吉凶,用龟甲称卜,用蓍草称筮,合称卜筮。

词语精解

亡:

1. 读 wáng

①逃亡,逃跑。如:

今亡亦死,举大计亦死,等死,死国可乎!(《史记·陈涉世家》)

②失去,丢失。如:

秦无亡矢遗镞之费,而天下诸侯已困矣。(《过秦论》)

③灭亡。如:

是故燕虽小国而后亡,斯用兵之效也。(《六国论》)

④死亡。如:

今刘表新亡,二子不协。(《赤壁之战》)

2. 读 wú

①古同"无",没有。如:

少寡,亡子。(见本文)

②通"毋",可译为"不""不要"等,如:

幸亡阻我。(宗臣《报刘一丈书》)

疏广论遗产

【原文】

疏广既归乡里，日令家共具设酒食，请族人故旧宾客，与相娱乐。数问其家金余尚有几所，趣卖以共具。居岁余，广子孙窃谓其昆弟老人广所爱信者曰："子孙几及君时颇立产业基址，今日饮食费且尽。宜从丈人所，劝说君买田宅。"老人即以闲暇时为广言此计，广曰："吾岂老悖不念子孙哉？顾自有旧田庐，令子孙勤力其中，足以共衣食，与凡人齐。今复增益之以为赢余，但教子孙怠堕耳。贤而多财，则损其志；愚而多财，则益其过。且夫富者，众人之怨也；吾既亡以教化子孙，不欲益其过而生怨。又此金者，圣主所以惠养老臣也，故乐与乡党宗族共飨其赐，以尽吾余日，不亦可乎！"于是族人说服。（节选自《汉书·疏广传》）

【积累与运用】

◆解释加点词语

(1) 几所　　(2) 丈人

(3) 以　　　(4) 顾

(5) 齐　　　(6) 所以

◆翻译划线句子

(一) 居岁余，广子孙窃谓其昆弟老人广所爱信者曰。

(二) 且夫富者，众人之怨也；吾既亡以教化子孙，不欲益其过而生怨。

文化常识

乡党：指乡里、家乡；乡族朋友。古代五百家为党，汉代十亭为乡，合而称乡党。

文言知识

①且夫富者，众人之怨也。（见本文）

②此金者，圣主所以惠养老臣也。（见本文）

以上两句是判断句，其标志是"……者，……也"句式。

链接：判断句

用名词或名词性短语表示判断的句子，叫判断句。

带"者""也"表判断的句式有以下几种：

1. 主语后面用"者"表示停顿，在谓语后面用"也"表示判断，即"……者，……也"式。这种判断句式，是古汉语中表示判断的典型格式。如文中：

(1)且夫富者，众人之怨也。（见本文）

(2)又此金者，圣主所以惠养老臣也。（见本文）

2. 主语后面用"者"表示停顿，而谓语后面不用"也"，即"……者……"式。其中的"者"不译，只在主谓之间加判断词"是"。如：

柳敬亭者，扬之泰州人，本姓曹。（《柳敬亭传》）

3. 主语后面不用"者"表示停顿，只在谓语后面用"也"表示判断，即"……，……也"式。其中的"也"不译，只在主谓之间加"是"。如：

和氏璧，天下所共传宝也。（《史记·廉颇蔺相如列传》）

4. "者""也"都不用。译成现代汉语时，只需在主、谓语之间加"是"。如：

刘备，天下枭雄。（《赤壁之战》）

5. 用动词"为"表示判断，即"……为……"式。如：

人方为刀俎，我为鱼肉。（《鸿门宴》）

6. 用"乃、即、则、皆、必"等副词表示肯定判断，用副词"非"表示否定判断。

(1)今公子有急，此乃臣效命之秋也。

◆简答题

疏广有一套自己的处置遗产理念,他是怎么处置遗产的?你又是怎么看的?

李夫人不欲见帝

【原文】

初,李夫人病笃,上自临候之,夫人蒙被谢曰:"妾久寝病,形貌毁坏,不可以见帝。愿以王①及兄弟为托。"上曰:"夫人病甚,殆将不起,一见我属托王及兄弟,岂不快哉?"夫人曰:"妇人貌不修饰,不见君父。妾不敢以燕婧②见帝。"上曰:"夫人弟一见我,将加赐千金,而予兄弟尊官。"夫人曰:"尊官在帝,不在一见。"上复言欲必见之,夫人遂转乡歔欷而不复言。于是上不说而起。㈠夫人姊妹让之曰:"贵人独不可一见上属托兄弟邪?何为恨上如此?"夫人曰:"所以不欲见帝者,乃欲以深托兄弟也。我以容貌之好,得从微贱爱幸于上。夫以色事人者,色衰而爱弛,爱弛则恩绝。上所以挛挛③顾念我者,乃以平生容貌也。今见我毁坏,颜色非故,必畏恶吐弃我,意尚肯复追思闵录其兄弟哉!"(节选自《汉书·孝武李夫人》)

[注释] ①王:指昌邑王刘髆, 汉武帝第五子,母为孝武李夫人。 ②燕婧:轻慢不严饰。"婧",通"惰",懈怠,不整肃。 ③挛挛:通"恋",爱慕不舍。

【积累与运用】

◆解释加点词语

(1)笃　　　(2)候

(3)弟　　　(4)让

(5)弛　　　(6)颜色

(2)此则岳阳楼之大观也。 (《岳阳楼记》)

7.用"是"作判断动词,文言文中也有,但出现较晚并且少见。如:

巨是凡人,偏在远郡……(《赤壁之战》)

文化常识

贵人:皇帝妃嫔封号之一,在不同朝代地位差别很大。东汉光武帝时始置,为最高位妃嫔称号,仅次于皇后。晋代为三夫人其三,位于九嫔之上。后世朝代地位较低,清代置贵人于嫔位之下,为妃嫔等级第五等。也指对地位尊崇的人的尊称。有时,也指对自己有很大帮助的人的尊称。

文言知识

①所以不欲见帝者,乃欲以深托兄弟也。(见本文)

②上所以挛挛顾念我者,乃以平生容貌也。(见本文)

以上句中的"所以"用来表示原因,相当于"……的原因"或"……的缘故"。

链接:"所以"的用法

文言文中"所以"是两个词,"所"是特殊指示代词,作介词"以"的前置宾语。其用法大致有两种情形。

(1)用来表示原因。相当于"……的原因""……的缘故"。上述二例句就是这种用法。再如:

①强秦之所以不敢加兵于赵者,徒以吾两人在也。(《史记·廉颇蔺相如列传》)

②此世所以不传也。(《石钟山记》)

(2)用来表示手段、方法、根据、工具等。"以"字当"拿""用""凭借"讲,"所以"相当于"……的办法""用来……的"。如:

①此金者,圣主所以惠养老臣也。(《汉书·疏广传》)

②师者,所以传道、授业、解惑也。(《师说》)

◆翻译划线句子

(一) 上复言欲必见之,夫人遂转乡歔欷而不复言。于是上不说而起。

(二) 所以不欲见帝者,乃欲以深托兄弟也。

◆简答题

李夫人为什么至死也不肯让皇帝见她最后一面?

晁错之死

【原文】

晁错,颍川人也。以文学为太常掌故。错为人峭直刻深。上善之,于是拜错为太子家令。是时匈奴强,数寇边,上发兵以御之。错上言兵事,文帝嘉之。后诏有司举贤良文学士,错在选中。由是迁中大夫。错又言宜削诸侯事,及法令可更定者,书凡三十篇。孝文虽不尽听,然奇其材。当是时,太子善错计策,爰盎诸大功臣多不好错。景帝即位,以错为内史。法令多所更定。迁为御史大夫,请诸侯之罪过,削其支郡。错所更令三十章,诸侯喧哗。错父闻之,从颍川来,谓错曰:"上初即位,公为政用事,侵削诸侯,疏人骨肉,口让多怨,公何为也?"错曰:"固也。不如此,天子不尊,宗庙不安。"父曰:"刘氏安矣,而晁氏危,吾去公归矣!"遂饮药死,曰"吾不忍见祸逮身"。后十余日,吴、楚七国俱反,以诛错为名。上问爰盎曰:"今吴、楚反,于公意何如?"对曰:"不足忧也,

文化常识

(1)文学:汉武帝为选拔人才特设"贤良文学"科目,由各郡举荐人才上京考试,被举荐者便叫"贤良文学"。"贤良"即品德端正、道德高尚的人;"文学"即精通儒家经典的人。

(2)太常:中国古代朝廷掌管宗庙礼仪之官。本名奉常,汉景帝中元六年改为太常;一说西汉初名太常,惠帝改为奉常,景帝时恢复旧称。其属官有太史、太祝、太宰、太药、太医(为百官治病)、太卜等。九卿之一。

(3)掌故:汉代官名,太常属官,掌管礼乐制度等。也指旧制旧例,关于历史人物、典章制度等的遗闻轶事。

文言知识

链接:"以"作介词的用法。

(1)表示工具或凭借。译为:拿,用,凭着。

①以文学为太常掌故。(见本文)

②以诛错为名。(见本文)

③以勇气闻于诸侯。(《史记·廉颇蔺相如列传》)

今破矣。"上问曰："计安出？"盎对曰："吴、楚相遗书，言高皇帝王子弟各有分地，今贼臣晁错擅适诸侯，削夺之地，以故反，名为西共诛错，复故地而罢。方今计，独有斩错，发使赦吴、楚七国，复其故地，则兵可毋血刃而俱罢。"上默然良久。后乃使中尉召错，绐载行市。错衣朝衣，斩东市。谒者仆射邓公为校尉，击吴、楚为将。还，见上。上问曰："闻晁错死，吴、楚罢不？"邓公曰："吴为反数十岁矣，发怒削地，以诛错为名，其意不在错也。且臣恐天下之士拑口不敢复言矣。"上曰："何哉？"邓公曰："夫晁错患诸侯强大不可制，故请削之，以尊京师，万世之利也。计划始行，卒受大戮，内杜忠臣之口，外为诸侯报仇，臣窃为陛下不取也。"于是景帝喟然长息，曰："公言善。吾亦恨之！"（节选自《汉书·晁错传》）

【积累与运用】

◆解释加点词语

(1) 寇　　(2) 嘉
(3) 逮　　(4) 遗书
(5) 王　　(6) 适
(7) 夫　　(8) 恨

◆翻译划线句子

㈠ 上初即位，公为政用事，侵削诸侯，疏人骨肉，口让多怨，公何为也？

㈡ 方今计，独有斩错，发使赦吴、楚七国，复其故地，则兵可毋血刃而俱罢。

㈢ 计划始行，卒受大戮，内杜忠臣之口，外为诸侯报仇，臣窃为陛下不取也。

(2)表示所处置的对象。译为：把。
①以错为内史。（见本文）
②南取百越之地，以为桂林、象郡。（《过秦论》）
(3)表示原因。译为：因为，由于。
①今贼臣晁错擅适诸侯，削夺之地，以故反。（见本文）
②赵王岂以一璧之故欺秦邪？（《史记·廉颇蔺相如列传》）
(4)表示依据。译为：按照，依照，根据。
①余船以次俱进。（《赤壁之战》）

词语精解

故：
(1)名词
①缘故，原因。如：
削夺之地，以故反。（见本文）
②事故，变故。如：
乡园多故，不能不动客子之愁。（《报刘一丈书》）
③旧交，老朋友。如：
君安与项伯有故？（《鸿门宴》）
(2)形容词
①旧有的，原来的。如：
复故地而罢。（见本文）
②衰老。如：
弟走从军阿姨死，暮去朝来颜色故。（《琵琶行》）
(3)副词
①故意，特意。如：
公子往，数请之，朱亥故不复谢。（《信陵君窃符救赵》）
②过去，从前。如：
轩东故尝为厨。（《项脊轩志》）
③仍然，仍旧。如：
累官故不失州郡也。（《赤壁之战》）
④本来。如：
此物故非西产。（《促织》）
(4)连词，所以。如：
故木受绳则直。（《劝学》）

◆简答题

"刘氏安矣，而晁氏危"，晁错父亲说这话的背景是什么？结果如何？

龚遂治渤海

【原文】

龚遂字少卿，山阳南平阳人也。以明经为官，至昌邑郎中令，事王贺。

宣帝即位，久之，渤海左右郡岁饥，盗贼并起，二千石①不能禽制。上选能治者，丞相、御史举遂可用，上以为渤海太守。时，遂年七十余，召见，形貌短小，宣帝望见，不副所闻，心内轻焉，谓遂曰："渤海废乱，朕甚忧之。君欲何以息其盗贼，以称朕意？"遂对曰："海濒遐远，不沾圣化，其民困于饥寒而吏不恤，故使陛下赤子盗弄陛下之兵于潢池②中耳。今欲使臣胜之邪，将安之也？"上闻遂对，甚说，答曰："选用贤良，固欲安之也。"遂曰："臣闻治乱民犹治乱绳，不可急也；唯缓之，然后可治。臣愿丞相、御史且无拘臣以文法，得一切便宜从事。"上许焉，加赐黄金，赠遣乘传至渤海界，郡闻新太守至，发兵以迎，遂皆遣还，移书敕属县悉罢逐捕盗贼吏。诸持锄钩田器者皆为良民，吏无得问，持兵者乃为盗贼。遂单车独行至府，郡中翕然③，盗贼亦皆罢。渤海又多劫略相随，闻遂教令，即时解散，弃其兵弩而持钩锄。盗贼于是悉平，民安土乐业。遂乃开仓廪假贫民，选用良吏，尉安牧养焉。

数年，上遣使者征遂，议曹王生愿从。功曹以为王生素耆酒，亡节度，不可使。遂不忍逆，从至京师。王生日饮酒，不视太守。会遂引入宫，王生醉，从后呼，曰："明府且止，愿有所白。"遂还问其故，王生曰："天子即问君何以治渤海，

文化常识

(1)明经：汉朝选举官员的科目。秦时就有此科，到汉代地位开始突出。明经就是通晓经学。所谓"经"，原指先秦经典，自从汉武帝尊崇儒学，"经"就专指儒家经典了。

(2)两千石：汉官秩，即年俸禄为二千石的官吏。此指郡太守。两千石分为中、真、比三等。汉官秩以万石为最高，中二千石次之，真二千石再次，后一级有比二千石。州刺史和郡太守为真两千石。

(3)功曹：古代官职，亦称功曹史。汉代郡守有功曹史、县有主吏，功曹史简称功曹，主吏即为功曹。除掌人事外，得以参与一郡或县的政务。

文言知识

链接："以"作连词的用法。

(1)表示并列或递进关系。可译为"而""又""而且""并且"等，或者省去。如：

夫夷以近，则游者众。(《游褒禅山记》)

(2)表示承接关系，前一动作行为往往是后一动作行为的手段或方式。可译为"而"或省去。如：

余与四人拥火以入。(《游褒禅山记》)

(3)表示目的关系，后一动作行为往往是前一动作行为的目的或结果。可译为"而""来""用来""以致"等。如：

①郡闻新太守至，发兵以迎。(见本文)

②议曹王生为水衡丞，以褒显遂云。(见本文)

君不可有所陈对,宜曰'皆圣主之德,非小臣之力也'。"遂受其言。既至前,上果问以治状,遂对如王生言。天子说其有让,笑曰:"君安得长者言而称之？"遂因前曰:"臣非知此,乃臣议曹教戒臣也。"上以遂年老不任公卿,拜为水衡都尉,议曹王生为水衡丞,以褒显遂云。(节选自《汉书·龚遂传》)

[注释]①二千石:汉官秩,即年俸禄为二千石的官吏。此指郡太守。 ②潢池:即池塘。此指渤海郡。 ③翕然:一下子平静下来。

【积累与运用】

◆解释加点词语

(1) 岁饥　　(2) 副
(3) 安　　　(4) 唯
(5) 假　　　(6) 逆
(7) 白　　　(8) 让

◆翻译划线句子

(一)渤海废乱,朕甚忧之。君欲何以息其盗贼,以称朕意？

(二)臣愿丞相、御史且无拘臣以文法,得一切便宜从事。

(三)遂因前曰:"臣非知此,乃臣议曹教戒臣也。"

◆简答题

简要概述龚遂治渤海郡的经验。

词语精解

使:

(1)
①命令,派遣。如:
怀王使屈原造为宪令。(《史记·屈原列传》)
②叫,让。如:
今欲使臣胜之邪。(见本文)
③主使。如:
是时以大中丞抚吴者为魏之私人,周公之逮所由使也。(《五人墓碑记》)
④使唤。如:
人皆得以隶使之。(《五人墓碑记》)
⑤致使。如:
使天下之人,不敢言而敢怒。(《阿房宫赋》)
⑥出使,前往。如:
……亡节度,不可使。(见本文)
⑦使命。如:
愿大王少假借之,使毕使于前。(《荆轲刺秦王》)
⑧古代官名。如:
予除右丞相兼枢密使。(《〈指南录〉后序》)
⑨使者。如:上遣使者征遂。(见本文)
⑩连词,假使,如果。如:
使人所恶莫甚于死者,则凡可以避患者何不为也？(《鱼我所欲也》)

(4)表示因果关系,常用在表原因的分句前,可译为"因为"。如:
①上以遂年老不任公卿。(见本文)
②以其求思之深而无不在也。(《游褒禅山记》)

(5)表修饰关系,译为"地"或不译。如:
木欣欣以向荣,泉涓涓而始流。《归去来兮辞》

《后汉书》

《后汉书》是一部记载东汉历史的纪传体史书，全书主要记述了上起东汉的汉光武帝建武元年（25），下至汉献帝建安二十五年（220），共195年的史事。作者范晔，南朝宋时期的历史学家。

《后汉书》分10卷纪、80卷列传和30卷志（司马彪续作），大部分沿袭《史记》《汉书》的现成体例，但在成书过程中又有所创新。首先，他在帝纪之后添置了皇后纪。东汉从和帝开始，连续有六个太后临朝。把她们的活动写成纪的形式，既名正言顺，又能准确地反映这一时期的政治特点。其次，新增加了党锢传、宦者传、文苑传、独行传、方术传、逸民传、列女传七个类传。范晔是第一位在纪传体史书中专为妇女作传的史学家。尤为可贵的是，《列女传》所收集的17位杰出女性，并不都是贞女节妇，还包括并不符合礼教道德标准的才女蔡琰。

闵仲叔辞司徒侯霸

【原文】

太原闵仲叔者，世称节士①，虽周党之洁清，自以弗及也。党见其含菽②饮水，遗以生蒜，受而不食。建武中，应司徒侯霸之辟。既至，霸不及政事，徒劳苦而已。仲叔恨曰："始蒙嘉命，且喜且惧；今见明公③，喜惧皆去。以仲叔为不足问邪，不当辟也。辟而不问，是失人④也。"遂辞出，投劾而去。

（节选自《后汉书·周黄徐姜申屠列传》）

[注释] ①节士：有节操的人。 ②菽：豆类的总称。 ③明公：旧时对有名位者的尊称。 ④失人：错过人才；错用人才。

【积累与运用】

◆解释加点词语

(1) 遗　　　　(2) 中
(3) 辟　　　　(4) 遂

◆翻译划线句子

(一) 虽周党之洁清，自以弗及也。

文化常识

(1) 司徒：中国古代官职名，由《周礼》地方官司徒演变而来，掌管民事。西汉哀帝罢丞相，置大司徒。东汉光武帝去"大"，称司徒。

(2) 投劾：呈递弹劾自己的状文。古代弃官的一种方式。

词语精解

既：

(1) 副词

①表时间已过或动作完成。已经，……以后。如：

既至，霸不及政事，徒劳苦而已。（见本文）

始皇既没，余威震于殊俗（《过秦论》）

②表时间或行为承接，"不久""一会儿""后来"，有时"既而"连用。如：

既又与汝就食江南，零丁孤苦，未尝一日相离也。（《祭十二郎文》）

③表范围。"全""都"。如：

肴核既尽，杯盘狼藉。（苏轼《赤壁赋》）

(2) 连词

①既然。如：

既来之，则安之。（《季氏将伐颛臾》）

(二)始蒙嘉命,且喜且惧;今见明公,喜惧皆去。

◆简答题
闵仲叔是个怎样的人?他为什么会辞司徒侯霸?

朱晖重情义

【原文】
　　初,晖同县张堪素有名称①,尝于太学见晖,甚重之,接以友道,乃把晖臂曰:"欲以妻子托朱生。"晖以堪先达,举手未敢对,自后不复相见。堪卒,晖闻其妻子贫困,乃自往候视,厚赈赡②之。晖少子颉怪而问曰:"大人不与堪为友,平生未曾相闻,子孙窃怪之。"晖曰:"堪尝有知己之言,吾以信于心也。"(节选自《后汉书·朱晖传》)

　　[注释] ①名称:名声,名望。 ②赈赡:谓以财物周济。

【积累与运用】
◆解释加点词语
　　(1)重　　(2)接
　　(3)把　　(4)先达
◆翻译划线句子
　　(一)欲以妻子托朱生。

　　(二)大人不与堪为友,平生未曾相闻,子孙窃怪之。

②既……且……,既……又……,表两种情况同时存在。如:
　　三军既惑且疑,则诸侯之难至矣。(《孙子兵法·谋攻》)
(3)动词,完了,尽。如:
　　言未既,有笑于列者曰:"先生欺余哉!"(韩愈《进学解》)

文化常识
张堪:南阳郡豪门大族,东汉著名科学家、文学家张衡的祖父。张堪很早就成为孤儿,他把父亲留下的数百万家让给堂侄。他16岁到长安受业学习,其品行超群,诸儒都称他为"圣童"。张堪文武全才,他任渔阳太守时,在军事上,北部匈奴不敢南犯,经济上创造性地落实了光武帝刘秀的休养生息国策,史学家称之为"渔阳惠政"。百姓歌曰:"桑无附枝,麦穗两岐。张君为政,乐不可支。"

词语精解
窃:
(1)动词,引申为篡夺。用不合法不合理的手段取得。如:
　　窃国者为诸侯。(《庄子·胠箧》)
(2)代词,用作表示自己的谦辞,如:
　　窃爱怜之。(《触詟说赵太后》)
(3)副词
①私下;私自,多用作谦辞。如:
　　窃以为与君实游。(王安石《答司马谏议书》)
②偷偷地。如:
　　窥父不在,窃发盆。(《聊斋志异·促织》)
(4)名词,盗贼。如:
　　边竟有人焉,其名为窃。(《庄子·天道》)

"廿四史"选粹·《后汉书》

◆简答题

结合文中朱晖的言行说说他是个怎样的人?

鲍宣贤妻桓少君

【原文】

勃海鲍宣妻者,桓氏之女也,字少君。宣尝就少君父学,父奇其清苦,故以女妻之,装送资贿甚盛。宣不悦,谓妻曰:"少君生富骄,习美饰,而吾实贫贱,不敢当礼。"妻曰:"大人以先生修德守约,故使贱妾侍执巾栉。既奉承君子,唯命是从。"宣笑曰:"能如是,是吾志也。"妻乃悉归侍御服饰,更著短布裳,与宣共挽鹿车归乡里。拜姑礼毕,提瓮出汲,修行妇道,乡邦称之。

（节选自《后汉书·列女传》）

【积累与运用】

◆解释加点词语

(1) 习　　　　(2) 悉

(3) 更　　　　(4) 汲

◆翻译划线句子

㈠ 宣尝就少君父学,父奇其清苦,故以女妻之

㈡ 既奉承君子,唯命是从。

◆简答题

鲍宣妻桓少君的"贤"表现在哪里?结合短文用自己的话回答。

文化常识

(1)大人:指在高位者,如王公贵族,或对父母长辈的称呼。文中指父亲。

(2)侍执巾栉:拿着手巾、梳子伺候,形容妻妾服侍夫君。古时为人妻妾的谦辞。巾栉,即巾和梳篦,泛指盥洗用具。

(3)共挽鹿车:汉语成语,旧时称赞夫妻同心,安贫乐道。鹿车:古时的一种小车。

文言知识

文言固定句式:唯(惟)……是……

这是一种宾语提前的固定格式。其中"是"属于结构助词,起到提宾作用;而唯(惟),表示的则是动作的唯一性,译为"只"。这种格式常见于成语。如:

①唯命是从　②唯利是图
③唯你是问　④唯才是举

词语精解

贿

①财物。如:
装送资贿甚盛。（见本文）
以尔车来,以我贿迁。（《诗经·氓》）

②赠送财物。如:
宋人重贿之。（《左传·襄公二十年》）

③以财物买通别人。如:
政刑弛紊,贿货公行。（《隋书·炀帝纪下》）

范式言而有信

【原文】

范式字巨卿，山阳金乡人也，一名汜。少游太学，为诸生，与汝南张劭为友。劭字元伯。二人并告归乡里。式谓元伯曰："后二年当还，将过拜尊亲，见孺子焉。"乃共克期日。后期方至，元伯具以白母，请设馔以候之。母曰："二年之别，千里结言，尔何相信之审邪？"对曰："巨卿信士，必不乖违。"母曰："若然，当为尔酝酒。"至其日，巨卿果到，升堂拜饮，尽欢而别。（节选自《后汉书·独行列传》）

【积累与运用】

◆解释加点词语

(1) 克　　　　(2) 信士
(3) 乖　　　　(4) 若然

◆翻译划线句子

㈠ 后二年当还，将过拜尊亲，见孺子焉。

㈡ 后期方至，元伯具以白母，请设馔以候之。

◆简答题

在张劭眼中，范式是个怎样的人？请用原文的语句回答。联系生活实际，说说本文给你怎样的启示。

杨震拒绝馈赠

【原文】

杨震字伯起，弘农华阴人也。震少好学，明经博览，无不穷究。诸儒为之语曰："关西孔子杨伯起。"大将军邓骘闻其贤而辟之，举茂才，

文化常识

(1)太学：汉代设在京师的全国最高教育机构。太学之名始于西周，夏、商、周称谓不同：夏为东序，商为右学，周为上庠。西汉早期，黄老之学盛行，只有私家教学，没有政府设立的传授学术的学校。汉武帝"罢黜百家，独尊儒术"，采纳董仲舒的建议，始在长安建立太学。东汉光武帝刘秀称帝后，戎马未歇，即先兴文教，起营太学，访雅儒，采求经典阙文，四方学士云会京师洛阳，于是立五经博士。

(2)诸生：古代经考试录取而进入中央、府、州、县各级学校，包括太学学习的生员。生员有增生、附生、廪生、例生等，统称诸生。

词语精解

告：
(1)告假，古代官吏休假。如：
二人并告归乡里。（见本文）
(2)告诉。如：
（项伯）私见张良，具告以事。（《鸿门宴》）
(3)揭发，控告。如：
点纸连名，我可便直告到中书省。（《陈州粜米》）
(4)请求。如：
夫为人子者，出必告，反必面。（《礼记》）

文化常识

明经：汉朝出现的选举官员的科目，始于汉武帝时期，至宋神宗时期废除。被推举者须明习经学，故以"明经"为名。龚遂、翟方进等皆以明经入仕。明经由郡国或公卿推举，被举出后须通过射策以确定

四迁荆州刺史、东莱太守。当之郡，道经昌邑，故所举荆州茂才王密为昌邑令，谒见，至夜怀金十斤以遗震。震曰："故人知君，君不知故人，何也？"密曰："暮夜无知者。"震曰："天知，神知，我知，子知。何谓无知！"密愧而出。后转涿郡太守。性公廉，不受私谒。子孙常蔬食步行，故旧长者或欲令为开产业，震不肯，曰："使后世称为清白吏子孙，以此遗之，不亦厚乎！"（节选自《后汉书·杨震传》）

【积累与运用】

◆解释加点词语

(1) 穷究　　　　(2) 辟

(3) 举　　　　　(4) 迁

◆翻译划线句子

㈠ 当之郡，道经昌邑，故所举荆州茂才王密为昌邑令，谒见，至夜怀金十斤以遗震。

㈡ 使后世称为清白吏子孙，以此遗之，不亦厚乎！

◆简答题

结合文中具体事例说说杨震是个怎样的人？

董宣搏击豪强

【原文】

（董宣）特征为洛阳令。湖阳公主①苍头②白日杀人，因匿主家，吏不能得。及主出行，以奴骖乘③，宣于夏门亭候之，驻车叩马，以

等第而得官，如：西汉时期的召信臣、王嘉，皆是因射策中甲科而为郎。汉代设置这一科，为儒生进入仕途提供了渠道。

文言知识

文言固定句式：不亦……乎？

这是一种表示反问的固定格式。其中"亦"是助词，没有实在意义，只有加强语气的作用。可译为："不是……吗？"或"岂不是……吗？"如：

①以此遗之，不亦厚乎！（见本文）

②吾射不亦精乎？（《卖油翁》）

③子曰："学而时习之，不亦说乎？有朋自远方来，不亦乐乎？人不知而不愠，不亦君子乎？"（《论语》）

词语精解

穷：

①穷尽，用尽。如：

明经博览，无不穷究。（见本文）

穷予生之光阴以疗梅也哉！（《病梅馆记》）

②寻到尽头。如：

复前行，欲穷其林。（《桃花源记》）

③处境困难，环境险恶。如：

穷饿无聊，追购又急。（《〈指南录〉后序》）

④不得志，不显贵。如：

穷且益坚，不坠青云之志。（《滕王阁序》）

⑤贫困。如：

为宫室之美，妻妾之奉，所识穷乏者得我欤？（《鱼我所欲也》）

文化常识

(1)黄门：官名，黄门侍郎、给事黄门侍郎的简称。汉有黄门令、小黄门、中黄门等，侍奉皇帝及其家族，皆以宦官充任。故后世亦称宦官为黄门。

刀画地，大言数主之失；叱奴下车，因格杀之。主即还宫诉帝，帝大怒，召宣，欲箠杀之。宣叩头曰："愿乞一言而死。"帝曰："欲何言？"宣曰："陛下圣德中兴，而纵奴杀良人，将何以理天下乎？臣不须箠，请得自杀！"即以头击楹，流血被面。帝令小黄门④持之。使宣叩头谢主，宣不从；强使顿之，宣两手据地，终不肯俯。主曰："文叔⑤为白衣时，臧亡匿死，吏不敢至门。今为天子，威不能行一令乎？"帝笑曰："天子不与白衣同！"因敕："强项令出！"赐钱三十万，宣悉以班⑥诸吏。由是能搏击豪强，京师莫不震栗。（节选自《后汉书·董宣传》）

[注释] ①湖阳公主：东汉光武帝刘秀姐姐。下文又称"主"。 ②苍头：奴仆。 ③骖乘：在车右边陪乘。 ④黄门：指太监。 ⑤文叔：光武帝刘秀的字。 ⑥班：分发。

【积累与运用】

◆解释加点词语

(1) 匿　　　　(2) 纵

(3) 被　　　　(4) 谢

(5) 顿　　　　(6) 强项

◆翻译划线句子

（一）文叔为白衣时，臧亡匿死，吏不敢至门。

（二）由是能搏击豪强，京师莫不震栗。

◆简答题

"帝笑曰：'天子不与白衣同！'因敕：'强项令出！'赐钱三十万"。以上言行表明光武帝刘秀是个怎样的人？

(2)白衣：白色衣服，古代平民服。因即指平民。也指既无功名、又无官职的人。古代也指给官府当差的小吏。

词语精解

得：

(1)动词

①能够。如：

臣不须箠，请得自杀！（见本文）

沛公军霸上，未得与项羽相见。（《鸿门宴》）

②取得，获得。如：

赵惠文王时，得楚和氏璧。（《史记·廉颇蔺相如列传》）

③具备。如：

积善成德，而神明自得，圣心备焉。（《劝学》）

④通"德"，感恩。如：

为所识穷乏者得我欤？（《鱼我所欲也》）

(2)名词。收获；心得，体会。如：

不如自行搜觅，冀有万一之得。（《促织》）

古人之观于天地、山川、草木、虫鱼、鸟兽，往往有得。（《游褒禅山记》）

(3)形容词

①融洽。如：

某亦守法，与公甚相得。（《记王忠肃公翱事》）

②对，正确。如：

此言得之。（《六国论》）

③得意。如：

意气扬扬，甚自得也。（《史记·管晏列传》）

(4)副词，必须、应该。如：

君为我呼入，吾得兄事之。《鸿门宴》）

苏章公私分明

【原文】

苏章字孺文，扶风平陵人也。章少博学，能属文。安帝时，举贤良方正，对策高第，为议郎。数陈得失，其言甚直。出为武原令，时岁饥，辄开仓廪，活三千余户。顺帝时，迁冀州刺史。故人为清河太守，章行部案其奸臧。乃请太守，为设酒肴，陈平生之好甚欢。太守喜曰："人皆有一天，我独有二天。"章曰："今夕苏孺文与故人饮者，私恩也；明日冀州刺史案事者，公法也。"遂举正其罪。州境知章无私，望风畏肃。换为并州刺史，以推折权豪，忤旨，坐免。隐身乡里，不交当世。后征为河南尹，不就。时天下日敝，民多悲苦，论者举章有干国才，朝廷不能复用，卒于家。（二）（节选自《后汉书·苏章传》）

【积累与运用】

◆解释加点词语

(1) 对策　　　(2) 陈
(3) 故人　　　(4) 忤
(5) 坐　　　　(6) 日

◆翻译划线句子

(一) 今夕苏孺文与故人饮者，私恩也；明日冀州刺史案事者，公法也。

(二) 论者举章有干国才，朝廷不能复用，卒于家。

◆简答题

苏章是个怎样的人？"私恩"与"公法"是一对矛盾，你认为应如何处理？

文化常识

议郎：官名。汉代设置，为光禄勋所属郎官之一，掌顾问应对，无常事。汉秩比六百石。多征贤良方正之士任之。晋以后废。

刺史：职官，汉初，文帝以御史多失职，命丞相另派人员出刺（检核问事之意）各地，不常置。汉武帝始置。刺史巡行郡县，全国分为十三部（州），各部置刺史一人，后通称刺史。刺史制度在西汉中后期得到进一步发展，对维护皇权，澄清吏治，促使昭宣中兴局面的形成起着积极的作用。

河南尹：官名，东汉置，为京都洛阳所在郡的长官，秩二千石，掌京都，典兵禁，特奉朝请。春行察属县，劝农桑，振救贫乏；秋冬审囚徒，平定罪法；年终派人向朝廷汇报，有丞一人为之副。

词语精解

就：

①赴任；担任。如：
后征为河南尹，不就。（见本文）
陈力就列，不能者止。（《季氏将伐颛臾》）

②靠近，接近。如：
故木受绳则直，金就砺则利。（《劝学》）

③上（车、路）。如：
荆轲遂就车而去，终已不顾。（《荆轲刺秦王》）

④趋，赴。如：
臣之欺大王之罪当诛，臣请就汤镬。（《史记·廉颇蔺相如列传》）

⑤成就。如：
然嬴欲就公子之名（《信陵君窃符救赵》）

⑥完成，成功。如：
更互用之，瞬息可就。（《活板》）

刘宽宽厚仁慈

【原文】

刘宽字文饶，弘农华阴人也。父崎，顺帝时为司徒。宽尝行，有人失牛者，乃就宽车中认之。宽无所言，下驾步归。有顷，认者得牛而送还，叩头①谢曰："惭负长者，随所刑罪。"宽曰："物有相类，事容脱误，幸劳见归，何为谢之？"州里服其不校。

桓帝时，大将军辟，五迁司徒长史。延熹八年，征拜尚书令，迁南阳太守。典历三郡，温仁多恕，虽在仓卒，未尝疾言遽色。常以为"齐之以刑，民免而无耻"。吏人有过，但用蒲鞭罚之，示辱而已，终不加苦。事有功善，推之自下。灾异或见，引躬克责。每行县止息亭传，辄引学官祭酒及处士诸生执经对讲。见父老慰以农里之言，少年勉以孝悌之训。人感德兴行，日有所化。

灵帝初，征拜太中大夫，侍讲华光殿。熹平五年，代许训为太尉。灵帝颇好学艺，每引见宽，常令讲经。宽尝于坐被酒睡伏。帝问："太尉醉邪？"宽仰对曰："臣不敢醉，但任重责大，忧心如醉。"帝重其言。

（宽）尝坐客，遣苍头市酒，迂久，大醉而还。客不堪之，骂曰："畜产。"宽须臾遣人视奴，疑必自杀。顾左右曰："此人也，骂言畜产，辱孰甚焉！故吾惧其死也。"夫人欲试宽令恚，伺当朝会，装严已讫，使侍婢奉肉羹，翻污朝衣。婢遽收之，宽神色不异，乃徐言曰："羹烂汝手？"其性度如此。海内称为长者。（节选自《后汉书·刘宽传》）

[注释]①叩头：指磕头。双腿并拢全跪，身子俯下，双手碰地或接近地面，与头并列。

【积累与运用】

◆解释加点词语

(1)步　　(2)负
(3)校　　(4)典

文言知识

链接：介词结构作状语后置

介词结构即介宾短语，文言文中常见的是用"以""于"组成的介宾短语，作状语后置有以下几种情况：

(1)用介词"于"组成的介宾短语，在文言文中大都处在补语的位置，今译时大多移至动词前作状语。如：

青，取之于蓝，而青于蓝。（荀子《劝学》）

句中两个"于蓝"翻译时都要放在动词前作状语。

(2)介词"以"组成的介宾短语，今译时一般都作状语。如：

齐之以刑，民免而无耻。（《论语》）

句中"齐之以刑"应是"以刑齐之"，整句可译为："用刑罚来整治百姓，百姓就会只求逃避刑罚而没有了羞耻之心。"

见父老慰以农里之言，少年勉以孝悌之训。（见本文）

句中"以农里之言""以孝悌之训"是介宾结构，分别作"慰""勉"状语（整句翻译见译文）。

(3)还有一种介词"乎"组成的介宾短语在补语位置，翻译时可视情况而定其成分。如：

生乎吾前，其闻道也固先乎吾。（韩愈《师说》）

句中"生乎吾前"既可译为"在我的前面出生"，作状语，又可译为"生在我的前面"，作补语，一般来说仍作补语，而"固先乎吾"的"乎吾"则一定要作状语。

词语精解

归：

①返回。如：
宽无所言，下驾步归。（见本文）
②归还。如：
幸劳见归，何为谢之？（见本文）
③女子出嫁。如：
后五年，吾妻来归。（《项脊轩志》）
④归属，归附。如：
江表英豪咸归附之。（《赤壁之战》）
⑤归到一处，汇聚。
如：众士慕仰，若水之归海。（同上）

(5) 仓卒　　　　(6) 苍头
(7) 堪　　　　　(8) 徐

◆ 翻译划线句子

㈠ 物有相类,事容脱误,幸劳见归,何为谢之?

㈡ 见父老慰以农里之言,少年勉以孝悌之训。

㈢ 夫人欲试宽令恚,伺当朝会,装严已讫,使侍婢奉肉羹,翻污朝衣。

◆ 简答题

　　刘宽的"宽厚"体现在哪些方面？请结合文段内容简要概述。

《三国志》

《三国志》是一部记载魏、蜀、吴三国鼎立时期的纪传体国别史,详细记载了从魏文帝黄初元年(220)到晋武帝太康元年(280)六十年的历史。作者晋代陈寿。全书65卷,其中《魏书》30卷,《蜀书》15卷,《吴书》20卷。陈寿是晋代朝臣,晋承魏而得天下,所以《三国志》尊魏为正统。《三国志》为曹操写了本纪,而《蜀书》和《吴书》则记刘备为《先主传》,记孙权称《吴主传》,均只有传,没有纪。

《三国志》不仅是一部史学巨著,更是一部文学巨著。陈寿在尊重史实的基础上,以简练、优美的语言为我们绘制了一幅幅三国人物肖像图。人物塑造得非常生动。

曹冲救库吏

【原文】

太祖马鞍在库,而为鼠所啮,库吏惧必死,议欲面缚首罪①,犹惧不免。冲谓之曰:"待三日中,然后自归。"冲于是以刀穿单衣,如鼠啮者,谬为失意,貌有愁色。太祖问之,冲对曰:"世俗以为鼠啮衣者,其主不吉。今单衣见啮,是以忧戚。"太祖曰:"此妄言耳,无所苦也。"俄而,库吏以啮鞍闻,太祖笑曰:"儿衣在侧,尚啮,况鞍县柱乎?"一无所问。(节选自《三国志》)

[注释] ①首罪:自首认罪。

【积累与运用】

◆解释加点词语

(1) 免　　(2) 世俗

(3) 苦　　(4) 闻

◆翻译划线句子

(一) 今单衣见啮,是以忧戚。

(二) 儿衣在侧,尚啮,况鞍县柱乎?

文言知识

文言固定句式: 无所……/有所……

这两种固定格式在古文中出现的频率很高,其中"有""无"是动词,"所……"是名词性的"所"字短语作它们的宾语。其翻译比较灵活。如:

①财物无所取,妇女无所幸。(《鸿门宴》)

可译为:对财物没有取什么,对妇女没有宠幸谁。

②一无所问。(见本文)

可译为:竟没有追究此事。

③秋毫不敢有所近。(《鸿门宴》)

可译为:一丝一毫的财物都不敢接近。

④吾家后日当甚贫,贫无所苦,清净过日而已。(《与妻书》)

可译为:贫困没有什么可苦恼的。

词语精解

问:

(1)询问,与"答"相对。如:

太祖问之,冲对曰。(见本文)

(2)慰问,问候。如:

伯牛有疾,子问之。(《论语》)

(3)追究,考察;引申为审讯,审问。如:

一无所问。(见本文)

(4)管,干预。如:

恣其所为不问。(柳宗元《童区寄传》)

◆简答题

曹冲救库吏的办法巧妙在哪里？请简要分析。

诸葛亮巧设"空城计"

【原文】

亮（即诸葛亮）屯于阳平，遣魏延诸军并兵东下，令唯留万人守城。晋宣帝①率二万众拒亮。而与延军错道，径至前，<u>当亮六十里所，侦候②白宣帝说亮城中兵少力弱</u>。亮亦知宣帝垂至，已与相逼，欲前赴延军，相去又远，回迹反追，势不相及，将士失色，莫知其计。亮意气自若，敕军中皆卧旗息鼓，不得妄出庵幔，又令大开四城门，扫地欲洒。宣帝常谓亮持重，而猥见势弱，疑其有伏兵，于是引军北趣山。明日食时，亮谓参佐拊手大笑曰："<u>司马懿必谓吾怯，将有强伏，循山走矣。</u>"候逻③还白，如亮所言，宣帝后知，深以为恨。（节选自《三国志》注引）

[注释] ①晋宣帝：即司马懿。 ②侦候：侦察；侦探。 ③候逻：侦察巡逻。这里指侦察巡逻的兵卒。

【积累与运用】

◆解释加点词语

(1) 屯　　　(2) 垂
(3) 赴　　　(4) 卧

◆翻译划线句子

㈠ 当亮六十里所，侦候白宣帝说亮城中兵少力弱。

㈡ 司马懿必谓吾怯，将有强伏，循山走矣。

文化常识

食时：即吃早饭时间。我国古代把一日分为十二时。食时是十二时之一。十二时辰制，西周时就已使用。汉代命名为夜半、鸡鸣、平旦、日出、食时、隅中、日中、日昳、晡时、日入、黄昏、人定。又用十二地支来表示，以夜半二十三点至一点为子时，一至三点为丑时，三至五点为寅时，依次递推。

词语精解

逼：

(1)接近，靠近。如：

亮亦知宣帝垂至，已与相逼。（见本文）

秦兵逼泜水而陈（布阵）。（《资治通鉴》）

(2)驱逐，追赶。如：

鸡健进，逐逼之，虫已在爪下矣。（《促织》）

(3)逼迫，即紧紧催促。如：

又荆州之民附操者，逼兵势耳。（《资治通鉴》）

(4)狭窄。如：

人稠网密，地逼势胁。（曹植《七启》）

(5)很，程度深。如：

山石似马，望之逼真。（《水经注·沔水》）

以为：

(1)认为。如：

他日闻钟，以为日也。（苏轼《日喻》）

(2)作为，用作。如：

源父子因共详议，判与为婚。璋之下钱五万，以为聘礼。（沈约《奏弹王源》）

(3)即"以之为"，犹言让某人做，或把它作为。如：

宣帝后知，深以为恨。（见本文）

长女选入掖庭，桓帝以为贵人。（《后汉书·窦武传》）

◆简答题

从空城计中，我们看出了诸葛亮与司马懿什么样的不同性格？

华佗治病

【原文】

（华）佗行道，见一人病咽塞，嗜食而不得下，家人车载欲往就医。佗闻其呻吟，驻车往视，语之曰："向来道边有卖饼家，蒜齑大酢①，从取三升食之，病自当去。"即如佗言，立吐蛇②一枚，县车边，欲造佗。佗尚未还，小儿戏门前，逆见，自相谓曰："似逢我公，车边病是也。"<u>疾者前入坐，见佗北壁县此蛇辈约以十数。</u>

又有一郡守病，佗以为其人盛怒则差③。<u>乃多受其货而不加治，无何弃去，留书骂之。</u>郡守果大怒，令人追捉杀佗。郡守子知之，属使勿逐。守瞋恚既甚，吐黑血数升而愈。（节选自《三国志·魏书·方技传》）

[注释]①酢，同"醋"。②蛇：这里指一种寄生虫。③差：通"瘥"，病好了。

【积累与运用】

◆解释加点词语

(1)语　　　(2)向来
(3)造　　　(4)逆
(5)属　　　(6)恚

◆翻译划线句子

(一)疾者前入坐，见佗北壁县此蛇辈约以十数。

(二)乃多受其货而不加治，无何弃去，留书骂之。

文化常识

华佗：东汉末医学家，与董奉、张仲景并称为"建安三神医"。他医术全面，尤其擅长外科，精于手术。并精通内、妇、儿、针灸各科。晚年因遭曹操怀疑，下狱被拷问致死。华佗被后人称为"外科圣手""外科鼻祖"。后人以"华佗再世""元化重生"称誉有杰出医术的医师。

文言知识

家人车载欲往就医。（见本文）

句中名词"车"活用作状语，表动作行为所凭借的工具，译作"用车"。

链接：名词活用作状语

名词作状语，就是指名词放在动词的前面，对这个动词起着直接修饰或限制的作用。现代汉语除时间名词外，其他名词一般是不能独立作状语的，但在文言文中，名词（包括普通名词、时间名词和方位名词）作状语的现象却是很普遍的。如：

①天下云集响应。（《过秦论》）
②朝济而夕设版焉。（《烛之武退秦师》）
③既东封郑。（《烛之武退秦师》）

①名词"云""响"分别作"集""应"的状语，表动作行为的状态："像云那样""像回声那样"。②名词"朝""夕"，分别充当动词谓语"济""设"的状语，表时间："在早上""到黄昏"。③方位名词"东"作动词"封"的状语，表处所："在东边"。

◆简答题

文中哪句话说明华佗医治郡守的病已见成效？（用原文回答）为了达到这个治疗效果，华佗采用了哪些方法？（用自己的话回答）

王粲有异才

【原文】

王粲字仲宣，山阳高平人也。

献帝西迁，粲徙长安，左中郎将蔡邕见而奇之。时邕才学显著，贵重朝廷，常车骑填巷，宾客盈坐。闻粲在门，倒屣迎之。粲至，年既幼弱，容状短小，一坐尽惊。邕曰："此王公①孙也，有异才，吾不如也。吾家书籍文章，尽当与之。"年十七，司徒辟，诏除黄门侍郎，以西京扰乱，皆不就。乃之荆州依刘表。表以粲貌寝而体弱通悦，不甚重也。表卒。粲劝表子琮令归太祖。太祖辟为丞相掾，赐爵关内侯。太祖置酒汉滨，粲奉觞贺曰："方今袁绍起河北，仗大众，志兼天下，然好贤而不能用，故奇士去之。刘表雍容荆楚，坐观时变，自以为西伯②可规。士之避乱荆州者，皆海内之俊杰也。表不知所任，故国危而无辅。明公定冀州之日，下车即缮其甲卒，收其豪杰而用之，以横行天下。及平江、汉，引其贤俊，而置之列位，使海内回心，望风而愿治，文武并用，英雄毕力，此三王之举也。"后迁军谋祭酒。魏国既建，拜侍中。博物多识，问无不对。时旧仪废弛，兴造制度，粲恒典之。（节选自《三国志·魏志·王粲传》）

［注释］①王公：指王粲的祖父王畅。②西伯：即周文王。

【积累与运用】

◆解释加点词语

(1) 倒屣　　　　　(2) 与

(3) 就　　　　　　(4) 寝

(5) 去　　　　　　(6) 典

文化常识

王粲：东汉末年文学家，"建安七子"之一，其诗赋为建安七子之冠。他出身于名门望族，其曾祖王龚，在汉顺帝时任太尉；祖父王畅，在汉灵帝时任司空，是当时的名士。二人都位列三公。其父王谦，曾任大将军何进的长史。王粲少有才名，为著名学者蔡邕所赏识。建安二十二年(216)，他随曹操南征孙权，于北还途中病逝，终年41岁。

西伯：即周文王，西周的奠定者。姬姓，名昌。商纣时为西伯，亦称西伯昌。相传西伯在位50年，已为翦商大业做好充分准备，但未及出师便先期死去。周人谥西伯为文王。太子发继位，是为武王。武王完成了文王讨伐殷商的遗愿。

文言知识

士之避乱荆州者，皆海内之俊杰也。（见本文）

句中"避乱荆州"是"士"的定语，借助"之……者"后置。

链接：定语后置

定语是用来限制主语或宾语的，一般放在中心词的前面。在古汉语里，为了强调和突出定语，把它放到中心词的后面，这种语法现象就称为定语后置。定语后置常见形式如下：

(1)中心词＋之（而）＋后置定语＋者。如：

①马之千里者，一食或尽粟一石。（《马说》）

②此四者，天下之穷民而无告者。（《孟子》）

句①②中的中心词分别是"马""穷民"，后置定语分别是"千里""无告"，

◆ 翻译划线句子

㈠ 时邕才学显著，贵重朝廷，常车骑填巷，宾客盈坐。

㈡ 明公定冀州之日，下车即缮其甲卒，收其豪杰而用之，以横行天下。

◆ 简答题

蔡邕称王粲"有异才"，请简要概括王粲有哪些方面的异才。

标志性的词语分别是"之……者""而……者"，其中的"者"相当于结构助词"的"。

(2)中心词+之+后置定语，例如：

蚓无爪牙之利，筋骨之强。（《劝学》）

句中的中心词分别是"爪牙""筋骨"，后置定语分别是"利""强"，"之"是定语后置句的标志，无实在意义。

(3)中心词+后置定语+者，如：

村中少年好事者，驯养一虫。（《促织》）

句中的中心词是"少年"，后置定语是"好事"，"者"是标志性词语。

(4)中心词+数量词，如：尝贻余核舟一。（《核舟记》）

句中的"一"作"核舟"的定语。

司马朗传

【原文】

司马朗字伯达，河内温人也。九岁，<u>人有道其父字者，朗曰："慢人亲者，不敬其亲者也。"客谢之。</u>十二，试经为童子郎，监试者以其身体壮大，疑朗匿年，劾问。朗曰："朗之内外，累世长大，朗虽稚弱，无仰高之风，损年以求早成，非志所为也。"监试者异之。

后关东兵起，故冀州刺史李邵家居野王，近山险，欲徙居温。朗谓邵曰："唇齿之喻，岂唯虞、虢，温与野王即是也；今年去彼而居此，是为避朝亡之期耳。且君，国人之望也，今寇未至而先徙，带山之县必骇，是摇动民之心而开奸宄之原也，窃为郡内忧之。"邵不从。边山之民果乱，内徙，或为寇钞①。

是时董卓迁天子都长安，卓因留洛阳。朗父防为治书御史，当徙西，以四方云扰，乃遣朗将家属还本县。或有告朗欲逃亡者，执以诣卓，卓谓

文化常识

童子郎：汉魏时授予通晓儒经的年幼者的称号。

御史：是中国古代一种官名。先秦时期，天子、诸侯、大夫、邑宰皆置"史"，是负责记录的史官、秘书官。国君置御史。自秦朝开始，御史专门作为监察性质的官职，负责监察朝廷、诸侯官吏一直延续到清朝。

关东：古代一般指函谷关以东；近现代指山海关以东，即东北三省，三国则指虎牢关以东。

河内：河内有广义狭义之分。广义泛指黄河中游北面的地区，即位于黄河凹处北岸以东，约相当于今豫北地区。狭义则专指河内郡（今沁阳）。

文言知识

链接：名词活用作动词（下）

(1)能愿动词加名词，其中名词活用为动词。如：

①左右欲刃相如。（《史记·廉颇蔺相如列传》）

朗曰："卿与吾亡儿同岁，几大相负！"朗因曰："明公以高世之德，遭阳九之会②，清除群秽，广举贤士，此诚虚心垂虑，将兴至治也。威德以隆，功业以著，而兵难日起，州郡鼎沸，郊境之内，民不安业，捐弃居产，流亡藏窜，虽四关设禁，重加刑戮，犹不绝息，此朗之所以于邑也。"

朗知卓必亡，恐见留，即散财物以赂遗卓用事者，求归乡里。到谓父老曰："董卓悖逆，为天下所仇，此忠臣义士奋发之时也。郡与京都壤相接，洛东有成皋，北界大河，天下兴义兵者若未得进，其势必停于此。此乃四分五裂战争之地，难以自安，不如及道路尚通，举宗③东到黎阳。黎阳有营兵，赵威孙乡里旧婚，为监营谒者，统兵马，足以为主。若后有变，徐复观望未晚也。"父老恋旧，莫有从者，惟同县赵咨，将家属俱与朗往焉。后数月，关东诸州郡起兵，众数十万，皆集荥阳及河内。诸将不能相一，纵兵钞掠，民人死者且半。久之，关东兵散，太祖与吕布相持于濮阳，朗乃将家还温。时岁大饥，人相食，朗收恤宗族，教训诸弟，不为衰世解业。

建安二十二年，遇疾卒，时年四十七。

（节选自《三国志·魏书·司马朗传》）

[注释]①钞：掠夺。②阳九之会：指灾难之年或厄运。③宗：宗族，宗室。

【积累与运用】

◆解释加点词语

(1) 匿　　(2) 异
(3) 期　　(4) 明公
(5) 隆　　(6) 于邑
(7) 用事者　(8) 及

◆翻译划线句子

(一) 人有道其父字者，朗曰："慢人亲者，不敬其亲者也。"客谢之。

②假舟楫者，非能水也。（《劝学》）

①中"刃"本是名词，这里用在能愿动词"欲"之后，宾语"相如"之前，活用为动词，含有"杀"的意思。②中"水"本是名词，这里用在能愿动词"能"之后，宾语"水"之前，活用为动词，是"游水、游泳"的意思。

(2)从前后相同结构的比较中确定名词活用为动词。如：泥而不滓。（《史记·屈原贾生列传》）

句中"泥"本是名词，这里用在前后相同结构的比较中，活用为动词，有"生活在污泥里"的意思。整句的意思"屈原是出于污泥而不染"。

(3)叙述句谓语部分找不到动词或其他词语作谓语中心词，其中名词就活用为动词。如：时秦昭王与楚婚。（《史记·屈原贾生列传》）

句中"婚"本是名词，这里用在叙述句谓语部分找不到动词，这时"婚"变为动词，意思为"结为婚姻"。

(4)所加名词，组成所字结构，其中名词活用为动词。如：置人所罾鱼腹中（《史记·陈涉世家》）

因为"所"字通常与动词结合组成名词性词组，所以所字后的名词用作动词。句中"罾"字是名词用作动词，作"捕""捞"讲。

词语精解

莫：

(1)代词

①没有（谁）。如：

父老恋旧，莫有从者。（见本文）

非刘豫州莫可以当曹操者。（《赤壁之战》）

②没有（什么）。如：

如使人之所欲莫甚于生者，则凡可以得生者何不用也。（《鱼我所欲也》）

(2)名词，通"暮"，晚上。如：

至莫夜月明，独与迈乘小舟至绝壁下。（《石钟山记》）

(3)副词

①表否定，不。如：

成仓猝莫知所救，顿足失色。（《促织》）

㈡ 董卓悖逆,为天下所仇,此忠臣义士奋发之时也。

㈢ 诸将不能相一,纵兵钞掠,民人死者且半。

◆简答题

认真领会文章的内容,谈谈对司马朗的认识。

②表禁止,不要。如:
愿早定大计,莫用众人之议也。(《赤壁之战》)
③表测度,或许。如:
其事体莫须有。(《宋史·岳飞传》)

诚:
①副词,表肯定,确实,的确。如:
此诚虚心垂虑,将兴至治也。(见本文)
臣诚知不如徐公美。(《邹忌讽齐王纳谏》)
②名词,诚心诚意。如:
帝感其诚,命夸娥氏二子负二山。(《愚公移山》)
③连词,表假设推论,果真,如果。如:
诚如是,则霸业可成,汉室可兴矣。(《隆中对》)

《晋书》

《晋书》，于唐朝贞观年间修撰，房玄龄、褚遂良、许敬宗三人为监修，由于唐太宗亲自为《晋书》的《宣帝纪》《武帝纪》《陆机传》《王羲之传》分别写了史论，所以又题"御撰"。他们以南齐臧荣绪所写的《晋书》为蓝本，同时参考其他诸家晋史和有关著作，"采正典与杂说数十部"，兼引十六国所撰史籍。《晋书》记载的历史上起三国时期司马懿早年，下至东晋恭帝元熙二年(420)刘裕废晋帝自立，以宋代晋。该书同时还以"载记"形式，记述了十六国政权的状况。原有叙例、目录各1卷，帝纪10卷，志20卷，列传70卷，载记30卷，共132卷。后来叙例、目录失传，今存130卷。

陆云巧断命案

【原文】

（陆云）①出补浚仪令。县居都会之要，名为难理。云到官肃然，下不能欺，市无二价。人有见杀者，主名不立，云录其妻，而无所问。十许日遣出，密令人随后，谓曰："其去不出十里，当有男子候之与语，便缚来。"既而果然。问之具服。云："与此妻通，共杀其夫。闻妻得出，欲与语，惮近县，故远相要候。"于是一县称其神明。（节选自《晋书·陆云传》）

[注释]①陆云：西晋官员、文学家，东吴丞相陆逊之孙。他六岁能文，被荐举时才十六岁。与其兄陆机合称"二陆"。时有"二陆入洛，三张（指张载、张协和张亢）减价"之说。

【积累与运用】

◆解释加点词语

(1) 要　　　　(2) 许
(3) 随后　　　(4) 共
(5) 要候　　　(6) 一

◆翻译划线句子

(一) 人有见杀者，主名不立，云录其妻，而无所问。

(二) 其去不出十里，当有男子候之与语，便缚来。"既而果然。

词语精解

要：

1. 读 yào，重要，地位显要，如：
县居都会之要。（见本文）

2. 读 yāo
(1)迎候，迎接。如：
故远相要候。（见本文）
(2)通"邀"，约请，邀请。如：
张良出，要项伯。（《史记·项羽本纪》）
(3)通"邀"。拦阻；截击。如：
使数人要于路。（《孟子·公孙丑下》）
(4)"腰"的古字。如：
楚灵王好细要。（《墨子》）
(5)适应。如：
凡先王之法，有要于时也。（《吕氏春秋·察今》）
(6)求取。如：
百里奚饭牛要穆公。（《史记》）

3. 通"约"。胁迫，要挟。如：
虽不要君,吾不信也。（《论语·宪问》）

刘寔不尚华丽

【原文】

寔①少贫苦，卖牛衣以自给。然好学，手约绳，口诵书，博通古今。清身洁己，行无瑕玷。……及位望通显，每崇俭素，不尚华丽。虽处荣宠，居无第宅，所得俸禄，赡恤亲故。虽礼教陵迟，而行己以正。

尝诣石崇②家，如厕，见有绛纹帐，裀褥甚丽，两婢持香囊。寔便退，笑谓崇曰："误入卿内。"崇曰："是厕耳。"寔曰："贫士未尝得此。"乃更如他厕。（节选自《晋书·刘寔传》）

[注释]①寔：即刘寔，字子真。三国至西晋时期重臣、学者，汉章帝刘炟第五子济北惠王刘寿之后。刘寔出身寒苦，但他品德清洁，好学不倦，最终通晓古今。永嘉四年（310年），刘寔去世，年九十一。 ②石崇：西晋开国元勋石苞第六子，西晋时期文学家、大臣、富豪，"金谷二十四友"之一。石崇发家并不光彩，他是在荆州刺史任上劫掠往来富商致富的。

【积累与运用】

◆解释加点词语

(1) 以　　　　(2) 望

(3) 崇　　　　(4) 陵迟

(5) 如　　　　(6) 更

◆翻译划线句子

(一) 然好学，手约绳，口诵书，博通古今。清身洁己，行无瑕玷。

(二) 虽处荣宠，居无第宅，所得俸禄，赡恤亲故。

阮籍外坦而内淳

【原文】

籍嫂尝归宁①，籍相见与别。或讥之，籍曰："礼岂为我设邪！"邻家少妇有美色，当垆沽酒。籍尝诣饮，醉，便卧其侧。籍既不自嫌，其夫察之，

文化常识

陵迟：封建时代一种残酷的死刑。又称"剐刑"。始于五代，元、明、清俱列入正条，清末始废。文中是衰败，败坏之意。

词语精解

如：

(1)动词

①往，到……去。如：

乃更如他厕。（见本文）

②顺。如：

邂逅不如意，便还就孤。（《赤壁之战》）

③如同，好像。如：

男女衣着，悉如外人。（《桃花源记》）

④及，赶上。如：

沛公默然曰："固不如也。"（《鸿门宴》）

⑤按照。如：

先生如其指，内狼于囊。（《中山狼传》）

(2)连词

①表假设，假如，如果。如：

王如知此，则无望民之多于邻国也。（《孟子·寡人之于国也》）

②表选择，或者。如：

宗庙之事，如会同，端章甫，愿为小相焉。（《子路、曾皙、冉有、公西华侍坐》）

(3)助词，形容词词尾。如：

君子引而不发，跃如也。（《孟子·尽心》）

文化常识

阮籍：三国时期魏国诗人，"竹林七贤"之一。他三岁丧父，家境清苦。但他勤奋好学，天赋异禀，八岁就能写文章。他在少年时期，酷爱研习儒家诗书，同时也表现出不慕荣利富贵，以道德高尚、乐天安

亦不疑也。兵家女有才色，未嫁而死。籍不识其父兄，径往哭之，尽哀而还。其外坦荡而内淳至，皆此类也。时率意独驾，不由径路，车迹所穷，辄恸哭而反。尝登广武，观楚、汉战处，叹曰："时无英雄，使竖子成名！"登武牢山，望京邑而叹，于是赋《豪杰诗》。（节选自《晋书·阮籍传》）

[注释]①归宁：回家省亲。多指已嫁女子回娘家看望父母。

【积累与运用】

◆解释加点词语

(1) 嫌　　(2) 兵家

(3) 竖子　(4) 赋

◆翻译划线句子

㈠ 籍嫂尝归宁，籍相见与别。或讥之，籍曰："礼岂为我设邪！"

㈡ 籍不识其父兄，径往哭之，尽哀而还。

贫的古代贤者为榜样的志趣。政治上他崇奉老庄之学，采取谨慎避祸的态度。

词语精解

察：

①观察。如：

其夫察之，亦不疑也。（见本文）

②看清楚。如：

明足以察秋毫之末，而不见舆薪。（《齐桓晋文之事》）

③详审，考察。如：

向察众人之议，专欲误将军。（《赤壁之战》）

④了解，弄清楚。如：

小大之狱，虽不能察，必以情。（《曹刿论战》）

⑤考察推荐。如：

前太守逵察臣孝廉。（《陈情表》）

⑥形容词，精明。如：

水至清则无鱼，人至察则无徒。（东方朔《答客难》）

王羲之轶事

【原文】

山阴有一道士，养好鹅，羲之往观焉，意甚悦，固求市之。道士云："为写《道德经》，当举群相送耳。"羲之欣然写毕，笼鹅而归，甚以为乐。

尝诣门生家，见棐几滑净，因书之，真草①相半。后为其父误刮去之，门生惊懊者累日。

其书为世所重，皆此类也。每自称："我书比钟繇，当抗行；比张芝草，犹当雁行也。"曾与人书云："张芝临池学书，池水尽黑，使人耽之若是，未必后之也。㈡"（节选自《晋书·王羲之传》）

[注释]①真草：书体名，即真（楷）书和草书。

文化常识

钟繇：汉末至三国曹魏时著名书法家。他擅篆、隶、真、行、草多种书体，在书法方面颇有造诣，推动了楷书（小楷）的发展，被后世尊为"楷书鼻祖"。

张芝：东汉著名书法家。他擅长章草，其书法被誉为"一笔书"。他将当时字字区别、笔画分离的草法，改为上下牵连、富于变化的新写法，富有独创性，在当时影响很大。张芝被誉为"草圣""草书之祖"。

张芝、钟繇、王羲之和王献之并称"书中四贤"。

词语精解

书：

(1)写。如：

见棐几滑净，因书之。（见本文）

【积累与运用】
◆ 解释加点词语
　　(1) 举　　　　(2) 笼
　　(3) 几　　　　(4) 累日
◆ 翻译划线句子
　　(一) 山阴有一道士，养好鹅，羲之往观焉，意甚悦，固求市之。

　　(二) 张芝临池学书，池水尽黑，使人耽之若是，未必后之也。

郗鉴传

【原文】

　　郗鉴，字道徽，高平金乡人，汉御史大夫虑之玄孙也。少孤贫，博览经籍，躬耕陇亩，吟咏不倦，以儒雅著名。赵王伦辟为掾①，知伦有不臣之迹，称疾去职。及伦篡，其党皆至大官，而鉴闭门自守，不染逆节。东海王越辟为主簿，举贤良，不行。征东大将军苟晞檄为从事中郎。晞与越方以力争，鉴不应其召。及京师不守，寇难锋起，鉴遂陷于陈午贼中。邑人张寔先求交于鉴，鉴不许。至是，寔于午营来省鉴疾，既而卿鉴。鉴谓寔曰："相与邦壤，义不及通，何可怙乱至此邪！"寔大惭而退。午以鉴有名于世，将逼为主，鉴逃而获免。午寻溃散，鉴得归乡里。元帝初镇江左，承制假鉴龙骧将军、兖州刺史，镇邹山。咸和初，领徐州刺史。及祖约、苏峻反，鉴闻难，便欲率所领东赴。诏以北寇不许。未几鉴去贼密迩，城孤粮绝，人情业业，莫有固志。设坛场，刑白马，大誓三军曰："今主上幽危，百姓倒悬，忠臣正士志存报国。凡我同盟，既盟之后，戮力一心，以

(2) 书法。如：
其书为世所重，皆此类也。（见本文）
(3) 书信。如：
曾与人书云。（见本文）
(4) 文书，名册。如：
军书十二卷，卷卷有爷名。（《木兰诗》）
(5) 书籍。如：
家贫，无从致书以观。（《送东阳马生序》）
(6) 特指《尚书》，也可泛指一切经书。如：
而五人生于编伍之间，素不闻诗书之训。（《五人墓碑记》）

文化常识

郗鉴：东晋重臣、书法家，东汉御史大夫郗虑玄孙，著名书法家王羲之岳父。

社稷：土神和谷神的总称。即"社"为土神，"稷"为谷神。古代君主为了祈求国事太平，五谷丰登，每年都要到郊外祭祀土地和五谷神，即祭社稷，后来"社稷"就被用来借指国家。"社""稷"，反映我国古代以农立国的社会性质。

文言知识

链接：宾语前置

(1) 疑问句中疑问代词作宾语，宾语前置。
疑问代词多为"何"，其他还有"谁、孰、安、焉、胡、曷、奚"等，他们作宾语时前置。如：
①何以不降而敢拒战？（何以，即以何，为什么）
②斫头便斫头，何为怒邪？（何为，即为何，为什么）
③微斯人，吾谁与归？《岳阳楼记》（谁与，即与谁）
④沛公安在？《鸿门宴》（安在，即在安，在哪里）

救社稷。"鉴登坛慷慨,三军争为用命。会舒、潭战不利,鉴与后将军郭默还丹徒,立大业、曲阿、庱亭三垒以距贼。而贼将张健来攻大业,城中乏水,郭默窘迫,遂突围而出,三军失色。参军曹纳以为大业京口之捍,一旦不守,贼方轨而前,劝鉴退还广陵以俟后举。鉴乃大会僚佐,责纳曰:"<u>吾蒙先帝厚顾,荷托付之重,正复捐躯九泉不足以报</u>。今强寇在郊,众心危迫,君腹心之佐,而生长异端,当何以率先义众,镇一三军邪!"将斩之,久而乃释。会峻死,大业围解。后以寝疾,上疏逊位。疏奏,以蔡谟为鉴军司。鉴寻薨,时年七十一。帝朝晡哭于朝堂。册曰:"<u>惟公忠亮雅正,行为世表,社稷之危,赖公以宁</u>。谥曰文成。"(节选自《晋书·郗鉴传》)

[注释] ①掾:原为佐助的意思,后为副官佐或官署属员的通称。

【积累与运用】

◆解释加点词语

(1) 相与　　　(2) 恬

(3) 寻　　　　(4) 以

(5) 刑　　　　(6) 倒悬

(7) 戮力　　　(8) 俟

◆翻译划线句子

(一) 邑人张寔先求交于鉴,鉴不许。至是,寔于午营来省鉴疾,既而卿鉴。

(二) 吾蒙先帝厚顾,荷托付之重,正复捐躯九泉不足以报。

(三) 惟公忠亮雅正,行为世表,社稷之危,赖公以宁。

(2)否定句中代词作宾语,宾语前置。

句中有否定副词"不、弗、未、非、否",或表否定的动词"无",或无定代词"莫",这类句子叫否定句。如果它的宾语是代词,一般放在谓语前。如:

①然而不王者,未之有也。《寡人之于国也》(未之有,即未有之)

②古之人不余欺也。《石钟山记》(不余欺,即不欺余)

(3)以"之"为标志,"何……之有"句式,如:

①何陋之有?《陋室铭》

②夫晋,何厌之有?《烛之武退秦师》

③句读之不知,惑之不解。《师说》

(4)以"是"作标志,或"唯(惟)……是……"句式,如:

①无乃尔是过欤《季氏将伐颛臾》

②"唯(惟)命是从""唯(惟)利是图""唯(惟)你是问""唯(惟)才是举""唯(惟)马首是瞻"等成语。

这里,副词"唯(惟)"可译为"只、只是",表强调,"是"是提宾标志,不译。

词语精解

朝:

①朝廷。如:

帝朝晡哭于朝堂。(见本文)

(前"朝"为早晨,后"朝"为朝廷。)

②朝代,指整个王朝,也指某一皇帝的一代。如:

三顾频烦天下计,两朝开济老臣心。(杜甫《蜀相》)

③读zhāo,早晨。如:

有时朝发白帝,暮到江陵。(《三峡》)

④动词,朝见,朝拜。如:

相如每朝时,常称病。(《史记·廉颇蔺相如列传》)

《宋书》

《宋书》是一部纪传体断代史著作,记述南朝刘宋王朝自刘裕建基至刘准首尾60年的史实,为南朝梁时的沈约所撰。全书100卷,纪10卷,志30卷,列传60卷。作者根据何承天、徐爰等所著宋史旧本,旁采注纪,撰续成书。全书以资料繁富而著称于史林,为研究刘宋一代历史的基本史料。该书篇幅大,一个重要原因是为豪门士族立传。

刘凝之归隐

【原文】

刘凝之,字志安,小名长年,南郡枝江人也。父期公,衡阳太守。兄盛公,高尚不仕。凝之慕老莱、严子陵为人,推家财与弟及兄子,立屋于野外,非其力不食,州里重其德行。州三礼辟西曹主簿,不就。妻梁州刺史郭铨女也,遣送丰丽,凝之悉散之亲属。妻亦能不慕荣华,与凝之共安俭苦。夫妻共乘薄笨车,出市买易,周用之外,辄以施人。为村里所诬,一年三输公调,求辄与之。有人尝认其所著屐,笑曰:"仆著之已败,今家中觅新者备君也。"此人后田中得所失屐,送还之,不肯复取。(节选自《宋书·隐逸列传》)

【积累与运用】

◆解释加点词语

(1)仕　　(2)遣送
(3)施　　(4)输

◆翻译划线句子

(一)州三礼辟西曹主簿,不就。

(二)有人尝认其所著屐,笑曰:"仆著之已败,今家中觅新者备君也。"

文化常识

老莱:即老莱子,春秋时楚国隐士。老莱子七十岁还在父母面前穿花衣服,学小儿哭啼,讨父母欢心。后遂以老莱娱亲表示孝养父母,亦借指孝养父母的子女。

严子陵:名严光,字子陵,东汉著名隐士。严少有才气,与刘秀(汉光武帝)是同学好友。刘后来做了皇帝,多次征召其为谏议大臣,严子陵婉拒,并隐居富春江一带,终老于林泉间。因此他被传颂为不慕权贵追求自适的榜样。

链接:古代人名字号称谓

名,指人的姓名或单指名,幼年时由父母命名,供长辈呼唤。字,是男子20岁成人举行加冠礼时取字,女子15岁许嫁举行笄礼时取字,以表示对本人尊重或供朋友称呼。

名和字一般在意义上都存在一定的联系。有两种情况:

①"名"和"字"词义相近或"字"是对"名"的进一步阐述,例如:屈原名平,字原,"原"是宽阔平坦的意思;

②"名"和"字"意思相反的,例如:韩愈,字退之。后人取字,通常是以两个为"字",例如诸葛亮,字孔明。古人通常称自己名,表示谦卑,称对方字,表示尊敬。

除了名和字之外,古人还有别号。人们为了尊重别人,一般不直呼其名,也不称其字,而称其别号。号和名不一定有意义上的联系。号有两个字的,也有三个以上字的。例如:陆游,号放翁,陶潜,号五柳先生;苏轼,号东坡居士。字数多的别号有时可以缩为两个字,如苏东坡。此外,有人认为称别人的字、号还不够尊敬,于是就以其官职、籍贯来称呼,如杜甫被称为"杜工部",称柳宗元为"柳河东"。

清廉之士朱修之

【原文】

朱修之，字恭祖，义阳平氏人也。

修之治身清约，凡所赠贶，一无所受。有饷，或受之，而旋与佐吏分之，终不入己，唯以抚纳群蛮为务。征为左民尚书，转领军将军。去镇，秋毫不犯，计在州然油及牛马谷草，以私钱十六万偿之。然性俭克少恩情，姊在乡里，饥寒不立，修之未尝供赡。尝往视姊，姊欲激之，为设菜羹粗饭，修之曰："此乃贫家好食。"致饱而去。（节选自《宋书·朱修之传》）

【积累与运用】

◆解释加点词语

(1) 或　　(2) 旋

(3) 克　　(4) 乃

◆翻译划线句子

(一) 唯以抚纳群蛮为务。

(二) 然性俭克少恩情，姊在乡里，饥寒不立，修之未尝供赡。

文化常识

链接：关于免去官职的术语

罢：免去、解除官职。

黜：废除官职。

免：免去官职。

夺：削除官职。

贬：降职，降职并外放。

放：一般指京官出任地方官。

窜：放逐、贬官。

谪：把高级官吏降职并调到边远地区做官。

左迁：特指贬官在外。

出：离开京城外调，一般指降官。

出宰：调出京城做官。

词语精解

去：

①离开。如：去镇，秋毫不犯。（见本文）

②距离。如：去北军二里余。（《赤壁之战》）

③除掉，去掉。如：为汉家除残去秽。（同上）

④表示动作行为的趋向。如：舞榭歌台，风流总被雨打风吹去。（《永遇乐·京口北固亭怀古》）

⑤过去的。如：我从去年辞帝京。（《琵琶行》）

刘休祐刻薄至极

【原文】

晋平剌王休祐，素无才能，强梁自用。大明之世，年尚少，未得自专，至是贪淫，好财色。在荆州，哀刻①所在，多营财货。以短钱一百赋民，田登就求白米一斛，米粒皆令彻白，若有破折者，悉删简不受。民间籴此米一升一百，至时又不受米，评米责钱。凡诸求利，皆悉如此。百姓嗷然，不复堪命。（节选自《宋书·晋平剌王休祐传》）

[注释] ①哀刻：搜刮财物。

文化常识

斛：中国旧量器名，亦是容量单位，一斛本为十斗，后来改为五斗。

升：容器名，一斗的十分之一。

词语精解

堪：

形声字，从土，甚声。本义：地面高起。《说文》：堪，地突也。

(1)经得起，忍受。如：

①百姓嗷然，不复堪命。（见本文）

②更那堪冷落清秋节。（柳永《雨霖铃》）

【积累与运用】

◆解释加点词语

(1) 自专　　(2) 赋

(3) 登　　　(4) 删简

◆翻译划线句子

凡诸求利，皆悉如此。百姓嗷然，不复堪命。

刘德愿、羊志善哭得官

【原文】

德愿性粗率，为世祖所狎侮。上宠姬殷贵妃薨，葬毕，数与群臣至殷墓。谓德愿曰："卿哭贵妃若悲，当加厚赏。"德愿应声便号恸，抚膺擗踊，涕泗交流。上甚悦，以为豫州刺史。又令医术人羊志哭殷氏，志亦呜咽。他日有问志："卿那得此副急泪？"志时新丧爱姬，答曰："我尔日自哭亡妾耳。"志滑稽，善为谐谑，上亦爱狎之。（节选自《宋书》）

【积累与运用】

◆解释加点词语

(1) 狎　　(2) 薨

(3) 数　　(4) 以为

◆翻译划线句子

(一)德愿应声便号恸，抚膺擗踊，涕泗交流。

(二)志滑稽，善为谐谑，上亦爱狎之。

③人不堪其忧，回也不改其乐。（《论语·雍也》）

(2)能够，可以。如：

众云并不堪用，正令烧除。（《世说新语·捷悟》）

白璧堪裁且作环。（李商隐《和友人戏赠》）

文化常识

薨：古代称诸侯或有爵位的大官死去，也可以用于皇帝的高等级妃嫔和所生育的皇子公主，或者封王的贵族。

词语精解

加：

会意。字从力，从口。"力"指"用力"，"口"指"喊声"。"力"与"口"联合起来表示"用呐喊声助力"。本义：用呐喊声助力。如：

加，语相增加也。（东汉·许慎《说文》）

①增加。如：

声非加疾/臂非加长。（《荀子·劝学》）

②放在上面，加上。如：

樊哙复其盾于地，加彘肩上。（《史记·项羽本纪》）

③施加；强加。如：

加兵于赵/加胜于赵。（《史记·廉颇蔺相如列传》）

④表示程度，更加，愈加。如：

山不加增。（《列子·汤问》）

则其至又加少矣。（王安石《游褒禅山记》）

⑤益处；好处。如：

万钟于我何加焉？（《孟子·鱼我所欲也》）

羊欣传

【原文】

羊欣,字敬元,泰山南城人也。曾祖忱,晋徐州刺史。祖权,黄门郎。父不疑,桂阳太守。

欣少靖默,无竞于人,美言笑,善容止。泛览经籍,尤长隶书。不疑初为乌程令,欣时年十二,时王献之为吴兴太守,甚知爱之。献之尝夏月入县,欣著新绢裙昼寝,献之书裙数幅而去。欣本工书,因此弥善。起家辅国参军,府解还家。隆安中,朝廷渐乱,欣优游私门,不复进仕。会稽王世子元显每使欣书,常辞不奉命,元显怒,乃以为其后军府舍人。此职本用寒人,欣意貌恬然,不以高卑见色,论者称焉。欣尝诣领军将军谢混,混拂席改服,然后见之。时混族子灵运在坐,退告族兄瞻曰:"望蔡①见羊欣,遂易衣改席。"欣由此益知名。

桓玄辅政,领平西将军,以欣为平西参军,仍转主簿,参预机要。欣欲自疏,时漏密事,玄觉其此意,愈重之,以为楚台殿中郎。谓曰:"尚书政事之本,殿中礼乐所出,卿昔处股肱,方此为轻也。"欣拜职,少日称病自免,屏居里巷,十余年不出。

义熙中,弟徽被遇于高祖,高祖谓咨议参军郑鲜之曰:"羊徽一时美器,世论犹在兄后,恨不识之。"即板欣补右将军刘藩司马,转长史,中军将军道怜谘议参军。出为新安太守。在郡四年,简惠著称。除临川王义庆辅国长史,庐陵王义真车骑谘议参军,并不就。太祖重之,以为新安太守,前后凡十三年,游玩山水,甚得适性。转在义兴,非其好也。顷之,又称病笃自免归。除中散大夫。

素好黄老,常手自书章,有病不服药,饮符水而已。兼善医术,撰《药方》十卷。

欣以不堪拜伏,辞不朝觐,高祖、太祖并恨不识之。自非寻省近亲,不妄行诣,行必由城外,未尝入六关。元嘉十九年,卒,时年七十三。子俊,早卒。(节选自《宋书·羊欣传》)

文化常识

羊欣:王献之的外甥,跟随王献之学书法,隶、行、草书都很不错,名重当时,被评为"一时绝妙""最得王体"。当时有一句流行的俗话说:"买王得羊,不失所望。"但是,和王献之书相比,差距其实是很大的。梁武帝《古今书人优劣评》评羊欣书最为精彩,他说:"羊欣书如大家婢女为夫人,虽处其位,而举止羞涩,终不似真。"

黄老:"黄",指上古的黄帝;"老",指春秋道家学派的创始人老子。后世道家奉为始祖。黄老,也称黄老学说,古代一种思想流派。

链接:古代调动官职的术语

转、调、徙:调动官职,升职或降职。

迁:调动官职,一般转迁、迁调指平级调动,迁升、迁授指升职,迁谪、左迁指降职。

累迁:多次调职或升职。

移:移动、调任官职。

补:补任空缺官职。

荫补:靠先人的业绩补任官职。

词语精解

易:

(1)动词

①更换,改变。如:

望蔡见羊欣,遂易衣改席。(见本文)

世易时移,变法宜矣。(《吕氏春秋·察今》)

②换,交换。如:

秦王以十五城请易寡人之璧(《史记·廉颇蔺相如列传》)

③轻视。如:

是以古之易财,非仁者,财多也。(《五蠹》)

④代替,替换。如:

是以某某易其首者。(《狱中杂记》)

(2)形容词,容易。如:

但二月草已芽,八月苗未枯,采撷者易辨识耳。(《采草药》)

(3)名词,《周易》简称。

适:

(1)形容词,舒适,满足。如:

【注释】①望蔡：指谢混。谢混年轻时颇有美誉，善写文章，累官至尚书左仆射，袭爵望蔡县公，故称望蔡。

【积累与运用】

◆解释加点词语

(1)工　　(2)进仕
(3)疏　　(4)股肱
(5)被遇　(6)板
(7)凡　　(8)省

◆翻译划线句子

(一) 欣少靖默，无竞于人，美言笑，善容止。泛览经籍，尤长隶书。

(二) 此职本用寒人，欣意貌恬然，不以高卑见色，论者称焉。

(三) 欣以不堪拜伏，辞不朝觐，高祖、太祖并恨不识之。

游玩山水，甚得适性。（见本文）

向晚意不适，驱车登古原。（李商隐《乐游原》）

(2)动词

①顺从，适合。如：

处分适兄意，那得自任专。（《孔雀东南飞》）

②往，到。如：

余自齐安舟行适临汝。（《石钟山记》）

③女子出嫁。如：

贫贱有此女，始适还家门。（《孔雀东南飞》）

④通"谪"，读zhé，被流放或贬职。如：

发闾左适戍渔阳九百人。（《陈涉世家》）

(3)副词

①恰好。如：

从上观之适与地平。（《雁荡山》）

②刚刚，刚才。如：

适得府君书，明日来迎汝。（《孔雀东南飞》）

《南齐书》

《南齐书》原名《齐书》，至宋代为区别于李百药所著《北齐书》，改称为《南齐书》，撰著者为萧子显。《南齐书》记述南朝萧齐王朝自齐高帝建元元年（479）至齐和帝中兴二年（502），共23年史事，是现存关于南齐最早的纪传体断代史。《南齐书》现存59卷，其中本纪8卷，志11卷，列传40卷。

萧子显，字景阳，南朝历史学家、文学家。他出身皇族，对南齐许多史事、王室情况不但熟悉，有些还亲身经过，加之梁朝取代南齐，未经重大战乱，许多图书文籍得以保存，都为萧子显撰著史书提供了有利条件。

傅琰断案

【原文】

太祖①辅政，以山阴②狱讼烦积，复以琰为山阴令。卖针卖糖老姥争团丝，来诣琰，琰不辨核，缚团丝于柱鞭之，密视有铁屑，乃罚卖糖者。二野父争鸡，琰各问"何以食鸡"，一人云"粟"，一人云"豆"，乃破鸡得粟，罪言豆者。县内称神明，无敢复为偷盗。琰父子并著奇绩，江左鲜有。世云："诸傅有《治县谱》，子孙相传，不以示人。"（节选自《南齐书·傅琰传》）

[注释] ①太祖：此指齐高帝萧道成。 ②山阴：在今浙江绍兴。

【积累与运用】

◆解释加点词语

(1) 诣　　　(2) 核

(3) 罪　　　(4) 鲜

◆翻译划线句子

(一) 以山阴狱讼烦积，复以琰为山阴令。

(二) 二野父争鸡，琰各问"何以食鸡"。

文化常识

傅琰：南朝宋、齐时良吏，曾两任山阴令，皆有政绩。他是北地灵州（今宁夏灵武）人。自其先祖南下以后，世代侨居南方，祖孙四代都曾担任过南朝的县令，声名皆著。

词语精解

内：

(1) 读 nèi

①里面。如：县内称神明，无敢复为偷盗。（见本文）

②皇宫，宫内。如：近日士大夫家，酒非内法，……不敢会友。（《训俭示康》）

③内部，常指国内、朝廷内。如：内立法度，务耕织。（《过秦论》）

④内心。如：今将军外托服从之名而内怀犹豫之计。（《赤壁之战》）

(2) 读 nà，通"纳"。

①让进。如：距关，毋内诸侯。（《鸿门宴》）

②放进。如：内狼于囊。（《中山狼传》）

③接纳，收容。如：亡走赵，赵不内。（《屈原列传》）

④交纳。如：百姓内粟千石，拜爵一级。（《史记》）

袁彖微言忤世祖

【原文】

袁彖，字伟才，陈郡阳夏人也。彖性刚，尝以微言忤世祖，又与王晏不协。世祖在便殿，用金柄刀子治瓜，晏在侧曰："外间有金刀之言，恐不宜用此物。"世祖愕然，穷问所以。晏曰："袁彖为臣说之。"上衔怒良久。彖到郡，坐逆用禄钱，免官付东冶。世祖游孙陵，望东冶，曰："中有一好贵囚。"数日，车驾与朝臣幸冶，履行库藏，因宴饮，赐囚徒酒肉，敕见彖与语，明日释之。（节选自《南齐书·袁彖传》）

【积累与运用】

◆解释加点词语

(1) 外间　　　　(2) 坐

(3) 履行　　　　(4) 敕

◆翻译划线句子

(一) 彖性刚，尝以微言忤世祖，又与王晏不协。

(二) 世祖愕然，穷问所以。

廉吏刘怀慰

【原文】

齐国建，上欲置齐郡于都下。议者以江右土沃，流人所归，乃置于瓜步，以怀慰为辅国将军、齐郡太守。上谓怀慰曰："齐邦是王业所基，吾方欲以为显任，经理之事，一以委卿。"又手敕曰："有文事必有武备，今赐卿玉环刀一口。"怀慰至郡，修城郭，安集居人，垦废田二百顷，决沉湖灌溉。不受礼谒，人有饷其新米一斛者，怀慰出所食麦饭示之曰："食有余，幸不烦此。"因著《廉吏论》以达其意。高帝闻之，手敕褒赏。（节选自《南齐书·刘怀慰传》）

文化常识

便殿：正殿以外的别殿。古时帝王休息消闲之处。

文言知识

文言固定句式：所以……／所以……者

这是古文中常见的一种名词性的"所"字短语。它可以表示动作所涉及的原因、根据、工具、处所、办法、凭借等。可译为：……的原因，或用来……的。如：

①吾所以为此者，以先国家之急而后私仇也。（《史记·廉颇蔺相如列传》）（表原因）

②故释先王之成法，而法其所以为法者。（《吕氏春秋·察今》）（表根据）

③笔，所以书也。（表工具）

④是吾剑之所从坠。（《吕氏春秋·察今》）（表处所）

⑤吾知所以距（通"拒"）子者，吾不言。（《墨子·公输》）（表办法）

⑥师者，所以传道受业解惑也。（《师说》）（表凭借）

⑦世祖愕然，穷问所以。（见本文）（表原因）

⑧此所以学者不可以不深思而慎取之也。（《游褒禅山记》）（表原因）

⑨天地之所以养人者，原不过此数也。（《治平篇》）（表方法）

⑩臣所以去亲戚而事君者，徒慕君之高义。（《史记·廉颇蔺相如列传》）（表原因）

文化常识

江右：隋唐以前，习惯上称长江下游北岸和淮河中下游以南地区为江右。古人习惯以东为左，以西为右。东西与左右常可互相替代。魏禧《日录杂说》云："江东称江左，江西称江右，自江北论之，江东在左，江西在右耳。"

链接：关于代理官职的术语

行：代理官职。

权：暂时代理官职。

摄：暂时代理官职。

假：临时的、代理的。

署：代理、暂任。

【积累与运用】

◆ 解释加点词语

(1) 以　　　　　(2) 决

(3) 谒　　　　　(4) 因

◆ 翻译划线句子

(一) 齐邦是王业所基，吾方欲以为显任，经理之事，一以委卿。

(二) 人有饷其新米一斛者，怀慰出所食麦饭示之曰："食有余，幸不烦此。"

词语精解

敕：

(1)告诫，嘱咐。如：
[王经]为尚书，助魏，不忠于晋，被收，涕泣辞母曰："不从母敕，以至今日！"（《世说新语·贤媛》）

(2)特指皇帝的命令或诏书。如：
高帝闻之，手敕褒赏。（见本文）

(3)通"饬"。整治；整饬。如：
敕身齐戒。（《汉书·礼乐志》）
惧余身之未敕。（《后汉书·张衡传》）

"烈伯"刘善明

【原文】

刘善明，平原人。元嘉末，青州饥荒，人相食。善明家有积粟，躬食饘①粥，开仓以救乡里，多获全济。少而静处读书，刺史杜骥闻名候之，辞不相见。宋孝武见其对策强直，甚异之。五年，青州没虏，善明母陷北，虏移置桑乾。善明布衣蔬食，哀戚如持丧②。明帝每见，为之叹息，时人称之。转宁朔将军、巴西梓潼二郡太守，善明以母在虏中，不愿西行，涕泣固请，见许。元徽初，遣北使，朝议令善明举人，善明举州乡北平田惠绍使虏，赎得母还。

建元二年卒，诏曰："善明勤绩昭著，不幸殒丧，痛悼于怀。谥烈伯。"善明家无遗储，唯有书八千卷。（节选自《南齐书·刘善明》）

[注释]①饘：稠粥。　②持丧：守丧。

【积累与运用】

◆ 解释加点词语

(1) 济　　　　　(2) 闻名

(3) 对策　　　　(4) 没

(5) 举　　　　　(6) 使

文化常识

杜骥（387—450），字度世，京兆杜陵（今陕西西安）人。南朝宋大臣，西晋征南将军杜预玄孙。

链接：关于兼任官职的术语。

兼：兼任官职。
领：兼任较低的官职。
判：高位兼任低位的官职。

词语精解

相(1)：

读 xiāng

(1)表示动作偏向一方。如：
①刺史杜骥闻名候之，辞不相见。（见本文）
②便可白公姥，及时相遣归。（《孔雀东南飞》）

(2)互相。如：
①元嘉末，青州饥荒，人相食。（见本文）
②茕茕孑立，形影相吊。（《陈情表》）

(3)递相；相继。如：
吾本寒家，世以清白相承。（《训俭示康》）

词组

(1)相与

①一起；共同。如：

◆翻译划线句子

(一) 善明布衣蔬食，哀戚如持丧。

(二) 善明以母在房中，不愿西行，涕泣固请，见许。

裴昭明终身不治产业

【原文】

裴昭明，河东闻喜人，宋太中大夫松之孙也。永明三年，使虏，世祖谓之曰："以卿有将命之才，使还，当以一郡相赏。"还为始安内史。郡民龚玄宣，云神人与其玉印玉板书，不须笔，吹纸便成字，自称"龚圣人"，以此惑众。前后郡守敬事之，昭明付狱治罪。

及还，甚贫罄。世祖曰："裴昭明罢郡还，遂无宅。我不谙书，不知古人中谁比？"迁射声校尉。九年，复遣北使。建武初，为王玄邈安北长史、广陵太守。明帝以其在事无所启奏，代还，责之。昭明曰："臣不欲竞执关楗故耳。"

昭明历郡皆有勤绩，常谓人曰："人生何事须聚蓄，一身之外，亦复何须？子孙若不才，我聚彼散；若能自立，则不如一经。"故终身不治产业。（节选自《南齐书·裴昭明传》）

【积累与运用】

◆解释加点词语

(1)惑　　　(2)罄

(3)谙　　　(4)不才

◆翻译划线句子

(一) 以卿有将命之才，使还，当以一郡相赏。

②交往；结交。如：

卒相与欢。（《史记·廉颇蔺相如列传》）

(2)相得：关系融洽。如：

与公甚相得。（崔铣《记王忠肃公翱三事》）

文化常识

射声校尉：官名。汉武帝置，八校尉之一，掌待诏射声，秩比二千石。所属有丞及司马，领兵七百人。魏、晋、南朝与北朝魏、齐沿置，属领军将军，北齐属左右卫府。射声，指善射，意为虽在冥冥之中，闻声即能射中。待诏，即等待诏命，汉代以才技征召士人，使随时听候皇帝诏令，谓之"待诏"。士人特别优异者，待诏金马门，以备顾问，"待诏"渐成官职。

词语精解

相(2)：

读 xiàng

(1)仔细看，观察。如：

伯乐学相马。（《订鬼》）

(2)相貌。如：

儿已薄禄相，幸复得此妇。（《孔雀东南飞》）

(3)帮助；辅助。如：

至于幽暗昏惑而无物以相之，亦不能至也。（《游褒禅山记》）

(4)帮助别人的人。如：

危而不持，颠而不扶，则将焉用彼相矣。（《论语》）

(5)辅佐君王的大臣；宰相。如：

且庸人尚羞之，况于将相乎？（《史记·廉颇蔺相如列传》）

(6)使……当宰相。如：

魏置相，相田文。（《资治通鉴·周纪一》）

(7)主持礼节仪式的人。如：

宗庙之事……愿为小相焉。（《论语》）

151

(二) 明帝以其在事无所启奏，代还，责之。

◆简答题

裴昭明为什么终身不治产业？根据短文内容简要概述。

虞愿传

【原文】

愿字士恭，会稽余姚人也。年数岁，中庭橘树冬熟，子孙竞来取之。愿独不取，家人皆异之。

元嘉末，为国子生，再迁湘东王国常侍，转浔阳王府墨曹参军。明帝立，以愿儒吏学涉，兼蕃国旧恩，意遇甚厚。帝性猜忌，星文灾变，不信太史，不听外奏，敕灵台知星二人给愿，常直内省，有异先启，以相检察。

帝以故宅起湘宫寺，费极奢侈。以孝武庄严刹七层，帝欲起十层。不可立，分为两刹，各五层。新安太守巢［尚］之罢郡还，见帝，曰："卿至湘宫寺未？我起此寺，是大功德。"愿在侧曰："陛下起此寺，皆是百姓卖儿贴妇钱，佛若有知，当悲哭哀愍，罪高佛图，有何功德？"尚书令袁粲在坐，为之失色。帝乃怒，使人驱下殿。愿徐去无异容。以旧恩，少日中，已复召入。

帝好围棋，甚拙，去格七八道，物议共欺为第三品。与第一品王抗围棋，依品赌戏。抗每饶借之，曰："皇帝飞棋，臣抗不能断。"帝终不觉，以为信然，好之愈笃。愿又曰："尧以此教丹朱，非人主所宜好也。"虽数忤旨，而蒙赏赐，犹异余人。迁兼中书郎。

出为晋平太守，在郡不治生产。前政与民交关，质录其儿妇。愿遣人于道夺取将还。在郡立学堂

文化常识

(1) 灵台：古时帝王观察天文星象、妖祥灾异的建筑。

(2) 佛图：本文指佛塔。也作"浮屠""浮图"，梵语音译，也指佛陀、和尚。

(3) 丹朱：尧的儿子。尧认为他不肖，不足以授天下。

(4) 褚渊：字彦回，河南阳翟（今河南禹州）人，南朝宋、齐宰相，南齐开国元勋。

链接：古代授予官职的术语

辟：由中央官署征召，然后向上举荐，任以官职。

举、荐：由地方官向中央举荐品行端正的人，任以官职。

任：任用，委派人员担任职务。

除：拜官受职，就是授予官职的意思。

授：授给、给予官职。

拜：用一定的礼仪授予某种官职或名位。

封：指皇帝特意赐给官衔或爵位。

赠：追赠，赐死者以官爵或荣誉称号。

征：由皇帝聘请社会知名人士充任官职。

选、简：通过推荐或选拔给予官职。

察：考察后再予以推荐选举。

起：重新任用，授予官职。

复：恢复原职。

词语精解

蒙：

①蒙受。如：

蒙赏赐。（见本文）

教授。郡旧出蚺蛇，胆可为药。有饷愿蛇者，愿不忍杀，放二十里外山中，一夜蛇还床下。复送四十里外山，经宿，复还故处。愿更令远，乃不复归，论者以为仁心所致也。海边有越王石，常隐云雾，相传云："清廉太守乃得见。"愿往观视，清澈无隐蔽。后琅邪王秀之为郡，与朝士书曰："此郡承虞公之后，善政犹存，遗风易遵，差得无事。"以母老解职，除后军将军，褚渊尝诣愿，不在，见其眠床上积尘埃，有书数帙。渊叹曰："虞君之清，一至于此。"令人扫地拂床而去。（节选自《南齐书·虞愿传》）

[注释] ①物议：众人的议论，多指非议。 ②生产：家庭谋生的产业。

【积累与运用】

◆解释加点词语

(1) 竞　　　　(2) 直
(3) 罢　　　　(4) 拙
(5) 饶借　　　(6) 忤
(7) 交关　　　(8) 将还

◆翻译划线句子

㈠ 陛下起此寺，皆是百姓卖儿贴妇钱，佛若有知，当悲哭哀愍，罪高佛图，有何功德？

㈡ 帝终不觉，以为信然，好之愈笃。

㈢ 此郡承虞公之后，善政犹存，遗风易遵，差得无事。

寻蒙国恩，除臣洗马。（李密《陈情表》）
②欺骗，隐瞒。如：
上下相蒙。（《左传·僖公二十四年》）
③承继，继承。如：
蒙故业，因遗策。（贾谊《过秦论》）
汝之纯明而不克蒙其泽乎？（韩愈《祭十二郎文》）
④遮蔽，覆盖。如：
以幕蒙之。（《左传·昭公十三年》）
⑤敬辞，承蒙。如：
昨日蒙教。（王安石《答司马谏议书》）
过蒙拔擢，岂敢盘桓。（李密《陈情表》）职。
⑥幼稚，蒙昧无知。如：
匪我求童蒙，童蒙求我。（《易·蒙》）
民非蒙愚也。（《战国策·韩策》）
⑦自称谦辞。犹"愚"。如：
蒙之所见，及此而已。（柳宗元《答元饶州论政理书》）
又如：蒙拾（学识不高的人拾取前人文辞缀连成章，不敢自言创作，便称蒙拾）。
⑧同"瞍"。盲，目失明。如：
蒙瞍不可使视。（《国语·晋语》）

《梁书》

《梁书》是南朝历史学家姚察及其子姚思廉两代人辛勤撰写完成的。它记载了自梁武帝萧衍建国至梁敬帝萧方智亡国共56年间的历史。《梁书》包含本纪6卷、列传50卷，无表、无志。姚察，字伯审，吴兴郡武康县人。他历经梁、陈、隋三朝，于陈朝任秘书监、领大著作、吏部尚书等职，于隋朝任秘书丞。入隋后于文帝开皇九年又受命编撰梁、陈两代历史，未竟而卒。临终时遗命，嘱其子姚思廉继续完成撰史工作。姚思廉在撰史工作中，充分利用了其父已完成的史著旧稿。自贞观三年至贞观十年，历时七年最终完成了《梁书》与《陈书》的撰写工作。

姚氏父子虽为史学家，但都有较深厚的文字素养，在史文撰著方面，文字简洁朴素，力戒追求辞藻的华丽与浮泛，继承了司马迁及班固的文风与笔法，在南朝诸史中是难能可贵的。

萧伟多恩惠

【原文】

伟少好学，笃诚通恕，趋贤重士，常如不及。由是四方游士，当世知名者，莫不毕至。性多恩惠，尤愍穷乏。<u>常遣腹心左右，历访闾里人士，其有贫困吉凶不举者，即遣赡恤之。</u>太原王曼颖卒，家贫无以殡敛，友人江革往哭之，其妻儿对革号诉。革曰："建安王当知，必为营理。"<u>言未讫而伟使至，给其丧事，得周济焉。</u>每祁寒积雪，则遣人载樵米，随乏绝者即赋(6)给之。（节选自《梁书》）

【积累与运用】

◆解释加点词语

(1) 不及　　(2) 愍
(3) 无以　　(4) 哭
(5) 祁　　　(6) 赋

◆翻译划线句子

(一) 常遣腹心左右，历访闾里人士，其有贫困吉凶不举者，即遣赡恤之。

文化常识

闾里：古代城镇中有围墙的住宅区。这里借指平民。也作邻居。

文言知识

文言固定句式：有……者

这种固定格式常用于叙事的开头，以突出叙事的对象。它有两种情况，当叙述对象"人"在句首出现，如"楚人有涉江者"，其中"有……者"属于定语后置；当叙述对象在句中没有出现，不属于定语后置，如"其有贫困吉凶不举者"。再如：

①人有亡斧者。（《韩非子》）句子叙述对象"人"出现，"有……者"属于定语后置，译为："有一个丢了斧子的人。"

②邑有成名者，操童子业，久不售。（《促织》）句子叙述对象没有出现，不属于定语后置，译为："城里有个叫成名的人。"

词语精解

赋

①赋税。如：
薄赋敛，广畜积。（晁错《论贵粟疏》）
②征收。如：
太医以王命聚之，岁赋其二。（柳宗元《捕蛇者说》）

(二)言未讫而伟使至，给其丧事，得周济焉。

萧统理政

【原文】

昭明太子统，字德施，高祖长子也。普通中，大军北讨，京师谷贵，太子因命菲衣减膳，改常馔为小食。每霖雨积雪，遣腹心左右，周行闾巷，视贫困家，有流离道路，密加振赐。又出主衣绵帛，多作襦袴，冬月以施贫冻。若死亡无可以敛者，为备棺椁。每闻远近百姓赋役勤苦，辄敛容色。常以户口未实，重于劳扰。（节选自《梁书》）

【积累与运用】

◆解释加点词语

(1)霖雨　　　　(2)腹心

(3)贫冻　　　　(4)实

◆翻译划线句子

(一)普通中，大军北讨，京师谷贵，太子因命菲衣减膳，改常馔为小食。

(二)每闻远近百姓赋役勤苦，辄敛容色。

③给予，授予。如：

随乏绝者即赋给之。（见本文）

④论述，陈述。如：

纵豆蔻词工，青楼梦好，难赋深情。（姜夔《扬州慢》）

⑤创作。如：

横槊赋诗，固一世之雄也。（苏轼《前赤壁赋》）

⑥朗诵，吟咏。如：

登东皋以舒啸，临清流而赋诗。（陶渊明《归去来兮辞》）

⑦兵赋，军队。如：

千乘之国，可使治其赋也。（《论语·公冶长》）

文化常识

萧统：南朝梁文学家，曾主持编撰中国现存最早的诗文总集《文选》（又称《昭明文选》）。他是梁武帝萧衍长子（亦为太子），然未及即位即英年早逝，谥号"昭明"，故后世称其为"昭明太子"。

普通：梁武帝萧衍的第二个年号，即520年正月—527年三月，共7年余。年号是中国封建王朝用纪年的一种名号，一般由皇帝发起。先秦至汉初无年号，汉武帝即位后首创年号，始创年号为建元。此后形成制度，历代帝王遇到"天降祥瑞"或内患外忧等大事、要事，一般都要更改年号。一个皇帝所用年号少则一个，多则十几个。如唐高宗有14个；明清皇帝大多一人一个年号，故后世即以年号作为皇帝的称呼，如永乐皇帝、康熙皇帝等。

襦袴：短衣与裤。亦泛指衣服。

冯道根口不论勋

【原文】

冯道根，字巨基，广平酂人也。少失父，佣赁以养母，以孝闻于乡里。

道根性谨厚，木讷少言，为将能检御部曲，所过村陌，将士不敢虏掠。每所征伐，终不言功。其部曲或怨非之，道根喻曰："明主自鉴功之多少，吾将何事。"高祖尝指道根示尚书令沈约曰："此人口不论勋。"处州郡，和理清静，为部下所怀。在朝廷，虽贵显而性俭约，所居宅不营墙屋，无器服侍卫，入室则萧然如素士之贫贱者。

（节选自《梁书》）

【积累与运用】

◆ 解释加点词语

(1) 部曲　　　(2) 陌

(3) 非　　　　(4) 喻

◆ 翻译划线句子

(一) 少失父，佣赁以养母，以孝闻于乡里。

(二) 高祖尝指道根示尚书令沈约曰："此人口不论勋。"

词语精解

非：

指事。金文中，像相背展开的翅形，双翅相背，表示违背。本义：违背；不合。

① 责怪，非难，反对。如：

其部曲或怨非之。（见本文）

② 通"诽"。诽谤，诋毁。如：

誉者不能进，非者弗能退。（《韩非子·有度》）

③ 无，没有。如：

登高而招，臂非加长也，而见者远。（《荀子·劝学》）

④ 不对，错误。如：

实迷途其未远，觉今是而昨非。（陶渊明《归去来兮辞》）

⑤ 不，不是。如：

城非不高也，池非不深也，兵革非不坚利也。（《孟子·公孙丑下》）

非挟太山以超北海之类也。（《孟子·梁惠王上》）

⑥ 除了，除非。如：

非刘豫州莫可以当曹操。（《赤壁之战》）

顾宪之传

【原文】

顾宪之字士思，吴郡吴人也，祖觊之，宋镇军将军、湘州刺史。宪之未弱冠，州辟议曹从事，举秀才，累迁太子舍人，尚书比部郎，抚军主簿。元徽中，为建康令。时有盗牛者，被主所认，盗者亦称己牛，二家辞证等，前令莫能决。宪之至。覆其状，谓二家曰："无为多言，吾得之矣。"乃令解牛任其所去，牛迳还本主宅，盗者始伏其辜。发奸擿伏多如此类，

文化常识

弱冠：冠，帽子，代指成年。古代男子二十岁为成人，进入二十岁后要行加冠礼。古时候，不论男女都要蓄留长发。男行冠礼，就是把头发盘成发髻，谓之"结发"，然后再戴上帽子，以示成年，但体犹未壮，还比较年少，故称"弱"。后世泛指男子二十岁左右的年龄，不能用于女子。

其他表示年龄的词语：

总角：八九岁至十三四岁的少年，古代儿童将头发分作左右两半，在头顶各扎成一个结，形如两个羊角，故称"总角"。

时人号曰"神明"。至于权要请托,长吏贪残,据法直绳,无所阿纵,性又清俭,强力为政,甚得民和。

齐高帝即位,除衡阳内史。先是,郡境连岁疾疫,死者太半,棺木尤贵,悉裹以苇席,弃之路傍。宪之下车,分告属县,求其亲党,悉令殡葬。其家人绝灭者,宪之为出公禄,使纪纲营护之。又土俗,山民有病,辄云先人为祸,皆开冢剖棺,水洗枯骨,名为除祟。宪之晓喻,为陈生死之别,事不相由,民俗遂改。时刺史王奂新至,唯衡阳独无讼者,乃叹曰:"顾衡阳之化至矣。若九郡率然,吾将何事!"(选自《梁书·顾宪之传》)

【积累与运用】

◆解释加点词语
(1) 覆　　　　(2) 辜
(3) 阿纵　　　(4) 先是

◆翻译划线句子

(一) 宪之下车,分告属县,求其亲党,悉令殡葬。

(二) 顾衡阳之化至矣。若九郡率然,吾将何事!

"居士"阮孝绪

【原文】

阮孝绪,字士宗,陈留尉氏人也。父彦之,宋太尉从事中郎。孝绪七岁,出后从伯胤之。胤之母周氏卒,有遗财百余万,应归孝绪,孝绪一无所纳,尽以归胤之姊琅邪王晏之母,闻者咸叹异之。

垂髫:指三四岁至七岁(女)、八岁(男)的儿童。髫,古代儿童头顶自然下垂的短发。

及笄:笄,簪子。古代称女子十五岁为"及笄",即到了可以插簪子的年龄了,也称"笄年"。

豆蔻:指十三四岁的女孩,诗文中常用"豆蔻"比喻少女。

词语精解

绳:

①本义:可以无限制低成本接续延长的纤维索带。说明:古代绳子多用草、麻等植物纤维用手工搓成。必须延长时,可以手工散开绳子的一端,把另一股草、麻纤维用搓的办法接续上去,成本低廉。如:

绳,索也。(《说文》)

绿碧青丝绳。(《玉台新咏·古诗为焦仲卿妻作》)

②墨线。如:

故木受绳则直。(《荀子·劝学》)

③准则;法度。如:

王道有绳。(《商君书·开塞》)

故智术能法之士用,则贵重之臣必在绳之外矣。(《韩非子·孤愤》)

④继承,通"承"。如:

绳其祖武。(《诗·大雅·下武》)

⑤衡量。如:

未可明诏大号以绳天下之梅也。(龚自珍《病梅馆记》)

⑥纠正。如:

故举兵绳之。(《孙膑兵法》)

⑦约束;制裁。如:

绳之以法,断之以刑。(桓宽《盐铁论·大论》)

文化常识

从事中郎:官名。战国始设,汉代沿置,其职为管理车、骑、门户,担任皇帝的侍卫和随从。晋、南北朝时,从事中郎则为将帅之幕僚。

《五经》:中国儒家的经典书籍。五经指《诗经》《尚书》《礼记》《周易》《春秋》,简称为"诗、书、礼、易、春秋",其实本

幼至孝，性沉静，虽与儿童游戏，恒以穿池筑山为乐。年十三，遍通《五经》。十五，冠而见其父，彦之诫曰："三加弥尊，人伦之始。宜思自勖，以庇尔躬。"答曰："愿迹松子①于瀛海，追许由于穷谷，庶保促生，以免尘累。"自是屏居一室，非定省未尝出户，家人莫见其面，亲友因呼为"居士"。外兄王晏贵显，屡至其门，孝绪度之必至颠覆，常逃匿不与相见。曾食酱美，问之，云是王家所得，便吐飧覆醢。及晏诛，其亲戚咸为之惧，孝绪曰："亲而不党，何坐之及？"竟获免。

义师围京城，家贫无以爨，僮妾窃邻人樵以继火。孝绪知之，乃不食，更令撤屋而炊。所居室唯有一鹿床，竹树环绕。天监初，御史中丞任昉寻其兄履之，欲造而不敢，望而叹曰："其室虽迩，其人甚远。"为名流所钦尚如此。

后于钟山听讲，母王氏忽有疾，兄弟欲召之。母曰："孝绪至性冥通，必当自到。"果心惊而返，邻里嗟异之。合药须得生人参，旧传钟山所出，孝绪躬历幽险，累日不值。忽见一鹿前行，孝绪感而随后，至一所遂灭，就视，果获此草。母得服之遂愈。时皆叹其孝感所致。

初，建武末，青溪宫东门无故自崩，大风拔东宫门外杨树。或以问孝绪，孝绪曰："青溪皇家旧宅。齐为木行，东者木位，今东门自坏，木其衰矣。"

鄱阳忠烈王妃，孝绪之姊。王尝命驾欲就游，孝绪凿垣而逃，卒不肯见。诸甥岁时馈遗，一无所纳。人或怪之，答云："非我始愿，故不受也。"大同二年，卒，时年五十八。（节选自《梁书》）

[注释]①松子：传说中神仙赤松子的省称。

【积累与运用】

◆解释加点词语

(1) 勖　　　　(2) 竟

(3) 爨　　　　(4) 造

来应该有六经，还有一本《乐经》，合称"诗、书、礼、乐、易、春秋"，但后来亡于秦火，只剩下五经。

许由：上古时代一位高尚清节之士，尧舜时代的贤人，道家前身。相传尧帝要把君位让给他，他推辞不受，逃于箕山下，农耕而食；尧帝又让他做九州长官，他到颍水边洗耳，表示不愿听到这些世俗浊言。后世把许由和与他同时代的隐士巢父，并称为巢由或巢许，用以指代隐居不仕者。

链接：关于提升官职的术语

擢（zhuó）：在原来官位的基础上进行提拔。

升：提升官职。

拔：提升本来没有官职的人。

进：晋升官职，提高官职或级别。

超迁：越级升迁。

超擢：超越一级或更多级而升迁。

陟（zhì）：晋升、提拔。

加：加封，即在原来官位上增加荣衔。

超擢：破格提拔。

词语精解

躬：

①整个身体。如：

百姓愁苦，靡所错躬（指安身）。（《汉书·元帝纪》）

臣鞠躬尽瘁，死而后已。（诸葛亮《后出师表》）

②自身，自己。如：

静言思之，躬自悼之。（《诗·卫风·氓》）

百官之非，宜由朕躬。（《史记·教本纪》）

③亲身，亲自。如：

孝绪躬历幽险，累日不值。（见本文）

臣本布衣，躬耕于南阳。（诸葛亮《出师表》）

童子何知，躬逢胜饯。（王勃《滕王阁序》）

党：

①古代的社会基层组织，五百家为一党；周制，一万二千五百家为一乡，常"乡党"连用。如：

今肃迎操，操当以肃还付乡党。（《赤壁之战》）

以与尔邻里乡党乎？（《论语·雍也》）

(5) 值　　　　(6) 灭
(7) 愈　　　　(8) 遗

◆翻译划线句子

㈠ 及晏诛，其亲戚咸为之惧，孝绪曰："亲而不党，何坐之及？"

㈡ 王尝命驾欲就之游，孝绪凿垣而逃，卒不肯见。

③集团。如：
阴知奸党名姓，一时收禽，上下肃然。（《张衡传》）
④朋辈，同伙，同党。如：
行刑者先俟于门外，使其党人索财物。（《狱中杂记》）
⑤勾结，结伙。如：
（狼）性贪而狠，党豺为虐。（《中山狼传》）
⑥偏私，偏袒。如：
不党父兄，不偏富贵。（《墨子·尚贤》）

《陈书》

《陈书》是南朝陈的纪传体断代史著作,它记载了自陈武帝陈霸先即位至陈后主陈叔宝亡国前后33年间的史实。《陈书》共36卷,其中本纪6卷,列传30卷,无表志。成书于贞观十年(636)。陈朝政权只存在了33年,在政治、经济、文化方面没有特别的建树,或许与此有关,《陈书》内容比不上《梁书》那样充实,本纪和列传都过于简略。

《陈书》的史料来源除陈朝的国史和姚氏父子所编旧稿外,还有陈《永定起居注》8卷、《天嘉起居注》23卷、《天康光大起居注》10卷、《太建起居注》56卷、《至德起居注》4卷等历史材料和他人撰写的史书。

畏影避迹,吾弗为

【原文】

萧允,字叔佐,兰陵人也。允少知名,风神凝远,通达有识鉴,容止酝藉,动合规矩。起家邵陵王法曹参军,转湘东王主簿,迁太子洗马。

侯景攻陷台城,百僚奔散,允独整衣冠坐于宫坊,景军人敬而弗之逼也。寻出居京口。时寇贼纵横,百姓波骇,衣冠士族,四出奔散,允独不行。人问其故,允答曰:"夫性命之道,自有常分,岂可逃而获免乎?但患难之生,皆生于利,苟不求利,祸从何生?方今百姓争欲奋臂而论大功,一言而取卿相,亦何事于一书生哉?庄周所谓畏影避迹,吾弗为也。"乃闭门静处,并日而食,卒免于患。(节选自《陈书》)

【积累与运用】

◆解释加点词语

 (1)起家　　　　(2)纵横

 (3)波骇　　　　(4)不行

 (5)所谓　　　　(6)并日

◆翻译划线句子

 ㈠侯景攻陷台城,百僚奔散,允独整衣冠坐于宫坊,景军人敬而弗之逼也。

文化常识

法曹参军:古代官名,法曹(古代司法机关或司法官员的称谓)长官。西晋末丞相府置。东晋、南朝宋公府、将军府沿置。南朝宋七品。北宋仅置于开封府,正七品下,掌检定法律,审议、判决案件等。

主簿:古代官名,是各级官署掌管文书的佐吏。魏、晋以前主簿官职广泛存在于各级官署中;隋、唐以后,主簿是部分官署与地方政府的事务官,重要性降低。

洗马:亦作先马,太子的侍从官。秦汉始置,太子出行时为先导。太子洗马是辅佐太子,教太子政事文理的官员。

士族:即世族。东汉以后逐渐形成的世家大族。在政治、经济各方面都享有特权。士族制度于南北朝时最盛,至唐末渐趋消亡。也泛指读书人。

畏影避迹:比喻庸人自扰,不明事理。典故出处:《庄子·渔父》:"人有畏影恶迹而去之走者,举足愈数而迹愈多,走愈疾而影不离身。"

词语精解

坐:

(1)古人席地而坐,坐时两膝着席,臀部压在脚跟上,叫作"坐"。如:

项王、项伯东向坐,亚夫南向坐。(《鸿门宴》)

(2)定罪;因……而获罪。如:

广汉虽坐法诛。(《汉书·赵尹韩张两王传》)

(二) 但患难之生，皆生于利，苟不求利，祸从何生？

拗令褚玠

【原文】

褚玠字温理，九岁而孤，为叔父骠骑从事中郎随所养。

太建中，山阴县多豪猾，前后令皆以赃污免。高宗患之，谓中书舍人蔡景历曰："稽阴大邑，久无良宰，卿文士之内，试思其人。"景历进玠，高宗曰："甚善，卿言与朕意同。"乃除山阴令。县民张次的、王休达等与诸猾吏贿赂通奸，全丁大户，类多隐没。<u>玠乃锁次的等，具状启台，高宗手敕慰劳，并遣使助玠搜括，所出军人八百余户</u>。时舍人曹义达为高宗所宠，县民陈信家富于财，谄事义达，信父显文恃势横暴。玠乃遣使执显文，鞭之一百，于是吏人股栗。<u>信后因义达谮玠，竟坐免官</u>。

玠在任岁余，守禄俸而已，去官之日，不堪自致，因留县境种蔬菜以自给。或嗤玠以非百里才，曰："吾委输课最，不后列城，除残去暴，奸吏局蹐。若谓其不能自润脂膏，则如来命，以为不达从政，吾未服也。"时人以为信然。皇太子知玠无还装，手书赐粟米二百斛，于是还都。（节选自《陈书》）

【积累与运用】

◆解释加点词语

(1) 通奸　　(2) 股栗

(3) 因　　　(4) 达

(5) 信然　　(6) 手书

◆翻译划线句子

(一) 玠乃锁次的等，具状启台，高宗手敕慰劳，并遣使助玠搜括，所出军人八百余户。

(3) 同"座"。如：

请以剑舞，因击沛公于坐，杀之。（《鸿门宴》）

(4) 因为；由于。如：

停车坐爱枫林晚。（杜牧《山行》）

文化常识

百里才：能治理一县的人才。泛指具有小才能的人。典源出于《三国志·蜀书·庞统传》："先主领荆州，统以从事守耒阳令，在县不治，免官。吴将鲁肃遗先主书曰：'庞士元非百里才也，使处治中、别驾之任，始当展其骥足耳。'"

斛：中国旧量器名，亦是容量单位，一斛本为十斗，后来改为五斗。

词语精解

(1) 谄事：逢迎侍奉。如：

县人陈信家富，谄事义达。（见本文）

(2) 自致：自给；亲自料理、备办。如：

去官之日，不堪自致。（见本文）

(3) 自润脂膏：用人民辛勤劳动所得的财富，让自己得到好处。如：

若谓其不能自润脂膏。（见本文）

课：

①根据一定的标准验核，考核。如：

有官而无课，是无官也；有课而无赏罚，是无课的也。（苏洵《上皇帝书》）

②督促完成指定的工作。如：

课家人负物百斤，环舍趋走。（《后汉书》）

③按规定的内容和分量讲授或学习。如：

十五六，始知有进士，苦节读书。二十以来，昼课赋，夜课书，间又课诗。（白居易《与元九书》）

④征收赋税；差派劳役。如：

吾委输课最，不后列城。（见本文）

(二)信后因义达谮玠,竟坐免官。

姚察清廉好学

【原文】

　　姚察,字伯审,吴兴武康人也。察幼有至性,事亲以孝闻。六岁,诵书万余言。弱不好弄,博弈杂戏,初不经心。勤苦厉精,以夜继日。年十二,便能属文。

　　察自居显要,甚励清洁,且禀锡以外,一不交通。尝有私门生不敢厚饷,止送南布一端,花练一匹。察谓之曰:"吾所衣著,止是麻布蒲练,此物于吾无用。既欲相款接,幸不烦尔。"此人逊请,犹冀受纳,察厉色驱出。

　　察性至孝,有人伦鉴识。冲虚谦逊,不以所长矜人。终日恬静,唯以书记为乐,于坟籍无所不睹。每有制述,多用新奇,人所未见;咸重富博。且专志著书,白首不倦,手自抄撰,无时暂辍。徐陵名高一代,每见察制述,尤所推重。尝谓子俭曰:"姚学士德学无前,汝可师之也。"尚书令江总与察尤笃厚善,每有制作分必先以简察,然后施用。(节选自《陈书·姚察列传》)

【积累与运用】

◆解释加点词语

(1)弱　　(2)幸

(3)矜　　(4)书记

(5)师　　(6)简

◆翻译划线句子

(一)察自居显要,甚励清洁,且禀锡以外,一不交通。

文化常识

人伦:指封建社会中人与人礼教所规定的君臣、父子、夫妇、兄弟、朋友及各种尊卑长幼关系。

书记:在古代有三种类型。一是官名,即主簿的别称。主簿是主管文书簿籍方面的官员。二是掌管文件记录的文字工作人员。三是掌书记的简称。在唐代元帅府、节度使衙门有掌书记这种小官,作用如同幕僚,主要是分管文书工作。从以上三种情况看,古代的"书记"多是主管文书簿籍、掌管文件记录或是幕僚之类,皆非主要负责官员,只是本级机构中的属官,职务和级别都低。

文言知识

链接:名词的意动用法

把它后面的宾语所代表的人或事物看作这个名词所代表的人或事物。如:

①汝可师之也。(见本文)

师:名词活用作动词,意动用法。

②邑人奇之,稍稍宾客其父。(《伤仲永》)

宾客:本为名词,这里活用为意动词。"宾客其父"是动宾结构,意为"以宾客之礼待其父"。

③侣鱼虾而友麋鹿。(《前赤壁赋》)

侣,友:名词活用作意动词,意动用法。即"以……为侣""以……为友"。

词语精解

(1)款接:结交,交往。如:

既欲相款接,幸不烦尔。(见本文)

(2)坟籍:古代典籍。如:

唯以书记为乐,于坟籍无所不睹。(见本文)

(3)无所:

①表示没有。如:于坟籍无所不睹。(见本文)

(二) 且专志著书，白首不倦，手自抄撰，无时暂辍。

孔奂耿介

【原文】

孔奂，字休文，会稽山阴人也。奂数岁而孤，为叔父虔孙所养。好学，善属文，经史百家，莫不通涉。

性耿介，绝请托，虽储副之尊，公侯之重，溺情相及，终不为屈。后主时在东宫，欲以江总为太子詹事。高宗将许之，奂乃奏曰："江总文华之人，今皇太子文华不少，岂藉于总！如臣愚见，愿选敦重之才，以居辅导。"帝曰："即如卿言，谁当居此？"后主时亦在侧，乃曰："廓王泰之子，不可居太子詹事。"奂又奏曰：宋朝范晔即范泰之子，亦为太子詹事，前代不疑。后主固争之，帝卒以总为詹事，由是忤旨。其梗正如此。（节录自《陈书·孔奂传》）

【积累与运用】

◆ 解释加点词语

(1) 孤　　(2) 文华
(3) 藉　　(4) 不疑

◆ 翻译划线句子

(一) 性耿介，绝请托，虽储副之尊，公侯之重，溺情相及，终不为屈。

(二) 后主固争之，帝卒以总为詹事，由是忤旨。其梗正如此。

今入关，财物无所取，妇女无所幸。（《鸿门宴》）

②没有地方，没有处所。如：

上不负汝，为此不祥，将死无所。（韩愈《祭张给事文》）

文化常识

詹事：给事、执事。秦始置，掌皇后、太子诸官庶务。西汉相沿，皇后之官属及太子之官属均有詹事。东汉废。魏晋复置，历代相沿，为太子官属之长。辽金置詹事院，元亦置詹事院，或名储政院、储庆使司，变革不定。明清皆置詹事府，设詹事及少詹事，为三、四品官，其下有左、右春坊及司经局等。事实上只预备翰林官的升迁，并无实职，清末废。

文言知识

链接："而"用法

1. 用作连词

(1) 表示承接关系，可译作"就""接着""来"。如：

①奂数岁而孤。（见本文）
②人非生而知之者，孰能无惑？《师说》
③置之地，拔剑撞而破之。（《鸿门宴》）

(2) 表示并列关系。一般不译，有时可译为"又"。

蟹六跪而二螯，非蛇鳝之穴无可寄托者。《劝学》

(3) 表示递进关系，可译为"并且"或"而且"。

君子博学而日参省乎己。（《劝学》）

(4) 表示转折关系，可译为"但是""却"。

声非加疾也，而闻者彰。（《劝学》）

(5) 表示假设关系，可译为"如果""假如"。

诸君而有意，瞻予马首可也。（《冯婉贞》）

(6) 表示修饰关系，即连接状语，相当于"地""着"，多数情况下它的前面是形容词，后面是动词。

①吾恂恂而起，视其缶。（《捕蛇者说》）
②陋者乃以斧斤考击而求之。（《石钟山记》）
③项王按剑而跽曰："客何为者？"（《鸿门宴》）

毛喜传

【原文】

毛喜，字伯武，荥阳阳武人也。

右卫将军韩子高始与仲举通谋，其事未发，喜请高宗曰："宜简选人马，配与子高，并赐铁炭，使修器甲。"高宗惊曰："子高谋反，即欲收执，何为更如是邪？"喜答曰："山陵始毕，边寇尚多，而子高受委前朝，名为杖顺，然甚轻狷，恐不时授首，脱其稽诛，或忿王度。宜推心安诱，使不自疑，图之一壮士之力耳。"高宗深然之，卒行其计。

及众军北伐，得淮南地，喜陈安边之术，高宗纳之，即日施行。又问喜曰："我欲进兵彭、汴，于卿意如何？"喜对曰："臣实才非智者，安敢预兆未然。窃以淮左新平，边氓未乂，周氏始吞齐国，难与争锋，岂以弊卒疲兵，复加深入。且弃舟楫之工，践车骑之地，去长就短，非吴人所便。臣愚以为不若安民保境，寝兵复约，然后广募英奇，顺时而动，斯久长之术也。"高宗不从。后吴明彻陷周，高宗谓喜曰："卿之所言，验于今矣。"

高宗委政于喜，喜亦勤心纳忠，多所匡益，数有谏诤，事并见从，由是十余年间，江东狭小，遂称全盛。唯略地淮北，不纳喜谋，而吴明彻竟败，高宗深悔之，谓袁宪曰："不用毛喜计，遂令至此，朕之过也。"

(7)表示因果关系。

其下平旷，有泉侧出，而记游者甚众。（《游褒禅山记》）

(8)表示目的关系。

籍吏民，封府库，而待将军（《鸿门宴》）

2.用作代词，通"尔"，第二人称，译为"你的"；偶尔也作主语，译为"你"。如：

①而翁归，自与汝复算耳！（《促织》）

②妪每谓余曰："某所，而母立于兹。"（《项脊轩志》）

3.通"如"，好像，如同。如：

军惊而坏都舍。（《察今》）

文化常识

山陵始毕：指皇帝刚刚离世。山陵，指山岳；旧指皇帝陵墓。

文言知识

链接："见"的用法

①喜见（看见）之不怪。（见本文）

②当乞一小郡，勿令见（参与）人事也。（见本文）

此外，"见"字还有比较特殊的三种用法：

(1)放在动词前，表示对自己怎么样，相当于"我"。如：

①臣恐有司卒然见构。（见本文）

②生孩六月，慈父见背。（《陈情表》）

③君既若见录，不久望君来。（《孔雀东南飞》）

(2)表被动，相当于"被"。如：

欲予秦，秦城恐不可得，徒见欺。（《史记·廉颇蔺相如列传》）

(3)通假，"见"同"现"，呈现、出现。如：

风吹草低见牛羊。（《敕勒歌》）

词语精解

陷：

①陷入，落在不利的境地。如：

后吴明彻陷周。（见原文）

身虽陷败，彼观其意，且欲得其当而报于汉。（司马迁《报任少卿书》）

②陷溺，淹没。如：

几陷死。（文天祥《指南录后序》）

③陷害。如：

三长史皆害汤（张汤），欲陷之。（《史记》）

初，后主置酒于后殿，展乐赋诗，醉而命喜。于时山陵初毕，未及逾年，喜见之不怿，欲谏而后主已醉，喜升阶，佯为心疾，仆于阶下，移出省中。后主醒，乃疑之，曰："我悔召毛喜，知其无疾，但欲阻我欢宴，非我所为，故奸诈耳。当乞一小郡，勿令见人事也。"乃以喜为永嘉内史。

喜至郡，不受俸秩，政弘清静，民吏便之。喜在郡有惠政，乃征入朝，道路追送者数百里。其年道病卒，时年七十二。（节选自《陈书·毛喜传》）

【积累与运用】

◆解释加点词语

(1) 发　　　　(2) 授首

(3) 愆　　　　(4) 图

(5) 寝　　　　(6) 验

(7) 怿　　　　(8) 升阶

◆翻译划线句子

㈠ 臣实才非智者，安敢预兆未然。

㈡ 高宗委政于喜，喜亦勤心纳忠，多所匡益，数有谏诤，事并见从。

㈢ 我悔召毛喜，知其无疾，但欲阻我欢宴，非我所为，故奸诈耳。

④攻破。如：

［灌孟］战常陷坚。（《史记》）

⑤陷阱。诱捕猎物或诱杀动物用的坑。如：

鱼可使之吞钩，虎可使之入陷。（《齐丘子》）

⑥缺点；过失。如：

陷而入于恭。（《国语》）

卒：

①差役，隶卒。如：

持五十金，涕泣谋于禁卒，卒感焉。（《左忠毅公逸事》）

②步兵，士卒。如：

戍卒叫，函谷举。（《阿房宫赋》）

守州城者皆赢老之卒。（《李愬雪夜入蔡州》）

③仓猝，突然。如：

五万兵难卒合。（《赤壁之战》）

④死。如：

初，鲁肃闻刘表卒。（《赤壁之战》）

⑤完成，终结。如：

谓言无罪过，供养卒大恩。（《孔雀东南飞》）

庶刘侥幸保卒余年。（《陈情表》）

⑥终于，最终。如：

卒相与欢，为刎颈之交。（《廉颇蔺相如列传》）

《魏书》

《魏书》是北齐人魏收所著的一部纪传体断代史书,该书记载了公元4世纪末至6世纪中叶北魏王朝的历史。《魏书》的撰成,在北齐统治集团中掀起了轩然大波。有人说,《魏书》"遗其家世职位";有人说,"其家不见记载";也有人说,《魏书》记事"妄有非毁",等等,一时间闹得"群口沸腾"。这场风波对当时和后世都产生了不小的影响,一是北齐皇帝高洋、高演、高湛都相继过问此事;二是在十几年中魏收两次奉命对《魏书》进行修改;三是于"众口喧然"中《魏书》被有些人称作"秽史"。实际上,"秽史"之说并不完全符合事实。

"圣小儿"祖莹

【原文】

祖莹字元珍,范阳遒人也。父季真,位中书侍郎、钜鹿太守。莹年八岁,能诵《诗》《书》;十二,为中书学生①。好学耽书,以昼继夜,父母恐其成疾,禁之不能止,常密于灰中藏火,驱逐童仆,父母寝睡之后,燃火读书,<u>以衣被闭塞窗户,恐漏光明为家人所觉</u>。由是声誉甚盛,内外亲属呼为"圣小儿"。中书监高允每叹曰:"<u>此子才器,非诸生所及,终当远至。</u>"(节选自《魏书·祖莹传》)

[注释] ①中书学生:官职名称。

【积累与运用】

◆解释加点词语

(1) 耽　　　(2) 恐

(3) 驱逐　　(4) 每

◆翻译划线句子

(一) 以衣被闭塞窗户,恐漏光明为家人所觉。

(二) 此子才器,非诸生所及,终当远至。

文化常识

中书侍郎:中书省的长官,副中书令,帮助中书令管理中书省的事务。汉朝时开始设置此官职,之后各个朝代曾改过名称,但大都有类似官职设置。

词语精解

寝:

①睡觉。如:

父母寝睡之后,燃火读书。(见本文)

宰予昼寝。(《论语·公冶长》)

②寝室、卧室。如:

然后适小寝。(《礼记·玉藻》)

③君王的宫室。如:

宫人掌王之六寝之修。(《周礼·官人》)

④停止。如:

尚书倪岳亦争之,议遂寝。(《明史·列传七十二》)

⑤相貌丑陋。如:

武安者,貌寝。(《史记·魏其安侯传》)

司马悦察狱

【原文】

时有汝南上蔡董毛奴者,赍钱五千,死在道路。郡县疑民张堤为劫,又于堤家得钱五千。堤惧拷掠,自诬言杀。狱既至州,悦①观色察言,疑其不实。引见毛奴兄灵之,谓曰:"杀人取钱,当时狼狈,应有所遗,此贼竟遗何物?"灵之云:"唯得一刀鞘而已。"悦取鞘视之,曰:"此非里巷所为也。"乃召州城刀匠示之,有郭门者前曰:"此刀鞘门手所作,去岁卖与郭民董及祖。"悦收及祖,诘之曰:"汝何故杀人取钱而遗刀鞘?"及祖款引②。灵之又于及祖身上得毛奴所著皂襦,及祖伏法。悦之察狱,多此类也。(节选自《魏书·司马悦》)

[注释]①悦:司马悦,北魏时人,当时为豫州刺史。②款引:说假话遮盖。

【积累与运用】

◆解释加点词语

(1)赍　　　　(2)狱

(3)狼狈　　　(4)召

◆翻译划线句子

㈠悦取鞘视之,曰:"此非里巷所为也。"

㈡悦收及祖,诘之曰:"汝何故杀人取钱而遗刀鞘?"

苻承祖"痴姨"

【原文】

姚氏妇杨氏者,阉人苻承祖姨也。家贫。及承祖为文明太后所宠贵,亲姻皆求利润,唯杨独不欲。常谓其姊曰:"姊虽有一时之荣,不若妹有无忧之乐。"姊每遗其衣服,多不受。强与之,

---

词语精解

遗:

(1)读 yí

①遗失。如:

小学而大遗。(韩愈《师说》)

②遗失之物。如:

道不拾遗。(《史记·商君列传》)

③抛弃,舍弃。如:

故旧不遗。(《论语·泰伯》)

④遗漏,因疏忽而漏掉。如:

应有所遗,此贼竟遗何物?(见本文)

⑤遗留。如:

访其遗踪。(苏轼《石钟山记》)

(2)读 wèi

①给予,馈赠。如:

欲厚遗之,不肯受。(《史记·魏公子列传》)

②送交,交付。如:

秦昭王闻之,使人遗赵王书,愿以十五城请易璧。(《史记·廉颇蔺相如列传》)

③送。如:

姊每遗其衣服,多不受。(见下文)

文言知识

链接:文言文中的异读现象

所谓异读现象就是不读原本的读音,改读其他的音。

异读有三种情况:破音异读、通假异读、古音异读。

1. 破音异读,前人又叫"读破""破音"。

"廿四史"选粹·《魏书》

则云："我夫家世贫，好衣美服则使人不安。"与之奴婢，云："我家无食，不能供给。"终不肯受。常著破衣，自执劳事。时受其衣服，多不著，密埋之。设有著者，污之而后服。承祖每见其寒悴，深恨其母，谓不供给之。乃启其母曰："今承祖一身，何所乏少，而使姨如是？"母具以语之。承祖乃遣人乘车往迎之，则厉志不起。遣人强舁于车上，则大哭，言："尔欲杀我也！"由是苻家内外，皆号为痴姨。（节选自《魏书·列女传》）

【积累与运用】

◆解释加点词语

(1) 不若　　(2) 与

(3) 埋　　　(4) 寒悴

(5) 恨　　　(6) 启

◆翻译划线句子

(一) 及承祖为文明太后所宠贵，亲姻皆求利润，唯杨独不欲。

(二) 设有著者，污之而后服。

奸臣公孙轨

【原文】

（公孙）轨，字元庆。出从征讨，补诸军司马。世祖①平赫连昌，引诸将帅入其府藏，各令任意取金玉。诸将取之盈怀，轨独不探把。世祖乃亲探金赐之，谓轨曰："卿可谓临财不苟得，朕所以赠赐者，欲显廉于众人。"

世祖将北征，发民驴以运粮，使轨部诣雍州。轨令驴主皆加绢一匹。乃与受之。百姓为之语曰："驴无强弱，辅绢自壮。"众共嗤之。

它是用改变字（词）的通常读音来表示不同词性和意义的一种方法。如：

①母具以语之。（见本文）（语，读 yù，用作动词，告诉）

②大楚兴，陈胜王。（《陈涉世家》）（王，读 wàng，用作动词，称王）

③使从者衣褐，怀其璧，从径道亡。（《完璧归赵》）（衣，读 yì，用作动词，穿）

2. 通假异读，指甲字通假为乙字，即读乙字的音。如：

①将军身被坚执锐。（被，读"pī"，通"披"）

②赢粮而景从。（《过秦论》）（景，读"yǐng"，通"影"）

③距关，毋内诸侯。（内，读"nà"，通"纳"）

3. 古音异读，有些专有名词，如人名、地名、官名、族名、器物名、姓氏等，读时仍读保留下来的古音。

(1)人名。如：

①汉刘邦谋臣郦食其（食其，读 yì jī）

②樊於期偏袒扼腕曰（《荆轲刺秦王》）（於，读 wū）

(2)地名。如：

①浙江会稽山（会稽，读 kuài jī）

②可以解燕国之患（燕，读 yān）

(3)官名。如：

①可汗大点兵（可汗，读 kè hán）

②匈奴呼韩邪单于（单于，读 chán yú）

(4)姓氏如：

①万俟（读 mò qí）

②尉迟（读 yù chí）

文化常识

赫连昌（？—434），一名折，字还国，十六国时期胡夏国君主，匈奴铁弗部人，赫连勃勃三子，赫连勃勃在位时被封太原公。

胡夏（407—431）又称夏国，或大夏，或赫连夏，它是东晋十六国时由匈奴铁弗部首领赫连勃勃所建立的政权。

词语精解

谓：

①告诉，对……说。如：

世祖谓崔浩曰。（见本文）

轨既死，世祖谓崔浩②曰："吾行过上党③，父老皆曰：'公孙轨为受货纵贼，使至今余奸不除，轨之咎也。其初来，单马执鞭；返去，从车百两④。'轨幸而早死，至今在者，吾必族而诛之。"（节选自《魏书·公孙轨传》）

[注释]①世祖：即太武帝拓跋焘。②崔浩：字伯渊，太宗初拜博士祭酒，累官至司徒。③上党：地名，在今山西长治市。④两：同"辆"。

【积累与运用】

◆解释加点词语

(1) 探把　　　　(2) 苟得

(3) 发　　　　　(4) 嗤

(5) 幸　　　　　(6) 族

◆翻译划线句子

(一) 朕所以赠赐者，欲显廉于众人。

(二) 公孙轨为受货纵贼，使至今余贼不除，轨之咎也。

太后明谓左右。（《战国策·赵策》）
谓安陵君曰。（《战国策·魏策》）
②叫作，称为。如：
卿可谓临财不苟得。（见本文）
谓之文也。（《论语》）
谓为三横。（《世说新语·自新》）
③认为，以为。如：
太守谓谁。（欧阳修《醉翁亭记》）
予谓菊。（周敦颐《爱莲说》）

幸：
①副词，侥幸、幸亏、幸而。如：
轨幸而早死。（见本文）
②皇帝到某处。如：
缦立远视，而望幸焉。（《阿房宫赋》）
③希望。如：
幸可广问讯，不得便相许。（《孔雀东南飞》）
④形容词，幸运。如：
则吾斯役之不幸，未若复吾赋不幸之甚也。（《捕蛇者说》）
⑤宠幸。如：
今入关，财物无所取，妇女无所幸。（《鸿门宴》）

高允直谏

【原文】

恭宗季年①，颇亲近左右，营立田园，以取其利。允谏曰："天地无私，故能覆载；王者无私，故能包养。昔之明王，以至公宰物，故藏金于山，藏珠于渊，示天下以无私，训天下以至俭。故美声盈溢，千载不衰。今殿下国之储贰②，四海属心③。言行举动，万方所则，而营立私田，畜养鸡犬，乃至贩酤市廛，与民争利，议声流布，不可追掩。夫天下者，殿下之天下，富有四海，何求而不获，何欲而弗从，而与贩夫贩妇竞此尺寸。昔虢之将亡，神乃

文化常识

高允（390—487），字伯恭，渤海蓨县（今河北景县）人。北魏名臣、文学家。高允为丞相参军高韬之子。他少年丧父，大器早成，有非凡的气度。高允十来岁时，为祖父高泰奔丧还归本郡，家中财产都让给两个弟弟而自己身归沙门，取名法净。不久又还俗。高允喜好文学，担笈负书，千里求学。他博通经史、天文、术数。初为渤海郡功曹，后任中书博士，改授中书侍郎，参修《国记》，并负责教导景穆太子拓跋晃。跟随司徒崔浩监修北魏国史。他历仕五朝，备受尊礼。太和十一年（487）去世，享年九十八岁。

储贰：太子，皇位继承人。

下降，赐之土田，卒丧其国。汉之灵帝，不修人君之重，好与宫人列肆贩卖，私立府藏，以营小利，卒有颠覆倾乱之祸，前鉴若此，甚可畏惧。夫为人君者，必审于择人。故愿殿下少察愚言，斥除佞邪，亲近忠良，所在田园，分给贫下，畜产贩卖，以时收散。如此则休声日至，谤议可除。"

给事中郭善明，性多机巧，欲逞其能，劝高宗大起宫室。允谏曰："臣闻太祖道武皇帝既定天下，始建都邑。其所营立，非因农隙，不有所兴。今建国已久，宫室已备，永安前殿足以朝会万国，西堂温室④足以安御圣躬，紫楼临望可以观望远近。若广修壮丽为异观者，宜渐致之，不可仓卒。计斫材运土及诸杂役须二万人，丁夫充作，老小供饷，合四万人，半年可讫。古人有言：一夫不耕，或受其饥；一妇不织，或受其寒。况数万之众，其所损废，亦以多矣。推之于古，验之于今，必然之效也。诚圣主所宜思量。"高宗纳之。（节选自《魏书·高允传》）

[注释] ①季年：末年。 ②属心：归心；心悦诚服地归附。 ③虢：周代诸侯国名。 ④温室：汉之宫殿名，此指暖室。

【积累与运用】

◆解释加点词语

(1) 包养　　　(2) 美声
(3) 则　　　　(4) 尺寸
(5) 府藏　　　(6) 休
(7) 仓卒　　　(8) 推

◆翻译划线句子

（一）昔之明王，以至公宰物，故藏金于山，藏珠于渊，示天下以无私，训天下以至俭。

词语精解

则：
(1) 名词。准则，法则。如：
言行举动，万方所则。（见本文）
(2) 动词。仿效，效法。如：
则先烈之言行。（见本文）
(3) 副词
①用在判断句中，起强调和确认作用，可译为"是""就是"。如：
此则岳阳楼之大观也。（《岳阳楼记》）
②表示对动作行为的强调，可按上下文义灵活译出。如：
非死则徙尔。（《捕蛇者说》）
③表示仅限于某种范围，可译为"仅""只""才"等。如：
日初出，大如车盖，及日中，则如盘盂。（《列子·汤问》）
(4) 连词
①表因果关系，可译为"就""便""那么"。如：
位卑则足羞，官盛则近谀。（《师说》）
故木受绳则直，金就砺则利。（《荀子·劝学》）
②表示顺承关系，可译为"就""便"等。如：
夫夷以近，则游者众；险以远，则至者少。（《游褒禅山记》）
登斯楼也，则有心旷神怡。（《岳阳楼记》）
③表转折关系，"则"字用在后一分句，可译为"可是""反而""却"；"则"字用在前一分句，可译为"虽然""倒是"。如：
欲速则不达。（《论语·子路》）
其室则迩，其人甚远。（《诗经·东门之墠》）
（参考译文：他家虽在我近旁，人儿却象在远方。）
④表示假设关系，用在前一分句，引出假设的情况，相当于"假使""如果"；用于后面的分句，表示假设或推断的结果，相当于"那么""就"。如：
入则无法家拂士，出则无敌国外患者，国恒亡。（《生于忧患，死于安乐》）

㈡故愿殿下少察愚言，斥除佞邪，亲近忠良，所在田园，分给贫下。

㈢古人有言：一夫不耕，或受其饥；一妇不织，或受其寒。况数万之众，其所损废，亦以多矣。

如此则休声日至。（见本文）

吾不为斯役，则久已病矣。（《捕蛇者说》）

《北齐书》

《北齐书》成书时原名《齐书》，为区别于南朝梁萧子显所撰的《齐书》（后称《南齐书》），始改称为《北齐书》。《北齐书》共有50卷，其中本纪8卷和列传42卷。《北齐书》成书于贞观十年（636），经历了三个朝代（北齐、隋、唐），共六60多年时间。《北齐书》成书前李百药先后于唐太宗贞观元年（627）和三年（629）两次奉诏继续完成父撰《齐书》遗稿，并参考了隋朝史家王劭所撰编年体《齐志》。它虽以记载北朝北齐的历史为主，但实际上记述了从高欢起兵到北齐灭亡前后约80年的历史，集中反映了东魏、北齐王朝的盛衰兴亡。《北齐书》在流传过程中残缺严重，现在只有十七卷保持原貌，其他都是后人用《北史》等著作增补，这使《北齐书》的价值大大降低。但即便如此，它还是为我们了解东魏、北齐历史提供了重要参考的断代史著作。

高欢试子

【原文】

显祖文宣皇帝，讳洋，字子进，高祖第二子，世宗之母弟。

高祖尝试观诸子意识，各使治乱丝，帝独抽刀斩之，曰："乱者须斩。"高祖是之。又各配兵四出，而使甲骑伪攻之。世宗等怖挠，<u>帝乃勒众与彭乐敌，乐免胄言情，犹擒之以献</u>。(一)后从世宗行过辽阳山，独见天门开，余人无见者。内虽明敏，貌若不足，世宗每嗤之，云："此人亦得富贵，相法亦何由可解。"唯高祖异之，谓薛琡曰："此儿意识过吾。"<u>幼时师事范阳卢景裕，默识过人，景裕不能测也</u>。（节选自《北齐书·文宣帝纪》）

【积累与运用】

◆解释加点词语

(1) 意识　　　(2) 是

(3) 若　　　　(4) 过

◆翻译划线句子

(一) 帝乃勒众与彭乐敌，乐免胄言情，犹擒之以献。

文化常识

讳：古时不敢直称帝王或尊长的名字。

词语精解

治：

①治理，管理。如：

故治国无法则乱。（《察今》）

②安定，太平。如：

明于治乱。娴于辞令。（《史记·屈原列传》）

③修治，建造。如：

民治渠少烦苦。（《西门豹治邺》）

④整理，备办。如：

于是约车治装，载券而行。（《冯谖客孟尝君》）

⑤训练，整顿。如：

今治水军八十万众。（《赤壁之战》）

⑥对付，抵御。如：

同心一意，共治曹操。（《赤壁之战》）

⑦医治。如：

君有疾在腠理，不治将恐深。（《扁鹊见蔡桓公》）

⑧处理，处治。如：

愿陛下托臣以讨贼兴复之效，不效则治臣之罪，以告先帝之灵。（《出师表》）

⑨讲求，研究。如：

此惟救死而恐不瞻，奚暇治礼仪哉！（《孟子·齐桓晋文之事》）

(二) 幼时师事范阳卢景裕，默识过人，景裕不能测也。

孙搴之事

【原文】

会高祖①西讨，登风陵，命中外府司马李义深、相府城局李士略共作檄文，二人皆辞，请以（孙）搴自代。高祖引搴入帐，自为吹火，催促之。搴援笔立成，其文甚美。高祖大悦，即署相府主簿，专典文笔。又能通鲜卑语，兼宣传号令，当烦剧之任，大见赏重。赐妻韦氏，既士人子女，又兼色貌，时人荣之。寻除左光禄大夫，常领主簿。世宗②初欲之邺③，总知朝政，高祖以其年少，未许。搴为致言，乃呆行。恃此自乞特进，世宗但加散骑常侍。（节选自《北齐书·孙搴传》）

[注释] ①高祖：即高欢，魏权臣。死后，其子高洋代魏称帝，追尊为高祖神武帝。②世宗：即高澄，高欢长子。高洋称帝后，追尊为世宗文襄皇帝。③邺，地名，今河北临漳西南。

【积累与运用】

◆ 解释加点词语

(1) 檄文　　(2) 自代

(3) 署　　　(4) 典

(5) 之　　　(6) 为

◆ 翻译划线句子

(一) 高祖引搴入帐，自为吹火，催促之。搴援笔立成，其文甚美。

(二) 恃此自乞特进，世宗但加散骑常侍。

词语精解

致：

(1)动词

①表达。如：

搴为致言，乃呆行。（见本文）

其存君兴国，而欲反复之，一篇之中，三致志焉。（《屈原列传》）

②送达。如：

宁南南下，皖帅欲结欢宁南，致敬亭于幕府。（《柳敬亭传》）

③招来。如：

致食客三千人。（《信陵君窃符救赵》）

④取得，得到。如：

家贫，无从致书以观。（《送东阳马生序》）

⑤到，达到。如：

然秦以区区之地，致万乘之势。（《过秦论》）

⑥使，致使，导致。如：

女行无偏斜，何意致不厚。（《孔雀东南飞》）

(2)名词，意态，情趣。如：

是我于花之未开，先享无穷逸致矣。（《闲情偶记·芙蕖》）

(3)形容词，精细。如：

案其狱，皆文致不可得反。（《汉书·严延年传》）

(4)副词，尽，极。如：

衡善机巧，尤致思于天文阴阳历算。（《张衡传》）

高洋好吏事

【原文】

帝①少有大度，志识沉敏，外柔内刚，果敢能断。雅好吏事，测始知终，理剧处繁，终日不倦。初践大位，留心政术，以法驭下，公道为先。或有违犯宪章，虽密戚旧勋，必无容舍，内外清靖，莫不祗肃②。至于军国几策，独决怀抱，规模宏远，有人君大略。又以三方鼎峙③，诸夷未宾，修缮甲兵，简练士卒，左右宿卫置百保军士。每临行阵，亲当矢石，锋刃交接，唯恐前敌之不多，屡犯艰危，常致克捷。尝于东山游宴，以关陇④未平，投杯震怒，召魏收于御前，立为诏书，宣示远近，将事西伐。

（节选自《北齐书·文宣纪》）

[注释]①帝：即北齐文宣帝高洋。②祗肃：恭敬。"祗"是助词，在句中无意义。③鼎峙：鼎立。峙：占据；对峙。④关陇：地名，本处特指与其对立的政权北周。

【积累与运用】

◆解释加点词语

(1) 践　　　　(2) 清靖
(3) 宾　　　　(4) 简练
(5) 克捷　　　(6) 立

◆翻译划线句子

(一) 雅好吏事，测始知终，理剧处繁，终日不倦。

(二) 或有违犯宪章，虽密戚旧勋，必无容舍。

刑狱参军苏琼

【原文】

苏琼，字珍之，武强人也。琼幼时随父在边，尝谒东荆州刺史曹芝。芝戏问曰："卿欲官不？"对曰："设官求人，非人求官。"芝异其对，署为府长流参军。文襄以仪同开府，引为刑狱参军，每加勉劳。并州尝有强盗，长流参军推其事，

词语精解

修：

(1)动词

①修建，修造。如：
乃重修岳阳楼。（《岳阳楼记》）

②修理，建造。如：
修缮甲兵，简练士卒。（见本文）
内立法度，务耕织，修守战之具。（《过秦论》）

③整治，治理。如：
外结好孙权，内修政理。（《隆中对》）

④修养。如：
臣修身洁行数十年。（《信陵君窃符救赵》）

⑤修订，修改。如：
议法度而修之于朝廷。（《答司马谏议书》）

⑥编纂，编写。如：
孙子膑脚，兵法修列。（《报任安书》）

⑦学习，研究。如：
是以圣人不期修古，不法常可。（《五蠹》）

⑧整饬。如：
何者，严大国之威以修敬也。（《史记·廉颇蔺相如列传》）

(2)形容词

①善，美好。如：
是故事修而谤兴，德高而毁来。（《原毁》）

②长，高。如：
盖简桃核修狭者为之。（《核舟记》）

文化常识

开府：古代指高级官员（如三公、大将军、将军等）建立府署并自选僚属之意。汉朝三公、大将军可以开府。

参军：官名，即参军事。东汉末始有"参某某军事"的名义，谓参谋军事。简称"参军"。晋以后军府和王国始置为官员。沿至隋唐，兼为郡官。明清称经略为参军。

所疑贼并已拷伏，唯不获盗赃。文襄付琼更令穷审，乃别推得元景融等十余人，并获赃验。<u>文襄大笑，语前妄引贼者曰："尔辈若不遇我好参军，几致枉死。"</u>

除南清河太守，其郡多盗，及琼至，民吏肃然，奸盗止息。零县民魏双成失牛，疑其村人魏子宾，送至郡，一经穷问，知宾非盗者，即便放之，密走私访，别获盗者。从此牧畜不收，多放散，云："但付府君。"有邻郡富豪，将财物寄置界内以避盗，为贼攻急，告曰："我物已寄苏公矣。"贼遂去。郡中旧贼一百余人，悉充左右，人间善恶，及长吏饮人一杯酒，无不即知。

琼性清慎，不发私书。道人道研为济州沙门统，资产巨富，在郡多有出息，常得郡县为征。及欲求谒，度知其意，每见则谈问玄理，应对肃敬，研虽为债数来，无由启口。其弟子问其故，研曰："每见府君，径将我入青云间，何由得论地上事。"

有百姓乙普明兄弟争田，积年不断，各相援引，乃至百人，琼召普明兄弟对众人谕之曰："天下难得者兄弟，易求者田地，假令得地，失兄弟心，如何？"因而下泪，众人莫不洒泣，普明弟兄叩头乞外更思，分异十年，遂还同住。

天保中，郡界大水，人灾，绝食者千余家。琼普集郡中有粟家，自从贷粟以给付饥者。州计户征租，复欲推其货粟。纲纪谓琼曰："虽矜饥馁，恐罪累府君。"琼曰："<u>一身获罪，且活千室，何所怨乎？</u>"遂上表陈状，使检皆免，人户保安。在郡六年，人庶怀之。遭忧解职，故人赠遗，一无所受。（节选自《北齐书·苏琼传》）

【积累与运用】

◆翻译划线句子

(一)芝戏问曰："卿欲官不？"对曰："设官求人，非人求官。"芝异其对。

词语精解

引：

会意，从弓｜。｜表示箭。在弦，箭即将射发。本义：拉开弓。

①拉开弓，引申为延长，伸长。如：

君子引而不发，跃如也。（《孟子》）

臣为王引弓，虚发而下鸟。（《战国策·楚策》）

②引导，带领；拉，牵挽。如：

引相如去。（《史记·廉颇蔺相如列传》）

引车避匿。（同上）

③荐举。如：

引为刑狱参军。（见本文）

④退避。如：

自引而起。（《战国策·燕策》）

引次江北。（《资治通鉴》）

⑤举起；竖起。如：

引其匕首提秦王，不中，中柱。（《战国策·燕策》）

⑥延请。如：

公子引侯生坐上坐。（《史记·魏公子列传》）

⑦取过来，拿出；引申为援引，引用。如：

引壶觞。（陶渊明《归去来兮辞》）

各相援引，乃至百人。（见本文）

不宜妄自菲薄，引喻失义。（诸葛亮《出师表》）

⑧承认。如：

权引咎责躬。（《三国志·吴志》）

语前妄引贼者曰。（见本文）

知：

①知道，知晓。如：

知宾非盗者。（见本文）

②主持，管理。如：

吾与之共知越国之政。（《勾践灭吴》）

③了解。如：

君何以知燕王？（《史记·廉颇蔺相如列传》）

④识别。如：

其真无马邪，其真不知马也。（《马说》）

⑤知觉。如：

而死后之有知无知，与得见不得见，又卒难明也。（《祭妹文》）

"廿四史"选粹·《北齐书》

175

(二) 文襄大笑，语前妄引贼者曰："尔辈若不遇我好参军，几致枉死。"

(三) 一身获罪，且活千室，何所怨乎？

颜之推传

【原文】

颜之推，字介，琅邪临沂人也。父勰，梁湘东王萧绎镇西府谘议参军。之推早传家业，年十二，值绎自讲《庄》《老》，便预门徒。虚谈非其所好，还习《礼》《传》。博览群书无不该洽①，词情典丽，甚为西府所称。绎以为其国左常侍，加镇西墨曹参军。好饮酒，多任纵，不修边幅，时论以此少(2)=之。绎遣世子方诸出镇郢州，以之推掌管记。值侯景陷郢州，频(3)=欲杀之，赖其行台郎中王则以获免，被囚送建业。景平，还江陵。时绎已自立，以之推为散骑侍郎，奏舍人事。

后为周军所破，大将军李显庆重之，荐往弘农，令掌其兄阳平公远书翰。值河水暴长，具船将妻子来奔，经砥柱之险，时人称其勇决。显祖见而悦之，即除奉朝请，引于内馆中，侍从左右，颇被顾眄。天保末，从至天池，以为中书舍人，令中书郎段孝信将敕书出示之推。之推营外饮酒，孝信还以状言，显祖乃曰："且停。"由是遂寝。

寻迁中书舍人。帝时有取索，恒令中使传旨，之推禀承宣告，馆中皆受进止。所进文章，皆是其封署，于进贤门奏之，待报方出。兼善于文字，监校缮写，处事勤敏，号为称职。帝甚加恩接，顾遇逾厚，为勋要者所嫉，常欲害之。崔季舒等将谏也，之推取急还宅，故不连署。及召集谏人，之推亦被唤入，勘无其名，方得免祸。

⑥知识。如：

两小儿笑曰："孰为汝多知乎！"（《两小儿辩日》）

⑦交情，来往。如：

故绝宾客之知，忘室家之业。（《报任安书》）

⑧通"智"，智慧。如：

君子博学而日参省乎己，则知明而行无过矣。（《劝学》）

文化常识

散骑侍郎：官名，三国魏吴皆置，掌侍从左右，顾问应对、规劝得失；与散骑常侍等共平尚书奏事。西晋置，东晋罢。南朝复置，属集书省，掌文学侍从，收纳章奏，劝谏纠劾。北朝也置，且兼修国史。

中书舍人，官名。舍人始于先秦，本为国君、太子亲近属官，魏晋时于中书省内置中书通事舍人，掌传宣诏命。南朝沿置，至梁，除通事二字，称中书舍人，任起草诏令之职，参与机密，权力日重。

文言知识

链接：名词、形容词的使动用法

(1)名词使动用法

指这个名词带了宾语，并且使宾语所代表的人或事物变成这个名词所代表的人或事物。翻译时要采用兼语式的形式。例如：

①文王以百里之壤而臣诸侯。（《毛遂自荐》）

臣：使……称臣。

②先破秦入咸阳者王之。（《鸿门宴》）

王：使……为王。

在古代汉语里，名词用作使动词比较少见。

(2)形容词使动用法

形容词带上宾语以后，如果使得宾语具有这个形容词的性质和状态，那么这个形容词则活用为使动词。例如：

及周兵陷晋阳，帝轻骑还邺，窘急计无所从，之推因宦者侍中邓长颙进奔陈之策，仍劝募吴士千余人以为左右，取青、徐路共投陈国。帝甚纳之，以告丞相高阿那肱等。阿那肱不愿入陈，劝帝送珍宝累重向青州。虽不从之推计策，然犹以为平原太守，令守河津。齐亡，入周，大象末为御史上士。隋开皇中，太子召为学士，甚见礼重。寻以疾终。有文三十卷，撰《家训》二十篇，并行于世。（节选自《北齐书·颜之推传》）

[注释] ①该洽：博通，广博。

【积累与运用】

◆解释加点词语

(1) 以为　　　(2) 少

(3) 频　　　　(4) 顾眄

(5) 状　　　　(6) 称职

(7) 勘　　　　(8) 终

◆翻译划线句子

(一) 之推早传家业，年十二，值绎自讲《庄》《老》，便预门徒。

(二) 值河水暴长，具船将妻子来奔，经砥柱之险，时人称其勇决。

(三) 帝甚加恩接，顾遇逾厚，为勋要者所嫉，常欲害之。

①既来之，则安之。（《季氏将伐颛臾》）

安：使……安。

②大王必欲急臣，臣头今与璧俱碎于柱矣！（《史记·廉颇蔺相如列传》）

急：使……急。

③凄神寒骨，悄怆幽邃。（《小石潭记》）

凄、寒：使神骨凄寒。

词语精解

以为（以……为……）：

①用在动词、形容词或词组前，译作"认为"。如：

臣以为布衣之交尚不可欺。（《史记·廉颇蔺相如列传》）

他日闻钟，以为日也。（苏轼《日喻》）

②用在名词前，即"以之为"的省略形式。犹言"让他（她）做""把（它）作为"。如：

绎以其国左常侍。（见本文）

以之推为散骑侍郎。（见本文）

以为中书舍人。（见本文）

然犹以为平原太守。（见本文）

③作为，用作。如：

仍劝募吴士千余人以为左右。（见本文）

《周书》

《周书》是专记西魏、北周史事的"正史"。北魏分裂后,一部分鲜卑贵族在长安(今陕西西安)建立了政权,史称西魏(535—557),与它并立的是东魏政权(534—550)。后来,西魏的鲜卑族宇文氏贵族夺取了拓跋氏的皇位,建周皇朝,史称北周(557—581)。《周书》50卷,包括帝纪8卷、列传42卷,唐初史学家令狐德棻等撰。贞观三年(629),唐太宗诏修梁、陈、齐、周、隋五代史。令狐德棻与岑文本、崔仁师负责撰北周史,成书于贞观十年(636),号曰《周书》。它是了解和研究西魏、北周历史最基本的一部史书。

人君之身百姓之表

【原文】

凡人君之身者,乃百姓之表,一国之的也。表不正,不可求直影;的不明,不可责射中。今君身不能自治,而望治百姓,是犹曲表而求直影也;君行不能自修,而欲百姓修行者,是犹无的而责射中也。故为人君者,必心如清水,形如白玉。躬行仁义,躬行孝悌,躬行忠信,躬行礼让,躬行廉平,躬行俭约,然后继之以无倦,加之以明察。行此八者,以训其民。是以其人畏而爱之,则而象之,不待家教日见而自兴行矣。(节选自《周书·苏绰传》)

【积累与运用】

◆解释加点词语

(1)表　　(2)的
(3)继　　(4)训

◆翻译划线句子

(一)君行不能自修,而欲百姓修行者,是犹无的而责射中也。

(二)是以其人畏而爱之,则而象之,不待家教日见而自兴行矣。

词语精解

行:

(1)动词

①行走。如:
三人行,则必有我师。(《师说》)

②运行。如:
故审堂下之阴,而知日月之行,阴阳之变。(《察今》)

③经,历。如:
行年四岁,而舅夺母志。(《陈情表》)

④离去,前往。如:
赵王畏秦,欲毋行。(《史记·廉颇蔺相如列传》)

⑤实行,施行。如:
躬行仁义。(见本文)
余嘉其能行古道,作《师说》以贻之。(《师说》)

⑥行酒,给客人斟酒。如:
客至未尝不置酒,或三行五行,多不过七行。(《训俭示康》)

(2)名词

①古诗的一种体裁。如:
《琵琶行》《兵车行》

②行为,品行。如:
君行不能自修。(见本文)

③动作。如:
视为止,行为迟。(《庖丁解牛》)

(3)副词,将要。如:
巨是凡人,偏在远郡,行将为人所并。(《赤壁之战》)

善官人者必先省其官

【原文】

然善官人者必先省其官。官省，则善人易充，善人易充，则事无不理；官烦，则必杂不善之人，杂不善之人，则政必有得失。故语曰："官省则事省，事省则民清；官烦则事烦，事烦则民浊。"清浊之由，在于官之烦省。案今吏员，其数不少。昔民殷事广，尚能克济，况今户口减耗。依员而置，犹以为少。如闻在下州郡，尚有兼假，扰乱细民。甚为无理。诸如此辈，悉宜罢黜，无得习常。（节选自《周书·苏绰传》）

【积累与运用】

◆解释加点词语

(1) 省　　　　(2) 烦

(3) 案　　　　(4) 兼假

◆翻译划线句子

(一)昔民殷事广，尚能克济，况今户口减耗。

(二)诸如此辈，悉宜罢黜，无得习常。

治民之本先在治心

【原文】

凡治民之体，先当治心。心者，一身之主，百行之本。心不清净，则思虑妄生。思虑妄生，则见理不明。见理不明，则是非谬乱。是非谬乱，则一身不能自治，安能治民也！是以治民之要，在清心而已。夫所谓清心者，非不贪货财之谓也，乃欲使心气清和，志意端静。心和志静，则邪僻之虑，无因而作。邪僻不作，则凡所思念，无不皆得至公之理。率至公之理以临其民，则彼下民孰不从化。是以称治民之本，先在治心。（节选自《周书·苏绰传》）

词语精解

善：

(1)形容词。好；好的，善良的；友好的，亲善的。如：

①晋鄙听，大善；不听，可使击之。（《信陵君窃符救赵》）

②官省，则善人易充。（见本文）

③不如因而善遇之。（《鸿门宴》）

(2)动词

①交好，亲善。如：

楚左尹项伯……素善留侯张良。（《鸿门宴》）

②长于，善于。如：

然善官人者必先省其官。（见本文）

③做好，处理好。如：

工欲善其事，必先利其器。（《论语·卫灵公》）

④喜欢，羡慕。如：

善万物之得时，感吾生之行休。（《归去来兮辞》）

⑤通"缮"，修治，引申为擦拭。如：

为之踌躇满志，善刀而藏之。（《庖丁解牛》）

(3)表示应答之词。如：

王曰："善！"（《邹忌讽齐王纳谏》）

(4)名词。好人，好事，好的行为；好的方法。如：

①积善成德，而神明自得，圣心备焉。（《劝学》）

②不战而屈人之兵，善之善者也。（《谋攻》）

文言知识

文言固定句式：……之谓也 / 其……之谓也

这是宾语提前的一种固定格式，是一种表示总结性的判断句。其中"之"属于结构助词，起提宾的作用。句首有"其"的也属于这种格式，而"其"属于句首语气助词，表推测，应译为"大概"。这种固定格式可译为"说的就是……啊"，或"大概说的就是……啊"。如：

①闻道百，以为莫己若者，我之谓也。《庄子·秋水》

②诗曰："他人有心，予忖度之。"夫子之谓也。《孟子·齐桓晋文之事》

【积累与运用】

◆ 解释加点词语
  (1) 安　　　(2) 要
  (3) 作　　　(4) 临

◆ 翻译划线句子

(一) 心者，一身之主，百行之本。

(二) 夫所谓清心者，非不贪货财之谓也，乃欲使心气清和，志意端静。

柳庆断案

【原文】

后周柳庆，兼雍州别驾。有贾人持金二十斤，诣京师交易，寄人居止。每欲出行，常自执管钥。无何，缄闭不异而并失之。谓是主人所窃。郡县讯问，主人遂自诬服。庆闻而叹之，乃召问贾人曰："卿钥恒置何处？"对曰："恒自带之。"庆曰："颇与人同宿乎？"对曰："无。"曰："与同饮乎？"曰："向者曾与一沙门再度酣宴，醉而昼寝。"庆曰："主人特以痛自诬，非盗也。彼沙门乃真盗耳。"即遣吏逮捕沙门，乃怀金逃匿。后捕得，尽获所失之金。

有胡家被劫，郡县按察，莫知贼所，邻近被囚系者甚多。庆以贼徒既众，似是乌合，既非旧交，必相疑阻，可以诈求之。乃作匿名书多牓①官门曰：多牓①官门曰："我等共劫胡家，徒侣混杂，终恐泄露。今欲首，惧不免诛。若听先首免罪，便

③ 其李将军之谓也。《史记·李将军列传》
④ 非不贪货财之谓也。（见本文）

词语精解

本：

(1) 名词
① 草木的根，引申为根本，基础。如：
求木之长者，必固其根本。（《谏太宗十思疏》）
是以称治民之本，先在治心。（见本文）
② 本业，常代指农业。如：
今殴民而归之农，皆著于本。（《论积贮疏》）
③ 书本，稿本，版本。如：
今存其本不忍废。（《〈指南录〉后序》）
④ 本章，臣子给皇帝的奏章或书信。如：
是无难，别具本章，狱词无易。（《狱中杂记》）
(2) 量词。如：
若印数十百千本，则极为神速。（《梦溪笔谈》）
(3) 动词，推究本源，考查。如：
抑本其成败之迹，而皆自于人欤？（《伶官传序》）
(4) 副词，本来。如：
臣本布衣，躬耕于南阳。（《出师表》）

文化常识

别驾：官名，全称为别驾从事史，亦称别驾从事。汉置，为州刺史的佐吏。因其地位较高，刺史出巡辖境时，别乘驿车随行，故名。魏、晋、南北朝，诸州置别驾如汉制，职权甚重。隋初废郡存州，改别驾为长史。唐初改郡丞为别驾，高宗又改别驾为长史，唐中叶以后，别驾、长史并置，但职权任务都已轻了许多。宋改置诸州通判，职守相同，因亦称通判别为别驾。

词语精解

乃：

① 是，就是。如：
彼沙门乃真盗耳。（见本文）
以其乃华山之阳名之。（王安石《游褒禅山记》）
② 于是；就。如：
庆闻而叹之，乃召问贾人。（见本文）
永乃发愤读书，涉猎经史，兼有才笔。（《北史·傅永列传》）

欲来告。"庆乃复施免罪之榜。居二日，广陵王欣家奴面缚自告榜下，因此推穷，尽获党羽。（节选自《周书》）

[注释] ①榜：告示，文告。

【积累与运用】

◆解释加点词语

(1) 贾人　　(2) 交易
(3) 无何　　(4) 特
(5) 按察　　(6) 乌合

◆翻译划线句子

(一) 向者曾与一沙门再度酣宴，醉而昼寝。

(二) 居二日，广陵王欣家奴面缚自告榜下，因此推穷，尽获党羽。

③竟，竟然。如：
今其智乃反不能及，其何怪也！（韩愈《师说》）

④可是，然而。如：
即遣吏逮捕沙门，乃怀金逃匿。（见本文）

⑤你，你的。如：
余嘉乃勋。《左传·僖公十二年》
几败乃公事。《汉书·高帝纪上》

名医姚僧垣

【原文】

姚僧垣字法卫，吴兴武康人。梁武帝大同九年领殿中医师。时葛修华宿患积时，方术莫效，梁武帝乃令其视之。还，具说其状，并记增损时候。梁武帝叹曰："卿用意绵密，乃至于此，以此候疾，何疾可逃？"后为太祖征。

天和元年，大将军、乐平公窦集暴感风疾，精神瞀乱，无所觉知。诸医先视者，皆云已不可救。僧垣后至，曰："困则困矣，终当不死。若专以见付，相为治之。"其家忻然，请受方术。僧垣为合汤散，所患即瘳。

建德四年，高祖亲戎东讨，至河阴遇疾。口不能言；睑垂覆目，不复瞻视；一足短缩，又不得行。僧垣以为诸藏俱病，不可并治。军中之要，莫先于语。乃处方进药，帝遂得言。次又治目，目疾便愈。末乃治足，足疾亦瘳。比至华州，帝已痊复。宣政元年，高祖行幸云阳，遂寝疾。乃

文化常识

尚齿：典故名，典出《庄子集释·外篇·天道》中"宗庙尚亲，朝廷尚尊，乡党尚齿，行事尚贤，大道之序也。"在宗庙崇尚血缘，在朝廷崇尚高贵，在乡里崇尚年长，办事时崇尚贤能，这是永恒的大道所安排下的秩序。后遂以"尚齿"喻尊崇年长者。

崩：古代把天子的死看得很重，常用山塌下来比喻，由此从周代开始帝王死称"崩"。

词语精解

邑：
①古代称侯国为邑。如：
邑，国也。（《说文》）（段玉裁注：《左传》凡称人曰大国，凡自称曰敝邑。古国邑通称。）
君惠徼福于敝邑之社稷。（《左传·僖公四年》）

②国都，京城。如：
邑外谓之郊。（《尔雅》）（郭璞注：邑，国都也。）

诏僧垣赴行在所。内史柳昂私问曰:"至尊贬膳日久,脉候如何?"对曰:"天子上应天心,或当非愚所及。若凡庶如此,万无一全。"寻而帝崩。

宣帝初在东宫,常苦心痛。乃令僧垣治之,其疾即愈。帝甚悦。及即位,恩礼弥隆。常从容谓僧垣曰:"常闻先帝呼公为姚公,有之乎?"对曰:"臣曲荷殊私,实如圣旨。"(二)帝曰:"此是尚齿之辞,非为贵爵之号。朕当为公建国开家,为子孙永业。"乃封长寿县公,邑一千户。册命之日,又赐以金带及衣服等。

大象二年,除太医下大夫。帝寻有疾,至于大渐。僧垣宿直侍。帝谓随公曰:"今日性命,唯委此人。"僧垣知帝诊候危殆,必不全济。乃对曰:"臣荷恩既重,思在效力。但恐庸短不逮,敢不尽心。"帝颔之。及静帝嗣位,迁上开府仪同大将军。隋开皇初,进爵北绛郡公。三年卒,时年八十五。(节选自《周书·姚僧垣传》)

【积累与运用】

◆解释加点词语

(1)困　　　　(2)见

(3)末　　　　(4)比

(5)从容　　　(6)渐

◆翻译划线句子

(一)"卿用意绵密,乃至于此,以此候疾,何疾可逃?"后为太祖征。

(二)"常闻先帝呼公为姚公,有之乎?"对曰:"臣曲荷殊私,实如圣旨。"

(三)乃对曰:"臣荷恩既重,思在效力。但恐庸短不逮,敢不尽心。"帝颔之。

是以论其迁邑易京,则同规乎殷盘。(张衡《东京赋》)

③指古代无先君宗庙的都城。如:

凡邑,有宗庙先君之主曰都,无曰邑。(《左传》)

(孔颖达疏:小邑有宗庙,则虽小曰都,无乃为邑,为尊宗庙,故小邑与大都同名。)

④泛指一般城镇。大曰都,小曰邑。如:

一年而所居成聚,二年成邑,三年成都。(《史记·五帝本纪》)

小则获邑,大则得城。(苏洵《六国论》)

⑤旧时县的别称。如:

秦有天下,裂都会而为之郡邑。(柳宗元《封建论》)

故今之邑民最独畏旱,而旱辄连年。(王安石《上杜学士言开河书》)

⑥通称诸侯的封地、大夫的采地。如:

邑万家。(《战国策·燕策》)

然广不得爵邑。(《史记·李将军列传》)

⑦居民聚居的地方。如:

邑犬群吠。(柳宗元《柳河东集》)

《南史》

《南史》是官修纪传体正史，由李太师及其子李延寿两代人编撰完成。全书80卷，含本纪10卷，列传70卷，上起宋武帝刘裕永初元年(420)，下迄陈后主陈叔宝祯明三年(589)，记载南朝宋、齐、梁、陈四国170年史事。《南史》文字简明，事增文省，在史学上占有重要地位。其不足处在于作者突出门阀士族地位，过多采用家传形式。例如将不同朝代的一族一姓人物不分年代，集中于一篇中叙述，实际成为大族族谱。以王、谢等大家为主，《列传》多附传，附传的人物多属家族成员，例如《南史·袁湛传》附传人物达12人。

萧统判案

【原文】

昭明太子统，字德施，小字维摩，武帝长子也。年十二，于内省见狱官将谳事，问左右曰："是皂衣①何为者？"曰："廷尉官属。"召视其书曰："是皆可念，我得判否？"有司以统幼，绐之曰："得，其狱皆刑罪上。"统皆署杖五十。有司抱具狱，不知所为，具言于帝，帝笑而从之。（节选自《南史·萧统传》）

[注释] ①皂衣：即黑衣。秦汉时官员所着，后降为下级官吏的服装。这里借指下吏。

【积累与运用】

◆解释加点词语

(1) 谳事　　　(2) 书

(3) 以　　　　(4) 绐

◆翻译划线句子

(一) 是皆可念，我得判否？

(二) 有司抱具狱，不知所为，具言于帝，帝笑而从之。

词语精解

是：

会意。从日、正。本义：正，不偏斜。

(1)形容词，正确。如：

实迷途其未远，觉今是而昨非。（《归去来兮辞》）

(2)动词

①认为……正确。如：

是己而非人，俗之同病。（《问说》）

②是，表判断。如：

问今是何世，乃不知有汉，无论魏晋。（《桃花源记》）

(3)代词，这，这个，这样。如：

然是说也，余尤疑之。（《石钟山记》）

(4)助词。作宾语前置的标志。如：

求！无乃尔是过与？（《季氏将伐颛臾》）

范元琰为人善良

【原文】

范元琰，字伯珪，吴郡钱塘人也。及长好学，博通经史，兼精佛义。然谦敬不以所长骄人。家贫，唯以园蔬为业。尝出行，见人盗其菘①，元琰遽退走。母问其故，具以实答。母问盗者为谁，答曰："向所以退，畏其愧耻，今启其名，愿不泄也。"于是母子秘之。或有涉沟盗其笋者，元琰因伐木为桥以度之，自是盗者大惭，一乡无复草窃。（节选自《南史》）

[注释] ①菘：白菜。

【积累与运用】

◆解释加点词语

(1) 及　　　　(2) 尝

(3) 遽　　　　(4) 故

(5) 秘　　　　(6) 是

◆翻译划线句子

(一) 向所以退，畏其愧耻，今启其名，愿不泄也。

(二) 或有涉沟盗其笋者，元琰因伐木为桥以度之。

衡阳王受训

【原文】

义季①尝大搜②于鄢，有野老带苦③而耕，命左右斥之。老人拥耒对曰："昔楚子④盘游，受讥令尹，今阳和扇气，播厥之始。一日不作，人失其时。大王驰骋为乐，驱斥老夫，非劝农之意。"义季止马曰："此贤者也。"命赐之食。老人曰："吁！愿大王均其赐也。苟不夺人时，则一时则享王赐。老人不偏其私矣，斯饭也弗敢当。"问其名，不

词语精解

然：

会意兼形声。下形，上声。四点是火的变形。声符是狗肉的意思，下面加火以烤狗肉。本义：燃烧。

①本义：燃烧，同"燃"。如：
若火之始然。（《孟子》）
②以为……对，同意。如：
然不自意能先入关破秦。（《史记·项羽本纪》）
③是，对。如：
子曰：然。（《论语·阳货》）
④这（那）样。如：
河东凶亦然。（《孟子》）
⑤用作形容词或副词的词尾，有"……的样子"之意。如：
庞然大物也。（柳宗元《三戒》）
康肃忿然曰。（欧阳修《卖油翁》）
⑥另词组"然则"，用在句子开头，表示"既然这样，那么……"。如：
是进亦忧，退亦忧，然则何时而乐耶？（范仲淹《岳阳楼记》）

文化常识

令尹：春秋、战国时期楚国最高官职。

一时：即冬天，冬季。《国语·周语上》："三时务农而一时讲武。"韦昭注："三时，春夏秋；一时，冬也。"

词语精解

劝：

①勉，勉励。如：
非劝农之意。（见本文）

言而退。（节选自《南史·衡阳文王义季传》）

[注释] ①衡阳王刘义季，南朝宋武帝刘裕之子。②大蒐：围猎。③苫：用茅草编成的遮盖物。④楚子：楚王。

【积累与运用】

◆解释加点词语

(1) 斥　　　　(2) 讥

(3) 劝　　　　(4) 止

◆翻译划线句子

(一) 义季止马曰："此贤者也。"

(二) 苟不夺人时，则一时则享王赐。

吕僧珍公私分明

【原文】

僧珍去家久，表求拜墓。武帝①欲荣以本州，乃拜南兖州刺史。僧珍在任，见士大夫迎送过礼，平心率下，不私亲戚。兄弟皆在外堂，并不得坐。指客位谓曰："此兖州刺史坐，非吕僧珍床。"及别室促膝如故。从父兄子先以贩葱为业，僧珍至，乃弃业求州官。僧珍曰："吾荷国重恩，无以报效，汝等自有常分，岂可妄求叨越②。当速反葱肆耳。"僧珍旧宅在市北，前有督邮廨③，乡人咸劝徙廨以益其宅。僧珍怒曰："岂可徙官廨以益吾私宅乎？"(二) 姊适于氏，住市西小屋临路，与列肆④杂。僧珍常导从卤簿⑤到其宅，不以为耻。（节选自《南史·吕僧珍传》）

[注释] ①武帝：南朝梁武帝萧衍。②叨越：非分占有。③督邮廨：督邮，官名，负责郡内监察。廨，官舍。④列肆：指开设商铺。⑤卤簿：官员出行随从的仪仗。

②劝说，劝告。如：

时周瑜受使至番阳，肃劝权召瑜还。（《赤壁之战》）

赐：

形声。从贝，易声。从"贝"，表示与钱财有关。本义：赏赐。

(1)给予；上给予下。如：

命赐之食。（见本文）

上予下曰赐。（《正字通》）

策勋十二转，赏赐百千强。（《乐府诗集·木兰诗》）

(2)赏给的东西。如：

愿大王均其赐也。（见本文）

(3)敬辞，请给。如：

请赐教。

词语精解

率：

象形。甲骨文字形，象捕鸟的丝网。本义：捕鸟的丝网。

①用网捕鸟兽。如：

悉率百禽。（张衡《东京赋》）

②榜样，楷模。如：

刺史，古之方伯，上所委任，一州表率也。（班固《汉书·何武传》）

③率领，带领。如：

率疲弊之卒，将数百之众，转而攻秦。（《过秦论》）

④通"帅"，率领，带领。如：

将军身率益州之众出于秦川。（《三国志·诸葛亮传》）

⑤沿着，遵循。如：

此吾所以敢率性就死不顾汝也。（林觉民《与妻书》）

⑥顺服，顺从。如：

时率意独驾，不由径路。（《晋书·阮籍传》）

【积累与运用】

◆解释加点词语
　(1) 求　　　　　(2) 荷
　(3) 肆　　　　　(4) 适

◆翻译划线句子
　㈠ 僧珍去家久，表求拜墓。

　㈡ 僧珍在任，见士大夫迎送过礼，平心率下，不私亲戚。

⑦轻率；直率。如：
子路率尔而对。（《论语·先进》）
率心奉上，不顾嫌疑。（《魏书·张衮传》）
⑧皆，都。如：
六国互丧，率赂秦耶？（苏洵《权书·六国论》）
⑨大约，大概。如：
大率用根者……须取无茎叶时采。（沈括《梦溪笔谈》）

何远惠民

【原文】

何远字义方，东海郯城人，武帝践阼，为后军鄱阳王恢录事参军。远与恢素善，在府尽其志力，知无不为，恢亦推心仗之，恩寄①甚密。

迁武昌太守。远本倜傥，尚轻侠。至是乃杜绝交游，馈遗秋毫无所受。武昌俗皆汲江水，盛夏，远患水温，每以钱买民井寒水。不取钱者，则挹②水还之。迹虽似伪，而能委曲用意。车服尤弊素，器物无铜漆。江左水族甚贱，远每食不过干鱼数片而已。然性刚严，吏民多以细事受鞭罚，遂为人所讼，征下廷尉，被劾十数条。

后为武康令，愈厉廉节，除淫祀，正身率职，人甚称之。太守王彬巡属县，诸县皆盛供帐以待焉。至武康，远独设糗③水而已。武帝闻其能，擢为宣城太守。自县为近畿④大郡，近代未有之也。郡经寇抄，远尽心绥理，复著名迹。

期年，迁树功将军、始兴内史。时泉陵侯朗为桂州，缘道多剽掠，入始兴界，草木无所犯。远在官好开途巷，修葺墙屋，人居市里，城隍厩库，所过若营家焉。田秩奉钱，并无所取，岁暮择人尤

【文化常识】
践阼：走上阼阶主位。古代庙寝堂前两阶，主阶在东，称阼阶。阼阶上为主位。《礼记·曲礼下》："践阼，临祭祀。"孔颖达疏："践，履也；阼，主人阶也。"天子祭祀升阼阶……履主阶行事，故云践阼也。"亦作"践胙""践祚"。即位，登基。

【文言知识】
迹虽似伪，而能委曲用意。（见本文）
委曲：同"委屈"。指屈身折节，曲意求全，迁就他人。
远性耿介，无私曲。（见本文）
私曲：谓偏私阿曲，不公正。

【词语精解】
素：
(1)名词
①白色的生绢。如：
十三能织素，十四学裁衣。（《孔雀东南飞》）
②蔬果类食品。如：
养山林薮泽草木鱼鳖百素。（《荀子·王制》）
(2)形容词
①白色。特指与丧事有关的东西。如：

穷者充其租调,以此为常。而性果断,人畏而惜之,所至皆生为立祠,表言政状,帝每优诏答焉。迁东阳太守。远处职,疾强富如仇雠,视贫细如子弟,特为豪右所畏惮。在东阳岁余,复为受罚者所谤,坐免归。

远性耿介,无私曲,居人间绝请谒,不造诣。与贵贱书疏,抗礼如一。其所会遇,未尝以颜色下人。是以多为俗士所疾恶。其清公实为天下第一。居数郡,见可欲终不变其心,妻子饥寒如下贫者。及去东阳归家,经年岁,口不言荣辱,士类益以此多之。其轻财好义,周人之急,言不虚妄,盖天性也。每戏语人云:"卿能得我一妄语,则谢卿以一缣。"众共伺之,不能记也。(节选自《南史·何远传》)

[注释]①恩寄:对下级信任托付。②捷:担运。③糗:干粮。④近畿:京城附近地区。

【积累与运用】

◆解释加点词语

(1)践阼　　(2)供帐

(3)缘道　　(4)抗礼

(5)颜色　　(6)多

(7)得　　　(8)伺

◆翻译划线句子

(一)至是乃杜绝交游,馈遗秋毫无所受。

(二)武帝闻其能,擢为宣城太守。自县为近畿大郡,近代未有之也。

(三)在东阳岁余,复为受罚者所谤,坐免归。

春冬之时,则素湍绿潭,回清倒影。(《三峡》)

秦伯素服郊次。(《殽之战》)

②朴素;不加修饰的。如:

车服尤弊素。(见本文)

可以调素琴,阅金经。(《陋室铭》)

(3)副词

①白白地;空。如:

彼君子兮,不素餐兮。(《伐檀》)

②平素;一向。如:

远与恢素善。(见本文)

且相如素贱人,吾羞,不忍为之下。(《史记·廉颇蔺相如列传》)

除:

(1)名词,台阶。如:

从至雍棫阳宫,扶辇下除。(《苏武传》)

(2)动词

①去掉,除去。如:

愈厉廉节,除淫祀,正身率职。(见本文)

当横行天下,为汉家除残去秽。(《赤壁之战》)

②修治,清理。如:

即除魏阉废祠之址以葬之。(《五人墓碑记》)

③拜官授职。如:

予除右丞相兼枢密使。(《〈指南录〉后序》)

《北史》

> 《北史》是汇合并删节记载北朝历史的《魏书》《北齐书》《周书》而编成的纪传体史书，作者唐朝李延寿。全书100卷，其中魏本纪5卷、齐本纪3卷、周本纪2卷、隋本纪2卷、列传88卷。《北史》上起北魏登国元年（386），下迄隋义宁二年（618），记述北朝北魏、西魏、东魏、北周、北齐及隋六代233年史事。《北史》与《南史》为姊妹篇，均由李太师与李延寿父子编撰完成。

李惠杖击羊皮断案

【原文】

人有负盐负薪者，二人同释重担，息树阴下。二人将行，争一羊皮，各言藉背之物。久未果，遂讼于官。时雍州刺史李惠，谓其群下曰："此羊皮可拷知主乎？"群下咸无对者。惠遣争者出，令人置羊皮席上，以杖击之，见少盐屑，惠曰："得其实矣！"使争者视之，负薪者乃伏而就罪。（节选自《北史·李惠》）

【积累与运用】

◆解释加点词语

(1) 藉　　　(2) 讼

(3) 见　　　(4) 其实

◆翻译划线句子

㈠ 人有负盐负薪者，二人同释重担，息树阴下。

㈡ 谓其群下曰："此羊皮可拷知主乎？"群下咸无对者。

词语精解

且：

(1)副词

①将近，几乎。如：

年且九十。（《列子·汤问》）

②将，将要。如：

且为之奈何？（《史记·项羽本纪》）

火且尽。（王安石《游褒禅山记》）

(2)连词

①表让步，尚且，都，还。如：

臣死且不避，卮酒安足辞。（《史记·项羽本纪》）

父母且不顾，何言子与妻！（《白马篇》）

②表示假设关系，相当于假如、就是、即使。如：

且庸人尚羞之，况于将相乎？（《史记·廉颇蔺相如列传》）

长孙道生毁宅

【原文】

　　道生廉约，身为三司，而衣不华饰，食不兼味，一熊皮鄣泥①，数十年不易，时人比之晏婴。第宅卑陋，出镇后，其子弟颇更修缮，起堂庑②。道生还，叹曰："昔霍去病以匈奴未灭，无用家为。今强寇尚游魂漠北，吾岂可安坐华美也！"乃切责子弟，令毁其宅。（节选自《北史·长孙道生传》）

　　[注释] ①鄣泥：亦作"障泥"。因垫在马鞍下，垂于马背两旁以挡泥土，故有此名。②堂庑：堂下四周之屋。

【积累与运用】

◆解释加点词语

(1) 不易　　　(2) 卑陋

(3) 出镇　　　(4) 切责

◆翻译划线句子

(一) 道生廉约，身为三司，而衣不华饰，食不兼味。

(二) 今强寇尚游魂漠北，吾岂可安坐华美也！

文化常识

三司：一般指司徒、司马、司空，同宰相之职。文中的长孙氏身兼司空。

晏婴：春秋时齐国大夫，历齐灵公、庄公、景公三世卿，崇尚兼爱、非乐、节用、非厚葬久丧等，多类墨子。

词语精解

安：

①安稳。如：

吾岂可安坐华美也！（见本文）

②安全，安定。如：

在于知安而不知危。（苏轼《教战守策》）

可以为富安天下。（贾谊《论积贮疏》）

③安逸。如：

然后知生于忧患，而死于安乐也。（《孟子》）

④安抚。如：

若备与彼协心，上下齐同，则宜抚安。（《赤壁之战》）

⑤心安理得，内心平静。如：

敬亭亦无所不安也。（《柳敬亭传》）

恬然自安。（《琵琶行》）

⑥疑问代词，怎么，哪里。如：

沛公安在？（《鸿门宴》）

臣死且不避，卮酒安足辞！（《鸿门宴》）

长孙平谏君不听诽谤

【原文】

　　时有人告大都督邢绍非毁朝廷为愤愤者，上怒，将斩之。平进谏曰："川泽纳污，所以成其深；山岳藏疾，所以就其大。臣不胜至愿，愿陛下宏山海之量，茂宽裕之德。鄙谚①曰：'不痴不聋，未堪作大家翁。'此言虽小，可以喻大。邢绍之言，不应闻奏，陛下又复诛之，臣恐百代之后，有亏圣

词语精解

闻：

①报告上级，使上级知道。如：

诽谤之罪，勿复以闻。（见本文）

②听到，听说，知道。如：

夜闻汉军四面皆楚歌。（《史记·项羽本纪》）

闻道有先后。（韩愈《师说》）

③闻名，出名。如：

闻于诸侯。（《史记·廉颇蔺相如列传》）

德。"上于是赦诏。因敕群臣："诽谤之罪，勿复以闻。"（节选自《古谣谚》《北史》）[注释]

①鄙谚：俗语。

【积累与运用】

◆解释加点词语

(1) 非毁　　　　(2) 宏

(3) 宽裕　　　　(4) 敕

◆翻译划线句子

(一) 此言虽小，可以喻大。

(二) 诽谤之罪，勿复以闻。

⑤知识，见闻。如：
博闻强志。(《史记·屈原贾生列传》)
⑥传闻，听到的事情，消息。如：
网罗天下放失旧闻。(司马迁《报任安书》)
⑦声望，威望。如：
前时之闻。(王安石《伤仲永》)
草野之无闻者。(明·张溥《五人墓碑记》)

于仲文断案神明

【原文】

　　仲文字次武，少聪敏。及长，倜傥有大志，气调英拔。起家为安固太守，有任、杜两家各失牛，后得一牛，两家俱认，州郡久不决。益州长史韩伯俊曰："于安固少年聪察，可令决之。"仲文曰："此易解耳。"乃令二家各驱牛群至，乃放所认者，牛遂向任氏群中。又使人微伤其牛，任氏嗟惋，杜氏自若。仲文遂诃诘①杜氏，服罪而去。始州刺史屈突尚，宇文护之党也，先坐事下狱，无敢绳者。仲文至郡，穷之，遂竟其狱。蜀中语曰："明断无双有于公，不避强御有次武。"（节选自《北史·于仲文传》）

[注释] ①诃诘：呵斥责问。

【积累与运用】

◆解释加点词语

(1) 倜傥　　　　(2) 起家

(3) 自若　　　　(4) 服罪

文化常识

宇文护：北周权臣，鲜卑族。执北周大权期间，专断国政，后被人杀。

词语精解

决：

①疏通水道，使水流出；大水冲破堤岸或溢出。如：
治水有决河深川。(《汉书·沟洫志》)
河水决濮阳，泛郡十六。(《汉书·武帝纪》)
②同"诀"，离别。如：
与我决于传舍中。(《史记·外戚世家》)
③决断，决定。如：
孔子不能决也。(《列子·汤问》)
吾计决矣。(《资治通鉴》)
④判决，拿定主意。如：
州郡久不决。（见本文）
⑤较量，分胜负。如：
与孟德决之。(《资治通鉴》)
⑥一定，必定。如：
决负约。(《史记·廉颇蔺相如列传》)

◆ 翻译划线句子

(一) 先坐事下狱，无敢绳者。仲文至郡，穷之，遂竟其狱。

魏收传

【原文】

魏收，字伯起，钜鹿下曲阳人也。收少机警，不持细行①。年十五，颇已属文。及随父赴边，好习骑射，欲以武艺自达。荥阳郑伯调之曰："魏郎弄戟多少？"收惭，遂折节读书。夏月，坐板床，随树阴讽诵。积年，床板为之锐减，而精力不辍，以文华显。

初除太学博士。及尔朱荣于河阴滥害朝士，收亦在围中，以日晏获免。吏部尚书李神俊重收才学，奏授司徒记室参军。永安三年，除北主客郎中。节闵帝立，妙简近侍，诏试收为封禅书。收下笔便就，不立稿草，文将千言，所改无几。时黄门郎贾思同侍立，深奇之，白帝曰："虽七步之才，无以过此。"迁散骑侍郎，并修国史，俄兼中书侍郎，时年二十六。

<u>孝武尝大发士卒，狩于嵩少之南，旬有六日。</u>时寒，朝野嗟怨。帝与从官及诸妃主，奇伎异饰，多非礼度。收欲言则惧，欲默不能已，乃上《南狩赋》以讽焉。虽富言淫丽，而终归雅正。帝手诏报焉，甚见褒美。郑伯谓曰："卿不遇老夫，犹应逐兔。"

天保元年，除中书令，仍兼著作郎。二年，诏撰《魏史》。<u>四年，除魏尹，故优以禄力，专在史阁，不知郡事。</u>初，帝令群臣各言志，收曰："臣愿得直笔东观，早出《魏书》。"故帝使收专其任。帝敕收曰："好直笔，我终不作魏太武，诛史官。"收于是博总斟酌，以成魏书。辨定名称，随条甄举。又搜采亡遗，缀续后事，备一代史籍，表而上闻之。

文化常识

东观：东汉洛阳南宫中一观阁名，为藏书、校书、撰书之地，后泛指宫中藏书、撰书之处。

谱牒：记述氏族或宗族世系的书籍。

词语精解

焉：

①代词，相当于"之"，或指代人物、地点、前文等。如：

草木无知，叩焉何益？（马中锡《中山狼传》）

富者不能至，而贫者至焉。（那里，指南海。）（彭端淑《为学一首示子侄》）

若甚怜焉，而卒以祸。（指代百姓）（柳宗元《种树郭橐驼传》）

②什么。如：

今王公大人骨肉之亲、无故富贵、面目美好者，焉故必知哉？（《墨子》）

③怎么。如：

食其禄，焉避其难？（《三国志》）

④兼词，相当于"于是""于此"。如：

二陵焉。（《左传·僖公三十三年》）

民咸安焉，以为有道。（柳宗元《游黄溪记》）

不择事而问焉。（刘开《问说》）

⑤疑问代词，"于何""在哪里"。如：

且焉置土石。（《愚公移山》）

⑥后缀，表示状态，用于形容词、副词之后，相当于"然""样子"。如：

其心休休焉，其如有容。（《书·秦誓》）

盘盘焉，囷囷焉。（《阿房宫赋》）

人非圣贤，孰能无过；过而能改，善莫大焉。（《左传·宣公二年》）

时论既言收著史不平，文宣诏收于尚书省与诸家子孙共加论讨。前后投诉，百有余人，云遗其世职位，或云其家不见记录，或云妄有非毁。收皆随状答之。（杨）愔尝谓收曰："此谓不刊之书，传之万古。但恨论及诸家枝叶亲姻，过为繁碎，与旧史体例不同耳。"收曰："往因中原丧乱，人士谱牒遗逸略尽，是以具书其枝派。望公观过知仁，以免尤责。"（节选自《北史》）

[注释]①细行：是指小节，小事，便服出行。

【积累与运用】

◆解释加点词语

(1) 折节　　　(2) 日晏

(3) 简　　　　(4) 过

(5) 报　　　　(6) 不刊

(7) 遗逸　　　(8) 观过知仁

◆翻译划线句子

(一) 孝武尝大发士卒，狩于嵩少之南，旬有六日。

(二) 四年，除魏尹，故优以禄力，专在史阁，不知郡事。

(三) 或云遗其世职位，或云其家不见记录，或云妄有非毁。

达：

①畅通。如：

达，行不相遇也。（《说文》）

达，通也。（《广雅》）

②到达，通到。如：

凉州之兵始达咸阳。（《资治通鉴》）

自昏达曙，目不交睫。（《聊斋志异·促织》）

③通达事理，通晓，见识高远。如：

有达于理者，得不恐而畏乎！（柳宗元《送薛存义序》）

所赖君子安贫，达人知命。（王勃《滕王阁序》）

④将意思表达出来。如：

子曰："辞达而已矣。"（《论语·卫灵公》）

⑤显达，地位高而有名声。如：

不求闻达于诸侯。（诸葛亮《出师表》）

《隋书》

《隋书》共85卷，其中帝纪5卷，列传50卷，志30卷。《隋书》分为两个部分：一部分是纪传部分，由魏徵主编，另一部分为史志部分，由长孙无忌监修。《隋书》具有很高的修史水平。一是因为作者都是饱学之士。先后参加编写的孔颖达、许敬宗、于志宁皆在贞观时期著名的"十八学士"之列，颜师古是当时名垂一时的经史大师，负责修撰天文、律历的是唐代著名天文学家李淳风。二是因为当时修史离亡隋时间较近，有不少隋朝的史料尚可资证。更重要的是，唐贞观时距隋炀帝时不过二十余年，有许多隋朝遗老仍健在于世，可以通过访查直补史事。还有不少修史的作者本人就在隋朝生活过，有着亲身的经历，因而史实也就较为准确。三是作为主编的魏徵，历史上素称谏臣，号为"良史"，他主编修史时一般能坚持据事直书，不像一些后代史书的纪传有那么多的忌讳。

苏威直陈君过

【原文】

苏威字无畏，京兆武功人也。<u>威见宫中以银为幔钩,因盛陈节俭之美以谕上。</u>帝为改容，雕饰旧物，悉命除毁。帝尝怒一人，将杀之，威入阁进谏，不纳。<u>帝怒甚，将自出斩之，威当前不去。</u>帝避之而出，威又遮止帝。帝拂衣而入。良久，乃召威谢曰："公能若是，吾无忧矣。"（节选自《隋书》）

【积累与运用】

◆解释加点词语

(1) 改容　　　(2) 纳

(3) 避　　　　(4) 遮

◆翻译划线句子

(一) 威见宫中以银为幔钩，因盛陈节俭之美以谕上。

(二) 帝怒甚，将自出斩之，威当前不去。

文化常识

苏威（542—623），北周至隋朝大臣，曹魏侍中苏则十世孙，西魏度支尚书苏绰之子，大冢宰宇文护之婿。

京兆：是西安的古称，汉朝京畿都城地域的名称，是周朝王畿、秦代京畿之后对都城辖域的谓称。

词语精解

陈：

(1) 述说。如：

① 因盛陈节俭之美以谕上。（见本文）

② 衡因上疏陈事。（《后汉书·张衡传》）

(2) 陈设，陈列。如：

① 山肴野蔌，杂然而前陈者，太守宴也。（欧阳修《醉翁亭记》）

② 信臣精卒陈利兵而谁何。（贾谊《过秦论》）

(3) 陈旧。如：

① 年谷复熟，而陈积有余。（《荀子·富国》）

② 惟陈言之务去。（韩愈《答李翊书》）

(4) 同"阵（zhèn）"战阵，行列。如：

① 无击堂堂之陈（《孙子兵法·军事》）

② 未到匈奴陈二里所。（《史记·李将军列传》）

193

赵轨清廉若水

【原文】

赵轨,河南洛阳人也。轨少好学,有行检。周蔡王引为记室,以清苦闻。迁卫州治中。高祖受禅,转齐州别驾,有能名。其东邻有桑,葚落其家,轨遣人悉拾还其主,诫其诸子曰:"吾非以此求名,意者非机杼之物,不愿侵人。汝等宜以为诫。"在州四年,考绩连最。持节使者郃阳公梁子恭状上,高祖嘉之,赐物三百段,米三百石,征轨入朝。父老相送者各挥涕曰:"别驾在官,水火不与百姓交,是以不敢以壶酒相送。公清若水,请酌一杯水奉饯。"轨受而饮之。(节选自《隋书》)

【积累与运用】

◆解释加点词语

(1)受禅　　(2)名

(3)考绩　　(4)饯

◆翻译划线句子

(一)轨少好学,有行检。周蔡王引为记室,以清苦闻。

(二)吾非以此求名,意者非机杼之物,不愿侵人。

文化常识

持节:

①拿着旄节。节,旄节,也叫符节,以竹为竿,上缀以旄牛尾,是使者所持的信物。古代使臣奉命出行,必执符节以为凭证。如:乃遣武以中郎将使持节送匈奴使留在汉者。(《苏武传》)

②官名。晋朝以后,使持节、持节、假节、假使节等,其权大小有别,皆为刺史总军戎者。唐初,诸州刺史加号持节,后有节度使,持节之称遂废。

词语精解

嘉:

(1)好,美好。如:

①嘉,美也。(许慎《说文》)

②稻曰嘉蔬。(《礼记·曲礼》)

③尔有嘉谋嘉猷。(《争臣论》)

④其新孔嘉,其旧如之何?(《诗·豳风·东山》)

(2)幸福,吉祥。如:

蒙获嘉瑞,赐兹祉福。(《汉书·宣帝纪》)

(3)赞美,称道、颂扬事物的美好。如:

①嘉吾子之赐。(《国语·晋语》)

②武帝嘉其义。(《汉书·李广苏建传》)

③嘉其能行古道。(韩愈《师说》)

④上大嘉悦。(《聊斋志异·促织》)

文帝不记旧怨

【原文】

建绪与高祖①有旧,及为丞相,加位开府,拜息州刺史。将之官,时高祖阴有禅代之计,因谓建绪曰:"且踟蹰,当共取富贵。"建绪自以周②之大夫,因义形于色曰:"明公此旨,非仆所闻。"高祖不悦。建绪遂行。开皇③初来朝,上谓之曰:"卿亦悔不?"建绪稽首曰:"臣位非徐广,情类杨彪④。"上笑

文化常识

开府:指有权开府的官员。古代指高级官员(如三公、大将军、将军等)成立府署,选置僚属。

禅代:指帝位的禅让和接替。

稽首:指古代跪拜礼,为九拜中最隆重的一种。常为臣子拜见君父时所用。跪下并拱手至地,头也至地。稽,即停留,拖延。稽首,就是头触碰在地上且停留一会儿。

曰："朕虽不解书语，亦知卿此言不逊也。"历始、洪⑤二州刺史，俱有能名。（节选自《隋书荣建绪传》）

[注释]①建绪与高祖：建绪，即荣建绪，隋大臣；高祖，即隋文帝杨坚。 ②周：指南北朝时后周。 ③开皇：隋文帝杨坚年号。 ④杨彪：东汉末年名臣，名士杨修之父，汉献帝的太尉重臣。 ⑤始、洪：地名。始，今四川剑阁一带；洪，今江西南昌。

【积累与运用】

◆解释加点词语

(1) 旧　　　(2) 义形于色

(3) 旨　　　(4) 类

◆翻译划线句子

㈠ 将之官，时高祖阴有禅代之计，因谓建绪曰："且踌躇，当共取富贵。"

㈡ 上笑曰："朕虽不解书语，亦知卿此言不逊也。"

薛胄慧眼识伪官

【原文】

薛胄，字绍玄，河东汾阴人也。胄少聪明，每览异书，便晓其义。性慷慨，志立功名。高祖受禅，擢拜鲁州刺史，未之官，检校庐州总管事。寻除兖州刺史。及到官，系囚数百，胄剖断旬日①便了，囹圄空虚。

有陈州人向道力者，伪作高平郡守，将之官，胄遇诸涂，察其有异，将留诘之。司马王君馥固谏，乃听诣郡。既而悔之，即遣主簿追禁道力。有部人徐俱罗者，尝任海陵郡守，先是已为道力伪代之。比至秩②满，公私不悟。俱罗遂语君馥曰："向道

词语精解

及：

(1)动词。

①待，等到。如：

及为丞相，加位开府。（见本文）

②追赶上。如：

怀王悔，追张仪，不及。（《屈原列传》）

③到，到达。如：

及滑，郑商人弦高将市于周，遇之。（《殽之战》）

④涉及。如：

此其近者祸及身，远者及其子孙。（《触龙说赵太后》）

⑤比得上。如：

君美甚，徐公何能及君也？（《邹忌讽齐王纳谏》）

⑥接近。如：

予之及于死者不知其几矣。（《〈指南录〉后序》）

(2)连词，表并列，和，与。如：

太子及宾客知其事者，皆白衣冠送之。（《荆轲刺秦王》）

(3)介词

①和，同，跟。如：

宋公及楚人战于泓。（《左传·僖公二十二年》）

②趁着……之时。如：

而不及今令有功于国。（《触龙说赵太后》）

词语精解

固：

①执意，坚决地。如：

司马王君馥固谏。（见本文）

蔺相如固止之。（《史记·廉颇蔺相如列传》）

②坚，坚固；或特指地势险要和城郭坚固。如：

秦孝公据殽函之固。（贾谊《过秦论》）

荆州与国邻接，江山险固，沃野万里。（《资治通鉴》）

今夫颛臾，固而近于费，今不取，后世必为子孙忧。（《论语·季氏》）

③安定，稳固。如：

力以经代俱罗为郡,使君岂容疑之?"君馥以俱罗所陈,又固请胄。胄呵君馥曰:"吾已察知此人诈也。司马容奸,当连其坐!"君馥乃止。遂往收之,道力惧而引伪。其发奸摘伏,皆此类也,时人谓为神明。(节选自《隋书》)

[注释] ①旬日:十天。亦指较短的时日。旬,十日为一旬(一个月分三旬)。或十岁为一旬:年过六旬,八旬老者。②秩:十年为一秩。

【积累与运用】

◆解释加点词语

(1) 慷慨　　　(2) 系

(3) 囹圄　　　(4) 固谏

(5) 听　　　　(6) 收

◆翻译划线句子

(一) 胄遇诸涂,察其有异,将留诘之。

(二) 胄呵君馥曰:"吾已察知此人诈也。司马容奸,当连其坐!"君馥乃止。

李安卖亲不求荣

【原文】

安叔父梁州刺史璋与周赵王①谋害高祖②,诱怂③为内应。怂谓安曰:"寝之则不忠,言之则不义,失忠与义,何以立身?"安曰:"丞相父也,其可背乎?"遂阴白之。及赵王等伏诛,将加官赏,安顿首而言曰:"兄弟无汗马之劳,过蒙奖擢,合门竭节,无以酬谢。不意叔父无状④,为凶党之所盅惑,覆宗绝嗣,其甘若荠⑤。蒙全首领,为幸实多,岂可将叔父之命以求官赏?"于是俯伏流涕,悲不自胜。高祖为之改容曰:"我为汝特存璋子。"乃命有司罪止璋身,高祖亦为安隐其事而不言。(节选自《隋书·李安传》)

根不固而求木之长,德不厚而思国之安,臣虽下愚,知其不可。(魏徵《谏太宗十思疏》)

④鄙陋,固陋。如:

奢则不逊,俭则固,与其不逊也宁固。(《论语》)

⑤巩固,使坚固,加固。如:

固国不以山溪之险。(《孟子·公孙丑下》)

臣闻求木之长者,必固其根本。(魏徵《谏太宗十思疏》)

⑥安守,坚守。如:

君子固穷,小人穷斯滥矣。(《论语·卫灵公》)

⑦确实。如:

固不如也。且为之奈何?(《鸿门宴》)

⑧必,一定。如:

吾不能变心以从俗兮,固将愁苦而终穷。(《楚辞·涉江》)

⑨原来,本来。如:

生乎吾前,其闻道也固先乎吾,吾从而师之。(韩愈《师说》)

⑩当然,仍然。如:

天下分裂,而唐室固以微矣。(苏轼《教战守》)

余固笑而不信也。(苏轼《石钟山记》)

文化常识

李安,字玄德,隋朝陇西人,先仕周,后仕隋文帝杨坚,因向杨坚阴告叔父李璋想图谋害之事而受宠,封为赵郡公,柱国等职。

顿首:指磕头。古代的一种交际礼仪。跪拜礼之一,为正拜。以头叩地即举而不停留。也作书简表奏用语,表示致敬,常用于结尾。

词语精解

存:

①生存;存在。如:

虽我之死,有子存焉。(《列子·汤问》)

而吾以捕蛇独存。(柳宗元《捕蛇者说》)

[注释]①赵王：后周赵王宇文招，曾设计谋害杨坚，不成而被杀。②高祖：隋文帝杨坚。③悊(zhé)：李悊，李安的弟弟。④无状：谓行为失检，所行丑恶无善状。⑤荼：荼菜，味极苦。

【积累与运用】

◆解释加点词语

(1) 寝　　　　(2) 无以

(3) 不意　　　(4) 首领

◆翻译划线句子

(一) 安曰："丞相父也，其可背乎？"遂阴白之。

(二) 高祖为之改容曰："我为汝特存璋子。"

②恤问，劳问；看望，问候。如：

存，恤问也。(《说文》)

无一介之使以存之。(《战国策·秦策》)

臣乃市井鼓刀屠者，而公子亲数存之。(《史记·魏公子列传》)

③思念；怀念。如：

其存君兴国，而欲反复之，一篇之中，三致志焉。(《史记·屈原贾生列传》)

④储存；保存；保全。如：

或仅存姓名而无事迹。(孙文《黄花岗七十二烈士事略·序》)

"慈母"辛公义

【原文】

辛公义，陇西狄道人也。公义早孤，为母氏所养，亲授书传。周天和中，选良家子任太学生，以勤苦著称。武帝时，召入露门学①，令受道义。每月集御前令与大儒讲论，数被嗟异，时辈慕之。

从军平陈，以功除岷州刺史。土俗畏病，若一人有疾，即合家避之，父子夫妻不相看养，孝义道绝，由是病者多死。公义患之，欲变其俗。因分遣官人巡检部内，凡有疾病，皆以床舆来，安置厅事②。暑月疫时，病人或至数百，厅廊悉满。公义亲设一榻，独坐其间，终日连夕，对之理事。所得秩俸，尽用市药，为迎医疗之，躬劝其饮食，于是悉差③，方召其亲戚而谕之曰："死生由命，不关相染。前汝弃之，所以死耳。今我聚病者，坐卧其间，若言相染，那得不死，病儿复差！汝等勿复信之。"诸病家子孙惭谢而去。后人有遇病者，争就使君，其家无亲属，因留养之。始相慈爱，此风遂革，合境之内呼为慈母。

词语精解

间：

读 jiān

(1)名词

①门缝，夹缝。如：

其御之妻从门间而窥其夫。(《史记·管晏列传》)

②中间。如：

坐卧其间（见本文）

驱中国士众远涉江湖之间。(《赤壁之战》)

③期间。如：

十余日间（见本文）

奉命于危难之间。(《出师表》)

(2)量词，房屋的最小单位。如：

安得广厦千万间，大庇天下寒士俱欢颜。(《茅屋为秋风所破歌》)

读 jiàn

(1)名词

①空隙。如：

彼节者有间，而刀刃者无厚。(《庖丁解牛》)

197

后迁牟州刺史，下车，先至狱中，因露坐牢侧，亲自验问。十余日间，决断咸尽，方还大厅。受领新讼，皆不立文案，遣当直佐僚一人，侧坐讯问。事若不尽，应须禁者，公义即宿厅事，终不还阁。人或谏之曰："此事有程，使君何自苦也！"答曰："刺史无德可以导人，尚令百姓系于囹圄，岂有禁人在狱而心自安乎？"罪人闻之，咸自款服。后有欲诤讼者，其乡闾父老遽相晓曰："此盖小事，何忍勤劳使君。"讼者多两让而止。（节选自《隋书·循吏传》）

[注释] ①露门学：古代学校的名称。 ②厅事：官府办公的地方。 ③差：通"瘥"，病愈。

【积累与运用】

◆解释加点词语

　　(1) 嗟　　　　(2) 理事
　　(3) 秩　　　　(4) 躬
　　(5) 所以　　　(6) 下车
　　(7) 露　　　　(8) 款

◆翻译划线句子

　(一) 因分遣官人巡检部内，凡有疾病，皆以床舆来，安置厅事。

　(二) 诸病家子孙惭谢而去。

　(三) 后有欲诤讼者，其乡闾父老遽相晓曰："此盖小事，何忍勤劳使君。"讼者多两让而止。

②机会。如：
至京口，得间奔真州。（《〈指南录〉后序》）
③（不多）时间。如：
扁鹊见蔡桓公，立有间。（《扁鹊见蔡桓公》）
(2)动词
①离间。如：
谗人间之，可谓穷矣。（《屈原列传》）
②参与。如：
肉食者谋之，又何间焉（《曹刿论战》）
③间隔，隔断。如：
率妻子邑人来此绝境，不复出焉，遂与外人间隔。（《桃花源记》）
④夹杂。如：
中间力拉崩倒之声。（《口技》）
(3)副词
①表时间，有时，偶然。如：
数月之后，时时而间进。（《邹忌讽齐王纳谏》）
②表状态，从小路。如：
从骊山下，道芷阳间行。（《鸿门宴》）
③表情态，秘密地，悄悄地。如：
侯生乃屏人间语曰。（《信陵君窃符救赵》）

《旧唐书》

《旧唐书》原名《唐书》，五代后晋时刘昫等历时四年多编撰而成，全书200卷，包括纪20卷，志30卷，列传150卷。宋代欧阳修、宋祁等编写的《新唐书》问世后，才改称《旧唐书》。唐代（618—907）是中国封建社会的一个重要时期，《旧唐书》是现存最早的系统记录唐代历史的一部史籍。

《旧唐书》修成后的第二年，即946年，北方契丹即对后晋大举进攻，公私损失都很严重，史籍遭劫自也难免。因此修成的《旧唐书》，在保存史料方面，是有很大积极意义的。

尉迟敬德辞隐太子

【原文】

尉迟敬德，名恭，朔州善阳人。隐太子尝以书招之，赠金皿一车。辞曰："秦王实生之，方以身徇恩。今于殿下无功，其敢当赐？若私许，则怀二心，徇利弃忠，殿下亦焉用之哉？"太子怒而止。敬德以闻，王曰："公之心如山岳然，虽积金至斗，岂能移之？然恐非自安计。"巢王果遣壮士刺之。敬德开门安卧，贼至，不敢入。因谮于高祖，将杀之。王固争，得免。（节选自《旧唐书》）

【积累与运用】

◆ 解释加点词语

(1) 书　　　　(2) 辞

(3) 焉　　　　(4) 谮

◆ 翻译划线句子

敬德以闻，王曰："公之心如山岳然，虽积金至斗，岂能移之？然恐非自安计。"

文化常识

尉迟敬德：即鄂国忠武公尉迟恭，字敬德，唐朝名将，是凌烟阁二十四功臣之一。尉迟恭年少时以打铁为业。他纯朴忠厚，勇武善战，屡立战功。玄武门之变时助李世民夺取帝位。晚年谢宾客不与通，于显庆三年（658年）去世，唐高宗为其废朝三日，册赠司徒、并州都督，谥号"忠武"，陪葬昭陵。

尉迟恭被后世尊为民间驱鬼避邪、祈福求安的门神。传说其面如黑炭，在中国传统文化中，尉迟恭（尉迟敬德）与秦叔宝（秦琼）是"门神"的原型。

隐太子：特指李建成（唐高祖李渊长子唐太宗李世民长兄）。太子，是帝王之子中预定为继承人的称呼，表示地位高于其他皇子。太子一向为嫡长子，但例外甚多。义宁二年（618年），李渊即位，立建成为皇太子。"玄武门之变"，建成被世民所杀。世民继位后，追封李建成为息王，谥"隐"，史称"隐太子"。

199

柳公权刚毅进言

【原文】

上①谓曰："近日外议如何？"公权对曰："自郭旼②除授邠宁，物议颇有臧否。"帝曰："旼是尚父③之从子，太皇太后之季父④，在官无过，自金吾大将授邠宁小镇，何事议论耶？"公权曰："以旼勋德，除镇攸宜。人情议论者，言旼进二女入宫，致此除拜，此信乎？"帝曰："二女入宫参太后，非献也。"公权曰："瓜李之嫌，何以户晓？"因引王珪谏太宗出庐江王妃故事⑤，帝即令南内使张日华送二女还旼。（节选自《旧唐书》）

[注释]①上：唐文宗李昂，唐穆宗次子，在位14年。②郭旼：唐名将郭子仪之侄。③尚父：皇帝用以尊礼大臣的称号。这里指郭子仪。④季父：古时，称弟兄的排行为伯、仲、叔、季。年龄最小的叔父称季父。⑤庐江王妃故事：庐江王李瑗因谋反事败，唐太宗杀之而取其室，王珪谏出之。

【积累与运用】

◆解释加点词语

(1) 物议　　　(2) 臧否

(3) 参　　　　(4) 引

◆翻译划线句子

(一) 人情议论者，言旼进二女入宫，致此除拜，此信乎？

(二) 公权曰："瓜李之嫌，何以户晓？"

魏徵谏正国法

【原文】

十二年，礼部尚书王珪奏言："三品以上遇亲王于涂，皆降乘，违法申敬，有乖仪准①。"太宗曰："卿辈皆自崇贵，卑我儿子乎？"（魏）徵进曰："自古迄兹，亲王班次三公之下。今三品

文化常识

柳公权（778—865）：唐朝中期著名书法家、诗人。他29岁时进士及第，共历仕七朝，官至太子少师，封河东郡公，以太子太保致仕，故世称"柳少师"。其书法以楷书著称，他初学王羲之，后来遍观唐代名家书法，吸取了颜真卿、欧阳询之长，自创独树一帜的"柳体"，以骨力劲健见长，后世有"颜筋柳骨"的美誉。他与欧阳询、颜真卿、赵孟頫并称"楷书四大家"。

词语精解

从：

①指堂房亲属。如：

旼是尚父之从子。（见本文）

②跟随，追赶。如：

一狼得骨止，一狼仍从。（《狼》）

佯北勿从。（《孙子·军争》）

③参加。如：

弟走从军阿姨死。（《琵琶行》）

④依傍，紧挨着。如：

樊哙从良坐。（《鸿门宴》）

⑤听从。如：

臣从其计，大王亦幸赦臣。（《史记·廉颇蔺相如列传》）

⑥介词，由，自。如：

从小丘西行百二十步。（《小石潭记》）

⑦通"纵"，南北方向，也特指合纵的盟约。如：

于是从散约败，争割地而赂秦。（《过秦论》）

文化常识

魏徵（580—643），字玄成，唐朝政治家、思想家、文学家和史学家。他官至光禄大夫，封郑国公，谥号"文贞"。因直言进谏，辅佐唐太宗共同创建"贞观之治"的大业，被后人称为"一代名相"。

皆曰天子列卿及八座之长，为王降乘，非王所宜当也。求诸故事，则无可凭；行之于今，又乖国宪②。"太宗曰："国家所以立太子者，拟以为君也。然则人之修短，不在老少，设无太子，则母弟次立。以此而言，安得轻我子耶？"徵曰："殷家尚质，有兄终弟及之义；自周以降，立嫡必长，所以绝庶孽③之窥觎④，塞祸乱之源本，有国家者之所深慎。㈡"于是遂可珪奏。（节选自《旧唐书·魏徵传》）

[注释] ①仪准：礼法规矩。②国宪：国家的法制刑律。③庶孽：妾生之子。④窥觎，暗中希求。

【积累与运用】

◆解释加点词语

(1) 降乘　　　　(2) 班次

(3) 拟　　　　　(4) 修短

(5) 安得　　　　(6) 可

◆翻译划线句子

㈠求诸故事，则无可凭；行之于今，又乖国宪。

㈡自周以降，立嫡必长，所以绝庶孽之窥觎，塞祸乱之源本，有国家者之所深慎。

三公：辅佐国君掌握军政大权的最高官员。

八座：封建王朝的高级官员。隋唐以六尚书令、左右仆射和六部尚书为八座。

词语精解

降：

(1)读 jiàng

①表示从过去某时直到现在的一段时期。如：

自周以降。（见本文）

②降落，下降。如：

怀怒未发，休祲降于天。（《唐雎不辱使命》）

③降低，减缓，脸色由严肃到温和也叫"降"。如：

未尝稍降辞色。（《送东阳马生序》）

④莅临，光临。如：

帝子降兮北渚。（《九歌·湘夫人》）

⑤降生，出生。如：

惟庚寅吾以降。（《离骚》）

⑥从高处往下走。如：

一路沿危壁西行，凡再降升。（《游黄山记》）

(2)读 xiáng

①降服，制服。如：

今邯郸旦暮降秦，而魏救不至。（《信陵君窃符救赵》）

②投降。如：

比至南郡，而琮已降。（《赤壁之战》）

戴玄胤犯颜执法

【原文】

于时朝廷盛开选举，或有诈伪资荫①者，帝令其自首，不首者罪至于死。俄有诈伪者事泄，胄据法断流②以奏之。帝曰："朕下敕不首者死，今断从流，是示天下以不信。卿欲卖狱乎？"胄曰："陛下当即杀之，非臣所及。既付所司③，臣不敢亏法。"帝曰："卿自守法，而令我失信邪？"胄曰："法者，国家所以布大信于天下；言者，当时喜怒之所发耳。陛下发一朝之忿而许杀之，既知不可而置之于法，

文化常识

戴玄胤：即戴胄，字玄胤，唐安阳人。太宗曾引为府士曹参军，擢大理少卿，贞观中迁尚书右丞，检校吏部尚书。他生性忠直，数次犯言直谏。

词语精解

俄：

①短暂的时间，一会儿。如：

俄有诈伪者事泄。（见本文）

俄见小虫跃起。（《聊斋志异·促织》）

俄而百千人大呼，百千儿哭，百千犬吠。（《口技》）

此乃忍小忿而存大信也。若顺忿违信，臣窃为陛下惜之。"帝曰："法有所失，公能正之，朕何忧也。"胄前后犯颜执法多此类。（节选自《旧唐书》）

[注释] ①资荫：因先世有功而得以作官的资格。②流：流放之罪。③所司：指大理寺。

【积累与运用】

◆ 解释加点词语

(1) 选举　　　(2) 付

(3) 亏　　　　(4) 正

◆ 翻译划线句子

(一) 朕下敕不首者死，今断从流，是示天下以不信。卿欲卖狱乎？

(二) 法者，国家所以布大信于天下；言者，当时喜怒之所发耳。

②通"峨"。高耸。如：俄俄（庄严的样子）。

或：

① 代词，有的（有的人，有的事物）。如：

或有诈伪资荫者。（见本文）

或曰："六国互丧，率赂秦耶？"（《六国论》）

② 也许，或许。如：

越人语天姥，云霞明灭或可睹。（《梦游天姥吟留别》）

③ 有时。如：

或遇其叱咄，色愈恭，礼愈至，不敢出一言以复。（《送东阳马生序》）

④ 连词，如果，假如。如：

或王命急宣，有时朝发白帝，暮到江陵。（《水经注·三峡》）

张允济传

【原文】

张允济，青州北海人也。隋大业中为武阳令，务以德教训下，百姓怀之。元武县与其邻接，有人以牸牛①依其妻家者八九年，牛孳产至十余头，及将异居，妻家不与，县司累政不能决。其人诣武阳质于允济，允济曰："尔自有令，何至此也？"其人垂泣不止，具言所以。允济遂令左右缚牛主，以衫蒙其头，将之诣妻家村中，云捕盗牛贼，召村中牛悉集，各问所从来处。妻家不知其故，恐被连及，指其所诉牛曰："此是女婿家牛也，非我所知。"允济遂发蒙，谓妻家人曰："此即女婿，可以牛归之。"妻家叩头服罪。元武县司闻之，皆大惭。

又尝道逢一老母种葱者，结庵②守之，允济

文化常识

郡丞：官名。郡守的佐官。秦置。汉朝制度，郡守下设丞及长史。郡丞为太守的佐官，秩六百石（太守秩二千石）。

词语精解

诣：

① 前往，到……去，旧时特指到朝廷或上级、尊长那里去。如：

其人诣武阳质于允济。（见本文）

将之诣妻家村中。（见本文）

及郡下，诣太守，说如此。（《桃花源记》）

后数岁，买臣随上计吏为卒，将重车至长安，诣阙上书，书久不报。（《汉书·朱买臣传》）

② （学业或技艺）所达到的程度。如：造诣。

谓母曰："但归，不烦守之。若遇盗，当来告令。"老母如其言，居一宿而葱大失。母以告允济。悉召葱地十里中男女毕集，允济呼前验问，果得盗葱者。

曾有行人候晓先发，遗衫于路，行十数里方觉。或谓曰："我武阳境内，路不拾遗，但能回取，物必当在。"如言果得。远近称之，政绩尤异。迁高阳郡丞，时无郡将，允济独统大郡，吏人畏悦。及贼帅王须拔攻围，时城中粮尽，吏人取槐叶藁节食之，竟无叛者。贞观初，累迁刑部侍郎，封武城县男。出为幽州刺史。寻卒。（节选自《旧唐书·张允济传》）

[注释] ①牸牛：母牛。 ②庵：小草屋。

【积累与运用】

◆解释加点词语

(1) 教训　　　(2) 依

(3) 决　　　　(4) 质

(5) 左右　　　(6) 可以

(7) 毕　　　　(8) 晓

◆翻译划线句子

㈠允济曰："尔自有令，何至此也？"其人垂泣不止，具言所以。

㈡或谓曰："我武阳境内，路不拾遗，但能回取，物必当在。"如言果得。

刘琨称祖车骑为朗诣。（《世说新语·赏誉下》）

发：

①本义：放箭。如：

见其发矢十中八九。（欧阳修《归田录》）

②出发，上路。如：

兰舟催发。（柳永《雨霖铃》）

③打开，开启。如：

允济遂发蒙，谓妻家人曰。（见本文）

④征发，征调。如：

西门豹即发民凿十二渠。（《西门豹治邺》）

⑤发生，发出。如：

而大声发于水上。（苏轼《石钟山记》）

⑥发布，宣告。如：

今王发政施仁，使天下仕者皆欲立于王之朝。（《孟子·梁惠王上》）

⑦抒发，发泄。如：

发其志士之悲哉。（张溥《五人墓碑记》）

⑧派遣。如：

吾欲发兵，使公及桓楚将。（《史记·项羽本纪》）

⑨挖掘。如：

于败堵丛草处，探石发穴。（《聊斋志异·促织》）

⑩花开放。如：

野芳发而幽香。（欧阳修《醉翁亭记》）

《新唐书》

《新唐书》是宋代官修书,记载中国唐代历史的纪传体史书,由北宋宋祁、欧阳修等撰。全书225卷,包括纪10卷,志50卷,表15卷,列传150卷。《新唐书》所增列传多取材于本人的章奏或后人的追述,碑志石刻和各种杂史、笔记、小说都被采辑编入。

《新唐书》确有自己的一些特点和优点。它对志特别重视,新增了《旧唐书》所没有的《仪卫志》《选举志》和《兵志》。其中《兵志》是《新唐书》的首创。《选举志》与《兵志》系统地整理了唐朝科举制度和兵制的演变资料。北宋人认为,《新唐书》要比《旧唐书》高明。自以为《新唐书》无论从体例、剪裁、文采等各方面都很完善。的确,《新唐书》从文采和编纂上比《旧唐书》强。

王及善有大臣节

【原文】

王及善,洺州邯郸人。来俊臣系狱当死,后①欲释不诛,及善曰:"俊臣凶狡不道,引亡命,污戮善良,天下疾之。不剿绝元恶,且摇乱胎祸,忧未既也。"后纳之。庐陵王之还,密赞其谋。既为皇太子,又请出外朝,以安群臣。及善不甚文,而清正自将,临事不可夺,有大臣节。(节选自《新唐书》)

[注释]①后:指武则天。

【积累与运用】

◆解释加点词语

(1)引　　　(2)疾

(3)元　　　(4)赞

◆翻译划线句子

㈠来俊臣系狱当死,后欲释不诛。

㈡既为皇太子,又请出外朝,以安群臣。

文化常识

王及善(618—699),唐朝武则天时宰相。他担任内史时,人称为"鸠集凤池"。唐高宗时,累官至礼部尚书。他规定官员不准骑驴上班,又派人终日驱逐,人称"驱驴宰相"。

来俊臣(651—697),唐朝武则天时酷吏。他少时凶残,不事生产。因告密得武则天信任,成为武则天在政治斗争中的鹰犬。来俊臣和羽党共撰《罗织经》,作为告密的典范,网罗无辜,捏造罪状。凡罗织人罪,皆先进奏事状,敕令依奏,即籍没其家。每有赦令,则遣狱卒先杀重囚,然后宣示。其时朝士人人自危,相见莫敢交谈;官员入朝,常遭逮捕,家中也不知道消息,因此官员入朝,即与家人作别:"不知复相见否?"万岁通天二年(696年),来俊臣因得罪武氏诸王及太平公主被诛。

武则天(624—705),自名武曌(zhào),并州文水(今山西文水)人。中国历史上唯一的正统女皇帝(690—705在位),也是即位年龄最大(67岁)、寿命最长的皇帝之一(82岁),与汉朝的吕后并称为"吕武"。

书法家欧阳询

【原文】

欧阳询,字信本,潭州临湘人。貌寝侻,敏悟绝人。每读辄数行同尽,遂博贯经史。仕隋,为太常博士。高祖微时,数与游,既即位,累擢给事中。

询初仿王羲之书,后险劲过之,因自名其体。尺牍所传,人以为法。高丽尝遣使求之,帝叹曰:"彼观其书,固谓形貌魁梧邪?"尝行见索靖①所书碑,观之,去数步复返,及疲,乃布坐,至宿其傍,三日乃得去。其所嗜类此。(节选自《新唐书》)

[注释] ①索靖(239—303):字幼安,敦煌郡龙勒县(今甘肃敦煌)人,西晋将领、著名书法家,"敦煌五龙"之一。

【积累与运用】

◆解释加点词语

(1)寝　　　(2)绝

(3)尺牍　　(4)嗜

◆翻译划线句子

(一)高祖微时,数与游,既即位,累擢给事中。

(二)询初仿王羲之书,后险劲过之,因自名其体。

文化常识

欧阳询(557—641),唐朝著名书法家,官员。欧阳询与同代的虞世南、褚遂良、薛稷三位并称"初唐四大家"。因其子欧阳通亦通善书法,故其又称"大欧"。他与虞世南俱以书法驰名初唐,并称"欧虞",后人以其书于平正中见险绝,最便于初学者,号为"欧体"。

太常博士:古官职名。太常寺掌管祭祀之事的官员,正七品。

词语精解

类:

①类似,相似。如:

其所嗜类此。(见本文)

中绘殿阁,类兰若。(《促织》)

②类推。如:

义不杀少而杀众,不可谓知类。(《墨子·公输》)

③种类。如:

世间沟壑中水凿之处,皆有植土龛岩,亦此类耳。(《雁荡山》)

④事例。如:

其称文小而其指极大,举类迩而见义远。(《屈原列传》)

⑤副词。大都、大多。如:

近岁风俗尤多侈靡,走卒类士服,农夫蹑丝履。(《训俭示康》)

陆象先为政仁恕

【原文】

(陆象先)为剑南按察使,为政尚仁恕。司马韦抱贞谏曰:"公当峻扑罚以示威,不然,民慢且无畏。"答曰:"政在治之而已,必刑法以树威乎?"卒不从,而蜀化。累徙蒲州刺史,兼河东按察使。小吏有罪,诫遣之,大吏白争,以为可杖。象先曰:"人情大抵不相远,谓彼不晓吾言也?必责者,当以汝为始。"大吏惭而退。尝曰:

文化常识

按察使:职官名。唐置,明清以按察使为一省司法长官,掌刑名按劾之事。

词语精解

化:

会意。甲骨文,从二人,象二人相倒背之形,一正一反,以示变化。本义:变化,改变。

①变化,改变。如:

因时而化。(《吕氏春秋·察今》)

身化促织。(《聊斋志异·促织》)

205

"天下本无事，庸人扰之为烦耳。弟澄其源，何扰不简邪？"故所至民吏怀之。（节选自《新唐书》）

【积累与运用】

◆解释加点词语

(1) 尚　　　　(2) 必
(3) 累　　　　(4) 白
(5) 惭　　　　(6) 弟

◆翻译划线句子

(一) 公当峻扑罚以示威，不然，民慢且无畏。

(二) 人情大抵不相远，谓彼不晓吾言也？必责者，当以汝为始。

②教化，感化，转变人心。如：
卒不从，而蜀化。（见本文）
明明求仁义，常恐不能化民者，卿大夫意也。（杨恽《报孙会宗书》）
是以圣王制世御俗，独化于陶钧之上。（邹阳《狱中梁王书》）

③习俗，风气。如：
伤化败俗，大乱之道也。（《汉书》）

④造化，自然的功能。如：
修短随化。（王羲之《兰亭集序》）

少年才子王勃

【原文】

初，（王勃）道出钟陵。九月九日都督大宴滕王阁，宿命其婿作序以夸客，因出纸笔遍请客，莫敢当。至勃，泛然不辞。都督怒，起更衣，遣吏伺其文辄报。第一报云："南昌故郡，洪都新府。"公曰："亦是老生常谈。"又报云："星分翼轸，地接衡庐。"公闻之，沉吟不语。又云："落霞与孤鹜齐飞，秋水共长天一色。"公矍然曰："天才也！"请遂成文，极欢罢。勃属文，初不精思，先磨墨数升，则酣饮，引被覆面卧，及寤，援笔成篇，不易一字。时人谓勃为"腹稿"。（编选自《新唐书》）

【积累与运用】

◆解释加点词语

(1) 更衣　　　(2) 辄
(3) 矍然　　　(4) 罢

【文化常识】

王勃（约650—676），字子安，唐代诗人。他出身儒学世家，与杨炯、卢照邻、骆宾王并称为"初唐四杰"，王勃为四杰之首。

王勃自幼聪敏好学，他六岁即能写文章，文笔流畅，被赞为"神童"。九岁读颜师古注《汉书》，作《指瑕》十卷以纠正其错。十六岁应幽素科试及第，授职朝散郎。因作《檄英王鸡》被赶出沛王府。之后，王勃历时三年游览巴蜀山川景物，创作了大量诗文。返回长安后，求补得虢州参军。在参军任上，因私杀官奴二次被贬。上元三年（676）八月，自交趾（今越南河内）探望父亲返回时，不幸渡海溺水，惊悸而死。王勃在诗歌体裁上擅长五律和五绝，主要文学成就是骈文，无论是数量还是质量上，都是上乘之作，代表作品有《滕王阁序》等。

滕王阁，江南三大名楼之一，位于江西省南昌市。贞观年间，唐高祖李渊之子、唐太宗李世民之弟李元婴曾被封于山

◆翻译划线句子

㈠宿命其婿作序以夸客，因出纸笔遍请客，莫敢当。

㈡勃属文，初不精思，先磨墨数升，则酣饮，引被覆面卧，及寤，援笔成篇，不易一字。

东滕州故为滕王，且于滕州筑一阁楼名以"滕王阁"（已被毁），后滕王李元婴调任江南洪州（今江西南昌），因思念故地滕州修筑了著名的"滕王阁"，此阁因王勃一篇《滕王阁序》为后人熟知，成为永世的经典。 滕王阁与湖北武汉黄鹤楼、湖南岳阳楼并称为"江南三大名楼"。

颜真卿大义凛然

【原文】

李希烈叛，唐德宗遣颜真卿赴汝州召降。朝臣劝其勿行，真卿乃曰："君命不可违！"既见希烈，贼军千余人围而骂之，又欲杀之，真卿色不变，责其背叛朝廷。时希烈欲称帝，希烈知其贤，以宰相之位诱其降。真卿斥曰："吾年且八十，乃大唐之朝臣，岂受若等诱胁邪！吾守吾节，死而后已！"贼皆失色。希烈乃囚真卿，于庭中掘坎，扬言坑之。真卿曰："死生乃天命，吾何惧！"贼人又积薪于庭，曰："不降，当焚之。"真卿起身赴火，为人所拦。希烈遂缢杀之。（改编自《新唐书》）

【积累与运用】

◆解释加点词语

(1) 乃　　(2) 且

(3) 若等　(4) 缢

◆翻译划线句子

㈠希烈乃囚真卿，于庭中掘坎，扬言坑之。

文化常识

颜真卿（709—784），唐代名臣、书法家。其书法精妙，擅长行、楷。初学褚遂良，后师从张旭，得其笔法。其正楷端庄雄伟，行书气势遒劲，创"颜体"楷书，对后世影响很大。与赵孟頫、柳公权、欧阳询并称为"楷书四大家"。又与柳公权并称"颜柳"，被称为"颜筋柳骨"。

词语精解

贼：

①作乱叛国的人。如：

贼人又积薪于庭。（见本文）

操虽托名汉相，其实汉贼也。（《赤壁之战》）

②祸患，祸害。如：

淫侈之俗日日以长，是天下之大贼也。（《论积贮疏》）

③强盗。如：

贼二人得我，我幸皆杀之矣。（《童区寄传》）

④害。如：

是贼天下之人者也。（《墨子·非儒》）

⑤杀害。如：

二人相憎，而欲相贼也。（《韩非子·内储说下》）

(二) 真卿起身赴火，为人所拦。

王珪巧答君问

【原文】

王珪，字叔玠。性沈澹，志量隐正，恬于所遇，交不苟合。时太宗召为谏议大夫。

它日进见，有美人侍帝侧。帝指之曰："庐江不道，贼其夫而纳其室，何有不亡乎？"珪避席曰："陛下以庐江为是邪？非邪？"帝曰："杀人而取妻，乃问朕是非，何也？"对曰："臣闻齐桓公之郭，问父老曰'郭何故亡？'曰：'以其善善而恶恶。'公曰：'若子之言，乃贤君也，何至于亡？'父老曰：'不然，郭君善善不能用，恶恶不能去，所以亡。'今陛下知庐江之亡，其姬尚在，窃谓陛下以为是。审知其非，所谓知恶而不去也。"帝嗟美其言。

时珪与玄龄等同辅政。帝谓曰："卿为朕言玄龄等材，且自谓孰与诸子贤？"对曰："孜孜奉国，知无不为，臣不如玄龄；兼资文武，出将入相，臣不如靖；敷奏详明，出纳惟允，臣不如彦博；济繁治剧，众务必举，臣不如胄；以谏诤为心，耻君不及尧、舜，臣不如徵。至激浊扬清，疾恶好善，臣于数子有一日之长。"帝称善。（节选自《新唐书》）

【积累与运用】

◆解释加点词语

(1) 正　　(2) 苟合
(3) 贼　　(4) 是非
(5) 美　　(6) 出纳

◆翻译划线句子

(一) 不然，郭君善善不能用，恶恶不能去，所以亡。

文化常识

王珪（570—639），南梁尚书令王僧辩之孙，唐初四大名相之一。

避席：古人席地而坐，离席起立，以示敬意。

文言知识

文言固定句式：……孰与……

这是一种用来表比较的固定格式，它可分为两类。一类是句中提出了比较内容的，可译为"……与……相比，谁（哪一样）……"；一类是句中没有提出比较内容的，可译为"……与……比较起来怎么样"。如：

①吾孰与城北徐公美？（《邹忌讽齐王纳谏》）

可译为：我跟城北的徐公相比谁更漂亮？

②且自谓孰与诸子贤？（见本文）

可译为：并且你自己说说与这些人相比谁更贤能？

③公之视廉将军孰与秦王？（《史记·廉颇蔺相如列传》）

可译为：你们看廉将军跟秦王相比，怎么样？

词语精解

之：

(1)代词

①第三人称代词，作宾语。可代人、事或物。如：

帝指之曰。（见本文）

②指示代词，表近指。可译为"这"。如：

均之二策，宁许以负秦曲。（《史记·廉颇蔺相如列传》）

③活用为第一人称，相当于"我"。如：

不知将军宽之至此也。（《史记·廉颇蔺相如列传》）

(2)助词

①结构助词，定语标志。相当于"的"。如：

臣于数子有一日之长。（见本文）

②结构助词，补语的标志。相当于"得"。如：

(二)卿为朕言玄龄等材,且自谓孰与诸子贤?

(三)至洁浊扬清,疾恶好善,臣于数子有一日之长。

秦叔宝勇武过人

【原文】

秦琼字叔宝,齐州历城人。始为隋将来护儿帐内,母丧,护儿遣使禭吊之。

俄从通守张须陀击贼卢明月下邳,贼众十余万,须陀所统才十之一,坚壁未敢进。粮尽,欲引去。须陀曰:"贼见兵却,必悉众追我,得锐士袭其营,且有利,谁为吾行者?"众莫对。惟叔宝与罗士信奋行。乃分劲兵千人伏葬间,须陀委营遁,明月悉兵追蹑。叔宝等驰叩贼营,门闭不得入,乃升楼拔贼旗帜,杀数十人,营中乱,即斩关纳外兵,纵火焚三十余屯。明月奔还,须陀回击,大破之。又与孙宣雅战海曲,先登。以前后功擢建节尉。

从须陀击李密荥阳。须陀死。率残兵附裴仁基。仁基降密,密得叔宝大喜,以为帐内骠骑,待之甚厚。密与宇文化及战黎阳,中矢堕马,濒死,追兵至,独叔宝捍卫得免。

后归王世充,署龙骧大将军。与程咬金计曰:"世充多诈,数与下咒誓,乃巫妪,非拨乱主也!"因约俱西走,策其马谢世充曰:"自顾不能奉事,请从此辞。"贼不敢逼,于是来降。

高祖俾事秦王府,从镇长春宫,拜马军总管。战美良川,破尉迟敬德,功多,帝赐以黄金瓶,劳曰:"卿不恤妻子而来归我,且又立功,使朕肉可食,

---

以其求思之深而无不在也。(《游褒禅山记》)

③结构助词,宾语前置的标志。如:
句读之不知,惑之不解。(《师说》)

④结构助词,定语后置的标志。如:
荆州之民附操者,逼兵势耳。(《赤壁之战》)

⑤放在主语谓语之间,取消句子独立性。如:
今陛下知庐江之亡。(见本文)

⑥音节助词,起补足音节的作用。如:
毛先生以三寸之舌,强于百万之师。(《毛遂自荐》)

(3)动词,往,到……去。如:
臣闻齐桓公之郭。(见本文)

文化常识

建节尉:隋散官名。炀帝改散官官号,其品从正六品至从九品,建节尉为正六品。

总管:古代官名,为地方高级军政长官、军事长官或管理专门事务的行政长官的职称。隋及唐初有行军总管、行军大总管,是出征时的军队主帅。

上柱国:勋级,是对作战有功的人的特别表彰。唐代勋级分十二等,最高等级是"上柱国",其次是"柱国",从士兵到将领都可以获得各种勋级,根据在战斗中的表现和贡献。荣获"上柱国"勋级的人,不论官职多大,都可以享受正二品的待遇。

都督:中国古代军事长官的一种,兴于三国,其后发展成为地方军事长官,明以后成为中央军事长官。

昭陵:是唐太宗李世民与文德皇后长孙氏的合葬陵墓。

从唐贞观十年(636)文德皇后长孙氏首葬,到贞观二十三年(649)李世民入葬方完成,昭陵建设持续了13年之久,现存167座陪葬墓;是唐代具有代表性的帝王陵墓之一,被誉为"天下名陵"。

文言知识

贼众十余万,须陀所统才十之一。(见本文)

句中"十之一",即十分之一。

链接:古代汉语中表示分数的方法

(1)分母+分+之+分子。如:

当割以啖尔，况子女玉帛乎！"寻授秦王右三统军，走宋金刚于介休，拜上柱国。从讨世充、建德、黑闼三盗，未尝不身先锋鏖阵，前无坚对。进封翼国公。每敌有骁将锐士震耀出入以夸众者，秦王辄命叔宝往取之。跃马挺枪刺于万众中，莫不如志，以是颇自负。及平隐、巢，功拜左武卫大将军。

后稍多疾，尝曰："吾少长戎马间，历二百余战，数重创，出血且数斛，安得不病乎？"卒，赠徐州都督，陪葬昭陵。（节选自《新唐书·秦琼传》）

【积累与运用】

◆解释加点词语

(1) 遁　　　　(2) 升

(3) 纳　　　　(4) 破

(5) 以为　　　(6) 走

(7) 以是　　　(8) 重创

◆翻译划线句子

(一) 贼见兵却，必悉众追我，得锐士袭其营，且有利，谁为吾行者？

(二) 因约俱西走，策其马谢世充曰："自顾不能奉事，请从此辞。"

(三) 卿不恤妻子而来归我，且又立功，使朕肉可食，当割以啖尔，况子女玉帛乎！

故关中之地，于天下三分之一。（《史记·货殖列传》）

(2) 分母+分+名词+之+分子。如：

方今大王之兵众不能十分吴楚之一。（《史记·淮南衡山王列传》）

(3) 分母+名词+之+分子。如：

先王之制，大都不过参国之一。（《左传·隐公元年》）

(4) 分母+之+分子。如：

大都不过参国之一，中五之一，小九之一。（《左传·隐公元年》）

(5) 分母+分+分子。如：

子一分，丑三分二，寅九分八，卯二十七分十六。（《史记·律书》）

(6) 分母+分子。如：

会天寒，士卒堕指者十二三。（《史记·匈奴列传》）

《旧五代史》

《旧五代史》原名《五代史》，也称《梁唐晋汉周书》，是由宋太祖诏令编纂的官修史书，作者薛居正等。后人为区别于欧阳修的《新五代史》，便习称《旧五代史》。书中可参考的史料相当齐备，五代各朝均有实录。从公元907年朱温代唐称帝到公元960年北宋王朝建立，中原地区相继出现后梁、后唐、后晋、后汉、后周等五代王朝，中原以外存在过吴、南唐、吴越、楚、闽、南汉、前蜀、后蜀、南平、北汉等十个小国，周边地区还有契丹、吐蕃、渤海、党项、南诏、于阗、东丹等少数民族建立的政权，习惯上称之为"五代十国"。《旧五代史》记载的就是这段历史。

和凝救贺瑰

【原文】

和凝，字成绩，汶阳须昌人也。凝幼而聪敏，姿状秀拔，神采射人。少好学，书一览者成达其大义。年十七举明经，十九登进士第。滑帅贺瑰知其名，辟置幕下。凝善射。时瑰与唐庄宗相拒于河上，战胡柳陂，瑰军败北，惟凝随之，瑰顾曰："子勿相随，当自努力。"凝对曰："丈夫受人知，有难不报，非素志也，但恨未有死所。"旋有一骑士来逐瑰，凝叱之，不止，遂引弓以射，应弦而毙，瑰获免。既而谓诸子曰："昨非和公，无以至此。和公文武全才而有志气，后必享重位，尔宜谨事之。"遂以女妻之，由是声望益隆。（节选自《旧五代史》）

【积累与运用】

◆解释加点词语

(1) 辟　　　(2) 拒

(3) 旋　　　(4) 引

◆翻译划线句子

(一) 丈夫受人知，有难不报，非素志也，但恨未有死所。

(二) 遂以女妻之，由是声望益隆。

文化常识

和凝（898—955），五代时文学家、法医学家。郓州须昌（今山东东平）人。他幼时颖敏好学，十七岁举明经，十九岁登进士第。好文学，长于短歌艳曲。梁贞明二年（916）进士。后唐时官至中书舍人，工部侍郎。后晋天福五年（940）拜中书侍郎同中书门下平章事。入后汉，封鲁国公。后周时，赠侍中。尝取古今史传所讼断狱、辨雪冤枉等事，著为《疑狱集》两卷。

词语精解

北：

①方位名。与"南"相对，人坐立皆面明背暗，故以背为南北之北。如：

沛公北向坐。（《史记·项羽本纪》）

②打了败仗往回逃。如：

连战皆北。（《史记·项羽本纪》）

鲁人从君战，三战三北。（《韩非子·五蠹》）

③败逃的军队。如：

追亡逐北，伏尸百万。（贾谊《过秦论》）

阎宝劝庄宗乘势决胜

【原文】

阎宝，字琼美，郓州人。

契丹之寇幽州也，周德威危急，宝与李存审从明宗击契丹于幽州西北，解围而还。胡柳之役，诸军逗挠，汴军登无石山，其势甚盛。庄宗望之，畏其不敌，且欲保营。宝进曰："王深入敌境，偏师不利，王彦章骑军已入濮州，山下唯列步兵，向晚皆有归志，我尽锐击之，败走必矣。<u>今若引退，必为所乘，我军未集，更闻贼胜，即不战而自溃也</u>。凡决胜料势，决战料情，情势已得，断在不疑。今王之成败，在此一战，若不决胜，设使余众渡河，河朔非王有也，王其勉之！"<u>庄宗闻之耸听，曰："微公几失计。"</u>即引骑大噪，奋槊登山，大败汴人。（节选自《旧五代史》）

【积累与运用】

◆解释加点词语

(1) 寇　　(2) 向晚

(3) 锐　　(4) 河朔

◆翻译划线句子

(一) 今若引退，必为所乘，我军未集，更闻贼胜，即不战而自溃也。

(二) 庄宗闻之耸听，曰："微公几失计。"

王瑜"钓鱼执法"

【原文】

王瑜，其先范阳人也。瑜性凶狡，然隽辩骁果，骑射刀笔之长，亦称于当代。起家累为从事，天福中，授左赞善大夫。会濮郡秋稼丰衍，税籍不均，命乘使车，按察定计。既至郡，谓校簿吏胡蕴、惠鹗曰："余食贫久矣，室无增货，为我致意县

词语精解

微：

(1) 动词

①如果没有。如：

微公几失计。（见本文）

②不是。如：

微独赵，诸侯有在者乎？（《触龙说赵太后》）

③衰败，衰弱。如：

天下分裂，而唐室固以微矣。（《教战守策》）

(2) 形容词

①隐蔽，不清晰。如：

海客谈瀛洲，烟涛微茫信难求。（《梦游天姥吟留别》）

②微小。如：

岭峤微草，凌冬不雕。（《采草药》）

③轻微。如：

动刀甚微，謋然已解。（《庖丁解牛》）

④地位卑微。如：

猥以微贱，当侍东宫。（《陈情表》）

⑤不显露的，隐藏其高贵身份的。如：

从数骑出，微行入古寺。

⑥精妙，深奥。如：

其文约，其辞微。（《屈原列传》）

(3) 副词

①表程度，稍微，微微，略微。如：

见其发矢十中八九，但微颔之。（《卖油翁》）

②表情态，暗暗地，隐约地。如：

微察公子，公子颜色愈和。（《信陵君窃符救赵》）

文化常识

赞善大夫：官名，太子官属。唐龙朔二年（662）初置太子左右赞善大夫一职，掌传令、讽过失、赞礼仪，以儒家经典教授诸郡王。制比左右谏议大夫，为谏官。

太府少卿：官名。北魏孝文帝时始置，为太府副贰，位在丞上，四品上。协助太府卿掌仓储出纳，两京诸市，通判各署事务。

宰，且求假贷。"由是濮之部内五邑令长共敛钱五十万，私献于瑜。瑜即以书上奏，高祖览章叹曰："廉直清慎有如此者，诚良臣也。"于是二吏五宰即时停黜，擢瑜为太府少卿。（节选自《旧五代史》）

【积累与运用】
◆解释加点词语
(1) 先　　　　(2) 刀笔
(3) 诚　　　　(4) 黜
◆翻译划线句子
㈠ 会濮郡秋稼丰衍，税籍不均，命乘使车，按察定计。

㈡ 余食贫久矣，室无增赀，为我致意县宰，且求假贷。

词语精解

私：
①私下，不公开的。如：
私献于瑜。（见本文）
②私人的，自己的。如：
吾所以为此者，以先国家之急而后私仇也。（《史记·廉颇蔺相如列传》）
③名词，私利，私事。如：
丹不忍以己之私，而伤长者之意。（《荆轲刺秦王》）
④动词，偏爱。如：
吾妻之美我者，私我也。（《邹忌讽齐王纳谏》）

文学天才李琪

【原文】
李琪，字台秀。父毂，广明中，为晋公王铎都统判官。年十三，词赋诗颂，大为王铎所知，然亦疑其假手。一日，铎召毂宴于公署，密遣人以"汉祖得三杰赋"题就其第试之，琪援笔立成。赋尾云："得士则昌，非贤罔共，宜哉项氏之败亡，一范增而不能用。"铎览而骇之，曰："此儿大器也，将擅文价。"

昭宗时，李谿父子以文学知名。琪年十八，袖赋一轴谒谿。谿倒屣迎门，谓琪曰："余尝患近年文士辞赋，皆数句之后，未见赋题，吾子入句见题，偶属典丽，吁！可畏也。"琪由是益知名，举进士第。天复初，授武功县尉，辟转运巡官，迁左拾遗、殿中侍御史。自琪为谏官宪职，凡时

文化常识

三杰：即汉代三位杰出人物：张良、韩信、萧何。

封章：言机密事之章奏皆用皂囊重封以进，故名封章。亦称封事。

文言知识

文言固定句式：无乃……乎？
这是一种表示揣测语气的固定格式，它表明的是对某种情况的估计或者对某件事情的认识。一般可译为"恐怕……吧"或"只怕……吧"。如：
①师劳力竭，远主备之，无乃不可乎？（《崤之战》）
划线处可译为：恐怕不行吧？
②求！无乃尔是过与？（《季氏将伐颛臾》）
可译为：冉求！恐怕该责备的是你们吧？

政有所不便，必封章论列①，文章秀丽，览之者忘倦。（节选自《旧五代史》）

[注释] ①论列：论述。或指言官上书检举弹劾。

【积累与运用】

◆ 解释加点词语

(1) 第　　　(2) 骇
(3) 患　　　(4) 吾子
(5) 第　　　(6) 览

◆ 翻译划线句子

(一)得士则昌，非贤罔共，宜哉项氏之败亡，一范增而不能用。

(二)琪年十八，袖赋一轴谒谿。谿倒屣迎门，谓琪曰。

张全义善抚军民

【原文】

张全义，字国维，濮州临濮人。性勤俭，善抚军民，虽贼寇充斥，而劝耕务农，由是仓储殷积。全义初至，井邑穷民，不满百户，于麾下百人中选可使者一十八人，命之曰屯将，每人给旗一口，榜一道，令招农户耕种。民之来者抚绥之，无重刑，无租税，流民之归渐众。王命农隙，选丁夫授以弓矢枪剑，为坐起进退之法。行之一二年，每屯增户。有贼盗即时擒捕之，刑宽事简，远近归之如市，且耕且战，岁滋垦辟，招复流散，待之如子。五年之内，号为富庶。每农祥劝耕之始，全义必自立畎亩，饷以酒食。数年之间，京畿无闲田。（编选自《旧五代史》）

词语精解

假：

(1) 读 jiǎ
① 借。如：
然亦疑其假手。（见本文）
以是人多以书假余。（《送东阳马生序》）
② 凭借，借助。如：
君子生非异也，善假于物也。（《劝学》）
③ 宽容。如：
愿大王少假借之，使毕使于前。（《荆轲刺秦王》）
④ 给予。如：
汉人未可假大兵权。（《谭嗣同》）
⑤ 虚假，假装。如：
乃悟前狼假寐，盖以诱敌。（《狼》）
⑥ 非正式的，代理的。如：
乃相与共立羽为假上将军。（《项羽本纪》）
⑦ 连词，相当于"如果""假如"，多"假使""假令"连用。如：
假令仆伏法受诛，若九牛亡一毛，与蝼蚁何以异。（《报任安书》）
(2) 读 jià，名词，假期。如：
府吏闻此变，因求假暂归。（《孔雀东南飞》）

文化常识

张全义（852—926），唐末至五代时期将领。张全义出身田农之家，他生性勤俭，善抚军民，政绩卓著。

建号：建立名号。指自立或受封为侯王。
京畿：是指国都及其附近的地区。

文言知识

链接：其他常见文言固定句式

(1) 得无……乎？/ 得无……耶？

这是一种表揣测疑问语气的固定格式，表示对某种情况的推测。翻译有以下三种格式：恐怕……吧；莫非……吧；该不会……吧。如：

① 览物之情，得无异乎？《岳阳楼记》
可译为：看到自然景物所产生的思想感情，恐怕不一样吧？

② 得无教我猎虫所耶？《促织》
可译为：莫非告诉我捕捉蟋蟀的地方吧？

【积累与运用】

◆解释加点词语

(1) 殷　　(2) 麾下

(3) 市　　(4) 饷

◆翻译划线句子

(一) 民之来者抚绥之，无重刑，无租税，流民之归渐众。

(二) 且耕且战，岁滋垦辟，招复流散，待之如子。

李愚清贫廉洁

【原文】

李愚，字子晦。渤海无棣人也。愚童龀时，谨重有异常儿，年长方志学，遍阅经史。为文尚气格，有韩、柳体。厉志端庄，风神峻整，非礼不言，行不苟且。

属关辅乱离，与宗人李延光客于山东。梁末帝嗣位，雅好儒士，延光素相款奉，得侍讲禁中，屡言愚之行高学赡。召见，嗟赏久之，擢为左拾遗。俄充崇政院直学士，或预咨谋，而俨然正色，不畏强御。衡王入朝，重臣李振辈皆致拜，惟愚长揖。末帝让之曰："衡王，朕之兄。朕犹致拜，崇政使李振等皆拜，尔何傲耶！"对曰："陛下以家人礼兄，振等私臣也。臣居朝列，与王无素，安敢谄事。"其刚毅如此。

晋州节度使华温琪在任违法，籍民家财，其家讼于朝，制使劾之，伏罪。梁末帝以先朝草昧

(2) 何有于……？

这是一种表反问的固定格式。其实它是两种特殊句式的紧缩和移位。一是由介词"于"与它的宾语构成的介宾短语后置，在原句作补语，翻译过来必须还原到动词谓语之前充当状语；一是疑问句中疑问代词作宾语谓宾前置，也就是说"有"的宾语是疑问代词"何"，它前置了，在翻译的时候，也必须还原到"有"的前面。其意思是："对于……来说，又有什么……呢？"如：

子曰："默而识之，学而不厌，诲人不倦，何有于我哉？"（《论语》）

划线处可译为："对于我来说又有什么呢？"

(3) ……何所……

这是一种表疑问的固定格式，是"所……者（为）何"的紧缩和移位。如：

①问女何所思？问女何所忆？（《木兰诗》）

②卖炭得钱何所营？（《卖炭翁》）

③白雪飘飘何所似？

④我有亲父母，逼迫兼弟兄。以我应他人，君还何所望？（《孔雀东南飞》）

文化常识

经史：经，即经书，指儒家经典著作；史，史书，即正史。泛指我国古代典籍。

童龀：指人的儿童少年时期，也有说成"髫龀"的。孩子乳牙脱落，长出恒牙，称为"龀"。

嗣位：指继承君位。嗣的本义是（经皇上恩准）父亲传位或传业给嫡长子。位即君位。儿子除了有长幼之分外，还有嫡庶之分，一般是传嫡不传庶。

草昧之臣：指开国之臣。草昧即蒙昧，未开化；在这里引申为草创，创始。

乞骸：又作"乞骸骨"。古代官吏因年老请求退职的一种说法：使骸骨得以归葬故乡。简作"乞骸"。

"廿四史"选粹·《旧五代书》

215

之臣，不忍加法，愚坚按其罪。梁末帝诏曰："朕若不与鞫穷，谓予不念赤子；若或遂行典宪，谓予不念功臣。为尔君者，不亦难乎！"

明宗即位，拜中书侍郎、平章事，长兴季年，秦王恣横，权要之臣，避祸不暇，邦之存亡，无敢言者。愚性刚介，往往形言，然人无唱和者。愚初不治第，既命为相，官借延宾馆居之。尝有疾，诏近臣宣谕，延之中堂，见其败越敝席，四壁萧然。明宗特赐帷帐茵褥。（节选自《旧五代史》）

【积累与运用】

◆解释加点词语

(1) 苟且　　　　(2) 客
(3) 款　　　　　(4) 或
(5) 让　　　　　(6) 籍
(7) 赤子　　　　(8) 第

◆翻译划线句子

(一) 臣居朝列，与王无素，安敢诣事。

(二) 梁末帝以先朝草昧之臣，不忍加法，愚坚按其罪。

(三) 愚性刚介，往往形言，然人无唱和者。

词语精解

若：

①连词，表假设，"如果""假如"。如：
若或遂行典宪，谓予不念功臣。（见本文）
若止印二三本，未为简易。（《活板》）

②像，好像。如：
若寡人者，可以保民乎哉？（《齐桓晋文之事》）

③及，比得上。如：
徐公不若君之美也。（《邹忌讽齐王纳谏》）

④表第二人称，相当于"你""你们"；作定语时则译为"你的"。如：
不者，若属皆且为所虏。（《鸿门宴》）

⑤表近指，"这""这样""如此"。如：
以若所为，求若所欲，犹缘木而求鱼也。（《齐桓晋文之事》）

《新五代史》

《新五代史》原名《五代史记》，由北宋文学家欧阳修编撰，大约用了18年时间。这是唐代设馆修史以后唯一的私修正史。后世为区别于薛居正等官修的五代史，称为新五代史。全书共74卷，纪12卷、传45卷、考3卷、世家及年谱11卷、四夷附录3卷。记载了自后梁开平元年（907）至后周显德七年（960）共54年的历史。《新五代史》撰写时，增加了《旧五代史》所未能见到的史料，如《五代会要》《五代史补》等，因此内容更加翔实。但《新五代史》对旧"志"部分大加繁削，故史料价值比《旧五代史》要略逊一等。

杨行密计诛叛臣

【原文】

延寿者，行密夫人朱氏之弟也。颜及仁义之将叛也，行密疑之，乃阳为目疾，每接延寿使者，必错乱其所见以示之。尝行，故触柱而仆，朱夫人扶之，良久乃苏。泣曰："吾业成而丧其目，是天废我也！吾儿子皆不足以任事，得延寿付之，吾无恨矣。"夫人喜，急召延寿。延寿至，行密迎之寝门，刺杀之，出朱夫人以嫁之。（节选自《新五代史》）

【积累与运用】

◆解释加点词语

(1) 阳　　　(2) 苏

(3) 付　　　(4) 恨

◆翻译划线句子

㈠每接延寿使者，必错乱其所见以示之。

㈡吾业成而丧其目，是天废我也！

文化常识

杨行密（852—905年），原名行愍，字化源，五代十国时期吴国奠基人，史称南吴太祖。

词语精解

阳：

①通"佯"，假装。如：

乃阳为目疾。（见本文）

②凸起的。刻印时，线条凸起为阳文。

③太阳，阳光。如：

斜阳草树，寻常巷陌，人道寄奴曾住。（《永遇乐·京口北固亭怀古》）

④山的南面。如：

以其乃华山之阳名之也。（《游褒禅山记》）

⑤古代哲学概念，阴的对立面。如：

故审堂下之阴，而知日月之行，阴阳之变。（《察今》）

逍遥先生郑遨

【原文】

郑遨,字云叟,滑州白马人也。唐明宗祖庙讳遨,故世行其字。遨少好学,敏于文辞。唐昭宗时,举进士不中,见天下已乱,有拂衣远去之意,欲携其妻子与俱隐,其妻不从,遨乃入少室山为道士。其妻数以书劝遨还家,辄投之于火,后闻其妻子卒,一恸而止。遨与李振故善,振后事梁贵显,欲以禄遨,遨不顾,后振得罪南窜,遨徒步千里往省之,由是闻者益高其行。

(郑遨)与道士李道殷、罗隐之友善,世目以为三高士。遨种田,隐之卖药以自给,道殷有钓鱼术,钩而不饵,又能化石为金,遨尝验其信然,而不之求也。节度使刘遂凝数以宝货遗之,遨一不受。唐明宗时以左拾遗、晋高祖时以谏议大夫召之,皆不起,即赐号为逍遥先生。(节选自《新五代史》)

【积累与运用】

◆解释加点词语

(1)讳　　　(2)妻子

(3)不顾　　(4)自给

(5)遗　　　(6)不起

◆翻译划线句子

㈠后振得罪南窜,遨徒步千里往省之,由是闻者益高其行。

㈡遨尝验其信然,而不之求也。

文化常识

庙讳:封建时代称皇帝父祖的名讳。各个朝代在位的君主必须避讳;已故的君主七世之内也须避讳,叫作避"庙讳"。其类别大致有:改姓氏、改名字、改地名、改官名、改物名、改书名、改干支名、改方药名、改常语。古书云:"春秋为尊者讳,为亲者讳,为贤者讳"。

词语精解

数:

①点数,计算。如:

珠可历历数也。(魏学洢《核舟记》)

②枚举,列举。如:

其余以俭立名,以侈自败者多矣,不可遍数。(《训俭示康》)

数吕师孟叔侄为逆。(《指南录·后序》)

③数落,责备。如:

使韩仓数之。(《战国策·秦策》)

日暮,至豪民第门,捽使跪,数之曰。(《书博鸡者事》)

④诉说,称说。如:

故诵数以贯之,思索以通之。(《荀子·劝学》)

⑤几个,若干。如:

忽逢桃花林,夹岸数百步,中无杂树。(《桃花源记》))

李重美仁厚

【原文】

　　重美，幼而明敏如成人。废帝即位，自左卫上将军领成德军节度使、兼河南尹、判六军诸卫事，改领天雄军节度使、同中书门下平章事，封雍王。

　　石敬瑭反，废帝欲北征，重美谓宜持重，固请毋行。废帝心惮敬瑭，初不欲往，闻重美言，以为然，而刘延皓与刘延朗等迫之不已，废帝遂如河阳①，留重美守京师。京师震恐，居民皆出城以藏窜，门者禁止之。重美曰："国家多难，不能与民为主，而欲禁其避祸，可乎？"因纵民出。及晋兵将至，刘皇后积薪于地，将焚其宫室，重美曰："新天子至，必不露坐，但佗日②重劳民力，取怨身后耳！"后以为然。废帝自焚，后及重美俱死。（节选自《新五代史》）

[注释] ①河阳：古县名，治所在今河南孟州市。②佗日：他日。佗，同"他"。

【积累与运用】

◆解释加点词语

(1) 如　　　(2) 藏窜

(3) 纵　　　(4) 身后

◆翻译划线句子

(一) 废帝心惮敬瑭，初不欲往，闻重美言，以为然。

(二) 国家多难，不能与民为主，而欲禁其避祸，可乎？

文化常识

①重美：后唐废帝之子。
②废帝：即后唐废帝李从珂。本姓王，后封为潞王；后以兵反，于清泰元年即皇位。
③判：唐、五代、宋时官制。
④刘延皓：唐废帝皇后刘氏之弟，任枢密使、天雄军节度使。
⑤刘延朗：唐废帝时任枢密副使。

词语精解

迫：
①逼近。如：
涉旬月，迫季冬。（《报任安书》）
时北兵已迫修门外。（《指南录·后序》）
②硬逼，逼迫。如：
贾家庄几为巡徼所陵迫死。（《指南录·后序》）
③催促。如：
迫孔悝于厕，强盟之。（《左传·哀公十五年》）
能事不受相促迫。（杜甫《戏题画山水图歌》）
④紧迫，急迫。如：
此迫矣！臣请入，与之同命。（《史记·项羽本纪》）
⑤狭窄。如：
西州地势局迫。（《后汉书·窦融列传》）

遂：
①田间水沟。如：
夫间有遂，遂上有径。（《周礼·遂人》）
②道路。如：
禽夫差于干遂。（《史记·苏秦传》）
③通，达。如：
何往而不遂。（《淮南子·精神》）
④进，荐。如：
不能退，不能遂。（《周易·大壮》）
⑤称心如意，使得到满足。如：
长卿久宦游不遂，而来过我。（《史记·司马相如列传》）
⑥顺利地完成，成功。如：
四者无一遂。（《报任安书》）
⑦已成，终了。如：
成事不说，遂事不谏，既往不咎。（《论语》）
⑧就，于是。如：
赵王于是遂遣相如奉璧西入秦。（《廉颇蔺相如列传》）
⑨竟然。如：
若遂不改，方思仆言。（《与陈伯之书》）
⑩表示最后的结果，终于，到底。如：
历险数次，遂达峰顶。（《徐霞客游记·游黄山记》）
寻向所志，遂迷，不复得路。（《桃花源记》）

一诗一法一情感与「廿四史」选粹

皇后吝啬惜物失民心

【原文】

占星者言："御前当有急兵，宜散积聚以禳之。"宰相请出库物以给军，庄宗许之，后①不肯，曰："吾夫妇得天下，虽因武功，盖亦有天命。命既在天，人如我何！"因取妆奁及皇幼子满喜置帝前曰："诸侯所贡，给赐已尽，宫中所有惟此耳，请鬻以给军！"宰相惶恐而退。及赵在礼作乱，出兵讨魏，始出物以赉军，军士负而诟曰："吾妻子已饥死，得此何为！"

庄宗东幸汴州，从驾兵二万五千，及至万胜，不得进而还，军士离散，所亡太半。至罂子谷，道路隘狭，庄宗见从官执兵仗者，皆以好言劳之。曰："适报平蜀，得蜀金银五十万，当悉给尔等。"对曰："陛下与之太晚，得者亦不感恩。"庄宗泣下。（节选自《新五代史》）

[注释] ①后：指皇后刘氏。

【积累与运用】

◆解释加点词语

(1) 禳   (2) 鬻

(3) 赉   (4) 适

◆翻译划线句子

(一)宰相请出库物以给军，庄宗许之，后不肯。

(二)庄宗东幸汴州，从驾兵二万五千，及至万胜，不得进而还，军士离散，所亡太半。

伶人敬新磨智谏

【原文】

庄宗好畋猎，猎于中牟，践民田。中牟县令当马切谏，为民请，庄宗怒，叱县令去，将杀之。伶人敬新磨知其不可，乃率诸伶走追县令，

文化常识

占星：占星术，亦称星象学，是用天体的相对位置和相对运动（尤其是太阳系内的行星的位置）来解释或预言人的命运和行为的系统。它是原始卜术士观测天体、日月星辰的位置及其各种变化后作出解释，来预测人世间的各种事物。

词语精解

与：

①给予。如：

陛下与之太晚。（见本文）

我持……玉斗一双，欲与亚父。《鸿门宴》

②结交。如：

失其所与，不知。《烛之武退秦师》

③赞同。如：

上官大夫见而欲夺之，屈原不与。《屈原列传》

④参加，参与，此时读 yù。如：

蹇叔之子与师。（《殽之战》）

⑤连词，连接词与词，或词组与词组，表示并列关系，可以为"和"。如：

独卿与子敬与孤同耳。《赤壁之战》

⑥介词，介绍出动作行为涉及的对象，相当于"和""同""跟"等。如：

陈涉少时，尝与人佣耕。《陈涉世家》

⑦语气词，通"欤"，可译为"吗""吧"等。如：

求，无乃尔是过与？《季氏将伐颛臾》

文化常识

伶人：亦称优伶，所指的是身段本事凸出的演艺人员。古汉语里优和伶都是演员的意思。现在伶人或伶多指戏曲演员。

擒至马前责之曰："汝为县令，独不知吾天子好猎邪？奈何纵民稼穑以供税赋！何不饥汝县民而空此地，以备吾天子之驰骋？汝罪当死！"因前请亟行刑，诸伶共唱和之。庄宗大笑，县令乃得免去。

庄宗尝与群优戏于庭，四顾而呼曰："李天下，李天下何在？"新磨遽前以手批其颊。庄宗失色，左右皆恐，群伶亦大惊骇，共持新磨诘曰："汝奈何批天子颊？"新磨对曰："李天下者，一人而已，复谁呼邪！"于是左右皆笑，庄宗大喜，赐与新磨甚厚。

新磨尝奏事殿中，殿中多恶犬，新磨去，一犬起逐之，新磨倚柱而呼曰："陛下毋纵儿女啮人！"庄宗家世夷狄，夷狄之人讳狗，故新磨以此讥之。庄宗大怒，弯弓注矢将射之，新磨急呼曰："陛下无杀臣！臣与陛下为一体，杀之不祥！"庄宗大惊，问其故，对曰："陛下开国，改元同光，天下皆谓陛下同光帝。且同，铜也，若杀敬新磨，则同无光矣。"庄宗大笑，乃释之。（节选自《新五代史》）

【积累与运用】

◆解释加点词语

(1) 当　　　　(2) 独

(3) 稼穑　　　(4) 批

(5) 持　　　　(6) 讥

◆翻译划线句子

(一) 何不饥汝县民而空此地，以备吾天子之驰骋？

(二) 新磨尝奏事殿中，殿中多恶犬，新磨去，一犬起逐之。

词语精解

当：

(1) 读 dāng

①对着，面对；引申为挡住。如：

当窗理云鬓，对镜贴花黄。（《木兰辞》）

中牟县令当马切谏，为民请。（见本文）

②抵御，抵挡。如：

料大王士卒足以当项王乎。（《鸿门宴》）

③处在某个地方（时候）；引申为占据，把守。如：

当是时也，商君佐之。（《过秦论》）

一夫当关，万人莫开。（《蜀道难》）

④主持，执掌。如：

北邀当国者相见。（《〈指南录〉后序》）

⑤判决，判罪。如：

公等遇雨，皆已失期，失期当斩。（《陈涉世家》）

⑥应当。如：

诸将吏敢复有言当迎操者，与此案同。（《赤壁之战》）

⑦两者相抵。如：

募有能捕之者，当其租入。（《捕蛇者说》）

⑧表必然，必定，一定。如：

不久当归还，还必相迎取。（《孔雀东南飞》）

⑨表时间的未来，将，将要。如：

今当远离，临表涕零，不知所言。（《出师表》）

(2) 读 dàng

①符合。如：

惴惴恐不当意。（《促织》）

②当作。如：

晚食以当肉，安步以当车。（《战国策·齐策》）

③形容词，适宜，恰当。如：

古法采草药，多用二月八月，此殊未当。（《采草药》）

《宋史》

《宋史》于元末至正三年（1343）由丞相脱脱和阿鲁图先后主持修撰，《宋史》与《辽史》《金史》同时修撰。全书共计496卷，约500万字，有本纪47卷，志162卷，表32卷，列传255卷，是二十五史中篇幅最庞大的一部官修史书。其特点是史料丰富，叙事详尽。

吕蒙正轶事

【原文】

吕蒙正相公不喜记人过。初参知政事，入朝堂，有朝士于帘内指之曰："是小子亦参政耶！"蒙正佯为不闻而过之。其同列怒，令诘其官位姓名，蒙正遂止之。罢朝，同列犹不能平，悔不穷问，蒙正曰："一知其姓名，则终身不能复忘，固不如无知也，不问之何损？"时人皆服其量。

蒙正初为相时，张绅知蔡州，坐赃免。或言于上曰："绅家富，不至此，特蒙正贫时勾索不如意，今报之尔。"上命即复绅官，蒙正不辨。后考课院得绅实状，复黜为绛州团练副使。及蒙正再入相，太宗谓曰："张绅果有赃。"蒙正不辨亦不谢。（节选自《宋史·吕蒙正传》）

【积累与运用】

◆ 解释加点词语

（1）止　　　　（2）量
（3）坐赃　　　（4）黜

◆ 翻译划线句子

（一）蒙正佯为不闻而过之。

（二）绅家富，不至此，特蒙正贫时勾索不如意，今报之尔。

文化常识

参知政事：官名，又简称"参政"。是唐宋时期最高政务长官之一，与同平章事、枢密使、枢密副使合称"宰执"。唐制以中书令、侍中、尚书仆射之外他官任宰相职，给以"参知政事"等名义。宋代以参知政事为副宰相，简称"参政"。

词语精解

同列：

①同僚。如：

其同列怒。（见本文）

②同一班列，同等地位，亦指地位相同者。如：

今君与廉颇同列。（《史记·廉颇蔺相如列传》）

量：

(1)读 liáng

①用量器计算容积或长度。如：

不量凿而正枘兮。（《离骚》）

②衡量，酌量。如：

则胜负之数，存亡之理，当与秦相较，或未易量。（苏洵《六国论》）

(2)读 liàng

①量器，计算物体容积的器具。如：

齐旧四量：豆、区、釜、钟。（《左传》）

②度量，器量。如：

上（皇上）少有大量。（李延寿《南史》）

③抱负。如：

瑜雅量高致。（《三国志》）

④才华。如：

刘备以亮有殊量。（《三国志》）

⑤料想。如：

自君别我后，人事不可量。（《孔雀东南飞》）

包拯廉洁奉公

【原文】

包拯徙知端州，迁殿中丞。端土产砚，前守缘贡，率取数十倍以遗权贵；拯命制者才足贡数。岁满，不持一砚归。

拯性峭直，恶吏苛刻，务敦厚，虽甚嫉恶，而未尝不推以忠恕也。与人不苟合，不伪辞色悦人，平居无私书，故人、亲党皆绝之。虽贵，衣服、器用、饮食如布衣时。尝曰：后世子孙仕宦，有犯赃者，不得放归本家，死不得葬大茔中。不从吾志，非吾子若孙也。（节选自《宋史》）

【积累与运用】

◆解释加点词语

(1) 恶　　(2) 布衣

(3) 本家　(4) 志

◆翻译划线句子

(一) 端土产砚，前守缘贡，率取数十倍以遗权贵。

(二) 与人不苟合，不伪辞色悦人，平居无私书，故人、亲党皆绝之。

文化常识

忠恕：出自《论语·里仁》，是儒家处理人际关系的基本原则之一。"忠"，尽心为人，中人之心，故为忠；"恕"，推己及人，如人之心，故为恕。最早将忠恕联系起来的是春秋时代的曾子。他在解释孔子"吾道一以贯之"时说："夫子之道，忠恕而已矣。""忠恕"，是以待自己的态度对待人。孔门的弟子以忠恕作为贯通孔子学说的核心内容，是"仁"的具体运用。

词语精解

贵：

①物价高，与"贱"相对。如：

谷贵时减贾（价）而粜。（《汉书·食货志上》）

②抬高物价。如：

欲民务农，在于贵粟。（晁错《论贵粟疏》）

③社会地位高。如：

苟富贵，无相忘。（《史记·陈涉世家》）

④贵重，重要。如：

礼之用，和为贵。（《论语·学而》）

⑤崇尚，重视。如：

去谗远色，贱货而贵德。（《礼·中庸》）

有道之士，贵以近知远，以今知古，以所见知所不见。（《吕氏春秋·察今》）

⑥敬辞，尊称与对方有关的事物时用。如：

贵房师高要县汤公，就是先祖的门生。（《儒林外史》）

赵普其人

【原文】

赵普，字则平，幽州蓟人。

普少习吏事，寡学术，及为相，太祖常劝以读书。晚年手不释卷，每归私第，阖户启箧取书，读之竟日。及次日临政，处决如流。既薨，家人发箧视之，则《论语》二十篇也。普性深沉有岸谷，虽多忌克，而能以天下事为己任。宋初，在相位者多龌龊循默，普刚毅果断，未有其比。

文化常识

赵普（922—992）：北宋宰相。后周时为赵匡胤幕僚，掌书记，曾参加策划陈桥兵变。964年任宰相，协助太祖筹划削夺藩镇，罢禁军宿将兵权，实行更戍法，改革官制，制定守边御辽等许多重大措施。太宗时又两次为相。他虽读书少，但喜《论语》，因有"半部论语治天下"之说。

文言知识

文言固定句式： 若……何 / 奈……何 / 如……何

有群臣当迁官，太祖素恶其人，不与。普坚以为请，太祖怒曰："朕固不为迁官，卿若之何？"普曰："刑以惩恶，赏以酬功，古今通道也。且刑赏天下之刑赏，非陛下之刑赏，岂得以喜怒专之。"太祖怒甚，起，普亦随之，久之不去，竟得俞允。（节选自《宋史》）

【积累与运用】

◆解释加点词语

(1) 寡　　　　(2) 处决

(3) 龌龊　　　(4) 竟

◆翻译划线句子

㈠ 每归私第，阖户启箧取书，读之竟日。

㈡ 刑以惩恶，赏以酬功，古今通道也。

杯酒释兵权

【原文】

乾德初，帝因晚朝与守信等饮酒，酒酣，帝曰："我非尔曹不及此，然吾为天子，殊不若为节度使之乐，吾终夕未尝安枕而卧。"守信等顿首曰："今天命已定，谁复敢有异心，陛下何为出此言耶？"帝曰："人孰不欲富贵？一旦有以黄袍加汝之身，虽欲不为，其可得乎？"守信等谢曰："臣愚不及此，惟陛下哀矜之。"帝曰："人生驹过隙尔，不如多积金、市田宅以遗子孙，歌儿舞女以终天年。君臣之间无所猜嫌，不亦善乎。"守信谢曰："陛下念及此，所谓生死而肉骨也。"明日，皆称病，乞解兵权，帝从之，皆以散官就第，赏赉甚厚。（节选自《宋

这三个格式的用法是一样的，都表示怎样对待或处置某人某事。其中"若""奈""如"是动词，含有"办理""对付""处置"之意；而"何"则是补语，作"怎么""怎样"讲。在中间插入的内容属于"若""奈""如"的宾语。整个格式可译为"把……怎么样"，或"对……怎么办"。如：

①朕固不为迁官，卿若之何？（见本文）

划线处可译为：你能怎么样呢？

②试问古来几曾见破镜能重圆？则较死为苦也，将奈之何？（《与妻书》）

划线处可译为：（我们）对这种情况怎么办呢？

③以君之力，曾不能损魁父之丘，如王屋、太行何？（《愚公移山》）

划线处可译为：能把太行山和王屋山怎么样呢？

④力拔山兮气盖世，时不利兮骓不逝。骓不逝兮可奈何？虞兮虞兮奈若何？（《垓下歌》）

划线处可译为：虞姬虞姬把你怎么样呢？

文化常识

黄袍：古代帝王的袍服。"黄袍"往往被看作古代帝王服饰的象征。"黄袍"作为帝王专用衣着源于唐朝。

散官：是有官名而无职事的官称。它是与职事官相对而言的。隋始定散官名称，加给文武重臣，皆无实际职务，而统称官员之有实际职务者为职事官。

词语精解

解：

①解除，消除。如：

皆称病，乞解兵权。（见本文）

②解开，脱去。如：

毁其盆，悉埋于地，解其棕缚。（《病梅馆记》）

③分开。如：

少年大骇，急解令休止。（《促织》）

史·石守信传》）

【积累与运用】

◆解释加点词语

(1) 尔曹　　(2) 何为

(3) 市　　　(4) 赍

◆翻译划线句子

㈠ 人孰不欲富贵？一旦有以黄袍加汝之身，虽欲不为，其可得乎？

㈡ 陛下念及此，所谓生死而肉骨也。

"殿上虎"刘安世

【原文】

刘安世仪状魁硕，音吐如钟。初除谏官，未拜命，入白母曰："朝廷不以安世不肖，使在言路。倘居其官，须明目张胆，以身任责，脱有触忤，祸谴立至。主上方以孝治天下，若以老母辞，当可免。"母曰："不然。吾闻谏官为天子诤臣，汝父平生欲为之而弗得，汝幸居此地，当捐身以报国恩。正得罪流放，无问远近，吾当从汝所之。"于是受命。在职累岁，正色立朝，扶持公道。其面折廷争，或帝盛怒，则执简却立，伺怒稍解，复前抗辞。旁待者远观，蓄缩悚汗，目之曰："殿上虎"，一时无不敬慑。（节选自《宋史》）

[注释]①刘安世：北宋后期大臣，以直谏闻名，被时人称之为"殿上虎"。

【积累与运用】

◆解释加点词语

(1) 不肖　　(2) 明目张胆

(3) 脱　　　(4) 诤

(5) 面　　　(6) 目

④解释，解答。如：

师者，所以传道受业解惑也。（《师说》）

⑤理解。如：

惑而不从师，其为惑也，终不解矣。（《师说》）

⑥剖开，特指解剖动物的肢体。如：

庖丁为文惠君解牛。（《庖丁解牛》）

⑦读 xiè，缓和，消减。如：

太后之色少解。（《触龙说赵太后》）

文化常识

谏官：中国古代官职之一，是对君主的过失直言规劝并使其改正的官吏。谏官的设置比监官早。春秋初年齐桓公设大谏，为谏官设置之始。

词语精解

却：

(1)动词

①退。如：

或帝盛怒，则执简却立。（见本文）

②使退，击退。如：

后秦击赵者再，李牧连却之。（《六国论》）

③拒绝，排斥。如：

王者不却众庶，故能明其德（《谏逐客书》）

④回头。如：

却看妻子愁何在，漫卷诗书喜欲狂。（《闻官军收河南河北》）

⑤去掉，消除。如：

医得眼前疮，剜却心头肉。（聂夷中《伤田家》）

(2)副词，表将要重复或继续。还，再。如：

◆翻译划线句子

(一) 主上方以孝治天下，若以老母辞，当可免。

(二) 正得罪流放，无问远近，吾当从汝所之。

鲁宗道不欺君

【原文】

鲁宗道，字贯之，亳州谯人。

宗道为人刚正，疾恶少容，遇事敢言，不为小谨。为谕德时，居近酒肆，尝微行就饮肆中，遇真宗亟召，使者及门久之，宗道方自酒肆来。<u>使者先入，约曰："即上怪公来迟，何以为对？"宗道曰："第以实言之。"</u>使者曰："然则公当得罪。"曰："饮酒，人之常情；欺君，臣子之大罪也。"真宗果问，使者具以宗道所言对。帝诘之宗道，谢曰："有故人自乡里来，臣家贫无杯盘，故就酒家饮。"<u>帝以为忠实可大用，尝以语太后。</u>太后临朝，遂大用之。（节选自《宋史》）

【积累与运用】

◆解释加点词语

(1) 小谨　　　(2) 亟召

(3) 得罪　　　(4) 故人

◆翻译划线句子

(一) 使者先入，约曰："即上怪公来迟，何以为对？"宗道曰："第以实言之。"

(二) 帝以为忠实可大用，尝以语太后。

何当共剪西窗烛，却话巴山夜雨时。（李商隐《夜雨寄北》）

(3)连词，表转折。如：

无端更渡桑乾水，却望并州是故乡。（《旅次朔方》）

文化常识

谕德：官名，唐朝开始设置，秩正四品下，掌对皇太子教谕道德。清朝废除。

词语精解

肆：

①摆设，陈列。如：

肆，极陈也。（《说文》）

②恣纵，放肆。如：

不得安肆矣。（《汉书·吴王濞传》）

故不为轩冕肆志。（《庄子·缮性》）

③延伸，扩张。如：

既东封郑，又欲肆其西封。（《烛之武退秦师》）

④店铺。如：

帝命三市店肆，皆设帷帐。（《隋书·裴矩传》）

曾不知早索我于枯鱼之肆。（《庄子·外物》）

⑤手工业作坊。如：

百工居肆，以成其事。（《论语·子张》）

⑥古时处死刑后陈尸示众。如：

吾力犹能肆诸市朝。（《论语·宪问》）

⑦古代编悬乐器的单位，悬钟十六为肆。如：

凡县钟磬，半为堵，全为肆。（《周礼》）

⑧"四"的大写，用于支票等，以避免错误或更改。

岳飞传

【原文】

　　岳飞，字鹏举，相州汤阴人。世为农。父和，能节食以济饥者。有耕侵其地，割而与之；贳①其财者不责偿。飞生时，有大禽若鹄，飞鸣室上，因以为名。未弥月，河决内黄，水暴至，母姚抱飞坐瓮中，冲涛及岸得免，人异之。少负气节，沈厚寡言，家贫力学，尤好《左氏春秋》、孙吴兵法。生有神力，未冠，挽弓三百斤，弩八石，学射于周同，尽其术，能左右射。同死，朔望设祭于其冢。父义之，曰："汝为时用，其徇国死义乎！"

　　飞至孝，母留河北，遣人求访，迎归。母有痼疾，药饵必亲。母卒，水浆不入口者三日。家无姬侍。吴玠素服飞，愿与交欢，饰名姝遗之。飞曰："主上宵旰，岂大将安乐时？"却不受，玠益敬服。少豪饮，帝戒之曰："卿异时到河朔，乃可饮。"遂绝不饮。帝初为飞营第，飞辞曰："敌未灭，何以家为？"或问天下何时太平，飞曰："文臣不爱钱，武臣不惜死，天下太平矣。"师每休舍，课将士注坡②跳壕，皆重铠习之。子云尝习注坡，马踬，怒而鞭之。卒有取民麻一缕以束刍者，立斩以徇。卒夜宿，民开门愿纳，无敢入者。军号"冻死不拆屋，饿死不卤掠"。

　　善以少击众。欲有所举，尽召诸统制与谋，谋定而后战，故有胜无败。猝遇敌不动。故敌为之语曰："撼山易，撼岳家军难。"张俊尝问用兵之术，飞曰："仁、智、信、勇、严，阙一不可。"调军食，必蹙额曰："东南民力，耗敝极矣。"荆湖平，募民营田，又为屯田，岁省漕运之半。帝手书曹操、诸葛亮、羊祜三事赐之。飞跋其后，独指操为奸贼而鄙之，尤桧所恶也。李宝自楚来归，韩世忠留之，宝痛哭愿归飞。世忠以书来谂，飞复曰："均为国家，何分彼此？"世忠叹服。好贤礼士，览经览史，雅歌投壶③，恂恂如儒生。每辞官，必曰："将士效力，飞何

文化常识

　　冠：泛指成年。古代男子到成年则举行加冠礼，叫作冠，一般在二十岁。

　　统制：官名。北宋时，为加强中央集权，皇帝直接控制军队，将领不能专兵。凡遇战事，则在各将领中选拔一人给予"都统制"的名义，以节制兵马。

文言知识

文言固定句式：何……为？

　　这是一种表询问或反问的固定格式。"为"是语气助词，相当于"呢"。可译为"还要……做什么呢？"如：

　　①如今人方为刀俎，我为鱼肉，何辞为？（《史记·项羽本纪》）划线处可译为："还要告辞做什么呢？"

　　②项王笑曰："天之亡我，我何渡为？"（《史记·项羽本纪》）划线处可译为："这是上天要灭亡我，我还要渡江做什么呢？"

　　③敌未灭，何以家为？（见本文）

　　可译为："还要家做什么呢？"

链接："为"动用法

　　"为"动用法表示"主语为宾语怎么样"，谓语可以由动词形容词或活用的名词充当。如：

　　①徇国死义。（见本文）

　　句中"徇"（同"殉"）"死"二字"为"动用法，为（国）献身，为（义）而死。

　　②秦人不暇自哀。（杜牧《阿房宫赋》）

　　哀，为……哀叹。

　　③既泣之三日，乃誓疗之。（《病梅馆记》）

　　泣，为……哭泣。

　　④多情自古伤离别。（柳永《雨霖铃》）

　　伤，为……伤感、伤心。

词语精解

少：

(1)读 shào

①形容词。年少，年轻；小。如：

少豪饮，帝戒之曰。（见本文）

衡少善属文。（《张衡传》）

②名词，青年，少年。如：

群贤毕至，少长咸集。（《兰亭集序》）

(2)读 shǎo

①形容词，数量少，不多。如：

功之有？"然忠愤激烈，议论持正，不挫于人，卒以此得祸。（节选自《宋史·岳飞传》）

[注释] ①贳：借贷。 ②注坡：谓从斜坡上急驰而下。 ③雅歌投壶：吟雅诗及作投壶游戏。后常指武将之儒雅行为。

【积累与运用】

◆解释加点词语

(1) 弥　　　　(2) 义
(3) 徇国死义　(4) 宵旰
(5) 营第　　　(6) 课
(7) 徇　　　　(8) 谂

◆翻译划线句子

(一) 父和，能节食以济饥者。有耕侵其地，割而与之；贳①其财者不责偿。

(二) 或问天下何时太平，飞曰："文臣不爱钱，武臣不惜死，天下太平矣。"

(三) 飞跋其后，独指操为奸贼而鄙之，尤桧所恶也。

苏轼传

【原文】

苏轼，字子瞻，眉州眉山人。生十年，父洵游学四方，母程氏亲授以书，闻古今成败，辄能语其要。程氏读东汉《范滂传》，慨然太息，轼请曰："轼若为滂，母许之否乎？"程氏曰："汝能为滂，吾顾不能为滂母邪？"

时安石创行新法，轼上书论其不便。安石滋怒，使御史谢景温论奏其过，穷治无所得，

生之者甚少而靡之者甚多，天下财产何得不蹶？（《论积贮疏》）

②缺少。如：

遥知兄弟登高处，遍插茱萸少一人。（《九月九日忆山东兄弟》）

③削减，减少。如：

欲天下之治安，莫若众建诸侯而少其力。（贾谊《治安策》）

④瞧不起，轻视。如：

议者以此少之。（《晋书·陈寿传》）

⑤名词，少数人。如：

义不杀少而杀众，不可谓知类。（《公输》）

(3) 读 shāo，副词，表程度，稍微，略微。如：

断头置城上，颜色不少变。（《五人墓碑记》）

文化常识

范滂：东汉人，曾任汝阳太守属吏，因抑制豪强，反对宦官，33岁死于狱中。其母深明大义。

御史：中国古代一种官名。先秦时期，天子、诸侯、大夫、邑宰皆置，是负责记录的史官、秘书官。国君置御史，自秦朝开始，御史专门为监察性质的官职，一直延续到清朝。

通判：中国古代官职之一。官制始于宋朝时期，明朝期间为各府的副职，位于知府、

228

轼遂请外，通判杭州。

徙知徐州。河决曹村，泛于梁山泊，溢于南清河，汇于城下，涨不时泄，城将败，富民争出避水。轼曰："富民出，民皆动摇，吾谁与守？吾在是，水决不能败城。"驱使复入。轼诣武卫营，呼卒长曰："河将害城，事急矣，虽禁军且为我尽力。"卒长曰："太守犹不避涂潦，吾侪小人，当效命。"率其徒持畚锸以出，筑东南长堤，首起戏马台，尾属于城。雨日夜不止，城不沉者三版。轼庐于其上，过家不入，使官吏分堵以守，卒全其城。复请调来岁夫增筑故城，为木岸，以虞水之再至。朝廷从之。

徙知湖州，上表以谢。又以事不便民者不敢言，以诗托讽，庶有补于国。御史李定、舒亶、何正臣摭其表语，并媒蘖所为诗以为讪谤，逮赴台狱，欲置之死，锻炼久之不决。神宗独怜之，以黄州团练副使安置。轼与田父野老，相从溪山间，筑室于东坡，自号"东坡居士。"

（元祐）四年，积以论事，为当轴者所恨。轼恐不见容，请外，拜龙图阁学士、知杭州。

杭本近海，地泉咸苦，居民稀少。唐刺史李泌始引西湖水作六井，民足于水。白居易又浚西湖水入漕河，自河入田，所溉至千顷，民以殷富。湖水多葑①，自唐及钱氏，岁辄浚治，宋兴，废之，葑积为田，水无几矣。漕河失利，取给江潮，舟行市中，潮又多淤，三年一淘，为民大患，六井亦几于废。轼见茅山一河专受江潮，盐桥一河专受湖水，遂浚二河以通漕。复造堰闸，以为湖水畜泄之限，江潮不复入市。以余力复完六井，又取葑田积湖中，南北径三十里，为长堤以通行者。吴人种菱，春辄芟除，不遗寸草。且募人种菱湖中，葑不复生。收其利以备修湖，取救荒余钱万缗、粮万石，及请得百僧度牒以募役者。堤成，植芙蓉、杨柳其上，望之如画图，杭人名为"苏公堤"。

轼二十年间再莅杭，有德于民，家有画像，饮食必祝。又作生祠以报。

同知之下。在清朝通判也称为"分府"，管辖地为厅，此官职配置于地方建制的京府或府，功能为辅助知府政务，分掌粮盐都捕，品等为正六品。通判多半设立在边陲的地方，以弥补知府管辖不足之处。清朝灭亡后，该官职废除。

禁军：封建时代直属于帝王，担任护卫帝王或皇宫、首都警备任务的军队。因时代、文化与地域的不同，有其他异名同义的名称，如禁卫军、亲卫军、近卫军、御林军等不同称呼。在封建时代式微后，这些名称往往成为军事荣誉称号，授予建立特殊功绩的部队。

团练副使：宋代散官（指闲散不管事的官职）官阶之一，授予官员，是一种级别的象征。宋代散官共有十等，常授的主要是团练副使、节度行军司马、节度副使和州别驾四种。一般认为"团练副使"为从八品。

生祠：古代信仰民俗。为活着的人建立祠庙，加以奉祀。西汉栾布为燕相，燕齐之间为其立社，号栾公社；石庆为齐相，齐人为石立祠。此为立生祠之始。

词语精解

患：

①忧患，祸害。如：

潮又多淤，三年一淘，为民大患。（见本文）

马超、韩遂尚在关西，为操后患。（《赤壁之战》）

②讳忌。如：

此数者用兵之患也，而操皆冒行之。（《赤壁之战》）

③担忧，忧虑。如：

欲勿予，即患秦兵之来。（《史记·廉颇蔺相如列传》）

④危害。如：

故君之所以患于军者三。（《谋攻》）

再

①两次。如：

轼二十年间再莅杭，有德于民。（见本文）

后秦击赵者再，李牧连却之。（《六国论》）

②第二次。如：

一鼓作气，再而衰，三而竭。（《曹刿论战》）

绍圣初，御史论轼所作词命，以为讥斥先朝。遂以本官知英州，寻降一官，未至，贬宁远军节度副使，惠州安置。居三年，泊然无所蒂芥，人无贤愚，皆得其欢心。又贬琼州别驾，居昌化。独与幼子过处，著书以为乐，时时从其父老游，若将终身。建中靖国元年，卒于常州，年六十六。

或谓："轼稍自韬戢，虽不获柄用，亦当免祸。"虽然，假令轼以是而易其所为，尚得为轼哉？（节选自《宋史·苏轼传》）

[注释]①葑：茭白根。

【积累与运用】

◆解释加点词语

(1) 要　　　　(2) 穷治

(3) 托讽　　　(4) 锻炼

(5) 当轴者　　(6) 牒

(7) 蒂芥　　　(8) 终身

◆翻译划线句子

(一) 轼庐于其上，过家不入，使官吏分堵以守，卒全其城。

(二) 宋兴，废之，葑积为田，水无几矣。

(三) 虽然，假令轼以是而易其所为，尚得为轼哉？

③副词，与现代汉语"再"相同。如：
用讫再火令药熔，以手拂之，其印自落。（《梦溪笔谈》）

莅：

①治理，统治，管理。如：
楚庄王莅政三年。（《韩非子·喻老》）
莅中国而抚四夷也。（《孟子·梁惠王上》）

②来，到。如：
故君子不得已而临莅天下。（《庄子·在宥》）

③词组，莅临（亲自到达。多指为政者或上级官吏的到来。）

《辽史》

《辽史》为元朝脱脱等人撰写的纪传体史书，由元至正三年（1343）四月开始修撰，翌年三月成书，共116卷，包括纪30卷，志32卷，表8卷，列传45卷，以及国语解1卷。记载上自辽太祖耶律阿保机，下至辽天祚帝耶律延禧的辽朝历史（907—1125），兼及耶律大石所建立之西辽历史。

辽朝是十世纪至十二世纪前期契丹族在我国北部、东北部以至西北部辽阔地区建立的王朝。契丹族的祖先属东胡的一支，后又为鲜卑一部分，原居辽河上游一带。从东晋到隋唐之际，契丹有八个部落，到唐朝末年，契丹势力开始强大起来，十世纪初，契丹领袖耶律阿保机称帝，建立契丹国，都城设在上京（今内蒙古巴林左旗南）。到辽朝第二代皇帝耶律德光时，改国号为辽，以后有时称辽，有时称契丹。辽朝与北宋、西夏并立疆域广阔。

罗衣轻巧谏兴宗

【原文】

上①尝与太弟重元狎昵，宴酣，许以千秋万岁后传位。重元喜甚，骄纵不法。又因双陆，赌以居民城邑，帝屡不竞②，前后已偿数城。重元既恃梁孝王之宠，又多郑叔段之过，<u>朝臣无敢言者，道路以目。</u>一日复博，罗衣轻③指其局曰："双陆休痴，和你都输去也。"<u>帝始悟，不复戏。</u>（节选自《辽史》）

[注释]①上：此指辽兴宗耶律宗真。 ②竞：犹言"胜"也。 ③罗衣轻：人名，辽伶官，为人滑稽通变。

【积累与运用】

◆解释加点词语

(1) 狎昵　　　　(2) 许

(3) 不法　　　　(4) 恃

◆翻译划线句子

(一) 朝臣无敢言者，道路以目。

(二) 帝始悟，不复戏。

文化常识

双陆：古代一种掷骰行棋的游戏，又称双六。

梁孝王：即西汉文帝之子梁王刘武。他在七国叛乱中，拒吴楚有功，深得文帝及窦太后宠幸。

郑叔段：春秋时郑国武公之子，郑庄公之弟。为了争夺君位，郑叔段曾在母亲武姜的唆使下阴谋发动叛乱，后被郑庄公镇压。

词语精解

酣：

①本义：酒喝得很畅快。如：

宴酣，许以千秋万岁后传位。（见本文）

秦王饮酒酣。（《史记·廉颇蔺相如列传》）

②浓盛，盛美。如：

荷花落日红酣。（王安石《题西太一宫壁》）

③尽情地，痛快地。如：

酣饮不知醉。（曹丕《善哉行》）

对此可以酣高楼。（李白《宣州谢朓楼饯别校书叔云》）

耶律韩留性不苟合

【原文】

耶律韩留,有明识,笃行义,举止严重,工为诗。重熙元年,累迁至同知上京留守,改奚六部秃里太尉。性不苟合,为枢密使萧解里所忌。上欲召用韩留,解里言目病不能视,议遂寝。四年,召为北面林牙。帝曰:"朕早欲用卿,闻有疾,故待之至今。"韩留对曰:"臣昔有目疾,才数月耳;然亦不至于昏。<u>第臣驽拙,不能事权贵,是以不获早睹天颜</u>。非陛下圣察,则愚臣岂有今日耶!"诏进《述怀诗》,上嘉叹。方将大用,卒。(节选自《辽史》)

【积累与运用】

◆解释加点词语

(1)严重　　(2)忌

(3)寝　　(4)昏

◆翻译划线句子

㈠第臣驽拙,不能事权贵,是以不获早睹天颜。

文化常识

林牙:官名。辽北面官有北面都林牙、北面林牙承旨、北面林牙、左林牙、右林牙,为掌理文翰之官。

词语精解

识:

(1)读shí

①懂得,认识,知道。

同是天涯沦落人,相逢何必曾相识。(《琵琶行》)

②识别、辨认。如:

新妇识马声,蹑履相逢迎。(《孔雀东南飞》)

③知识,见识。如:

鄙夫寡识。(张衡《东京赋》)

(2)读zhì

①记住,记。如:

因笑谓迈曰:"汝识之乎?"(《石钟山记》)

②标志,标记。如:

公拆袄,出珠授之,封识宛然。(《记王忠肃公翱事》)

耶律铎鲁斡不苟货利

【原文】

耶律铎鲁斡,字乙辛隐,廉约重义。<u>铎鲁斡所至有声,吏民畏爱</u>。及退居乡里,子普古为乌古部节度使,遣人来迎。既至,见积委甚富。谓普古曰:"<u>辞亲入仕,当以裕国安民为事</u>。枉道欺君,以苟货利,非吾志也。"命驾而归。普古后为盗所杀。(节选自《辽史》)

【积累与运用】

◆解释加点词语

(1)约　　(2)枉道

(3)以　　(4)命驾

词语精解

志:

①志向;意愿。如:

燕雀安知鸿鹄之志哉!(《史记·陈涉世家》)

②有志;立志;专心。如:

吾十有五而志于学。(《论语·为政》)

③记着。如:

一经目辄志于心。(《新唐书·褚亮传》)

博闻强志。(《史记·屈原贾生列传》)

④记载;记录。如:

《齐谐》者,志怪者也。(《庄子·逍遥游》)

⑤做记号。如:

既出,得其船,便扶向路,处处志之。(陶潜《桃花源记》)

◆翻译划线句子

㈠铎鲁斡所至有声，吏民畏爱。

㈡辞亲入仕，当以裕国安民为事。

此社稷计，何憾之有

【原文】

耶律撒剌，字菫隐，性忠直沉厚。大康二年，耶律乙辛为中京留守，诏百官廷议，欲复召之，群臣无敢正言。撒剌独奏曰："萧岩寿言乙辛有罪，不可为枢臣，故陛下出之；今复召，恐天下生疑。"进谏者三，不纳，左右为之震悚。乙辛复为枢密使，见撒剌，让曰："与君无憾，何独异议？"撒剌曰："此社稷计，何憾之有！"乙辛诬撒剌与速撒同谋废立，诏按无迹，出为始平军节度使。（节选自《辽史》）

【积累与运用】

◆解释加点词语

(1) 正言　　(2) 独奏

(3) 出　　　(4) 震悚

◆翻译划线句子

㈠让曰："与君无憾，何独异议？"

㈡乙辛诬撒剌与速撒同谋废立，诏按无迹，出为始平军节度使。

文言知识

文言固定句式：何……之有？

这是一种宾语提前的固定格式。"之"是结构助词，表示提宾。可译为"有什么……呢？"如：

①宋何罪之有？（《墨子·公输》）

可译为：宋国有什么罪过呢？

②子曰："君子居之，何陋之有？"（《论语》）

可译为："君子住在里面，有什么简陋呢？"

③此社稷计，何憾之有！（见本文）

可译为：我这是为国家考虑，对你哪有什么怨仇呢！

词语精解

为：

读 wéi

①做，干。如：

且立石于其墓之门，以旌其所为。（《五人墓碑记》）

②引申为"治理""管理"。如：

为国者，无使为积威之所劫哉！（《六国论》）

③成为，变成。如：

卒相与欢，为刎颈之交。（《史记·廉颇蔺相如列传》）

④担任。如：

耶律乙辛为中京留守。（见本文）

⑤作为，当作。如：

然后践华为城，因河为池。（《过秦论》）

⑥是，算是。如：

人方为刀俎，我为鱼肉。（《鸿门宴》）

马人望传

【原文】

马人望，字俨叔。咸雍中，为松山县令。岁运泽州官炭，独役松山，人望请于中京留守萧吐浑均役他邑。吐浑怒，下吏，系几百日；复引诘之，人望不屈。萧喜曰："君为民如此，后必大用。"以事闻于朝，悉从所请。徙知涿州新城县，县与宋接境，驿道所从出。人望治不扰，吏民畏爱。近臣有聘宋还者，帝问以外事，多荐之，迁警巡使。京城狱讼填委，人望处决，无一冤者。会检括户口，未两旬而毕。同知留守萧保先怪而问之，人望曰："民产若括之无遗，他日必长厚敛之弊，大率十得六七足矣。"保先谢曰："公虑远，吾不及也。"改上京副留守。会剧贼赵钟哥犯阙，劫宫女、御物，人望率众捕之，右臂中矢，炷以艾，力疾驰逐，贼弃所掠而遁。人望令关津讥察行旅，悉获其盗。迁保静军节度使。有二吏凶暴，民畏如虎，人望假以辞色，阴令发其事，黥配之。是岁诸处饥乏，惟人望所治粒食不缺。迁中京度支使，始至，府廪皆空；视事半岁，积粟十五万斛，钱二十万缗①。未几，拜参知政事。时钱粟出纳之弊，惟燕为甚。人望以缣帛为通历，凡库物出入，皆使别籍，奸人黠吏莫得轩轾②，乃以年老扬言道路。朝论不察，改南院宣徽使，以示优老。逾年，天祚诏之，既至，谕曰："以卿为老，误听也。"遂拜南院枢密使。人不敢干以私，用人必公议所当与者。当时，民所甚患者，所当与者。当时，民所甚患者，驿递、仓司之役，至破产不能给。人望使民出钱，官自募役，时以为便。人望有操守，喜怒不形，未尝附丽求进。初除执政，家人贺之，人望愀然曰："得勿喜，失勿忧，抗之甚高，挤之甚酷。"其畏慎如此。

（节选自《辽史》）

⑦以为，认为。如：
窃为大王不取也！（《鸿门宴》）
⑧介词，表示被动语气。如：
身死人手，为天下笑者，何也？（《过秦论》）

文化常识

关津：指水陆交通必经的要道，关口和渡口，泛指设在关口或渡口的关卡。

黥配：古代刑罚名。在犯人脸上刺字，并发配到边远的地方。

斛：中国旧量器名，亦是容量单位，一斛本为十斗，后来改为五斗。

缣帛：中国古代以丝织品为记录知识的载体。一般称为帛书，也有人称为缯书；因其色白，故又称之为素书。缣帛文献约起源于春秋时代，盛行于两汉，与简牍并存了很长一段时期。缣帛柔软轻便，幅面宽广，宜于画图，这些都是简牍所不具备的优点。但其价格昂贵，普通人用不起，而且一经书写，不便更改，一般只用为定本，所以缣帛始终未能取代简牍作为记录知识的主要载体。古代文献中有关帛书的记载，也大都是与皇家、贵族藏书有关的。到晋代纸普遍使用后，缣帛虽仍在使用，但基本上是作为某些文书以及书法、绘画的写绘材料。

词语精解

阴：
①副词，暗中，暗地里。如：
人望假以辞色，阴令发其事。（见本文）
阴知奸党名姓，一时收禽。（《张衡传》）
②山的北面，水的南面。如：
指通豫南，达于汉阴，可乎？（《愚公移山》）
③阴影，树荫。如：
故审堂下之阴，而知日月之行。（《察今》）
④光阴，时光。如：
⑤古代哲学概念，与"阳"相对
衡善机巧，犹致思于天文阴阳历算。（《张衡传》）
⑥昏暗。如：
朝晖夕阴，气象万千。（《岳阳楼记》）

[注释] ①缗：成串的铜钱。引申为穿钱的绳子。
②轩轾：喻指高低优劣，此处意为营私舞弊。

⑦阴冷。如：
阴风怒号，浊浪排空。（《岳阳楼记》）
⑧凹入的。如：
惟汉印多用阴文。（朱剑心《说金》）
⑨阴险。如：
而阴贼险狠，与人异趣。（苏洵《辨奸论》）

【积累与运用】

◆解释加点词语

(1) 下吏　　　(2) 诘
(3) 处决　　　(4) 括
(5) 大率　　　(6) 阴
(7) 廪　　　　(8) 愀然

◆翻译划线句子

㈠ 萧喜曰："君为民如此，后必大用。"以事闻于朝，悉从所请。

㈡ 人不敢干以私，用人必公议所当与者。当时，民所甚患者，驿递、仓司之役，至破产不能给。

《金史》

《金史》由元朝脱脱等主持编修，是宋、辽、金三史中编撰得最好的一部。它是反映女真族所建金朝的兴衰始末的重要史籍。《金史》从元顺帝至正三年（1343）三月开始编撰，至第二年十一月成书，前后用了不到一年的时间。全书共135卷，其中有本纪19卷，志39卷，表4卷，列传73卷。记载了上起金太祖收国元年（1115）阿骨打称帝，下至金哀宗天兴三年（1234）蒙古灭金，共120年的历史。

张汝霖引君奢侈

【原文】

汝霖通敏习事，凡进言必揣上微意，故言不忤而似忠也。初，章宗新即位，有司言改造殿庭诸陈设物，日用绣工一千二百人，二年毕事。帝以多费，意辍造。汝霖曰："此非上服用，未为过侈。将来外国朝会，殿宇壮观，亦国体也。"其后奢用浸广，盖汝霖有以导之云。（节选自《金史·张汝霖传》）

【积累与运用】

◆解释加点词语

(1) 诸　　　　(2) 毕

(3) 国体　　　(4) 浸

◆翻译划线句子

㈠汝霖通敏习事，凡进言必揣上微意，故言不忤而似忠也。

㈡帝以多费，意辍造。

词语精解

盖：

①表推测性判断，大概。如：
盖汝霖有以导之云。（见本文）

②表肯定判断，原来是。如：
乃悟前狼假寐，盖以诱敌。（《狼》）

③车盖。如：
今已亭亭如盖矣。（《项脊轩志》）

④器物的盖子。如：
合盖隆起，形似酒尊。（《张衡传》）

⑤遮盖。如：
天似穹庐，笼盖四野。（《敕勒歌》）

⑥胜过，压倒。如：
刘豫州，王室之胄，英才盖世。（《赤壁之战》）

⑦语气词，用在句首，不译。如：
盖一岁之犯死者二焉。（《捕蛇者说》）

⑧疑问代词，通"盍"（读hé），何，怎么。如：
技盖至此乎？（《庖丁解牛》）

挖堑御敌不可行

【原文】

北鄙岁警，朝廷欲发民穿深堑以御之。（李）石与丞相纥石烈良弼皆曰："不可。古筑长城备北，徒耗民力，无益于事。北俗无定居，出没不常，惟当以德柔之。若徒深堑，必当置戍，而塞北多风沙，曾未期年，堑已平矣，不可疲中国有用之力，为此无益。"议遂寝。是皆足称云。（节选自《金史·李石传》）

【积累与运用】

◆ 解释加点词语

(1) 鄙　　　　(2) 戍

(3) 期年　　　(4) 寝

◆ 翻译划线句子

(一) 北俗无定居，出没不常，惟当以德柔之。

(二) 不可疲中国有用之力，为此无益。

词语精解

徒：

① 表情态，徒然，白白地。如：

古筑长城备北，徒耗民力。（见本文）

② 表范围，只是，仅仅。如：

强秦之所以不敢加兵于赵者，徒以吾两人在也。（《史记·廉颇蔺相如列传》）

③ 指服劳役的犯人。如：

（陈胜）氓隶之人，而迁徙之徒也。（《过秦论》）

④ 一类人。如：

郯子之徒，其贤不及孔子。（《师说》）

⑤ 门徒，弟子。如：

仲尼之徒无道桓文之事者。（《齐桓晋文之事》）

⑥ 形容词，空，光。如：

布衣之怒，亦免冠徒跣，以头抢地尔。（《唐雎不辱使命》）

金世宗不举亲

【原文】

尚书省奏，拟同知永宁军节度使事（完颜）阿可①为刺史。上曰："阿可年幼，于事未练，授佐贰官可也。"平章政事唐括安礼②奏曰："臣等以阿可宗室，故拟是职。"上曰："郡守系千里休戚，安可不择人而私其亲耶？若以亲亲之恩，赐与虽厚，无害于政。使之治郡而非其才，一境何赖焉？"（节选自《金史·世宗本纪》）

[注释] ①佐贰官：官名，即副职官员。②唐括安礼：人名。

文化常识

佐贰官：官名。即副职官员，亦称辅佐官。其官阶略低于主官，但并非主官之属官。

平章政事：官名。唐代宰相自始不限于三省长官，实沿于隋制之以兵部尚书柳述参掌机事，裴蕴、裴矩以黄门侍郎知政事，开以他官兼宰相之先声。

词语精解

拟：

① 打算，初步决定。如：

臣等以阿可宗室，故拟是职。（见本文）

② 起草。如：

命君拟旨。（梁启超《谭嗣同传》）

【积累与运用】

◆解释加点词语

(1) 拟　　　(2) 亲亲

(3) 赐与　　(4) 赖

◆翻译划线句子

㈠郡守系千里休戚,安可不择人而私其亲耶?

③比拟。如:

非它山可拟。(陆游《过小孤山大孤山》)

④模仿。如:

衡乃拟班固《两都》作《二京赋》。(《后汉书·张衡传》)

上行下效营私

【原文】

　　有司奏重修上京御容殿,上谓宰臣曰:"宫殿制度,苟务华饰,必不坚固。今仁政殿辽时所建,全无华饰,但见它处岁岁修完,惟此殿如旧,以此见虚华无实者,不能经久也。今土木之工,灭裂①尤甚,下则吏与工匠相结为奸,侵克工物。上则户工部官支钱度材,惟务苟办,至有工役才毕,随即欹漏者,奸弊苟且,劳民费财,莫甚于此。自今体究,重抵以罪。"(节选自《金史·世宗本纪》)

[注释] ①灭裂:做事粗疏草率。

【积累与运用】

◆解释加点词语

(1) 但　　　(2) 欹

(3) 甚　　　(4) 体究

◆翻译划线句子

㈠宫殿制度,苟务华饰,必不坚固。

㈡下则吏与工匠相结为奸,侵克工物。

词语精解

度:

(1)读 duó,丈量,计算;推测,估计。如:

上则户工部官支钱度材。(见本文)

度我至军中,公乃入。(《鸿门宴》)

(2)读 dù

①计量长短的标准。如:

宁信度,无自信也。(《郑人买履》)

②限度。如:

生之有时而用之无度,则物力必屈。(《论积贮疏》)

③制度,法度。如:

内立法度,务耕织。(《过秦论》)

④气度,常态。如:

卒起不意,尽失其度。(《荆轲刺秦王》)

⑤度过,越过。如:

春风不度玉门关。(《凉州词》)

⑥谱写,创制(歌曲)。如:

予怀怆然,感慨今昔,因自度此曲。(《扬州慢》)

⑦量词,次,回。如:

崔九堂前几度闻。(《江南逢李龟年》)

王若虚拒写碑文

【原文】

王若虚，字从之，槁城人也。幼颖悟，若夙昔在文字间者。擢承安二年经义进士。调鄜州录事，历管城、门山二县令，皆有惠政，秩满，老幼攀送，数日乃得行。用荐入为国史院编修官，迁应奉翰林文字。奉使夏国，还授同知泗州军州事，留为著作佐郎。正大初，《宣宗实录》成，迁平凉府判官。未几，召为左司谏，后转延州刺史，入为直学士。

天兴元年，哀宗走归德。明年春，崔立变。群小附和，请为立建功德碑，翟奕以尚书省命召若虚为文。时奕辈恃势作威，人或少忤，则立见屠灭。若虚自分必死，私谓左右司员外郎元好问曰："今召我作碑，不从则死。作之则名节扫地，不若死之为愈。虽然，我姑以理谕之。"乃谓奕辈曰："丞相功德碑当指何事为言？"奕辈怒曰："丞相以京城降，活生灵百万，非功德乎？"曰："学士代王言，功德碑谓之代王言可乎？且丞相既以城降，则朝官皆出其门，自古岂有门下人为主帅诵功德而可信乎后世哉？"奕辈不能夺，乃召太学生刘祁、麻革辈赴省，好问、张信之喻以立碑事，曰："众议属二君，且已白郑王矣，二君其无让。"祁等固辞而别。数日，促迫不已，祁即为草定，以付好问。好问意未惬，乃自为之，既成以示若虚，乃共删定数字，然止直叙其事而已。后兵入城，不果立也。

金亡，微服北归镇阳，与浑源刘郁东游泰山，至黄岘峰，憩萃美亭，顾谓同游曰："汩没尘土中一生，不意晚年乃造仙府，诚得终老此山，志愿毕矣。"乃令子忠先归，遣子恕前行视夷险，因垂足坐大石上，良久，瞑目而逝，年七十。（节选自《金史·王若虚传》）

【积累与运用】

◆解释加点词语

(1) 秩满　　　(2) 分

(3) 活　　　　(4) 喻

文化常识

国史院编修官：官名，金置，属国史院。女真、汉人各四人，秩正八品。大定十八年（1178）用书写出职人。明昌二年（1191）置契丹编修三人，添女真编修一人。国史院，官署名，掌修国史。宋代初年于门下省置编修院掌修国史，事毕即罢。元丰改制后，每修前朝国史即置。元祐五年（1090）置，隶门下省，绍圣二年（1095）改隶秘书省。南宋时：每置即以宰相提举，其属有修撰、同修撰、检讨、编修等，皆以他官兼充。辽代为南面朝官。金代亦置。元代置翰林兼国史院。

应奉翰林文字：官名。金翰林学士院、元翰林兼国史院、蒙古翰林院属官。金制：从七品。元制：二院各五员，从七品。

太学生：在太学里就读的学生。太学，中国古代设于京城的最高学府。汉武帝时开始设立。魏晋到明清，或设太学，或设国子监，或两者同时设立，名称不一，制度也有变化，但均为传授儒家经典的最高学府。

词语精解

走：

①古代指疾行，即跑。如：

双兔傍地走，安能辨我是雄雌。（《木兰诗》）

②逃跑。如：

天兴元年，哀宗走归德。（见本文）

老翁逾墙走，老妇出门看。（《石壕吏》）

③使之逃跑。如：

操军方连船舰，首尾相接，可烧而走也。（《赤壁之战》）

④奔向，趋向。如：

窃计欲亡赵走燕。（《史记·廉颇蔺相如列传》）

⑤名词，仆人。如：

太史公牛马走司马迁再拜言。（《报任安书》）

⑥形容词，快，赶快。如：

录毕，走送之。（《送东阳马生序》）

(5) 无让　　　　　(6) 不已
(7) 微服　　　　　(8) 不意

◆ 翻译划线句子

㈠ 时奕辈恃势作威，人或少忤，则立见屠灭。

㈡ 好问意未慊，乃自为之，既成以示若虚，乃共删定数字，然止直叙其事而已。

《元史》

《元史》是系统记载元朝兴亡过程的一部纪传体断代史，成书于明朝初年，由宋濂、王祎主编。全书210卷，包括本纪47卷、志58卷、表8卷、列传97卷，记述了从蒙古族兴起到元朝建立和灭亡的历史。元朝是蒙古族建立的封建王朝。蒙古族兴起于黑龙江上游额尔古纳河东部，后来逐渐散布到蒙古高原的广大地区。

阿鲁浑萨理破谣言

【原文】

会有江南人言宋宗室反者，命遣使捕至阙下。使已发，阿鲁浑萨理趣入谏曰："言者必妄，使不可遣。"帝曰："卿何以言之？"对曰："若果反，郡县何以不知？言者不由郡县，而言之阙庭，必其仇也。且江南初定，民疑未附，一旦以小民浮言辄捕之，恐人人自危，徒中言者之计。"帝悟，立召使者还，俾械系言者下郡治之，言者立伏，果以尝贷钱不从诬之。帝曰："非卿言，几误，但恨用卿晚耳。"自是命日侍左右。（节选自《元史·阿鲁浑萨理传》）

【积累与运用】

◆解释加点词语

(1) 趣　　　　(2) 由

(3) 立伏　　　(4) 日

◆翻译划线句子

㈠一旦以小民浮言辄捕之，恐人人自危，徒中言者之计。

㈡非卿言，几误，但恨用卿晚耳。

词语精解

恨：

①遗憾。如：

但恨用卿晚耳。（见本文）

先帝在时，每与臣论此事，未尝不叹息痛恨于桓、灵也。（《出师表》）

②怨恨。如：

公子往而臣不送，以是知公子恨之复返也。（《信陵君窃符救赵》）

天长地久有时尽，此恨绵绵无绝期。（《长恨歌》）

会：

(1)会合。如：

迁客骚人，多会于此。（范仲淹《岳阳楼记》）

(2)晤见。如：

留待作遗施，于今无会因。（《孔雀东南飞》）

与燕王会境上。（《史记·廉颇蔺相如列传》）

(3)会必然，一定。如：

吾已失恩义，会不相从许。（《孔雀东南飞》）

长风破浪会有时。（李白《行路难》）

(4)恰巧，正好。如：

会有江南人言宋宗室反者（见本文）

会天大雨。（《史记·陈涉世家》）

伯颜平宋遭构陷

【原文】

伯颜之取宋而还也,诏百官郊迎以劳之,平章阿合马先百官半舍道谒,伯颜解所服玉钩绦遗之,且曰:"宋宝玉固多,吾实无所取,勿以此为薄也。"阿合马谓其轻己,思中伤之,乃诬以平宋时取其玉桃盏,帝命按之,无验,遂释之,复其任。阿合马既死,有献此盏者,帝愕然曰:"几陷我忠良!"别吉里迷失尝诬伯颜以死罪,未几,以它罪诛,敕伯颜临视,伯颜与之酒,怆然不顾而返。世祖问其故,对曰:"彼自有罪,以臣临之,人将不知天诛之公也。"(节选自《元史·伯颜传》)

【积累与运用】

◆解释加点词语

(1)劳　　　(2)遗
(3)轻　　　(4)几

◆翻译划线句子

(一)宋宝玉固多,吾实无所取,勿以此为薄也。

(二)未几,以它罪诛,敕伯颜临视,伯颜与之酒,怆然不顾而返。

文化常识

平章:古代官名。"平章"原意为商量处理。唐代以尚书、中书、门下三省长官为宰相,因官高权重,不常设置,选任其他官员加同中书门下平章事之名,简称"同平章事",同参国事。唐睿宗时又有平章军国重事之称。宋因之。金、元有平章政事,位次于丞相。元代之行中书省置平章政事,则为地方高级长官。简称平章。

词语精解

按:

①本义:在合适位置上用手向下压或摁。如:

项王按剑而跽曰。(《史记·项羽本纪》)

②控制,抑止。如:

赵简子按兵而不动。(《吕氏春秋·召类》)

③查索,查询。如:

修尝考其山川,按其图记。(欧阳修《丰乐亭记》)

④考察,考验。如:

帝命按之,无验,遂释之。(见本文)
按诛五人。(张溥《五人墓碑记》)

⑤巡视。如:

遂西定河南地,按榆溪旧塞。(《史记·卫将军骠骑列传》)

纯只海不杀无辜

【原文】

纯只海,散术台氏。弱冠宿卫①太祖帐下,从征西域诸国有功。己亥,同僚王荣潜畜异志,欲杀纯只海,伏甲絷之,断其两足跟,以帛缄纯只海口,置佛祠中。纯只海妻喜礼伯伦闻之,率其众攻荣家,夺出之。纯只海裹疮从二子驰旁郡,请兵讨荣,杀之。朝廷遣使以荣妻孥赀产赐纯只海家,且尽驱怀民万余口郭外,将戮之。纯只海力

文化常识

弱冠:男子20岁称弱冠。这时行冠礼,即戴上表示已成人的帽子,以示成年,但体犹未壮,还比较年少,故称"弱"。冠,帽子,指代成年。后世泛指男子二十左右的年纪,不能用于女子。

古时候,不论男女都要蓄留长发的,等他们长到一定的年龄,要为他们举行一次"成人礼"的仪式。男行冠礼,就是把头发盘成发髻,谓之"结发",然后再戴上帽子,谓之成人。在《礼记·曲礼上》

争曰："为恶者止荣一人耳，其民何罪？若果尽诛，徒守空城何为？苟朝廷罪使者以不杀，吾请以身当之。"使者还奏，帝是其言，民赖不死。纯只海给荣妻孥券，放为民，遂以其宅为官廨②，秋毫无所取。郡人德之。（节选自《元史·纯只海传》）

[注释] ①宿卫：在宫禁中值宿，担任警卫。 ②官廨：官署，官吏办公的房舍。

【积累与运用】

◆解释加点词语

(1) 弱冠　　　　(2) 缄

(3) 是　　　　　(4) 券

◆翻译划线句子

(一) 同僚王荣潜畜异志，欲杀纯只海，伏甲絷之。

(二) 苟朝廷罪使者以不杀，吾请以身当之。

虞槃英明除邪巫

【原文】

有巫至其州，称神降，告其人曰："某方火。"即火。又曰："明日某方火。"民以火告者，槃皆赴救。告者数十，寝食尽废。县长吏以下皆迎巫至家，厚礼之。又曰："将有大水，且兵至。"州大家皆尽室逃。槃得劫火卒一人，讯之，尽得巫党所为，坐捕盗司。召巫至，鞫之，无敢施鞭棰者，槃谓卒曰："此将为大乱，安有神乎！"急治之，尽得党与数十人，罗络内外，果将为变者。同僚皆不敢出视，曰："君自为之。"槃乃断巫并其党如法，一时吏民始服儒者为政若此。（节选自《元史·虞槃传》）

【积累与运用】

◆解释加点词语

(1) 大家　　　　(2) 鞫

记有：男子二十，冠而字。意思是，举行冠礼，并赐以字。说明他刚刚到了成人年龄，二十岁也称"弱冠之年"。

词语精解

德：

①感激。如：

郡人德之。（见本文）

然则德我乎。（《左传·成公三年》）

②通"得"。取得，获得。如：

善者吾善之，不善者吾亦善之，德善。信者吾信之，不信者吾亦信之，德信。（《老子·四十九章》）

是故用财不费，民德不劳。（《墨子·节用上》）

③道德，品行。如：

德何如可以王矣？（《孟子·梁惠王上》）

无德不贵，无能不官。（《荀子·王制》）

④恩惠，恩德。如：

愿伯具言臣之不敢倍德也。（《史记·项羽本纪》）

词语精解

尽：

①竭尽，全部用出。如：

州大家皆尽室逃。（见本文）

马力尽矣。（《荀子·哀公》）

②都，全部。如：

尽得巫党所为。（见本文）

尽信书，则不如无书。（《孟子》）

③有限的。如：

人之所欲无穷，而物之可以足吾欲者有尽。（苏轼《超然台记》）

④完，没有了。如：

担中肉尽，止有剩骨。（《聊斋志异·狼三则》）

雪尽马蹄轻。（王维《观猎》）

⑤达到极限。如：

尽善尽美。

五帝三王之于乐，尽之矣。（《吕氏春秋·明理》）

(3) 安　　　　(4) 党

◆ 翻译划线句子

(一) 告者数十，寝食尽废。县长吏以下皆迎巫至家，厚礼之。

(二) 槃乃断巫并其党如法，一时吏民始服儒者为政若此。

张文谦传

【原文】

张文谦，字仲谦，邢州沙河人。幼聪敏，善记诵，与太保刘秉忠同学。世祖居潜邸，受邢州分地，秉忠荐文谦可用。岁丁未，召见，应对称旨，命掌王府书记，日见信任。邢州当要冲，初分二千户为勋臣食邑，岁遣人监领，皆不知抚治，征求百出，民弗堪命。或诉于五府。文谦与秉忠言于世祖曰："今民生困弊，莫邢为甚。盍择人往治之，责其成效，使四方取法，则天下均受赐矣。"于是乃选近侍脱兀脱、尚书刘肃、侍郎李简往。三人至邢，协心为治，洗涤蠹敝，革去贪暴，流亡复归，不期月，户增十倍。由是世祖益重儒士，任之以政，皆自文谦发之。岁辛亥，宪宗即位。文谦与秉忠数以时务所当先者言于世祖，悉施行之。世祖征大理，国主高祥拒命，杀信使遁去。世祖怒，将屠其城。文谦与秉忠、姚枢谏曰："杀使拒命者高祥尔，非民之罪，请宥之。"由是大理之民赖以全活。己未，世祖帅师伐宋，文谦与秉忠言："王者之师，有征无战，当一视同仁，不可嗜杀。"世祖曰："期与卿等守此言。"既入宋境，分命诸将毋妄杀，毋焚人室庐，所获生口悉纵之。

⑥ 努力完成。如：
农以力尽田，贾以察尽财，百工以巧尽械器。（《荀子·荣辱》）
⑦ 死。如：
转侧床头，惟思自尽。（《聊斋志异》）

文化常识

太保：是古代官职名。西周始置，最初由召公奭担任太保，监护与辅弼国君之官。在汉代又重新设立，世代延续，位列三公之一。明代时位居正一品，也为辅导太子之官，是治国兴邦的重要官职。

儒士：通儒家经书的人。

词语精解

盍：
兼词，"何不"的合音。如：
盍择人往治之。（见本文）
盍反其本。（《孟子·梁惠王上》）
祭酒计甚善，王盍用之？（《新唐书》）

期：
① 约定。如：
期与卿等守此言。（见本文）
期曰："暮见火举而俱发。"（《孙膑》）
② 限定或约定的时间。如：
会天大雨，道不通，度已失期。（《陈涉世家》）
③ 日期，时候。如：
谁为我临期成此大节者？（《梅花岭记》）

中统元年，世祖即位，立中书省，首命王文统为平章政事，文谦为左丞。建立纲纪，讲明利病，以安国便民为务。诏令一出，天下有太平之望。而文统素忌克，谟①谋之际屡相可否，积不能平，文谦遽求出，诏以本官行大名等路宣抚司事。临发，语文统曰："民困日久，况当大旱，不量减税赋，何以慰来苏之望？"文统曰："上新即位，国家经费止仰税赋，苟复减损，何以供给？"文谦曰："百姓足，君孰与不足！俟时和岁丰，取之未晚也。"于是常赋什之四，商酒税什之二。

文谦蚤从刘秉忠，洞究术数；晚交许衡，尤粹于义理之学。为人刚明简重，凡所陈于上前，莫非尧、舜仁义之道。数忤权幸，而是非得丧，一不以经意。家惟藏书数万卷。尤以引荐人材为己任，时论益以是多之。（节选自《元史·张文谦传》）

[注释] ①谟：计策，谋略。

【积累与运用】

◆解释加点词语

(1) 称　　　　　　(2) 见
(3) 征求　　　　　(4) 宥
(5) 期　　　　　　(6) 忌克
(7) 一　　　　　　(8) 多

◆翻译划线句子

(一) 盍择人往治之，责其成效，使四方取法，则天下均受赐矣。

(二) 百姓足，君孰与不足！俟时和岁丰，取之未晚也。

④约会。如：
与老人期，何后也？（《留侯世家》）
⑤期望，希望。如：
良剑期乎断，不期乎镆铘。（《吕氏春秋·察今》）
⑥名词，读ｊī。一周年，一整月。如：
不期月，户增十倍。（见本文）
期年之后，虽欲言，无可进者。（《邹忌讽齐王纳谏》）

悉
①详尽。如：
对上所问禽兽簿甚悉。（《汉书·张释之传》）
至孅至悉。（贾谊《论积贮疏》）
②全，都。如：
悉施行之。（见本文）
悉如外人。（陶渊明《桃花源记》）
悉以咨之。（诸葛亮《出师表》）
悉使羸兵负草填之。（《资治通鉴·赤壁之战》）
③详尽地叙述。如：
书不能悉意。（司马迁《报任安书》）
④详尽地知道，了解。如：
丞相亮其悉朕意。（《三国志·诸葛亮传》）
⑤尽其所有。如：
以公之与民为已悉矣。（《谷梁传·宣公十五年》）（注："谓尽其力也。"）
悉浮以沿江。（司马光《资治通鉴》）

"廿四史"选粹·《元史》

《明史》

《明史》是二十四史最后一部,由清朝张廷玉等人撰。全书共332卷,包括本纪24卷,志75卷,列传220卷,表13卷。它是一部纪传体明代史,记载了自朱元璋洪武元年(1368)至朱由检崇祯十七年(1644)二百多年的历史。其卷数在二十四史中仅次于《宋史》,但其修纂时间之久,用力之勤却大大超过了以前诸史。修成之后,得到后代史家的好评。清史学家赵翼在《廿二史札记》卷三十一中说:"近代诸史自欧阳公《五代史》外,《辽史》简略,《宋史》繁芜,《元史》草率,惟《金史》行文雅洁,叙事简括,稍为可观,然未有如《明史》之完善者。"

"大声秀才"陈谔

【原文】

陈谔,字克忠,番禺人。永乐中,以乡举入太学,授刑科给事中。遇事刚果,弹劾无所避。每奏事,大声如钟。帝令饿之数日,奏对如故。曰:"是天性也。"每见,呼为"大声秀才"。尝言事忤旨,命坎瘗奉天门,露其首。七日不死,赦出还职。已,复忤旨,罚修象房,贫不能雇役,躬自操作。适驾至,问为谁。谔匍匐前,具道所以。帝怜之,命复官。
(节选自《明史·陈谔传》)

【积累与运用】

◆解释加点词语

(1) 如故　　(2) 忤旨

(3) 瘗　　　(4) 所以

◆翻译划线句子

(一) 遇事刚果,弹劾无所避。

(二) 已,复忤旨,罚修象房,贫不能雇役,躬自操作。

词语精解

怜:

①哀怜,同情。如:

帝怜之,命复官。(见本文)

公子纵轻胜,弃之降秦,独不怜公子姊耶?(《信陵君窃符救赵》)

②疼爱,爱惜。如:

丈夫亦爱怜其少子乎?(《触龙说赵太后》)

③爱戴。如:

项燕为楚将,数有功,爱士卒,楚人怜之。(《陈涉世家》)

④词组,可怜:可爱,或值得同情。如:

东家有贤女,自名秦罗敷。可怜体无比,阿母为汝求。(《孔雀东南飞》)

可怜身上衣正单。(白居易《卖炭翁》)

宋濂不隐真情

【原文】

（宋濂）尝与客饮，帝密使人侦视。翼日，问濂昨饮酒否，坐客为谁，馔何物。濂具以实对。笑曰："诚然，卿不朕欺。"间召问群臣臧否，濂惟举其善者。帝问其故，对曰："善者与臣友，臣知之；其不善者，不能知也。"

主事茹太素上书万余言。帝怒，问廷臣。或指其书曰"此不敬，此诽谤非法。"问濂，对曰："彼尽忠于陛下耳，陛下方开言路，恶可深罪。"既而帝览其书，有足采者。悉召廷臣诘责，因呼濂字曰："微景濂，几误罪言者。"（节选自《明史·宋濂传》）

【积累与运用】

◆解释加点词语

(1) 馔　　　(2) 臧否

(3) 恶　　　(4) 采

◆翻译划线句子

(一) 濂具以实对。笑曰："诚然，卿不朕欺。"

(二) 悉召廷臣诘责，因呼濂字曰："微景濂，几误罪言者。"

文化常识

茹太素：明朝洪武年间官至户部尚书。他是位极富责任心、有原则，正直、爱国的忠臣，尤以"万言书"为世人所乐道。据说他每次上奏章动辄七八千字，且语意艰涩，每次朱元璋看奏章时，就很不耐烦。有一次，朱元璋懒得看他的奏章，就叫中书郎王敏念给他听，读到一万六千五百字，还没听出个所以然来，朱元璋大怒曰："虚词失实、巧文乱真，朕甚厌之"，后将茹太素痛打一顿。

词语精解

恶(1)：

(1)读 wū，疑问代词，怎么，哪里。如：

陛下方开言路，恶可深罪。（见本文）

以小易大，彼恶知之？（《齐桓晋文之事》）

(2)读 è

①罪恶，不良行为。如：

不幸吕师孟构恶于前。（《〈指南录〉后序》）

②坏人，恶人。如：

惧谗邪，则思正身以黜恶。（《谏太宗十思疏》）

③丑陋，样子难看。如：

花过而采，则根色黯恶。（《采草药》）

④坏，不好。如：

布衾多年冷似铁，娇儿恶卧踏里裂。（《茅屋为秋风所破歌》）

⑤险恶，凶狠。如：

而境界危恶，层见错出，非人世所堪。（《〈指南录〉后序》）

宫婢谋弑嘉靖

【原文】

（嘉靖）二十一年，宫婢杨金英等谋弑逆，帝赖后救得免，乃进后父泰和伯锐爵为侯。初，曹妃有色，帝爱之，册为端妃。是夕，帝宿端妃宫。金英等伺帝熟寝，以组缢帝项，误为死结，得不绝。同事张金莲知事不就，走告后。后驰至，解组，帝苏。后命内监张佐等捕宫人杂治，言

词语精解

绝：

①气息中止，断气。

以组缢帝项，误为死结，得不绝。（见本文）

抢呼欲绝。（《聊斋志异》）

②断，断绝。如：

绝秦赵之欢。（《史记·廉颇蔺相如列传》）

往来而不绝。（欧阳修《醉翁亭记》）

金英等弑逆，王宁嫔首谋。又曰，曹端妃虽不与，亦知谋。时帝病悸不能言，后传帝命收端妃、宁嫔及金英等悉磔于市。并诛其族属十余人。然妃实不知也。久之，帝始知其冤。（节选自《明史·后妃传》）

【积累与运用】

◆解释加点词语

(1) 弑逆　　　　(2) 赖

(3) 伺　　　　　(4) 组

(5) 不与　　　　(6) 实

◆翻译划线句子

㈠ 同事张金莲知事不就，走告后。后驰至，解组，帝苏。

㈡ 时帝病悸不能言，后传帝命收端妃、宁嫔及金英等悉磔于市。

③横渡，穿越。如：

假舟楫者，非能水也，而绝江河。（《荀子·劝学》）

绝云气，负青天，然后图南。（《庄子·逍遥游》）

④停止。如：

夜久语声绝。（杜甫《石壕吏》）

⑤竭，尽。如：

江河山川绝而不流。（《淮南子·本经》）

绝目尽平原。（鲍照《上浔阳还都道中作诗》）

⑥与世隔绝的。如：

率妻子邑人来此绝境。（《桃花源记》）

⑦极，非常。如：

佛印绝类弥勒。（《核舟记》）

恶(2)：

(3) 读 wù

①憎恨，厌恶。如：

所恶有甚于死者，故患有所不避也。（《鱼我所欲也》）

②嫉妒。如：

表恶其能而不能用。（《赤壁之战》）

"鲁铁面"鲁穆

【原文】

鲁穆，字希文，天台人。永乐四年进士。家居，褐衣蔬食，足迹不入州府。比谒选，有司馈之赆，穆曰："吾方从仕，未能利物，乃先厉州里乎？"弗受。除御史。仁宗监国，屡上封事。汉王官校多不法，人莫敢言。穆上章劾之，不报，然直声振朝廷。

迁福建佥事。理冤滥，摧豪强。泉州人李某调官广西，其姻富民林某遣仆鸩李于道，而室其妻。李之宗人诉于官，所司纳林赂，坐诉者，系狱久。穆廉得其实，立正林罪。

漳民周允文无子，以侄为后，晚而妾生子，因析产与侄，属以妾子。允文死，侄言儿非叔子，

【文化常识】

佥都御史：官名。明都察院置，分左、右佥都御史，正四品，位次于正三品之左、右副都御史。明代将前代的御史台改为都察院，都察院级别与六部相同。主要负责官员为左右都御史二人；左右副都御史二人，左右佥都御史四人。

【词语精解】

顾：

①回头，回头看。如：

荣顾谓穆贤，荐之朝。（见本文）

相如顾召赵御史曰。（《史记·廉颇蔺相如列传》）

②看，视。如：

成顾蟋蟀笼虚，则气断声吞。（《促织》）

逐去,尽夺其赀,妾诉之。穆召县父老及周宗族,密置妾子群儿中,咸指儿类允文,遂归其产。民呼"鲁铁面"。

<u>时杨荣当国,家人犯法,穆治之不少贷。</u>荣顾谓穆贤,荐之朝。英宗即位,擢右佥都御史。明年奉命捕蝗大名。还,以疾卒。命给舟归其丧。

始穆入为佥都御史,所载不过囊衣。尚书吴中赠以器用,不受。至是中为治棺衾,乃克殡。子崇志,历官应天尹,廉直有父风。(节选自《明史·鲁穆传》)

【积累与运用】

◆解释加点词语

(1) 直声　　　(2) 系狱
(3) 廉　　　　(4) 析
(5) 属　　　　(6) 逐
(7) 赀　　　　(8) 克

◆翻译划线句子

(一) 比谒选,有司馈之赆,穆曰:"吾方从仕,未能利物,乃先厉州里乎?"

(二) 其姻富民林某遣仆鸠李于道,而室其妻。

(三) 时杨荣当国,家人犯法,穆治之不少贷。

诚意伯刘基

【原文】

刘基,字伯温,青田人。基幼颖异。元至顺间,举进士,除高安丞,有廉直声。行省辟之,谢去。<u>及太祖下金华,定括苍,闻基名,以币聘,基未应。</u>总制孙炎再致书固邀之,基始出。既至,

---

③看望,拜访。如:
三顾臣于草庐之中。(《出师表》)
④关心,照顾。如:
子布、元表诸人各顾妻子。(《赤壁之战》)
三岁贯女,莫我肯顾。(《硕鼠》)
⑤顾虑,考虑。如:
但欲求死,不复顾利害。(《〈指南录〉后序》)
⑥表转折,只,只是。如:
吾每念,常痛于骨髓,顾不知计所出耳。(《荆轲刺秦王》)
⑦表反问,反而,难道。如:
人之立志,顾不如蜀鄙之僧哉?(《为学》)

克:
①能够。如:
至是中为治棺衾,乃克殡。(见本文)
如其克谐,天下可定也。(《赤壁之战》)
②成功,完成。如:
前虞跋胡,后恐疐尾,三纳之而未克。(《中山狼传》)
③战胜,攻下。如:
攻之不克,围之不继,吾其还也。(《殽之战》)
④克制,约束。如:
克己复礼。(《论语》)

文化常识

弘文馆学士:封建社会掌管书籍,教授学生的一种官职。

词语精解

辟:
(1)读 bì
①法律,法度。如:

陈时务十八策，太祖大喜，筑礼贤馆以处基等，宠礼甚至。会陈友谅陷太平，谋东下，势张甚，诸将或议降，或议奔据钟山，基张目不言。太祖曰："先生计安出？"基曰："贼骄矣，待其深入，伏兵邀取之，易耳。天道后举者胜，取威制敌以成王业，在此举矣。"太祖用其策，诱友谅至，大破之，以克敌赏基，基辞。

其龙兴守将胡美遣子通款，请勿散其部曲，太祖有难色。基从后蹋胡床，太祖悟，许之，美降，江西诸郡皆下。

大旱，请决滞狱，即命基平反，雨随注。因请立法定制，以止滥杀，太祖方欲刑人，基请其故，太祖语之以梦，基曰："此得土得众之象，宜停刑以待。"后三日，海宁降，太祖喜。悉以囚付基纵之。寻拜御史中丞兼太史令。

太祖以事责丞相李善长，基言："善长勋旧，能调和诸将。"太祖曰："是数欲害君，君乃为之地耶？吾行相君矣。"基顿首曰："是如易柱，须得大木。若束小木为之，且立覆。"及善长罢，帝欲相杨宪。宪素善基，基力言不可，曰："宪有相才无相器。夫宰相者，持心如水，以义理为权衡，而己无与者也，宪则不然。"帝问汪广洋，曰："此褊浅殆甚于宪。"又问胡惟庸，曰："譬之驾，惧其偾辕也。"后宪、广洋、惟庸皆败。

洪武三年授弘文馆学士。十一月大封功臣，授资善大夫、上护军，封诚意伯。明年赐归老于乡。基佐定天下，料事如神，性刚嫉恶。至是还隐山中，惟饮酒弈棋，口不言功。八年，疾笃，居一月而卒，年六十五。（节选自《明史·刘基传》）

【积累与运用】

◆解释加点词语

(1) 谢　　　　(2) 处
(3) 甚至　　　(4) 邀
(5) 通款　　　(6) 部曲
(7) 象　　　　(8) 纵

辟，法也。（《说文》）
②君主。如：复辟。
③通"避"。回避，躲避。如：
子曰：贤者辟世，其次辟地，其次辟色，其次辟言。（《论语·宪问》）
行辟人可也。（《孟子》）
④征召来授予官职。如：
举孝廉，不行，连辟公府，不就。（《后汉书·张衡传》）

(2) 读 pì
①打开，开启；开辟，开拓。如：
唇吻翕辟。（《聊斋志异·促织》）
语毕而宫门辟。（李朝威《柳毅传》）
欲辟土地。（《孟子·梁惠王上》）
辟病梅之馆以贮之。（龚自珍《病梅馆记》）
②驳斥。如：
辟邪说，难壬人，不为拒谏。（王安石《答司马谏议书》）
③屏除，驱除。如：
举公义，辟私怨。（《墨子·尚贤上》）
苟无恒心，放辟邪侈，无不为已。（《孟子·梁惠王上》）
④通"僻"，偏僻。如：
秦国辟远。（《史记·范雎传》）

邀

①邀请。如：
总制孙炎再致书固邀之，基始出。（见本文）
②阻拦；截击。如：
贼骄矣，待其深入，伏兵邀取之，易耳。（见本文）
③迎候。如：
邀相见。（白居易《琵琶行（并序）》）
故人具鸡黍，邀我至田家。（孟浩然《过故人庄》）
北邀当国者。（文天祥《指南录·后序》）
④请求；谋求。如：
吾乘时邀幸，得为吏部尚书。（《魏书·崔亮传》）
⑤要挟。如：
邀其上者。（苏轼《教战守》）

◆翻译划线句子

㈠ 及太祖下金华，定括苍，闻基名，以币聘，基未应。总制孙炎再致书固邀之，基始出。

㈡ 太祖用其策，诱友谅至，大破之，以克敌赏基，基辞。

㈢ 基顿首曰："是如易柱，须得大木。若束小木为之，且立覆。"及善长罢，帝欲相杨宪。

附：《资治通鉴》

《资治通鉴》是中国第一部编年体通史，由北宋司马光主编，全书共294卷，约300多万字，历时19年完成。本书主要以时间为纲，事件为目，从周威烈王二十三年（前403）写起，到五代后周世宗显德六年（959）征淮南停笔，涵盖十六朝1362年的历史。其内容以政治、军事和民族关系为主，兼及经济、文化和历史人物评价，目的是通过对事关国家盛衰、民族兴亡的统治阶级政策的描述警示后人。书中，编者总结了许多经验教训，供统治者借鉴，宋神宗认为此书"鉴于往事，有资于治道"，即以历史的得失作为鉴戒来加强统治，所以定名为《资治通鉴》。

富贵者不可骄人

【原文】

子击出，遇田子方于道，下车伏谒，子方不为礼。子击怒，谓子方曰："富贵者骄人乎？贫贱者骄乎？"子方曰："亦贫贱者骄人耳，富贵者安敢骄人！国君而骄人则失其国，大夫而骄人则失其家。失其国者未闻有以国待之者也，失其家者未闻有以家待之者也。夫士贫贱者，言不用，行不合，则纳履而去耳，安往而不得贫贱哉！"子击乃谢之。（节选自《资治通鉴·周纪》）

【积累与运用】

◆解释加点词语

(1) 安　　　(2) 家
(3) 待　　　(4) 谢

◆翻译划线句子

(一) 子击出，遇田子方于道，下车伏谒，子方不为礼。

(二) 夫士贫贱者，言不用，行不合，则纳履而去耳，安往而不得贫贱哉！

文化常识

田子方：姓田，名无择，字子方，道家学者，魏国人，魏文侯的友人，拜孔子学生端木赐（字子贡）为师，道德学问闻名于诸侯。传言，魏文侯曾慕名聘他为师，执礼甚恭。

伏谒：古时，谒见尊者，伏地通姓名，称作"伏谒"。

词语精解

乎(1)：
语气助词。
①表示疑问语气，相当于"吗""呢"。如：
富贵者骄人乎？贫贱者骄乎？（见本文）
②表示测度语气，相当于"吧"。如：
……其皆出于此乎？（《师说》）
③表示反问语气，相当于"吗""呢"。如：
布衣之交尚不相欺，况大国乎？（《史记·廉颇蔺相如列传》）
④表示感叹语气，相当于"啊""呀"。如：
嗟乎，燕雀安知鸿鹄之志哉！（《陈涉世家》）
⑤用在句中，表示停顿语气。如：
胡为乎遑遑欲何之？（《归去来兮辞》）
⑥形容词词尾，有时相当于"地"。如：
故今之墓中全乎为五人也。（《五人墓碑记》）

齐威王理政

【原文】

齐威王召即墨大夫，语之曰："自子之居即墨也，毁言日至。然吾使人视即墨，田野辟，人民给，官无事，东方以宁；是子不事吾左右以求助也！"封之万家。召阿大夫，语之曰："自子守阿，誉言日至。吾使人视阿，田野不辟，人民贫馁。昔日赵攻鄄，子不救；卫取薛陵，子不知；是子厚币事吾左右以求誉也！"是日，烹阿大夫及左右尝誉者。于是群臣耸惧，莫敢饰诈，务尽其情。齐国大治，强于天下。（节选自《资治通鉴》）

【积累与运用】

◆ 解释加点词语

(1) 辟　　　(2) 宁

(3) 馁　　　(4) 币

◆ 翻译划线句子

㈠ 是子不事吾左右以求助也！

㈡ 于是群臣耸惧，莫敢饰诈，务尽其情。

赵奢收租税

【原文】

赵田部吏赵奢收租税，平原君家不肯出。赵奢以法治之，杀平原君用事者九人。平原君怒，将杀之。赵奢曰："君于赵为贵公子，今纵君家而不奉公则法削，法削则国弱，国弱则诸侯加兵。是无赵也，君安得有此富乎！以君之贵，奉公如法则上下平；上下平则国强；国强则赵固。而君为贵戚，岂轻于天下邪！"平原君以为贤，言之于王。王使治国赋，赵王使治国赋，国赋太平，民富而府库实。（节选自《资治通鉴·周纪》）

文化常识

齐威王，即田因齐，一作田婴齐。战国时齐国国君。桓公子。即位初九年，委政卿大夫，诸侯互伐，国人不治。后致力修政整军，任用邹忌为相，田忌为将，孙膑为军师。继其父在临淄稷下设立学宫，招纳各国学者，议论政治，选拔人才，国力日益富强。

词语精解

乎(2)：

介词，相当于"于"。

①表示动作发生的时间，在，从。如：生乎吾前，其闻道也固先乎吾。（《师说》）

②表示动作涉及的对象，对，向。如：君子博学而日参省乎己……（《劝学》）

③表示动作行为发生的处所，在。如：千乘之国，摄乎大国之间。（《论语》）

④表示比较，比，跟……相比。如：以吾一日长乎尔，毋吾以也。（《论语》）

誉：

(1)动词，称赞，赞美。如：

君子不以口誉人。（《礼记·表记》）

誉言日至。（见本文）

烹阿大夫及左右尝誉者。（见本文）

(2)名词，荣誉，美名。如：

是子厚币事吾左右以求誉也！（见本文）

誉辅其赏，毁随其罚。（《韩非子》）

文化常识

赵奢，战国后期赵国名将，战国时代东方六国八名将之一。赵奢作为良将，有着高尚的品格。其子赵括少学兵法，言兵事，聪明强识，自认为"天下莫能当"。但仅记书本，并无实践。赵奢以此"不谓善"，他忧虑地对妻子说："兵，死地也，而括易言之。使赵不将括即已，若必将之，破赵军者必括也。"而他的忧虑，最终得到应验。赵奢死后，赵括为将，果然在长平之战大败于秦军，为秦军所杀，赵军全军覆没被坑杀四十余万。

【积累与运用】

◆ 解释加点词语

(1) 纵　　　　(2) 加兵

(3) 轻　　　　(4) 实

◆ 翻译划线句子

(一) 是无赵也，君安得有此富乎！

(二) 平原君以为贤，言之于王。

刘邦善于用人

【原文】

帝①置酒洛阳南宫。上曰："彻侯、诸将毋敢隐朕，皆言其情。吾所以有天下者何？项氏之所以失天下者何？"高起、王陵对曰："陛下使人攻城略地，因以与之，与天下同其利；项羽不然，有功者害之，贤者疑之，此所以失天下也。"上曰："公知其一，未知其二。夫运筹帷幄之中，决胜千里之外，吾不如子房②；填国家，抚百姓，给饷馈，不绝粮道，吾不如萧何；连百万之众，战必胜，攻必取，吾不如韩信。三者皆人杰，吾能用之，此吾所以取天下者也。项羽有一范增而不能用，此所以为我所禽也。"群臣说服。（节选自《资治通鉴》）

[注释] ①帝：指汉高祖刘邦。　②子房：张良。

【积累与运用】

◆ 解释加点词语

(1) 毋　　　　(2) 不然

(3) 填　　　　(4) 说服

词语精解

加：

① 添枝加叶，说假话，虚报。如：
我不欲人之加诸我也。（《论语》）

② 增加。如：
臂非加长。（《劝学》）

③ 放在上面，加上。如：
加彘肩上。（《史记·项羽本纪》）
加以金银。（司马光《训俭示康》）

④ 施加，强加。如：
加之以师旅。（《论语·先进》）
加兵于赵。（《廉颇蔺相如列传》）

⑤ 凌驾，侵凌。如：
加胜于赵。（《廉颇蔺相如列传》）

⑥ 表示程度，相当于"更加"。如：
则其至又加少。（《游褒禅山记》）

⑦ 益处，好处。如：
万钟于我何加焉？（《鱼我所欲也》）

文化常识

"汉初三杰"：指西汉开国功臣张良、韩信、萧何。

张良，秦末汉初杰出谋臣，他凭借出色的智谋，协助汉王刘邦赢得楚汉战争，建立大汉王朝。

韩信，军事家、兵家四圣之一。他是中国军事思想"谋战"派代表人物，后世奉为"兵仙""战神"。

萧何，西汉初年政治家、宰相，史称"萧相国"。楚汉战争时，他留守关中，使关中成为汉军的后方，不断地输送士卒粮饷支援作战，对刘邦战胜项羽并建立汉朝起了重要作用。

词语精解

说：

(1) 读yuè，通"悦"，喜欢，高兴。如：
群臣说服。（见本文）
学而时习之，不亦说乎？（《论语·学而》）

(2) 读shuō
① 说明，解释。如：
欲遍布之，恐不可户说，辄以是疏先焉。（《甘薯疏序》）

◆ 翻译划线句子

(一) 陛下使人攻城略地，因以与之，与天下同其利。

(二) 项羽有一范增而不能用，此所以为我所禽也。

朱云折槛

【原文】

故槐里（古县名）令朱云上书求见。公卿在前，云曰："今朝廷大臣，上不能匡主，下无以益民，皆尸位素餐。孔子所谓'鄙夫不可与事君，苟患失之，亡所不至'者也！臣愿赐尚方斩马剑，断佞臣一人头以厉其余！"上①问："谁也？"对曰："安昌侯张禹！"上大怒曰："小臣居下讪上，廷辱师傅，罪死不赦！"御史将云下，云攀殿槛，槛折。云呼曰："臣得下从龙逄、比干游于地下，足矣！未知圣朝何如耳！"御史遂将云去。于是左将军辛庆忌免冠，解印绶，叩头殿下曰："此臣素著狂直于世，使其言是，不可诛；其言非，固当容之。臣敢以死争！"庆忌叩头流血，上意解，然后得已。及后当治槛，上曰："勿易，因而辑之，以旌直臣！"

（节选自《资治通鉴·汉纪二十四》）

[注释] ①上：即汉成帝。

【积累与运用】

◆ 解释加点词语

(1) 鄙夫　　(2) 厉
(3) 讪　　　(4) 免冠
(5) 已　　　(6) 旌

②讲，谈。如：
低眉信手续续弹，说尽心中无限事。（《琵琶行》）
③说法，言论。如：
是说也，人常疑之。（《石钟山记》）
④文体的一种，侧重议论。如：
故为之说，以俟夫观人风者得焉。（《捕蛇者说》）
(3)读shuì，劝说，说服。如：
鲰生说我曰："距关，毋内诸侯。"（《鸿门宴》）

文化常识

尚方：古代制造帝王所用器物的官署。秦置，属少府。汉末分中、左、右三尚方。唐称"尚署"。元惟置中尚监。明废。"尚方宝剑"是指皇帝用来封赐大臣的剑，表示授权，可以便宜行事。

龙逄、比干：与苌弘被称为中国最古三忠烈。在中华民族的历史上，早期曾出现了三位忠臣，他们是夏、商、周三朝末代的关龙逄、比干和苌弘。这三位忠臣一个遇到了夏朝末年的昏君夏桀，一个遇到了商朝末年的昏君纣王，一个遇到了周朝昏君周敬王。《庄子·胠箧》和《外物》篇中说："昔日龙逄诛、比干戮……人主莫不欲其臣之忠，而忠未必信……故苌弘死于蜀，藏其血三年，化而为碧。"庄子在此处对昏君进行了无情的讽刺和斥责，对忠臣深表惋惜和称颂。

词语精解

意：
会意。从心从音。本义：心志，心意。
①神情，态度。如：
上意解，然后得已。（见本文）
久之，目似瞑，意暇甚。（《聊斋志异·狼三则》）
②心志，心意，意图。如：
今者项庄拔剑舞，其意常在沛公也。（《鸿门宴》）

◆翻译划线句子

(一)今朝廷大臣,上不能匡主,下无以益民,皆尸位素餐。

(二)臣素著狂直于世,使其言是,不可诛;其言非,固当容之。

醉翁之意不在酒。(欧阳修《醉翁亭记》)
③意料,猜测。如:
何意致不厚。(《孔雀东南飞》)
当其为里正、受扑责时,岂意其至此哉?(《促织》)
④怀疑。如:
于是天子意梁。(《汉书·梁孝王武传》)

光武帝选太子傅

【原文】

上大会群臣,问:"谁可傅太子者?"群臣承望上意,皆言"太子舅执金吾原鹿侯阴识①可"。博士张佚正色曰:"今陛下立太子,为阴氏乎?为天下乎?即为阴氏,则阴侯可;为天下,则固宜用天下之贤才!"帝称善,曰:"欲置傅者,以辅太子也;今博士不难正朕,况太子乎!"即拜佚为太子太傅,以博士桓荣为少傅,赐以辎车、乘马。(节选自《资治通鉴》)

[注释]①执金吾原鹿侯阴识:执金吾是东汉的官名,原鹿侯是爵位,阴识是汉光武帝皇后阴丽华的哥哥,也是太子刘庄的舅舅。

【积累与运用】

◆解释加点词语

(1)正色　　(2)即

(3)即　　(4)赐

◆翻译划线句子

(一)上大会群臣,问:"谁可傅太子者?"群臣承望上意。

词语精解

者:

①用在表时间的名词后面,表示停顿。如:
昔者,吾舅死于虎,吾夫又死焉,今吾子又死焉。(《礼记》)
②作为定语后置的标志。如:
马之千里者,一食或尽粟一石。(韩愈《杂说》)
③用于名词之后,标明语音上的停顿,并引出下文,常表示判断。如:
仁者,天下之表也。(《礼记》)
北山愚公者,年且九十。(者,语气助词,表提顿。)(《列子·汤问》)
④用在句末表示语气完毕。如:
大人者,不失其赤子之心者也。(《孟子》)
⑤用在句末,与疑问词相配合表示疑问。如:
飘风不终朝,骤雨不终日,孰为此者?(《老子》)
⑥表示祈使语气。如:
琴童接下马者!(《西厢记》)
⑦表示比拟,相当于"……的样子"。如:
于是公子立自责,似若无所容者。(《史记》)

㈡ 欲置傅者，以辅太子也；今博士不难正朕，况太子乎！

刘睦明哲保身

【原文】

睦①少好学，光武及上皆爱之。尝遣中大夫诣京师朝贺，召而谓之曰："朝廷设问寡人，大夫将何辞以对？"使者曰："大王忠孝慈仁，敬贤乐士，臣敢不以实对！"睦曰："吁，子危我哉！此乃孤幼时进趣之行也。大夫其对以孤袭爵以来，志意衰惰，声色是娱，犬马是好，乃为相爱耳。"其智虑畏慎如此。（节选自《资治通鉴》）

[注释] ①睦：即刘睦，东汉明帝的堂侄。为明哲保身，刘睦不想让皇帝知道他是一个精明的人，故做糊涂人。

【积累与运用】

◆解释加点词语

(1) 设问　　　(2) 辞

(3) 是　　　　(4) 相爱

◆翻译划线句子

㈠ 大王忠孝慈仁，敬贤乐士，臣敢不以实对！

㈡ 子危我哉！此乃孤幼时进趣之行也。

⑧"者也"连用，加强肯定语气。如：
舍鱼而取熊掌者也。（《孟子·梁惠王上》）

文化常识

朝贺：朝觐庆贺。就是在重要节日来临之际，诸侯百官向天子，天子家庭内部晚辈向长辈进行庆贺。朝贺最早见于西周，汉武帝后，节日逐渐成为最重要的朝贺时间点。

词语精解

爱：

①亲爱，疼爱。如：
故以其爱不若燕后。（《触龙说赵太后》）

②心爱的。如：
见大王爱女牧羊于野。（《柳毅传》）

③爱护。如：
吴广素爱人，士卒多为用者。（《陈涉世家》）

④爱戴。如：
袁有守多惠政，民甚爱之。（《书博鸡者事》）

⑤怜惜，爱惜。如：
向使三国各爱其地。（《六国论》）

⑥舍不得，吝啬。如：
百姓皆以王为爱也。（《齐桓晋文之事》）

⑦喜爱，爱好。如：
少无适俗韵，性本爱丘山。（《归园田居》）

陶侃二三事

【原文】

侃性聪敏恭勤，终日敛膝危坐，军府众事，检摄无遗，未尝少闲。常语人曰："大禹圣人，乃惜寸阴；至于众人，当惜分阴，岂可但逸游荒醉！生无益于时，死无闻于后，是自弃也！"

侃在广州无事，辄朝运百甓①于斋外，暮运于斋内。人问其故，答曰："<u>吾方致力中原，过尔优逸，恐不堪事，故自劳尔。</u>"

尝出游，见人持一把未熟稻，侃问："用此何为？"人云："行道所见，聊取之耳。"<u>侃大怒曰："汝既不佃，而戏贼人稻！"执而鞭之。</u>是以百姓勤于农作，家给人足。

尝造船，其木屑竹头，侃皆令籍而掌之，人咸不解所以。后正会②，积雪始晴，听事前余雪犹湿，乃以木屑布地。及桓温伐蜀，又以侃所贮竹头作丁装船。其综理微密，皆此类也。（节选自《资治通鉴》）

[注释] ①甓：砖。 ②正会：正月初一，皇帝朝会群臣、接受朝贺的礼仪。

【积累与运用】

◆解释加点词语

(1) 危坐　　　　(2) 无遗

(3) 众人　　　　(4) 但

(5) 辄　　　　　(6) 听事

◆翻译划线句子

(一) 吾方致力中原，过尔优逸，恐不堪事，故自劳尔。

(二) 侃大怒曰："汝既不佃，而戏贼人稻！"执而鞭之。

文化常识

陶侃（259—334），东晋名将，田园诗人陶渊明曾祖。陶侃出身贫寒，初任县吏，后逐渐出任郡守。官至侍中、太尉、荆江二州刺史、都督八州诸军事，封长沙郡公。

陶侃勤于吏职，不喜饮酒、赌博，为人所称道。他治下的荆州，史称"路不拾遗"。唐德宗时，陶侃成为武成王庙六十四将之一。宋徽宗时，位列武庙七十二将。

词语精解

布：

①棉、麻、苎、葛等织物的通称。如：

抱布贸丝。（《诗·卫风·氓》）

②古代钱币。如：

外府掌邦布之出入。（《周礼·天官·外府》）

③铺开，引申为散开，分布。如：

收葱子，必薄布阴干。（《齐民要术·种葱》）

影布石上。（《至小丘西小石潭记》）

④布施，施行。如：

阳春布德泽。（《乐府诗集·长歌行》）

⑤公布，颁布。如：

（法者）设之于官府，而布之于百姓者也。（《韩非子·难三》）

⑥陈述。如：

聊布往怀，君其详之。（《与陈伯之书》）

籍：

①登记册，户口册。如：

今荆州非少人也，而著籍者寡。（诸葛亮《论游户自实》）

②登记。如：

籍吏民。（《鸿门宴》）

③泛指书，成册的著作。如：

五代时始印五经，已后典籍皆为版本。（《梦溪笔谈·活板》）

④籍贯。如：

顷小儿回籍应举。（张居正《答应天巡抚宋阳山书》）

⑤门籍，一种写有当事人姓名的小牌子。如：

光夫人显及诸女皆通籍长信宫。（《汉书·魏相传》）

(三) 尝造船，其木屑竹头，侃皆令籍而掌之，人咸不解所以。

祖逖北伐

【原文】

初，范阳祖逖，少有大志，与刘琨俱为司州主簿，同寝，中夜闻鸡鸣，蹴琨觉，曰："此非恶声也！"因起舞。及渡江，左丞相睿以为军谘祭酒。逖居京口，纠合骁健，言于睿曰："晋室之乱，非上无道而下怨叛也。由宗室争权，自相鱼肉，遂使戎狄乘隙，毒流中土。今遗民既遭残贼，人思自奋，大王诚能命将出师，使如逖者统之以复中原，郡国豪杰，必有望风响应者矣。"睿素无北伐之志，以逖为奋威将军、豫州刺史，给千人廪，布三千匹，不给铠仗，使自召募。逖将其部曲百余家渡江，中流击楫而誓曰："祖逖不能清中原而复济者，有如大江！"遂屯淮阴，起冶铸兵，募得二千余人而后进。（节选自《资治通鉴》）

【积累与运用】

◆解释加点词语

(1) 蹴　　　(2) 起舞

(3) 纠　　　(4) 廪

(5) 将　　　(6) 兵

◆翻译划线句子

(一) 大王诚能命将出师，使如逖者统之以复中原，郡国豪杰，必有望风响应者矣。

(二) 祖逖不能清中原而复济者，有如大江！

⑥通"藉"，凭借。如：

其学者，则称先王之道以籍仁义。（《韩非子·五蠹》）

⑦通"藉"，践踏，欺凌。如：

籍夫子者不禁。（《风俗通·穷通》）

⑧狼籍，通"狼藉"，纵横杂乱。如：

死者狼籍。（《三国志·魏书·董卓传》）

文化常识

祖逖：东晋名将。祖逖曾一度收复黄河以南大片土地，但及后因朝廷内乱，祖逖受东晋皇帝司马睿猜疑，忧愤而死。祖逖死后，收复的地区又相继失去。祖逖亦是一位极受人民爱戴的将领。

军谘祭酒：官名。晋朝因避讳，由军师祭酒改名。诸将军府置，位在诸僚佐之上。司马睿任镇东将军及丞相时，府中置多员，赞划军机及处理政务。十六国西凉因李暠、李歆父子皆称大都督，

词语精解

因(1)：

①表示动作行为发生的原因，相当于"因为"。如：

恩所加，则思无因喜以谬赏。（《谏太宗十思疏》）

②表示动作行为发生所借助的时机，可译为"趁着"。如：

寿毕，请以剑舞，因击沛公于坐。（《鸿门宴》）

③表示动作行为所借助的事物，可译为"凭借""依靠"。如：

如楚，又因厚币用事者臣靳尚。（《屈原列传》）

④表示动作行为旁及的对象，可译为"通过""经由"。如：

廉颇闻之，肉袒负荆，因宾客至蔺相如门谢罪。（《史记·廉颇蔺相如列传》）

⑤连词，连接分句，表示原因，可译为"因为""由于"等。如：

祥符中，因造玉清宫，伐山取材，方有人见之。（《雁荡山》）

石勒不计前嫌

【原文】

后赵王勒①悉召武乡耆旧诣襄国,与之共坐欢饮。初,勒微时,与李阳邻居,数争沤麻池相殴,阳由是独不敢来。勒曰:"阳,壮士也;沤麻,布衣之恨。孤方兼容天下,岂仇匹夫乎!"遽召与饮,引阳臂曰:"孤往日厌卿老拳,卿亦饱孤毒手。"因拜参军都尉。(节选自《资治通鉴》)

[注释]①勒:即石勒。

【积累与运用】

◆解释加点词语

(1)微　　(2)数

(3)遽　　(4)引

◆翻译划线句子

㈠悉召武乡耆旧诣襄国,与之共坐欢饮。

㈡孤方兼容天下,岂仇匹夫乎!

文化常识

石勒(274—333),羯族,上党武乡(今山西榆社)人。十六国时期后赵建立者,史称后赵明帝。

词语精解

因(2):

①表示顺接上文,可译为"于是""就"。如:

因起舞。(见上文)

因拜参军都尉。(见本文)

因拔刀斫前奏案。(《赤壁之战》)

②表示两件事前后相承,可译为"继续"。如:

千乘之国,摄乎大国之间,加之以师旅,因之以饥馑。(《子路、曾晳、冉有、公西华侍坐》)

③依靠,凭借。如:

益州险塞,……高祖因之以成帝业。(《隆中对》)

④遵循,沿袭。如:

孝公既没,惠文、武、昭襄蒙故业,因遗策。(《过秦论》)

⑤名词,机会。如:

留待作遗施,于今无会因。(《孔雀东南飞》)

崔仁师治狱

【原文】

青州①有谋反者,州县逮捕支党,收系满狱,诏殿中侍御史安喜崔仁师覆按之。仁师至,悉脱去枷械,与饮食汤沐,宽慰之,止坐其魁首十余人,余皆释之。还报,敕使将往决之。大理少卿孙伏伽谓仁师曰:"足下平反者多,人情谁不贪生,恐见徒侣得免,未肯甘心,深为足下忧。"仁师曰:"凡治狱当以平恕为本,岂可自规免罪,知其冤而不为伸邪!万一暗短,误有所纵,以一身易十囚之死,亦所愿也。"伏伽惭而退。及敕使至,更讯诸囚,皆曰:"崔公平恕,事无枉滥,请速就死。"无一人异辞者。(节选自《资治通鉴》)

文化常识

崔仁师:唐代定州安喜人,贞观末年任中书侍郎,参知机务。其子崔挹任户部尚书,其孙崔湜任中书侍郎、同中书门下平章事。

孙伏伽:贝州武城(今属山东)人。唐高祖武德元年,上书陈开言路、废百戏散乐、为皇太子诸王慎选僚友。贞观时官至大理卿陕州刺史。

词语精解

汤:

(1)读tāng

①热水。如:

悉脱去枷械,与饮食汤沐。(见本文)

媵人持汤沃灌。(《送东阳马生序》)

[注释] ①青州：今山东省青州市。

【积累与运用】

◆解释加点词语

(1)覆　　　　(2)决

(3)人情　　　(4)短

(5)纵　　　　(6)异辞

◆翻译划线句子

(一)止坐其魁首十余人，余皆释之。

(二)凡治狱当以平恕为本，岂可自规免罪，知其冤而不为伸邪！

羊祜二三事

【原文】

羊祜归自江陵，务修德信以怀吴人。每交兵，刻日方战，不为掩袭之计。将帅有欲进谲计者，辄饮以醇酒，使不得言。祜出兵行吴境，刈谷为粮，皆计所侵，送绢偿之。每会众江、沔游猎，常止晋地，若禽兽先为吴人所伤而为晋兵所得者，皆送还之。于是吴边人皆悦服。祜与陆抗对境，使命常通；抗遗祜酒，祜饮之不疑；抗疾，求药于祜，祜以成药与之，抗即服之。人多谏抗，抗曰："岂有鸩人羊叔子哉！"抗告其边戍曰："彼专为德，我专为暴，是不战而自服也，各保分界而已，无求细利。"吴主闻二境交和，以诘抗，抗曰："一邑一乡不可以无信义，况大国乎！臣不如此，正是彰其德，于祜无伤也。"

②汤药。如：

臣侍汤药，未曾废离。（《陈情表》）

③同"烫"，热敷。如：

病在腠理，汤熨之所及也。（《扁鹊见蔡桓公》）

④殷商的建立者。如：

近古之世，桀纣暴乱而汤武征伐。（《五蠹》）

(2)读shāng，汤汤：水大流急的样子。如：

衔远山，吞长江，浩浩汤汤，横无际涯。（《岳阳楼记》）

诸：

(1)形容词，众，各。如：

及赦使至，更讯诸囚。（见本文）

(2)兼词

①代词兼介词，相当于"之于"。如：

穆公访诸蹇叔。（《左传·僖公三十二年》）

②代词兼语气助词，相当于"之乎"。如：

王尝语庄子以好乐，有诸？（《庄暴见孟子》）

文化常识

羊祜（221—278），字叔子。泰山南城（今山东新泰）人。魏晋时期著名战略家、政治家和文学家。羊祜出身于汉魏名门士族之家。从他起上溯九世，羊氏各代皆有人出仕二千石以上的官职，并且都以清廉有德著称。羊祜母亲蔡氏是汉代名儒、左中郎将蔡邕的女儿，姐姐嫁与司马懿之子司马师为妻。晋代魏后，司马炎有吞吴之心，乃命羊祜坐镇襄阳，都督荆州诸军事。在之后的十年里，羊祜屯田兴学，以德怀柔，深得军民之心；一方面缮甲训卒，广为戎备，做好了伐吴的军事和物质准备，并在吴将陆抗去世后上表奏请伐吴，却遭到众大臣的反对。

词语精解

谢：

①感谢。如：

官拜公朝，谢恩私门，吾所不敢也。（见本文）

徙封钜平侯羊祜为南城郡侯，祜固辞不受。祜每拜官爵，常多避让，至心素著，故特见申于分列之外。祜历事二世，职典枢要，凡谋议损益，皆焚其草，世莫得闻。所进达之人皆不知由。常曰："官拜公朝，谢恩私门，吾所不敢也。"

羊祜疾笃，举杜预自代。辛卯，以杜预为镇南大将军，都督荆州诸军事。祜卒，帝哭之甚哀。是日，大寒，涕泪沾须鬓皆为冰。祜遗令不得以南城侯印入柩。帝曰："祜固让历年，身没让存，今听复本封，以彰高美。"南州民闻祜卒，为之罢市，巷哭声相接。吴守边将士亦为之泣。祜好游岘山，襄阳人建碑立庙于其地，岁时祭祀，望其碑者无不流涕，因谓之堕泪碑。（节选自《资治通鉴·晋纪》）

【积累与运用】

◆解释加点词语

　　(1) 怀　　　　(2) 刻日
　　(3) 止　　　　(4) 细利
　　(5) 彰　　　　(6) 著
　　(7) 都督　　　(8) 罢市

◆翻译划线句子

（一）若禽兽先为吴人所伤而为晋兵所得者，皆送还之。于是吴边人皆悦服。

（二）祜历事二世，职典枢要，凡谋议损益，皆焚其草，世莫得闻。

（三）祜固让历年，身没让存，今听复本封，以彰高美。

哙拜谢，起，立而饮之。（《史记·项羽本纪》）

②用言辞委婉地推辞拒绝。如：

乃召拜黯为淮阳太守，黯伏谢不受命。（《史记·汲黯列传》）

当亦谢官去，岂令心事违。（王维《送张五归山》）

③告辞，告别。如：

广不谢大将军而起行。（《史记·李将军列传》）

侯生视公子色终不变，乃谢客就车。（《史记·魏公子列传》）

④告诉，告诫。如：

谢汉使。（《汉书·李广苏建传》）

多谢后世人，戒之慎勿忘。（《玉台新咏·古诗为焦仲卿妻作》）

⑤以言辞相问候。如：

至府，为我多谢问赵君。（《史记·赵广汉传》）

界上亭长寄声谢我，何以不为致问？

⑥向人认错道歉。如：

长跪而谢。（《战国策·魏策》）

旦日不可不蚤自来谢项王。（《史记·项羽本纪》）

⑦逝去。如：

诏曰：弟勰所生母潘早龄谢世，显号未加。（《魏书·彭城王勰传》）

⑧衰败，衰落。如：

宿觉名未谢，残山今尚存。（叶适《宿觉庵》）

花之既谢。（李渔《闲情偶寄·种植部》）

⑨逊让，不如。如：

既鲸鲵折首，西夏底定，便宜诉其本怀，避贤谢拙。（《宋书·王宏传》）

救时之相姚崇

【原文】

黄门监魏知古，本起小吏，因姚崇引荐，以至同为相，崇意轻之。请知古摄吏部尚书，知东都选事，遣吏部尚书宋璟于门下过官，知古衔之。

崇二子分司东都①，恃其父有德于知古，颇招权请托；知古归，悉以闻。他日，上②从容问崇："卿子才性何如？今何官也？"崇揣知上意，对曰："臣有三子，两在东都，为人多欲而不谨；是必以事干魏知古，臣未及问之耳。"上始以崇必为其子隐，及闻崇奏，喜问："卿安从知之？"对曰："知古微时，臣卵而翼之。臣子愚，以为知古必德臣，容其为非，故敢干之耳。"上于是以崇为无私，而薄知古负崇，欲斥之。崇固请曰："臣子无状，挠陛下法，陛下赦其罪，已幸矣；苟因臣逐知古，天下必以陛下为私于臣，累圣政矣。"上久乃许之。辛亥，知古罢为工部尚书。

姚崇尝有子丧，谒告十余日，政事委积，怀慎不能决，惶恐，入谢于上。上曰："朕以天下事委姚崇，以卿坐镇雅俗耳。"崇既出，须臾，裁决俱尽，颇有得色，顾谓紫微舍人齐浣曰："余为相，可比何人？"浣未对。崇曰："何如管、晏？"浣曰："管、晏之法虽不能施于后，犹能没身。公所为法，随复更之，似不及也。"崇曰："然则竟如何？"浣曰："公可谓救时之相耳。"崇喜，投笔曰："救时之相，岂易得乎！"

姚崇无居第，寓居冈极寺，以病痁谒告。上遣使问饮食起居状，日数十辈。源乾曜奏事或称旨，上辄曰："此必姚崇之谋也。"或不称旨，辄曰："何不与姚崇议之！"乾曜常谢实然。每有大事，上常令乾曜就寺问崇。癸卯，乾曜请迁崇于四方馆，仍听家人入侍疾，上许之。崇以四方馆有簿书，非病者所宜处，固辞。上曰："设四方馆，为官吏也；使卿居之，为社稷也。恨不可使卿居禁中耳，此何足辞！"（节选自《资治通鉴》）

[注释]①东都：即洛阳。 ②上：即唐玄宗。

文化常识

姚崇，唐代著名政治家。姚崇文武双全，曾辅佐唐玄宗开创开元盛世，被称为"救时宰相"。他与房玄龄、杜如晦、宋璟并称"唐朝四大贤相"。

词语精解

辞：

①推辞，不接受。如：

恨不可使卿居禁中耳，此何足辞！（见本文）

如姬之欲为公子死，无所辞。（《信陵君窃符救赵》）

②告别，辞别。如：

今者出，未辞也，为之奈何。（《鸿门宴》）

③计较。如：

大礼不辞小让。（《鸿门宴》）

④诉讼的供词。如：

狱辞无谋、故者，经秋审入矜疑，即免死。（《狱中杂记》）

⑤言辞，文辞。如：

而侯生曾无一言半辞送我。（《信陵君窃符救赵》）

⑥托词，借口。如：

君子疾夫舍曰"欲之"而必为之辞。（《季氏将伐颛臾》）

⑦命令。如：

近者奉辞伐罪，旌麾南指，刘琮束手。（《赤壁之战》）

⑧一种文体。如：

且携所著书及诗文辞稿本数册，家书一箧托焉。（《谭嗣同》）

许：

(1)动词

①答应，听从。如：

上久乃许之。（见本文）

均之二策，宁许以负秦曲。（《史记·廉颇蔺相如列传》）

②赞同，赞成。如：

杂然相许。（《愚公移山》）

③相信。如：

每自比于管仲乐毅，时人莫之许也。（《隆中对》）

【积累与运用】

◆解释加点词语

(1) 恃　　　　(2) 从容
(3) 隐　　　　(4) 薄
(5) 挠　　　　(6) 雅俗
(7) 状　　　　(8) 听

◆翻译划线句子

(一) 请知古摄吏部尚书，知东都选事，遣吏部尚书宋璟于门下过官，知古衔之。

(二) 臣卵而翼之。臣子愚，以为知古必德臣，容其为非，故敢干之耳。

(三) 管、晏之法虽不能施于后，犹能没身。公所为法，随复更之，似不及也。

④期望。如：
塞上长城空自许，镜中衰鬓已先斑。（《书愤》）

(2) 名词，表地方，处所。如：
先生不知何许人也。（《五柳先生传》）

(3) 数词，表示不定数。如：
舟首尾长约八分有奇，高可二黍许。（《核舟记》）

(4) 代词，这，这样。如：
问渠哪得清如许，为有源头活水来。（《观书有感》）

◇ 参考答案 ◇

一诗一法一情感

□ 诗

《赋得自君之出矣》

(1)塑造了一位因为丈夫远行久而未归,内心空虚,无心劳作,日益憔悴的思妇形象。

(2)诗的三、四句运用比喻,把思妇的思念比作那团团圆月,这圆月在逐渐减弱其清辉,逐渐变成了缺月,从而使思妇的这份思念之情表达得含蓄婉转,真挚动人,也使本诗显得清新可爱。

《洛中访袁拾遗不遇》

(1)①访友不遇的伤感。孟浩然特意来拜访袁拾遗,足见二人感情之厚,可不见流放中的友人,顿生伤感之情;②对友人被贬的愤愤不平。才子竟遭流放,何况流放之人还是自己的挚友,因此心中不平;③对友人的思念牵挂。流放之地梅花再好,怎及留居北地的故乡呢?

(2)主要运用了对比的手法。全诗四句,两处对比。①人的对比:洛阳才子与岭南流人对比。袁拾遗身为"才子",理当被朝廷重用,却被贬他乡,沦为"流人",其过人的才能与恶劣的待遇形成了鲜明的对比,委婉表达出对当时"才人"被贬的社会现实的不满,含而不露,引人深思。②地方的对比:梅花早放的南方虽美,但还是不如春天的北国。一扬一抑,增强了诗的波澜,更见对朋友的思念挂念之情的深挚。

《辛夷坞》

(1)寂。诗的前两句写芙蓉花在寂静中开放,素来给人以"闹"的感觉,在这里正好陪衬出此境的幽静。后两联写芙蓉花在寂静无人的山涧悄然散落,道出了优美的自然景色、孤独清幽的环境。

(2)幽深的山谷里,辛夷花自开自落,怒放时不须赞美,凋落时也无须同情伤感。它们得之于自然,又回归于自然,没有生的喜悦,也没有死的悲哀。王维由花的自开自落,自由自在,领悟到了万物皆有的自然本性,不执着于生死有无,而是顺其自然,因而内心一片静谧,达到了物我两忘的境界。

《送崔九》

(1)这首诗是要劝勉人隐居。"归山"即隐居之意。第二句"尽",有尽赏山水之乐的意思,"美"则表现内心愉悦。"尽""美"有坚定隐居之意。

(2)运用了陶潜《桃花源记》的武陵渔人的典故。劝勉崔九既要隐居,就必须坚定不移,不要三心二意,入山复出,不甘久隐。

《送灵澈上人》

(1)"青山独归远"。本诗抒发了诗人对灵澈上人离去的依依不舍之情。

(2)本诗以诗人目送独自远归青山的客人为绘画中心,背景设置苍茫富厚:夕阳残照,山林苍苍,古寺幽幽,钟声杳杳,青山远卧;荷笠灵澈,独归青山,愈行愈远,景物远近搭配协调,为诗人的送别创造了独特苍茫幽远的意境。

《古别离》

(1)"牵"字,表明女主人公舍不得丈夫离去,希望即将远行的丈夫能停一停,好静静地听一听自己的话,情真意切,质朴感人。

(2)这两句诗写女主人公对丈夫的叮嘱,流露出女主人公在追求美满爱情生活的同时,也隐含着忧虑和不安的心情,担心丈夫像司马相如那样移情别恋。

《秋风引》

(1)秋风初至,萧索凄凉。"最"字表现了孤客对物候变化的敏感,写出了孤客羁旅漂泊,思家念归之心切。

(2)同意。"秋风"是诗人吟咏之物,由秋风的到来引出"雁群",由"雁群"引出庭树,由秋风中的"雁群"引起诗人"孤客最先闻"的共鸣。整首诗的意象和情感都是在秋风中展开的,所以说,"秋风"是理解本诗的关键。

《夜雪》

(1)这首诗抒发了诗人被贬之后的孤寂心情。诗人说"已讶衾枕冷",一"冷"字,既是说对天气的感觉,更是说诗人的心境。尤其"深夜知雪重,时闻折竹声",更写出了诗人彻夜无眠的孤寂心情。

(2)写夜雪,难以正面描写,所以诗人全从侧面着笔。首句着一"冷"字,从肤觉写雪之大,雪之情无声息;次句从视觉写雪的强烈反光;最后两句从听觉

写积雪压竹枝的声音，写雪势的有增无减。句句写人，却又处处写雪。

《春怨》

(1)这首诗在构思上采用层层倒叙的手法。本是为怕惊梦而不教莺啼，为不教莺啼而要把莺打起，而诗人却倒过来写，首句写"打起黄莺"，次句写"打起"的原因是"莫教啼"，为什么"莫教啼"？最后才揭开了谜底，说出了答案：怕惊梦，"不得到辽西"。

(2)本诗采用以小见大的手法写了一位闺中少妇打跑啼叫惊梦的黄莺的情景，看似是一首抒写儿女之情的小诗，却有深刻的时代内容。它通过写少妇怀念征人的小情景，反映了当时兵役制下广大人民承受痛苦的大主题。

《哥舒歌》

(1)运用了起兴的手法，诗以北斗起兴，兴中有比，目的是以北斗七星喻哥舒翰的功高。

(2)这是西域边境人民歌颂哥舒翰战功的诗。全诗内容平淡素雅，音节铿锵和顺，既有民歌的自然流畅，又不失五言诗的典雅逸秀。诗人通过"哥舒夜带刀"这一细节，以简练的笔法勾勒出哥舒翰执刀深夜警戒的形象，又以胡人至今不敢南下，喻哥舒翰功劳的影响深远。

《栖禅暮归书所见》

(1)①"失"字。②本来是因为山峦重叠，山深林密，把小寺遮得看不见了，"失"字表达出小寺好像不存在了，消失了。形象地表现了小寺环境的幽深清静。③透露出诗人对日间所历胜景的留恋，也隐约流露了一丝怅然若失的意绪。

(2)①写法上：前三句大处着笔，是面的抒写，是浑然的整体，而结尾则是点的集中，是局部的放大；前三句是长镜头，结尾是特写；前三句是整体的大色块，结句是画中焦点。（要点：点面结合、场景与特写、整体与局部兼顾。）

②内容上：前三句浓墨重彩地描绘出暮归栖禅山时，看到暴雨来时天地一片昏黑，雨过又满目青葱，处处洋溢着春天归去、初夏来临时山深林密的生机，色彩对比强烈，是一种整体的直观感觉，结句的"湖尽"二字不但点明"归"意，补充交代了前三句的景象乃为舟行观察所见，且让全诗画面有层次感、纵深感和流动感，而且"得孤亭"三字将读者视线拉回眼前的特写，由浑然的整体到集中的焦点画面、特写镜头，圆转自然，给人极高的审美享受。

《田园乐（其六）》

(1)一、二句抓住意象"桃""柳"，运用"红""绿"两个色彩词，描绘了一幅色彩鲜明怡目的春晨图：桃花深红浅红的花瓣上略带昨夜的雨滴，色泽更见柔和可爱，雨后空气澄鲜，弥漫着阵阵花香；碧绿的柳丝笼在一片若有若无的水烟之中，更袅娜迷人。

(2)清晨花落满地，家童未及清扫，四周一片静谧，只有树上黄莺宛转啼鸣，却没有惊扰主人好梦。这两句诗传达出一种清幽的意境。表达了诗人隐居田园时的宁静、安适的心境。

《送杜十四之江南》

(1)以送者对行人的口吻，表达了作者与友人离别时，怅然凄苦的思想感情。

(2)"春江正渺茫"写春江烟云迷漫，辽远而又含混，一如离人迷茫无奈的心绪，景中有情，情在景中，情景交融。

《闺怨》

(1)没有违反题意。前面写"不曾愁"，正是为后面的"悔"做铺垫，采用欲抑先扬的手法。

(2)先写少妇兴致勃勃，梳妆打扮后上楼观景；转而写她看见路边的杨柳，勾起了对丈夫的离愁，心情由高兴变为懊悔。

因为杨柳是古人临别时的赠物，少妇看见杨柳，自然就想起与丈夫分别的情景，后悔之情也就油然而生。

《送沈子福之江东》

(1)本诗首句写了杨柳、渡头、行客等三个意象。杨柳，古代有折柳送别的习俗，烘托了送别的氛围；渡头，点明送客的地点；行客，用行人稀少营造了送别时的凄清情境，反衬出送别友人的依依不舍之情。这些意象都扣住了题目中的"送"字，表明了这是一首送友人归去的送别诗。

(2)诗人展开奇妙的联想，将人的情感比作自然界的春色，使景与情妙合无间，即景寓情，不着痕迹。不但写出了彼此深厚的友情，而且将惜别时微妙的、难以捕捉的抽象感情极其生动地表达出来，成为可见可触的形象，使人真觉得相思之情充溢于江南江北，可谓"工于比喻、善于言情"。

《除夜作》

(1)一是除夕之夜独自一人寄居旅馆；二是对故乡亲人的无比思念；三是感慨年华易逝。

(2)不写自己思念故乡和亲友，而写故乡的亲友思念千里之外的"我"；巧妙地运用了对写法把深挚的情思抒发得更为婉曲含蓄。

《桃花溪》

(1)诗人问讯渔人的话，深深地表达了诗人向往世外桃源的急切心理，也隐约地透露出诗人感到理想境界渺茫难求的惆怅心情。

(2)①本句写景：深山野谷，云烟缭绕；那横跨山溪之上的长桥，隔着云烟忽隐忽现。它描绘出幽深而神秘的境界。②它运用了动静结合的手法。飞桥静，野烟动，野烟使桥化静为动，桥使野烟化动为静，整个画面有动有静，生动形象，如在目前。③"隔"字把飞桥和野烟结合成一个艺术整体，表现了飞桥时隐时现的特点。

《山中留客》

(1)①表达了作者对山林的喜爱之情和对客人的挽留之意。②生活中不能因为一点小小的挫折就退缩或止步不前，而应克服困难，积极进取。

(2)①诗人用一"弄"字，不仅赋予山光物态人性，而且显示了其蓬勃生机和充沛活力。②之所以会"沾衣"，是因为深山中空气特别新鲜，也特别湿润的缘故。③诗人如此写来，显然意在言外："沾衣"虽不可免，但若不付出这一代价，又怎能观赏到山中那无限风光？这种"诱之以景"的留客方法，正是诗人高人一等之处。

《从军行》

(1)"百战"写战事频繁，"碎"写出战事的惨烈，"数重围"和"突"写面临重重包围的困境，"残兵"写出只有少量人突出重围的悲惨结局。

(2)首句写英雄历战之久；第二句以敌军数重围侧面表现英雄的临危不惧；第三句以一"突"字写出英雄英勇无畏，勇往直前；第四句以一"独"字，写出了孤军奋战、力压千军的豪迈气概，败中见豪气。

《山房春事二首（其二）》

(1)这首诗抒发了盛衰无常的感慨。诗人来到昔日繁盛的梁园，先是感受到一幅暮鸦聒噪、人迹稀少的萧条景象，而后细看竟发现在这萧条的废园中，树木居然繁花满枝，春色依旧，内心奔腾汹涌的是一股物是人非、盛衰无常的感慨。

(2)诗的后两句运用了拟人和反衬的手法，写庭树不知人去尽，依然繁花盛开；用乐景来反衬哀情，形象生动地表达了诗人凭吊古人的伤痛之情。

《春思》

(1)全诗侧重表达了诗人内心的愁思。诗的前二句写了明媚动人、生机盎然的春景。作用是以乐景衬哀情，从反面衬托出与这良辰美景形成强烈对照的无法消除的深愁苦恨。

(2)这两句诗使用了拟人手法，构思新奇，貌似不合常理，实则曲折巧妙。第三句"东风不为吹愁去"，不说自己愁重难遣，而怨东风冷漠无情，不为遣愁；第四句"春日偏能惹恨长"，不说因愁闷而百无聊赖，产生度日如年之感，却反过来说成是春日惹恨，把恨引长。

《暮春回故山草堂》

(1)诗的前两句重在表现"春残"（或暮春时节凋零空寂的气氛）。诗的前两句用了渲染手法，用"稀""尽""飞"三字渲染出春光已逝的情景。

(2)诗的后两句，既表现出作者欣喜的心情，又抒发了对"不改清阴"的幽竹的怜爱和礼赞之情，展现了不畏春残的幽竹内美与外美的和谐统一。

诗人笔下的幽竹是个清阴不改的形象。这里诗人用了反衬（或对比、拟人）手法，用晚春时节的花来反衬，突出幽竹清阴不改的形象。幽竹的不改清阴，体现出幽竹坚持自我的气节，而作者以一个"怜"字，表达了深深地怜爱和赞美之情，展现了不畏春残的幽竹内美与外美的和谐统一。

《酬李穆见寄》

(1)诗的前两句用"孤舟""天涯""云山"等意象，描写了一幅凄楚、悲凉、艰难、迷茫的景象，表达了作者对女婿新安之行的担忧与关切。

(2)诗人打扫柴门迎接远方的来客，既有对访客的盼望，又流露出有客来访的欣喜，还体现了好客之情。"青苔黄叶满贫家"，表明贫居无人登门，颇有寂寞之感，从而为客至而喜。

《移家别湖上亭》

(1)作者采用拟人化的手法，赋予柳条藤蔓、黄莺以人的情感，并使主客移位，巧妙而含蓄地表达了诗人对湖上亭的依恋之情。（或：借景抒情。通过柳条、藤蔓、黄莺的描写，表现惜别之情。）

(2)用"系"字既切合柳条藤蔓修长柔软的特点，又写出了柳条藤蔓牵衣拉裾的动作，表现它们依恋主人不忍主人离去的深情。用"啼"字既符合黄莺鸣叫的特点，又似殷殷挽留、凄凄惜别，让人联想到离别的眼泪。

《夜上受降城闻笛》

(1)诗的前两句写了大漠在像霜一样洁白的月光照耀之下白光一片的夜间景象。（或"似雪"大漠"如霜"月色图，或大漠月夜图。）①比喻，将月下大漠比作白雪，将明月比作严霜，生动而形象地写出了大漠的荒寒和月色的凄冷。②对偶，上句仰观，下句俯视，俯仰之间，上下交映，突出了大漠和月色的白光一片，寒气侵人，描绘了边地的寥廓和苦寒。③铺垫，诗的前两句写色，

267

第三句写声，末句写情。前三句为最后一句的直接抒情做了铺垫，使景色、声音、感情有机地融为一体，意与境浑然天成，简洁空灵，意味苍凉。

(2)诗歌写戍边将士听到芦笛声而引起的怀乡念亲之情。诗的前两句通过写如雪的大漠和如霜的月色，交代了环境的凄清与寒苦，为写戍边将士的思乡奠定了情感基调；后两句则通过写"芦管"声的横空而出，立刻引发了戍边将士的乡思之情。

《城东早春》

(1)①感觉要力求敏锐，要努力发现新的东西。②不要一味从众，人云亦云，要有自己的独到见解。③许多有价值的高雅的事情，要趁早做，如读书、立志、奋斗、奉献、成才、孝敬。④要善于在别人不在意的地方发现生活中的美。

(2)①反衬。用芳春（或晚春）的秾丽景色，来反衬早春的清新景色（或以喧闹来反衬清新）表达作者对早春清新之景的喜爱之情。②对比（对照）。看花人对上林花似锦的追求与诗家对绿柳才黄半未匀的欣赏形成强烈对比（对照），突出强调二者不同的审美情趣。③虚实结合（以虚写实、以实写虚）。一、二句是实写，描绘出美丽的初春之景；三、四句是想象之景：春色秾艳至极；游人如云，喧嚷若市。三、四句的虚写突显（反衬）出作者对早春清新之景的喜爱之情。

《雨过山村》

(1)诗的前两句，作者用了鸡鸣、农舍、修竹、清溪、村路、板桥等意象。写出了雨后山村幽静、和谐、优美的景物特点。

(2)诗人一方面从正面以妇姑相唤浴蚕来反映山村的繁忙；另一方面又从侧面落笔，借栀子花的闲，衬出农忙的气氛。

《春雪》

(1)第二句中的"惊"字用得最为传神。从字面上看，"惊"似乎表明诗人为刚见草芽而感到吃惊与失望，实际上却是表现诗人在焦急的期待中终见"春色"萌芽而产生的惊喜之情。

(2)诗人运用拟人化手法，以富有浓烈浪漫主义色彩的笔触幻化出一片春色，对春雪飞花主要不是怅惘和遗憾，而是一种欣喜。初春时节，雪花飞舞，本是造成"新年都未有芳华"的原因，但诗人却说白雪是因嫌春色来迟，才"故穿庭树"纷飞而来，翻因为果，于常景中翻出新意，增加了诗的情趣。

《村夜》

(1)苍苍霜草，切切虫吟，行人绝迹，万籁无声，前两句勾画出萧瑟凄清的乡村秋夜景象，流露出诗人孤独寂寞的情感。月光皎洁，四野寂寥，土地寥廓，荞麦花雪白，后两句描绘出了一幅清新恬淡的乡村月夜景象，表现出诗人惊喜愉悦的情感。诗人借景物的变换来写感情的变化：孤独寂寞—想排遣烦闷—由于惊喜而忘了孤寂。

(2)承上启下的过渡作用。一是描写对象的过渡，描写对象由山庄转向田野，收束了前两句对村夜萧疏暗淡的描绘，展开了另一幅使人耳目一新的明朗画面。一是感情过渡，诗人情感在此突转，由孤寂转向愉悦。

《渡桑乾》

(1)有三种含义：一是"年岁"的代称，"十霜"表明诗人的客居时间长。二是点明季节，这个季节正是容易诱发作者思乡之情的时候。三是以秋霜的冷清肃杀来象征作者长久客居的孤寂和压抑。

(2)赞成第一种：久居并州，思念家乡，可一旦回乡，却又觉得舍不得久居之地。这样写，就把命运对人的捉弄表现得尤为深刻。

赞成第二种：久居并州，难以回乡，可命运却又使他流落到更远的地方，连居住在并州也不可能了。这样写，就把心中的苦涩与无奈表现得尤为充分。

《陇西行》

(1)这首诗表现了长期的边塞战争给人民带来的痛苦和灾难。表达了对死者和家人的深切同情。"无定河边骨"是现实，是实写；"深闺梦里人"是梦境，为虚写，虚实相生，形成强烈的艺术效果，反映了长期的边塞战争给人民带来的痛苦和灾难，表现了诗人对战死者及其家人的无限同情。

(2)不认同。前两句记叙了悲壮的激战场面，表现了将士英勇杀敌的英雄气概和献身精神，也写出了战斗的激烈，伤亡之惨重，从而为末两句写少妇思念征人张本；如果没有前两句叙写做铺垫，也就没有后两句"用意"之"工妙"了。（答认同，能言之成理亦可）

《兰溪棹歌》

(1)一、二两句写诗人眼中的兰溪：凉月挂柳，水中山色，是静态的景色。三四两句写动态的景：桃花雨，鱼抢滩。有静有动，充满生机。在这生机中，似乎让人能呼吸到浓烈的情；诗人欣喜之情，渔民的欢乐之情。景情相谐，将兰溪山水的可爱，表达的甚为感人。

(2)这两句是诗人的视觉感受。首句是仰望天空，次句写俯察溪水，一俯一仰，景象清新。"凉月如眉""山色镜中"都是比喻，一明喻山色之形，一暗喻溪水明净。"挂"字比拟,"看"字更点明人在景色之中。闪光水色有了人的活动,则更显得灵动,更显生机,使兰溪有胜似仙境之感。

《溪居即事》

(1)临水的村庄,掩着的柴门,疏疏落落的篱笆,碧波粼粼的溪水,飘荡的小船,奔走的儿童。还隐约可见一位翘首捻须、悠然自得的诗人形象,领略到他那积极乐观的生活情趣和闲适舒坦的心情。描绘了水乡宁静、优美的景色,使人感受到浓郁、和谐且富有诗意的乡村生活气息。

(2)"疑""急"两个字。诗人用"疑""急"两个字,把儿童那种好奇、兴奋、粗疏、急切的心理状态,描绘得惟妙惟肖,十分传神。生动地刻画了一个热情淳朴、天真可爱的农村儿童形象。

《宿甘露寺》

(1)同意。它使通常开窗赏景的行为转化为拥抱江河的壮举,表现出豪迈的胸襟和气概。

(2)示例一:虚实结合。诗的前两句写弥漫山巅的云气直入枕中,让人觉得好像千峰在侧;松涛就在床下轰鸣,让人觉得如临万壑之中。在这里千峰、万壑都是虚写,却给人艺术体验之真,把人带入惊心动魄的艺术境界之中。

示例二:夸张。诗的后两句运用夸张,塑造出一种豪壮、崇高之美。为了欣赏那银山般的浪涛壮观,领略那拍天而来的江河气势,索性打开窗子放长江入室,以荡涤心胸。

示例三:以动写静,景中寓情。诗人创造了一种静谧的意境,却是用动的描写来取得这种效果的。流荡的"云气",哀鸣的"松声",奔涌的大江,喧嚣的涛音,这些动的景物,给小诗注入了无限的生机,同时又通过动,更加突出地显示了大自然的宁静。诗中似无直接的抒情,但诗人热爱祖国河山、赞颂江南夜色的美好感情,却从有声有色、有动有静的景物描写中显现出来。

《画眉鸟》

(1)这首诗写了两种画眉鸟,一是林中的,一是笼中的。作者用对比的手法写画眉鸟。前者在林中"随意移""自在啼",自由自在;后者锁于金笼之中,完全没有自由。

(2)这首诗借鸟咏怀,表达了对自由的赞美之情和对束缚个性、窒息性灵的憎恶之意。

《淮中晚泊犊头》

(1)诗中一、二句写远景,写苍茫开阔的原野景色,三、四句写近景,交代时间已近傍晚,本来迷茫阴沉的天色更显朦胧;一、二句写静景,草色青青,春阴迷离;三、四句写动景,夜泊孤舟,看满川风雨凄迷,春潮乍起。整首诗视角忽远忽近,有面有点,变换交叉,富有立体感。

(2)诗人在泊舟之后,没有躲进古祠,而是站立在古祠之外,看那"满川风雨",赏那涛翻浪卷的大潮。若非胸襟开阔者,情怀旷达者,谁能如此从容?由此可见,诗人的心情十分闲适,十分超然。

《乡思》

(1)诗人极写空间距离之远,遥望家乡的视线被碧山、暮云层层阻隔,给人以故乡遥不可及之感,突出了诗人归乡无计的无奈和痛苦,表达了诗人对故乡深挚浓厚的思念之情。

(2)"已"和"还"。更进一层写出乡路上障碍重重,突出诗人思归而不得的怨恨之深。

《题春晚》

(1)开篇写花落,点出"春";首句写夕阳下柴门虚掩,末句写黄昏时乌鸦翻飞,樵夫渔人劳作归家,都紧紧扣着"晚"字。(或首句"花落"写暮春之晚,"昏鸦数点"写乌鸦绕林,距离较远,模糊不清,是傍晚的景色。樵渔归家也是写日之晚。)

(2)诗人抒发的是静而不寂的闲适之情。诗中落花、昏鸦、归来的渔樵构成了一幅恬静、和谐而又富有生意的画面,而此时的诗人正在吟风弄月,所以全诗充满着静而不寂的闲适之情。

《西楼》

(1)首句从视觉角度描写了一幅海面辽阔、海浪拍岸、如云翻卷去而复回的壮美画面;第二句从听觉角度描写了一幅北风劲吹、雷声轰鸣、山雨欲来的雄浑景象。

(2)这首诗表达了诗人开阔的胸襟和豪迈的心情。暴风雨将临,按常理本当关门闭户躲避,但诗人却反而高挂起帘子,敞开窗户,为的是能"卧看""千山急雨来"的壮观景象。

《客中初夏》

(1)虽然政治上不得志,却宁静恬淡,坚守节操,对朝廷忠贞不贰。

(2)①借景抒情(寓情于景),以雨后初晴、天清气和、正对着门的南山由模糊渐渐清晰的四月景致,抒发宁静恬淡的坦然心情。②象征(托物言志,借物喻人),以"柳絮"象征轻浮之人,以"葵花"象征有节操之人。③反衬(对比),以"柳絮"反衬"葵花"的忠贞不贰。

《夜发分宁寄杜涧叟》

(1)"水东流"是写他乘舟出行,引出下句"一钓舟",并为末句做铺垫,但因它紧接"阳关一曲"送别歌后,就暗示是以东流水表达深长的离情别绪。

一诗一法一情感与「廿四史」选粹

(2)好在运用拟人手法，明明是自己愁，却说不愁，说是满川的风月替他发愁，真实、别致、新奇。而且这样写，这愁就无限扩大，漫延到整个自然界，比写人愁愁的范围和深度增加许多，更为曲折地反映了自己的愁情。

《题画》

(1)画面上是云烟缭绕的村庄和雨水滂沱的河滩，山村隐约，滩水湍急。画面虚实相映，动静结合，营造了深远的意境，间接地表现出作者高雅的志趣。

(2)这首诗旨在借"题画"来讽喻醉心声色犬马、贪图富贵荣华、缺乏真正的审美能力的"时人"。"不入时人眼"，因为时人喜欢的是施以浓重色彩的大富大贵的牡丹画。诗的后两句显然是反讽之语。

《武昌阻风》

(1)①情景交融（或正话反说，以乐写哀，欲抑先扬）。②表达了诗人满腹的乡思和愁绪。

(2)不同意。诗的前两句写诗人旅居他乡的思归之情，后两句写诗人去江边赏花看景，其目的正是为了排遣自己阻滞武昌所引起的乡思和愁情。说看飞花忘却归思，这是正话反说，恰恰是对前两句所要表达思乡之情的一种强化。

《春游湖》

(1)语言：①巧用修辞。"夹岸桃花蘸水开"中的"蘸"字，运用拟人的写法，赋予桃花以人的情态，生动地写出桃花开得繁密和被春雨打湿后贴至水面的景象，表达了作者喜爱之情。②首句运用问句，从疑问的语气中表达了当时诗人发现春天到来时的惊讶和喜悦之情。

写法：①寓情于景。作者通过描写燕子归来、桃花盛开、春雨断桥、小舟摆渡等湖光美景，表现了诗人对春天的喜爱之情。②动静结合。"人不度"之静景与"小舟撑出"之动景相结合，意趣横生，生动地表现出小船从柳荫中间撑出带给游人的喜悦。

(2)春水上涨，没过桥面，正当游人无法"度"过之际，一只小船从柳荫深处撑过来。诗句告诉人们，困境中仍然蕴含着希望，也道出了世间事物消长变化的哲理，体现了宋诗特有的理趣。

《三衢道中》

(1)这首诗抒发了诗人山行时的愉悦欢快的心情。诗人是通过景物描写和自己的活动来表现出这种心情的。先说写景，首先是晴雨，在黄梅雨季能有日日晴岂不喜出望外？其次是一路的绿荫。日日晴则必然骄阳当空，有了绿荫就凉爽得多，走起路来也轻松得多，此二可喜也。三是黄鹂四五声，鸟鸣山更幽的意境更使诗人感到高兴。诗人的"泛尽却山行"这一活动不但打破了一味写景的单调，还表现出诗人欢快的心情。

(2)在山路上看到绿荫繁翳，听见黄鹂鸣啭，本来是件极平常的事。但诗人将这次返程所见所闻与"来时路"对比，发现不但"绿阴不减"，还有黄鹂鸣啭，突出了此时旅途的新鲜感受。看似细微却也强烈地表达出诗人在归途中的喜悦感情。因此本来平常的景物平添了诗趣，看似平淡无奇的诗句，读来却耐人寻味。因此，有人称赞此诗后两句"在构思和剪裁上都颇见匠心"不无道理。

《襄邑道中》

(1)这首诗表达了诗人在升迁赴职途中的愉悦之情。第一句"飞"字最能传达这种心情。"飞"字不但描绘了（暮春时节）落英缤纷的美丽盛景，而且表现了船行的轻快，从而传达出诗人的愉快心情。

(2)诗人以景物衬托舟行。诗的前两句化静为动，以两岸的花与树来表现舟行之快；后两句是化动为静，以江上行舟上的"我"去"卧看"天上流动的云，物与我俱静，写出行舟平稳的特点。

《碧瓦》

(1)诗的第一句写近景，富丽堂皇的碧瓦楼，绣幕低垂；第二句写远景，赤栏桥外，一泓清溪横斜，绿水淙淙；第三句写空中，杨柳飞絮，漫天飘舞；第四句写地下，梨花铺地，洁白如雪。全诗写景层次分明，前两句由近及远，后两句先高后低。

(2)首句作者虽未明说，却用"碧瓦""绣幕"含蓄地暗示了偏安一隅的南宋王朝统治者纵情声色、寻欢作乐的情景。后两句表面上是在描写一番风雨之后，春匆匆归去，实则以此暗喻南宋朝廷偏安局面的岌岌可危。诗人寄兴亡之感于明丽的景物描写中，批评南宋朝廷沉醉歌舞，不管国事的做法。

《题龙阳县青草湖》

(1)本诗运用拟人和夸张的手法，想象奇特，如开头一句用一"老"字，赋予洞庭湖的水波以人的情感，由眼前的水波联想到人生易老，并想象到美丽的湘君竟一夜间愁成了满头白发。后两句用了夸张的手法，醉酒后仿佛觉得自己不是在洞庭湖中泊舟，而是在银河之上荡桨，自己所做的梦，也有了体积压在船上，也压在星河之上。所以有太白遗风。

(2)不矛盾。写对美好梦境的留恋，正从反面流露出他在现实中的失意与失望。所以三、四句看似与一、二句情趣各别，内里却是一气贯通、水乳交融的。

《杳杳寒山道》

(1)"杳杳"具有幽暗的色彩感；"落落"具有空旷的空间感；"啾啾"言有声；"寂寂"言无声；"淅淅"写风的动态感；"纷纷"写雪的飞舞状；"朝朝""岁岁"虽同指时间，又有长短的区别。八组叠词，各具情状。就描摹对象看，"杳杳"写山，"落落"写水，"啾啾"写鸟，"寂寂"写人，"淅淅"写风，"纷纷"写雪，"朝朝"写景，"岁岁"言情。八组叠词，各有侧重。就词性看，八组叠词，有形容词、有副词、拟声词、名词等，也富于变化。

(2)首联写山水。"杳杳"言山路幽暗深远，"落落"言涧边寂寥冷落。诗一开始就把人们带入一个冷森森的境界，让人觉得寒气逼人。颔联写山中幽静，用轻细的鸟鸣声反衬四周的冷寂。颈联写山中气候，用风雪的凛冽写出环境的冷峻。尾联结到作者的思想情感：山幽林茂，不易见到阳光；诗人心如古井，不关心春来秋去。前七句渲染环境的幽冷，最后一句见出诗人超然物外的冷淡心情。

《和晋陵陆丞早春游望》

(1)归思。宦游人面对春日美景思念家乡的感情。

(2)①中间两联写了江南早春物候变化特点，表现出江南春光明媚、鸟语花香的水乡景色。②诗人以乐景写哀情，衬托出诗人思乡之情。③"出""渡"两个动词化静为动，将原本不易觉察的物候迁移贴切传神地展现在读者的眼前，使人感受到春光的脉搏和动感。"催"字突出了江南春鸟一声紧似一声地鸣叫的特点，以拟人的手法赋予淑气以人

的情态，表现春气之浓。

《留别王维》

(1)"寂寂"既写出了落第后门前冷落，车马稀疏的景象，又反映了诗人内心的凄凉、寂寞。

(2)这两句说明归去的原因，表达了一种强烈的怨怼、愤懑的感情。既照应了前四句思归惜别的内容，又是后两句写归隐态度之坚决的依据。

《宿桐庐江寄广陵旧游》

(1)①这首诗前两联借景抒情；后两联直抒胸臆。

②主要特色有：

视觉和听觉相融合：残月孤舟，这是诗人眼中所见；风打树叶声，这是诗人耳中所闻。

借景抒情：借秋日夜晚桐庐江上萧索、零落的景象，表达诗人失落飘零、迷惘悲苦、孤寂无依心绪。

(2)独客异乡的悲苦、孤寂；对扬州老朋友的深切怀念；仕途失意、前路迷茫的抑郁苦闷。

《待储光羲不至》

(1)①天色已晚。②下起细雨。

(2)①盼好友到来的期待之情，或久候好友不至的怅惘之情。②清早就已经打开层层的屋门；或立起或坐下都在倾听有没有友人车子到来的声音；以为听到了友人身上玉佩的清脆响声，正要出门去迎接，哪知却原来是自己弄错了。

《渭川田家》

(1)围绕"归"字描绘了三幅画面：①夕阳斜照村落，牛羊归巷；②柴门外，野老拄着拐杖等候牧童；③农夫们下地归来，亲切絮语。表现诗人对田园生活的喜爱、向往和归隐田园的愿望。

(2)运用反衬手法。如："穷巷牛羊归""田夫荷锄至"，以动物、人皆有所归，归得惬意，

反衬自己独无所归，归隐太迟的惆怅。或：运用白描手法。如："野老念牧童，倚杖候荆扉"不加渲染地描绘出老人等候牧童回家的画面，亲切质朴。

《送友人》

(1)用"青山""白水"青白相间，色彩明丽；"横"字勾勒出青山的静态，"绕"描画出白水的动态，描摹出一幅山水秀丽的送别图景。

(2)颈联两句是很工整的对偶；并巧妙地用"浮云""落日"作比，"浮云"比友人的行踪不定、任意东西；"落日"比自己像落日不肯离开大地一样，表达了对朋友依依惜别的深情。

《日暮》

(1)山村生活：一群群牛羊早已从田野归来，家家户户关闭柴扉，各自团聚。自然环境：首联写夕阳的淡淡余晖洒满偏僻的山村，颔联写晚风清凉，明月皎洁；颈联写清冷的月色照满山川，幽深的泉水在石壁上潺潺而流，秋夜的露珠凝聚在草根上，晶莹欲滴。

(2)"何须"二字表面上是诗人自我安慰，对前途不再有期盼（自己年纪已大，不需要灯结花来报喜），实际却饱含内心的痛苦；流露出诗人的衰老感和怀念故园的愁绪。

《余干旅舍》

(1)这是一首思乡之作，写出了思乡游子孤独、寂寞、缠绵凄清的情怀。如，"摇落"一词和"清枫霜叶"奠定了全诗的思乡基调，而"孤城向水闭""独鸟背人飞"进一步点染了作者的游子之思，"何处捣寒衣"这一传神的细节，把作者的悲苦忧愁寄寓于那破空而来的为亲人赶制寒衣的砧声里。描写得含蓄蕴藉，言尽而意存。

(2)诗歌从日暮时分，写到夜色渐浓，明月初上，直到夜阑人

静,坐听闺中思妇捣寒衣,时间上有递承,同时也透露出作者的思乡感情逐渐加重的心路历程。

《寻陆鸿渐不遇》

(1)诗中陆鸿渐是一个寄情山水、不以尘事为念的高人逸士形象。前四句通过对陆鸿渐幽僻、高雅的隐居之地的景物描写,表现他的高洁不俗(远离尘俗,崇尚隐逸);最后两句,通过西邻对陆鸿渐行踪的叙述,侧面烘托了陆鸿渐是一个热爱自然,寄情山水的高人。

(2)诗人自己未寻见友人的惆怅与迷茫,急切想知道友人近况的关切之情。

《淮上喜会梁州故人》

(1)"浮云""流水"都用了比喻的手法,写出别后像浮云一样漂泊不定,十年时光像流水般一去不返,表达了诗人对别后多年漂泊,岁月流逝,年华易老的人生感慨。

(2)昔日相逢醉饮的追忆,别后多年漂泊的感慨,岁月流逝人易老的喟叹。

《喜见外弟又言别》

(1)亲人相逢的惊喜,对人事消磨的感慨,明日又将离别的伤感。

(2)艺术特点:①对比:今昔对比,十年前年轻时的战乱分离和现在经历沧桑的相逢形成对比,既交代了背景又写出了相逢时的惊喜。②白描,抓住了典型的细节:从"问"到"称",从"惊"到"忆",层次清晰地写出了由初见不识到接谈相识的神情变化,绘声绘色,细腻传神。而至亲重逢的深挚情谊,也自然地从描述中流露出来。③用典:"沧海事"化用了沧海桑田的典故,突出了十年间个人、亲友、社会的种种变化,同时也透露了作者对社会动乱的无限感慨。④

虚实结合:尾联没有使用"离别"的字样,而是想象出一幅表弟登程远去的画图,提示了表弟即将远行的去向,把新的别离,形象地展现在读者面前,又隐蕴着作者伤别的情怀和对兄弟的担忧。⑤首尾呼应:"几重"而冠以"又"字,同首句的"十年离乱"相呼应,使后会难期的惆怅心情,溢于言表。⑥语言朴实自然,苍凉慷慨。

《夜到渔家》

(1)诗的前两联运用侧面描写,将描写的目光放在普通百姓的生活上,写渔家的位置、渔家的柴扉,天已晚而渔人仍未归表现渔家的家境贫寒,劳作辛苦。

(2)颈联的上句写"行客"因急切地盼望渔人归来而遥望深深的竹林深处的村路,不着一字但把"行客"的焦急心情表露无遗,等待已久,天色已晚,钓船渐稀,远远看去,沙堤之上,春风轻拂,一个披着蓑衣的身影,"行客"喜出望外。

《秋字》

(1)表达了三种情感:①有情人本悲秋,此苦之一;②在这愁心的季节伤离别,此苦之二;③羁宦之愁,此苦之三。情感层层相递,一层比一层深入。

(2)韩诗好。《秋字》中诗人劝朋友要想得开,保持乐观的情绪。这里不仅有劝慰之情,而且替朋友着想,提出了如何解决精神苦恼的建议。比王诗单单表现身可离心相近的意思更为丰富、温暖、动人。

王诗好。豪迈宏放,赞颂了人间友谊坚不可摧,知音心心相印,息息相通,即使千山万水也难以阻隔。诗句富有哲理,闪现着理性的光辉,这是韩诗所不及的。

《秋日赴阙题潼关驿楼》

(1)远处的云彩渐渐归返太华峰际,残云远去,天将放晴;稀疏的细雨缓缓地洒在中条山区,给人一种清爽感;诗人的情绪也从离愁别苦中陡转过来,胸襟也因之开阔起来。

(2)诗人赴京应考即将到达目的地,却仍然梦着故乡的渔樵生活;委婉含蓄地表白了自己并非热衷功名之人,写出了诗人(动摇于出仕与退隐之间)的矛盾心态。

《楚江怀古》

(1)这两句诗运用了动静结合的手法。"广泽生明月",广泽即广阔的洞庭湖面,是静的,明月本来也是静的,但一个"生"字,赋予了明月以活泼泼的生命,将其冉冉升起的动感写了出来,该句以动写静,描绘出了洞庭湖的阔大与静;"苍山夹乱流",苍山是静的,乱流是动的,该句动静结合,写出了青山的苍茫,江流的喧闹。两句动静结合,描绘出了一幅阔大的楚江月夜山水图,给人以无限的遐想。

(2)诗题怀古,实是抒发自己的感情,自己仕途失意,泛游楚江,听到猿啼,看到微阳、乱流等萧瑟清冷的暮秋景色,让诗人倍感寂寞悲凉,对景怀人,很自然地想起屈原来。"云中君不见,竟夕自悲秋",他想起屈原《九歌》中的云中君。然而,云神无由得见,屈子也邈矣难寻,诗人自然更是感慨丛生了。全诗以悲愁作结,既抒发了对忠君爱国但报国无门的屈原的爱慕、缅怀之情,又抒发了自己怀才不遇、壮志难酬的悲伤愁苦之情。

《灞上秋居》

(1)都运用了衬托的手法。"空园白露滴",运用露珠滴落在枯叶上的声响,烘托出夜阑人静;

"孤壁野僧邻"，以只有"野僧"这样一个邻居衬托作者孤身一人的情景。诗的颈联营造出作者独处空园，与野僧为伴的孤寂、凄清的意境。

（2）"独"与"久"最能抒发诗人孤苦无依的情感。面对急飞的雁群，诗人触景生情，引发了思乡之情；在他乡落叶时节，孤独人独对寒灯，一"独"字写尽了他乡的孤独。尾联直接说出心中的感慨：寄居已久，却不知何时才能找到机会？率直地道出了怀才不遇的苦楚和希望的渺茫。

或：首联中"频"字，既表明了雁群之多，又使人联想起雁儿们急于投宿的惶急之状。这种情形强烈地惹起了作者的乡思。颔联中"寒"字，写尽客中凄凉孤独的况味。一灯如豆，伴着一个孤寂的身影，本已孤苦，加之夜深寒意重重，在寒气包围中，灯光更显得黯淡无力，也更觉夜长难捱，作者也因孤独而更感到寒气逼人。

《送人东归》

（1）首联写离别，意境苍凉、壮阔，气度豪迈，不同凡响。友人离别时，地点虽在荒凉冷落的古堡，又值落叶萧萧的寒秋，但友人却心怀壮志，意气浩然地告别了古塞险关，没有一点离别的凄然和伤感。

（2）后两联表达了作者对友人的关切及眷恋之情。颈联想象友人离去后路途上的孤独寂寞，以及归家后将遇见哪些故人，受到怎样的接待，是对友人此后境遇的关切。尾联写当此送行之际，友人把酒言欢，开怀畅饮，设想他日重逢，更见依依惜别之情意。

《春宫怨》

（1）①描写"春"的句子：风暖鸟声碎，日高花影重。②描写"怨"的句子：承恩不在貌，教妾若为容？

③"怨"的原因：自己青春貌美，却得不到皇上的恩宠；面对美好春光，思念故乡却不得人身自由。

（2）①通过抒情主人公的所见、所闻和所感描绘出一幅典型的盛春正午的绮丽景象：春风驰荡，鸟声清脆，丽日高照，花影层叠繁茂。②用对比或反衬的手法，借自然界的美好春景，表达抒情主人公心中无春的寂寞空虚之感。既反衬了怨情，又承上启下，由此引出了新的联想。情景交融。

《春山夜月》

（1）多胜事、掬水、弄花的诗人完全沉醉在山中月下的美景之中，"欲去惜芳菲"对眼前的一花一草怀有依依惜别的深情，以至于赏玩忘归。

（2）"掬""弄"两字，既写景，又写人，既写照又传神，确是神来之笔。"掬水"句写泉水清澄明澈照见月影，将明月与泉水合而为一；"弄花"句写山花馥郁之气溢满衣衫，将花香衣香浑为一体。艺术形象虚实结合，字句安排上下对举，使人倍觉意境鲜明，妙趣横生。

《秋怀》

（1）作者所"悲"包括：①因世事繁杂而双鬓苍老。②因享受高官厚禄而十分羞愧。③面对美好的秋景而无心欣赏。④归隐园田的心愿一时无法实现。

（2）颔联将"西风""酒旗""市""细雨""菊花""天"这几个名词连缀在一起，使用纯白描手法，不着一个动词，却写出了西风里酒旗招展、细雨中菊花盛开的动态景象。这两句以乐景写哀情，照应首联"节物岂不好"，从反面衬托突出了诗人心情的"黯然"。

《即事》

（1）运用了陶渊明《桃花源记》（世外桃源）的典故，表达了作者对山村静谧闲适生活的赞美和向往。

（2）①颔联和颈联描绘了一幅宁静优美、自由闲适的农村生活画面：流水曲折，村社稀疏，鸡犬相闻，生活安逸。这一意境酷似陶渊明笔下的"桃花源"，所以诗人才会"疑是武陵源"。

②本诗造语平淡，语言洗练，善于炼字炼句。颔联以"纵横""高下"为对，构成了一幅和谐匀称的画面：一道河水曲折流过，村中高高低低地散布着几户人家，自由宁静的气氛溢于言表。句中"纵"与"横"、"高"与"下"，本身又各自相对；且又以"一"与"数"相对，运用数词，使画面清晰可辨；由此可见诗人的炼字之工。颈联仍用对偶，以"鸡鸣""犬吠"写乡村荒野之幽静，侧面写出村民的悠闲恬适，意象鲜明，意境清幽。

《新晴山月》

（1）池塘里的荷花似乎因为怕风吹，所以将叶子卷了起来；山果因为受到雨的侵蚀而害病，在微风中不时坠落。运用拟人手法，诗人用自己的情感来体会自然界的草木，化无情为有情，生动细致地表达自己月夜漫步的独特感受。（"病雨山果坠"，诗人漫步林中能听到山果坠落的响声，以动衬静，更加突出了夜的静谧与迷人。）

（2）诗歌首联和颈联用极细微的笔墨，描写了月夜山林中高松、月影、荷卷、果落等幽美、静谧的景色，颔联和尾联则直抒胸臆，表达自己对林中夜景的留恋、喜爱之情，景与情自然融合，表达了诗人醉心山水的淡泊情怀（或漫步月夜林下的恬静、愉悦之情）。

《春归》

(1)诗中"合"和"圆"都有"环绕、围拢"的意思，形象生动地描绘出惠城集市上花团锦簇、城郭外绿柳环绕的景象，突出表现了南国春光之盛。

(2)反衬（以乐景衬哀情）本诗用春归丽景反衬无限愁情。前面写东风驰荡，遍地皆绿，花繁叶茂，春光烂漫；结尾才急转直下，极写愁情之重，难以排遣，强化了抒情的力量，抒发了作者对美好时光的追忆和宦海浮沉、身不由己的惆怅和悒郁。

《和友人鸳鸯之什（其一）》

(1)鸳鸯的羽毛的颜色，用"翠""红"二字写出鸳鸯羽毛的鲜艳，并且用夕晖斜照的璀璨多彩来衬托羽毛的鲜艳。（答"从动作角度写鸳鸯"也行）鸳鸯的性情，写鸳鸯相逐相呼、双宿双飞、难分难舍的多情、重情。

(2)侧面衬托。通过写采莲姑娘打桨归来，看见鸳鸯比翼而飞，羡慕不已。营造了一种优美隽永的意境。表现了采莲姑娘"只羡鸳鸯不羡仙"的心理。看似不写鸳鸯，实则把人物的情和鸳鸯的"情"融为一体，进一步突出鸳鸯多情、重情的特点。

《独不见》

(1)描写了一位长安少妇在寒砧声声、落叶萧萧的秋夜，因思念久戍边塞未归的丈夫而夜不能寐的孤独愁苦的情景。寄寓了诗人对因战争而失去和平安宁生活的人们的深切同情。

(2)以海燕双栖反衬少妇的孤独；用秋夜长的细节刻画少妇的寂寞难眠；用明月照流黄烘托少妇的愁思；少妇居室之美与思夫之怨形成鲜明对比，突出少妇精神上的痛苦；寒砧声、落叶声烘托少妇思念、悲伤的心情；人物心情与环境气氛密切结合等。

《送魏万之京》

(1)"微霜""鸿雁"点出了深秋时节送别时的萧瑟气氛。从中表达出诗人送别时悲伤难抑、黯然神伤的情绪。

(2)尾联直抒胸臆，以长者的口吻表达了对魏万的劝勉，莫把长安当作行乐之地而虚度大好时光。

《南邻》

(1)①前半篇写的是山庄访隐图，后半篇写的是江村送别图。②儿童好客，鸟雀见人来不惊的和谐、宁静气氛。

(2)锦里先生是一个安贫乐道、殷勤待客的隐士。他是头戴"乌角巾"的山人（或隐者）。从"未全贫"可看出他家境并不富裕，但他安贫乐道，很满足于这种朴素的田园生活。从"儿童喜""鸟雀驯""相送柴门"等则可看出他耿介而不孤僻，诚恳而又热情。

《杜侍御送贡物戏赠》

(1)使用对比（正侧面描写）、借代的手法。①首联，写伏波将军、横海将军登台拜帅征讨南方，虽然道路艰险但为了国家、民族利益，定会名垂青史；颔联，写越人会因为臣服中原心甘情愿向朝廷进献诸如珊瑚等的贡品，朝廷没有必要让御史（獬豸冠，借代手法）不辞劳苦亲自索取。②前两联使用对比的手法，表达了对御史亲到南方索取贡品的讽刺。

(2)颈联主要描写御史到南方去索取贡品时行走道路的艰难状态。上句，从马的角度表现，马筋疲力尽还要跋山涉水，因为害怕太阳下山赶不上路程；下句，从船的角度表现，写船孤帆无伴，还要乘风破浪、迎着春寒冒险前进。

《望蓟门》

(1)"惊"字写出了诗人初至边塞重镇不禁激情满怀的感受。一惊"笳鼓喧喧"，表现军营中号令之严肃；二惊"万里寒光生积雪"，往远处望，边塞雪下得如此之广、如此之厚；三惊"三边曙色动危旌"，向高处望，朦胧曙色中，一切都显得模模糊糊，惟独高悬的旗帜在半空中猎猎飘扬。这种肃穆的景象，暗写出汉将营中庄重的气派和严整的军容。边防地带如此的形势和气氛，自然令诗人心灵震撼。

(2)①用典。借用班超投笔从戎和终军向皇帝请发长缨的两个典故，抒发作者从军之志。②诗歌前六句写"望"之所见，尾联紧承写"望"后之感。一反起句的"客心惊"，水到渠成，意转而词句不露转折之痕。

《登余干古县城》

(1)奠定了全诗凄清悲凉的感情基调。前两联承接题目，直写诗人登上余干县城的所见所闻。首句从空间上着笔，远望孤城仿佛与白云平齐，极言其孤高；第二句从时间的角度极言其"古"，写古城似乎亿万斯年以来就一直这样荒凉；三、四句通过景物的描写不断渲染凄清的氛围，官署淹没在秋天的荒草之中，女墙虽在城已空，夜间只听见乌鸦在城头啼鸣，更加突显了古城的衰败、凄清、荒凉，暗示了余干古县城由盛到衰的沧桑巨变。

(2)诗的尾联抒发了作者对古城由盛到衰的历史慨叹，含蓄表达了作者对唐朝国势衰微的忧虑，寄寓了诗人对国家衰弱、人民困苦这一情状的感慨之情，暗讽了唐王朝统治者荒淫昏庸，误国害民。

手法一：运用典故，借古讽今。"陵谷变"这一典故，暗示了余干县城由盛到衰的沧桑巨变，含蓄表达了对唐王朝国运的忧虑，寄寓了诗人对国家衰弱、人民困苦这一情状的感慨之情；作者借古讽今，通过周幽王昏庸误国，造成陵谷灾变，暗讽唐王朝统治者昏庸误国，造成余干古城由盛而衰。

手法二：运用拟人和对比，表达作者深沉的感慨。飞鸟不知道古城的变迁，依然飞到这里觅食，朝来暮去。飞鸟非人，本来无情，自然不会知道古城的变迁；然而人是有感情的，人能够感受到古城由盛到衰的历史变迁，人也能从中思考为什么会有这种变迁。

手法三：以景结情，寄寓作者深沉的历史感慨。古城早已荒芜，只剩下无知的飞鸟朝朝暮暮在弋阳溪边的秋草中觅食，作者就是通过这荒凉的古城飞鸟图寄寓深沉的历史感慨。（手法任选其中一种分析即可。）

《自巩洛舟行入黄河即事寄府县僚友》

(1)颔联是从细微处写景的。寒树若隐若现于远天外，夕阳忽明忽暗于乱流中。诗人的视角在不断变化，先是远处的寒树，后是近处的乱流，而且化静为动，"寒树"和"夕阳"这些静的事物，通过"乱流"和"远天"的映衬，也变得活动起来。

(2)①感时忧国。看见多年前安史之乱留下的孤村，萧条破败依然没有改变，触景伤怀。②诗人赴任，有奋飞之志。洛水入黄河，壮阔景象触动诗人，有在新天地中大干一场的凌云壮志，恰似迎风而上的大雁。③济世无望，无奈寻求精神自由。时运衰微，诗人济世之情难以实现，悲慨中有愧疚，觉得自己终究是个无

所求的无能者，只能寻求自由，听任自然。

《寄李儋元锡》

(1)①这种评论不切实，或前两句不属于情景交融。去年春花招展中分别，今年再见花开而怀友，既是睹物思人，又暗含着时光易逝之伤感。这两句即景生情，恰是一种相反相成的比衬（反衬），景美而情不欢。因此不属于情景交融。②这两句属于情景交融。去年春花招展中分别，今年再见花开而怀友，既是睹物思人，又暗含着时光易逝之伤感。这两句即景生情，情景交融，在春光烂漫中引发了作者丰富的情感思绪。

(2)①颔联：写自己的烦恼苦闷。"世事茫茫""难自料"是指国家的前途难以预料（背景），也包含个人的前途渺茫。他到任一年，眼前又是美好的春天，但他忧愁苦闷，感到孤独寂寞，难以入眠，纵使美景也黯然无光。②颈联写自己的思想矛盾。因为多病使他想辞官归隐；但他看到百姓贫穷逃亡，自己未尽职责，于国于民都有愧，又不能一走了事。作者处于这样进退两难的矛盾之中。

《晚次鄂州》

(1)①颔联对仗工整，内涵深刻，含蓄蕴藉。②上句是动中写静，白日舟行水上，同船的商贾酣然入睡，足见江上风平浪静；下句是静中写动，晚上夜深人静，忽闻舟人低语，可知江潮涨起。③这一联明写诗人旅途中的所见所闻，暗写他昼夜难眠的纷乱思绪。

(2)这首诗主要抒写思归、伤老、厌战之情。①首联一个"犹"字，道出诗人归乡的急切心情，一个"孤"字，流露出旅途的寂寞情绪。颔联写旅途中内心的纷

乱不宁之情。颈联进一步写内心纷乱的原因。"明月"，更增添了诗人对故乡的思念之情。②"三湘""万里"，写的是战争的境遇和身世的飘零，"衰鬓"想到了人生易老，"秋色"的肃杀增添了内心的孤苦。③尾联把忧心愁思更加深化了，"旧业"已随着战乱而化为乌有，而江上仍然传来战鼓声声，诗人把这一切的根源归结为战争，思归的同时显露出对战争的厌恶和伤时之情。

《夏夜宿表兄话旧》

(1)诗歌一、四两联虚实结合；第一联从视觉、味觉等角度描述诗人与表兄在夏夜庭院中重逢畅饮所见的夜合花开、细雨蒙蒙的景象；第四联设想与表兄离别后将面对的孤舟离别、亲友在桥边搭起青帐饯别的场景。

(2)与表兄久别重逢的愉悦畅快；回忆往昔乡书不达、故交零落的凄凉；想到明朝又要分别的忧愁。

《西塞山怀古》

(1)运用了对比手法，一"下"一"收"，一"沉"一"出"，写出了吴国的"金陵王气"在王濬大军摧枯拉朽般的攻势之下不堪一击的这一段历史。诗人借用典故，怀古慨今，暗示山河一统、四海一家是历史的必然这一主题思想。

(2)诗人以景衬情，感慨不尽之意寄于言外。往日的军事堡垒西塞山，如今已荒废在一片秋风芦荻之中，破败荒凉的西塞山恰似那些割据一方的藩镇，最终逃脱不了灭亡的命运。其讽刺入木三分，而诗人对割据一方的藩镇势力的警告可谓义正词严。

《始闻秋风》

(1)全诗构思用拟人手法，首联中的"看"和"我"都指秋风。

用拟人的好处：一是物我共知，二是秋风有知有情，便于对话。

(2)①炼字上，一"思"一"盼"从精神上写出雄心壮志；一"动"一"开"从动作上写出蓄势待发。②造意上，秋的背景，衬托"马"和"雕"，意境肃杀，形象雄健。③手法上，"马思边草""雕盼青云"是比兴，是诗人精神的物化。

《欲与元八卜邻，先有是赠》

(1)理由有：①彼此知心，兴趣相投。②结邻而居，可共赏明月，共沐春风。③若要想"安居"，必当"择邻"。④一旦结邻，终生常见，后代也永远和睦相处。

(2)妙处有：①此句驰骋想象，描绘出明月在天、绿柳拂地的两幅画面，充满诗情画意。②景，属虚构；情，却真挚。虚实相生，表达了对结邻的无限期待之情。③对仗工整，意蕴丰富，十四个字构造出悠哉游哉、和睦美好的境界。④用典巧妙自然，恰到好处。"三径"，语出"三径就荒，松菊犹存"句，指代隐士居住的处所。"绿杨"一句，借南朝陆慧晓与张融比邻旧事，表达欲与元氏卜邻之意。（可从内容、艺术手法、意象等方面进行鉴赏。）

《春题湖上》

(1)①表达了诗人对西湖的热爱和眷恋之情。（或对乡村生活的喜爱，表现了诗人闲适的心境。）②"一颗珠"形容倒映在湖中的月亮之小，从而衬托出西湖之广阔；也表现出月亮的圆润、皎洁。

(2)运用比喻，将"早稻"比作"碧毯"上抽出的"线头"，将"新蒲"比作"青罗裙"上的飘带，生动形象地描绘出湖畔农田的清新美丽，表现了作者对乡村生活的喜爱。

《九日齐山登高》

(1)"涵"字，生动形象地描绘出诗人登高览江所见到的秋景倒映于江中的情景；写出了江水的澄清，江水包蕴秋色，鉴察万类的空灵秀美。

(2)在颔联中诗人感叹活在尘世上，难得开心一笑，因此，重阳登临之际，便应头插菊花，尽享欢乐。"尘世难逢开口笑"表达抑郁之思，"菊花须插满头归"表达旷达之情，一个虽遭贬谪但却乐观旷达的人物形象跃然纸上。

《和道溪君别业》

(1)此诗吟咏友人别业的佳景，描绘了一幅雨后初晴的美丽画卷，静谧淡雅，引人神往，创设了一种幽闲恬适的意境，寄寓了作者对人生短促、荣华难留的感慨。

(2)颔联两句写平桥新柳，小苑早梅，紧扣初春时节乍暖还寒之气候中柳、梅的特点来写，刻画准确。且善用陪衬之笔，以"风""雪"映衬，化静为动，表现出早春的蓬勃生机。"飘""点"二字分别写出新柳之柔细，早梅之先小，一写迎风而舞，一写花开之形与色，体物细致工妙。又以"弱"字，尽显新柳之娇弱之态，赋予人格化形象，尤其可爱。字里行间洋溢着诗人对春天的喜爱与珍重之情。

《绵谷回寄蔡氏昆仲》

(1)先写游览锦江之喜悦，次写离别友人之怅恨，再写与朋友之深情和对锦江之留恋。诗歌开始叙写一年两次游览锦江，字里行间流露喜悦之情。接着取景寄情，写告别锦江山水的离愁别恨，极言别去之难，以表达对蔡氏兄弟的友情，寄托他们的怀念。末联回首远望，又因寄书蔡氏兄弟之便，再抒发对锦江的留恋之情。

(2)表现手法：以情取景，借景抒情，情景交融（或移情手法，拟人手法）。颔联中"芳草""碍马""好云""遮楼"，诗人将人的感情赋予碧草和好云，说它们像友人一样，为了殷勤地挽留自己而有意绊马蹄、遮楼台，表现了朋友对客人（自己）的热情和殷勤。颈联说"山牵别恨""水带离声"，表现了诗人自己对朋友的依恋难舍。

《陪金陵府相中堂夜宴》

(1)①一愁黄巢兵乱国势颓废（忧国）；二愁家人离散，自己身陷病痛无力自保（怀乡）；三愁当权者纸醉金迷，不顾时局动荡（伤时）；四愁百姓饱受战乱，陷于水深火热之中（忧民）。②对比或反衬，府相等人沉浸在热闹的晚会中与作者的清醒愁情形成鲜明的对比，府相家中热闹的气氛却解不了作者的愁情，以乐衬哀，显作者愁思之深。

(2)诗人承接首联歌舞喧闹、花团锦簇的豪华场面，倒说出"因知海上神仙窟，只似人间富贵家"，可诗人匠心独运，以倒语说出，便觉语新意奇。本来神话中的仙境，人间再美也是比不上的。而诗人却倒过来说，即使"海上神仙窟"，也只能像这样的"人间富贵家"。淡淡一语，衬托出府相家中惊人的豪奢。

《春尽》

(1)景物描写"细水浮花归别涧，断云含雨入孤村。"能体现"春尽"。流水中漂浮着落花，说明已到暮春，这个时节再有一场风雨，春天的残花差不多也就落尽了，春天也就远去了。

(2)"恨"是理解全诗情感的关键。"恨"字统摄全诗。前两联写的是春尽的惜春之恨，颈联第一句点出"闲"的无所作为、空度年华之恨，第二句又写出地处偏远、无人理解的孤独寂寞之恨。尾联则是借流莺的厚意含蓄表达出内心无法排遣之恨。

《夏日题老将林亭》

(1)①从居所环境：围墙上雨丝细细、"纤草"低垂，园林中风自吹拂、花自飘零，一派幽静冷落的景象。②从日常生活：井水浸酒，以饮酒自娱，鹦鹉为伴，以品茶自乐，安闲中透露出些许孤寂。

(2)尾联。在凌烟阁画像留名的人，又有谁不曾在战场上立过功呢？此联在前三联铺写老将寂寞安闲的"仙家"生活后，笔锋一转，用"凌烟阁"的典故和反诘的句式对老将进行规劝与宽慰，从而点明主旨。

《无题》

(1)①寓情于景，情景交融。作者将一腔幽怨之情寄寓在暮春景象之中，营造了一个意境清幽、情致缠绵的境界。②"溶溶""淡淡"等叠词的运用，使诗句读起来朗朗上口，具有音韵美。③此联对仗工整，韵律和谐。④用意象叠加（列锦）手法，通过梨花、院落、明月、柳絮、池塘、清风这六种意象的叠加，组成了一幅生动的画面，营造缠绵幽怨的意境，倍增相思幽怨之情。⑤这两句互文见义，院子里、池塘边、梨花和柳絮都沐浴在如水的月光之中。

(2)诗歌首联"不再逢""任西东"表现了与佳人无法再见的满怀惆怅，紧扣"怨"字；颔联境界清幽、蕴含幽怨之情；颈联"寂寥""萧索"直点怨情；尾联书信无达处，则是怨的高潮。全诗紧扣"怨"字，却无一"怨"字，意在言外，含蓄蕴藉。

《古松》

(1)颔联描写古松如龙蛇飞动，影摇千尺；其声势似狂风骤雨，震撼半空。诗人运用比喻、夸张的修辞手法，从形、声两方面表现出古松坚韧挺拔、正气凛然的形象。颈联通过表现苍藓、绿萝依附他物，侧面衬托出古松高大孤直的形象特点。

(2)末两句寄寓诗人希望朝廷能够选拔并重用像古松那样具有高尚情操和真才实学的仁人志士。

《戏答元珍》

(1)前两联描写了虽然已是二月，但偏远山城依然春风难到，百花未开，残雪压着枝条，树桠上尚留着经过冬天的橘子，冷雷惊起地下的竹笋，不久就要抽出嫩芽来。虽然自然环境恶劣，于料峭春寒中却依然见出盎然春意，颇富生机。

(2)第三联写诗人夜不能寐，听到北归春雁的声声鸣叫，勾起了诗人无尽的"乡思"；病中度过这新年，不免感叹时光流逝，景物变迁，抒发了诗人远谪山乡，寂寞苦闷之情。第四联由上联的寂寞愁闷转为坦然豁达，充满了向上的希望。

《暑旱苦热》

(1)本诗运用的主要表达技巧及其表达效果：

①对比：通过拿"有积雪""常遗寒"的仙境与酷热的人间相对比，突出诗人虽也羡慕仙境清凉，但更愿与天下人共苦难的情怀。

②比拟：首联分别赋予清风、热、落日人或动物的特性，说"清风无力屠得热，落日着翅飞上山"，生动形象地突出了天气酷热的特征。

③反问：第四句、第八句均使用反问句式，感情色彩强烈。第四句指斥上天任旱情肆虐，不顾人间黎民。第八句直接表达自己不忍心撇下天下人到仙境独享清凉的心志。

④虚实结合：由人间苦热而联想到天上情景，由人境而联想到仙境，丰富了内容，升华了悲天悯人的主旨。

(2)"识度高远"，即具有高远的见识和气度。本诗作者虽很年轻，但抒发了愿与天下共苦难的豪情，心系天下、悲天悯人，确实胸襟博大，难能可贵，可谓"识度高远"。

《次韵柳通叟寄王文通》

(1)①用典，上句用司马相如的典故盛赞朋友才华横溢。②借代，下句用借代写出朋友身居低位。③对比，首联将朋友的"高才"和"低就"进行对比，感叹朋友不被当权者赏识的现实。

(2)①对友人怀才不遇的同情与关切；②对统治者重用人才的渴望；③对埋没人才这种现实的不平与愤懑。

《幽居初夏》

(1)①内容上，以景写"幽"。"湖山胜处""槐柳阴""野径斜""水满""草深"等意象写出环境之幽静，初夏景色之幽美。②技巧上，以动衬"幽"（"下鹭"），以声衬"幽"（"鸣蛙"）。

(2)①前六句借"幽居初夏"之景，抒发了怡然自得之乐（闲适之情）。②尾联"叹息"，一是叹志士空老，报国无成；二是叹往日旧交零落殆尽，顿感寂寞惆怅。

《夏夜不寐有赋》

(1)作者的形象：在诗歌里，作者是以一个因心忧国事而难以入眠的形象出现的。同时又是一个报国无门却老大迟暮而彷徨不安、激愤难平的爱国志士的形象。

主旨：抒发了作者空怀壮志

却又请缨无路而老大自伤的愤激之情。

（2）本诗前四句烘托渲染一种冷森和阴暗的气氛。同时也为全诗奠定了悲慨的基调。一种愤懑之气充盈全诗。后面才转入抒情，却又点到为止，最后一句是"以景语结情语"，以深夜难眠独自凭栏的诗人自我形象作结，使诗歌具有激荡回旋的力量。

词

《忆秦娥（箫声咽）》

（1）①伤别盼归：静夜梦觉的寂寞怅惘，历历经年杳无音信，人还未归的绝望。②家国之感或王朝兴衰（或历史更迭）的悲壮慨叹。

（2）描绘秦娥当年在灞陵送别时，正是杨柳依依的季节景象，而柳色由嫩绿变为枯黄已有多少次了，可还看不到他回家。以景象的轮回衬托别离的凄婉煎熬。西风（秋风），"残照"落日的余晖，"汉家陵阙"汉代的皇帝的陵墓和宫殿。这些就是秦娥伫立呆望的背景，在这夕阳沉坠，暮色苍茫中她只能辨认出那高高凸起的陵阙了。它借助荒芜凄清的氛围，形象地烘托人物思念亲人失望痛苦且无奈的悲情愁绪。

《菩萨蛮（小山重叠金明灭）》

（1）塑造了一个美丽而又满怀幽怨的闺中女子形象。

作者运用了以下几种表现手法：

细节描写。通过描写闺中女子懒起后梳洗、画眉、簪花、照镜、穿衣等一系列动作，塑造了一个娇美又满怀幽怨的女子形象。

反衬。通过容貌服饰的描写，反衬人物内心的寂寞空虚；鹧鸪双双，反衬人物的孤独。

比喻。"鬓云欲度香腮雪"，鬓发密如云，香腮白如雪，表现闺中女子之的美。

借代。"小山重叠金明灭"，以"小山"借指眉妆，以"金"借指额黄，表现闺中女子之娇美。"双双金鹧鸪"借指绣罗襦上用金线绘制之图案，反衬闺中女子之孤独。

（2）"画蛾眉"应是表现女主人公一种爱美的感情和那种"为悦己容"的心态，但"懒"字把她怅惘若失的情态传达出来，女主人公的萧疏的意态在娇慵之状跃然纸上。"弄"反复摆弄欣赏的意思，它把女主人公千回百转，极度要美，又无限幽怨的情态表现出来。"迟"又呼应了前面的"懒"字，又进而渲染了女主人公无情无绪的神态。

《醉花间（晴雪小园春未到）》

（1）①梅花雪中早绽、喜鹊高树营巢、斜月映明寒草。突出了春未到而万物已萌动的特点。②使用动静结合的手法，描写出鸟雀营巢（动），月映碧草（静）的景致，呈现出一派生机盎然（明快动人）的景象。

（2）本词的思想感情丰富，包括：对美丽（生机勃勃）自然景色的喜爱之情；人生苦短，别离多、相聚少，世事无奈之情；华年易逝，青春不再的伤感之情；风景古来依旧，人生寥寥百年，感叹人生的渺小，自然的伟大。

《浣溪沙（菡萏香销翠叶残）》

（1）荷花落尽，香气消失，荷叶零落，深秋的西风从绿波中起来，这菡萏成长的整个大环境的摇落的悲哀，更使人发愁。营造了一幅荷塘秋残图，意境衰败凄凉，由秋残引入深愁残年。

（2）①对比，以梦境写思念，将梦中相见的欢愉与醒来的凄凉孤寂对比，传达相思之苦。②对偶工整，情景交融。细雨梦回梦醒独伤，笙断泪下，寂寞寒冷，孤独的小楼细雨之夜，无不体现出浓厚的相思怀念之情。

《相见欢（林花谢了春红）》

（1）上片抒写词人伤春惜花，感叹人生苦短、来日不多、无力改变现实的感慨。词人借林花凋谢，春红匆匆而去，表达伤残的春心和破碎的春梦。"无奈"句点出这是环境使然，突出自身无力改变现实的慨叹。

（2）不是词人的直抒胸臆，是词人表现与林花之间的依依惜别之情的比喻、比拟的间接抒情手法。"胭脂泪"对应"林花谢春红"，花无泪，但人有情，词人将其人格化。"相留醉，几时重"，即为花怜留人，人惜留花，彼此相识相知，眷恋难舍，但又无法实现。比拟的妙用将词人的迷离和怅惘的心绪淋漓尽致地表达了出来。

《浪淘沙（帘外雨潺潺）》

（1）主要运用了虚实结合的手法，前面三句先写梦醒所见，是实写；后两句写梦中情景，是虚写。以梦的短写现实的长，以梦的欢写现实的悲，以梦中的主，写现实的客，流露出词人低沉的凄怆、婉转的凄苦之情。

（2）因为凭栏而不见"无限江山"，又将引起无限伤感。亡国之后不可能见到故土的悲哀之感，是词人"独自莫凭栏"的主要原因。

《点绛唇（金谷年年）》

（1）词中借咏春草抒发离愁别绪。上片写荒园、暮春、残花、细雨，无一字写草，却令人自然联想到草；园既无主，草必与花争春；花随雨去，草便更盛。如此荒芜之状渲染了浓郁的离别氛围。下片"萋萋无数，南北东西路"一句描绘了草接天涯、蔓连阡陌的情景，表现了绵绵不尽的离愁。

(2)①前两句用典，写人去园空、草木无情、年年逢春而生的情景。"乱生"二字，显出荒芜之状。"谁为主"的叹问(设问)，点明园的荒凉无主，蕴含着词人对人世沧桑的慨叹。③三、四句渲染衬托，描写无主荒园在细雨中的情景：春色凋零，花朵纷坠，枝头稀疏的余花，也随蒙蒙细雨飘逝"满地"，境界开阔而情调婉伤。虽写雨中落花，却含草盛人稀、无可奈何的惆怅，为写离别奠定感情基调。④"又是离歌，一阕长亭暮"句情景交融，长亭，亦称十里长亭，古人送行饯别之地；此暗指别意绵绵，难舍难分，直到日暮。词人抓住特定时刻，刻画出这幅黯然销魂的长亭送别的画面。⑤结尾处词人以景结情，渲染了无限惆怅和依依惜别的感情，给人留下无穷的想象。

《御街行·秋日怀旧》

(1)作者主要通过视觉、听觉，抓住秋声和秋色来描写秋夜景象。"纷纷坠叶"句主要是诉诸听觉，借耳朵所听到的沙沙声响，感知到树叶飘坠香阶之状。"天淡银河""月华如练"则诉诸视觉，勾画出秋夜空旷的天宇、明净的月光，营造典型的相思氛围。

(2)这首词上片描写秋夜寒寂景象，下片抒发孤眠愁思的情怀，由景入情，情景交融。作者从夜静叶落写起，因夜之愈静，故越觉寒声之碎。"真珠"五句，极写远空皓月澄澈之境。"长是人千里"，可见作者久羁之苦。下片即从此生发，步步深入。"酒未倒，先成泪"，情更凄切。"残灯"两句，写屋内暗淡情景，与上片月光呼应，倍增伤感，末三句愁更难堪，情更凄切。

《千秋岁（数声鶗鴂)》

(1)上阕描绘了春天逝去、花木零落、梅雨连绵、柳絮飘飞的画面，展现了衰败凄凉的残春之景。

(2)借景抒情。渲染了凄凉孤寂的氛围，衬托了主人公内心的幽怨和寂寞之情；以景作结，含蓄蕴藉，言有尽而意无穷。

《天仙子》（水调数声持酒听）

(1)上阕写"愁"，有对自然的春光已逝之愁，有对自己的年华老去之愁，有与友人的后会无期之愁。

(2)（示例）这首词写了作者伤春、孤寂之情。"云破月来花弄影"一句，运用拟人的修辞手法，将云、月、花人格化，"破""来""弄"等词语，写出月夜之景的美丽与动感。这一描写与"沙上并禽"的情态构成了一幅和谐美好的画面；由这一画面再想到"明日落红应满径"，则使作者的伤情之情、孤寂之心表现得更加生动传神。

《蝶恋花》（槛菊愁烟兰泣露）

(1)①碧树因一夜西风而尽凋，景色萧索；②暗示主人公昨夜通宵不寐卧听西风落叶的愁苦心境；萧索之景含有强烈的孤独之情。

(2)主人公因离别之苦而一夜未眠，次日所见庭院之景更感孤独凄清；登高望远不见所思，满腹离愁更无处可寄。刻画了一位满腹离愁、孤独（惆怅）的女主人公形象。

《玉楼春·春景》

(1)诗人惜春、恋春、留春，情真意切，想象新奇。表现了热爱生活，热爱自然的美好情感。这两句诗还有珍惜时光、珍惜生命的哲理意味。

(2)不能调换。因为"闹"，乃安静、寂寞的反义词，即热烈之意。这句诗写红杏怒放，如火如荼。它不说春意"浓""盛"等，而说"春意闹"，精妙之处在于借助感觉的沟通、转移，将无生命的杏花化为有生命、有感情的事物。写出了红杏竞相盛开，争妍斗艳的景象与情趣，写尽了一派盎然的春意，蓬勃的生机。王国维评价为"着一'闹'字而境界全出"，此说极为精当。

《苏幕遮（露堤平）》

(1)①爱春、伤春之情。词人上片描写春草鲜嫩无边，春意蓬勃，深含爱恋。下片却写春草易衰、春光易逝，表达伤春之情。②倦游思归之情。词人上片写少年初入仕途的英姿勃发，下片写春光将逝，草怨归迟，表述了对仕途的失望之情和思归之意。

(2)①寓情于物：将初入仕途的年轻人踌躇满志，英姿勃发的风采寄寓于青青春草之中；将倦于宦游，春末思归的苦闷情绪寄寓于暮春之草的凄凉衰败之中。②对比：将初春之草的生机逼人与暮春之草的凄凉衰败形成强烈对比，暗含伤春之意。③衬托：春草的芊绵可爱，用遍地春草映衬出宦游少年的春风得意。

《浣溪沙（堤上游人逐画船)》

(1)"出"字既符合秋千在围墙之上时隐时现的情状，又给人丰富的想象空间，暗中写出了秋千女的形象，使人们好像隐约听到了绿杨成荫的临水人家传出的笑语喧闹之声，仿佛看到了秋千上娇美的身影，这样就在幽美的景色中，平添出一种盎然的生意。

(2)①词人满头白发上插着鲜花，也不怕别人笑话；随着急促的乐声频频举杯畅饮，表现出词人狂放不羁、乐而忘形的形象特征。②词的下片既形象地写出画船上急管繁弦、乐声四起、频频举杯、觥筹交错的欢乐场面，又直抒胸臆，以"人生何处似尊前"

作结，抒吐内心万事不如意的郁闷，既表达了词人春日泛舟、与民同乐的快乐，又表达了词人人生短暂、失意伤怀的苦闷。

《踏莎行（候馆梅残）》

(1)运用了比喻、夸张的修辞手法。以不断的春水喻无穷的离愁，化抽象之情为具象之物；这离愁随着分别时间之久，相隔路程之长，越积越多，就像眼前伴着自己的迢迢春水，绵延不断，表现了主人公愁绪之多。

(2)①上片从行者落笔。起三句写离家远行者的旅途所见，以景衬情，后两句转入写远行者无穷的离愁别绪。

②下片从闺中妇人落笔，行者从居者的角度进行想象。"寸寸""盈盈"表现出思念的缠绵深切，"楼高莫近危阑倚"是行人心里对闺中人深情地体贴与嘱咐，也是思妇希望登高远眺行人而又不得的无奈之情。最后两句写思妇凝目远望，只能看到原野尽头的春山，而所思念的人更远在春山之外，渺不可寻。

《玉楼春（尊前拟把归期说）》

(1)①重感情、有理性、性情豁达。②这首词表达出别春与别恋人的愁苦和人生变幻无常的感慨。其中，上片表达了将别之愁苦和世事之变幻无常；下片表达出离别的哀伤与春归之惆怅。

(2)"直须""看尽""始共""容易"四词，写出了离别之际尚有看尽洛城花的兴致，可见豪放；而洛城花会"尽"，与春风终要"别"，又蕴含着沉重的离别伤感与春归惆怅之情。

《桂枝香（登临送目）》

(1)作者看到了澄澈的长江、苍翠的山峰、来来往往的船只、残阳、斜插着的酒旗、彩舟、白鹭。"似""如"二字运用比喻的手法，彩舟、星河，色彩对比鲜明；云淡、鹭起，动静相生。全片由远而近，描绘了一幅肃爽的金陵晚秋图景。

(2)①悲叹六朝统治集团奢侈荒淫导致覆亡的历史；②批评人们忘记六朝亡国的教训（千古以来，人们登高凭吊，不过是空发兴亡的感慨；商女至今犹唱《后庭》遗曲）；③流露了对北宋王朝不能励精图治的不满情绪。

《蝶恋花（醉别西楼醒不记）》

(1)①撷取斜月等自然景象和半窗、画屏等室内的景象，由屋外到屋内，层次清晰；②"半窗"和"闲展"等细节表明夜深难以入睡，体现了主人公的郁闷伤感。

(2)①红烛无法留人，为惜别而流泪；②作者用了拟人的手法；③不直接表达情感，而是借红烛间接表达出自己别后的凄凉心境，含蓄委婉，真切动人。

《临江仙（夜饮东坡醒复醉）》

(1)"复"写出作者醉而复醒，醒而复醉的状态；"仿佛"二字，传神地刻画出了词人醉眼蒙眬的情态，这样就把他纵饮的豪兴淋漓尽致地表现出来了。这份醉饮的豪兴表现出诗人风神潇洒的形象，旷达的态度和率真的个性。

(2)上阕中"倚杖听江声"，写词人夜饮归来，敲门无应而"倚杖听江声"，衬托出夜的静寂，词人置身于宁静、旷阔的大自然中，遗世独立，人生的得失荣辱仿佛被一笔勾销，感到一种精神上的解脱，其中充满超然物外的旷达之情。

下阕中"夜阑风静縠纹平"一句，一语双关，情景交融。既写自然景象，又写作者的心境。既是写深夜风平浪静之景，也体现了词人所追求的宁静安谧的理想境界，表达了词人渴望生活自由、希望精神解脱的愿望。

《浣溪沙（簌簌衣巾落枣花）》

(1)移步换景，一句一景（白描），视听结合，营造了浓郁的乡村生活气息和欣欣向荣的繁忙景象。

(2)"野人家"指村野的一户人家，"试问"有敲门探询之意。写出了作者既满怀希望想讨杯茶解渴，又担心农忙季节，农家无人，自己不便贸然而入的心情。刻画出一位谦和、平易近人的太守形象，将一位太守与普通农民的关系写得亲切自然。

《青玉案（凌波不过横塘路）》

(1)词中明写相思之情，实则借怀思美人抒发自己的苦闷闲愁和迷惘心境。

(2)这里运用了渲染的表现手法，词人紧扣季节，用满地的青草、满城的柳絮、满天的梅雨来渲染这闲愁之浓、之深。用博喻的修辞手法将无形变有形，将抽象变形象，变无可捉摸为有形有质，显示了高超的艺术表现力。

《关河令（秋阴时晴渐向暝）》

(1)此词以时光的转换为线索，表现了深秋萧瑟清寒中作者因人去屋空而生的凄切孤独感。

(2)作者意在写心境、写情，但主要笔墨却是写环境，而白日萧瑟清寒的环境浸透了主人公的凄清之感，夜半沉寂冷落的环境更浸润了主人公的孤独感。

《渔家傲（天接云涛连晓雾）》

(1)词人借梦境把天上和人间做了一个鲜明的对照，充分表现了她对现实的不满及人生际遇坎坷的感怀。词人还借虚幻梦境表达出对自由的渴望，对理想人生的追求，其非凡才能和美好愿望在现实生活中不可能实现，因此只有把它寄托于梦中仙境，在这梦境中寻求出路。

(2)"嗟"字生动地写出了词人彷徨忧虑的神态,表明自己在人生道路上日暮途远、茫然不知所措的叹惋。"谩"字流露出心中的哀怨惆怅:一是空有诗情诗才,因知音(丈夫)早逝,而无人能会意;二是慨叹自己身逢乱世,有着对现实无能为力的苦闷和怀才不遇的愤懑。

《鹧鸪天·桂花》

(1)桂花色泽暗淡、轻黄,秉性柔和、雅致;情怀疏淡,踪迹偏远,香气纯正,朴实无华,具有独特的内在美。桂花是情操高洁、特立独行的君子的象征,又是词人傲视世俗、卓尔不群的正直品格的生动写照。

(2)作者认为颜色并不艳丽的桂花是百花中的上品,让梅花嫉妒,令菊花害羞,因为屈原在《离骚》中没有将其收列而为桂花抱屈。词人借助对桂花的议论,表现了自己清高淡泊、追求高洁品行的情怀。

《临江仙·夜登小阁,忆洛中旧游》

(1)上阕忆旧,以"忆"字领起,申发题中的"忆洛中旧游"之意("点题"亦可),回忆当年豪酣欢乐的生活画面;下阕感怀,诗人折回现实叙"夜登小阁"所见所闻,抒发二十多年无限的国事沧桑之感。

(2)①从洛阳旧游到如今偏寓江南之"闲",感慨国事的盛衰兴亡;②从昔日与英豪交往到如今此身独在之"闲",感慨个人知交零落;③从二十多年的转瞬即逝到夜登小阁之"闲",感慨时光飞逝而功业无成。

《临江仙·李辅之在齐州,予客济源,辅之有和》

(1)这句词在句法上的特点突出表现为意象的叠加,即列锦。"红妆"代指荷花,"翠盖"代指荷叶,"木兰舟"则暗示有"风流"的人物。此句用三个名词短语构成艳丽可爱的新秋之景,表达了词人内心的欢悦。

(2)作者将抽象的离愁形象化,用具体可感的载体来表现离愁。作者与李辅之分别后,离别之愁无以排遣,便借酒消愁,希望借"一尊白酒"来"寄离愁",以表达对朋友的思念。不仅如此,作者还希望桥下"殷勤"的流水能将自己内心的"离愁"带到东州去。

□ 曲

《[双调]沉醉东风·送别》

(1)从空间和时间两个角度写:眼下近在咫尺,即刻便要天南地北各在一方;分手只是"霎时间"的事,以此表现分手瞬间的强烈痛苦。"月缺花飞"不是眼前之景,而是心中之情,是对情人间难得的"花好月圆"的悲叹。(或"虚实结合")

(2)送行女子是一个多情而善良的形象。短短的嘱咐被哽咽之声几番打断。先说"保重将息"过于缠绵,见对方难分难舍后,马上勉励对方"前程万里",既鼓励对方,又借此淡释别恨。

《[双调]沉醉东风·渔夫》

(1)①用"黄芦""白蘋""绿杨""红蓼"等自然景物组成了一个五彩缤纷、绚丽多姿画面,提供了渔夫远离尘嚣的生活环境,②从而表现了渔夫无拘无束、自由自在的生活情致;③同时点出此时的时令是秋天,为下文的"秋江"做了伏笔。

(2)①诗歌描写了一个无拘无束、自由自在的渔夫形象。②诗中渔夫生活在远离尘嚣的环境中,过着像鸥鹭那样的自由自在的生活。③诗歌通过这一形象的塑造,寄寓了自己厌弃功名、鄙弃官场、流连山水、甘心淡泊宁静、追求自由的品格情操。

《[双调]沉醉东风·对酒》

(1)这首散曲第一句借用曹操"对酒当歌,人生几何",但与曹操积极进取的时不我待、急于建功立业的急迫感不同,表达的是对人寿易尽、生命短促的深沉感叹接下来的一句就是对这一提问的补充,给人以人生易老的惆怅之感,从而为后面由对现实不满而谋求摆脱做铺垫。

(2)这两句,写作者幻想唱着浩歌,进入万里云山,以彻底脱离现实,忘却世事;虽然这种做法会引起旁人的讪笑,但作者置之不顾,依然故我。表达了他强烈的超脱世俗的人生态度。最后二句,表现的形象是放荡不羁的,这样将前文忧郁怅惘转化为潇洒洒脱,从而深化了主旨。

《[双调]水仙子·咏江南》

(1)此小令描写了烟水、晴岚、人家、画檐、芰荷、沙鸥、香风、珠帘这些富有江南水乡特色的意象。表达了作者闲适自得的心态和对江南美景的赞美之情。

(2)诗人写景的层次是由远及近,远近结合。开笔从整体入手,描写远处大江远山,逐渐写到近处两岸人家,池塘芰荷,沙洲水禽,画船酒旗。

《[双调]折桂令·村庵即事》

(1)"啸傲烟霞"一方面说的是屋舍主人的潇洒,另一方面也暗示了屋舍主人与一般村夫的不同。"啸傲烟霞"给人的感觉是气质高雅、飘逸,像这类词句用在一般村夫身上显然是不适合的,所以这一词点明了居住者的隐士身份。

(2)这首曲刻画了一位生活潇洒、性情高雅、悠闲自得无忧无虑的隐士。他生活在一个环境优美的小山村里,整天与山水、云竹相息相伴,同客人一起煮茶品茗。既不需要关心农田耕作,也不愿意关心时光的流逝,超凡脱俗,无忧无虑。

《[中吕]朝天子·秋夜客怀》

(1)本诗借秋夜的月光、桂香、砧声、雁声等意象表达了游子思乡的离愁别恨。桂香在随风飘荡,砧声、雁声打破了秋夜的沉寂,构筑了令人思乡断肠的秋夜氛围,从视觉、听觉、嗅觉上勾起了游子的离愁别绪。

(2)雁叫声嘹亮,一声声牵动词人的"离情",敲打词人的"愁况"。雁鸣可以打起愁绪,"敲残"把看不见、摸不着的离愁写得可闻可感,生动形象地表达了游子心中漂泊思家的愁苦情怀。

《[双调]水仙子·夜雨》

(1)描写了纷纷落下的灯芯余烬及散乱的棋局,从侧面表现了作者梦前以棋解闷,梦后独对孤灯百无聊赖的情怀。

(2)作者在此取"一"的联想意义:一点点儿梧叶芭蕉之动,都会牵动秋的愁绪,羁旅的惆怅;一声声滴落在芭蕉叶上的嘀嗒雨响,都使得愁思更浓。正是这"一点""一点""一声""一声"使得三更梦醒后的作者辗转枕上,绵绵相思、悠悠乡情涌上心头。开头两句诗的数量词叠用不仅巧妙地表现了作者愁肠百结、夜不能寐的心理状态,而且读让人有抑扬顿挫之感,同时又渲染了孤寂惆怅的气氛,使诗句蕴含更丰富的内容,耐人寻味。

《[双调]折桂令·荆溪即事》

(1)①这三句描绘了荆溪两岸的荒凉和溪上人家的贫苦景象。②梅花是美的象征,同曲中所描绘的荒疏衰败的景象形成鲜明的对比。劈头就问为何"不种梅花",表明诗人对眼前丑现实的惊愕与愤怒。③表达了诗人对吏治腐败的不满,对百姓贫苦生活的同情。

(2)①设问。"为甚人家,不种梅花?"表达了作者对于官者不治而造成百姓贫苦现象的愤慨,为全曲定下悲凉深沉的基调,同时也引发读者的思考。②托物言志。用"梅花"寄寓作者高洁脱俗的向往和追求。③比喻。用神庙不灵验、狐狸摔瓦胡来,比喻长官不问事使得吏役当权作恶。形象生动地揭示吏治腐败的丑恶现实,也揭示百姓生活贫困的直接原因。④对偶。"庙不灵"对"官无事","狐狸"对"乌鼠","样瓦"对"当衙",语言整齐,有韵味。

《[双调]水仙子·游越福王府》

(1)对比。作者将昔日的笙歌梦、罗绮香、铺锦池、流杯亭等与现实中的蒺藜沙、野菜花、乱云、老树、夕阳、荒甃、破瓦等做了鲜明的对比,形成了巨大的反差,从而鲜明形象地突出体现了昔盛今衰的景象,表现了深沉的兴亡之感和黍离之悲(或故国哀思)。

(2)这首曲子抒发了作者对世事变迁、南宋繁华不再的哀叹之情。这种感情主要通过景物表现出来,情寓于景,情景交融。乱云、老树、夕阳均沾染了深沉的故国情怀,将作者胸中的"悲国情"化作了眼前的"衰景象",让人体味到诗人的悲伤情感。

《[双调]雁儿落过得胜令·送别》

(1)前四句([雁儿落])为第一层次,写送别的季节和环境氛围。中间四句([得胜令])写送别的情景和送别时设想别后的思念。最后四个长短句写离人去后送别者孤零的境况和凄凉惆怅的感情。

(2)虚实结合:前六句实写春日美景中饮酒送别的场景,后六句借助想象,写梦境中思念今日送别之会及朋友离去后自己的孤单愁苦,表达自己对朋友的不舍与思念。以景寓情:曲子前两句描绘出一幅明丽欢快的图景,以乐景写哀情,反衬送别者内心凄凉悲苦;曲子还用暮雨长亭为我们描绘出一幅惆怅寂寞的图景,景中含情,情景交融。

《[越调]小桃红·客船晚烟》

(1)这句描绘了一幅优美恬静的日暮云雾江湾图。如云团一般的烟雾冉冉升起,覆盖了清净的江湾。"锁",为笼罩之意,缓缓流动的云雾笼罩着清澄的江湾,久久不散,突显了这江湾一角的美好别致。与题目相照应,交代了人们活动的环境。通过江湾优雅而静谧的景象与气氛为下文的轻松欢欣做了铺垫。

(2)结尾表面说的是人们因为赋税减少,饮宴欢庆,忘掉了生活的忧愁、艰难。深层意是只减轻了一成赋税就如此欢欣可见以往生活负担之重。结句耐人寻味,它透露了前文所讲的欢欣只是暂时的,村民欢欣的背后藏着无比的沉重与辛酸。

古体诗

《风雨》

(1)主要运用赋、兴的手法,渲染了一种凄凉的气氛,烘托了主人公相思、惆怅之情。

(2)诗人变换了三个表心理状态的动词——"夷""瘳""喜"来表示思妇一刹那间感情的变化。

《黍离》

(1)"彼稷之苗/彼稷之穗/彼稷之实",表面是写稷生长成熟的过程,实际是写京城故址沧桑之变;写稷生长成熟,也说明作者屡过此地而兴叹,更突出其慨叹之深。

(2)诗中多反复,强化了所写内容,突出了由于昔盛今衰而生的慨叹,加强了诗歌的音乐美。

《战城南》

(1)一幅尸横荒野、惨不忍睹的画面：城南城北都在进行着激烈的战斗，城北城南都横陈着战士的尸首。战士的尸首得不到埋葬，任鸟啄兽食。

(2)诗人要乌鸦为客死他乡的将士们举行招魂葬礼：将士们的尸首反正不会被掩埋，你们在啄食之前，姑且号哭一番，以告慰他们的亡灵吧！这无可奈何的奇想，表现了诗人无限伤感的心境。

《怨歌行》

(1)以团扇比喻女子，扇子可置于怀袖之中，天气炎热时可随时取出摇动，顿生微风，使人爽快。表达了女子蒙受恩宠时的满足，同时也说明女子只不过是供男子的欢娱之物，表达了女子被玩弄的悲哀和辛酸。

(2)运用比喻、象征的艺术手法，语义双关。"秋节"隐含韶华已衰，"凉飙"象征另有新欢，"炎热"比喻爱恋炽热。团扇在夏季受主人宠爱，转瞬间秋季将临，凉风吹走了炎热，也就夺去了主人对自己的爱宠，表现了女子担心好景不长，朝不保夕的心理。

《东门行》

(1)这首民歌描写了一位丈夫因家庭生活濒临绝境而被迫走上反抗道路的过程，表现了劳动人民不堪忍受剥削压迫、勇于反抗的精神。

(2)①"盎中无斗米储""架上无悬衣"。②"拔剑东门去"准备铤而走险。③一是拉着衣服哭，二是劝说，说是一家人过着贫困生活也不嫌弃，不愿丈夫去冒险。

《上山采蘼芜》

(1)"故人"是一位被丈夫遗弃的妇女，她勤劳、能干、柔顺，但还是被丈夫遗弃。作品通过弃妇的不幸遭遇，反映了封建社会妇女受压迫受损害的悲惨地位，揭露了"故夫"喜新厌旧而又怨新不如旧的市侩心理。

(2)①通篇问答成章。这是一篇弃妇与前夫在途中偶遇时的问答之词，全篇没有一句评价、抒情，而是通过客观的对话，生动而含蓄地塑造了人物形象，揭示了封建社会妇女的不幸遭遇。②运用了对比的手法。全诗通过"故夫"的口将"故人"与"新人"进行了对比，使弃妇的形象渐趋鲜明，也暗示了"新人"将来的命运。

《行行重行行》

(1)极言其行走之远，兼有分离久远之意。用复沓的声调、迟缓的节奏、疲惫的步伐，给人以沉重的压抑感，使痛苦伤感的氛围笼罩全诗。

(2)"思君令人老，岁月忽已晚"中的"老""晚"是诗眼。"老"，并非实指年龄，而是指消瘦的体貌和忧伤的心情，是指身心憔悴，有似衰老之感。"晚"指行人未归，岁月已晚，表明春秋忽代谢，相思又一年，暗喻女主人公青春易逝、红颜易老的迟暮之感。

《野田黄雀行》

(1)开头两句托物起兴（或用比兴手法），以树大招风、海阔生波来暗喻自己险恶的政治处境，表达自己内心的悲愤与忧惧，同时奠定诗歌悲凉的感情基调。

(2)①以黄雀的弱小与鹞的凶狠做对比，表达少年对强权的愤恨之情；②以罗家得雀的喜悦和少年见雀被俘的悲苦心情做对比，表达少年眼见弱小被欺凌而无能为力的悲苦心境；③以黄雀投罗的实写和脱网高飞的虚写做对比，表达少年救助友人的心愿；④以初时对"利剑不在掌"的叹恨和结尾"拔剑捎罗网"的向往做对比，表达少年对济难之权的希冀和实现凌云壮志的憧憬。

《咏怀（林中有奇鸟）》

(1)超凡脱俗，品行高洁；志向远大，心忧天下，才能出众。

(2)托物言志、象征。怀才不遇的悲伤。诗人以凤凰自喻（或者象征诗人自己），抒发了诗人孤独无奈的苦闷心情和壮志难酬的悲伤情怀。

《咏怀（朝阳不再盛）》

(1)①象征着时光的流逝，表现了诗人对光景西驰，白驹过隙，盛年流水，一去不再的忧伤之感。②也喻指曹魏政权由显赫繁盛趋于衰亡，一去不返，终归寂灭。表达了诗人对国运衰落的担忧。

(2)①对比。"人生若尘露""天道邈悠悠"形成强烈对比，在悠悠天道和永恒的宇宙中，曹魏政权都去若俯仰，何况区区一介寒士，不过如尘似露，顷刻消亡罢了。

②运用典故。"齐景升牛山"句运用齐景公惜命的典故，"孔圣临长川"运用孔子伤逝的典故，极写人生与国运的短促。最后四句运用赤松子和渔父的典故，表达了要跟从赤松子，追随渔父，即仙或隐，远离尘世的纷扰，避患远祸，得逍遥之乐的思想。

③比兴。首二句从象征时光流逝的白日写起，运用比兴的艺术手法，使诗意含蓄。

《咏怀（夜中不能寐）》

(1)孤独忧愤；高洁不群。表现了诗人孤独、失望、愁闷、痛苦的心情。

(2)以动衬静。所见者"清风""明月"，所闻者"哀鸿""鸟鸣"，皆以动写静，写出寂静凄清的环境，以映衬诗人孤独苦闷的心情。

象征。茫茫夜色象征政治形势的险恶和诗人心灵所承受的重

283

压，凸显诗人的忧伤和痛苦之沉重，悲号长鸣的"孤鸿""翔鸟"既是诗人的眼前之景，又同时是诗人自我的象征，它孤独地飞翔在漫漫的长夜里，写出自己有志不得伸展的苦闷。

《杂诗（人生无根蒂）》

（1）运用比喻，表达了诗人对人生无常、生命短暂的慨叹之情。诗句将人比作无根之木、无蒂之花，是为一喻；比作陌上尘，又是一喻，把诗人深刻的人生体验写了出来，透露出沉痛的悲怆。

（2）陶渊明"性本爱丘山"，"得欢当作乐，斗酒聚比邻"正是诗人转向官场宦海之外的自然去寻求美，转向仕途之外的村居生活去寻求精神上的欢乐的写照。既然生命短暂，人生不可把握，再加上诗人所处的社会十分黑暗，欢乐不易寻得，那么对生活中偶尔还能寻得的一点点欢乐，不要错过，要及时抓住它，尽情享受它。

《杂诗（白日沦西阿）》

（1）①身边没有知己，只有自己的影子相伴，心中的感慨无人诉说。②时光流逝，一去不返，自己的远大志向无法实现。

（2）前六句写太阳落西山，清冷的月亮升到空中，寒风吹入房内，枕席分外冰冷，渲染出一派凄凉、悲愁的氛围；为下文抒发有志难酬、孤独愁闷的情怀做了充分的铺垫。

《读山海经（其十）》

（1）托物寄兴。表现了诗人对精卫衔微木以填沧海这种锲而不舍的精神与矢志不移的决心的歌颂和赞扬，反映了诗人相信终有成功的一天的思想感情。

（2）"固"在这里是本来的意思。点明刑天的"猛志"本为其生来所固有而永不衰竭，无论失败还是死亡终不能使其消减。这

也正是刑天身上那种百折不挠的坚强意志的根源，也隐含着诗人自身时时以这种精神自策自励。这样就巧妙地表现了作者的志向。

《答庞参军（相知何必旧）》

（1）反映了诗人与朋友分别在即，不免感伤、怅惘的思想感情，但诗人在感伤之余，又嘱咐要常通音信，叮咛保重身体，也表现了对朋友的无限关爱之情。

（2）有道理。这是一首送别诗，又是一首表达真挚友情的抒情诗，反映了陶渊明田园生活的一个侧面。同陶诗的其他诗篇一样，这首诗也以它的真情真意深深地感动着每一个读者，按理说，送别诗完全可以写得愁肠百结，缠绵悱恻，令人不忍卒读，但这首诗却以明白如话的诗句，举重若轻，朴实无华地表达了自己的感情，它的强大的艺术感染力，正是这种"天然""真淳"造成的。

《古风（倚剑登高台）》

（1）开头两句通过倚剑、登高、远望的举动，透露出诗人胸怀天下的远大抱负和建功立业的雄心壮志；结尾两句借晋代阮籍穷途而哭的典故，表达了诗人对黑暗现实的愤懑和自己生不逢时的悲伤。

（2）中间六句主要运用了比喻（象征、双关）和对比的表现手法。诗人用"苍榛""鸒斯"喻小人，用"琼草""凤鸟"喻贤士，两者之间又形成对比的关系，形象地揭露了小人猖狂得志、贤士怀才不遇的丑恶现实，表达了作者面对现实的失望和有志难酬的痛苦。

《春思》

（1）①用谐音双关的手法，借助"丝"与"思"、"枝"与"知"谐音，连接异地男女之间的思念情怀，让他们互诉思念的情怀。②采用起兴的手法，借燕草、秦

桑起兴，写远隔燕秦的男女之间的思慕爱恋，抒写思妇的怀归之愿，离散之恨。

（2）这两句让多情的思妇对着无情的春风发话，仿佛很无理，但用来表现独守空闺的特定环境中的思妇的情态，又令人感到真实可信。

《渔翁》

（1）"反常"表现在"山水绿"与"欸乃一声"本不存在因果关系；山水随着天色的变化，色彩由暗而明，本是一个渐变的过程，但在诗中，随着划破静空的一下声响，就万象皆绿。这不符合生活真实。

"有奇趣"表现在：①使耳中所闻之声与目中所见之景发生了奇特的依存关系；②"欸乃一声"使得"绿"字不仅呈现出色彩的功能，而且给人一种动态感；③声响的骤起，不仅使"绿"字有动态感，而且给人顷刻变绿的疾速感，令人更觉神奇；④于"山水绿"中闻"欸乃一声"，感觉特别悦耳怡情，山水似乎也绿得更可爱；⑤声音和色彩结合而成的境界，清寥而又有几分神秘；⑥以声衬静，于悠闲恬静的诗境中传达出作者孤寂落寞的心境；⑦把慢写快，传达出作者深沉热烈的内心世界。

（2）表现了诗人寄情山水，超然世外，志趣高洁，又略显孤寂的情怀。诗中用"汲清湘""燃楚竹"来描写渔翁打水生火的日常生活，借渔翁自况，表现了诗人志趣的高洁。"欸乃一声山水绿"，通过视觉、听觉写出了青山绿水之可爱，勾勒出了悦耳怡情的境界，巧妙表现出诗人寄情山水、超凡脱俗的特点。最后两句，"回看天际"见白云相逐，表现了诗人孤高而又略带孤寂的感情。

"廿四史"选粹

□《史记》

缇萦救父

◆解释加点词语

(1)偏义复词,偏"急",意为紧要关头。 (2)名词用作动词,向西行走。 (3)称赞。 (4)因犯……罪。

◆翻译划线句子

(一)有人上书朝廷控告淳于意,根据刑律罪状,应当用传车向西押解到长安去。

解析:言,说坏话;传,名词用作动词,用车押送;西,名词用作状语,向西;之,作动词,到。

(二)缇萦的上书让皇上看到了,皇上悲悯她的心意(赦免了淳于意),并在这一年废除了肉刑的法律。

解析:闻,使动用法,后面省略"之",即"使之闻",让皇上知道;除,废除。

◆简答题

有孝心,有胆识。

妾愿入身为官婢,以赎父刑罪,使得改行自新也。

田忌赛马

◆解释加点词语

(1)通"第",只管。 (2)对质,此处作比赛解。 (3)推荐。 (4)"以(之)为"的省略,即把(他)当作。

◆翻译划线句子

(一)田忌相信并认为孙膑的话对,就和齐王及各位公子下了千金的赛马赌注。

解析:然,意动用法,认为……对。

(二)双方赛马三个回合,比赛完毕,田忌一负二胜,终于赢得齐王千金。

解析:既,表示事情已经过去,解释为已经,或……之后;再,两次;卒,终于。

◆简答题

田忌一负两胜,赢得了这场比赛。孙子用第三等的马与对方第一等的马比赛,用第一等、第二等的马分别与对方第二等、第三等的马比赛。

李离过听自刑

◆解释加点词语

(1)逮捕,关押。 (2)下属。(3)假如。 (4)过失。

◆翻译划线句子

(一)李离是晋文公的法官。

解析:判断句,标志是"……者,……也"。理,法官。

(二)您因为我能审察不明显的和判定疑难案件,所以让(我)当法官。

解析:听,处理;"使"后省略兼语"臣",要补出,即故使(臣)为理。

◆简答题

李离"伏剑而死",其实是对自己的误听错判主动承担责任,履行了"失刑则刑,失死则死"的法律规定。他严于责己、勇于负责的精神,确实难能可贵,足以传颂千古,启迪后世。既然当了领导就应敢于负责,一丝不苟。即使过错和失误是下属所犯,领导者也要勇于承担自身的领导责任。

鲍叔牙荐管仲

◆解释加点词语

(1)交往。 (2)做买卖。 (3)处境窘迫。 (4)跑,注意古今词义不同。 (5)为动用法,为……而死。 (6)赞美。

◆翻译划线句子

(一)我曾经三次做官又三次被国君免职,鲍叔不认为我没才干,因为他知道我没遇到好时机。

解析:见,表被动;逐,驱逐,免职;于君,介词结构作状语后置;不肖,不贤,没有才干;不遭时,即不逢时,未遇良机,时,时机。

(二)鲍叔不认为我没有羞耻之心,因为他知道我不以小节为羞,而以不能在天下显扬功绩和名声为耻辱。

解析:无耻,即没有羞耻之心;羞与第二个"耻",意动用法,即以……为羞,以……为耻。

◆简答题

①曾经一起做买卖,我多分财利,鲍叔不认为我贪心,他知道我贫穷。②我曾经替鲍叔出谋办事,结果没把事情弄好,鲍叔不认为我愚笨,他知道时机有利和不利。③我曾经三次做官又三次被国君斥退,鲍叔不认为我无能,他知道我没遇上好时运。④我曾经三次打仗三次退却,鲍叔不认为我胆小,他知道我家中有老母。⑤公子纠争王位失败之后,召忽为此自杀,而我被关在深牢中忍辱苟活,鲍叔不认为我无耻,他知道我不会为失小节而羞,却为功名不曾显耀于天下而耻。

公叔痤荐商鞅

◆解释加点词语

(1)侍奉,用作动词。(2)探望。(3)使退避。 (4)道歉。 (5)最终。(6)糊涂,荒谬。

◆翻译划线句子

(一) 你的病如有不测，国家将怎么办呢？

解析：不可讳，死的委婉说法；奈……何，表示疑问的习惯说法，可译为"对……怎么办？"（类似的还有：如……何，若……何）。

(二) 你赶快离开吧，否则将要被擒。

解析：疾，快速；去，离开；且，将要；见，表被动；禽，通"擒"。

◆简答题

公叔痤有知人之明，但他过分考虑自身利益，因私害公。司马迁说"公叔座知其贤，未及进"，很有深意。他知道公孙鞅贤能，却临终时才荐举他。因为他担心若过早地推荐公孙鞅，可能会取代他的职位，而在临终时郑重托付，即博得荐贤之名，对自身利益又没有什么影响。如果从人才流失的角度来论魏国的成败，公叔痤是有责任的。

刘邦封雍齿

◆解释加点词语

(1)恰好。 (2)这些人。 (3)因为。 (4)给……看。 (5)催促。 (6)停止，结束。

◆翻译划线句子

(一) 现在您做了皇帝，封赏的都是萧何、曹参的老朋友，以及您亲近喜爱的人，所杀的都是和您有仇有恨的人。

解析：陛下，古代对帝王的尊称，可译为"您"；故人，老朋友；亲爱，亲近喜爱的人。翻译时还要注意四个"所"字结构的名词性短语。

(二) 雍齿与我有宿仇，曾经多次使我陷入困境，受到侮辱。

解析：故，旧；数，多次；尝，曾经；窘辱，使动用法，使……窘迫（受辱）。

◆简答题

刘邦得天下后，封赏的都是萧何、曹参等这些亲近的老友，诛杀的都是一生中仇恨的人。于是军官们人人自危，不仅怕得不到封赏，还担心因平时的过失被刘邦诛杀。雍齿与刘邦有宿怨，如果先封赏雍齿，就会打消群臣的顾虑。所以群臣吃过酒后，都高兴地说："雍齿尚且被封为侯，我们这些人就不担忧了。"

孙武演兵

◆解释加点词语

(1)求见。 (2)第二人称代词，你的。 (3)宣布，公布。 (4)催促。(5)希望。 (6)示众。 (7)她的下一个。 (8)方位名词作状语，向北。

◆翻译划线句子

(一) 你的十三篇，我都看过了，能够用它来小试一下指挥军队吗？

解析：子，你；可以，能够用来，"以"后省略代词"之（兵法）"，翻译时要补出；勒兵，操练或指挥军队。

(二) 规定不明确，号令不熟悉，这是将帅的罪过。

解析：约束，法令，或规定；申令，号令；判断句式翻译时要体现出来。

(三) 吴王只是爱好兵法的词句，并不能实际使用它。

解析：徒，只，仅仅；好，喜欢；其实，它的实际情况。

◆简答题

先三申五令，严明军纪；严惩违令者，树立威信；令行禁止，不徇私情。

道理：军人以服从为天职，对长官的命令是不可随意违抗的，所谓"军令如山"就是这个道理。

"五羖大夫"百里奚

◆解释加点词语

(1)兼词，在那里。 (2)答应。(3)推辞。 (4)谦让。 (5)求取。(6)礼物。

◆翻译划线句子

(一) 百里奚逃离秦国跑到宛，楚国乡下人捉到了他。

解析：亡，逃离；走，跑到；鄙人，指乡下人。

(二) 我两次听他的建议，脱离祸患灾难；一次不听他的建议，就遭逢了虞君之难，由此我知道蹇叔贤能。

解析：再，两次；脱，脱离险境；及，赶上，遭逢；是以，以是，即由此，或因此。

◆简答题

"羖"，黑公羊的皮。百里奚是秦穆公用五张黑公羊皮和楚人换得的大夫，所以叫"五羖大夫"。

百里奚两次听从蹇叔的建议，都脱离了祸患灾难（齐国内乱，周室之难）；一次不听蹇叔的建议，就遭逢了虞君之难，因此知道蹇叔贤能。

白圭经商有道

◆解释加点词语

(1)致力于。 (2)喜欢观测。(3)把握时机。 (4)这样，一样。(5)灵活变通。 (6)马虎，随便。

◆翻译划线句子

(一) 他能够不讲究饮食，强忍嗜好欲望，节俭衣服开支，和雇用的奴仆同甘共苦。

解析：薄，轻视，看不起，这里作不讲究解；用事，行事，办事。

(二) 大概天下谈论经营致富的是以白圭为首创者。

解析：盖，大概；治生，经营家业，谋生计；祖，意动用法，以……为祖（开始、首创者）。

◆简答题

他善于捕捉时机，喜欢观测时用的变化，别人抛售他就收取，别人正需要取用他就售给他们，收成好收取粮食，卖给农夫丝漆；蚕茧出来了收取帛絮，卖给养蚕人粮食。

韩安国论"和亲"

◆解释加点词语

(1)多次。 (2)熟悉。 (3)发动。 (4)依仗。

◆翻译划线句子

(一) 汉朝和匈奴和亲大抵都过不了几年匈奴就又背弃盟约。

解析：率，一概、大抵；不过，不超过；倍，通"背"，违背、背弃。

(二) 汉军到几千里以外去争夺利益，那么人马疲惫，敌人就会凭借全面的优势对付我们的弱点。

解析：罢，通"疲"，疲惫、疲乏；虏，对敌人的蔑称，这里指匈奴；以，介词，凭借；全，形容词用作名词，即全面的优势；制，控制、对付。

◆简答题

一个是路途遥远，我军长途奔袭，匈奴以逸待劳，以疲劳之师战匈奴本就善战且养精蓄锐许久的军队，胜算不大。第二个是地域环境恶劣，不适合作战。

晏子御者之妻

◆解释加点词语

(1)担任。 (2)竹制的马鞭子。此作动词，即用鞭子打。(3)宰相，此作动词，担任宰相。(4)以是，因此。

◆翻译划线句子

(一) 不久回到家里，他妻子就要求离婚，车夫问她离婚的原因。

解析：既而，不久；去，离开，这里作"离婚"解。

(二) 从此以后，车夫就谦虚恭谨起来。晏子感到很奇怪，就问他，车夫如实相告。

解析：其后，那以后；抑损，谦逊、谦让；对，回答。

◆简答题

她认为其夫没有追求，不够谦虚恭谨，替宰相驾车，还神气十足，洋洋得意。而晏子身为宰相，声名远播，却深沉稳重，常有甘居人下的态度。

萧何追韩信

◆解释加点词语

(1)隶属，归附。 (2)依次，轮到。(3)通"悦"，喜欢、高兴。(4)拜见。 (5)骗人，撒谎。(6)为了你，看你的面子。(7)任命他担任。 (8)授予官职。

◆翻译划线句子

(一)萧何听说韩信逃跑了，来不及把此事报告汉王，就径自去追赶。

解析：第一个"闻"，听说；第二个"闻"有使动含义，让上级听见，或报告上级；亡，逃走；"以"后省略代词"之"，翻译时要补出。

(二) 大王假如只想长久地在汉中称王，当然用不上韩信；假如要争夺天下，除了韩信就再也没有可以商量大计的人了。

解析："……无所……"(或"……有所……")是文言中常见的格式，相当于现代汉语中的"……没有什么……"("……有什么……")的意思。

(三) 大王一向傲慢无礼，现在任命大将，就像是呼唤一个小孩子一样，这就是韩信要逃离的原因。

解析：素慢，向来傲慢；此乃……也，判断句式要译出；所以，……的原因。

◆简答题

"必欲争天下，非信无所与计事者。"

汉王先是想他做个将军；在萧何的极力推荐下，汉王拜他做大将；并设坛场依礼授予韩信大将。

司马穰苴治军

◆解释加点词语

(1)指妃妾所生之子。 (2)使……附（依附或服从）(3)身份地位都低下。 (4)率领。 (5)车马疾行。 (6)安抚，慰问。 (7)挨着，照顾。 (8)停止行军，撤兵。

◆翻译划线句子

(一) 齐景公召见了穰苴，跟他一起谈论军国大事，齐景公非常高兴，立即任命他担任将军，率兵去抵抗燕、晋两国的军队。

解析：语，谈论；"与"后有省略代词"之"，翻译时要补出；以为，即以(之)为，任命他担任；第二个"将"，率领。

(二) 到了中午，庄贾还没来。穰苴就推倒木表，摔破漏壶，进入军营，整顿军队，宣布各种规章号令。

解析：日中，日头正当午，即中午；仆，决，使动用法，使……仆、使……决；行军，即行营、军营。

(三) (报信的人)已经去了，还没来得及返回，就把庄贾斩首，向三军巡行示众。

解析："既往"主语（报信的人）要补出；反，通"返"，返回；徇，示众。

◆简答题

治军贵在严，领军须有威；治军不严，将领无威，军队就不可能有战斗力，而这样的军队是不可能战胜敌人的。从严治军就是要以法治军，树立军法军纪的权威。将领就是要通过严格执法执纪来树立威严，严格执法执纪也是一种守信。司马穰苴从严治军、以法治军，杀了不守约定、违反军法军纪的监军庄贾，既树立了自己的威信，也教育了将士，

从而增强了齐军的战斗力，击退了敌军，收复了失地。

《汉书》

陈万年教子谄媚

◆解释加点词语

(1)是。 (2)名次用作动词，用棍子打。(3)你的。(4)于是，就。

◆翻译划线句子

(一) 陈万年曾经病了，叫来儿子陈咸跪在他的床前训诫，一直说到半夜。

解析：尝，曾经；戒，训诫。

(二) 陈咸叩头认错说："我完全明白您说的话，主要意思是教我拍马屁罢了！"

解析：谢，道歉，认错；具晓，完全明白；大要，要旨、概要；谄媚，拍马屁。

◆简答题

因为儿子揭穿了他的卑鄙心理。

父母是孩子的第一任老师，其一言一行都会在孩子身上留下深刻的烙印。父母要给孩子树立好的榜样，而不是教他们走歪道。（意思对即可）

张释之执法

◆解释加点词语

(1)派遣。(2)审理。(3)如果。(4)就罢了。(5)斜，失去平衡。(6)置放，安放。

◆翻译划线句子

(一) 法律是天子和天下百姓应该共同遵守的。现在法律就这样规定，却要再加重处罚，这样法律就不能取信于民。

解析：判断句式翻译时要译出；公共，公有的、公用的；更重，更改为加重；是，这样；不信，不能取信。

(二) 许久，皇帝才说："廷尉的判处是正确的。"

解析：良久，好一会儿；当，

判处；是，对。

◆简答题

张释之认为"县人"只违反了行人回避的禁令，按照当时法律的规定，只对"县人"判处了罚金。张释之认为国家的法律是皇帝和天下人共有的，应该公平执法、严格执法，不能随意改变，否则，国家的法律就很难取信于民。更不能因一时之气随意用刑，表现了他刚正不阿的精神。

东海孝妇

◆解释加点词语

(1)自己上吊。 (2)自我诬陷。(3)最终。 (4)罪过。 (5)表彰。(6)庄稼收成很好。

◆翻译划线句子

(一) 孝妇侍奉我非常勤劳刻苦，我同情她无子守寡。

解析：事，服侍，侍奉；哀，怜悯、同情。

(二) 于公认为这个孝妇赡养婆婆十余年，以孝闻名，一定不会杀了她。

解析：以为，认为；姑，婆婆；闻，闻名、出名。

◆简答题

造成"孝妇"悲剧的原因是什么？结合上文简要概述。

①刑讯逼供，"孝妇"屈打成招；②太守刚愎自用，不听取狱吏意见。

疏广论遗产

◆解释加点词语

(1)多少。 (2)男性老人。(3)在。 (4)不过。(5)一致，同等。(6)用来……的。

◆翻译划线句子

(一) 过了一年多，疏广的子孙私下对疏广所喜爱信任的兄弟老人说。

解析："广所爱信者"定语后置，翻译时应还原到"昆弟老人"前。窃，私下。

(二) 况且富人，是众人所怨恨的啊；我既然没有办法来教化子孙，也不想助长他们的过错而招致怨恨。

解析：且，况且；夫，句首发语词，引起下文议论，没有实在意义，可不译；亡，通"无"；……者……也，表判断，翻译时要注意；益，增加、助长；过，过错。

◆简答题

疏广不建议给子孙留下太多遗产。他认为留太多钱财，只能教子孙怠惰。如果贤能而多有钱财，那么就会捐弃其志向；如果愚蠢而又多有钱财，那么就更助长了他们的过错。疏广的做法看似不近情理，其实颇有道理。孟子说"生于忧患，死于安乐。"安逸舒适的环境，容易使人怠惰，只有让他们自己奋斗，才能打造出更健全的人格。

李夫人不欲见帝

◆解释加点词语

(1)严重。 (2)看望。 (3)只要。(4)责备，责怪。 (5)松弛，引申为失宠。 (6)容貌。

◆翻译划线句子

(一) 皇上又说一定要见她一面，李夫人于是转身向别处悲泣，不再说话。于是皇上很不高兴地走了。

解析：乡，通"向"；歔欷，悲泣、叹息；说，通"悦"，高兴。

(二) 我不想见陛下的原因，是想要因此更慎重地托付兄弟。

解析：……者，……也，表判断，翻译时要译出；所以，……的原因；深，表示程度，此有非常慎重之意。

◆简答题

①李夫人知道自己是因色而得宠，现在却因病形容憔悴，再加上没有打扮，怕皇上见了失望；②她想给皇上留个好印象，以便

托付皇上照顾自己的儿子和兄弟。

晁错之死

◆解释加点词语

(1)入侵，掠夺。 (2)赞美，赏识。 (3)及，殃及。 (4)送来书信。 (5)名词用作动词，封王。(6)通"谪"，惩罚，节制。 (7)句首发语词，无义。 (8)遗憾，此为意动用法，以……为恨。

◆翻译划线句子

(一) 皇上刚即位，你当权处理政务，侵害剥夺诸侯利益，疏远人家骨肉之情，招致许多责难怨恨，你为的是什么呢？

解析：用事，当权；疏，使动用法，使……疏（疏远）；让，责难、责备；何为，即为何，为的是什么。

(二) 如今谋划对策，只有斩杀晁错，派出使者赦免吴、楚七国造反的罪过，恢复他们原有的封地，那么不必动用武力就完全可以平息叛乱。

解析：独，只；发使，派出使者；血刃，血沾刀口，即杀戮，引申为战争；罢，停止，这里指平息叛乱。

(三) 晁错计划才实施，突然遭受杀身之祸，这样一来在朝廷之内堵住了忠臣的嘴，在朝廷之外替诸侯报了仇，我私下认为陛下不该这样做。

解析：卒，通"猝"，突然；戮，戮杀；杜，杜绝、堵塞；窃，私下；内、外，名词作状语，在朝廷之内、在朝廷之外。

◆简答题

晁错就任御史大夫后，为稳固汉室中央集权，他向汉景帝建议削藩，招来众多非议。其父认为这是"疏人骨肉"之事，会招来杀身之祸。

七国借机叛乱，汉景帝为了平复七国之乱，接受袁盎等人建议杀了晁错。

龚遂治渤海

◆解释加点词语

(1)年成不好。 (2)相称，符合。 (3)安抚。(4)只有。(5)借给。(6)禀告。 (7)违背。 (8)谦让。

◆翻译划线句子

(一) 渤海郡政事荒废，秩序紊乱，我很担忧。先生准备怎样平息那里的盗贼，使我称心满意呢？

解析：何以，即以何，怎么；息，平息；以，表示承接关系，相当于"来"，称……意，合乎……心意。

(二) 我希望丞相、御史暂时不要用法令条文来约束我，让我能够根据实际情况，妥善处理事情。

解析：愿，希望；拘，拘束、约束；"以文法"是状语后置，翻译时要还原；便宜从事，指可斟酌行事，不拘规制条文，不须请示，自行处理。

(三) 龚遂于是上前说："我本来不知道这么说的，是我的议曹教给我的。"

解析：因，于是；前，作动词，上前；乃，是，表判断；教戒，教导和训诫。

◆简答题

考察龚遂治渤海郡的经验，措施有五：(1)收兵器；(2)扶贫；(3)整顿基层班子；(4)廉洁自律；(5)发展生产，使民增收。治国安民的道理从来就不复杂，关键在于落实。

《后汉书》

闵仲叔辞司徒侯霸

◆解释加点词语

(1)给。 (2)年间。 (3)征召。(4)于是。

◆翻译划线句子

(一) 即使是周党那样廉洁清高的人，也自以为比不上（闵仲叔）。

解析：虽，即使；以，认为；弗及，比不上。

(二) 开始受到您的任命时，我又高兴又害怕，现在见到了您，我兴奋和恐惧都没了。

解析：且……且……，既……又……；明公，旧时对有名位者的尊称。去，失去。

◆简答题

闵仲叔是个有节操（洁身自好）的人。

闵仲叔认为司徒侯霸并非真正赏识他，因为司徒侯霸征召闵仲叔来做官，却不谈及治国正事，只是嘘寒问暖。征召我来却又不用我，这是对他认识不清。

朱晖重情义

◆解释加点词语

(1)器重。 (2)接待。 (3)握住。(4)前辈。

◆翻译划线句子

(一) 我想把妻子儿女托付给朱先生。

解析：妻子，妻子儿女。托，托付。

(二) 父亲您和张堪不是朋友，平常也不曾互通信息，我们私下对这件事感到奇怪啊。

解析：大人，指父亲；相闻，互通信息，相互来往；窃，私下；怪，意动用法，对……感到奇怪。

◆简答题

朱晖是个重情义（信义）的人。虽然他口头没有答应张堪的嘱托，却铭记在心，在张堪死后，还去帮助张堪的家人。

鲍宣贤妻桓少君

◆解释加点词语

(1)习惯。 (2)全部，都。(3)改变。 (4)打水。

◆翻译划线句子

(一) 鲍宣曾经跟随少君的父亲学习，少君的父亲为他的清贫刻苦而惊奇，因此把女儿嫁给了他。

289

解析：就，跟随；奇，意动用法，以……为奇；妻，以女嫁人，名词活用作动词。

（二）既然侍奉了您，我只有听从您的命令了。

解析：奉承，侍奉。君子，您，旧时妻子对丈夫的称呼；唯命是从，即唯从命，宾语前置句式，"是"是提宾标志，无实在意义。

◆简答题

所谓贤妻，就是能给丈夫最大的帮助和体贴。少君能遵从丈夫鲍宣意愿，全数退回那些侍从婢女服装首饰；改穿平民的短衣裳；与鲍宣一起拉着小车回到家乡。拜见婆婆后，就提着水瓮出去打水，修习为妇之道。

范式言而有信

◆解释加点词语

(1)约定。(2)讲信用的人。(3)违背。(4)如果这样。

◆翻译划线句子

（一）两年后该回来的时候，我将前往贵府拜见你的母亲大人，并看望你的孩子。

解析：过，经过；尊亲，敬称他人父母；孺子，孩子。

（二）后来约好的日期将要到了，张劭把这件事详细告诉了母亲，请求母亲准备酒食等待范式的到来。

解析：期，约定的时间；具，详细；白，告诉；馔，酒食。

◆简答题

巨卿信士，必不乖违。

重诺言，守信用是做人的美德。答应别人的事情要说到做到。

杨震拒绝馈赠

◆解释加点词语

(1)深入钻研。(2)征召，指君主招来，授予官职。(3)推选，推荐。(4)升迁，调任。

◆翻译划线句子

（一）当他赴郡途中，路上经过昌邑，他从前举荐的荆州秀才王密担任昌邑县令，前来拜见（杨震），到了夜里，王密怀揣十斤银子来送杨震。

解析：之，到……去；故，旧、过去的、从前；谒见，拜见（泛指进见地位或辈分高的人）；怀，怀揣，名词用作动词；遗，赠送。

（二）让后代被称作清官的子孙，把这个馈赠给他们，不也很优厚吗？

解析：使，让；清白吏，清官；不亦……乎，反问句式，不也……吗？或难道不……吗？

◆简答题

①博学多才，他"少好学，明经博览，无不穷究"。②廉洁奉公，严于律己。王密趁夜送金子给杨震，他以"天知，神知，我知，子知。何谓无知"拒绝了。

董宣搏击豪强

◆解释加点词语

(1)藏匿。(2)放纵。(3)覆盖。(4)道歉。(5)指磕头。(6)坚强不低头，刚正不为威武所屈。

◆翻译划线句子

（一）文叔你当百姓时，敢藏匿逃跑犯死罪的人，官吏都不敢到你家来查。

解析：白衣，普通百姓；亡逃跑的人；死，犯死罪的人。

（二）从此董宣能够打击豪强不法之人，京师没有人不震惧。

解析：由是，从此；搏击，惩处打击；莫，没有人（谁）；震栗，惊惧战栗。

◆简答题

明辨是非，能听取他人的正确意见，勇于改过，是个比较英明的君王。

苏章公私分明

◆解释加点词语

(1)应对，策论。(2)陈述。(3)老朋友。(4)违反，抵触。(5)因犯……罪（或错误）。(6)名词用作状语，一天天，日益。

◆翻译划线句子

（一）今天晚上我苏孺文与老朋友饮酒叙旧，这是私人感情；明天冀州刺史考问情事，那是依法办事。

解析：私恩，私人的恩惠；案事，考问情事；……者，……也，表判断，翻译时要译出。

（二）有评论的人向朝廷举荐苏章有治国之才，然而朝廷始终没有再任用他，苏章最后在家乡去世。

解析：论者，评论的人；举，推荐；干，管理、治理；卒，死。

◆简答题

苏章为人正直，关心民生疾苦，办事公私分明，不徇私情。

人应该公私分明，"私恩"应该回报，但不能与"公法"发生冲突。

刘宽宽厚仁慈

◆解释加点词语

(1)步行。(2)辜负，对不起。(3)通"较"，计较。(4)主管。(5)匆忙。(6)仆人。(7)忍受。(8)慢慢地。

◆翻译划线句子

（一）事物有相似之处，事情也允许有错误，劳累你来把牛归还给我，为什么还要为此事道歉呢？

解析：类，相似；脱，偶尔；见归，归我，见，即我；谢，道歉。

（二）看见老年人就用农耕和乡土这类话来抚慰他们；看见年轻人就用孝顺父母顺从兄长的教诲来鼓励他们。

解析：慰，抚慰；勉，鼓励；两处状语后置，翻译时要还原。

（三）夫人想试试让刘宽发怒，待他准备上朝时，已穿好官服的时候，让侍女送上肉汤，故意打翻弄脏了他的官服。

解析：恚，发怒；伺，等待；讫，完结，终了；污，弄脏。

◆简答题

①有人误认他家的牛，他不仅没有责备，反而对误认的人宽慰有加。

②不主张严刑峻法整治百姓，对犯有过错的属吏从不施加刑罚。

③政务上如果有功绩，就归功于下属。

④家中仆人弄脏了他的朝服，他不但不生气，反而关心起仆人是否被烫伤。

《三国志》

曹冲救库吏

◆解释加点词语

(1)免受惩罚。 (2)一般人。(3)苦恼。 (4)报告，让上级听见。

◆翻译划线句子

(一) 今天我的衣服被老鼠咬坏了，因此心里很难过。

解析：见，表被动；是以，以是，因此；忧戚，忧愁烦恼。

(二) 我儿子的衣服就在身边，尚且被咬坏，何况马鞍是悬在梁柱上呢？

解析：况……乎，对比式反问句式，相当于"更何况……呢？"县，通"悬"。

◆简答题

先入为主，化解危机。他以假装因为迷信说法而忧伤，使曹操明白老鼠咬破东西对主人并无妨碍，而且很常见；因而使曹操不仅没有怪罪库吏没能防止老鼠咬马鞍，还主动为库吏讲出免罪的理由。

诸葛亮巧设"空城计"

◆解释加点词语

(1)屯军，驻军。 (2)将要，

快要。 (3)追赶。 (4)使动用法，使……卧（倒下）

◆翻译划线句子

(一) 到距离诸葛亮六十里的地方，侦查人员报告司马懿说诸葛亮在城中兵员少力量弱。

解析：所，处，地方；侦候，侦查人员；白，告诉。

(二) 司马懿一定以为我畏惧，会有埋伏，顺着山道跑了。

解析：谓，认为；怯，畏惧，害怕；走，跑。

◆简答题

诸葛亮沉着冷静、胆识过人。他能临危不乱，急中生智，善于正确、及时地把握对方的战略背景、心理状态、性格特性。

司马懿谨慎多疑，他凭着自己多年与诸葛亮的交战经验，得出诸葛亮不会铤而走险，城门打开必有埋伏的结论，导致其错失了击溃诸葛亮的大好时机。

华佗治病

◆解释加点词语

(1)告诉。 (2)刚才。 (3)拜访。 (4)迎。 (5)通"嘱"，吩咐。(6)恼怒，生气。

◆翻译划线句子

(一) 病人上前进屋坐下，看到华佗屋里北面墙上悬挂着这类寄生虫的标本大约有几十条。

解析：前，方位名词用作动词，上前；县，通"悬"，挂；辈，类。

(二) 于是就接受了郡守很多的财物却不给他治病，不多久就不辞而别，华佗还留下一封信大骂郡守。

解析：乃，于是；货，财物；无何，不多久；书，信。

◆简答题

①守嗔恚，吐黑血数升而愈。

②接受他的礼品不加医治；丢弃他离开；留下书信辱骂他。

王粲有异才

◆解释加点词语

(1)倒穿着鞋。 (2)给。 (3)就任。 (4)相貌丑陋。 (5)离开。(6)主持。

◆翻译划线句子

(一) 当时蔡邕的才学都很出色，在朝中位尊权重，受到重视，常常车马充塞了住宅前的巷子，宾客满坐。

解析：显著，明显，引人注目；贵重朝廷，状语后置，即在朝廷位高权重；填，充满、充塞；盈，满。

(二) 您打下冀州的时候，刚到那里就整顿武器装备，招揽豪杰而重用他们，而纵横驰骋天下。

解析：下车，刚到任；缮，修补、整治、保养；收，招揽。

◆简答题

王粲过目不忘，记忆力过人，又博览群书，熟悉经典。而且还擅长写文章，一下笔就成篇，不用修改，像是早就写好的一样。

司马朗传

◆解释加点词语

(1)隐瞒。 (2)意动用法，认为……与众不同。 (3)时刻，时候。 (4)您，对权贵长官的尊称。 (5)盛大。 (6)亦作"于悒"，忧郁烦闷。 (7)指当权执政者。(8)趁着。

◆翻译划线句子

(一) 有人直接叫他父亲的名字，司马朗说："轻慢别人父母的人，也就是不尊敬自己父母的人。"这个客人就向他道歉。

解析：字，名字；慢，轻慢；亲，父母；……者……也，判断句，要译出；谢，道歉。

(二) 董卓犯上作乱，被天下人仇恨，这正是忠臣义士发奋有为的时候。

解析：悖逆，犯上作乱；为

……所，表被动；此……也，判断句。

(三) 将领们不能统一行动，放纵士兵抢掠，百姓被杀死的近一半。

解析：相一，统一，彼此一致；纵，放纵；且，近。

◆简答题

司马朗少年时即能从容应对质疑，初露才华；司马朗执政不靠刑罚而靠宽厚仁慈，百姓照样不犯法，很有人格魅力；当军队出现瘟疫时，司马朗体恤下属，亲自为军士送医送药。

□《晋书》

陆云巧断命案

◆解释加点词语

(1)重要的地方。 (2)表示约数。 (3)跟踪在后面。 (4)共同，一起。 (5)中途等候，迎候。(6)全，整个。

◆翻译划线句子

(一) 有人被谋杀，主犯罪名不成立，陆云就拘捕了被害人的妻子，但没有审讯她。

解析：见，被；录，拘捕；无所，表示没有；问，审讯。

(二) 这女人离去，不超过十里地，应该有个男人等候她，并与她说话，你就把这个男人抓来。"事情后来果真这样。

解析：去，离开；当，应该；既而，不久；果然，果真这样。

刘寔不尚华丽

◆解释加点词语

(1)表示承接关系的连词，相当于"来"。 (2)名望，声望。(3)崇尚。 (4)衰微。 (5)到，往。(6)改，换。

◆翻译划线句子

(一) 刘寔少时贫苦，以出卖牛衣为生。可是他喜欢读书，常手执牛绳，口诵文章，于是博古通今（很有才学）。他洁身自好，志行高远。

解析：然，但是；约，捆缚套；瑕玷，本指玉上面的斑点，喻指缺点或过失。

(二) 即使他处于荣盛受宠的地位，居住依然没有宅第，所得俸禄，都用来接济亲戚朋友。

解析：荣宠，意为君王的恩宠或荣耀；赡恤，救济、抚恤。故，故旧、老友。

阮籍外坦而内淳

◆解释加点词语

(1)疑忌。 (2)军人家庭。(3)小人。 (4)写，写作。

◆翻译划线句子

(一) 阮籍的嫂子曾经回娘家省亲，阮籍去拜见嫂子并与之告别。有人讥笑他，阮籍说："礼法难道是为我制定的吗？"

解析：归宁，女子回娘家省亲；介词"与"后省略宾语"之"，翻译时要补出；或，有人；"岂"表反问要体现。

(二) 阮籍并不认识这个女子的父兄，却径直前去吊唁她，竭尽哀思才回来。

解析：径，直接；哭，吊唁；尽哀，竭尽哀思。

王羲之轶事

◆解释加点词语

(1)全部。 (2)名词用作动词，用笼子装。 (3)桌子。 (4)好几天。

◆翻译划线句子

(一) 山阴有位道士，养了一群漂亮的鹅，王羲之前往看鹅，心里很高兴，坚决要求买下鹅。

解析：好，漂亮；意，内心；固，坚决；市，买。

(二) 张芝临池写字，池水都变成黑色，如果天下人像他那样沉迷于书法，未必就落后于人。

解析：使，如果；耽，沉迷；若是，像这样；后，落后。

郗鉴传

◆解释加点词语

(1)相处，相互交往。 (2)依靠，仗恃。 (3)不久。 (4)因为。(5)杀。 (6)像人被倒挂着一样。比喻处境极端困难。 (7)协力，通力合作。 (8)等待。

◆翻译划线句子

(一) 同乡人张寔先前要和郗鉴结交，郗鉴不予理睬。这时，张寔到陈午的军营来探视看望郗鉴，不久召郗鉴为卿。

解析：省，拜访、探视；卿，意动用法，以……为卿。

(二) 我承蒙先帝厚顾之恩，肩负先帝托付的重任，就是为国捐躯也不足回报。

解析：蒙，承蒙；荷，肩负；捐躯，牺牲生命。

(三) 只有郗鉴公道德高尚，忠诚雅正，行为举止成为世人的表率。国家安危，倚赖郗公之力得以安宁。

解析：惟，只有；行为，举止成为；赖，依靠；宁，安宁。

□《宋书》

刘凝之归隐

◆解释加点词语

(1)做官。 (2)陪嫁物品。(3)施舍。 (4)缴纳（赋税）。

◆翻译划线句子

(一) 州里多次尊敬地推举他任西曹主簿，他都没有就任。

解析：三，表示多次；就，就任。

(二) 有人曾经指认他所穿的木拖鞋是自己的，他笑着说："这双我已经穿坏了，现在我让家里人找一双新的给你。"

解析：著，穿；仆，我；败，坏；觅，找。

清廉之士朱修之

◆解释加点词语

(1)有时候。 (2)随即。 (3)

通"刻",苛刻。 (4)表判断,是。
◆翻译划线句子
(一)(朱修之)只是把安抚招纳众蛮人当作要务。
(二)可是他的性格过于节俭,缺乏亲情,他姐姐在家乡,饥寒交迫几乎没法生存,修之未曾接济她。
解析:然,可是;少,缺乏;不立,生活过不下去,立,生存;供赡,供养。

刘休祐刻薄至极
◆解释加点词语
(1)一任己意,独断独行。 (2)给予,授予。 (3)庄稼成熟。 (4)删简:挑选。
◆翻译划线句子
(一)凡是他干的各种求利刻薄之事,全都像这样,百姓叫苦不迭,简直无法再活下去了。
解析:诸,各种各样;然,……的样子;堪,能忍受。

刘德愿、羊志善哭得官
◆解释加点词语
(1)亲近而不庄重。 (2)古代称侯王死叫"薨"。 (3)多次。 (4)以之为,任命(他)为。
◆翻译划线句子
(一)(皇上的话刚说完,)德愿便大哭大叫,捶胸顿足,眼泪鼻涕交错流淌。
解析:擗踊,亦作"辟踊"。擗,用手拍胸。踊,以脚顿地。形容极度悲哀。涕泗,眼泪和鼻涕;交流,交错地流淌。
(二)羊志这人滑稽,善于取笑逗趣,皇上也喜好并亲近他。
解析:谐谑,诙谐逗趣;爱,喜好;狎,亲近。

羊欣传
◆解释加点词语
(1)善于,擅长。 (2)出仕做官。 (3)疏远。 (4)大腿和胳膊。形容位置重要。 (5)遭受,遇合。即得到皇上信任。 (6)诏板,以板授官。(7)共。 (8)探视,问候。
◆翻译划线句子
(一)羊欣年轻时性格沉静,不与人争强斗胜,言笑和美,容貌举止俱佳。广泛阅读经籍,尤其擅长隶书。
解析:靖默,即静默,沉静自守,不追求名利;竞,争;长,擅长;
(二)这个职务本来由寒门担任,可是羊欣泰然自若,并不在意,并不因高门任卑职而愠形于色,人们议论时都称赞他。
解析:恬然,不在意的样子;见,通"现",表现;焉,代词,他。
(三)羊欣因为无法忍受拜伏,便推辞不参加朝觐,高祖、太祖都以没有见过他为遗憾。
解析:以,因为;不堪,无法忍受;辞,推辞;恨,遗憾。

□《南齐书》
傅琰断案
◆解释加点词语
(1)往见。 (2)查验,核实。 (3)处罚。 (4)少。
◆翻译划线句子
(一)因为山阴打官司的多,案子难办,让傅琰再次担任山阴县令。
解析:以,因为;狱讼,讼事、官司案件;复,又、再次。
(二)两个农夫争一只鸡,傅琰各问他们"是拿什么喂鸡的"。
解析:野夫,农夫;何以,以何、用什么;食,喂食。

袁彖微言忤世祖
◆解释加点词语
(1)外面。 (2)因犯……罪。(3)步行。 (4)诏令。
◆翻译划线句子
(一)袁彖性格刚直,曾因含义深微之言冒犯了世祖皇帝,与王晏关系不好。
解析:微言,含蓄而精微的言辞、或委婉讽谏的言辞;忤,抵触、冒犯;协,和洽。
(二)世祖感到吃惊,追问这事情由。
解析:穷,穷尽;所以,原因、情由。

廉吏刘怀慰
◆解释加点词语
(1)因为。 (2)疏通水道。(3)拜见,请见。 (4)于是。
◆翻译划线句子
(一)齐邦是王业起始的地方,我正想把你放在这显要的职位,经营治理的事情,完全委托给你了。
解析:所基,起始的地方;经理,经营管理;一,完全、全部;卿,你。
(二)有人送给他新米一斛的,刘怀慰便把自己吃的面食给他看,说:"饭食都有剩余,希望你不要如此地烦劳。"
解析:人有……者,有人……的;出,拿出;示,给……看;幸,希望。

"烈伯"刘善明
◆解释加点词语
(1)救济。 (2)听说他的名声。(3)应对策问。应考的人按策上的问题陈述自己的见解。 (4)陷落。(5)推荐。 (6)出使。
◆翻译划线句子
(一)善明穿布衣,吃素食,悲伤得如同守丧。
解析:布衣蔬食,穿布衣,吃蔬食,形容生活俭朴清苦;哀戚,悲痛伤感。
(二)善明因为母亲还在北方,不想到西方去,哭着坚决请求不去,被允许。
解析:在房中,在敌人手里;西,名词用作状语,向西;见,表被动;许,允许。

293

裴昭明终身不治产业

◆解释加点词语

(1)迷惑。 (2)罄,一无所有。(3)熟悉。 (4)没有才能。

◆翻译划线句子

(一) 因为你有承担重任的才能,出使回来之后,一定奖赏你做一个州郡的官员。

解析:第一个"以",因为;将命、奉命、承担重任;使,出使;第二个"以",拿。

(二) 齐明帝因为他在任期间没有章表上奏,所以让人代替他的职位命他回京都,并且责备他。

解析:在事,居官任职;无所,没有什么;代,代替;责,责备。

◆简答题

裴昭明认为,人生不需要积蓄财物,除了自身之外,还需要些什么呢!子孙如果没有才能,长辈积蓄的财物会让他们给散失殆尽。子孙如果能自立,不如让他们精通一门技艺、本领。所以裴昭明一辈子都不经营积聚产业。

虞愿传

◆解释加点词语

(1)争逐。 (2)通"值",值班。 (3)结束任期。 (4)拙:笨拙。 (5)谦让。 (6)忤逆,违背。(7)牵连,纠葛。 (8)送回家。

◆翻译划线句子

(一) 陛下建造此寺,用的都是老百姓卖儿卖女典当老婆的钱,佛如果有知,就应当悲哭哀愍,罪孽和佛塔一样高,哪有什么功德?

解析:起,建造;哀愍,怜悯、同情;佛图,又称浮图,佛塔。

(二) 皇帝始终不醒悟,以为果真如此,喜好越来越深。

解析:觉,醒悟;信然,果真如此、确实这样;笃,程度加重、加深。

(三) 此郡承蒙虞公治理之后,善政仍然存在,遗风易于遵守,我几乎清净无事了。

解析:承,承蒙;犹,还、仍然;易,容易;差,几乎。

□《梁书》
萧伟多恩惠

◆解释加点词语

(1)赶不上,来不及。 (2)怜悯,哀怜。 (3)没有什么可以拿来。 (4)吊唁。 (5)大,盛。 (6)授予,给予。

◆翻译划线句子

(一) 时常派遣心腹左右,遍访乡里人士,如有贫困者遇红白喜事不能举办的,就派人赈济抚恤他们。

解析:腹心,即心腹、亲信;历,遍;完,全;闾里,乡里,借指平民;举,举办;赡恤,救济、抚恤。

(二) 话没说完而萧伟的使者到来,补助丧事,得以周全置办。

解析:使,使者;给,补助;周济,周全救助。

萧统理政

◆解释加点词语

(1)连绵大雨。 (2)心腹,亲信。(3)贫穷受冻的人。 (4)核实。

◆翻译划线句子

(一) 普通年间,梁朝军队北伐魏国,京城一带谷价很高,太子萧统于是下令节衣省食,将原来的家宴改为普通的便餐。

解析:京师,京城;因,于是;菲,微、薄。

(二) 每当听到远近各地老百姓的赋税过重,劳役太多太苦,便收敛笑容和喜色变得很不开心。

解析:闻,听说;赋役勤苦,赋税重,劳役苦;辄,总是;敛,收起。

冯道根口不论勋

◆解释加点词语

(1)部下。 (2)乡村小路。(3)责备。 (4)解释。

◆翻译划线句子

(一) 冯道根幼时失去父亲,靠帮工来养活母亲,因为孝顺在乡里闻名。

解析:省略的主语"冯道根",翻译时要补出;佣赁,给人雇佣;于乡里,介词结构作状语后置,翻译时要复原。前"以",连词,来;后"以",连词,因为。

(二) 高祖曾经指着冯道根对尚书令沈约说:"这个人不谈论自己的功劳。"

解析:尝,曾经;示,示意;勋,功劳。

顾宪之传

◆解释加点词语

(1) 翻过来; (2) 罪; (3)偏袒和放纵; (4) 这之前。

◆翻译划线句子

(一) 顾宪之刚到任,就分别通告所属各县,寻找死者亲属和朋友,下令对死者全部殡葬。

解析:下车,刚到任;求,寻找。

(二) 顾宪之对衡阳百姓的教化达到了极致,如果都这样做,我还需督察什么呢!

解析:化,教化;悉,全、都;

"居士"阮孝绪

◆解释加点词语

(1)勉励。 (2)最终。 (3)做饭。 (4)拜访。 (5)遇。 (6)消失。(7)病好了。 (8)馈赠。

◆翻译划线句子

(一) 等到王晏被杀死,他的内外亲属都为此而害怕。孝绪说:"我们虽是亲戚,但未结为一党,怎么会连累到我们呢?"

解析:诛,被杀;亲戚,内

亲外戚；咸，都；党，结党；坐，定罪。

(二) 鄱阳王曾经想驾车到阮孝绪那儿去游玩，阮孝绪凿开墙壁逃开了，始终不肯与鄱阳王见面。

解析：就，到；游，游玩；卒，始终、终于。

《陈书》

畏影避迹，吾弗为

◆解释加点词语

(1)从家中征召出来，授以官职。　(2)即纵衡。肆意横行，无所顾忌。　(3)受到惊扰震动。(4)不逃走。　(5)所说的。　(6)两天合并成一天。

◆翻译划线句子

(一) 侯景攻陷台城的时候，大小官吏纷纷逃跑，只有萧允衣冠整齐地坐在太子的官署，侯景手下的人对他很敬重，不敢逼迫他。

解析：百僚，百官；官坊，指太子的官署；弗之逼，否定句中代词宾语前置，即弗逼之，不敢逼迫他。

(二) 只是祸患的产生都是因为利欲，如果不追求利欲，祸患又从何而来呢？

解析：但，只是；患难，忧患灾难；苟，如果。

拗令褚玠

◆解释加点词语

(1)相互勾结做坏事。　(2)即股栗，大腿发抖。形容恐惧之甚。(3)于是。　(4)通晓，懂得。　(5)确实如此。　(6)亲自写信。

◆翻译划线句子

(一) 褚玠给张次的等人上了枷锁，备好文状奏告朝廷官署，高宗亲手下令慰劳褚玠，并派使臣帮助褚玠查寻，查出有应服兵役、劳役的人八百多户。

解析：锁，戴上枷锁；具状启台，备好文状启禀朝廷；搜括，搜集，查寻；出，查出。

(二) 陈信后来凭借曹义达诬陷褚玠，褚玠终于因此免官。

解析：因，凭借；谮，诬陷；竟，终于；坐，因犯……罪。

姚察清廉好学

◆解释加点词语

(1)年少时。　(2)希望。　(3)夸耀。　(4)读书写作。　(5)意动用法，以……为师。　(6)审阅。

◆翻译划线句子

(一) 姚察自从身居显贵之位，就很注重清廉，而且除了官方所给的粮食和赏赐之外，别的一概不交往。

解析：清洁，清廉；廪锡，俸禄；一，一概；交通，交往。

(二) 而且专心致志著书立说，到老也不倦怠，并且动手自己抄写文稿，没有一刻短暂的停息。

解析：专志，专心致志；白首，白头，年老；辍，停止。

孔奂耿介

◆解释加点词语

(1)幼年死去父亲或父母双亡。　(2)有文才。　(3)借助，这里引申为学习。　(4)没有疑义。

◆翻译划线句子

(一) 孔奂性格耿直，拒绝以私事相托，即使尊贵如太子，重臣如公侯，对他感情加厚，也始终不被屈服。

解析：耿介，正直，不同于流俗；储副，即太子；储副之尊，公侯之重，借助"之"定语后置，翻译时要还原；

(二) 后主仍固执己见，高宗最后还是任江总为太子詹事，因此忤逆了皇上。他（孔奂）耿直像这样。

解析：争，力求获得，互不相让；卒，最后；以……为，任

命……担任；忤旨，忤逆圣旨；梗正，正直。

毛喜传

◆解释加点词语

(1)显露，发觉。　(2)投降，臣服。　(3)延误。　(4)图谋，对付。　(5)停止。　(6)应验，证实。(7)高兴。　(8)自堂下拾级而上，即上台阶。

◆翻译划线句子

(一) 我实在才能不属于智慧聪敏之人，怎么敢预测尚未发生的事。

解析：非，不是，不属于；安，怎么；预兆，预测；未然，还没有成为事实的事。

(二) 高宗把政事交给毛喜，毛喜也用心效忠朝廷，对政事多有匡正补益，他多次直言规劝，所言之事也都能被听从。

解析：纳忠，效忠；谏诤，直言规劝，让他人改正过错；见，被。

(三) 我懊悔召毛喜，知道他没有病，他只是想劝阻我欢宴，不赞同我的所做所为，是故意使奸欺骗罢了。

解析：疾，病；阻，劝阻；非，不赞同；奸诈，使奸欺骗；耳，罢了。

《魏书》

"圣小儿"祖莹

◆解释加点词语

(1)沉迷。　(2)担心。　(3)赶走。　(4)常常，经常。

◆翻译划线句子

(一) 用他的衣服被子遮盖窗户，害怕漏光，被家里人发觉。

解析：以，用；闭塞，堵塞；为……所……，表被动。

(二) 这个孩子的才能器局不是大多数人能够达到的，最终会大有作为的。

解析：才器，才能器局；及，达到、比得上；远至，日后能大成。

司马悦察狱
◆解释加点词语
(1)携带。 (2)官司，案卷。
(3)手忙脚乱。 (4)召集。
◆翻译划线句子
(一) 司马悦把刀鞘拿来看了又看，说："这把刀鞘不是一般人所能做的。"
解析：里巷，相邻，此作普通人解；"此非……也"，表否定判断。
(二) 司马悦拘捕了董及祖，审问他说："你为什么杀人抢钱却丢了刀鞘？"
解析：收，拘捕；诘，审问；而，却；遗，丢。

苻承祖"痴姨"
◆解释加点词语
(1)不如。 (2)给。 (3)隐藏。
(4)寒微，微贱。 (5)怨恨，不满。
(6)启禀，告诉。
◆翻译划线句子
(一) 等到苻承祖被文明太后宠幸发迹后，亲戚朋友都想从苻承祖处获得好处，唯独这个杨氏不想。
解析：为……所……，表被动；贵，变得富贵；利润，好处，利益。
(二) 如果要穿，也要将这些衣服弄脏后再穿。
解析：设，如果；著，穿；污，使动用法，使……污，弄脏。
◆简答题
杨氏不为身外之物所累，她不接受姐姐的馈赠，甘于寂寞，安贫乐道，能以一种平和的心态来对待生活。她有远见，认为"姊虽有一时之荣，不若妹有无忧之乐"。她识大体，知道福祸相依，物极必反的道理，所以，当苻承祖要接她去享福时，她不但不领

情，反而认为这是杀她。

奸臣公孙轨
◆解释加点词语
(1) 伸手取物。 (2) 以不正当的手段而取得。 (3) 征发；征调。 (4) 讥笑。 (5) 侥幸。
(6) 诛灭。
◆翻译划线句子
(一) 我这样进行赏赐的原因，就是要在众人面前找出那些清正廉洁之人。
解析：所以，……的原因；赠赐，赏赐；者，表判断；于众人，状语后置。
(二) 公孙轨为了接受贿赂放纵贼寇，致使余祸至今未除，这都是公孙轨的罪过。
解析：为，为了；纵，放纵；咎，罪过；也，表判断。
◆简答题
公孙轨是个典型的"两面人"，是个沽名钓誉之徒。他在皇帝、同僚面前"独不探把"，表现出非常廉洁的样子，暗地里极尽贪赃枉法之能事，是个阳奉阴违、欺上瞒下、祸害一方的无耻之徒。

高允直谏
◆解释加点词语
(1)包容抚育。 (2)美好的名声。 (3)表率，效法。 (4)喻指很小的利益。 (5)仓库。 (6)美好。 (7)即仓促。 (8)考究。
◆翻译划线句子
(一) 过去的圣君明主，以最公平的心主宰事物，所以把金子藏在山中，把宝珠藏在深渊，用无私来昭示天下人，用俭朴来教训天下人。
解析：明王，圣明的君王；至公，最公正；以无私/以至俭，介词结构作状语后置。
(二) 所以希望殿下体察我的话，斥退奸佞小人，亲近忠良之士，

把各地的田园，分给贫穷的人。
解析：少，稍；佞邪，忠良、贫下，佞邪小人，忠良之士，贫穷人家。
(三) 古人说过：一个男子不耕种，就有人受饥饿；一个女子不纺织，就有人受冻寒。何况动用几万民工，他们所损失和耗费的东西也太多了啊。
解析：一夫，一个男人；或，有人；况，况且；亦以，也是。

《北齐书》
高欢试子
◆解释加点词语
(1)见识。 (2)认为对。 (3)好像。 (4)超过。
◆翻译划线句子
(一) 文宣帝就指挥士兵和彭乐相斗，彭乐脱下铠甲说出真情，还是把他抓了献给高祖。
解析：敌，对阵；免胄言情，脱下铠甲说出真情；以，承接连词，来。
(二) (文宣帝)小时候拜范阳人卢景裕做老师，他记忆力超过常人，卢景裕没有预料到。
解析：师事，像老师一样侍奉，拜某人为师；默识过人，记忆力超人。

孙搴之事
◆解释加点词语
(1)古代官府用以征召、晓谕或声讨的文书。 (2)代替自己。
(3)代理；暂任。 (4)主管；主事。
(5)到。 (6)替。
◆翻译划线句子
(一) 高祖把孙搴带进军营，亲自为他点火，催促他赶快下笔。孙搴提起笔，一气呵成，檄文行文优美。
解析：引，带领；吹火，点火；立，马上。
(二) (孙搴)依靠这自己请

求世宗对他进行超迁,而世宗仅仅给他加了个散骑常侍。

解析:省略主语要补出;恃,依靠;特进,特予晋升;但,只,仅仅。

高洋好吏事

◆解释加点词语

(1)登上皇位。 (2)安定。 (3)臣服,归顺。 (4)选择训练。 (5)克敌制胜。 (6)立即,马上。

◆翻译划线句子

(一)向来爱好官吏之事,观察事物开始就能预测结果,处理繁杂事情,而整天不知道疲倦。

解析:雅,素常、向来;理剧,治理繁难事务。

(二)若有谁违犯法律,即使是与他亲密的皇亲国戚和元老勋臣,都一定不容逃过制裁。

解析:宪章,典章制度;旧勋,昔日的功勋;容舍,优容宽恕,不予追究。

刑狱参军苏琼

◆解释加点词语

(1)拜见。 (2)委任。 (3)另外。 (4)追问。 (5)只要,只管。 (6)打开,引申为接收。 (7)放高利贷。 (8)引证。

◆翻译划线句子

(一)曹芝与他开玩笑说:"你想要当官吗?"他回答说:"设置官职要寻求合适的人来充任,不是人来要求做官。"曹芝对他的回答感到惊奇。

解析:戏,开玩笑;官,名词用作动词,做官;不,用在句末,表疑问;异,意动用法,以……为异。

(二)高澄大笑,对以前被误指为贼的人说:"你们如果不是遇上我的好参军,几乎被冤枉死。"

解析:语,对……说;妄,胡乱,荒谬;尔辈,你们;枉,受冤屈。

(三)我一人获罪,而能救活一千户人家,还有什么可抱怨的?

解析:活,使动用法,使……活、救活;何所怨,疑问句中代词宾语前置,即所怨何,可译为"抱怨什么呢"。

颜之推传

◆解释加点词语

(1)任命(他)为。 (2)轻视。 (3)多次。 (4)看重,赏识。 (5)情况。 (6)德才与职位相称,即能胜任所担当的职务。 (7)调查,核实。 (8)去世。

◆翻译划线句子

(一)颜之推很早继承家传的学业,十二岁时,适逢萧绎亲自讲说《庄子》《老子》,他就参与到门生行列。

解析:传,传承、继承;值,恰逢;预,参与。

(二)正好黄河水暴涨,颜之推就备办船只带妻子儿女逃奔北齐,中间经历险要的砥柱山,当时人称赞他勇敢有决断。

解析:长,通"涨";具,备,将,带领;妻子,妻子儿女;勇决,勇敢而有决断。

(三)皇帝对他恩宠很重,待遇越来越优厚,被功勋卓著官居要职的人嫉妒,这些人常常想要加害他。

解析:恩接,即恩遇;勋要者,功勋卓著官居要职的人;为……所……,表被动。

《周书》

人君之身百姓之表

◆解释加点词语

(1)表率。 (2)目标。 (3)紧接着。 (4)教导。

◆翻译划线句子

(一)君王德行如果不能自己修养,却要百姓修养德行,这就好像没有目标却要求别人非射中不可。

解析:行,德行;自修,修养自己的德性;是,这;的,目标;责,要求。

(二)因此百姓对君主既敬畏又爱戴,既效法又模仿,(美好的品德)用不着每家教诲每天显示而自然就盛行起来了。

解析:则、象,效法、模仿;家、日,名词用作状语;兴行,盛行。

善官人者必先省其官

◆解释加点词语

(1)减少。 (2)繁多。 (3)考察。 (4)兼任或暂代官职的情况。

◆翻译划线句子

(一)当初人多事广的时候,尚且能把政务搞好,何况现在户口减少。

解析:克济,能成就,能把事情做好;况,何况。

(二)像这一类的官吏,全都应当罢免,不能遵循常规。

解析:此辈,这类人;罢黜,罢免;习常,沿袭旧章、遵循常规。

治民之本先在治心

◆解释加点词语

(1)怎么。 (2)关键。 (3)兴起,产生。 (4)统治,治理。

◆翻译划线句子

(一)思想是全身的主宰,各种行为做法的根本。

解析:心,思想;者,表判断;主,主宰;百行,各种行为。

(二)所谓心地清净,不是说不贪图钱财,而是要让心情清净平和,精神端正沉静。

解析:夫,句首发语词;非……之谓,不是说……;乃,是;使,让。

柳庆断案

◆解释加点词语

(1)商人。 (2)做买卖。 (3)

没有多久。　(4)只是。　(5)立案侦查。　(6)像乌鸦一样聚集。这里指临时拼凑的抢劫团伙。

◆翻译划线句子

(一) 前一阵曾与一个僧人痛饮过两次，醉得大白天就睡着了。

解析：向者，从前、前些时候；再度，两次；酣宴，饮酒尽兴、畅快。

(二) 过了两天，广陵王元欣的家奴两手反绑着来到榜文处自首。柳庆便升堂审问，将其他党羽一网打尽。

解析：面缚，双手反绑于背而面向前，表示投降；自告，自首；推穷，推研穷究。

名医姚僧垣

◆解释加点词语

(1)困难。　(2)我。放在动词之前，表示对自己怎么样。　(3)最后。　(4)等到。　(5)随意。(6)病情加重，病危。

◆翻译划线句子

(一) "僧垣用心细致周密，竟然到这种地步，用这样的态度诊治疾病，什么病治不了呢？"后来姚僧垣被周太祖征召。

解析：乃，竟然；候，诊治；为，表被动。

(二) "曾听先帝称您为姚公，有这事儿吗？"僧垣答："承蒙君王特别偏爱，但确实如圣上所说。"

解析：有之乎，有这回事吗；对，回答；曲荷，敬辞，承蒙；承受；殊私，指帝王对臣下的特别恩宠；圣旨，帝王的旨意或命令，此为圣上所说。

(三) 就回答说："我承受皇恩已经很厚重，想尽全力效劳。只恐怕能力有限不能不尽心而为。"皇帝点头称是。

解析：荷恩，蒙受皇恩；庸短，平庸浅陋之才，谦辞；不逮，不及，达不到；颔，颔首、点头。

□《南史》

萧统判案

◆解释加点词语

(1)审理案件。　(2)案卷。(3)以为，认为。　(4)哄骗，欺骗。

◆翻译划线句子

(一) 这些都可怜人，我能判决吗？

解析：是，这，这些；念，哀怜，可怜；得，能够。

(二) 当事官员拿着这些判下的案卷，不知该怎么办，向武帝详细报告，武帝笑了笑并让照此办理。

解析：具狱，据以定罪的全部案卷；状语后置要还原；从，听从。

范元琰为人善良

◆解释加点词语

(1)等到。　(2)曾经。　(3)匆忙，急速。　(4)原因。　(5)为……保密。　(6)这，这样。

◆翻译划线句子

(一) 先前我之所以避开逃回家，是担心他惭愧羞耻，现在说出他的名字来，希望您不要泄露出去。

解析：向，刚才；所以，……的原因；畏，担心、害怕；愿，希望。

(二) 有时有人淌过水沟偷盗他家竹笋，元琰就砍伐树木做成桥来让他们方便地过沟。

解析：或，有时；涉，步行过水；因，于是、就；以，承接连词，相当于来；度，过，此为使动用法。

衡阳王受训

◆解释加点词语

(1)斥退。　(2)指责，非难。(3)鼓励。　(4)使……止。

◆翻译划线句子

(一) 义季勒住马缰，说："这是贤者啊。"

解析：止，使动用法，使……停下；此贤者也，判断句，也，表判断。

(二) 如果不妨碍农时，那么这个冬季就是我们享受衡阳王给我们的恩赐。

解析：苟，如果；第一个"则"，那么；第二个"则"，就是。

吕僧珍公私分明

◆解释加点词语

(1)表明。　(2)肩负，承担。(3)店铺。　(4)嫁给。

◆翻译划线句子

(一) 吕僧珍离家日久，上表请求拜祭祖墓。

解析：去，离开；表，上表、表奏；拜墓，拜祭墓。

(二) 吕僧珍在任职期间，对于士大夫的接待超过常礼，以公平之心作为下属的表率，不特别照顾亲戚。

解析：迎送，迎来送往、接待；率，表率、榜样、楷模；私，偏爱。

何远惠民

◆解释加点词语

(1)登基。　(2)陈设供宴会用的帷帐、用具、饮食等物。亦谓举行宴会。　(3)沿途。　(4)行平等的礼。　(5)脸色。　(6)称赞。(7)获取，找到。　(8)观察，探察。

◆翻译划线句子

(一) 从此以后，就与从前的人断绝了交往，别人赠送的东西一点都不接受。

解析：至是，从此；乃，就；秋毫，鸟兽在秋天新长出来的细毛。喻细微之物。

(二) 武帝听说他贤能，破格提升他做宣城太守。从县令直接升任京城附近的大郡长官，从来没有过这样的事。

解析：擢，破格提拔；未有之，没有过这样的事。

（三）他在东阳一年多，又被受惩罚的人毁谤，被判免除官职遣送回家。

解析：岁余，一年多；为……所……，表被动；坐，被判处免除官职。

《北史》

李惠杖击羊皮断案

◆解释加点词语

(1)垫，衬。 (2)诉讼。 (3)发现。 (4)它的实际情况。

◆翻译划线句子

（一）有背着盐和背着柴的人，两个人同时放下重担在树荫下休息。

解析：负，背；释，放下；"息"后省略介词"于"，要补出。

（二）对他的下属官吏说："拷打这张羊皮能够查出它的主人吗？"下属官吏都不能回答。

解析：群下，僚属或群臣；拷，拷打；咸，都；无对者，没有回答的人。

长孙毁宅

◆解释加点词语

(1)不更换。 (2)低矮简陋。(3)出任地方长官。 (4) 切责：严厉责备。

◆翻译划线句子

（一）长孙道生廉洁而俭约，虽是三司显职，而所穿的衣服不饰以华美，食不二味。

解析：廉约，廉洁俭约；兼味，两种以上菜肴。

（二）今天强大的敌人还在北方边境游荡未平，我怎么能安心住这样华美的房子。

解析：寇，敌人；"游魂"后省略介词"于"；岂，表反诘语气，怎么。

长孙平谏君不听诽谤

◆解释加点词语

(1)诽谤，诋毁。非，通"诽"。(2)发扬。 (3)宽大，宽容。 (4)帝王的诏书、命令。

◆翻译划线句子

（一）这话虽说的是小事，但能够以小喻大。

解析：可以，能够用来。

（二）诽谤的罪名，不要再（将此事）奏报。

解析：勿，不要；以闻，即以之闻，禀报。

于仲文断案神明

◆解释加点词语

(1)卓异，不同寻常。 (2)从家中征召出来，授以官职。 (3)镇静自如。 (4)承认罪责。

◆翻译划线句子

（一）（屈突尚）先前因犯罪应该被判入狱，却没有人敢将他绳之以法。于仲文到始州后，穷究了这一案件，于是把这案件办成了。

解析：坐事，因事获罪；绳，名词用作动词，约束、制裁；穷，追究到底；竟，完毕、结束。

魏收传

◆解释加点词语

(1)改变平时的志趣行为。(2)天色已晚，日暮。 (3)选拔。(4)超过。 (5)回答。 (6)不可改易。此引申为不可磨灭。 (7)遗失，散失。 (8)察看所犯过错，以了解其为人。

◆翻译划线句子

（一）孝武帝曾出动大批兵士，在嵩山之南打猎，时间长达十六天。

解析：大发，大量调用；于嵩少之南，介词结构作状语后置，翻译时要还原；有，通"又"。

（二）天保四年，任命魏收做魏郡太守，特意给予他优厚的俸禄，使他致力于史事，不掌管魏郡政务。

解析：句首承前省略年号，翻译时要补出，即天保四年；除，任命；故，存心，故意；专，使……专一（集中）；不知，不掌管。

（三）有的说遗漏了他家的世系、职位，有的说他家的人没有被记载，有的说魏收胡乱地对他人贬责诋毁。

解析：或，有人；遗，遗漏；见，被；非毁，诽谤，诋毁，非通"诽"。

《隋书》

苏威直陈君过

◆解释加点词语

(1)改变神色。 (2)采纳，听从。 (3)绕开。 (4)拦住。

◆翻译划线句子

（一）苏威见到皇宫中用白银制作帷幔的钩子，于是就极力陈说节俭的美德来告诫皇上。

解析：因，于是；盛，极力；陈，陈说；谕，告诫。

（二）文帝更加愤怒，要亲自出来杀掉那人，苏威挡在文帝前面不离开。

解析：自出，亲自出来；当，通"挡"；前，皇上的前面；不去，不离开。

赵轨清廉若水

◆解释加点词语

(1)接受禅让，意为当上皇帝。(2) 名声。 (3)考核成绩。 (4)饯行。

◆翻译划线句子

（一）赵轨少年时好学，有操行。北周的蔡王引荐他做了记室，因守贫刻苦而知名。

解析：行检，操行；引，引荐；清苦，守贫刻苦。

（二）我不是用这种行为求得名声，想来大概是非自己劳作得

299

来的东西，不愿意侵占别人。

解析：以此，用；杼，织布机；机杼之物，代指劳作得来的东西；侵人，侵占别人的东西。

文帝不记旧怨
◆解释加点词语
(1)老交情。 (2)仗义不平之气在脸上流露出来。 (3)打算，意图。 (4)与……相似。
◆翻译划线句子
(一)（荣建绪）准备去上任，这时杨坚心里暗有代周自立的意图，于是对荣建绪说："将来得志，我与你共享富贵。"

解析：之，到；阴，暗中、暗地里；跻蹐，得志。

(二)（杨坚）笑着说："我虽然不懂你引的书中言语，也知道你这话并不谦逊。"

解析：上，指皇帝杨坚；书语，书中语言；不逊，不谦逊。

薛胄慧眼识伪官
◆解释加点词语
(1)充满正气。 (2)拘捕。(3)监狱。 (4)坚持规劝。(5)听凭，任凭。 (6)拘捕。
◆翻译划线句子
(一)薛胄在路上遇到了他，发现他有问题，想把他留下来追问。

解析：诸，兼词，之于合音；诘，询问、追问。

(二)薛胄呵斥王君馥说："我已经清楚地知晓这个人是冒充的，司马你包庇奸人，与他一同犯罪！"王君馥这才停止劝说。

解析：呵，呵斥；容奸，包庇奸人。乃止，才停止（劝说）。

李安舍亲不求荣
◆解释加点词语
(1)隐瞒。 (2)没有什么用来。(3)没有想到。 (4)头颅，脑袋。

◆翻译划线句子
(一)李安说："丞相就像是父亲，怎么可以背叛呢？"于是暗中把这件事告诉杨坚。

解析：丞相父也，判断句；其，表示反问语气，相当于"难道""岂"；背，背叛；阴白，暗中告知。

(二)杨坚为他改变脸色说："我为你特别保全李璋儿子的性命。"

解析：改容，改变脸色；存，使动用法，使……存（活下来）。

"慈母"辛公义
◆解释加点词语
(1)赞叹。 (2)处理公务。(3)官吏的俸禄。 (4)亲自。 (5)……的原因。 (6)刚到任。 (7)露天，在室外。 (8)诚恳，恳切。
◆翻译划线句子
(一)于是分别派遣官员巡行观察管辖地，凡是患病的人，都用床运来，把他们安置在处理政务的大厅里。

解析：因，于是；部内，辖区内部；舆，运、抬。

(二)那些病人家里的儿子、孙子们都十分惭愧地拜谢离开。

解析：诸，各位；惭谢而去，惭愧地拜谢离开。

(三)后来有想打官司的，那人乡里的父老就开导说："这是小事，怎么能忍心让刺史大人辛苦劳累。"打官司的人大多双方相让而不再打官司。

解析：诤讼，打官司；晓，开导；两让，双方相互谦让。

□《旧唐书》
尉迟敬德辞隐太子
◆解释加点词语
(1)信。 (2)拒绝。 (3)怎么，哪里。 (4)说别人坏话，诬陷。

◆翻译划线句子
尉迟敬德把这事告诉了秦王，秦王说："您的忠心就像山岳一样，即使积蓄成斗的金银（送您），又怎么能改变它呢？可是这恐怕不是自保的方法。"

解析：以闻，即以之闻；第一个"然"，一样；移，改变；第二个"然"，可是；如山岳然，像山岳一样；自安，自我保护。

柳公权刚毅进言
◆解释加点词语
(1)众人的议论，多指非议。(2)褒贬。 (3)参见。 (4)引用。
◆翻译划线句子
(一)人们所议论的是郭旼将两名女子进献入宫，因此才得以升迁的，这是真的吗？

解析：进，进献；除拜，授官，除旧职，拜新官；信，真的。

(二)瓜田李下的嫌疑，怎么能让这件事家喻户晓呢？

解析：嫌，嫌疑；何以，即以何，怎么；晓，知道。

魏徵谏正国法
◆解释加点词语
(1)下马礼拜。 (2)官员按品级排列的位次。 (3)准备，打算。(4)地位高低。 (5)怎么能够。(6)许可，允许。
◆翻译划线句子
(一)考究古代史实，找不出凭证；而今实行这种礼法，又违背国家典制。

解析：诸，兼词，之于；故事，先例，旧日的典章制度。乖，违背。

(二)从周代之后，必定立嫡亲长子为太子，以此杜绝了庶族对王位的不良用心，堵塞了祸乱的本源，为君者务必多加谨慎。

解析：以降，以来；所以绝，用来杜绝；塞，堵塞；有国家者，指国君。

戴玄胤犯颜执法

◆解释加点词语

(1)选拔推荐。 (2)交给。(3)损害。 (4)使动用法，使……正，纠正，改正。

◆翻译划线句子

(一) 我下令不自首的人予以处死，而你现在判以流放，这是向天下表明我不守信用，你想贪赃枉法吗？

解析：首，自首；从流，按流放之罪处理；是，这；不信，不守信用；卖狱，贪赃枉法。

(二) 法律，是国家用来向天下布布大信义的手段；而言论，只是表达一时的喜怒情绪。

解析：注意本句判断句式的翻译；所以，用来……的。布，公布，宣告；发，兴起，产生，引申为表达。

张允济传

◆解释加点词语

(1)教育训导。 (2)附着。(3)判决。 (4)评判。 (5)下属（身边的人）。 (6)可以把。 (7)全，都。 (8)天亮。

◆翻译划线句子

(一) 允济说："你自有元武县令，怎么到这里来告状？"那人泪流不止，把事情的始末都讲了出来。

解析：尔，你；令，县令；所以，原因，事情的原委。

(二) 有人对他说："我们这武阳县境内，路不拾遗，只要能返回去取，东西一定在。"正如这人所说，果然找到了衣衫。

解析：或，有人；但，只要；果得，果然找到。

《新唐书》

王及善有大臣节

◆解释加点词语

(1)带领。 (2)痛恨。 (3)头目，为首的。 (4)辅助，辅佐。

◆翻译划线句子

(一) 来俊臣被囚禁在牢狱，被判死刑，武则天想赦免不杀他。

解析：系狱，囚禁在牢狱；当，判处；释，释放，赦免。

(二) （庐陵王）已经成了皇太子，王及善又请太子到外朝来抚慰人心。

解析：既，已经；请，请某人做某事；以，承接连词，相当于"来"。

书法家欧阳询

◆解释加点词语

(1)相貌丑陋。 (2)超越，超过。(3)古人用于书写的长一尺的木简。这里指墨迹，字迹。 (4)爱好。

◆翻译划线句子

(一) 高祖未显达时，多次与他交游，高祖即帝位后，（欧阳询）多次获得提升，官至给事中。

解析：微，地位卑微；游，交游，交往；累擢，多次获得提拔。

(二) 欧阳询起初仿效王羲之的书体，后来在险劲方面超过了王羲之，于是自称欧体。

解析：书，书法；过，超过；名，命名，名词用作动词。

陆象先为政仁恕

◆解释加点词语

(1)崇尚。 (2)一定要。 (3)多次。 (4)禀告。 (5)惭愧。(6)只要。

◆翻译划线句子

(一) 大人应该用严厉的刑罚树立威信，要不然，百姓们就会怠慢您，不畏惧您。

解析：示威，树立威信；不然，不这样；无畏，不畏惧。

(二) 人的本性大概差不多，你认为他听不懂我的话？如果非要用刑杖来教育人，那就从你开始。

解析：人情，人性的本性；不相远，差别不大；晓，明白；以……为……，把……当作……。

少年才子王勃

◆解释加点词语

(1)上厕所。 (2)立即。 (3)惊惶急视的样子。 (4)结束，停止。

◆翻译划线句子

(一) 背地里安排他的女婿作一篇序以向宾客夸耀，于是拿出纸笔遍请宾客作序，大家都不敢担承。

解析：宿命，预先安排；请客，请求宾客；莫敢当，没有人敢承当。

(二) 王勃写文章的时候，刚开始并不精密思索，先磨数升墨汁，然后大量饮酒，拉过一床被子蒙头而卧，等醒来之后，拿过笔来就写完全篇，不改一字。

解析：属文，写文章；酣饮，尽兴喝酒；及寤，等到睡醒；易，更改。

颜真卿大义凛然

◆解释加点词语

(1)却，竟然。 (2)将近。(3)你们。 (4)吊死，绞死，勒死。

◆翻译划线句子

(一) 希烈于是囚禁真卿，在庭院中挖了个坑，故意说要活埋他。

解析：乃，于是；坑，活埋，名词作动词。

(二) 真卿就起身往火里跳，被人拦住。

解析：赴火，往火里跳；为……所……，表被动。

王珪巧答君问

◆解释加点词语

(1)方正。 (2)指无原则地附和。 (3)杀害、残害。 (4)对错。(5)意动用法，以……为美。 (6)亦作"出内"。传达帝王命令，反映下面意见。

◆翻译划线句子

(一) 不是这样的，郭君爱惜好的意见却不采纳，讨厌不好的事情却不停止做，所以灭亡。

解析：不然，不是这样；善善，爱惜好的；恶恶，厌恶不好的。

(二) 你给朕评评玄龄等人的才干，并且说说，你与这些人相比谁更贤能？

解析：材，同"才"，才能；且，并且；孰与，谁与谁比，谁怎么样；诸子，这些人。

(三) 至于抨击坏人坏事奖励好人好事，疾恨邪恶喜好善美，我和他们相比有一点点长处。

解析：激浊扬清，抨击坏人坏事奖励好人好事；疾恶好善，疾恨邪恶喜好善美；数子，他们。

秦叔宝勇武过人

◆解释加点词语

(1)逃走。 (2)登上。 (3)迎接。 (4)打败，攻克。 (5)任命……担任。 (6)使动用法，使……走（跑），击退。 (7)因为这。 (8)受重伤。

◆翻译划线句子

(一) 敌人看到我们退兵，一定会用全部的人马来追我们，如果我们能够用精锐的士兵去袭击他们的营寨，将对我们有好处，谁愿意为我去？

解析：却，退；悉众，全部人马；锐士，精锐部队；且，将。

(二) 于是相约一同西去，秦琼骑着自己的马前去向王世充告别，说："我自认为不能侍奉您，请让我现在告辞吧。"

解析：俱西走，一起向西跑；谢，告别；请，请允许我做某事；从此，从现在起。

(三) 你不顾念妻子儿女而来归附于我，并且又立了大功，如果我的肉可以吃，就应当割下来给你吃，何况是财物、美女呢！

解析：恤，顾念；妻子儿女；使，如果，假如；况，何况。

《旧五代史》

和凝敕贺瑰

◆解释加点词语

(1)征召。 (2)抵御，抵抗。 (3)随即。 (4)拉。

◆翻译划线句子

(一) 大丈夫受人赏识，（当赏识你的人）遇到困难却不知报答，不是（我）一向的志愿，只是遗憾没有为（赏识你的人）效死的机会。

解析：丈夫，男子汉大丈夫；知，赏识；素，一向；恨，遗憾；死，效死，"为"动用法，即为……而死。

(二) （贺瑰）于是将女儿嫁给了和凝，从此和凝的名声威望更加盛大了。

解析：妻，嫁；由是，从此；益，更加；隆，盛大。

阎宝劝庄宗乘势决胜

◆解释加点词语

(1)进犯。 (2)天色将晚，傍晚。 (3)形容词用作名词，精锐部队。 (4)黄河北边。

◆翻译划线句子

(一) 现在如果引兵后退，一定会被敌军追击，我方军队尚未集结，加上听闻敌军胜势，就会不战而自己溃败。

解析：若引退，如果引兵退去；为所，被；未集，尚未集结；更，再加上。

(二) 庄宗听了很是震动，说："如果没有您，几乎计谋错误。"

解析：耸听，使听的人吃惊；微，如果没有；几，几乎。

王瑜"钓鱼执法"

◆解释加点词语

(1)祖先。 (2)指法律案牍。此为办案。 (3)确实。 (4)贬退。

◆翻译划线句子

(一) 恰逢濮郡秋季庄稼丰收，但税收却不相称，命他乘车出使，巡视考察制定对策。

解析：会，恰逢；丰衍，犹言茂盛繁衍，此作"庄稼丰收"解；税籍不均，即年成与税收不相称；按察，巡视考察。

(二) 我生活贫困很久了，家中没有增加财产，替我向县令表达，暂且寻求借贷。

解析：食贫，过贫困的生活；室，家中；致意，向人表达真实的心意；假贷，借贷。

文学天才李琪

◆解释加点词语

(1)府第，官僚和贵族的大住宅。 (2)惊异。 (3)担心，忧虑。 (4)您。 (5)科举考试的等级。 (6)阅读。

◆翻译划线句子

(一) 能获得贤士才会昌盛，不贤明就无人共事。项氏败亡是很自然的，连一个范增都不能使用。

解析：得士，获得贤士。罔，无，没有；宜项氏之败亡，主谓倒装句，即"项氏之败亡宜哉"，其中"之"取消句子独立性。

(二) 李琪十八岁时，带着一篇赋去拜访李谿。李谿忙不迭地倒穿着鞋子出门迎接，对李琪说。

解析：袖，名词用作动词，藏在袖子里；谒，拜见；倒屣，把鞋倒穿；谓……曰，对（某人）说。

张全义善抚军民

◆解释加点词语

(1)众多，富足。 (2)部下。 (3)市场。 (4)给在田间劳动的人送饭。

◆翻译划线句子

(一) 对于归来的老百姓，就让他们安居，不对他们施以重刑，

不对他们征收租税,回来的流民日渐增多。

解析:民之来者,定语后置句,即归来的百姓;下文"流民之归"用法同;抚绥,安抚。

(二) (张全义)一边耕种一边打仗,每年都增加开垦的田地,招回流亡失散的民众,对待他们如同自己的子女。

解析:且耕且战,且……且……,即一边……一边……;岁滋,每年增加,岁,名词作状语,每年;流散,动词活用作名词,流亡失散的民众。

李愚清贫廉洁

◆解释加点词语

(1)随便,马虎,敷衍了事。
(2)客居。　(3)诚恳。　(4)有时。
(5)责备。　(6)登记,此为没收。
(7)百姓。　(8)府邸。

◆翻译划线句子

(一) 我居于朝廷为官,与衡王平素不交往,怎敢谄媚侍奉。

解析:朝列,指朝班,泛指朝廷官员。无素,平素不交往;安,怎么;谄事,逢迎侍奉。

(二) 梁末帝认为华温琪是先朝开国之臣,不忍加以刑罚,李愚坚持查办他的罪过。

解析:草昧之臣,即开国之臣,草昧,犹创始,草创;加法,施加刑法;坚,坚持;按,查办。

(三) 李愚性情刚烈、正直,常常表现在言辞上,然而没有响应的人。

解析:刚介,刚强正直;往往,常常;形言,是指表现在言辞上;唱和,响应;人无唱和者,定语后置句,"无唱和者"是"人"的定语。

《新五代史》
杨行密计诛叛臣

◆解释加点词语

(1)通"佯",假装。　(2)苏醒。

(3)托付。　(4)遗憾。

◆翻译划线句子

(一) 每次接见朱延寿的使者,总是故意说错使者所看到的,以此表示他的眼病。

解析:接,接见;错乱,把……弄错乱;以,承接连词,来;示,表明。

(二) 我的事业成功但丧失了眼力,这是上天废弃我啊!

解析:丧,丧失;其,我;是,这;也,表判断。

逍遥先生郑遨

◆解释加点词语

(1)避忌。　(2)妻子儿女。
(3)不予考虑。　(4)养活自己。
(5)赠送。　(6)不出仕。

◆翻译划线句子

(一) 后来李振获罪向南方逃匿,郑遨步行千里前往探望他,从此以后听说这件事的人更加尊重他的德行。

解析:得罪,获罪;省,探望;高,形容词用作动词,尊重。

(二) 郑遨曾经察验这件事,果真如此,却并不(向李道殷)探求这种道术。

解析:信然,确实这样;不之求也,否定句中代词宾语前置,即不求之也。

李重美仁厚

◆解释加点词语

(1)去,到。　(2)躲藏逃避。
(3)放任,放纵。　(4)死了以后。

◆翻译划线句子

(一) 唐废帝心里害怕石敬瑭,当初就不想去,听了李重美的话,认为李重美讲得对。

解析:惮,害怕;以为然,认为对。

(二) 国家多灾多难,不能给百姓作主而保护他们,却要禁止他们去躲避灾祸,行吗?

解析:多难,多灾多难;与

民为主,给百姓做主。

皇后吝啬惜物失民心

◆解释加点词语

(1)祈祷消除灾殃。　(2)卖。
(3)拿东西送给别人。　(4)刚才。

◆翻译划线句子

(一) 宰相请求拿出库房财物来供应军队,庄宗同意,皇后不肯。

解析:出,取出;以,承接连词,来;给,供应;许,应允,同意。

(二) 庄宗向东前往汴州,随驾军士有二万五千,到了万胜镇,没法前进反而退回,军士放散,逃跑的有一大半。

解析:东,向东,名词作状语;幸,帝王到达某地;从,随从;亡,逃跑。

伶人敬新磨智谏

◆解释加点词语

(1)拦住。(2)难道。(3)种植庄稼。(4)用手打。(5)抓住。
(6)讥讽。

◆翻译划线句子

(一) 为什么不让百姓挨饿,空出这个地方,好让我们皇帝打猎呢?

解析:饥,使……饥;空,使……空;之,取消句子独立性,无实意;驰骋,畋猎。

(二) 新磨曾经在殿中禀报事情,殿中有很多恶狗,新磨离开时,一只狗追赶他。

解析:"奏事(于)殿中",省略介词"于";奏事,禀报事情;去,离开。

《宋史》
吕蒙正轶事

◆解释加点词语

(1)使动用法,使……止,阻止。　(2)度量。　(3)犯贪污罪。
(4)贬黜,降职。

◆翻译划线句子

(一) 吕蒙正装作没有听见而走过去了。

解析：佯，假装；不闻，没听见；过，走过，经过。

(二) 张绅家境富裕，不会贪污，只因吕蒙正贫困时向他勒索没有如愿，如今对他进行报复罢了。

解析：特，只，仅；勾索，勒索；报，报复。

包拯廉洁奉公

◆解释加点词语

(1)憎恶，讨厌。　(2)指平民。　(3)老家。　(4)意志，意愿。

◆翻译划线句子

(一) 端州这地方出产砚台，他的前任知州假借上贡的名义，随意多征几十倍的砚台来送给权贵们。

解析：缘，假借；率，一般，大致；遗，赠送。

(二) 他跟人交往不随意附和，不以巧言令色取悦人，平常没有私人信件，连朋友、亲戚也断绝往来。

解析：句首省略主语"包拯"要补出；苟合，随意附和；伪辞色，伪装言辞表情(脸色)；私书，私人信件；绝，断绝来往。

赵普其人

◆解释加点词语

(1)少。　(2)处置，裁决。　(3)心胸狭窄。　(4)最终。

◆翻译划线句子

(一) (赵普) 每次回到家，就关起门来开箱取书，整天阅读。

解析：句首省略主语"赵普"要补出；每，每次；阖户，关门；竟日，整天。

(二) 刑罪是用来惩治罪恶的，赏赐是用来酬谢有功人的，这是古往今来共同的道理。

解析：判断句式要体现；以，用来；恶，恶人；功，有功之人；

通道，共同道理。

杯酒释兵权

◆解释加点词语

(1)你们。　(2)为何。　(3)购买。　(4)赠送。

◆翻译划线句子

(一) 哪个人不图富贵？一旦有人把黄袍加在你们身上，到时即使你不想做天子，又怎么可能脱身呢？

解析：孰，谁；欲，想要；其可得乎，固定句式，译为"又怎么可能……呢？"

(二) 陛下替我们想到了这一点，真是使死者复生，使白骨长肉啊。

解析：念及，想到；所谓，所说的；生，使……复生；肉，使……长肉。

"殿上虎"刘安世

◆解释加点词语

(1)不贤。　(2)有胆识，敢作敢为。　(3)假如。　(4)直言敢谏。　(5)当面。　(6)名词用作动词，把……看作。

◆翻译划线句子

(一) 皇上正以孝道治天下，如果以母亲年老为托词，应当可以避免任此官职。

解析：主上，指皇上；若，如果；辞，托辞；当，应该。

(二) 即使获罪遭受流放，不论流放地点有多远，我都会跟你到流放的地方。

解析：得罪，获罪；远近，偏义复词，偏"远"。从，跟随；所之，指流放地。

鲁宗道不欺君

◆解释加点词语

(1)谨于小事，小节。　(2)紧急召见。　(3)获罪。　(4)老朋友。

◆翻译划线句子

(一) 使者要先进入禀报，就

给他打招呼说："皇上如果怪罪鲁公为何来得这么迟，该怎样回答呢？"鲁宗道说："只管将实情告诉皇上。"

解析：约，商议；即，假如；何以为对，倒装句，即"以何为对"；第，只要。

(二) 真宗认为鲁宗道忠实可以重用，并把这个意见告诉了刘太后。

解析：以为，即"以之为"，省略需补出；大用，即重用；"尝以"后省略宾语"之"，要补出；语，告诉，名词用作动词。

岳飞传

◆解释加点词语

(1)满。　(2)以……为义(仁义)。　(3)为国献身，为义而死。徇、死二词是"为"动用法。(4)宵衣旰食。即天不亮就起来，天黑了才吃饭，形容勤于政务。(5)建造府邸。　(6)督促。　(7)示众。　(8)规谏，劝说，此作告诫解。

◆翻译划线句子

(一) 他的父亲岳和，能够节省粮食来周济穷人。乡人耕种侵占他家土地，他便割地让给人家；邻居向他借钱，他从不去强迫人家还债。

解析：节食，节省粮食；济，接济，帮助；与，给；责偿，催促偿还。

(二) 有的人问天下什么时候太平，岳飞说："文臣不吝惜钱，武将不吝惜死，天下就太平了。"

解析：或，有的人；爱、惜，都是吝惜，舍不得；天下，即国家。

(三) 岳飞在文章后题跋，单单指出曹操是奸贼所以鄙视他，特别被秦桧所讨厌。

解析：跋，作动词，题跋；"跋"后省略介词"于"，要补出；独，副词，仅，只有；鄙，鄙视；尤，特别；恶，讨厌。

苏轼传

◆解释加点词语

(1)关键，重点，要害。 (2)彻底查办。 (3)托物以寄讽喻之意。 (4)罗织罪名，陷人于罪。 (5)指当权者。 (6)公文。 (7)也作"芥蒂"。比喻内心不满或不快，介意。 (8)一生，终竟此身。

◆翻译划线句子

(一) 苏轼住在堤上，路过家门也不进去，派官吏分段防守，最终保全了这座城。

解析：庐，名词用作动词，筑庐居住；过，经过；分堵，即分段，"堵"作量词；卒，最终；全，保全。

(二) 宋朝立国后，停止了，菱白根积为田，剩下水面没有多少了。

解析：兴，兴起，建立；废，停止；无几，没有多少。

(三) 虽然如此，假使苏轼因此而改变他的为人，还能成为苏轼吗？

解析：虽然，即使这样；假令，如果让；以是，因此；易，改变；尚得，还能够。

《辽史》

罗衣轻巧谏兴宗

◆解释加点词语

(1)指过于亲近而态度不庄重。 (2)答应。 (3)不守法纪，放肆妄为。 (4)依靠，凭借。

◆翻译划线句子

(一) 朝中的大臣们都不敢讲真话，只能在道路上以目相视表示愤慨。

解析：无敢，不敢；言，说，这里是说真话；道路，名词作状语，在道路上；以目，用眼睛示意。

(二) 兴宗开始醒悟，不再玩双陆博戏了。

解析：悟，觉醒；复，再；戏，玩游戏。

耶律韩留性不苟合

◆解释加点词语

(1) 严肃稳重。 (2) 妒忌。 (3)停止，平息。 (4)看不见。

◆翻译划线句子

(一) 只不过臣过于笨拙，不能够事奉权贵，所以没有能够早点与皇上见面。

解析：第，只，不过；驽拙，笨拙；是以，所以；不获，不能得到；睹天颜，指与皇帝见面。

耶律铎鲁斡不苟货利

◆解释加点词语

(1)节俭。 (2)违背正道。 (3)用。 (4)命人驾车马。

◆翻译划线句子

(一) 铎鲁斡所到之处都有名望，官吏百姓都敬畏并爱戴他。

解析：所至，所到的地方；有声，有名望；畏爱，敬畏爱戴。

(二) 告别父母亲去做官，应当把国家富强，人民安定当作事业。

解析：辞亲，告别父母；裕、安，使动用法，使……富裕，使……安定；以……为……，把……当作……。

此社稷计，何憾之有

◆解释加点词语

(1)直言，说实话。 (2)一个人上奏。 (3)使动用法，使……出，即调出京城。 (4)担心。

◆翻译划线句子

(一) 责备他说："我和你没有什么仇怨，为什么唯独对我表示异议呢？"

解析：让，责备；无憾，没有怨恨；何独，为什么唯独。

(二) 耶律乙辛诬告耶律撒剌与耶律速撒合伙谋划废立皇帝的事，道宗下令查核，但无证据，便把他调出京都，担任始平军节度使。

解析：诬，诬陷；废立，指废立皇帝的事；按，查核；无迹，没有证据。

马人望传

◆解释加点词语

(1)交付司法官吏审讯。 (2)质问，审讯。 (3)裁决，处置。 (4)搜求，清查。 (5)大约。 (6)暗中，暗地里。 (7)国家粮仓。 (8)形容神色变得严肃或不愉快。

◆翻译划线句子

(一) 萧吐浑高兴地说："您这样一心为了百姓，以后必有大用。"并将此事上报给朝廷，他的请求全都被接受。

解析：君，对对方的尊称，您；闻，禀报；悉，全部。从，听从，接受。

(二) 人们不敢以私情请托，用人必定是任用大家都赞成的人。当时，困扰民众的，主要有驿递、仓司等徭役，很多人因此到了破产都不能供给。

解析：干，求取；公议，众人的议论；患，忧虑；役，徭役；给，供给。

《金史》

张汝霖引君奢侈

◆解释加点词语

(1)各种。 (2)完成。 (3)国家的体面。 (4)渐渐，逐渐。

◆翻译划线句子

(一) 张汝霖为人圆通精明，晓于事理，凡是上朝进言时他必定要揣摩皇上的心意，所以他说话总是顺着皇上，显得很忠诚。

解析：通敏，通达聪慧；习事，熟谙事理；揣上微意，揣摩皇上的心意；忤，忤逆，冒犯。

(二) 金章宗认为花费太大，准备停止改造工程。

解析：以，认为；意，心想；辍，停止。

305

挖堑御敌不可行

◆解释加点词语

(1)边境。　(2)军队防守。
(3)满一年。　(4)止，息。

◆翻译划线句子

(一) 北方民族没有固定的居住地，出没不常，还是应当以仁德来感召他们。

解析：定居，固定住所；惟，只有；柔，安抚。

(二) 不能烦劳国中有用的劳力，干这种徒劳无益的事。

解析：疲，疲乏劳累，此处有使动含义；中国，即"国中"，国内；为此，做这种事。

金世宗不举亲

◆解释加点词语

(1)准备。　(2)亲爱自己亲人。
(3)赏赐，赐给。　(4)依靠。

◆翻译划线句子

(一) 刺史之职关系到千里之内百姓的喜忧福祸，怎么能不选择人才而偏私于皇亲呢？

解析：休戚，喜乐和忧虑；安可，怎么能够；私，偏私，形容词用作动词。

上行下效营私

◆解释加点词语

(1)只。　(2)倾斜。　(3)严重。
(4)体察考究。

◆翻译划线句子

(一) 宫殿的修建标准，如果追求华丽的装饰，必定不会牢固。

解析：制度，规制形态、标准；苟，如果；务，追求。

(二) 下边，官吏与工匠相互勾结，狼狈为奸，侵吞克扣工程方面的材料。

解析：相结为奸，相互勾结，狼狈为奸；侵克，侵吞克扣。

王若虚拒写碑文

◆解释加点词语

(1)任期结束。　(2)料想。
(3)救活。　(4)告诉，让人知道。
(5)不要推辞。　(6)不停。　(7)穿着平民服装。　(8)没有料想。

◆翻译划线句子

(一) 当时，有人稍稍顶撞他们，他们就进谗言，罗织罪名，使那人立即被杀害。

解析：时，当时，名词活用作状语；辈，一类人；少忤，稍稍不顺从；见，被。

(二) 元好问不中意，于是自己撰写，写成以后给王若虚看，共同删定几个字，但只是直接叙述事件经过罢了。

解析：惬，称心；示，给……看；止，只；而已，罢了。

《元史》

阿鲁浑萨理破谣言

◆解释加点词语

(1)赶快，急促。　(2)经过。
(3)立即伏罪。　(4)名词用作状语，每天。

◆翻译划线句子

(一) 如果仅凭着小民的流言就逮捕宋室宗亲，恐怕人人自危，结果白白地中了密告者的奸计。

解析：以，凭借；浮言，无根据的话；辄，就；徒，白白。

(二) 不是你的谏言，恐怕就误了事，只是后悔用你太晚了。

解析：几，几乎，差不多；但，只；恨，悔恨。

伯颜平宋遭构陷

◆解释加点词语

(1)慰劳。　(2)送给。　(3)轻视，看不起。　(4)差点儿。

◆翻译划线句子

(一) 宋朝的宝玉虽然多，吾实在是没有拿，希望不要以为这件礼物太薄了。

解析：固，的确，确实；无所没有，勿，不要；薄，轻微、少。

(二) 不久，别氏因为其他罪行将被诛杀，世祖敕令伯颜前去监斩，伯颜递给他酒，痛苦得没有回头就回去了。

解析：未几，不久；敕，皇帝下命令；怆然，悲伤的样子；不顾，不回头。

纯只海不杀无辜

◆解释加点词语

(1)刚成年。　(2)封闭，堵塞。
(3)认为……对。　(4)凭证。

◆翻译划线句子

(一) 同僚王荣暗中怀有不轨的企图，想要杀纯只海，便埋下伏兵抓住了他。

解析：潜畜，亦作"潜蓄"，暗中积聚；异志，指二心，有叛变或篡逆的想法。伏甲，埋伏武士或军队。繋，抓住。

(二) 如果朝廷怪罪使者没有诛杀民夫，那么我请求由本人承担罪责。

解析：苟，如果；罪，怪罪；罪使者以不杀，状语后置句，"以不杀"作"罪"的状语；以身当之，由自己承担罪责。

虞槃英明除邪巫

◆解释加点词语

(1)大户人家。　(2)审讯。
(3)哪里。　(4)同伙。

◆翻译划线句子

(一) 报告的人有几十个，弄得大家没法吃饭睡觉。县里的长吏及下属官吏都把巫师接到家里，用隆重的礼节招待他。

解析：告者，报告的人；废，停止、中止；迎，接；礼，礼遇，名词用作动词。

(二) 虞槃依法判处巫师和他的同党罪行，一时之间官吏百姓都开始佩服儒士们处理政事像这样（英明果断）。

解析：断，判定、判处；如法，依法，这里状语后置；服，佩服；儒者，儒士，读书人。

张文谦传

◆ 解释加点词语

(1)符合。 (2)被。 (3)征收。 (4)原谅。 (5)希望。 (6)妒忌好胜，欲凌驾于人。 (7)全、一。 (8)称赞。

◆ 翻译划线句子

(一) 为什么不选派人去治理这地方，要求他治出成效，使得各地都能够效法邢州，那么天下都受到您的恩赐了。

解析：盍，兼词，何不；责，要求；取法，效法学习；则，那么。

(二) 百姓富足了，皇上怎能不富足呢！等到时节也顺，年成丰足，再照常征收也不晚。

解析：足，富足；孰与，谁与比，谁怎么样；俟，等待；时和岁丰，四时和顺，五谷丰登。

《明史》

"大声秀才"陈谔

◆ 解释加点词语

(1)跟原来一样。 (2)忤逆圣上旨意。 (3)掩埋。 (4)事情的原委。

◆ 翻译划线句子

(一) 他碰到事情刚毅果断，检举揭发不法行为从不回避。

解析：刚，刚毅果断；弹劾，检举揭发；无所避，没有回避的。

(二) 不久，(陈谔)又一次忤逆圣旨，皇帝罚他修建一座象房，陈谔因清贫没钱雇工匠修建，只好亲自动手劳作。

解析：忤旨，忤逆圣旨；贫，穷，没钱；躬自，亲自；操作，动手劳作。

宋濂不隐真情

◆ 解释加点词语

(1)饮食。 (2)褒贬、好坏。 (3)怎么。 (4)采纳。

◆ 翻译划线句子

(一) 宋濂全部拿事实回答。皇帝笑着说："确实如此，你没欺骗我。"

解析：对，回答；诚然，确实这样；卿不朕欺，否定句中代词宾语前置，即"卿不欺朕"。

(二) 把朝臣都招来斥责，于是口呼宋濂的字说："(如果)没有宋濂，(我)几乎错误地怪罪进谏的人。"

解析：悉，全部；微，如果没有；几，差不多，几乎；罪，怪罪。

宫婢谋弑嘉靖

◆ 解释加点词语

(1)弑君。 (2)依靠。 (3)等待。 (4)绳子。 (5)没有参与。 (6)副词，确实，的确。

◆ 翻译划线句子

(一) 同事张金莲明白事情不能成功，便跑出来报告方皇后。方皇后飞快跑来，解下绳子，皇帝苏醒过来了。

解析：就，成功；走告后，跑出来报告皇后；苏，苏醒。

(二) 当时皇帝受惊吓发呆了，说不出话，皇后传皇帝诏命逮捕端妃、宁嫔及金英等人，全部在闹市处以车裂极刑。

解析：病悸，惊悸，受惊吓；收，逮捕，拘押；磔于市，状语"于市"后置，翻译时要还原；磔，古代一种酷刑，把肢体分裂。

"鲁铁面"鲁穆

◆ 解释加点词语

(1)刚直的名声。 (2)关押在狱中。 (3)查访。 (4)分割。 (5)嘱托。 (6)赶走。 (7)家产。 (8)能够。

◆ 翻译划线句子

(一) 等到官吏赴吏部应选，州府官吏送给他路费和物品，鲁穆说："我刚要入仕，还没有为众人谋利，竟先危害州里吗？"

解析：比，等待；谒选，官吏赴吏部应选；利物，益于万物，即对他人有帮助；厉，危害。

(二) 他的姻亲富人林某，派遣仆人在途中用毒酒把李毒死了，并霸占了李妻。

解析：鸩李于道，状语"于道"后置；鸩，用毒酒害人；室，名词用作动词。

(三) 当时杨荣主持国政，杨府家人犯了法，鲁穆依法治罪，一点不宽贷。

解析：当国，主持国政；少，稍；贷，宽贷。

诚意伯刘基

◆ 解释加点词语

(1)谢绝，推辞。 (2)安置。 (3)至极。达到极点。 (4)拦截。 (5)谓与敌方通和言好。 (6)指军队。 (7)征兆。 (8)释放。

◆ 翻译划线句子

(一) 待明太祖攻下金华，平定括苍，听到刘基的名声，用重财礼聘请他，刘基没有答应。总制孙炎两次写信坚持邀请，刘基才答应。

解析：下，攻下，方位名词作动词；币，礼物；再致书，两次写信；固，坚决。

(二) 太祖采用他的计谋，引诱陈友谅到来，彻底消灭了他的军队，因为消灭了敌人要赏赐刘基，刘基谢绝了。

解析：破，打败；以，因为；克，战胜；辞，谢绝。

(三) 刘基叩头说："这就好比换柱子，必须用粗大的木头。如果捆几根细木为柱子，将马上会倾倒。"等到(李)善长被罢官，太祖想任命杨宪为丞相。

解析：顿首，叩头；是，这；束，捆绑；罢，免除官职；相，以……为相，意动用法。

307

附：《资治通鉴》

富贵者不可骄人
◆解释加点词语
(1)怎么。　(2)大夫的封地。
(3)招待。　(4)道歉。
◆翻译划线句子
(一)（魏）太子击出门，路上遇见了田子方，就下车伏地拜见，田子方不还礼。

解析：遇田子方于道，状语"于道"后置，翻译时需还原；伏谒，古时一种礼节，谒见尊者，伏地通姓名。

(二)至于贫贱的士呢，说的不被人家采用，做得不符合人家心思，那就穿上鞋子走人，到哪还过不上贫贱生活呢！

解析：夫，句首发语词；士贫贱者，"士"的定语"贫贱"后置；纳履，穿鞋；去，离开；安往，即"往安"，去（到）哪里，疑问句中疑问代词宾语前置。

齐威王理政
◆解释加点词语
(1)开垦。　(2)安宁。　(3)饥饿。　(4)礼物。
◆翻译划线句子
(一)这是你不巴结我左右来求得帮助啊！

解析：是，这；事，侍奉；巴结；左右，指君王身边的近臣。

(二)因此，齐国上下官员惊悚害怕，没有人敢掩饰欺骗，都能竭力做事。

解析：于是，因此；耸惧，极其恐惧；莫，没有谁；饰诈，作假骗人。

赵奢收租税
◆解释加点词语
(1)纵容。　(2)派兵侵犯。
(3)轻视。　(4)充实。
◆翻译划线句子
(一)这样就没有了赵国，您怎么能够有现在的富贵呢？

解析：是，这样；安得，怎么能够。

(二)平原君赵胜认为赵奢很贤明，就向赵王推荐。

解析：以为贤，即"以（之）为贤"，认为赵奢贤能；言之于王，状语"于（赵）王"后置，即对赵王说。

刘邦善于用人
◆解释加点词语
(1)不要。　(2)不是这样。
(3)平定。　(4)心悦诚服。说，通"悦"。
◆翻译划线句子
(一)陛下让人攻取城池取得土地，就把（它）赐给他们，与天下人共同分享他的利益。

解析：关注"因以（地）与之"中的省略；因，于是，就；同，共同（一起）分享。

(二)项羽有一位范增而不任用，这就是他被我捉拿的原因。

解析：判断句，标志是"……也"。所以，……原因；禽，通"擒"，擒拿；为……所，表被动。

朱云折槛
◆解释加点词语
(1)人品鄙陋、见识浅薄的人。
(2)勉励，激励。此有警告之意。
(3)诽谤，诋毁。　(4)脱下官帽。
(5)作罢，停止。　(6)表彰。
◆翻译划线句子
(一)现今朝廷大臣，上不能匡扶主上，下不能有益于人民，都是些白占着官位领取俸禄而不干事的人。

解析：匡，匡扶；无以，没有办法；益民，即益（于）民，对百姓有好处；尸位素餐，意为空占着职位而不做事，白吃饭。

(二)这个臣子一向以狂癫耿直闻名于世，假使他的话说得对，不可以杀他；即使他的话说的不对，也本该宽容他。我死以请求陛下！

解析：臣，臣子；素，一向；著，出名；使，假使；是，对；容，宽容。

光武帝选太子傅
◆解释加点词语
(1)态度严肃，神态严厉。
(2)假如，如果。　(3)马上。　(4)赏赐。
◆翻译划线句子
(一)皇上大会群臣，问："谁可以做太子的老师？"大臣们为迎合皇上的心意。

解析：会，聚集，召集；傅，当老师，名词用作动词；承望，迎合。

(二)想设立老师，是为了辅佐太子；现在博士指正我都很容易，何况是太子呢？

解析：傅，老师；……者……也，表判断的句式；正，指正；况……乎，更何况是……呢？文言固定句式。

刘睦明哲保身
◆解释加点词语
(1)如果问起。　(2)言词。
(3)代词。放在前置宾语和动词之间，复制前置宾语。　(4)爱护我。
◆翻译划线句子
(一)大王忠孝仁慈，尊敬贤才而乐与士子结交，我敢不据实回答！

解析：乐喜好；士，士子（读书人）；以实对，如实回答。

(二)你可要害我了！这只是我年轻时的进取行为。

解析：危，使动用法，使……危、陷害；乃，是，表判断；趣，通"取"。

陶侃二三事
◆解释加点词语
(1)端坐。　(2)没有遗漏。
(3)普通人。　(4)仅，只。　(5)总是。
(6)处理政事的地方。

◆翻译划线句子

(一) 我正在致力于收复中原失地,过分的悠闲安逸,唯恐不能承担大事,所以才使自己辛劳罢了。

解析:致力,集中、把精力投放在某个方面;过,过分;优逸,悠闲安逸;不堪,不能胜任,不能承当;故,所以。

(二) 陶侃大怒说:"你既不种田,又拿别人的稻子戏耍!"陶侃把他抓住,用鞭子打他。

解析:佃,耕作;戏,戏耍;贼,残害;鞭,鞭打,名词用作动词。

(三) 造船的时候,陶侃命人把木屑和竹头都登记后收藏起来,人们都不明白这样做的原因。

解析:籍,登记;掌,管理收藏;咸,都;所以,原因。

祖逖北伐

◆解释加点词语

(1)用脚踢。 (2)起床舞剑。(3)召集,集合。 (4)官方供给的粮食。 (5)带领。 (6)兵器。

◆翻译划线句子

(一) 大王假如能够派遣将领率兵出师,使像我一样的人统领军队来光复中原,各地的英雄豪杰,一定会有闻风响应的人!

解析:诚,果真,表假设;使,派;复,光复。

(二) 祖逖如果不能使中原清明而光复成功,就像大江一样有去无回!

解析:清,使……清明;复,光复;济,成功。

石勒不计前嫌

◆解释加点词语

(1)卑微,贫贱。 (2)多次。(3)就。 (4)拉。

◆翻译划线句子

(一) 石勒召集所有武乡德高望重的老人及故友前往襄国,同他们一起欢会饮酒。

解析:召,召集;耆旧,指年高望重者;诣,来到;欢饮,欢乐宴饮。

(二) 我现在广纳人才,怎么能对一个普通百姓记恨呢?

解析:孤,古代帝王自称;兼容,同时接纳;岂,怎么,表示反诘;仇,记恨;匹夫,泛指平民百姓。

崔仁师治狱

◆解释加点词语

(1)审察。 (2)判决。 (3)人之常情。 (4)不足,缺点。 (5)释放。 (6)说法不一致。

◆翻译划线句子

(一) 只将其首犯十余人定罪,其他人都释放。

解析:止,只;坐,定罪;魁首,首犯、主犯。

(二) 凡定罪断案应当以公正宽恕为根本,怎么可以自己为了逃避责任,明知其冤枉而不为他们申诉呢!

解析:治狱,审理案件;平恕,公平正义,宽厚仁慈;不为伸,即"不为(之)伸",省略的宾语要补出。

羊祜二三事

◆解释加点词语

(1)归顺。 (2)限定日期。 (3)只是,仅仅。 (4)小便宜。 (5)彰显。(6)显著,有名。 (7)总领,统领。(8)停业。

◆翻译划线句子

(一) 如果禽兽先为吴国人所伤而又为晋兵所得,都送了回去。于是吴国的边境百姓都心悦诚服。

解析:若,如果;为……所,表被动;边人,边境的百姓;悦服,心悦诚服。

(二) 羊祜侍候了两代皇帝,都担任重要的机密职务。凡是他参与谋划的事情,无论是有利还是有弊,他都把草稿烧掉,世上的人别想知道。

解析:历,经历;二世,两代(皇帝);职典,主管;莫得,不得、休想。

(三) 羊祜坚持推让这一爵位已历经多年了,现在人虽然没了,但谦让的美德还在。就听从他的意思恢复它原来的封号吧,用以彰显他的美德。

解析:让,推让;历年,多年;复,恢复;本封,原来的封号;彰,表彰;高美,高尚品德,形容词用作名词。

救时之相姚崇

◆解释加点词语

(1)倚仗。 (2)私下。 (3)隐瞒。 (4)轻视,看不起。 (5)扰乱。(6)雅士俗人。 (7)状况。 (8)允许。

◆翻译划线句子

(一) 没多久魏知古被授予吏部尚书职务,负责主持东都洛阳的官吏铨选之事,姚崇却另派吏部尚书宋璟在门下省负责审定吏部、兵部注拟的六品以下职事官。魏知古因此对姚崇十分不满。

解析:摄,代理;知,主管;选事,铨选职官的事;过官,唐制,门下省审核吏部、兵部六品以下的官员称过官。衔,怨恨。

(二) 臣曾经多方关照他。臣的儿子非常愚鲁,认为魏知古一定会因此而感激臣,从而会容忍他们为非作歹,所以才敢于向他求取请托。

解析:卵而翼之,比喻像鸟儿用翅膀护佑一样关照他。德,感恩;为非,干坏事;干,求取。

(三) 管仲、晏婴所奉行的法度虽然未能传之后世,起码也做到终身实施。您所制定的法度则随时更改,似乎比不上他们。

解析:身,终身;为法,制定法规;复更,再更改;不及,比不上。